国家社科基金
GUOJIA SHEKE JIJIN HOUQI ZIZHU XIANGMU
后期资助项目

穆木天晚年
翻译手稿研究

A Study on Mu Mu-tian's Translation
Manuscripts in His Later Years

孙晓博　著

社会科学文献出版社
SOCIAL SCIENCES ACADEMIC PRESS (CHINA)

国家社科基金后期资助项目
出版说明

  后期资助项目是国家社科基金设立的一类重要项目，旨在鼓励广大社科研究者潜心治学，支持基础研究多出优秀成果。它是经过严格评审，从接近完成的科研成果中遴选立项的。为扩大后期资助项目的影响，更好地推动学术发展，促进成果转化，全国哲学社会科学工作办公室按照"统一设计、统一标识、统一版式、形成系列"的总体要求，组织出版国家社科基金后期资助项目成果。

全国哲学社会科学工作办公室

谨以此书纪念翻译家穆木天、彭慧夫妇

　　诗人有诗人的手稿，作家有作家的手稿，翻译家有翻译家的手稿，画师有画师的手稿，谱曲者有谱曲者的手稿……从这些手迹或原稿中，后人可以真实触摸他们当时创作（翻译）的冲动，情感的脉搏，遐想的线条，灵感的轨迹……

关耳：《手稿——作者思维的痕迹》

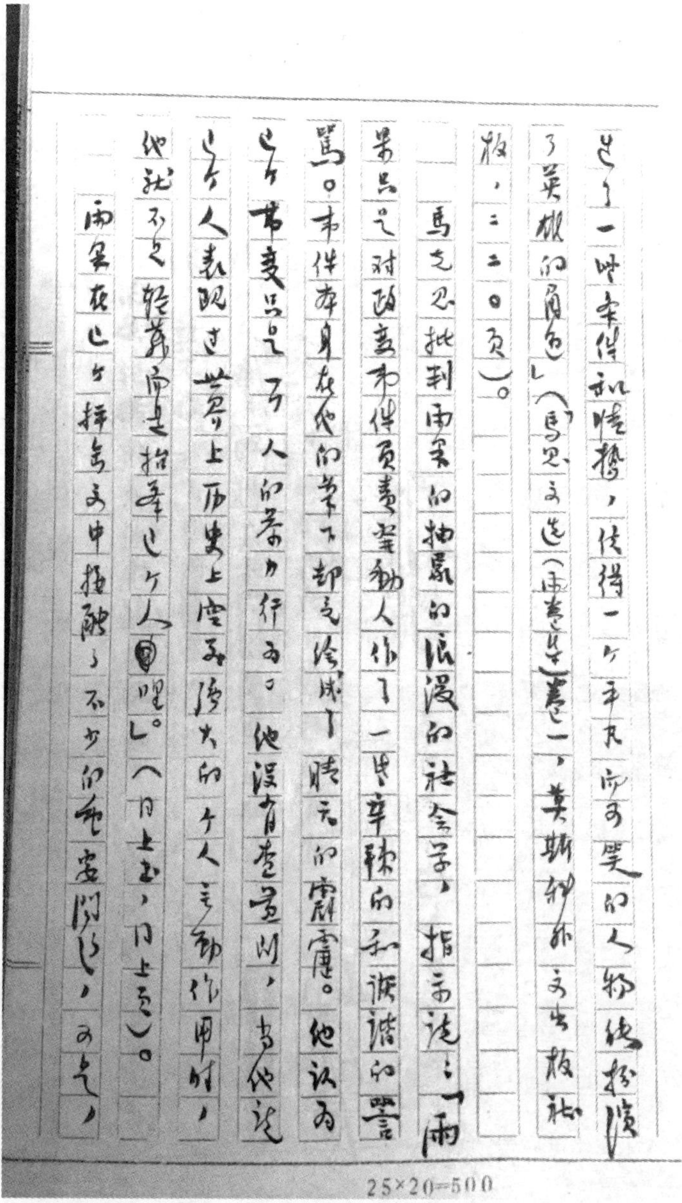
13

述了一些条件和情势，使得一个平凡可笑的人物能够扮演了英雄的角色"（《马恩文选（两卷集）》卷一，莫斯科外文出版社版，二二○页）。

马克思批判雨果的抽象的浪漫的社会学，指示说："雨果只是对政变事件负责发动人作了一些辛辣的和讥讽的詈骂。事件本身在他的笔下却变成了晴天的霹雳。他认为这个事变只是一个人的暴力行为。他没有觉察到，当他说这个人表现出世界历史上空前强大的个人主动作用时，他就不是轻蔑而是抬举这个人了"（同上书，同上页）。

雨果在《小拿破仑》文中接触了不少的重要问题，可是，

25×20=500

《政论家雨果》翻译手稿（摄自北京师范大学文学院藏穆木天晚年翻译手稿复印件）

从人物的⬛素朴的生活型相存进去，那些灵投

人物之化与煮食物，准备家庭日常生活用品；

因之，那些⬛东西同他们⬛人有切身关系，这

之同他们站在平等的地位。在荷马的故事叙述

中，就之远景。他的插写结构包罗万相，我之

由于⬛他利用了众丰富的插语和小场面，引了

这些插语和小⬛场面⬛⬛行动的进度⬛⬛⬛⬛

⬛⬛⬛⬛⬛⬛⬛⬛⬛⬛⬛⬛⬛⬛⬛⬛⬛

⬛⬛细部的特别突出的插写，法果填减住整

体的⬛⬛⬛的运动。

在⬛事叙述中亚保⬛着⬛有意思的漂婚的⬛

诸故事⬛寻访的⬛⬛⬛⬛⬛⬛遗痕，

我之所谓的⬛⬛⬛⬛⬛⬛⬛⬛的法则（Закон

Хронологической Несовместимости）：西

《希腊文学的亚该亚时代》翻译手稿（摄自北京师范大学文学院藏穆木天晚年翻译手稿复印件）

隔世莫见其面，觇文辄见其心

——序孙晓博《穆木天晚年翻译手稿研究》

李正荣*

手稿，是手稿书写者的生命。手稿书写者肉体生命结束之后，手稿在，手稿书写者的生命就会依然存在。何其然也？文之为德也大矣！手稿等同于生命，所有的手稿都具有这样的性质，名人手稿则更具有广泛的意义。

穆木天先生是中国近现代文学史、中国高校语言文学专业教学史的风云人物，他的手稿自然具有特别的历史价值。

北京师范大学的学术泰斗钟敬文先生如此评价穆木天："谈到中国的新诗，谁也不能忘记穆木天。"①

钟敬文先生还说："木天对我们的文学事业是有贡献的，而且，他的贡献是多方面的。他是一个诗人，是一个在新文化运动史上占有一定地位和对我国的新诗发展做出一定贡献的诗人。他的诗集《旅心》和论文

* 李正荣，北京师范大学文学院教授，北师大跨文化研究院副院长、北师大基督教文艺研究中心主任、教育部区域和国别研究基地俄罗斯研究中心成员。主要研究领域为世界文学、比较文学、跨文化学；主要研究方向为俄罗斯文学、基督教文学、列夫·托尔斯泰研究与跨文化研究等。出版学术专著有《托尔斯泰的体悟与托尔斯泰的小说》《耶稣传》《托尔斯泰传》，译著有《天国在你们心中》《论生命》，近年出版《俄罗斯十九世纪文学十讲》，主编意大利杂志 Sacra Doctrina 专号"向但丁致敬"（2021 年第 2 期，总第 66 期），撰写《东正教圣经在中国》，撰写《〈利玛窦天主实义〉中英意三语对观》出版说明。在《外国文学评论》《俄罗斯文艺》《民族文学研究》《光明日报》《学习时报》《经济观察报》《研究论丛（日本京都外国语大学）》《涅瓦（俄罗斯圣彼得堡文学期刊）》等国内外杂志报刊发表文章百余篇。

① 陈惇、刘象愚编选《穆木天文学评论选集》，北京师范大学出版社，2000，第 2 页。

《谭诗》是我国新诗运动的代表性成就。"①

　　钟敬文回忆初见穆木天的情景更能看出穆木天在中国现代文学史上的地位：

　　"我与木天相识在 1926 年。那时，我初到广州，在一个朋友的带领下来到'创造社'出版部。那是一间小屋子，墙上贴着一些字画儿，不知是谁的作品。其中有几幅人物漫画，画的是成仿吾、郭沫若和穆木天。木天的那幅，画得最有意思。画的是他用高度近视镜看报的情形……"②

　　我们学中国文学史，讲究第一排交椅是鲁、郭、茅、巴、老、曹，而从钟敬文先生的记忆中，我们可以看到，从 20 世纪 20 年代起，穆木天就在其中"最有意思"了。

　　出于历史原因，穆木天先生在生命的最后十年，在北京师范大学中文系外国文学教研室留下了 200 多万字的"世界文学研究翻译手稿"。这份手稿既是穆木天先生最后的生命载体，也是当代中国的"世界文学教学"的里程碑。

　　穆木天先生的"世界文学研究翻译手稿"是穆木天先生的晚年生命本身，这批手稿曾经为北京师范大学中文系外国文学教研室珍藏，2012年 1 月 14 日，手稿移交给穆木天先生的女儿穆立立老师，同时，经穆立立老师同意，手稿复印件另存在北京师范大学档案馆、图书馆和比较文学与世界文学研究所。

　　手稿本身弥足珍贵，而手稿之于手稿保存者、整理者、发掘者来说，无疑是万幸之遇，也很可能是一种知音之遇。所谓万幸之遇，只要是碰到了遇到了，就会发生；而知音之遇，也许仅仅是一种可能，因为知音难，音实难知，偶逢知音，百年千载也不过一二而已。

　　本书作者孙晓博有机会接触、整理、发掘、研究穆木天先生晚年翻译手稿，何其幸哉！如今，孙晓博十年苦心钻研这批手稿的成果已经积累成书，那么，其能否成为穆木天先生晚年生命的知音呢？

　　我说能！

---

① 陈惇、刘象愚编选《穆木天文学评论选集》，北京师范大学出版社，2000，第 1~2 页。
② 陈惇、刘象愚编选《穆木天文学评论选集》，北京师范大学出版社，2000，第 1 页。

　　2008 年 4 月起，我担任北师大比较文学与世界文学研究所所长一职。2011 年底，我收到穆木天先生的女儿穆立立老师的电话，穆立立老师在电话中表示希望北京师范大学文学院比较文学与世界文学研究所将保存的穆木天先生的手稿移交给家属。这批手稿是北师大文学院比较文学与世界文学研究所的前身北京师范大学中文系外国文学教研室精心保管的。北师大中文系外国文学教研室的老师们——匡兴、陈惇、何乃英、傅希春、谭得伶、陶德臻、关婉福等等，以超人的智慧和保存珍品的真心，完好地保存了穆木天先生的这批手稿。其中陈惇老师是这批手稿诞生的见证人，也是这批手稿的第一发现者。2011 年底，陈惇老师正在倾力编辑《中国现代学术经典·穆木天卷》，其中征印了这批手稿的一小部分。关婉福老师更是这批手稿的"第一管理员"。关婉福老师退休后，教研室的后辈学人高建为老师接替关老师的工作，极为负责任地接力承担"第一管理员"的职责。穆木天晚年翻译手稿能如此完好保存，是教研室同人倾力保护的结果，联系五十年间中国的时代背景，这几乎是一个奇迹。

　　在多次历史运动中，这批手稿居然没有被毁坏，此一奇也！在中文系所在的北师大旧主楼拆迁，中文系辗转北师大科技楼，再搬回新主楼的动迁中，这批手稿居然完好无损，此又一奇也！改革开放迅猛发展，单位旧物不知有多少被当作废纸卖给收废品的人，然后忽然高价出现在旧物市场，而这批尘土覆盖的手稿居然安然存放在北师大外国文学教研室即现在的北师大文学院比较文学与世界文学研究所的新书柜里，一页不缺，一页没有被外传，此亦为一奇也！

　　当我将穆立立老师的想法汇报给外国文学教研室的老师们之后，悉心保存这批手稿的老师们都有"如释重负"的感觉。

　　我着手准备移交这批手稿。时任北京师范大学文学院院长的张健教授十分重视这批手稿的移交工作，文学院责令我与穆立立老师多次协商，最后确定了手稿移交和手稿复印留存北师大的相关事宜。2012 年 1 月 14 日穆木天晚年翻译手稿移交仪式在北京师范大学文学院励耘报告厅隆重举行。

　　北师大文学院的师生、北师大图书馆和档案馆负责人以及媒体朋友参加了手稿移交仪式。《光明日报》记者付小悦随后以《穆木天晚年翻译手稿"醒来"》为题对这次手稿交接仪式做了生动的报道。作为历史时刻的权威记录，我们不妨全文引述《光明日报》2012年1月17日第5版的这篇报道。

他已去世41年；但这一刻，他又分明是一位"在场者"。他的厚厚的手稿，堆满了一个硕大的纸箱，就放在会议桌的尽头。

历经半个多世纪的坎坷，中国现代文学著名诗人、教育家穆木天晚年翻译手稿奇迹般保存下来。1月14日，在北京师范大学励耘报告厅，北师大文学院院长张健将这批珍贵手稿如数移交到穆木天后人手中。

穆木天于1921年与郭沫若等人发起"创造社"。他的诗集《旅心》被认为是中国象征主义诗歌的先驱。他在翻译、教育、文学评论方面也作出了重要贡献。作为早期象征诗派的代表人物，他的《旅心》、《流亡者之歌》、《新的旅途》等诗歌至今仍广泛流传。他通晓法语、日语、俄语等多国语言，一生共翻译的文学作品近120种，包括王尔德、巴尔扎克、雨果、普希金等名家名篇，他翻译了《欧也妮·葛朗台》、《高老头》最早的汉译本。1926年于东京帝国大学毕业后，他先后执教于多所大学，1952年，调至北京师范大学，担任外国文学教研室主任。他开设外国文学史课程，还筹建、创建了儿童文学学科；他既在本科执教，又负责培养进修员、研究生；他一边教学，一边研究，他创立的文学史、作家、作品三者结合突出作品重点讲解的教学体系，至今仍为我国许多高等学校所采纳。

1957年以后，穆木天又翻译了苏联外国文学研究领域大量资料。那时的穆木天，"在高血压、严重胃病和1200度近视的状况下，弓着背、窝着腰、鼻尖碰着书页或稿纸，在那里看着写着思考着……"他的女儿穆立立说。这个说法在穆木天的学生关婉福那里得到了印证，"老师高度近视，他看书就是'闻书'，闻完又趴在那儿继续写……"，关婉福比划着。

现在，这些成果就在我们面前：两个年轻的小伙子抬起来都极为吃力。密密麻麻的工整的小楷，写在红格或绿格稿纸上。后来者大略核查，共13类、118种、3000多页。绝大部分手稿的第一页，留下了上世纪60年代的红色印章痕迹，这是当年北师大中文系资料整理的标记。手稿大部分用钢笔书写，一部分用蘸水钢笔书写，少数毛笔书写，很多地方都有修改的痕迹。他特别强调或者认真思考的地方大多用红墨水加下划线标出，而翻译或撰写过程中的修改一般用蓝色墨水标注，偶尔也能在字里行间发现铅笔划痕。这些手稿没有署名，人们是通过笔迹，认出了穆木天的手稿。其内容大部分来自苏联的"外国文学研究"，从印度古代史到当代文学，从古希腊到当代西方文学，还有朝鲜、日本文学，几乎涵盖整个东西方文学史。研究俄罗斯文学的教授李正荣在简单翻检时，就已"越整理越觉得珍贵"……

何乃英、陈惇、关婉福几位教授回忆起关于恩师的细节：先生操着浓重的口音，每次都告诉学生，书店又来了什么新书，赶快去买。

此时正是春节前的最后一个周末，学校已经放假，走廊里空空荡荡。众多白发苍苍的老人，特意赶来见证这个时刻。这批手稿重新"醒来"，将为更多的人所认识、研究。陈惇据此手稿编辑的图书，也将于年内出版。

"勤劳的思想家们呀！你们永不要怕风浪去航海去罢，去找那由宝贵的封腊封着的一切的宝藏罢，纯金是会浮出来的，它的光荣是确定了的。"北京师范大学文学院副院长姚建彬援引穆木天翻译的法国诗人维尼的诗句，他认为："对于我们后来者而言，穆先生的手稿何尝不是一种宝藏？那里面埋藏着的纯金，不正等待着勤劳的人去发掘、淘洗么？"

新闻报道总是简洁的，但是，有限的文字还是透露了主要信息。穆木天这批翻译手稿的"原创"时间和手稿"醒来"的时间相距五十多年。如果说穆木天先生当年翻译的"原创"过程是困厄命运中的壮举，如果说五十年来手稿的保存是历史奇迹，那么，如今的手稿"醒来"的过程又是一个我们这些后辈学生和前辈巨儒的相知奇遇。孙晓博的著述《穆木天晚年翻译手稿研究》就是这一次"醒来"过程中的相知奇遇的结晶。

为了理清这批珍贵的手稿，我们在手稿移交之前再一次对这批手稿进行了认真的清点工作。孙晓博当时是北师大文学院比较文学与世界文学专业的硕士研究生，积极参与了手稿清点工作并负责与穆立立老师的联络工作。为了能让手稿清理工作和自己的学业结合起来，为了能更多地知晓这批手稿的重要价值，我与孙晓博商议拟将手稿的清理工作和他的硕士学位论文选题结合起来。孙晓博勇敢地接受了这项极富挑战性的课题。

根据当时的从零起步的情况，我们制定了搞清这批手稿的基本情况的研究目标。

所谓"搞清基本情况"，初听起来似乎简单，但事实上是一项非常艰辛的、非常困难的研究工作。

首先，手稿手迹的辨认是一大困难。这批手稿有穆木天先生本人的手迹，也有穆木天夫人彭慧先生的手迹，在手稿的稿纸边缘和字里行间还有修改和批注，辨认这些手迹是一种文献考古工作，对于电脑时代的年轻人来说，格外艰巨。为了能准确辨认这批手稿的手迹，孙晓博多次拜访穆木天先生的女儿穆立立老师，和她一起研究穆木天先生和彭慧先生的遗墨，从而基本上熟悉了穆木天先生的笔迹和书写风格，熟悉了穆木天夫人彭慧先生的笔迹，在此基础上可以分辨出这批手稿的书写者和大致书写时间。这一项艰巨复杂的文献辨识工作充分体现在孙晓博这本《穆木天晚年翻译手稿研究》中。

这本书的第二章"穆木天晚年翻译手稿的生成机制与书写传承"（第48～107页）就建立在手迹辨认、文献考古、"田野调查"的文献学的坚实基础之上。因为有这样可靠的方法，孙晓博的书稿对此前的穆木天的翻译研究有较多订正，比如，有研究者凭主观臆断认为穆木天先生的俄语能力"主要得益"于穆木天的夫人、留苏学生彭慧先生。但是，事实上并非如此（见本书第57～58页）。为了证明这一点，孙晓博用了大量实证材料加以"辨认"，因为第一手材料的可靠性和珍贵性，孙晓博做到了文献研究的较高层面——让此公案"做个了结"。

　　其次，当年穆木天先生翻译苏联文学研究界的世界文学研究成果的目的，是帮助当时外国文学教研室的年轻老师的教学工作。所以这批翻译手稿，在翻译的底本选择和译文的处理上，都没有按出版物的标准来实施，即使穆木天先生在翻译的时候标注了译文所依据的底本的出处，大多也很简洁，而且这些译文有些是出自当时苏联的报刊，寻找确定这批译文的底本是一个艰难而又艰巨的工作。而要想理清这批手稿的"基本情况"，寻找译文的底本是必须要做的基础工作。孙晓博非常勇敢地承担了这项艰巨的工作。说其勇敢是因为当时孙晓博还没有学习俄语。译文的底本都是俄语，孙晓博要想进行此项研究首先要突破俄语语言关。孙晓博以巨大的勇气，从零起步，到北京师范大学外语系俄语专业旁听俄语，向俄语系同学学俄语。这一番俄语学习，十分苦，但是孙晓博硬是初步掌握了俄语。到了动手写作硕士学位论文的时候，孙晓博可以借助工具书使用俄语，可以顺利地用俄语——寻找穆木天译文的底本了。之后，孙晓博继续攻读博士学位，拟定以研究普希金的诗歌为博士学位论文选题。为此，孙晓博又开始"疯狂"学习俄语。孙晓博先是全程跟俄语系一年级本科生全面学习俄语，然后获得国家留学基金委的资助到莫斯科的俄罗斯国立人文大学留学。留学莫斯科一年，孙晓博最终掌握了俄语的入门门径，听、说、读、写都有本质上的飞跃。2016 年 5 月我到莫斯科参加研讨会，孙晓博可以熟练地为我和俄罗斯学者的交流提供翻译，让我有"士别三日，刮目相看"的惊喜。

　　《穆木天晚年翻译手稿研究》之第五章第四节关于手稿的校对、批注与译者注的评述，特别是第二点中对穆木天晚年翻译的手稿中译者留下的"校对修改的痕迹"的研究、第三点中对穆木天译文留下的"完善的信息"的研究，都显示了孙晓博良好的俄语基础和对英语、法语，甚至希腊语、梵语的良好的认识能力。在对手稿大量的外语信息的研究基础上，孙晓博对穆木天译文的"元信息"给出了中肯的评价："详细、完善、充分的译文信息或说手稿'元信息'使穆木天晚年翻译手稿在某种程度上具有与出版物相媲美的潜质与性质，使读者能够更准确、深入地进入文本，理解译文，甚至与原文对话，换句话说，作为译者，穆木天正是考虑到了'由接受读者所构成的阐释群体的期待值，以及他们所具备的阐释资源及能力'，所以才确保手稿'元信息'的丰富性及完整性——将为读者提供'一定量的话语信息'作为其阐释与理解的依据。"（第 335～336 页）从第五章第四节的第五点"丰富的译者注"（第 339 页）开始，孙晓博对外语的参考越来越多，到第五章第七节"手稿、俄语文献与他者译本的对照及异译比较"（第 424～443 页）则完全是建立在外文底本基础之上进行研究了，其充分显示了孙晓博相当扎实的俄语功底。由此功底，孙晓博对穆木天晚年译文的论断就显得非常有依据，同时又非常可靠。有俄语原文底本的对应版本，孙晓博既可以对穆木天的译文做深入的分析和判断，也可以把穆木天的译文和后来别人的译文做科学的比较研究。甲译和乙译孰优孰劣、孰强孰弱，如果没有原文参考，如果没有同样的底本做比较的基础，是很难判断的。而有了译文所使用的外语底本来做翻译研究，甲译和乙译的面目可以说是"一目了然"了。在本书第五章第八节"手稿、俄语文献与手稿刊印本的对勘及差异比较"中，孙晓博更是大胆地在俄语底本的基础上，对 2012 年部分出版的穆木天手稿刊印本做了极有成效的"对勘"工作。一个作者、一个译者的手稿，在出版过程中，可能会因出版社的技术要求、因时代的语言以及社会禁忌的要求而对原稿进行文字的修改。所以刊印本常常出于无奈而对原稿做一定的修改。但是，出版前辈在其时代留下的手稿，这种因新时代的要求而做的修改会涉嫌大忌——前辈手稿的真实面目将被改变。至少在我们研究前辈手稿的工作中，应该遵从，而且应该紧紧遵从、一丝不苟地遵从前辈手稿的原貌。孙晓博这部书第五章第八节的工作在译文底本的基础上进行"对勘"，在某种程度上，重新恢复了穆木天先生的生命本来面貌。据我所知，这也是 2012 年刊印本编选人陈惇教授曾经跟出版社据理力争的。

　　最后，这批手稿都是从苏联的世界文学研究成果翻译而来的，而且大多不是苏联文学和俄国文学，而是西欧文学、亚非文学和拉丁美洲文学。如前文所述，选择这些内容是为了帮助北师大青年教师讲授"外国文学"，对于当时的中国高校来说，这些内容是极其陌生的。穆木天先生的翻译几乎是"隔空架桥"，几近于"硬译"。那么，在改革开放已经四十多年的今天，评断这些译文的意义，是一个艰巨的任务。这项工作对于当时的硕士研究生孙晓博来说是一项艰巨的、几乎不可能完成的任务。我们商定，硕士阶段的研究，关于这批翻译手稿的纵深问题浅尝辄止，硕士阶段只完成"理清这批手稿的基本情况"的研究目标，对这批手稿的价值评断、对当时引进苏联的世界文学研究成果的评断，留待以后完成。2019 年，孙晓博告诉我，他申请的"穆木天晚年翻译手稿研究"项目已经被国家社科基金立项，我非常欣慰，同时心里也在暗暗赞叹，孙晓博没有放弃当年的"待续"，穆木天晚年翻译手稿的研究，有始有终！

时隔三年，当我的眼前赫然摆放着孙晓博的这部《穆木天晚年翻译手稿研究》，我更加欣慰了：孙晓博完成了当年的"待续"。

孙晓博书稿第四章"手稿与俄苏文学批评的译介、传播及反思"是对穆木天晚年翻译手稿价值的深度认识。透过孙晓博书稿第四章第二节"手稿的内容、价值及意义：基于中国外国文学语境的分析"（第 133 ~ 258 页）的论述，我再一次惊异地看到了穆木天通过苏联的世界文学研究成果的翻译而展现的世界文学图景。这是全景式的世界文学图景，从中可见苏联的世界文学研究的"全景式"成果；这是有判断有立场的世界文学全景图，从中可以看到马克思主义、社会主义的鲜明立场和态度；这是特别关注世界上弱小民族文学、无产阶级文学的世界文学全景图，从中可以看到如今又被忽略的"弱势文学"。这种"全景式"有立场有态度的世界文学研究，竟然在 20 世纪 50 年代末和 60 年代的穆木天翻译手稿中有绝对充分的体现。而这批手稿并非静静地躺在书柜里，而是被北京师范大学的青年教师"转述"到了教学中，然后又通过这些教学而"转述"到全国的教学中，其意义、其价值，何其巨哉！孙晓博这一章的内容自然因穆木天的"全景式"翻译手稿而显得十分充沛，同时，孙晓博的述论也让我看到了一个学术研究者的成长。经历了博士阶段的理论学习和学位论文的锻造，经历了在俄罗斯实地进行的学习、考察和生活的淘洗，经历了在洛阳师范学院师友关怀之下的科研和教学的实践锤炼，经历了社会大熔炉的熏陶，孙晓博的理论认识高度又达到了令人"刮目相看"的水平。

同时，我也更加感叹，穆木天先生生命最后十年的壮举，终于再度"醒来"了。我想，如果这个宇宙真有在天之灵，那么，天上的穆木天先生之灵得知孙晓博的著述《穆木天晚年翻译手稿研究》即将出版，也应该十分欣慰吧！

　　　　　　　　　　　　　　　　　草于 2022 年 12 月 28 日

摘　要

　　穆木天不仅是早期象征诗派的代表人物，而且是中国现代翻译文学史上重要的翻译家。他通晓法语、日语、英语、俄语等多种外语，译作众多。1957 年之前穆木天翻译发表的外国文学作品达 170 多种；1957 年后，历经十年，穆木天翻译的 19 类 94 种 3622 页 211 万字（含极少部分合译）的外国文学研究资料（含外国文学作品），没有公开出版，一直以手稿的形式存在，即本书的研究对象——穆木天晚年翻译手稿。

　　第一章"导论"通过对穆木天研究史及穆木天翻译活动的梳理与考察，得出结论："首先成为翻译家"的穆木天长期处于被遗忘的状态，作为其遗产的晚年翻译手稿更是鲜为人知。接着笔者阐释手稿的研究意义与研究价值，论证手稿研究的可能性与可行性，界定手稿的研究内容、阐释路径和研究方法，提出"穆木天晚年翻译手稿研究"的论题。

　　第二章"穆木天晚年翻译手稿的生成机制与书写传承"讨论穆木天晚年翻译手稿的生成机制与产生条件，界定手稿的起始时间与完成时间，鉴定手稿的不同字迹，区分手稿的合译篇目，评判手稿的书写价值与书写艺术，描述手稿的媒介质地，还原手稿的物质形态，梳理手稿的传承、保存与出版情况，展望手稿的后续保存及利用，完成手稿的目录辑录。

　　第三章"手稿与新中国高师院校外国文学学科的创建、深化及发展"考察穆木天晚年翻译手稿的学科背景、学科属性、学科需求、学科使命及学科史意义。论述穆木天在高等师范院校外国文学学科建设过程中的角色定位与贡献，探析其手稿对外国文学学科、东方文学学科建构与发展的意义与价值。

　　第四章"手稿与俄苏文学批评的译介、传播及反思"探讨穆木天晚年翻译手稿的译介路径、构成类型，梳理手稿的基本内容，考察手稿在中国外国文学研究语境与历程中的价值、地位与意义，探寻手稿折射出的俄苏文学批评特征，论证、反思手稿与俄苏文学批评的传播及影响。

　　第五章"手稿与穆木天的翻译思想、翻译策略及翻译追求"分析穆木天晚年翻译手稿对穆木天翻译思想、翻译策略的回应与实践；通过对手稿的涂抹、增删、调整等原始修改痕迹的统计分析，展现手稿的动态书写及发生过程，剖析穆木天晚年翻译的心理状态、精神境界及艺术追求；通过手稿、俄语文献、他者译本的多重比较，探讨穆木天翻译的特征、风格与策略；通过手稿、俄语文献、手稿刊印本的对勘比较，探析手稿与刊印本的差异表现、差异原因以及刊印策略。

　　附录《穆木天女儿穆立立访谈实录》为笔者根据对穆木天之女穆立立采访内容整理所得。

　　关键词：翻译手稿；翻译家；穆木天；学科史；文学批评；翻译理念

目　录

第一章　导论

第一节　失踪·回归·背离——穆木天研究史考察

1981 年 11 月 17 日上午，穆木天、彭慧夫妇追悼会在北京举行。会上宣读的悼词回顾、总结、评价了穆木天的一生。

> 穆木天先生是五四以来新文学史上一位有影响的诗人和革命诗歌运动的倡导者之一。
>
> 穆木天先生是著名的翻译家和外国文学研究者。
>
> 穆木天先生还是一位热忱的教育工作者。
>
> 穆木天先生一生热爱祖国，拥护中国共产党的领导，坚信只有社会主义才能救中国。他为新文学运动，为革命的文化教育事业献出了毕生的精力。①

穆木天（1900—1971），我国著名的诗人、学者、教育家、翻译家。他以饱满的生命状态、昂扬的乐观精神，积极奉献、甘于拼搏、乐于发现、善于创造，以丰硕的"文化生产"成果标识、礼赞着"伟大的民族的伟大的创造"。

> 我总是想着健全地活下去！
>
> 我想象着我活到七老八十，
>
> 望着祖国的伟大的自然，
>
> 赞美着伟大的新中国的生产！

---

① 《穆木天、彭慧追悼会在北京举行》，《新文学史料》1982 年第 1 期，第 251～252 页。

　　……

　　那时候，

　　我们有劳作，有安息。

　　那时候，我们有伟大的文化生产。

　　我们会要有比荷马史诗还伟大的诗篇。

　　那时候我们会有新译的普希金、雨果的全集。

　　用《人间喜剧》、莎士比亚，装饰着我们的图书馆。

　　……①

——《健全地活下去》（1940）

　　作为诗人，穆木天是我国现代文学诗歌史上早期象征诗派的代表人物。他既有"幽微远渺"②"颇具一格"③ 的《旅心》④，又有坚实厚重、饱含深情的《流亡者之歌》⑤ 和《新的旅途》⑥，还有被誉为中国象征派诗歌理论奠基之作的《谭诗》⑦，他以自己独特的诗歌创作和极具影响力的诗论有力地推动了中国新诗的发展。

　　作为学者，穆木天审视中西，研究广泛，成果丰富，既撰有《法国文学史》《阿尔贝·萨曼的诗歌》《法国文学的特质》《维尼及其诗歌》《法兰西瓦·维龙：诞生五百年纪念》等外国文学研究专著及论文，也发表了《诗歌的形态和体裁》《诗歌创作上的题材与主题的问题》《诗歌创作上的表现形式的问题》《王独清及诗歌》《徐志摩

---

① 穆立立编选《穆木天诗选》，人民文学出版社，1987，第 273 页。

② 朱自清编选《中国新文学大系·诗集》，上海良友图书印刷公司，1935，第 8 页。《中国新文学大系·诗集》收录《旅心》中的六首诗。

③ 阿英编选《中国新文学大系·史料·索引》，上海良友图书印刷公司，1936，第 314 页。

④ 《旅心》收录了穆木天自 1923 年至 1926 年创作的 31 首诗歌，1927 年由上海创造社出版部出版，代表了穆木天早期的诗歌创作成就。

⑤ 《流亡者之歌》收录了穆木天"左联"时期创作的 21 首诗歌，1937 年 7 月作为"国防诗歌丛书"由上海乐华图书公司出版。诗集《流亡者之歌》是穆木天诗歌创作生涯的第二个高峰，相比《旅心》的"幽微远渺"，《流亡者之歌》显得更加坚实厚重。

⑥ 《新的旅途》收录了穆木天抗战时期创作的 19 首诗歌，1942 年作为郑伯奇主编的创作丛书之一由重庆文座出版社出版，记录下了民族抗战的画面和作者颠沛流离的命运。

⑦ 孙玉石：《中国象征派诗歌理论的奠基者——重读穆木天的早期诗论》，《吉林师范学院学报》（哲学社会科学版）1989 年第 3 期，第 29~34 页。

论——他的思想与艺术》《郭沫若的诗歌》《文艺独白：关于中国小说之研究的管见》《随笔与小说》《文艺大众化与通俗文艺》《关于通俗文艺》等诗论、小说论、大众文艺评论，是 20 世纪出色的学者及评论家。

作为教育家，穆木天 1926 年于东京帝国大学毕业后，因"不甘在异国的浮飘"，便回到祖国，开始了长达 30 余年的教学生涯。他先后执教于中山大学、吉林大学、桂林师范学院、同济大学、暨南大学、复旦大学、东北师范大学、北京师范大学等高校（其中工作时间最长的高校为北京师范大学），为我国教育事业做出了卓越贡献。[①]

作为翻译家，穆木天不仅通晓多国语言，而且翻译了众多外国文学作品和研究资料，他翻译作品的数量之多［从 1921 年至 1957 年的 36 年时间里，穆木天翻译出版（发表）的文学作品达 170 种，1957 年之后，穆木天翻译的外国文学研究资料计 19 类 94 种 3622 页 211 万字，含极少部分合译］、范围之广（涉及法国、俄国、英国、德国等众多国家的文学作品及文学资料）、类型之多（包含小说、诗歌、童话、剧本、教材、论文等多种文类），在他同时代的翻译家中并不多见。不仅有颇具规模的翻译业绩，穆木天也致力于翻译理论的建设与发展，提出了许多有价值的翻译理论，在论者看来，"穆木天的翻译理论是正确而深刻的，它丰富了我国的翻译理论宝库，这是作为翻译家的穆木天留给我们的一份极为珍贵的遗产"[②]，"他的翻译理论与鲁迅、茅盾等新文学大家的翻译理论共同丰富了我国翻译理论的宝库"[③]。

综上，穆木天在诗歌创作、学术研究及文学批评、教育、翻译等领域均取得了很大的成就，具有"五四"那一代学人"百科全书"式的知识特征，为 20 世纪中国新诗发展，外国文学译介、研究及教学做出了相当大的贡献。穆木天与鲁迅、周作人、郭沫若、郁达夫、成仿吾、蒲风

---

① 陈方竞：《穆木天传略》（上），《新文学史料》1997 年第 1 期，第 194～204 页。
② 全国首届穆木天学术讨论会、吉林师范学院学报编辑部编《穆木天研究论文集》，时代文艺出版社，1990，第 324 页。
③ 全国首届穆木天学术讨论会、吉林师范学院学报编辑部编《穆木天研究论文集》，时代文艺出版社，1990，第 331 页。

等一批中国现代文学史上的重要人物有着密切的联系；他是创造社、中国诗歌会、中国诗歌作者协会、中华全国文艺界抗敌协会等一批中国现代文学史上的重要团体、协会的创办者、缔造者、参与者；他是巴尔扎克、雨果、纪德、王尔德、普希金、莱蒙托夫、高尔基在中国的最早译介者、研究者之一。但是，本应该在中国现代文学史、翻译文学史上占据一席之地的穆木天却在文学史中"失踪"了。穆木天的"失踪"与之后的"回归"都受到了特定历史时期政治意识形态、文化环境等诸多因素的影响。本节立足基本史实，通过对现有材料的搜寻、爬梳、挖掘、分析，从文学史书写、研究历程、研究角度三个层面纵向、横向考察学界的穆木天研究。

一　文学史著作中的穆木天

（一）中国现代文学史著作中的穆木天

穆木天在中国现代文学史著作中经历了"早期显现"—"持续失踪"—"渐次回归"的曲折历程。

1. 早期显现

1922 年，穆木天发表了生平第一首诗歌《复活日》，刊载于《创造》季刊第 1 卷第 3 期。1922 年到 1925 年，穆木天共计发表 7 首诗歌、1 篇论文、1 本译作。1926 年穆木天迎来了创作丰盛期，发表了 25 首诗歌及代表性诗论《谭诗》。1927 年，穆木天的第一本诗集《旅心》由上海创造社出版部出版。由此，穆木天开始在诗坛上崭露头角并逐渐占据一席之地，他的诗作、诗论引起了反响并得到了一定的评论，如赵景深、郁达夫等人的评价。

穆木天由此以诗人的身份进入中国现代文学史著作中，但基于穆木天复杂的创作特点、曲折的生命历程以及文学史书写大背景、文学史书写目的、文学史书写者的差异，穆木天在中国现代文学史著作中经历了早期显现、持续失踪、渐次回归的曲折历程，不同阶段的中国现代文学史著作对穆木天的观照与书写不尽相同，具体呈现见表 1 – 1。

表 1-1 新中国成立前中国现代文学史对穆木天的呈现

研究成果	基本内容
赵景深《中国文学小史》（1926 年大光书局，初版；1934 年，发行至第 19 版）	全书共分为 35 章，赵景深在最后一章"最近的中国文学"将中国现代诗歌分为五类，在谈到第五类象征诗歌时，提及穆木天，并说"穆木天作旅心，则直接声明他的诗是学法国象征派拉弗格的"（1934 年版，第 191 页）。这是穆木天在中国文学史著作上的第一次显现
王哲甫编著《中国新文学运动史》（1933 年 9 月，北平杰成印书局出版）	该书是我国最早出版的现代文学史著作之一，"是第一部具有系统规模的中国新文学史专著"①。全书共十章，第六章"新文学创作第二期"第二部分"创造社诗人"以两页半近千字篇幅介绍了穆木天的《旅心》以及诗论《谭诗》（第 202 ~ 204 页）。这是穆木天在中国现代文学史著作上的第一次显现
朱自清编选《中国新文学大系·诗集》（1935）	该诗集收录了穆木天的六首诗歌。朱自清在诗集导言中评价穆木天的诗歌"托情于幽微远渺之中，节奏也追求整齐，却不致力于表现色彩感"
阿英编选《中国新文学大系·史料·索引》（1935）	该书收录了穆木天《旅心》的全部目录，并评价《旅心》"在新诗集中，此为别创一格者"
赵景深《中国文学史新编》（1936 年北新书局出版）	第三部分第十六讲"现代文学"第一节"诗歌"部分谈到穆木天（第 348 页），同之前的《中国文学小史》中关于穆木天的论述基本一致
李一鸣《中国新文学史讲话》（1943 年上海世界书局出版）	第三章"诗"第三节"第三时期"讨论了穆木天的诗歌，认为"穆木天的诗，在声音一方面是相当的考究幽玄朦胧，令人感到轻暗的气息，象征派的诗歌至此已达顶点，他自云是学法国的拉福克，诗集有旅心、流亡者的歌"，并介绍了穆木天的《苍白的钟声》（第 79 ~ 80 页）
王瑶《中国新文学史稿》（上册于 1951 年由开明书店出版，下册于 1953 年 8 月由新文艺出版社出版②）	该书四次提及穆木天。第二章"觉醒了的歌唱"第三节"形式的追求"以半页的篇幅评论了穆木天的诗歌主张；第七章"前夜的歌"第三节"中国诗歌会"引用了穆木天为中国诗歌会写的《新诗歌发刊词》以及穆木天对柳倩的评价语，提及了穆木天的诗集《流亡者之歌》。这是 1957 年之前穆木天出现频率最高的中国现代文学史著作

2. 持续失踪

此后，穆木天的名字便在中国现代文学史著作上消失了，穆木天女儿穆立立敏锐地捕捉到这一点，在《穆木天诗选》编后记中写道："穆木天为开创新诗创作的一代新风作出了不应磨灭的贡献。然而在一九五

---

① 黄修己：《中国新文学史编纂史》（第二版），北京大学出版社，2007，第 32 页。

② 1982 年修订，由新文艺出版社重新出版；2000 年河北教育出版社出版《王瑶全集》，《中国新文学史稿》作为全集的第三、四卷收录。

七年以后的文学史中，穆木天的名字消失了……"① 除了少部分中国现代文学史著作对穆木天有所论述之外，大部分中国现代文学史著作对穆木天基本无涉及与论述。

或根本不提穆木天的名字，诸如高等教育出版社 1959 年出版的北京师范大学中文系现代文学教学改革小组编写的《中国现代文学史参考资料》、上海文艺出版社 1959 年出版的复旦大学中文系现代文学组学生集体编著的《中国现代文学史》、济南印刷厂 1960 年出版的山东师范学院中文系编写的《中国现代文学史》、吉林人民出版社 1962 年出版的吉林大学中文系中国现代文学史教材编写小组编写的《中国现代文学史》、中国人民大学出版社 1964 年出版的中国人民大学语言文学系文学史教研室现代文学组编著的《中国现代文学史》、东亚书局 1970 年出版的李辉英编的《中国现代文学史》、中国人民大学出版社 1979 年 7 月出版的林志浩等主编的《中国现代文学史》、江苏人民出版社 1979 年 8 月出版的九院校编写的《中国现代文学史》、山东人民出版社 1979 年 8 月出版的田仲济和孙昌熙主编的《中国现代文学史》、云南人民出版社 1981 年 6 月出版的十四院校编写的《中国现代文学史》、沈阳教育学院 1982 年 5 月出版的王野等人主编的《中国现代文学简史》、河南教育出版社 1984 年 8 月出版的叶鹏主编的《中国现代文学》、山东教育出版社 1984 年 4 月出版的冯光廉等主编的《中国现代文学史教程》、东北师范大学出版社 1986 年 6 月出版的萧新如等主编的《中国现代文学史》等著作或者教材均无穆木天的信息，没有穆木天的名字。即使到了 21 世纪，有的现代文学史著作仍然没有穆木天的名字，诸如上海古籍出版社 2005 年出版的许道明的《中国新文学史》、高等教育出版社 2010 年出版的刘勇和杨志主编的《中国现当代文学》、广西师范大学出版社 2010 年 8 月出版的高占伟主编的《中国现代文学三十年》、高等教育出版社 2013 年 4 月出版的丁帆主编的《中国新文学史》、浙江大学出版社 2013 年 8 月出版的高玉主编的《中国现当代文学史》等一系列中国现代文学史著作没有出现过穆木天的任何信息，穆木天的名字在这些书中消失得干干净净，毫无痕迹。

---

① 　穆立立编选《穆木天诗选》，人民文学出版社，1987，第 334 页。

或是一笔带过，只有"穆木天"三个字，列举之外，别无他论，如 2003年9月南海出版公司出版的宋阜森、张用蓬主编的《中国现代文学史》上编"文学史编"第一章"'人的解放'与'文的觉醒'"第五节"'为艺术派'作家的文学创作"提到了穆木天的创造社成员身份，一笔带过；第二章"审美的多元并存与文学的自觉拓展"第三节"'别求新声于异邦'的象征诗派"提到了穆木天的象征派诗人身份以及他的诗集《旅心》，仅为列举，并无分析、评判。东北师范大学出版社2005年10月出版的肖振宇编著的《中国现代文学史》"20年代文学"第一章"文学史概况"第三节"新文学社团的出现"创造社成员中列举了穆木天的名字；第四章"诗歌创作"第一节"概说"中，穆木天作为早期象征诗派的代表作家被列举；第十五章"诗歌创作"第一节"概说"谈到了作为中国诗歌会发起人的穆木天，并在分析中国诗歌会的创作方向时，引用了穆木天《新诗歌发刊词》中的观点（第171页）。武汉大学出版社2012年1月出版的黄曼君、朱寿桐主编的《中国现代文学史》第一编"'五四'文学革命运动与中国新文学的发生、发展"第二章"新文化运动、文学革命与新文学的发生"第五节"文学社团的蜂起"谈到创造社的成员时罗列了穆木天的名字（第75页）。再如高等教育出版社1991年出版的李德尧等人主编的《新编中国现代文学简史》（第304页）、2002年1月郭志刚和孙中田主编的《中国现代文学史》（第252页）、北京师范大学2006年8月出版的刘勇和邹红主编的《中国现代文学史》（第196页）、上海教育出版社2009年8月出版的王嘉良和颜敏主编的《中国现当代文学史》（第91页）等教材大都以"李金发与初期象征诗派"为题，主要谈论李金发的创作，兼顾提及象征派的其他人物名字，穆木天在此种背景下呈现；中国人民大学出版社2012年4月出版的刘勇主编的《中国现当代文学》教材，全书总共出现了两次"穆木天"，第95页穆木天出现在创造社成员的名单上，第202页穆木天出现在初期象征派代表诗人的名单中，但仅仅是一个名字而已，无论是穆木天的诗歌创作，还是他的诗论，该书都没有涉及。

3. 渐次回归

穆木天自20世纪70年代后期逐渐回归，他的生平、著作开始被一些中国现代文学史教材或著作提及。然而，穆木天的回归是不完全的回归，是断断续续回归及片面、局部回归，具体呈现见表1-2。

表1-2　20世纪70年代后期以来文学史对穆木天的呈现

研究成果	主要内容
司马长风《中国新文学史》（昭明出版社，1975）	上卷第三编"成长期——1921—1928"第十四章"重整步伐的新诗"第四节"李金发与戴望舒"分析李金发、戴望舒等人的诗歌时，罗列了象征派其他代表人物的名字，穆木天名列其中（第203页）；中卷第四编"收获期——1929—1937"第二十二章"诗国的阴霾与曙光"第五节"左派的救亡诗歌"讨论中国诗歌会的创作情况，提到了穆木天为中国诗歌会写的发刊词，评价"穆木天是中国诗歌会的首席诗人，写的诗不过如此，他本人的诗才本来不高，上了政治枷锁，就更显得力不从心了，这些诗哪里有诗味，连在一起原是散文，原不须分行写成诗，臧克家称它们为口号诗，一点也不诬枉"（第179页）
唐弢主编《中国现代文学史》（人民文学出版社，1979）	该书分为三册。第十一章"第二次国内革命战争时期的文学创作"第三节"中国诗歌会诸诗人和臧克家等的创作"引用了穆木天为中国诗歌会写的发刊词（第297页），并且介绍了穆木天的诗集《流亡者之歌》（第302页）
邵伯周主编《简明中国现代文学史》（天津人民出版社，1986）	该书第二编第六章"'左联'作家（下）"第一节"中国诗歌会"引用了穆木天为中国诗歌会写的发刊词，并整体评价了穆木天等人的创作，认为他们"创作了不少反映现实生活，具有鲜明战斗精神的诗歌"（第250页）
钱理群、吴福辉、温儒敏、王超冰合著《中国现代文学三十年》[①]（上海文艺出版社，1987）	第一编"第一个十年"第八章"多种新诗流派的开拓"第五节"新诗的不同发展方向——李金发为代表的早期象征诗派与蒋光慈为代表的早期无产阶级诗歌"以18行的篇幅介绍了穆木天的诗论《谭诗》（第175页）；并以两行半的文字评价了穆木天的诗集《旅心》，"穆木天的《旅心》为了增加诗的朦胧性与暗示性，作了废除诗的标点的试验，并常采用叠字、叠句式回环复沓的办法来强化诗的律动"（第177页） 第二编"第二个十年"第十六章"两大新诗派别的对峙"第一节"革命现实主义流派的诗歌创作"引用了穆木天为中国诗歌会写的发刊词（第335页）；提到了穆木天的叙事诗《守堤者》（第337页），引用了穆木天《关于歌谣之创作》中关于诗歌歌谣化的论述与主张（第341页）
黄修己《中国现代文学发展史》（中国青年出版社，1988）	该书第五章"在探索中的新诗"第三节"李金发和象征派的诗"中谈论了穆木天的诗论、诗集《旅心》的内容以及穆木天诗歌《苍白的钟声》的形式，并认为"作者希望通过形式的变幻，以助并不充实的内容的显现"（第166页）

----

① 该书于1998年由北京大学修订再版。第一编"第一个十年"第六章"新诗一"第五节"纯诗概念的提出与早期象征派诗歌"在论述穆木天的诗论《谭诗》时稍微做了改动（第136页）；对《旅心》评述没有变化（第139页）。第二编"第二个十年"第十六章"新诗二"第一节"中国诗歌会诗人群的创作"对穆木天的论述也没有变动。

续表

研究成果	主要内容
王嘉良、李标晶主编《中国现代文学史新编》（上海社会科学院出版社，1990）	该书第十章"第二个十年的诗歌"第二节"中国诗歌会诸诗人和臧克家的创作"难能可贵地论及了穆木天前后诗风的转变，"他最初是以象征主义手法写诗鸣世的，但他没有迷恋、沉溺于神秘朦胧的象征主义诗境，至三十年代，受时代潮流影响，诗风为之一变。此时的诗作能与时代的要求相结合，能为大众所接受，开拓了粗犷浩阔的新境界"（第362页）
程光炜等主编《中国现代文学史》（中国人民大学出版社，2000）	上编第九章"时代激流中的左翼文学"第二节"激昂的左翼诗歌"中，穆木天作为中国诗歌会的发起人之一被提及（第172页） 上编第十章"现代文学思潮"第一节"李金发与象征派诗人"较为详细地介绍了穆木天的诗论"纯诗"概念，并从理论到实践，指出"穆木天的诗作正实践着他自己的理论主张。他的诗集《旅心》注重诗的暗示性和朦胧美……在形式上追求外在的音节的复沓与回环的效果和一种音乐的节奏，以传达所谓内生命的交响和律动"，继而分析了《旅心》中的具体篇目《雨后》。最后总结道，"穆木天的理论意义多少超过了他的具体实践所取得的成绩。这也是大多理论现行的现代诗人的通病"（第184～185页） 下编第十六章"东北流亡作家与流亡文学"第一节"流亡作家的文学轨迹"提及东北流亡作家群之一员穆木天及他的诗作《给流亡者》（第276页）
唐弢主编《中国现代文学史简编》（增订版）（复旦大学出版社，2008）	该书第三章"五四时期及五四后新文学社团的创作"第四节"郁达夫及创造社作家的作品"提及创造社成员穆木天（第111页） 第八章"左联时期的文学创作二"第三节"中国诗歌会诸诗人与臧克家的创作"提及作为中国诗歌会发起人的穆木天，引用了穆木天撰写的《新诗歌发刊词》（第224页），并且援引穆木天的文字点评其诗集《流亡者之歌》"唱哀歌以吊故国的情绪"（第226页）
严家炎主编《二十世纪中国文学史》（高等教育出版社，2010）	上册第七章"五四后的新诗与散文"第三节"二十年代诗体诗风流变与初期象征派诗"提到了穆木天的诗论文章《谭诗》（第219页），并以六行的篇幅介绍了穆木天的《旅心》的艺术特色，认为穆木天的诗"不同于李金发诗的句式既不齐整又不顾韵脚，穆木天的诗讲究音节、韵律的和谐，注意外在形式节奏与内在情感起伏之间的协调，它们无论在诗歌意象或是音乐性上都是较为精致的，这与穆木天自觉接受法国后期象征派诗人拉弗格强调音乐性的主张有关"（第221页） 中册第十三章"三十年代的诗歌、散文创作"第一节"臧克家和中国诗歌会的创作"提到了中国诗歌会的发起人穆木天，并介绍了穆木天的叙事长诗《受堤者》（第67～68页）
朱栋霖等主编《中国现代文学史》（高等教育出版社，2012）	第四章"20年代新诗（一）"第一节"20年代新诗概述"以六行文字介绍了穆木天的《谭诗》（第81页） 第十四章"30年代新诗"第一节"30年代新诗概述"部分提到了作为中国诗歌会发起人的穆木天以及穆木天写的发刊词和叙事长诗《受堤者》（第212～213页）

续表

研究成果	主要内容
孔范今主编《中国现代文学史》（人民教育出版社，2012）	第三章"新文学革命运动及其发展中的分化与转化"第二节"文学研究会与创造社"在谈到创造社的诗歌创作时提及穆木天的名字（第 90 页） 第八章"象征派诗作与现代派诗歌的新探索"第一节"李金发与戴望舒"在"纯诗"概念的注释中提及穆木天的名字（第 226 页）
余芳、谌华主编《中国现代文学史》（中国工商出版社，2013）	第一编"第一个十年"第三章"代表作家及其作品"第三节"'五四'新诗运动"第三部分"李金发与初期象征诗派"主要分析了李金发的诗歌创作，在结尾处提及"与李金发同时或稍后开始进行象征诗歌尝试的"穆木天及他的诗集《旅心》（第 53 页） 第二编"第二个十年"第八章"诗歌"较为详细地介绍了诗人穆木天。明确穆木天的中国诗歌会发起人身份；以穆木天撰写的《新诗歌发刊词》介绍了中国诗歌会的理论主张；以穆木天发表的《关于歌谣之创作》分析了中国诗歌会在诗歌形式上的"歌谣化"倾向；提及穆木天的具体诗作《在喀林巴岭上》，认为其"呈现出崇高的美学风格"（第 142 页） 第三编"第三个十年"第三章"代表作家及作品"第三节"诗歌"提及穆木天参与创办的《时调》诗月刊，掀起了武汉朗诵诗运动的高潮（第 234 页）
高旭东《中国现代文学史》（北京师范大学出版社，2017）	第二章"走向现代的五四文学"第六节"郭沫若与创造社流派的其他诗人"第二部分"宗白华、穆木天、王独清、冯乃超的诗歌"以四行文字的篇幅简要介绍了穆木天的生平、创作、诗论，以一行半文字的篇幅分析了《落花》一诗，认为其存在"一种难以说明的诗境，在纤细的阴柔中夹杂着漂泊、爱情、归家的各种暗示，在音乐与绘画的通感与交响中进行诗意的表现"（第 110 页）；第四章"左翼文学的兴起与新的文坛格局（1927—1937）"第二节"左翼作家的浪漫与写实"第一部分"左翼作家群像扫描"提及穆木天参与中国诗歌会的发起，以及他写的发刊词；同时提到穆木天的两部诗集《流亡者之歌》《新的旅途》，肯定了《外国士兵之墓》的艺术成就，也指出了穆木天此时期创作的不足，"然而即使是穆木天，在诗歌大众化的浪潮中，也写了很多像《我们要做真实的诗歌记录者》等诗味不多的诗"（第 231～232 页）

综上，通过对中国现代文学史著作中穆木天呈现历程及书写内容的考察，可以发现以下几个特点。

其一，穆木天经历了"早期显示"—"持续失踪"—"渐次回归"的曲折历程。

其二，中国现代文学史著作对穆木天的书写并不充分，或压根不提，或一笔带过，或只言片语；没有一本设立穆木天专章或者专节的中国现代文学史著作；对穆木天展开详细论述的屈指可数；对穆木天论述超过一页篇幅的也仅有寥寥几本，故相当一部分中国现代文学史著作对穆木天的书写不充分、不全面，存在着诸多的空白，中国现代文学史著作对穆木天定位不清、评价不明。

其三，对穆木天有所论述的中国现代文学史著作主要聚焦在以下几个方面：创造社的成员、中国诗歌会的发起人、象征派的代表人物、《旅心》的作者。论述散落在不同的章节，比较分散，且模式化、同质化。

其四，对穆木天有着较为详细书写的中国现代文学史著作同样存在着诸多疏漏，并不充分、全面，如穆木天的第三部诗集《新的旅途》、穆木天的散文并没有得到关注；在诗歌、散文创作之外，穆木天也有着丰富的翻译成果，至于穆木天译作与穆木天创作之间的关联更是鲜有著作涉及。

（二）中国翻译文学史著作中的穆木天

在 1988 年出版的"我国第一部《中国翻译家辞典》"① 中设有翻译家"穆木天"词条，简单介绍了穆木天的生平，然后罗列了 11 种穆译书目②，陈述史实之外并无其他评价及评判。

"翻译家是翻译史的主体"③，"一部中国翻译史，不用说，首先是著名翻译家重大业绩的记录"④，目前中国翻译文学史著作上的穆木天不能说完全失踪，但也不能说引人注目，基本上处于一种可有可无、"半隐半显"的状态，我们以几种代表性的中国翻译文学史著作⑤为例进行考察与分析（见表 1 - 3）。

---

① 张万方：《评〈中国翻译家辞典〉》，《中国翻译》1991 年第 5 期，第 43 页。
② 《中国翻译家辞典》编写组编《中国翻译家辞典》，中国对外翻译出版公司，1988，第 440 页。
③ 穆雷、诗怡：《翻译主体的"发现"与研究——兼评中国翻译家研究》，《中国翻译》2003 年第 1 期，第 13 页。
④ 袁锦翔：《名家翻译研究与赏析》，湖北教育出版社，1990。转引自穆雷、诗怡《翻译主体的"发现"与研究——兼评中国翻译家研究》，《中国翻译》2003 年第 1 期，第 13 页。
⑤ 据蓝红军统计，1978—2007 年，我国内地已经出版 71 部翻译史专著。蓝红军：《翻译史研究方法论四题》，《天津外国语学院学报》2010 年第 3 期，第 44 页。

表1-3　代表性中国翻译文学史著作对穆木天的介绍

研究成果	主要内容
陈玉刚主编《中国翻译文学史稿》（中国对外翻译出版公司，1989）	第二编"中国现代翻译文学发展的初期"（从1915年新青年社到1930年"左联"成立）第四章第一节两次提及穆木天。第一次将郁达夫与郭沫若、穆木天比较，"如果从翻译文学史的角度看，他（郁达夫）的活动比起郭沫若来要少得多。以译作数量论，他也远远不如创造社其他成员如穆木天那样多"（第143页），侧面肯定了穆木天的翻译实绩；第二次，聚焦穆木天，认为他在外国文学翻译层面"颇有成绩"，并整体勾勒了穆木天的翻译历程，"从二十年代起，一直到四十年代，他坚持不断地从事翻译活动"（第145页），罗列了8种穆木天译作，不过令人遗憾的是该书记录错了穆木天的逝世时间（将穆木天的逝世时间标记为1968年，实际上是1971年） 第三编"中国现代翻译文学发展的中期"（从1930年"左联"成立到1937年抗战开始）第六章第二节中，"穆木天"三字出现在《世界文库》编译委员会成员的名单上（第284页） 第四编"中国现代翻译文学发展的后期"（从1937年抗战开始到1949年中华人民共和国成立）"概述"部分，穆木天作为国统区从事翻译活动的工作者中的一员被提及；第三章第一节提及穆木天翻译的普希金的《青铜骑士》和莱蒙托夫的《恶魔》（第307页）
谢天振、查明建主编《中国现代翻译文学史》（1898—1949）（上海外语教育出版社，2004）	该书共24次提及穆木天 上编第三章第三节在描述创造社的翻译活动时肯定了穆木天的翻译贡献。该书同陈玉刚的《中国翻译文学史稿》一样记录错了穆木天的逝世时间，将其标记为1968年 上编第五章第三节提及穆木天翻译的《恶魔》（第101页）；第四节论及《世界文库》译载的文艺理论著作时，提及穆木天翻译的巴尔扎克《人间喜剧总序》（第109页） 下编第六章第二节四次提及穆木天。第146页讨论普希金诗歌40年代汉译情况时，提及作为译者的穆木天——"1944年《文艺杂志》发表穆木天译的《高加索的囚徒》"，但这一点实际上是错误的，通过对数据库原始文献及陈方竞编写的《穆木天著译年表》查阅可知，穆木天翻译的《高加索的俘虏》刊载于1942年《文学译报》第1卷第5、6期合刊；第155页提及穆木天翻译的《帆》《囚徒》《天使》等莱蒙托夫三部作品，并阐释道，"穆木天是当时为数不多的通晓俄语的译者，选择《帆》这首莱蒙托夫精神的象征之作来翻译，表明了他对莱蒙托夫的深入认识"；第157页将穆木天同另一位翻译家余振归为"三四十年代我国培养的第二代通晓俄语的译者"；第210页提及穆木天翻译的高尔基《初恋》 下编第七章共两次提及穆木天。第一节"概述"提及《王尔德童话》的巴金、穆木天译本（第252页）；第二节谈到穆木天翻译的《王尔德童话集》（1922年上海泰东书局）（第323页） 下编第八章共十五次提及穆木天。第一节"概述"共九次提到穆木天。第387页两次提及穆木天，一是1936年穆木天译介巴尔扎克的《欧贞尼·葛郎代》，二是1928年穆木天翻译纪德的《窄门》。第391页论述法国象征主义译介对中国新诗的影响时提到了穆木天，指出"象征派的风格在他们作品中所留下的痕迹"。第393页三次提及穆木天，一是在描述法国文学翻译队伍时提及穆木天的名字；二是谈到穆木天与鲁迅关于直接翻译与间接翻译的论

续表

研究成果	主要内容
谢天振、查明建主编《中国现代翻译文学史》（1898—1949）（上海外语教育出版社，2004）	争，并肯定了穆木天的观点，认为"尽管茅盾、鲁迅并不同意穆木天的看法，指出在当时的情况下，过分强调从原文翻译外国文学作品不利于我国翻译文学的繁荣，但从法国文学来说，由于有了许多懂法文的译者，无疑有利于译文质量的提高"；三是谈到穆木天对巴尔扎克长篇小说的翻译；第395~396页在描述巴尔扎克作品的汉译时，三次提及穆木天，"涌现出了像穆木天、高名凯、傅雷等主要翻译家，为中译巴氏作品做出巨大贡献"，提及穆木天翻译的《二诗人》《巴黎烟云》《欧贞尼·葛郎代》等巴氏作品。第二节共六次提到穆木天。第401~402页提出"最早翻译巴氏长篇的是穆木天"的观点，并罗列史实以及勾勒巴氏长篇的译介历程；第404页对于穆木天的生平作了如下描述，"穆木天，留法学生，曾在巴黎大学攻读语言学，并获博士学位"，这一句表述信息有误，穆木天是留日学生，在东京帝国大学攻读法国文学，没有获取博士学位；第406页谈到穆木天、高名凯、傅雷三人的巴尔扎克译介，肯定了穆译本的序言、插图价值，评判穆木天的译文近似"直译""死译"，忠实，但不流畅；第422页谈到穆木天翻译的司汤达《青年烧炭党》；第430页谈到穆木天1934年翻译的《以演剧为中心的卢梭和百科全书派之对立》；第437页谈到穆木天翻译的莫泊桑《毛郎那个公猪》（今译为《莫兰这只公猪》）
孟昭毅、李载道主编《中国翻译文学史》（北京大学出版社，2005）	第九章第一节介绍了穆木天的生平，评价他"在翻译介绍外国文学方面颇有成绩"（第112页），勾勒了他的翻译活动及作品，并且同样记录错了穆木天的逝世时间（依旧认为穆木天于1968年逝世） 第十五章第三节提及穆木天翻译的纪德《田园交响乐》（第179页） 第十八章第二节，穆木天作为《世界文库》编委会成员被提及（第212页） 第二十章提及穆木天翻译的普希金长诗《青铜骑士》和莱蒙托夫长诗《恶魔》（第230页）
马祖毅等《中国翻译通史》（湖北教育出版社，2006）	第三章"俄苏文学"第87页提到了穆木天翻译的《恶魔》；第107页提到了穆木天据日译本转译的高尔基的《初恋》。 第四章"法国文学"第160页提及穆木天翻译的《青年烧炭党》；第163页列举了穆木天翻译的巴尔扎克的系列作品；第202页提到了穆木天翻译的纪德作品《窄门》和《牧歌交响曲》。 第五章"英国文学"第276页提及穆木天翻译的《王尔德童话集》
查明建、谢天振《中国20世纪外国文学翻译史》（湖北教育出版社，2007）	该书是在2004年上海外语教育出版社出版的谢、查主编的《中国现代翻译文学史》（1898—1949）基础上完成的20世纪中国外国文学翻译史。两者有重叠的地方，诸如1898—1949年的外国文学翻译史描述；当然也重新撰写、补充了20世纪下半段的外国文学翻译史。对穆木天的讨论，同样既有相同的地方，也有不同的地方。在此，我们只论述不同的地方，重复的地方不再赘述（2007年版本对穆木天的讨论基本上沿用了2004年版本中的相关内容） 第五章第二节第452页有近一页篇幅的穆木天论述，介绍了穆木天的求学经历、教师生涯、诗歌创作、学术研究，罗列了穆木天翻译的作品，并且更正了之前版本中穆木天逝世时间的错误标记，将1968年改为1971年 第七章第三节第570页引用穆木天《关于外国文学名著翻译》（1951年发表在《翻译通报》第3卷第1期）中的观点，说明政治意识形态对外国文学作

研究成果	主要内容
杨义主编七卷本丛书《二十世纪中国翻译文学史》（百花文艺出版社，2009）	品翻译的过滤与筛选第三卷第五章第二节提到穆木天翻译的《王尔德童话集》（第172页） 第四卷第二章描述了穆木天同鲁迅关于"重译"的论争，认为两者"并非是带有根本性的冲突"（第44页），只是侧重点不同 第五卷第一章第九节正文及注释3中提到了穆木天编译的《王尔德童话》（上海泰东书局1922年初版，1929年第5版）与《王尔德童话集》（1933年世界书局）（第46页）；第二章第三节提及雨果诗歌翻译时，在注释1中谈到《文艺生活》刊发的穆木天翻译的雨果的《穷苦的人们》《光明》《我的童年》《田园生活》等诗作（第92页）；第四节谈到穆木天翻译巴尔扎克作品的具体名目及书稿书影，认为穆译本"印制较为精美，大三十二开本，有插图，有详尽的译序和译注"（第94页），指出"就当时和后来的影响来说，最突出的是穆木天、高铭凯和傅雷三家"（第94页），并将穆木天译本同高译本比较，认为穆译本较之于高译本，语言更加端庄，语句更为灵活，同时高度肯定了穆木天为译本撰写的"译者之言"的学术价值与意义（第95页）；同时将穆译本与傅译本进行比较，指出"傅译本语言非常成熟，以往译本中多少会存在的生涩感在这里完全没有了；而且，傅译本还格外有一种活泼生动的文笔"（第96页）；第十节列举了穆木天翻译纪德的两部作品《牧歌交响曲》和《窄门》（第135页）
王友贵《20世纪下半叶中国翻译文学史：1949—1977》（人民出版社，2015）	第六章"政治与翻译文学夹杂不清"两次提及穆木天在翻译批评上的自我批评及他的署名文章《我对翻译界三反运动的初步认识》（第104、123页） 第十一章"大起大落的俄苏文学翻译"在谈到俄苏诗歌翻译群体时，两次提及穆木天的名字，别无他论（第368、391页） 第十五章"法国文学与英国文学汉译"提到巴尔扎克的译者时，提及穆木天的名字及生卒年月，概无他论（第729页）
陈福康《中国译学理论史稿》（修订本）（上海外语教育出版社，2000）	该书集中梳理了自古代到新中国成立后的译学理论。其中第三章"民国时期译学理论"共二十三节，分节讨论了鲁迅、郭沫若、郁达夫、成仿吾等译家的译学理论，同为创造社重要成员且有丰富译论的翻译家穆木天并无专节，即使在提到创造社翻译群体时也并没有提及穆木天。穆木天仅出现在"鲁迅对译学理论的重大贡献"中，被提及描述其与鲁迅关于重译的翻译论争（第301~302页）；该书提及穆木天的《从〈为翻译辩护〉谈到楼译〈二十世纪之欧洲文学〉》，鲁迅批评其专揭"烂疤"（第305页）；本章结尾谈到民国时期的翻译论争时，再次提及鲁迅与穆木天的论争（第357页）
王秉钦《20世纪中国翻译思想史》（第二版）（南开大学出版社，2018）	该书在第二章"中国传统翻译思想转折时期——'五四'新文学时期翻译思想"中分四节梳理了鲁迅、瞿秋白、郭沫若、成仿吾的翻译思想，无穆木天专节；在"概论"部分论及创造社群体的翻译时，也没有提及穆木天；穆木天仅出现在"鲁迅的翻译思想"一节中，作为与鲁迅翻译"重译"/"复译"思想论争的译者出现。在表述中，该书将穆木天定性为"著名法国文学翻译家"（第141页），既难能可贵，又以偏概全

研究成果	主要内容
文军主编《中国翻译批评百年回眸：1900—2004翻译批评论文、论著索引》（北京航空航天大学出版社，2006）	该书收录了自 1900 年到 2004 年 12 月 31 日的中国出版物涉及翻译批评的文章、论文、专著、教材等。通过对该书"作者索引"部分的查阅，该书并无"穆木天"词条，或说没有收录署名穆木天发表的翻译批评文章。实际上，自 1933 年到 1952 年，穆木天先后在《申报·自由谈》《翻译通报》等刊物上发表多种翻译批评文章。该书涉及穆木天的地方有以下两处：作为鲁迅的论战对象被提及（第 11 页），作为赵少侯的批评对象被提及（第 30 页）

综上，中国翻译文学史著作的穆木天书写呈现以下几个特点。

其一，涉及穆木天的中国翻译文学史著作不多，上述几种具有代表性；2017 年上海外语教育出版社出版的方梦之、庄智象主编的《中国翻译家研究》（民国卷）与《中国翻译家研究》（当代卷）毫无穆木天的踪影，即使在论述鲁迅翻译论争时，也没有提及穆木天的名字。

其二，中国翻译文学史著作对穆木天的书写极不充分，评价不清、定位模糊，大都将他置于次要、陪衬的边缘地位，而非独立的"翻译家主体"，没有"翻译家穆木天""穆木天的翻译文学""穆木天的翻译思想""穆木天的译学理论"等专题、专章、专节，有的只是在谈到某一外国作品的汉译或者某一场翻译论争时，将穆木天的名字作为陪衬，一笔带过；有时，"穆木天"三字只出现在注释等副文本中。

其三，中国翻译文学史著作对穆木天的书写主要集中在描述和简单罗列阶段，缺乏分析、阐释及翻译判断，有的著作甚至混淆穆木天的逝世时间、学习背景、学习生涯、翻译时间、翻译作品等基本史实。

其四，中国翻译文学史著作对穆木天着墨相对较多的是他对巴尔扎克作品的翻译，但也仅仅列举穆木天翻译的巴尔扎克作品名录，对于穆木天如何翻译以及翻译得如何，都缺少详细、深入的言说。

二 学界的研究历程：历时视域中的穆木天

在本节中，我们根据相关论文集、数据库尝试勾勒穆木天在研究历程上的发端、失踪与回归。回眸百年，我们将学界的穆木天研究历程整体划分为以下五个阶段或五个时期。

（一）1921—1956 年：发轫期

穆木天一生的创作、翻译、批评主要集中在这一阶段。此阶段几乎没有关于他的学理意义上的真正的研究，有的只是一些零散性、片段性的评论、鉴赏。

1. 翻译层面

周作人 1922 年 4 月 2 日在《晨报副镌》上撰文，批评穆木天翻译的《王尔德童话》（1922 年 2 月）存在地名翻译有待商榷、纸张粗糙、错字等问题。① 刊载于 1952 年 3 月号《翻译通报》上的赵少侯的文章《评穆木天译〈从兄蓬斯〉》将穆木天翻译的巴尔扎克长篇小说《从兄蓬斯》与法文对读，举例指出了穆木天译文的四个缺点，"佶屈聱牙，意义晦涩"、"把原文中的成语照字面译成中国字"、"意义与原文相反或不符的译文"及"自创新词"等；在指责之外，通过对穆木天为译文所加注释的统计，也称赞了穆木天认真负责的翻译态度。②

2. 诗歌层面

赵景深在《冯乃超与穆木天——轻绡诗人和我愿诗人》中认为穆木天的诗集"不过三十首诗，倒有二十四个'我愿'，故我称穆木天为'我愿诗人'"，同时将穆木天与冯乃超比较，认为穆木天的诗歌多用明喻，较为清晰。③ 蒲风的《诗人印象记——穆木天》刊载于 1937 年《中国诗坛》第一卷第四期，该文高度评价了穆木天在中国诗歌会中的地位以及肯定了穆木天所作的抗日救亡诗歌的价值意义。

（二）1957—1978 年：空白期

这一阶段是穆木天研究史上的空白期，穆木天完全从研究者的视野中消失。

---

① 周作人：《自己的园地》，人民文学出版社，1998，第 61 页。
② 全国首届穆木天学术讨论会、吉林师范学院学报编辑部编《穆木天研究论文集》，时代文艺出版社，1990，第 326 页。
③ 赵景深：《新文学过眼录》，广西师范大学出版社，2004，第 154 页。

（三）1979—1987 年：复苏期

十一届三中全会之后，穆木天回到了研究者的视域中，这主要得益于穆木天女儿穆立立、穆木天生前朋友的不懈努力。他们为穆木天的回归付出了巨大的努力。

一方面，穆木天的作品开始重新出版发行，1985 年时代文艺出版社出版了蔡清富、穆立立编的《穆木天诗文集》（发行 760 册，计 455 页，18 万字），1987 年人民文学出版社出版了穆立立编选的《穆木天诗选》（发行 2250 册，计 337 页，17.8 万字），这两部集子收录的作品有的"半个世纪来不曾再版过，后来的作品也是三十余年未见诸于世了……集子中的诗和文是在许多同志的帮助下，经过好几年的时间，很不容易才搜集到的"[①]。这些作品的重新出版为研究穆木天提供了文本基础。

另一方面，穆立立以及穆木天生前的朋友们撰写了一系列回忆性文章，诸如穆立立的《冬夜的回忆——记我的父亲穆木天》《关于我的父亲穆木天和鲁迅先生》、冯乃超的《忆木天》《记穆木天、彭慧》等，基本填充了穆木天研究领域中的史料空白。而且，在穆立立以及穆木天生前朋友的推动下，学术界的研究者们也撰写了一些关于穆木天的文章，诸如《穆木天传略》《穆木天著译年表》《穆木天的诗歌和诗论》等，这些成果将穆木天研究推向学理化、系统化。

这一阶段的研究主要聚焦于穆木天的生平与创作道路，研究目的在于勾勒穆木天完整的生平轨迹，还原穆木天长达几十年的创作道路，挖掘、呈现穆木天的心路历程与精神面貌，因而，这一阶段的研究整体上带有"回忆""史料开掘、发掘"的性质与色彩，为学界后续的穆木天研究奠定了史料基础。

（四）1988—1999 年：高潮期

1988 年，《吉林师范学院学报》开辟了"穆木天研究专栏"，由此也开启了穆木天研究的新局面。

---

① 蔡清富、穆立立编《穆木天诗文集》，时代文艺出版社，1985，第 452 页。

1990 年，穆木天诞辰九十周年之际，全国首届穆木天学术讨论会在吉林召开。大会提交了 33 篇论文，涉及穆木天生平、思想、创作道路、诗歌、诗论、翻译、教学等各个方面，大大推动了、深化了穆木天的研究。1990 年 12 月，全国首届穆木天学术讨论会和吉林师范学院学报编辑部编写的《穆木天研究论文集》由时代文艺出版社出版，这在穆木天研究史上具有标志性的意义。该书收录了全国首届穆木天学术讨论会提交的论文和《吉林师范学院学报》"穆木天研究专栏"上的文章，发行 1000 册，计 420 页，35.4 万字。

1994 年 5 月，穆木天的《平凡集》作为中国现代小品经典书系由河北教育出版社再版，发行 5000 册，计 174 页，9 万字。本次出版发行的《平凡集》距上一次间隔 58 年（《平凡集》曾在 1936 年由新钟书局出版发行）。该书收录了 1933 年秋到 1934 年夏穆木天所写的 46 篇评论性文章。

1995 年，大陆首本穆木天传记《穆木天评传》（戴言著）由春风文艺出版社出版，发行 1000 册，计 92 页，9 万字。全书共 12 章，利用有限的材料介绍评判了穆木天的生平和创作。

这一阶段的研究以上一阶段为基础，并深化了上一阶段的研究。史料挖掘更加充足完备，研究范围及视野更加开阔宽广，成果方面出现了 1 部论文集、1 部评传以及 44 篇期刊论文，并且穆木天生前的《平凡集》得以再版。

（五）2000—2021 年：深化期

1. 学术会议

21 世纪以来，截至 2021 年，以穆木天为主题的学术会议仅有一场。为纪念穆木天先生诞辰一百周年，2000 年 12 月 15 日，北京师范大学举行了"穆木天先生学术思想研讨会"，与会者展开了热烈讨论，内容涉及穆木天的诗歌、诗论、外国文学翻译与评论、教育贡献等各个方面。①

---

① 蔡清富：《"穆木天先生学术思想讨论会"综述》，《中国现代文学研究丛刊》2002 年第 2 期，第 292～296 页。

2. 学术专著

21 世纪以来，以穆木天为主题的学术专著有两部。2007 年北京大学
出版社出版了陈方竞的《文学史上的失踪者：穆木天》，全书计 404 页，
42.5 万字，堪称穆木天研究的集大成者。全书分为三章，将穆木天的文
学批评、诗歌创作、外国文学翻译放在整个现代文学的大环境中进行考
察、观照，颇具新意，有较大的学术价值及学术分量。2016 年国际文化
出版公司出版的国家玮《从旅人到流亡者：穆木天的象征诗及其转变》，
计 162 页，17.4 万字，分为上下两编。上编集中讨论了穆木天的诗论及
诗学主张，下编以三部诗集为例具体分析了穆木天的诗歌创作及诗学
实践。

3. 资料文集

据统计，目前穆木天的资料文集、汇编共两部。2000 年 12 月，北京
师范大学出版社出版了陈惇、刘象愚编选的《穆木天文学评论选集》
（发行 1000 册，计 466 页，42 万字），该书分为四部分，"论外国文学"
"论诗歌及诗歌运动""论诗人及创作""论大众文艺及其他"，收录了穆
木天本人大部分的论文及评论性文章。2012 年陈惇编选的《中国现代学
术经典·穆木天卷》（以下或简称为《穆木天卷》）由北京师范大学出版
社出版，以节选的形式收录了穆木天已经出版的和未出版的学术著作、
课堂讲义以及翻译文稿，极具史料价值。

4. 学位论文

知网收录的以穆木天为题的硕士学位论文仅有两篇（尚无博士学
位论文）。吉林大学季景伟的《穆木天诗歌研究：一个象征主义的视
角》（2010），以《谭诗》《旅心》为对象谈论了穆木天诗论、诗作的
象征主义特征。福建师范大学习丽娟的《"穆木天现象"及穆木天诗学
观研究：兼论文学生态与文学功能的复杂关系》（2012），主要谈论了
穆木天诗学观的前后期转变以及转变的原因，比较分析了穆木天的三
部诗集。

5. 期刊论文

2000 年以后关于穆木天的研究成果多以期刊论文形式呈现，且集中
于穆木天的诗歌、诗论；另有部分关于穆木天生平的史料性文章，大部

分由穆立立撰写，穆木天的外甥楚泽涵根据自己家庭与穆木天的交往，撰文《我所知道的穆木天》（《新文学史料》2019 年第 3 期）回忆了穆木天生前的生活点滴。

这一阶段的研究是在上一阶段的基础上展开的综合性研究，产出了1 部专著、2 篇硕士学位论文以及 79 篇期刊论文；同时，穆木天生前的学术著作、论文、评论文章、讲义、翻译文稿等遗作、遗文也得到了集中收集与出版。

综上，从研究历程看，学界对穆木天的研究经历了发轫期（1921—1956 年）、空白期（1957—1978 年）、复苏期（1979—1987 年）、高潮期（1988—1999 年）、深化期（2000—2021 年）五个阶段。在后两个阶段中，作为研究对象的"穆木天"得到了相对充分的史料挖掘与学理性阐释、研究。

三　学界的研究角度："诗人穆木天"与"翻译家穆木天"

依据研究角度的不同，整体上可以将研究穆木天的成果分为三类，生平类文章（我们在此将关于穆木天的回忆性文章、传记、著译年表研究、教学研究都归为生平研究），诗歌、诗论类文章以及翻译类文章。其中篇数最多的是诗歌、诗论类文章，其次是生平类文章，最少的是翻译类文章，具体统计见图 1 - 1、图 1 - 2。

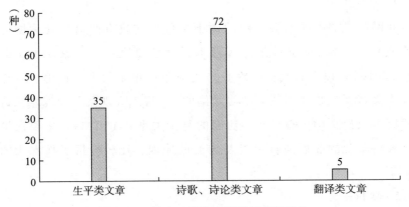

图 1 - 1　穆木天研究文章类型数量统计

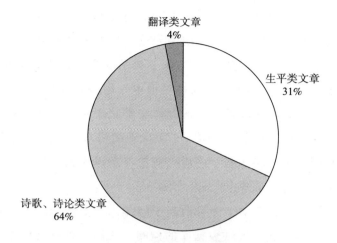

图 1 - 2 穆木天研究文章类型占比统计

由上，诗人穆木天引起了学界的广泛重视，尤其是穆木天的诗歌、诗论，得到了深入的研究，并取得了一系列颇有价值的成果。然而，相比于诗人穆木天，学界对翻译家穆木天的研究可谓微乎其微。从 1921 年到 2021 年关于翻译家穆木天的研究成果寥寥可数，与其持续半个世纪的翻译生涯，上百种、两百余万字的翻译成果极不相称。因此，完全可以说翻译家穆木天处于持续失踪、消失、被遗忘的状态，或说，穆木天的翻译家身份并没有得到学界、读者的完全确认。

第二节 穆木天："首先成为翻译家" 与 "被遗忘的翻译家"

一 "首先成为翻译家"

整合穆木天一生的著译活动与成绩，我们有理由认为穆木天"首先成为翻译家"①，其次才是诗人。

于穆木天本人来说，翻译是他一生最重要的事业，穆木天生前的同事兼好友蒋锡金在《故友三人行》中曾做过这样的评价，"其实他（指

---

① 吴均：《鲁迅翻译文学研究》，齐鲁书社，2009，第 22 页。

穆木天）一生巨大业绩还在翻译方面"①，这是总括穆木天一生的文学业绩而做出的十分中肯的评价。国内率先进行穆木天资料整理与研究的雷锐在文章中说道，"不管怎样，穆木天主要是以翻译家的身份而不是以诗人的身份走完自己一生的"②，这是对穆木天创作翻译生涯的恰切判断。王德胜更是撰文高度评价穆木天的翻译文学功绩及翻译文学史地位，认为"穆木天对我国翻译事业所做出的巨大业绩将永远载入我国翻译史册，他的名字将同鲁迅、郭沫若、茅盾、傅雷等翻译大家一样，永远镌刻在我国翻译文学的历史丰碑上"。③

　　第一，穆木天的文学生涯可谓起于翻译，终于翻译。根据对《穆木天著译年表》及期刊、报纸数据库的检阅，我们可以发现穆木天翻译活动的基本特征。

　　第二，穆木天的翻译早于创作。穆木天的学生陈惇教授曾言，"穆先生在中国现代文学史上，一般是以诗人的身份占有重要地位，其实，他是从学习外国文学、翻译外国童话开始自己的文学道路的"。④ 据我们考证，穆木天翻译活动的起始时间为 1921 年，诗歌创作的起始时间为 1922年。1921 年 10 月 1 日穆木天发表了第一篇严格意义上的文学作品，即他翻译的王尔德的《自私的巨人》，1922 年他出版了译文集《王尔德童话》，并发表了散文诗《复活日》以及诗歌《心欲》。

　　第三，穆木天的翻译生涯久于创作生涯。穆木天的翻译活动自 1921年始，1966 年终，持续近半个世纪；而他的诗歌创作活动自 1922 年始，至 1942 年止。1942 年穆木天最后一部诗集《新的旅途》的出版在一定程度上标志着穆木天诗歌创作生涯的终结。

　　穆木天的翻译数量、翻译规模远远超过创作数量、创作规模。穆木天的诗歌创作主要有《旅心》《流亡者之歌》《新的旅途》三部诗集；从

---

① 蒋锡金：《故友三人行》，《东北师大学报》（哲学社会科学版）1989 年第 5 期，第72～75 页。
② 全国首届穆木天学术讨论会、吉林师范学院学报编辑部编《穆木天研究论文集》，时代文艺出版社，1990，第 65 页。
③ 全国首届穆木天学术讨论会、吉林师范学院学报编辑部编《穆木天研究论文集》，时代文艺出版社，1990，第 331 页。
④ 陈惇、刘象愚编选《穆木天文学评论选集》，北京师范大学出版社，2000，第 462 页。

1921 年至 1957 年，穆木天翻译出版（发表）的作品达 170 种，远超诗歌创作的规模与数量。穆木天的外国文学翻译成果详见穆木天外国文学翻译目录（1921—1957 年）（见表 1-4）。

穆木天外国文学翻译目录（1921—1957 年）

1. 参考书目以及数据库

（1）本目录的编写参考了蔡清富、陈方竞等先生编写的《穆木天著译年表》①，《穆木天著译年表》详细地记录了穆木天 1957 年之前的翻译活动和翻译作品，为"翻译家穆木天研究"提供了"史"的线索及基本材料。

（2）数据库。如"大成老旧期刊全文数据库""晚清期刊全文数据库（1833—1911）""民国时期期刊全文数据库（1911—1949）""全国报刊索引（1833—2011）"。

2. 目录编写规则

（1）按照时间顺序从篇名、原作者、类型、出版信息［出版（发表）日期以及出版社（刊载刊物）］整理穆木天 1921—1957 年的翻译文学目录。

（2）《穆木天著译年表》中遗漏的篇目以及存在错误的翻译篇目，我们用星号加以标识与矫正。

表 1-4　穆木天外国文学翻译目录（1921—1957 年）

篇名	原作者	类型	出版信息
《自私的巨人》	〔英〕王尔德	童话	1921 年 10 月 1 日《新潮》第 3 卷第 1 号
《王尔德童话》	〔英〕王尔德	童话集	1922 年上海泰东书局初版，1929 年 4 月第 5 版，收入世界儿童文学选集第一种（创造社丛书）
《蜜蜂》	〔法〕法郎士	长篇童话故事	1924 年 6 月上海泰东书局初版，1927 年 10 月 3 日再版，1930 年 4 月 4 日再版，收入世界儿童文学选集第三种（创造社丛书）
《万雷白的两首诗》	〔比利时〕万雷白	诗歌	1926 年 2 月 5 日《洪水》半月刊第 1 卷第 10、11 期合刊

---

① 陈方竞：《文学史上的失踪者：穆木天》，北京大学出版社，2007，第 366～395 页。

续表

篇名	原作者	类型	出版信息
《商船"坚决号"》	〔法〕维勒得拉克	剧本	1928 年 10 月上海创造社出版部出版，收入世界名著选第十二种（创造社丛书）
《窄门》①	〔法〕纪德	长篇小说	1928 年 11 月上海北新书局出版
《密茜·欧克莱》	〔法〕维勒得拉克	剧本	1929 年 6 月上海文献出版社出版
《丰饶的城塔什干》	〔苏〕涅维洛夫	长篇儿童小说	1930 年 4 月上海北新书局出版
*《阿尔泰山的传说》	〔俄〕伊凡诺夫	小说	1931 年《现代文艺》第 1 期
《鹿》	Yarga	小说	1931 年 3 月 1 日《文学生活》创刊号
《咏怀》	〔法〕鸠勒·罗曼	诗歌	1931 年 4 月 10 日《现代文学评论》第 1 卷第 1 期
《维里尼亚》	〔苏〕赛孚宁娜	中篇小说	1931 年 6 月上海现代书局出版
《19 世纪法国抒情诗话》		论文	1931 年上海光华书局初版，收《文艺创作讲座》第 1 卷
《左拉的作品及其遗范》	〔法〕巴比塞	论文	1931 年 10 月 20 日《北斗》第 1 卷第 2 期
*《埋葬》	G. Duhamel	小说	1931 年《新学生》第 1 卷第 6 期
《星》	〔法〕马丁尼	诗歌	1931 年 12 月 20 日《北斗》第 1 卷第 4 期
《青年烧炭党》（《犯罪的列车》）	〔法〕司汤达、梅里美、莫泊桑、巴比塞等	短篇小说集	1932 年 1 月上海湖风书局初版，收入世界文学名著译丛；该书后改名《犯罪的列车》由上海复兴书局 1936 年 12 月再版
《初恋》②	〔苏〕高尔基	短篇小说集	1932 年 2 月上海现代书局初版，1933 年再版
《悲剧之夜》	〔苏〕倍兹敏斯基	论文	1932 年 12 月 15 日《文学月报》第 1 卷第 5、6 期合刊
《社会学上所见的艺术》	居友	论文	1933 年 2 月 1 日《读书杂志》第 3 卷第 2 期
《第·泊罗斯托罗依》	培赫尔	论文	1933 年 2 月 11 日《新诗歌》第 1 卷创刊号

① 此为纪德作品在中国的首译。除《窄门》之外，穆木天 1936 年翻译的《牧歌交响曲》也是纪德作品在中国的首译。

② 据日译本转译。

篇名	原作者	类型	出版信息
《吉尔吉兹人的歌》		诗歌	1933 年 6 月 1 日《文艺月报》第 1 卷创刊号
《费尔加那的民谣》		诗歌	1933 年 6 月 1 日《文艺月报》第 1 卷创刊号
《关于文学史的方法诸问题》	〔日〕川口浩作	论文	1933 年 6 月 1 日《现代》第 3 卷第 2 期
《集尔新斯基公社的孩子》	集尔新斯基公社的一学生作	报告文学	1933 年 6 月 5 日《青年界》第 3 卷第 4 期
《朝鲜童谣二首》①		诗歌	1933 年 11 月 1 日《申报·自由谈》
《帆》	〔苏〕莱蒙托夫		1933 年 11 月 23 日《申报·自由谈》
《王尔德童话集》	〔英〕王尔德	童话集	1933 年上海书局出版，1947 年上海天下书店再版
《角笛》	〔法〕维尼	诗歌	1934 年 2 月 15 日《沉钟》第 33 期
《艺术与民众》	〔法〕雨果	诗歌	1934 年 3 月 5 日《新诗歌》第 1 卷第 6、7 期合刊
《早春》	〔日〕森山启	诗歌	1934 年 3 月 5 日《新诗歌》第 1 卷第 6、7 期合刊
《囚徒》	〔俄〕莱蒙托夫	诗歌	1934 年 4 月 1 日《春光》第 1 卷第 2 号
《天使》	〔俄〕莱蒙托夫	诗歌	1934 年 4 月 1 日《春光》第 1 卷第 2 号
《顿的旷野》	〔苏〕绥拉菲莫维支②等集体著	报告文学	1934 年 5 月 1 日《春光》第 1 卷第 3 号
《海滨上的农民》	〔法〕雨果	诗歌	1934 年 5 月 1 日《每月文学》创刊号，又载 1934 年 6 月 16 日《千秋》第 2 卷第 2 期
《六月的夜》	〔法〕雨果	诗歌	1934 年 6 月 14 日《申报·自由谈》
《以演剧为中心的卢梭与百科全书派之对立》	〔日〕佐佐木孝丸	论文	1934 年 8 月 1 日《现代》第 5 卷第 4 期
《刽子手》	〔法〕巴尔扎克	短篇小说	1935 年 3 月 15 日《新小说》第 1 卷第 2 期
《不可知的杰作》	〔法〕巴尔扎克	短篇小说	收入 1935 年上海生活书店出版的《世界文库》第 6 册
《信使》	〔法〕巴尔扎克	短篇小说	收入 1935 年上海生活书店出版的《世界文库》第 7 册

①　据日译本转译。

②　也译为绥拉菲莫维奇。

篇名	原作者	类型	出版信息
《人间喜剧·总序》	〔法〕巴尔扎克	论文	收入 1935 年上海生活书店出版的《世界文库》第 8 册
《再会》	〔法〕巴尔扎克	短篇小说	收入 1936 年上海生活书店出版的《世界文库》第 10 册
《石榴园》	〔法〕巴尔扎克	短篇小说	收入 1936 年上海生活书店出版的《世界文库》第 12 册
《牧歌交响曲》	〔法〕纪德	日记体中篇小说	1936 年 3 月初上海北新书局出版
《海夜》	〔法〕雨果	诗歌	1936 年 4 月《前奏》创刊号
《欧贞尼·葛郎代》	〔法〕巴尔扎克	长篇小说	1936 年 10 月上海商务印书馆初版，中法文化出版委员会编"巴尔扎克集 1"
*《既然正义是落在深渊里》	〔法〕雨果	诗歌	1936 年《女子月刊》第 4 卷第 10 期
《惩罚》	〔法〕雨果	诗歌	1937 年 1 月 1 日《文学》第 8 卷第 1 号"新诗专号"
《社会学上所见的艺术》	居友	论文	1937 年 2 月《读书杂志》
《四号夜里的回忆》	〔法〕雨果	诗歌	1937 年 8 月《开拓者》
《从妹贝德》	〔法〕巴尔扎克	长篇小说	1940 年 2 月长沙商务印书馆初版，1947 年 5 月沪再版
《呈给同志涅特》	〔苏〕马雅可夫斯基	诗歌	1940 年 4 月《文学月报》第 1 卷第 4 期
《专在开会的人们》	〔苏〕马雅可夫斯基	诗歌	1940 年 5 月 20 日《中苏文化》第 6 卷第 2 期
《乌拉迪密尔·伊里奇》	〔苏〕马雅可夫斯基	诗歌	1940 年 6 月 1 日《中国诗坛》第 4 期
《保琳·罗兰》	〔法〕雨果	诗歌	1940 年 9 月 10 日《文艺月刊》第 5 卷第 1 期
*《星》	〔法〕雨果	诗歌	1940 年《青年月刊》第 10 卷第 4 期
《恶魔》	〔俄〕莱蒙托夫	诗歌	1940 年 10 月 15 日《文学月报》第 2 卷第 3 期
《我们的死者们》	〔法〕雨果	诗歌	1941 年 9 月 18 日《诗创作》第 3、4 期合刊
《穷苦的人们》	〔法〕雨果	诗歌	1941 年 12 月 15 日《文艺生活》第 1 卷第 4 期
*《哀悼》	〔法〕雨果	诗歌	1941 年《新军》第 3 卷第 6 期
《爱劳的坟地》	〔法〕雨果	诗歌	1942 年 1 月 20 日《诗创作》第 7 期

续表

篇名	原作者	类型	出版信息
《纪念塔》	〔法〕雨果	诗歌	1942 年《艺文辑刊》第 1 辑
《傍 1813 年在浮扬汀修道院所经过的事情》	〔法〕雨果	诗歌	1942 年 5 月《诗创作》第 11 期
《巴赫契沙来伊的水泉》	〔俄〕普希金	诗歌	1942 年 9 月 10 日《文化杂志》第 2 卷第 6 期
《诺林伯爵》	〔俄〕普希金	诗歌	1942 年 9 月 15 日《文学创作》第 1 卷第 1 期
《恶魔及其他》	〔俄〕莱蒙托夫	诗歌集	1942 年 9 月重庆文林出版社出版
《人羊神的头》	〔法〕A. 栾豹	诗歌	1942 年 10 月 10 日《青年文艺》创刊号
《惊愕者》	〔法〕A. 栾豹	诗歌	1942 年 10 月 10 日《青年文艺》创刊号
《感兴》	〔法〕A. 栾豹	诗歌	1942 年 10 月 10 日《青年文艺》创刊号
《给欧贞·雨果子爵》	〔法〕雨果	诗歌	1942 年 10 月 15 日《文学创作》第 1 卷第 2 期
《光明》	〔法〕雨果	诗歌	1942 年 10 月 15 日《文艺生活》第 3 卷第 1 期
*《月亮》	〔法〕雨果	诗歌	1942 年《时代中国》第 5 卷第 6 期
《青铜的骑士》	〔俄〕普希金等	诗歌、散文等	1942 年 10 月桂林萤社出版
《求婚者》	〔俄〕普希金	诗歌	1942 年 12 月 15 日《文艺生活》第 3 卷第 3 期
《迦路伯》	〔俄〕普希金	诗歌	1942 年 12 月 15 日《文艺杂志》第 2 卷第 1 期
《巴尔扎克短篇集》①	〔法〕巴尔扎克	短篇小说集	1942 年 12 月桂林三户图书社出版，艾芜主编文学丛书之二
《俄·尼古提索夫诗选》		诗歌	1942 年《诗》第 3 卷第 5 期
《高加索的俘虏》	〔俄〕普希金	诗歌	1942 年《文学译报》第 1 卷第 5、6 期合刊
《沙霞》	〔俄〕涅克拉索夫	诗歌	1943 年 1 月 15 日《文艺杂志》第 2 卷第 2 期
《夏贝尔上校》	〔法〕巴尔扎克	中篇小说	1943 年 2 月 15 日《文艺生活》第 3 卷第 4 期
《从兄蓬斯》	〔法〕巴尔扎克	长篇小说	1943 年 5 月桂林丝文出版社
《夏贝尔上校》(续)	〔法〕巴尔扎克	中篇小说	1943 年 5 月 15 日《文艺生活》第 3 卷第 5 期
《长生不老药》	〔法〕巴尔扎克	中篇小说	1943 年 5 月 20 日《文艺杂志》第 2 卷第 4 期

---

① 收录了穆木天在 1935 年、1936 年翻译的五篇短篇小说《石榴园》《信使》《刽子手》《再会》《不可知的杰作》。

续表

篇名	原作者	类型	出版信息
《沙丘上的话语》	〔法〕雨果	诗歌	1943 年 5 月《文学译丛》第 2 卷第 1 期
《旧日战争回忆》	〔法〕雨果	诗歌	1943 年 7 月《艺丛》第 1 卷第 2 期
《春之颂》①	〔法〕雨果等	诗歌、论文、散文等	1943 年 7 月桂林耕耘出版社出版（耕耘文丛 2）
《勾卜塞克》	〔法〕巴尔扎克	中篇小说	1943 年 7 月 15 日《新文学》第 1 卷第 1 期
《欧兰碧山的悲哀》	〔法〕雨果	诗歌	1943 年 10 月《新军》创刊号
《我的童年》	〔法〕雨果	诗歌	1943 年 11 月 1 日《文艺杂志》第 2 卷第 6 期
《田园生活》	〔法〕雨果	诗歌	1943 年 11 月 5 日《人间世》第 1 卷第 6 期
《勾卜塞克》（续）	〔法〕巴尔扎克	中篇小说	1944 年 2 月 1 日《新文学》第 1 卷第 3 期
《二诗人》	〔法〕巴尔扎克	长篇小说	1944 年 3 月桂林耕耘出版社出版
《巴黎烟云》	〔法〕巴尔扎克	长篇小说	1944 年 3 月桂林耕耘出版社出版
*《在维勒其叶》	〔法〕雨果	诗歌	1946 年《黎明青年文艺》第 1 卷第 3 期
《高加索》	〔俄〕莱蒙托夫	诗歌	1947 年 7 月 1 日《文艺》第 6 卷第 1 期
《耶稣基督在法兰德尔》	〔法〕巴尔扎克	小说	1947 年 10 月 15 日《文讯》月刊第 7 卷第 2 期
《那天晚上》	〔法〕马尔芮	诗歌	1947 年 10 月 15 日《文艺春秋》第 5 卷第 4 期
《就像是什么事情都没发生似的》	〔苏〕A. 托尔斯泰	儿童故事	1947 年 12 月 15 日《文讯》第 7 卷第 6 期
*《一百种智慧》		寓言	1948 年《宇宙文摘》第 2 卷第 6 期
*《糊涂狼》		吉尔吉斯民间故事	1948 年《小朋友》第 897 期
*《小拇指》	〔苏〕A. 托尔斯泰	儿童故事	1948 年《小朋友》第 899 期
*《天鹅》	〔苏〕A. 托尔斯泰	儿童故事	1948 年《小朋友》第 900 期
*《回家呀，回家呀》	〔英〕倍儿	儿童诗	1948 年《远风》第 2 卷第 6 期
*《三个女儿》		鞑靼民间故事	1948 年《小朋友》第 903 期
*《骆驼的踪迹》		哈萨克的民间故事	1948 年《小朋友》第 904 期

---

① 收录译诗 12 首、论文 8 篇、散文 4 篇，其中雨果的 6 首译诗为穆木天所译。

续表

篇名	原作者	类型	出版信息
*《狐狸小姐和狼》		俄罗斯民间故事	1948 年《小朋友》第 906 期
*《肥皂会游水吗?》	〔苏〕吉特珂夫	儿童故事	1948 年《小朋友》第 907 期
*《大水来了》	〔苏〕吉特珂夫	儿童故事	1948 年《小朋友》第 908 期
*《一个小孩子落水的故事》	〔苏〕吉特珂夫	儿童故事	1948 年《小朋友》第 909 期
*《小白屋》	〔苏〕吉特珂夫	儿童故事	1948 年《小朋友》第 910 期
*《小仙鹤》	〔苏〕普里希文	动物故事	1948 年《小朋友》第 921 期
*《小孩子和小鸭子》	〔苏〕普里希文	儿童故事	1948 年《小朋友》第 922 期
*《刺猬》	〔苏〕普里希文	动物故事	1948 年《小朋友》第 923 期
*《开始先锋》	〔苏〕普里希文	儿童故事	1948 年《小朋友》第 924 期
*《他是怎样死的》	〔苏〕绥拉菲莫维支	儿童故事	1949 年《中华少年》第 6 卷第 7 期
*《狗熊栽跟斗》	〔苏〕毕安琪	儿童故事	1949 年《中华少年》第 6 卷第 9 期
*《冰雪老人》	〔苏〕阿·托尔斯泰	儿童故事	1949 年《小朋友》第 929 期
*《过冬的房子》	〔苏〕阿·托尔斯泰	儿童故事	1949 年《小朋友》第 931 期
*《狐狸和虾》	〔苏〕阿·托尔斯泰	儿童故事	1949 年《小朋友》第 941 期
*《谁的嘴巴顶好?》	〔苏〕毕安琪	儿童故事	1949 年《小朋友》第 942 期
*《爸爸怎样把我救出来的》	〔苏〕吉特珂夫	儿童故事	1949 年《小朋友》第 956 期
*《狗熊音乐家》		卡雷利亚民间故事	1949 年《小朋友》第 957 期
*《老磨倌小孩子和小毛驴》	〔苏〕马尔夏克	东方民间故事	1949 年《小朋友》第 960 期
*《鬼老太婆》	〔苏〕蒲拉托夫	俄罗斯民间故事	1949 年《小朋友》第 967 期
*《伊万和巫婆》	〔苏〕蒲拉托夫	俄罗斯民间故事	1949 年《小朋友》第 971 期
《绝对之探求》	〔法〕巴尔扎克	长篇小说	1949 年 2 月上海文通书局出版，收入中法文化出版委员会编辑世界文学名著《巴尔扎克选集》
《小猫》	〔苏〕库得烈伐拉赫	儿童故事	1949 年 6 月《小朋友周刊》

续表

篇名	原作者	类型	出版信息
《快活的日子》	〔苏〕马尔夏克	儿童诗剧	1949 年 8 月上海立化出版社出版，立化儿童戏剧丛书丙种之一
《王子伊万》	〔苏〕A. 托尔斯泰	民间故事	1949 年 9 月上海现代出版社出版
《弓手安德烈》	〔苏〕A. 托尔斯泰	民间故事	1949 年 9 月上海现代出版社出版
《万岁》	〔苏〕瓦西里·列别捷夫·库马特	诗歌	1949 年 11 月 7 日《长春新报》
《斯大林同志之歌》	〔苏〕史大尔斯基	诗歌	1949 年 11 月 10 日《长春新报·文艺》
《白桦树下的小房子》	〔苏〕瓦希列夫斯卡雅	儿童故事	1949 年 12 月 10 日《中华少年》第 6 卷第 23 期
《五月的诗》	〔苏〕波勾烈罗夫斯基	诗歌	1950 年 5 月 9 日《长春新报·文艺》
《庆祝胜利的诗》	〔苏〕夏商什维利等	诗歌	1950 年 5 月 9 日《长春新报·文艺》
《玛利亚·迈尔尼凯黛》	〔苏〕涅丽斯		1950 年 6 月 5 日《长春新报·文艺》
《脚印》	〔苏〕毕安琪	儿童故事	1950 年 6 月东北新华书店出版
《冰雪老人》	〔苏〕阿·托尔斯泰	民间故事	1950 年 7 月上海中华书局出版，苏联儿童文学丛刊 3
《小仙鹤》	〔苏〕普利什文	动物故事	1950 年 7 月上海中华书局出版，苏联儿童文学丛刊 9
《雪地上的命令》	〔苏〕符·毕安琪等	儿童故事	1950 年 7 月东北新华书店出版，儿童文艺小丛书
《一百种智慧》	〔苏〕嘉鹿莫娃	民间故事	1950 年 8 月上海中华书局出版，苏联儿童文学丛刊 8
《白房子》	〔苏〕瑞特柯夫	儿童故事	1950 年 8 月上海中华书局出版，苏联儿童文学丛刊 11
《伊万和巫婆》	〔苏〕蒲拉托夫	民间故事	1950 年 9 月上海中华书局出版，苏联儿童文学丛刊 14
《亚塞尔拜疆》	〔苏〕伍尔贡		1950 年 9 月 3 日《长春新报·文艺》
《在斯大林的太阳下边》	〔苏〕柯拉斯		1950 年 11 月 7 日《长春新报》
《斯大林》	〔苏〕巴赞		1950 年 12 月 21 日《长春新报》
《猫公馆》	〔苏〕马尔夏克	儿童剧	1950 年上海立化出版社出版

续表

篇名	原作者	类型	出版信息
《狗熊栽筋头》	〔苏〕毕安琪	童话	1951 年 1 月东北新华书店出版
《那是谁的腿》	〔苏〕毕安琪	童话	1951 年 1 月东北新华书店出版
《蚂蚁的奇遇》	〔苏〕毕安琪	童话	1951 年 3 月东北新华书店出版
《勾利尤老头子》	〔法〕巴尔扎克	长篇小说	1951 年 3 月上海文通书局出版，收入世界文学名著《巴尔扎克选集》
《从兄蓬斯》	〔法〕巴尔扎克	长篇小说	1951 年 5 月上海文通书局出版，收入世界文学名著《巴尔扎克选集》
《新开河》	〔苏〕库列秀夫①	叙事长诗	1951 年 5 月上海文光书店出版，时代诗丛社编时代诗丛之八
《淘气的孩子》	〔苏〕阿·托尔斯泰	儿童故事	1951 年 9 月上海泥土社出版
《小队长》	〔苏〕法捷耶夫	儿童故事	1951 年 9 月上海泥土社出版
《行星上有生命吗?》	〔苏〕伏龙凑夫 - 维俩米诺夫	科学小品	1951 年 9 月上海中华书局出版
《宇宙的开始与末尾》	〔苏〕伏龙凑夫 - 维俩米诺夫	科学小品	1951 年 9 月上海中华书局出版
《凯撒·比罗图盛衰史》	〔法〕巴尔扎克	长篇小说	1951 年 10 月上海文通书局出版，收入世界文学名著《巴尔扎克选集》
《中世纪文艺复兴期和十七世纪西欧文学教学大纲》	〔苏〕普利谢夫	教材	1951 年 10 月沈阳东北教育社出版，东北人民政府文化教育委员会主编高等教育丛书
《十九世纪外国文学史教学大纲》	苏联莫斯科波乔慕金教育学院外国文学教研组编	教材	1951 年 10 月沈阳东北教育社出版，东北人民政府文化教育委员会主编高等教育丛书
《十一世纪至十七世纪俄罗斯古代文学教学大纲》	〔苏〕卢纪伽	教材	1951 年 10 月沈阳东北教育社出版，东北人民政府文化教育委员会主编高等教育丛书
《夏贝尔上校》	〔法〕巴尔扎克	中篇小说	1951 年 12 月上海文通书局出版，收入世界文学名著《巴尔扎克选集》
《报仇》	〔苏〕康诺尼弟等	短篇小说	1951 年 12 月上海中华书局出版，收入中华少年丛书
《只有前进》	〔苏〕库列秀夫	长篇叙事诗	1952 年 1 月上海新文艺出版社初版，1956 年 4 月再版
《白房子》	〔苏〕瑞特柯夫	儿童故事	1953 年 9 月上海少年儿童出版社出版

---

①　也译为库列萧夫。

续表

篇名	原作者	类型	出版信息
《五一节的故事》①	〔苏〕马尔夏克等	儿童故事、诗歌等	1954 年 11 月北京时代出版社出版
《儿童文学参考资料》（第一、二集）		参考资料	1936 年 4 月北京师范大学出版
《琴琶》	〔苏〕库列萧夫	叙事长诗	1957 年 5 月上海新文艺出版社出版
《新开河》	〔苏〕库列萧夫	叙事长诗	1957 年 10 月上海新文艺出版社出版

二　"被遗忘的翻译家"

较之于已经颇具规模的"诗人穆木天"研究，"翻译家穆木天"研究却显得极为黯然、冷清，或说穆木天是一位"被遗忘的翻译家"。

蔡清富在《穆木天研究述评》中汇总、爬梳了 20 世纪 30 年代到 80 年代学界研究穆木天的成果后，不无遗憾地感慨道，"穆木天一生翻译过大量外国文学，并从事过儿童文学方面的研究和翻译，但这些方面的研究几乎还是空白的"。② 王德胜呼吁道："这是一个不该遗忘却被遗忘了的角落！……扫去这些尘埃，还历史以本来面目，再现穆木天文学翻译活动清晰的历史轨迹，把这一不该被遗忘的角落展示给今天的人们。"③

虽有学人的尽力呼唤，但据我们统计，90 年代以来，翻译家穆木天的研究情况并不乐观，研究成果屈指可数，仅有以下几类、几种（截至目前没有一篇关于翻译家穆木天的硕士学位论文、博士学位论文）。

（一）生平传记及文学年表类

或者整体评判穆木天的翻译活动，或者记录、还原、呈现穆木天的

---

① 收录儿童故事、诗歌共 11 篇，署名穆木天、王烈译，其中《五月一日》《五月》《军队大检阅》《礼炮》4 篇为穆木天译。

② 全国首届穆木天学术讨论会、吉林师范学院学报编辑部编《穆木天研究论文集》，时代文艺出版社，1990，第 363 页。

③ 全国首届穆木天学术讨论会、吉林师范学院学报编辑部编《穆木天研究论文集》，时代文艺出版社，1990，第 313 页。

翻译文学作品。

《穆木天评传》。戴言在第十节集中讨论了穆木天的翻译理念、翻译特点：明确的翻译目的，严肃的翻译态度，直接翻译，忠实于原著，准确、恰切的语言表达，翻译与教学、研究工作相结合。并在第十一节介绍了穆木天翻译的儿童文学作品以及在儿童文学教研室创建中的贡献。①

《穆木天传略》。蔡清富、陈方竞按照穆木天的生平线索，穿插、阶段性地描述、介绍了穆木天的翻译活动及翻译作品。

《穆木天著译年表》。1983 年蔡清富先生率先汇集整理撰写《穆木天著译年表》，后经索荣昌、陈方竞等不断补遗，年表趋于完整。"译"在《穆木天著译年表》中频频呈现，占据多半篇幅、相当比例，集中地呈现了穆木天 1957 年之前的翻译活动和翻译作品，为翻译家穆木天研究提供了翔实的基本材料。

（二）论文类

或者宏观、集中论述穆木天的翻译观念与翻译策略，或者按时期阶段、体裁门类梳理、总结穆木天的翻译活动与翻译特点。

王德胜在《不该遗忘的角落——略论穆木天的翻译》② 一文中将穆木天的翻译活动划分为三个时期，详细勾勒了穆木天 1957 年之前的翻译轨迹；从"翻译的态度和目的""翻译者的素质和修养""翻译的方法和原则"等方面探讨了穆木天的译学理论；结合具体译作，总结了穆木天翻译的特征，高度评价穆木天是中国现代文学史、中国翻译文学史上重要的翻译家。该文是翻译家穆木天研究史上第一篇全面、系统研究穆木天翻译活动、翻译文学、翻译理论的论文，极具开创意义。

陈惇在《穆木天和外国文学》一文中梳理了穆木天与外国文学的关联，并整体概括、评判了穆木天的翻译事业，"穆先生的外国文学评价与研究工作，集中在法国文学和俄苏文学。他从 1929 年开始，就注意向中国读者评价苏联文学，是我国最早的苏联文学的翻译家之一。在译介法

---

① 戴言：《穆木天评传》，春风文艺出版社，1995，第 83 ~ 85 页。

② 全国首届穆木天学术讨论会、吉林师范学院学报编辑部编《穆木天研究论文集》，时代文艺出版社，1990，第 313 ~ 331 页。

国文学方面，他的成就更加突出，尤其在巴尔扎克的法国文学史的研究方面，作出了特殊的贡献"①。文章最后介绍了穆木天 1957 年之后翻译活动即穆木天晚年翻译手稿的产生目的、条件及价值意义——这是穆木天晚年翻译手稿在学者视野中的第一次呈现。

　　张皖春的《穆木天和儿童文学》② 和汪毓馥的《穆木天与儿童文学及其他》③ 梳理了自 1921 年到 50 年代穆木天的儿童文学翻译活动，讨论、总结了穆木天儿童文学翻译的特点，认为穆木天注重儿童文学的语言问题，穆译儿童文学"平易流畅，富有儿童味"，生动活泼，兴趣盎然，能够"塑造新一代美好的心灵"；穆木天的童话研究、童话翻译与他的诗歌创作之间存在着密切关联，"孕育了穆木天心中蕴藏的诗情"；穆木天在儿童文学活动中注重翻译、创作、理论三结合；穆木天翻译儿童文学作品体裁宽泛，涉及民间故事、儿童故事、科学小品、儿童剧等各种类型。④

　　蔡宗隽与李江从创造社视角考察了穆木天的翻译活动及翻译贡献。《"创造社的诗人兼斗士"——穆木天和创造社》勾勒了此时期穆木天的译介活动，认为"穆木天，对法国文学的译介，也为我国新文学的发展做出了自己独特的贡献"⑤；《论穆木天与创造社》一文认为穆木天的外国文学译介是创造社文学活动的重要组成部分及重要贡献，继而从法国文学介绍、童话与诗歌翻译、整体翻译倾向等角度、层面谈论了穆木天此时期的翻译工作，肯定了穆木天译作对创造社及翻译界的贡献。⑥

---

① 全国首届穆木天学术讨论会、吉林师范学院学报编辑部编《穆木天研究论文集》，时代文艺出版社，1990，第 333 页。
② 全国首届穆木天学术讨论会、吉林师范学院学报编辑部编《穆木天研究论文集》，时代文艺出版社，1990，第 348～357 页。
③ 全国首届穆木天学术讨论会、吉林师范学院学报编辑部编《穆木天研究论文集》，时代文艺出版社，1990，第 339～347 页。
④ 全国首届穆木天学术讨论会、吉林师范学院学报编辑部编《穆木天研究论文集》，时代文艺出版社，1990，第 356 页。
⑤ 全国首届穆木天学术讨论会、吉林师范学院学报编辑部编《穆木天研究论文集》，时代文艺出版社，1990，第 116 页。
⑥ 全国首届穆木天学术讨论会、吉林师范学院学报编辑部编《穆木天研究论文集》，时代文艺出版社，1990，第 93～107 页。

雷锐在《浅论穆木天、彭慧在桂林时期的创作和翻译》中立足城市空间视角聚焦穆木天、彭慧夫妇在桂林期间的创作与翻译活动，认为桂林的宜居环境使穆木天迎来了翻译的第二个高峰。[①]

纪启明在《穆木天和他的巴尔扎克翻译及传播——以〈欧贞尼·葛朗代〉为例》中首先整体介绍了穆木天翻译巴尔扎克的作品，继而以《欧贞尼·葛朗代》为例，讨论了穆木天译介巴尔扎克的原因（现实主义追求）、方法（大量注释、直译）与穆译本的"质疑与出局"，以及穆木天在讲授巴尔扎克方面所做的重要贡献。[②] 除却巴尔扎克的译介与研究视角之外，也有学者从语言层面对穆木天的巴尔扎克译本作出批评，王秋艳在《〈欧也尼·葛朗台〉穆/傅译本语言风貌的对比研究》一文中指出穆译特点，即语言上用词多生涩，不够灵活，不够传神；句子结构上，紧扣原文，过于拘泥，佶屈聱牙，继而从"译者对巴尔扎克写作风格的理解""译者的翻译观""社会的主流思潮"等角度探讨了穆译特点的形成原因，文章最后既指出了穆译的不足，也肯定了穆译本在民族语言发展阶段上的贡献与价值。[③]

李秀卿在《楼穆翻译之争与鲁迅》[④] 一文中梳理了楼适夷与穆木天的翻译批评论争，以及鲁迅对穆木天"专揭烂疤"批评方式的批评，继而阐述了鲁迅的翻译批评观念。

（三）学术专著类

此类著述或者整体扫描、考察穆木天的翻译事业，或者专题聚焦、探索穆木天的翻译个案（主要以巴尔扎克为例）。

陈方竞在专著《文学史上的失踪者：穆木天》中设立专章"穆木天的外国文学翻译与中国现代翻译文学"，探讨穆木天的翻译活动、翻译特

[①] 全国首届穆木天学术讨论会、吉林师范学院学报编辑部编《穆木天研究论文集》，时代文艺出版社，1990，第 68 页。

[②] 纪启明：《穆木天和他的巴尔扎克翻译及传播——以〈欧贞尼·葛朗代〉为例》，《青岛科技大学学报》（社会科学版）2013 年第 4 期，第 114~118 页。

[③] 王秋艳：《〈欧也尼·葛朗台〉穆/傅译本语言风貌的对比研究》，《现代语文》2018 年第 6 期，第 146~150 页。

[④] 李秀卿：《楼穆翻译之争与鲁迅》，《兰州学刊》2011 年第 12 期，第 213~215 页。

征及翻译价值，继而透视中国现代翻译文学的生成、走向及特点。这是目前研究翻译家穆木天最有代表性与最具系统性的成果。①

蒋芳在《巴尔扎克在中国》一书中设立了"穆木天与巴尔扎克"的专章，界定了穆木天作为巴尔扎克长篇小说首译者的角色与历史地位，统计、罗列了穆木天翻译巴尔扎克小说的名目、种类与数量，描述了作为"译者—研究者—教师"的穆木天对巴尔扎克小说的阐释与传播。穆木天为自己所翻译的巴尔扎克小说所撰写的长篇序文、前言、后记等等，对于读者的阅读、批评界的批评及巴尔扎克的传播都有重要参考价值。②

综上，通过对研究翻译家穆木天的论文与论著的考察，我们可以发现目前学界对翻译家穆木天的研究呈现以下特征。

其一，成果匮乏稀少。研究翻译家穆木天/穆木天翻译活动、翻译文学、译学理论的成果只有上述几篇（节）文章（内容），微乎其微，与穆木天近百种达两百余万字的翻译规模相比显得极不协调。

其二，缺乏深度考察。目前相关研究成果对穆木天的翻译活动、翻译实践及翻译文本大都只是做了种类与数量的总结与归纳，对穆木天的翻译理论只是进行了简单的说明与介绍，还缺乏系统性的深度审视，"穆木天研究在总体上尚处于现象性的描述的阶段，这对于初创型的研究是非常必要的，但是，还需要在此基础上通过典型现象的剖析，进入研究的本质性阐释"③。

其三，不够系统完整。目前学界对翻译家穆木天的研究是断裂的、残缺的、不完整的。这些研究成果对穆木天翻译活动的考察都在 1957 年戛然而止，学界对 1957 年之后穆木天的翻译活动、翻译作品往往由于材料的"缺失"而只字不提。

之所以呈现"成果匮乏稀少""缺乏深度考察""不够系统完整"的研究局面，我们认为有以下几个层面的因素。

其一，穆木天翻译成果范围广、数量大、类型多。从范围上看，穆

---

① 陈方竞：《文学史上的失踪者：穆木天》，北京大学出版社，2007，第 252～301 页。
② 蒋芳：《巴尔扎克在中国》，中国社会科学出版社，2009，第 198～199 页。
③ 陈方竞：《文学史上的失踪者：穆木天》，北京大学出版社，2007，第 365 页。

木天熟练掌握英语、日语、法语、俄语四种语言，他对英、法、日、俄四国文学均有翻译、介绍和研究，涉猎面极广，这对研究者的外语综合素养提出了不小的挑战；从数量上看，据我们统计，自 1921 年至 1957 年，穆木天翻译出版（发表）的文学作品达 170 余种；1957 年至 1966 年，穆木天翻译了 211 万字的外国文学研究资料（含外国文学作品及少部分合译），成果众多；从类型上看，穆木天的翻译涉及小说、诗歌、童话、剧本、教材、论文等多种文类，类型庞杂，对研究者的阅读量与综合把握能力、感知能力提出了一定的挑战。如此丰富、宽泛、庞杂的翻译成果无疑加大了研究翻译家穆木天的难度。

其二，穆木天 1957 年之前的翻译成果如今不再畅销、流通。基于汉语言的发展以及穆木天"直译""硬译"策略导致译本的晦涩、穆译本再版的断裂、年代久远等原因，穆木天翻译文学如今大都不再畅销、流通，制约了学界、读者对翻译家穆木天的阅读、体认、开采与研究。也因此，王德胜先生希望"出版界能够重印一部分穆木天的译品，以便供外国文学译介者、研究者、教学者参考"①。

其三，穆木天 1957 年之后的翻译成果不为学界所知。1957 年以后，穆木天翻译的 211 万字的外国文学研究资料，由于各方面原因，没有公开出版，一直以手稿的形式存放在北京师范大学文学院外国文学教研室，知之者甚少，更谈不上研究。

无疑，以上所说的各种因素都加大了"翻译家穆木天研究"这一课题的难度。但是，"翻译家穆木天研究"这一课题也是极有诱惑力的。

其一，有助于研究中国翻译文学史。全面梳理、评估穆木天的翻译文学遗产，继而更加准确地评判穆木天在中国翻译文学史上的地位，以及保障中国翻译文学史写作的系统性、全面性、精准性与有效性、科学性。

其二，有助于研究诗人穆木天。穆木天作为中国现代诗歌史上早期象征诗派的代表人物，以多层次、多面向的诗歌创作和典范的诗歌理论

---

① 全国首届穆木天学术讨论会、吉林师范学院学报编辑部编《穆木天研究论文集》，时代文艺出版社，1990，第 329 页。

推动了中国新诗的发展。而鉴于穆木天诗歌创作、诗论与他的翻译实践、翻译作品之间的紧密关联，诸如其因为对象征主义诗歌的迷恋与译介，所以"能够最早地为中国新诗坛提供象征诗理论，并进行最初的尝试性创作"①，研究翻译家穆木天有助于深化诗人穆木天研究，或说诗人穆木天研究离不开翻译家穆木天的参照。

其三，有助于研究中国现代文学。外国文学的翻译与引入对中国现代作家创作产生了深刻影响，促进了中国现代文学的生发、生成与发展，而穆木天是现代作家、诗人群体中最早致力于翻译事业的作家、诗人，亦是翻译成果最多的作家、诗人之一，他的翻译实践、翻译作品是中国现代翻译文学浪潮中的重要组成部分，为现代文学的整体发展注入了域外因子与外来经验。故而，研究翻译家穆木天，对于研究中国现代文学与外国文化、外国文学之深层关系有着重要意义。

"翻译家穆木天研究"这一课题，挑战与意义并存。我们再次诚恳呼吁，希望精通俄语、英语、日语、法语等语种的学人可以通力合作，希望穆木天晚年翻译手稿能尽快影印或者整理出版，希望图书出版界能够重印穆木天的译本，或者建设手稿数据库，扫清基本的语言障碍与文本障碍，从而促进、推动"翻译家穆木天研究"，让它不再是一个"被遗忘"的角落。

第三节　穆木天晚年翻译手稿研究的
提出及价值阐释

由上，我们提出"穆木天晚年翻译手稿研究"的论题。翻译手稿是穆木天翻译活动的重要组成部分，是他翻译生涯中不可缺少的一环，洋洋洒洒 211 万字，3622 页，与他之前翻译的 170 种文学作品共同构成了他一生宏阔的翻译业绩与自足的翻译场域。"翻译家研究需要大量的一手文献或者资料作为研究基础，所以翻译手稿对于翻译家而言可谓弥足

---

① 全国首届穆木天学术讨论会、吉林师范学院学报编辑部编《穆木天研究论文集》，时代文艺出版社，1990，第 372 页。

珍贵"①，对手稿的整理研究有助于勾勒穆木天完整的翻译轨迹，展现穆木天晚年的翻译思想、翻译方法、翻译策略与翻译风格，重估穆木天的翻译成就，全面评判穆木天的翻译实绩以及完成穆木天"翻译家"身份的构建与确认。

穆木天晚年翻译手稿是穆木天先生留给后世的一笔丰厚遗产，是不可复现的"弥足珍贵的创作（翻译）记忆和文化遗存"②，对穆木天研究、中国新文学手稿研究、中国翻译文学史研究、新中国教育史及高等师范院校外国文学学科（东方文学学科）史研究、俄苏文学批评研究、外国文学研究、中俄〔苏〕交流史研究等领域都有重要意义与独特价值。

其一，随着诸多现代名家手稿的发现及影印出版，手稿研究成为当下学界的"新热点和新增长点"③，穆木天翻译手稿与鲁迅、郭沫若、茅盾、巴金、老舍、郁达夫、钱锺书、傅雷、朱生豪等名家手稿是 20 世纪中国文学（中国翻译文学）手稿的重要组成部分，具有手稿的"一般性"，对当下手稿学、手稿史建构、梳理与研究具有特殊意义。"手稿研究的任务不仅仅是具体手稿问题的研究，而且更主要的是从一个个个案研究中，找出规律性的东西，形成手稿研究的普遍理论"④，作为其中的"个案"，穆木天晚年翻译手稿研究无疑具有"抽样"的意义，或说处于由"个案"研究到"一般"归纳的过渡阶段、必经阶段。

其二，"手稿不仅具有文学性，也具有审美性"⑤，手稿"不仅在学术史上和版本学上具有十分重要的价值，而且是中华独特的书法艺术的

---

① 张泪：《注重翻译手稿推动译家研究——Jeremy Munday 教授访谈录》，《上海翻译》2018 年第 2 期，第 77 页。
② 王雪：《作家手稿档案征集研究——基于中国现代文学馆的考察》，《档案学研究》2019 年第 5 期，第 73 页。
③ 徐强：《手稿文献研究：新文学史料研究的新增长点》，《南京师范大学文学院学报》2020 年第 2 期，第 1 页。
④ 赵献涛：《民国文学研究——翻译学、手稿学、鲁迅学》，中国广播影视出版社，2015，第 102 页。
⑤ 王雪：《作家手稿档案征集研究——基于中国现代文学馆的考察》，《档案学研究》2019 年第 5 期，第 73 页。

一座丰富的宝库，具有独特的美术意义"①，对手稿从文字书写、书法艺术角度进行鉴赏，有助于揭示穆木天的书写形态、书写习惯、书写特征及手稿的书写价值。

其三，手稿是作者"生命的一部分，甚至可以说是他活生生的思想和他作品的象征"②。穆木天晚年翻译手稿是穆木天在极艰难的条件下完成的，是他戴着1200度的近视镜，忍受着严重的胃病完成的。手稿"真实记录了作者的创作过程和创作状态，刻画着作者创作的心理历程，隐藏着作者诸多的人生密码"③，"在手稿诗学那里，研究一个作家（翻译家），手稿痕迹往往胜于传记材料"④，"翻译手稿对于翻译过程、翻译史和翻译家而言都具有非常重要的价值"⑤，由此，对手稿的整理研究有助于还原穆木天晚年的生活状态、行为轨迹和精神面貌，勾勒晚年穆木天形象，完善穆木天生平研究及传记写作。

其四，手稿是穆木天为新中国教育事业做出巨大贡献的有力证明。对穆木天晚年翻译手稿的研究有助于梳理新中国高等师范院校外国文学学科、东方文学学科的构建及发展历程，以及全面评判穆木天为新中国教育事业做出的卓越贡献。

其五，手稿全部翻译自苏联的学术著作与学术期刊，对手稿的整理研究有助于在一定程度上揭示苏联的文学批评方法与观念，以及考察手稿对俄苏文学批评中国传播的作用及实质影响。

其六，"手稿是社会文化的化石和静止的标本"⑥，从原始的手稿中可以读出"特定历史时期的社会发展情况，包括社会思潮、人际关系、

---

① 转引自侯富芳《手迹文献及其影印出版问题研究》，《图书馆建设》2014年第9期，第42页。

② 〔法〕德比亚齐：《文本发生学》，汪秀华译，天津人民出版社，2005，第6页。

③ 王锡荣：《鲁迅手稿的形态观察》，《现代中文学刊》2019年第6期，第21页。

④ 符杰祥：《"写在边缘"——鲁迅及中国新文学手稿研究的理论与问题》，《社会科学辑刊》2017年第1期，第170页。

⑤ 张汨：《注重翻译手稿推动译家研究——Jeremy Munday教授访谈录》，《上海翻译》2018年第2期，第77页。

⑥ 王雪：《作家手稿档案征集研究——基于中国现代文学馆的考察》，《档案学研究》2019年第5期，第73页。

道德习俗等"①，对手稿的整理研究有助于揭示文学翻译的时代语境以及时代语境对翻译择取的操纵及影响。

其七，穆木天晚年翻译手稿不仅具有重要的史料价值——"随着历史的发展，诸如史实、表述、观点都可能被有意或无意改变，手稿中保存的文化信息有助于澄清真相，辨明真伪……忽略手稿会造成文化传承的重大遗漏"②，也有其自身厚重的学术价值，对今天的外国文学研究在研究方法、研究思路、研究视野以及研究内容层面仍有不小的参考价值。

其八，穆木天晚年翻译手稿有助于翻译文学史的研究与构建，打破现有翻译文学史著作对穆木天书写的成见与成规，"有些翻译家在译完作品后，无意将其发表或出版，或是未获机会发表或出版。于是，在其逝世之后，一些译作未刊本手稿、誊抄稿，或打印稿等幸运地保存下来，成为直接史料，具有极高的价值"③，"可以拓宽翻译史和翻译家的研究渠道"④，成为翻译家研究与翻译史书写的重要材料保障，诚如论者所言，"理想的翻译史著述应当都是根据直接翻译史料撰写而成，以便确保相关史述准确无误"⑤；目前已经产出的手稿研究成果"在相当程度上修正了文学史的书写，因为从前对印刷媒介的过分关注扭曲了文学史的真实图景"⑥。

其九，手稿有助于反思中俄〔苏〕交流。习近平总书记在《中俄睦邻友好合作条约》签署 15 周年纪念大会上提出"共创中俄关系更加美好的明天"；在中俄建交 70 周年纪念大会上发表了《携手努力，并肩前行，开创新时代中俄关系的美好未来》的重要讲话⑦。在中俄友好关系的构

---

① 徐莹：《签名本：文学档案的另一个视角》，《中国档案》2018 年第 6 期，第 39 页。
② 陈思航：《基于手稿资源的特色数据库建设》，《图书馆工作与研究》2017 年第 5 期，第 52 页。
③ 郑锦怀、岳峰：《翻译史料问题研究》，《外语教学与研究》2011 年第 3 期，第 445 ~ 452 页。
④ 张汨：《翻译手稿研究：问题与方法》，《外语教育研究》2018 年第 2 期，第 39 页。
⑤ 郑锦怀、岳峰：《翻译史料问题研究》，《外语教学与研究》2011 年第 3 期，第 445 ~ 452 页。
⑥ 郝田虎：《手稿媒介与英国文学研究》，《江西社会科学》2011 年第 7 期，第 81 页。
⑦ 《习近平在中俄建交 70 周年纪念大会上的讲话》，新华网，http://www.xinhuanet.com，2019 年 6 月 6 日。

建中，中俄文学的交流自然是题中之义。为了展望、加强未来的中俄文学交流，我们需要回顾、反思、重估。穆木天晚年翻译手稿全部译自苏联文献，推动了俄苏文学批评的中国传播。本书有助于交流经验，更好实现中俄文学交流，响应习近平总书记的号召。

第四节　穆木天晚年翻译手稿研究的
可能性及可行性

穆木天晚年翻译手稿研究是否可能、是否可行由以下两个因素决定。

第一，是否占有手稿。

第二，是否占有与手稿相关的基础文献材料。

"发掘手稿遗作和史料钩沉工作，是搜集资料的一个重要方面，也可以说是整个搜集工作的尖端科学。"① 在本节中，我们围绕以上两个问题，论证穆木天晚年翻译手稿研究的可能性与可行性。

其一，2011 年 11 月，在穆木天晚年翻译手稿交接仪式前，笔者被安排负责手稿的清点与整理工作——穆木天晚年翻译手稿自产生之初，一直存放在北京师范大学外国文学教研室（现为比较文学与世界文学研究所），其间笔者有幸一睹真迹，并对手稿进行了系统的整理与详细的记录。

其二，2012 年 1 月 14 日，应穆木天家人的要求，北京师范大学文学院在励耘报告厅举行了手稿交接仪式，手稿由张健教授如数移交给穆木天女儿穆立立保管，北京师范大学档案馆和文学院保存手稿全部复印件，笔者获赠一套手稿复印件。

笔者既整理过手稿原件，又留存有完整的手稿复印件，这为手稿研究的顺利开展提供了可靠的基础。

其三，2013 年 8 月笔者于北京亦庄采访了穆立立老师——穆木天和彭慧的女儿，1934 年生于上海，中国社会科学院民族研究所研究员——得到了极其珍贵的访谈成果，即《穆木天女儿穆立立访谈实录》，穆立

---

① 朱金顺：《新文学资料引论》，北京语言学院出版社，1986，第 22 页。

立老师在访谈录中谈论了穆木天晚年翻译手稿的来龙去脉、穆木天的生平和学习生涯以及穆木天在北京师范大学时的工作生活等情况——很多资料都不为学界所知，这为"探秘"穆木天晚年翻译手稿提供了极其重要的材料支撑。

其四，北京师范大学图书馆丰富的馆藏资源使笔者找到了不少稀缺的穆木天研究资料，这些材料对揭示、还原穆木天的生平及翻译历程有着重要意义。同时，北京师范大学校史、文学院院史、外国文学学科史等资料中关于穆木天的记载，都强化了穆木天晚年翻译手稿研究的可能性。

其五，笔者学习过多年俄语，且在俄罗斯国立人文大学、莫斯科国立师范大学有过学习经历，搜集到不少穆木天手稿的俄语文献，能够将手稿译文与俄语原文进行比较分析，继而能深入探讨穆木天采用的翻译策略及译文呈现的翻译特征。

同时，当下，手稿作为"文学档案中的特色资源，无论是文本本身的学术价值，还是外延出来的文化价值，正引起学者越来越多的关注，关注度的提高推动着手稿研究工作向纵深发展，手稿的魅力与价值日益彰显"。[①]　目前手稿研究的维度、视角及相关成果主要集中在以下几个层次。

其一，手稿的保护与利用。主要是图书馆专业管理人员根据馆藏手稿而撰写的研究成果，如李景仁、周崇润的《谈谈名人手稿的保护》（《图书馆杂志》2003年第6期）、何光伦的《名人手稿的典藏、保护与利用刍议》（《图书馆杂志》2018年第12期）、陈红彦的《国家图书馆近现代名家手稿的收藏、保护与利用》（《国家图书馆学刊》2019年第5期）等等，从手稿的保护与利用等方面给出具体的建议。

其二，名家手稿的个案研究。该类研究涉及创作与翻译两类手稿。

创作手稿。鲁迅、朱自清、郭沫若、老舍、巴金、茅盾、郁达夫、林语堂、陈忠实、贾平凹等现当代作家的手稿得到了学界不少的关注与

---

① 徐莹：《试论手稿的可持续利用与保护》，载《档案与文化建设：2012年全国档案工作者年会论文集》，第442页。

研究，其中鲁迅手稿研究成果最多、最全面，可以代表目前学界研究创作手稿的最高水平。成果包括研究或谈论手稿的发现、收集、整理、出版情况，如黄乔生的《鲁迅手稿的收藏、整理和出版》（《鲁迅研究月刊》2014 年第 6 期）、王锡荣的《鲁迅手稿影印本出版现状及其对策》（《上海鲁迅研究》2017 年第 1 期）等；或探析手稿的书法价值，如赵英的《鲁迅手稿书法艺术雏议》（《鲁迅研究月刊》1996 年第 10 期）、吴川淮的《绝去形容 独标真素——鲁迅手稿书法的艺术价值》（《荣宝斋》2018 年第 9 期）等；或讨论手稿的语言修辞问题，如范嘉荣的《鲁迅是讲究修辞的榜样——学习〈鲁迅手稿选集〉札记》（《修辞学习》1982 年第 1 期）、谷兴云的《鲁迅语言的独创性——读〈藤野先生〉手稿札记》（《上海鲁迅研究》2017 年第 4 期）等；或将手稿进行版本校勘、比对，如鲍国华的《鲁迅〈魏晋风度及文章与药及酒之关系〉：从记录稿到改定稿》（《鲁迅研究月刊》2016 年第 7 期）；等等，成果众多。

翻译手稿。傅雷、朱生豪、鲁迅、张爱玲等翻译名家手稿得到了一定的关注与研究，但较之创作手稿，翻译手稿的研究规模相对逊色，代表性成果有许钧、宋学智的《傅雷文学翻译的精神与艺术追求——以〈都尔的本堂神甫〉翻译手稿为例》（《外语教学与研究》2013 年第 5 期），张汨、文军的《朱生豪翻译手稿描写性研究——以〈仲夏夜之梦〉为例》（《外语与外语教学》2016 年第 3 期），赵秋荣、曾朵的《译者自我修改与编辑校订研究——以〈海上花列传〉的英译为例》（《语料库语言学》2020 年第 2 期），葛涛关于鲁迅翻译手稿的系列论文，等等。

其三，手稿一般性理论研究。该类成果试图从手稿个案的具体研究走向手稿普遍的理论研究，乃至建构"手稿学"。如赵献涛的专著《民国文学研究——翻译学、手稿学、鲁迅学》（中国广播影视出版社，2015）从理论（"纯理论的手稿学"）与实践（"应用手稿学"）两个维度架构"手稿学"，张汨在《翻译手稿研究：问题与方法》（《外语教育研究》2018 年第 2 期）与《注重翻译手稿推动译家研究——Jeremy Munday 教授访谈录》（《上海翻译》2018 年第 2 期）中尝试归纳翻译手稿研究的理论与范式问题，符杰祥在《"写在边缘"——鲁迅及中国新文学手稿研究的理论与问题》(《社会科学辑刊》2017 年第 1 期) 中以鲁迅手稿为个案探讨、总结手稿研究的一般规律及问题,等等。

以上关于手稿的种种研究成果,为穆木天翻译手稿研究的展开提供了经验支撑与方法启示。

综上,依据便利的条件、第一手资料及丰富的研究经验,我们认为,穆木天晚年翻译手稿具备进入研究实践层面的可能性及可行性。

第五节　穆木天晚年翻译手稿研究的
基本路径及方法

本书的首要目的在于描述清楚穆木天晚年翻译手稿。很少有人知道穆木天晚年翻译手稿的存在,所以对手稿的来龙去脉、基本内容进行考证、归纳是很有必要的,应在此基础上展开对穆木天晚年翻译手稿的分析和研究。一方面从内容角度对其进行价值判断,剖析手稿的历史价值与当下意义;另一方面从译学角度对其进行翻译判断,评判手稿的翻译策略、翻译特征及穆木天的翻译追求、艺术境界,故本书预设下列四个目标。

其一,依据史料及手稿信息,探讨手稿的生成机制,界定手稿的书写时间,厘清手稿的合译问题,评判手稿的书写价值与书写艺术,描述手稿的媒介质地,梳理手稿的保存与传承情况;同时,面向手稿,通过系统的清点、整理及科学的统计、归类,建立完整、规范的穆木天晚年翻译手稿档案及目录。

其二,立足手稿的产生语境,分析手稿的学科性需求及学科史意义,探析其与新中国高等师范院校外国文学学科、东方文学学科构建及发展的关联。

其三,通过对手稿的整理,梳理清楚手稿的翻译媒介、内容构成,并以我国的外国文学研究历程与语境考量、评判穆木天晚年翻译手稿的价值与意义,总结、归纳手稿内容所体现出的俄苏文学批评特征,考察手稿在俄苏文学批评中国传播过程中的实质参与。

其四,结合穆木天的翻译思想、翻译理念及翻译历程,依托手稿,从翻译学角度对手稿进行翻译梳理与翻译评价，并通过手稿的涂抹增删等修改痕迹，揭示与还原穆木天的翻译精神、心理过程及艺术追求；通过手稿、俄语文献、他者译本的比较，探讨穆木天翻译的特征、风格与策略；通过手稿、手稿刊印本、俄语文献的对照比较，探析手稿与刊印本的差异表现、差异原因以及刊印策略。

一言以蔽之，本书将使不为学界所知的穆木天晚年翻译手稿第一次系统地进入研究者的视野。新中国外国文学学科（东方文学学科）构建史、俄苏文学批评特征及其在中国的传播与影响，以及穆木天的翻译理念、翻译策略、翻译风格和翻译追求，得以从"隐性"的具有强烈时代与个人印记的手稿视角被重新审视与反思。

基于以上目标，本书主要采用以下几种研究方法。

统计分析法。厘清穆木天晚年翻译手稿的字数、页数、数量、种类以及各类在手稿中所占的比例，并最终完成手稿目录的辑录工作。

文献研究法。通过对新中国教育史、翻译史、中俄〔苏〕交流史以及北京师范大学校史等资料的搜集、查阅、整理，详细考察穆木天晚年翻译手稿的生成背景和合译、传承、保存情况。

访谈法。通过对穆木天同事、亲属的访谈，获取相关文献资料，保障研究的文献基础。

整合法。本书立足整体审视与个案考释相结合的方法原则对穆木天晚年翻译手稿进行综合研究。同时，在现象整合、描述的基础上进行理论的归纳与总结。

传播研究法。本书在考察北京师范大学 50 年代外国文学课程设置（本科生、研究生）、外国文学教材讲义（含东方文学）编写、外国文学授课老师与手稿关联的基础上，依据传播学原理，研究俄苏文学批评中国传播的"隐性"路径。

文本发生学原理。依据文本发生学原理、方法，"把文学创作（翻译）作为过程"①，梳理手稿的涂抹、增添、删减、勾画、调整等修改类型，探析手稿的书写、发展、变化及最终的形成过程。

---

① 〔法〕德比亚齐：《文本发生学》，汪秀华译，天津人民出版社，2005，第 2 页。

译本/版本比较法。探讨穆木天译文的风格、策略与特点，以及手稿与手稿刊印本的差异表现及原因。

科际整合法。手稿研究"是一个多学科的交叉地带，广泛辐射到诸如美学、心理学、艺术学、传播学、编辑出版学、文博学、文字学、符号学等等"①，本书立足具体研究任务，除却上述几种方法之外，还将采用版本学、目录学、校勘学、心理学等跨越不同学科的科际整合法，对手稿进行综合研究。

同时，某种程度上可以说，手稿，尤其现代名家的手稿可以作为一种艺术品或说手写艺术品来欣赏，除了学科、学理的分析与技术手段的鉴别之外，面对手稿，我们似乎"需要调动我们全身所有的感觉系统来感受和体会——视觉、嗅觉、听觉、触觉、记忆和想象"②，继而领会手稿艺术品无法言说的魅力。

---

① 徐强：《手稿文献研究：新文学史料研究的新增长点》，《南京师范大学文学院学报》2020 年第 2 期，第 1 页。
② 李小光：《名家手稿及其插图的审美价值》，《江苏社会科学》2010 年 S1 期，第 245 ~ 248 页。

第二章　穆木天晚年翻译手稿的生成机制与书写传承

手稿的研究范围非常广泛，涵盖"目录索引、总体研究、手稿学、稿本、誊写、创作修改过程、确定作者、手稿由来、手稿文化、手稿传播、手稿在文本方面的重要性以及手稿和印刷的关系等"① 各个层次、层面，皮埃尔·奥迪亚在探讨文学生成中的"风格的构成过程"时，更为微观地描绘、勾勒了手稿的研究场域，"主要问题包括手稿的真伪、日期和写作顺序。要研究字迹、修改部分和不同稿本。手稿的'面貌'，如清晰或潦草、行距、字迹是否倾斜、思考和评论是采用旁注形式还是脚注形式、书写速度等字面状况，可以提供关于作家活动方式方面的信息。修改部分、不同稿本可以揭示他的思想发展方式"。② 本章立足手稿及相关文献，集中考察、解决穆木天晚年翻译手稿的生成、书写、传承、利用、目录辑录等手稿研究范畴中的基础性问题，具体从以下六个层面展开讨论。

其一，探讨穆木天晚年翻译手稿的生成机制、生成条件。

其二，界定穆木天晚年翻译手稿的起始时间与结束时间。

其三，评判穆木天的书写艺术与书写价值；手稿存在穆木天字迹之外的字体，界定其他字迹的归属人及相关手稿比例。

其四，描述穆木天晚年翻译手稿的媒介质地，如手稿用笔、用纸、封面、印章等物质形态信息。

---

① 郝田虎：《手稿媒介与英国文学研究》，《江西社会科学》2011 年第 7 期，第 79 页。

② 转引自〔法〕让-伊夫·塔迪埃《20 世纪的文学批评》（修订版），史忠义译，河南大学出版社，2009，第 237 页。

其五，梳理穆木天晚年翻译手稿的保存、传承、出版情况以及展望后续的保存、利用。

其六，整理与辑录穆木天晚年翻译手稿目录。

第一节 手稿的生成机制

翻译活动往往受到规范的制约。[①] 穆木天翻译行为的实现与完成，或说穆木天晚年翻译手稿的生成，既有其内在的条件因素与主体选择，诸如外语素养、翻译经验、翻译兴趣、外国文学观、身体条件与精神状态等，也有外在的规范与机制，如时代语境、意识形态、主流诗学以及翻译政策与翻译需求——任何翻译都植根于具体的社会历史语境，"从翻译选择、翻译过程，到译本的流通、阅读、评价都在一定程度上受到译入语文化系统中特定时代的政治、意识形态、文学观念、文学传统、读者阅读习惯等多种因素的影响和操纵。因此，翻译是译入语文化对原文的操纵（manipulation），是对原文的改写（rewriting）"[②]。"规范的概念固然重要，但与之相关的主体意识同样不容忽视"，主体意识与外在规范"二者是密切的互动关系，翻译透过主体意识，遵循一定语言的、社会的、意识形态的规范，使意义从源文本抵达译入语文本……影响翻译活动的因素包括：理性的思维、信仰的执著、天生的气质、后天的学习等，而译文的接受条件与环境，决定译者的翻译取向和趋向，也决定翻译策略和价值作用……在翻译过程中，众多的施动力量对翻译活动具有直接的作用并产生深刻的影响，所含矛盾的复杂性和变化的多样性可想而知"。[③] 本节从主体因素与外在规范两个层面描述、考证穆木天晚年翻译手稿的生成机制。

[①] Toury, G. , *Descriptive Translation Studies and Beyond*, Amsterdam & Philadelphia：John Benjamins, 1995, p. 56.

[②] 张曼：《老舍翻译文学研究》，上海交通大学出版社，2016，第 1 页。

[③] 孙艺风：《视角·阐释·文化——文学翻译与翻译理论》，清华大学出版社，2004，第 201 页。

一　外语素养与翻译经验

翻译，单纯从技术维度上说，就是两种语言符号的转换，即"源语文本"到"目标语文本"的转换。由此，外语素养是译者翻译行为，具体而言是穆木天晚年翻译手稿得以生产与完成的先决条件。

目前研究翻译家穆木天的文章或者著作，对"翻译家穆木天"的外语水平或说外语素养问题，或者不提，或者一笔略过，即"穆木天通晓法语、日语、英语、俄语等多国语言"，别无他论。陈方竞在《文学史上的失踪者：穆木天》一书中以半页的篇幅结合穆木天的翻译作品考察了穆木天的外语素养①，但对穆木天在何时、何地学的哪门外语、怎么学的、学得如何等细节情况基本没有涉及，且论述存在错误。

在本节中，我们通过史料的钩沉探隐，详细考辨、阐发翻译家穆木天的外语素养及翻译实践。

（一）　穆木天的英语素养及翻译实践

据穆木天、彭慧的女儿穆立立回忆，穆木天自 1913 年至 1915 年在家乡吉林中学已经开始学习英语了，后来在南开学校中学部（1915—1918 年）继续学习。②

在我们新发现的穆木天佚文《学校生活的回忆》（1931）中，他也提及自己的英语学习情况，与穆立立的说法相符且相互印证。

穆木天的中学生活可以分为"吉林阶段"和"南开阶段"，他对这两个阶段的中学生活有着截然不同的评价。"我在本省的中学住了两年半，在南开住了三年，我的中学的五年生活是可以分作两段说的。南开时代，的确，给我指了些路；可是吉林的两年半是完全作了牺牲了。当时，吉林的学校是坏极了……"③

吉林阶段。虽然吉林中学时期的学生生活给穆木天留下了非常不好的印象，但吉林中学确确实实是穆木天英语学习的起点。穆木天在《学

---

① 陈方竞：《文学史上的失踪者：穆木天》，北京大学出版社，2007，第 259 页。
② 孙晓博：《穆木天女儿穆立立访谈实录》。
③ 穆木天：《学校生活的回忆》，《新学生》1931 年第 6 期，第 106 页。

校生活的回忆》中描述道："当时我们中学聘了一个上海南洋中学卒业施君教我们班的英文，他对我加了很大的鼓励，对我学英文的欲望加上了很大的刺激，加之青年会的英文班又给我引起了好些的憧憬，——有一点我要告诉的，就是当时我还在青年会学世界语，但现在是完全忘了，——使我感到英文不好不会有出路。"①

穆木天的自我憧憬、自我危机感以及外语教师施君的鼓励作为内因和外因共同激起了穆木天学习英语的欲望和动力。吉林中学阶段的英语学习不仅为穆木天英语的进一步学习做了铺垫与准备，而且对其进入南开学校中学部学习也具有重要意义。穆木天之前对南开学校"只有一个字的概念：难。'南开者，难南也'……我以先也到想转过，可是没敢问津"，而令事情出现转机的则是外语老师施君的出现以及穆木天在英语课程方面的学习，随后穆木天"已漠然地感到新的萌芽的滋生着，断然地弃掉了故乡的两年半的学绩，插到南开的第二年级"②。

南开阶段。根据穆木天在《学校生活的回忆》中的说法，"1915 年的十月，恰巧当时还有一次入学考验……榜出，因被录取出为二年一期"③；再则根据许正林在《穆木天在天津》一文中的说法，"穆木天于 1915 年 10 月（16 岁）由吉林中学转入天津南开学校中学部（四年制中学），插入二年级（一组），学名穆敬熙，字幕天，籍贯吉林伊通，1918 年 6 月，理科第十二届毕业生，他在南开中学学习时间共二年零八个月"。④ 两条材料可以互相印证。同时，根据笔者对南开中学校史的考察可知，"早期的南开中学，是四年制⑤的，国文、英文、数学的课程，四年都有，中国历史地理、世界历史地理、化学、物理、生物分年设

---

① 穆木天：《学校生活的回忆》，《新学生》1931 年第 6 期，第 108 页。
② 陈惇、刘象愚编选《穆木天文学评论选集》，北京师范大学出版社，2000，第 424 页。
③ 穆木天：《学校生活的回忆》，《新学生》1931 年第 6 期，第 109 页。
④ 全国首届穆木天学术讨论会、吉林师范学院学报编辑部编《穆木天研究论文集》，时代文艺出版社，1990，第 15 页。
⑤ 根据南开中学校史可知，1904 年建校时，学校为四年学制，自 1922 年秋起，改为六年学制，前三年为初级，后三年为高级，实行分选科制，高级分普通和职业两部，普通分文理商三科。

置"①，足见南开中学对国文、英文、数学三门课程的重视。又据翟华在
《周恩来的英语水平》一文中的说法②，"南开中学是仿照欧美近代教育
制度开办的，学制四年，相当于中等学校。主科有国文、英文、数学三
门，每年都有。英文课每周有十小时，从二年级起，除国文和中国史地
外，各科都用英文课本；三年级起，就要求学生阅读英文原著小说"。③
根据以上四条资料，则可以断定穆木天在南开必定上过学校规定的英文
课程并且时间不短（两年零八个月）；而且，南开的英语课程"采取强
化教学方式，记、读、听、写并进，二年级开始请外籍教员上课"④，故
而近乎三年的英语学习奠定了穆木天扎实的英语基础。除了正规的英语
课程外，穆木天还参加了各种校园团体，诸如，"1918 年 3 月，穆木天
始任《校风》编辑部职员，负责译丛部，这段经历无疑培养了他对翻译
工作的兴趣"⑤，提高了他的外语水平。

　　吉林中学与南开学校中学阶段的英语学习为"诗人穆木天"成为
"翻译家穆木天"奠定了初步的语言基础，为他了解外国文化打开了一
扇窗，也为他翻译外国文学提供了语言条件，穆木天的翻译生涯始于英
语翻译。1921 年他据英语本翻译发表了王尔德的《自私的巨人》，这是
翻译家穆木天生平第一篇译作；1922 年他翻译出版了《王尔德童话》
（1922 年上海泰东书局），这既是翻译家穆木天生平第一部译著，也是国
内第一个王尔德童话集译本（但并非全译本，穆木天选译了原作中的五
篇，即《渔夫与他的魂》《莺儿与玫瑰》《幸福王子》《自私的巨人》
《星孩儿》），该集从 1922 年到 1947 年先后出版发行了七次⑥，一定程度
上体现了穆译本的特色、魅力及受欢迎程度。《王尔德童话》之后，穆

---

① 参见天津南开中学官方网站"私立南开中学——岁月磨砺（发展期 1912—1937）"的
　　南开中学课表。
② 周恩来在南开求学的时间为 1913 年到 1917 年。穆木天与周恩来的关系可参见许正林的
　　《穆木天在天津》一文，收录于《穆木天研究论文集》。
③ 翟华：《周恩来的英语水平》，《文史博览》2008 年第 4 期，第 24～25 页。
④ 陈方竞：《穆木天传略》（上），《新文学史料》1997 年第 1 期，第 197 页。
⑤ 全国首届穆木天学术讨论会、吉林师范学院学报编辑部编《穆木天研究论文集》，时代文
　　艺出版社，1990，第 16 页。
⑥ 〔英〕王尔德：《快乐王子》（选集），巴金译，上海少年儿童出版社，1981，第 5 页。

木天便基本没有动笔翻译过英国文学了，据陈方竞考察，穆木天"只是在文章中涉及到外国文学情况时多以英文标示，是出于读者的方便"①。

（二）穆木天的日语素养及翻译实践

1918 年 7 月穆木天自南开学校毕业后，鉴于"朋友的助访""日本学科远不坏""日本攻上就有官费"② "作这个资产阶级的幻梦"③ 等，便选择东渡到日本留学。

据郭沫若在《论郁达夫》中所说："那时候的中国政府和日本有五校官费的协定，五校是东京第一高等学校、东京高等师范院校、东京高等工业学校、千叶医学校、山口高等商业学校。凡是考上了这五个学校的留学生都成为官费生，日本的高等学校等于我们今天的高中，它是大学的预备门。"④

"对于理科是具有相当的才能的"⑤ 穆木天抱着"科学救国"的志愿来到了日本，首先选择的便是五校之一的东京高等工业学校，据穆木天在《学校生活的回忆》里的说法，他"预备了几个月，攻高工失了败，又预备三个月……攻入一高了"⑥。又据穆木天在《我的诗歌创作之回忆》（1934 年刊载于《现代》第 4 卷第 4 期）中的说法，经过"十个月的准备，容容易易地考入了东京第一高等"⑦。穆木天这里所说的"东京第一高等"实际上则是"东京第一高等学校特别预科"，也就是郭沫若所说的"为中国留学生特设的一年预备班"⑧。当时东京第一高等学校的选拔考试有"日语（作文、听力、会话、阅读）、英语（日译英、英译日）、数学、地理·历史、物理·化学"⑨ 等科目。穆木天既然能"容容易易"地考入东京第一高等，则表明了穆木天的日语水平达到了当时的

---

① 陈方竞：《文学史上的失踪者：穆木天》，北京大学出版社，2007，第 259 页。
② 穆木天：《学校生活的回忆》，《新学生》1931 年第 6 期，第 110 页。
③ 全国首届穆木天学术讨论会、吉林师范学院学报编辑部编《穆木天研究论文集》，时代文艺出版社，1990，第 417 页。
④ 郭沫若：《论郁达夫》，《人物杂志》1946 年第 3 期，第 4 页。
⑤ 陈惇、刘象愚编选《穆木天文学评论选集》，北京师范大学出版社，2000，第 417 页。
⑥ 穆木天：《学校生活的回忆》，《新学生》1931 年第 6 期，第 110 页。
⑦ 陈惇、刘象愚编选《穆木天文学评论选集》，北京师范大学出版社，2000，第 417 页。
⑧ 郭沫若：《论郁达夫》，《人物杂志》1946 年第 3 期，第 4 页。
⑨ 李丽君：《郁达夫留日论考》，《浙江学刊》2007 年第 3 期，第 72～78 页。

官方要求。东京第一高等学校"第一年预科设置的科目有：伦理、日语、汉文、英语、德语、历史、数学、物理、化学、博物、图画和体操"①，通过考试，"一年修满之后便分发到八个高等学校去，和日本人同班，三年毕业，再进大学"②。

1920 年预科毕业后，穆木天进入京都第三高等学校。1923 年，穆木天又考入东京帝国大学，1926 年 4 月毕业回国。

穆木天在日本将近 8 年的时间，听日语授课，用日语交流，日语是他所通晓的四国语言中最为精通的语种之一。但穆木天并不像同时期的鲁迅、周作人、郭沫若等有留日背景的作家、翻译家一样，翻译大量的日本文学作品，他翻译的日本文学作品（论文）很少，据我们统计只有以下几种：川口浩的《关于文学史的方法诸问题》（载 1933 年 6 月 1 日《现代》第 3 卷第 2 期）、森山启的《早春》（载 1934 年 3 月 5 日《新诗歌》第 1 卷第 6、7 期合刊）、佐佐木孝丸的《以演剧为中心的卢梭与百科全书派之对立》（载 1934 年 8 月 1 日《现代》第 5 卷第 4 期）等。

穆木天的日语素养不在于日本文学的翻译，而"多用于'重译'即所谓'间接翻译'法国、俄国作品时以日译本作为一种参照的阅读"③，例如，1932 年 2 月穆木天据日译本转译高尔基的短篇小说集《初恋》并由上海现代书局出版，1933 年再版；1933 年 11 月穆木天用日语"重译"两首朝鲜童谣，即全用的《乌鸦》和朴牙枝的《牧师和燕子》，并以《朝鲜童谣二首》为题发表在 1933 年 11 月的《申报·自由谈》上等。

（三）穆木天的法语素养及翻译实践

穆木天 1923 年 3 月自京都第三高等学校文科部毕业后，进入东京帝国大学文学部法国文学专业学习——据《东京大学百年史》记载，自 1903 年起，"法国文学科的必修与选修科目里，开始出现法国文学史、法国作家研究等课程。1919 年，东京帝国大学内的文科大学又改称文学

① 李丽君：《郁达夫留日论考》，《浙江学刊》2007 年第 3 期，第 72~78 页。
② 郭沫若：《论郁达夫》，《人物杂志》1946 年第 3 期，第 4 页。
③ 陈方竞：《文学史上的失踪者：穆木天》，北京大学出版社，2007，第 259 页。

部，法文学科隶属其中"①——1926 年 3 月毕业。在此期间，穆木天学习法语，听法语授课，阅读且陶醉于法国象征派诗人的作品②，用法语写毕业论文《阿尔贝·萨曼的诗歌》（La posia d'Albert Samain）③，据穆立立回忆，"我父亲穆木天于 1926 年从东京大学文学部法国文学学科毕业，这篇论文写于 1925 年 12 月。记得与我父亲是同学的冯乃超先生曾说过，此文当时曾得到导师的好评。从寄来的论文前面的'论文审查委员氏名'中可以看到担任导师的是辰野隆教授和阿鲁伯科路特讲师"④ ……穆木天打下了良好的法语基础；并且当时正值"东大法文科的第一个或者也许可以说是至今为止最辉煌的黄金时代"⑤，穆木天便在这样的氛围下完成了自己的法国文学学业。

　　此后穆木天基于对法国文学的浓厚兴趣，充分发挥自己的法语优势，集中翻译了丰富的法国文学，包括巴尔扎克、雨果、纪德、司汤达、莫泊桑、维勒得拉克等众多经典作家的作品，涉及小说、诗歌、戏剧、童话等多种文类。穆木天在法国文学的翻译中最为引人注目的则是他对巴尔扎克小说的系统翻译，他甚至有完成巴尔扎克全集翻译的计划。据 1946 年因士发表在《海涛》第 8 期第 9 页的一则短论《穆木天的翻译计划：完成巴尔扎克全集》中转述的穆木天的一句话可知，"他必定要在生活安定时，完成翻译巴尔扎克全集的志愿"。穆木天不仅有这样的计划，也付出了实际行动。首先，穆木天与中法文学基金会签订协议，获得了资金的支持；其次，他翻译了《人间喜剧·总序》和巴尔扎克年表，使国内读者对巴尔扎克和《人间喜剧》有了整体的了解。但出于众多复杂的原因，穆木天并没有完成其翻译巴尔扎克全集的计划。从 1935 年到 1951 年，穆木天共翻译了 18 种巴尔扎克作品（见表 2 - 1）。

---

① 王中忱：《日本中介与穆木天的早期文学观杂考》，《励耘学刊》（文学卷）2006 年第 1 期，第 214 ~ 225 页。

② 陈惇、刘象愚编选《穆木天文学评论选集》，北京师范大学出版社，2000，第 418 页。

③ 于日本大正十五年三月一日（1925 年 3 月 1 日）发表在《东亚之光》第 21 卷第 3 号上。

④ 穆立立：《致黄湛的一封信》，《吉林师范学院学报》1994 年第 3 期，第 61 页。

⑤ 王中忱：《日本中介与穆木天的早期文学观杂考》，《励耘学刊》（文学卷）2006 年第 1 期，第 214 ~ 225 页。

表 2 - 1　1935—1951 年穆木天翻译巴尔扎克作品一览

篇名	类型	出版信息
《刽子手》	短篇小说	1935 年 3 月 15 日《新小说》第 1 卷第 2 期
《不可知的杰作》	短篇小说	收入 1935 年上海生活书店出版的《世界文库》第 6 册
《信使》	短篇小说	收入 1935 年上海生活书店出版的《世界文库》第 7 册
《人间喜剧·总序》	论文	收入 1935 年上海生活书店出版的《世界文库》第 8 册
《再会》	短篇小说	收入 1936 年上海生活书店出版的《世界文库》第 10 册
《石榴园》	短篇小说	收入 1936 年上海生活书店出版的《世界文库》第 12 册
《欧贞尼·葛郎代》	长篇小说	1936 年 10 月上海商务印书馆出版
《从妹贝德》	长篇小说	1940 年 2 月长沙商务印书馆初版，1947 年 5 月沪再版
《夏贝尔上校》	中篇小说	1943 年 2 月 15 日《文艺生活》第 3 卷第 4 期、1943 年 5 月 15 日《文艺生活》第 3 卷第 5 期、1951 年 12 月上海文通书局出版，收入世界文学名著《巴尔扎克选集》。
《从兄蓬斯》	长篇小说	1943 年 5 月桂林丝文出版社初版，1951 年 5 月上海文通书局出版，收入世界文学名著《巴尔扎克选集》
《长生不老药》	中篇小说	1943 年 5 月 20 日《文艺杂志》第 2 卷第 4 期
《勾卜塞克》	中篇小说	1943 年 7 月 15 日《新文学》第 1 卷第 1 期、1944 年 2 月 1 日《新文学》第 1 卷第 3 期
《二诗人》	长篇小说	1944 年 3 月桂林耕耘出版社出版
《巴黎烟云》	长篇小说	1944 年 3 月桂林耕耘出版社出版
《耶稣基督在法兰德尔》	短篇小说	1947 年 10 月 15 日《文讯》月刊第 7 卷第 2 期
《绝对之探求》	长篇小说	1949 年 2 月上海文通书局出版，收入中法文化出版委员会编辑世界文学名著《巴尔扎克选集》
《勾利尤老头子》	长篇小说	1951 年 3 月上海文通书局出版，收入世界文学名著《巴尔扎克选集》
《凯撒·比罗图盛衰史》	长篇小说	1951 年 10 月上海文通书局出版，收入世界文学名著《巴尔扎克选集》

　　其中，穆木天翻译的《欧贞妮·葛郎代》《勾利尤老头子》等都是
这些作品最早的汉译本，对法国文学在中国的传播具有开创性的意义。
穆木天不仅认真翻译巴尔扎克的作品，而且"通过深入的研究进行译文
注释，对巴尔扎克小说的写作和出版背景、译文中的典故、事件、风俗

习惯、人名、地名以及各方面的专用名词等等，详加注释"①，穆木天还写下了很多关于巴尔扎克作品的研究文章，他被誉为"我国认真地有规模地翻译介绍巴尔扎克的第一人"②。从 1924 年翻译法郎士的长篇童话故事《蜜蜂》开始，法国文学的翻译"几乎贯穿了穆木天的一生，翻译成就最高"③。

（四）穆木天的俄语素养及翻译实践

关于穆木天的俄语素养，目前只有陈方竞在《文学史上的失踪者：穆木天》中的一段话可作参考，即"穆木天的俄语学习主要得益于彭慧，后来的俄苏文学翻译也应该得到彭慧更多的支持和帮助"④，而据笔者考察，穆木天自 1930 年便开始翻译俄苏文学了，而彭慧自 1927 年到 1931 年一直在苏联，两人并无交集。

鉴于此，笔者于北京亦庄采访了穆木天、彭慧的女儿穆立立，据她回忆，穆木天的俄语学习始于 20 世纪 30 年代，"我父亲的俄语好像是在30 年代开始学的，那时学俄语是没有俄汉词典的，只有《露和辞典》，中国人学俄语，包括鲁迅、曹靖华在内，翻译时都借助《露和辞典》。当时如果懂日语，能用《露和辞典》，就是学俄语的有利条件"⑤。而穆木天对日语并不陌生，穆木天 1918 年 7 月中学毕业后，便到日本留学，先后在东京第一高等学校、京都第三高等学校、东京帝国大学学习生活，1926 年 4 月毕业回国。穆木天在日本将近八年的时间，听日语授课，用日语交流，日语是他所通晓的四国语言（日语、法语、英语、俄语）中最为精通的语种之一，这为他近距离了解日本文化、日本文学提供了便利条件，也为他学习俄语提供了极大的帮助，因此，可以说，穆木天的俄语纯粹是凭借《露和辞典》自学的，并最终达到阅读与翻译的水平。

1933 年春，穆木天与彭慧结成伉俪。彭慧当时有一定的俄语基础，据穆立立回忆，"彭慧的俄语有一部分是在女师大的时候学的，在当时北

---

① 陈方竞：《文学史上的失踪者：穆木天》，北京大学出版社，2007，第 282 页。
② 陈惇、刘象愚编选《穆木天文学评论选集》，北京师范大学出版社，2000，第 463 页。
③ 陈方竞：《文学史上的失踪者：穆木天》，北京大学出版社，2007，第 259 页。
④ 陈方竞：《文学史上的失踪者：穆木天》，北京大学出版社，2007，第 259 页。
⑤ 孙晓博：《穆木天女儿穆立立访谈实录》。

京有俄语专科学校，在那儿学了一点俄语"①，1927年大革命失败后，"为了保存力量和培养干部，党组织把一些同志送往苏联学习"②，彭慧作为其中一个被送往莫斯科孙中山中国共产主义劳动大学，"当时学校的负责人是王明，学生在学校既不好好学习文化知识，也不认真学习革命理论，而是把许多时间花在革命内部打派仗上"③，彭慧的俄语在俄国并没有取得很大的进步。④ 回国后，彭慧便"立即投身于党的地下斗争，后来组织上又调她到'左翼'作家联盟工作，彭慧一面从事文学创作，一面开始对俄苏文学的译介工作"⑤。翻译俄苏文学时，彭慧"凭借穆木天的《露和辞典》重新开始学习俄语，看不懂的日语，就问穆木天"⑥，她就这样边学习边翻译，渐渐翻译了大量的俄苏文学作品。俄语学习贯穿了彭慧的一生，新中国成立后，彭慧在繁忙的教学、研究、行政工作中仍不忘记学习俄语，提升俄语水平，据彭慧的外甥楚泽涵在《怀念二姨》一文中回忆，"即使她（彭慧）当年在莫斯科学习和生活过，也翻译过不少苏联文学作品，为了提高俄文水平，有一段时间，她每周还要请一个白俄，给她上两次俄文课：纠正发音，练习和恢复对话、口语功能"⑦。

因而，穆木天、彭慧的俄语学习情况并非陈方竞先生所说的那样，甚至可以说是相反的——彭慧的俄语是在穆木天的帮助下继续学习、继续深化的，因为彭慧不懂日语，看不懂《露和辞典》。这在楚泽涵那里得到了印证，"穆伯伯通晓日文、俄文，还懂法文和英文，对德文也拿的起来，二姨（彭慧）翻译俄文中遇到外文方面的问题，他看看就替二姨

① 孙晓博：《穆木天女儿穆立立访谈实录》。
② 吴泽霖、邹红编《彭慧先生百年诞辰纪念文集》，北京师范大学出版社，2009，第494页。
③ 孙晓博：《穆木天女儿穆立立访谈实录》。
④ 穆立：《彭慧的一生》，《新文学史料》1981年第2期，第211~219页。
⑤ 吴泽霖、邹红编《彭慧先生百年诞辰纪念文集》，北京师范大学出版社，2009，第494页。
⑥ 孙晓博：《穆木天女儿穆立立访谈实录》。．
⑦ 吴泽霖、邹红编《彭慧先生百年诞辰纪念文集》，北京师范大学出版社，2009，第506页。

补充改正了"①。

穆木天对俄苏文学的翻译，存在两种方式，一种是据日译本转译，一种是直接翻译。其中转译的作品不多，并集中在 30 年代，也即穆木天俄语学习的起步阶段，诸如 1932 年 2 月穆木天据日译本转译了高尔基的短篇小说集《初恋》等作品。

根据《穆木天著译年表》以及我们对全国报刊索引等数据库的检索，穆木天对俄苏文学的翻译从 30 年代始持续到 50 年代，涉及小说、诗歌、童话等文类。

穆木天对俄苏文学的翻译是从小说开始的。在 30 年代"左联"时期，穆木天翻译了四种苏联小说：涅维洛夫的长篇小说《丰饶的城塔什干》（1930 年上海北新书局）、赛孚宁娜的《维里尼亚》（1931 年上海现代书局）、高尔基的《初恋》（1932 年上海现代书局）、绥拉菲莫维支等人集体写的《顿的旷野》（1934 年 5 月 1 日《春光》第 1 卷第 3 号）。穆木天的这些译作"属于我国最早一批介绍苏联现实生活的译作"②。穆木天之所以选译这些作品，是基于他对翻译的认知（"要历史地、客观地翻译介绍有真实性而能充分反映社会的作品"③）做出的选择，"译纪德《窄门》，是从'爱好'出发的，并没有考虑到它的社会意义。以后译《塔什干》和《维里尼亚》，则是一方面因为爱好新的，一方面有些社会的开心"④。其中，穆木天对自己翻译的高尔基的《初恋》感觉很差，并感叹"以后我就绝不敢再译高尔基了"⑤。1951 年穆木天翻译了苏联作家康诺尼弟等人合著的短篇小说集《报仇》（上海中华书局），并被收入"中华少年丛书"。

穆木天翻译的俄苏诗歌计 20 余种，他是中国最早翻译俄苏诗歌的代表人物之一，同鲁迅、李大钊、瞿秋白、茅盾、郭沫若等人一起向国内

---

①　楚泽涵：《我所知道的穆木天》，《新文学史料》2019 年第 3 期，第 57 页。
②　穆立立：《从不停息的脚步——诗人、诗歌评论家、翻译家穆木天的一生》，《新文学史料》2004 年第 3 期，第 66 页。
③　陈惇、刘象愚编选《穆木天文学评论选集》，北京师范大学出版社，2000，第 348 页。
④　陈惇、刘象愚编选《穆木天文学评论选集》，北京师范大学出版社，2000，第 410 页。
⑤　陈惇、刘象愚编选《穆木天文学评论选集》，北京师范大学出版社，2000，第 410 页。

译介了大量俄苏诗歌，"为我国后来的译诗艺术，提供了宝贵经验"①。

　　穆木天译介的俄苏诗歌中，普希金的诗作计6种，即《巴赫契沙来伊的水泉》（1942年9月《文化杂志》第2卷第6期）、《诺林伯爵》（1942年9月《文学创作》第1卷第1期）、《青铜的骑士》（1942年10月桂林萤社）、《求婚者》（1942年12月《文艺生活》第3卷第3期）、《迦路伯》（1942年12月《文艺杂志》第2卷第1期）、《高加索的俘虏》（1942年《文学译报》第1卷第5、6期合刊），除却自己翻译普希金的诗作之外，穆木天也推介他人的译作，如穆木天在与锡金等人主编的《五月》杂志上向读者热情推荐瞿秋白的译作②《茨冈》③，并"拿出珍藏的瞿秋白翻译的《茨冈》的手稿供学生朗读"④。不仅译介普希金的诗作，同为诗人的穆木天也作诗纪念、高歌普希金，并将他与中国现实结合起来："年青的诗人！/你是我们的第一个开路者！/你给我们留下宝贵的遗产。/你的纪念碑，永远存在我们心里。/一切帝王的纪念碑，都会垮台的，/你的纪念碑却永久存在！//你的光永远照耀着我们，/你是我们的大海中的灯塔。/现在，全中国就要解放了，/不久，全世界，全人类也就要解放。/在人类心里，你永远是不朽的，/因为你第一个敢侮辱盛怒的暴君！//我们真是太兴奋了，/连你的纪念日都几乎忘掉！/马上，全中国就要解放了，/不久，全世界，全人类也都要解放。/很快，一切金字塔都要成为废墟，/可是，你的纪念碑，却永久跟人类同在！"⑤

　　较之于普希金在中国的盛行，"据《民国时期总书目》统计，普希金译作的出版大约有22种"⑥，莱蒙托夫"在中国的影响还是无法与普

---

①　中国出版工作者协会、中国出版发行科学研究所编《中国出版年鉴1988》，中国书籍出版社，1989，第252页。

②　章绍嗣、章倩砺：《血火中的文化脊梁：抗战作家在武汉》，湖北人民出版社，2014，第106页。

③　译稿由锡金先生整理发表，手稿由穆木天妻子彭慧的妹妹彭玲保管。

④　王淑芳、邵红英主编《师范之光：北京师范大学百杰人物》，北京师范大学出版社，2002，第266页。

⑤　穆立立编选《穆木天诗选》，人民文学出版社，1987，第308~309页。

⑥　杨义主编《二十世纪中国翻译文学史》（三四十年代·俄苏卷），百花文艺出版社，2009，第214页。

希金相提并论"①，国内对莱蒙托夫的译介相对较少，"直到40年代以后，莱蒙托夫的译诗才结集出版"②，穆木天是为数不多的莱蒙托夫早期译者之一，他翻译的莱蒙托夫诗作计5种，即《帆》（1933年11月《申报·自由谈》）、《囚徒》（1934年4月《春光》第1卷第2号）、《天使》（1934年4月《春光》第1卷第2号）、《恶魔》（1940年10月《文学月报》第2卷第3期）、《高加索》（1947年7月《文艺》第6卷第1期），《恶魔》后来被收入诗集《恶魔及其他》，1942年由重庆文林出版社出版，印数可观，达3000册③，《恶魔及其他》是国内最早的莱蒙托夫译诗集④。

马雅可夫斯基最早是作为纯粹的无产阶级革命诗人被译介过来的，"他的作品译得比较多是抗战以后……都是革命题材诗"⑤，抗战后方"在对苏联的战斗诗人马雅可夫斯基的译介中，通过专刊与纪念活动，介绍了这位苏联伟大的'炸弹'与'旗帜'的诗人，而对他的诗歌的译介，不仅从诗歌充满战斗性的内容上对抗战诗歌有影响，而且他的街头诗、朗诵诗、政治讽刺诗等各种形式都给中国的抗战诗歌以很深的影响"⑥，由前期象征主义风格转向写实主义的穆木天译介了马雅可夫斯基3种诗作，即《呈给同志涅特》（1940年4月《文学月报》第1卷第4期）、《专在开会的人们》（1940年5月《中苏文化》第6卷第2期）、《乌拉迪密尔·伊里奇》（1940年6月《中国诗坛》第4期），并同朋友们参与了纪念马雅可夫斯基逝世十周年的活动以及马雅可夫斯基诗歌的朗诵活动。

---

① 杨义主编《二十世纪中国翻译文学史》（三四十年代·俄苏卷），百花文艺出版社，2009，第214页。
② 杨义主编《二十世纪中国翻译文学史》（三四十年代·俄苏卷），百花文艺出版社，2009，第215页。
③ 陈建功、吴义勤主编《中国现代翻译文学初版本图典》（上），百花洲文艺出版社，2015，第171页。
④ 杨义主编《二十世纪中国翻译文学史》（三四十年代·俄苏卷），百花文艺出版社，2009，第215页。
⑤ 彭燕郊口述，易彬整理《我不能不探索：彭燕郊晚年谈话录》，漓江出版社，2014，第167页。
⑥ 吕进主编《大后方抗战诗歌研究》，重庆出版社，2015，第164页。

　　1943 年，穆木天翻译了涅克拉索夫的《沙霞》（1943 年 1 月《文艺杂志》第 2 卷第 2 期）。新中国成立后，穆木天翻译了不少反映苏联社会主义建设、歌颂斯大林的苏联当代长诗，包括库列秀夫诗作 3 种，即《新开河》（1951 年 5 月上海文光书店）、《只有前进》（1952 年 1 月上海新文艺出版社）、《琴琶》（1957 年 5 月上海新文艺出版社），《只有前进》基于内容的浪漫、昂扬，鼓舞了很多读者，给了他们莫大的“只有前进”的力量，以至于当代诗人邵燕祥多年后还专门撰写文章回忆穆木天译介的《只有前进》①；其他诗人的诗作各 1 种，史大尔斯基的《斯大林同志之歌》（1949 年 11 月《长春新报·文艺》）、瓦西里·列别捷夫·库马特的《万岁》（1949 年 11 月《长春新报》）、波勾烈罗夫斯基的《五月的诗》（1950 年 5 月《长春新报·文艺》）、夏商什维利等的《庆祝胜利的诗》（1950 年 5 月《长春新报·文艺》）、涅丽斯的《玛利亚·迈尔尼凯黛》（1950 年 6 月《长春新报·文艺》）、伍尔贡的《亚塞尔拜疆》（1950 年 9 月《长春新报·文艺》）、柯拉斯的《在斯大林的太阳下边》（1950 年 11 月《长春新报·文艺》）、巴赞的《斯大林》（1950 年 12 月《长春新报》）等。

　　穆木天翻译的不少俄苏诗歌都是国内首译，如《青铜的骑士》《恶魔》等作品。② 穆木天的首译一方面加快了国内当时译介普希金、莱蒙托夫等诗人作品的进程，另一方面又为这些作品的再译介提供了参考资源，推动了中国译介俄苏文学的繁荣局面。30 年代及 40 年代前期穆木天侧重于俄国古典诗歌的译介，40 年代末期，他更偏重于苏联当代诗歌的译介，这一方面与当时国内大规模翻译苏联文学的语境相契合，另一方面也与穆木天此时期文学兴趣的转变有关，“对法国文学的兴趣已淡了，有功夫倒想译一点苏联长诗”③。

　　穆木天对童话有着浓厚的兴趣，他的翻译活动始于童话，他翻译的第一部作品是王尔德的童话作品《自私的巨人》（1921 年 10 月 1 日《新

---

① 邵燕祥：《旧时船票》，上海远东出版社，2008，第 82 页。
② 吕进主编《大后方抗战诗歌研究》，重庆出版社，2015，第 307～313 页。
③ 陈方竞：《文学史上的失踪者：穆木天》，北京大学出版社，2007，第 266 页。

潮》第 3 卷第 1 号），出版的第一部译文集是王尔德的童话集《王尔德童话》（1922 年上海泰东书局），"穆木天的童话翻译对中国现代儿童文学初期的开拓作用是不能小视的。他促进了外国儿童文学的输入，扫除了这块园地的寂寞"①。基于"新的儿童，需要新的文艺……是需要用现实主题，去创造新的儿童文艺的，新的童话，新的童谣，都宜有现实性"②，作为贺宜主编的童话连丛、陈伯吹主编的《大公报·现代儿童》与《小朋友》的主要撰稿人，穆木天在 1949 年以前翻译了大量具有现实风格、现实品质、现实意义的俄苏童话与科普故事，诸如刊载于《小朋友》上的吉特珂夫的《肥皂会游水吗？》（1948 年第 907 期）、《大水来了》（1948 年第 908 期）、《一个小孩子落水的故事》（1948 年第 909 期）、《小白屋》（1948 年第 910 期）；普里希文的《小仙鹤》（1948 年第 921 期）、《小孩子和小鸭子》（1948 年第 922 期）、《刺猬》（1948 年第 923 期）、《开始先锋》（1948 年第 924 期）等篇目。1949 年新中国成立，"有关部门曾对少儿读物做过多次较大规模的清理，认为不少读物存在这样那样的问题，不适合新中国儿童阅读。清理后所出现的阅读空白与当时向苏联学习的一套决策相适应，于是大量译介俄苏儿童文学以解中国儿童的精神饥渴，自然成为 50 年代中国儿童文学的重要活动"③，在这样的背景下，"穆木天除了讲课，其余的时间是在阅读翻译苏联的儿童文学作品，特别是原来苏联各加盟共和国，非俄罗斯民族（彭慧称之为'小俄罗斯人'）的儿童文学作品"④，从 1949 年到 1957 年，他翻译出版了 20 余部苏联儿童文学集（不计算单篇发表的），如托尔斯泰的《王子伊万》（1949 年上海现代出版社）、《弓手安德烈》（1949 年上海现代出版社）、《冰雪老人》（1950 年上海中华书局）、《淘气的孩子》（1951 上海泥土社），毕安琪的《脚印》（1950 东北新华书店）、《雪地上的命令》（1950 东北新华书店）、《狗熊栽筋头》（1951 年东北新华书店）、《那是

①　全国首届穆木天学术讨论会、吉林师范学院学报编辑部编《穆木天研究论文集》，时代文艺出版社，1990，第 351 页。
②　陈惇、刘象愚编选《穆木天文学评论选集》，北京师范大学出版社，2000，第 380 页。
③　王泉根：《中国儿童文学概论》，湖南少年儿童出版社，2015，第 243 页。
④　楚泽涵：《我所知道的穆木天》，《新文学史料》2019 年第 3 期，第 57 页。

谁的腿》（1951 年东北新华书店）、《蚂蚁的奇遇》（1951 年东北新华书店），马尔夏克的《快活的日子》（1949 年上海立化出版社）、《猫公馆》（1950 年上海立化出版社），伏龙凑夫 - 维俩米诺夫的《行星上有生命吗?》（1951 年上海中华书局）、《宇宙的开始与末尾》（1951 年上海中华书局），瑞特柯夫的《白房子》（1950 年上海中华书局），嘉鹿莫娃的《一百种智慧》（1950 年上海中华书局），蒲拉托夫的《伊万和巫婆》（1950 年上海中华书局）等。除却大量的翻译实践之外，1951 年穆木天还专门撰文讨论苏联儿童文学的翻译，他认为"关于苏联儿童文学翻译和介绍，今后应当有计划去工作；必须重视苏联儿童文学的翻译和出版以及发行工作；应当有计划地整理已经出版的译本。另外，作者希望能够建立儿童文学理论"①，强调当时翻译苏联儿童文学的计划性、必要性以及系统性。1956 年，穆木天等人编译的《儿童文学参考资料》（北京师范大学出版）"以 3/5 的篇幅收了苏联儿童文学重要论文"②，穆木天在翻译苏联儿童文学的基础上，也注重向国内介绍苏联儿童文学理论。

穆木天不仅翻译了众多的俄苏文学作品，而且从苏联翻译了不少外国文学教材、学术书目，如《中世纪文艺复兴期和十七世纪西欧文学教学大纲》（1951 年沈阳东北教育社出版）、《十九世纪外国文学史教学大纲》（1951 年沈阳东北教育社出版）、《十一世纪至十七世纪俄罗斯古代文学教学大纲》（1951 年沈阳东北教育社出版）等。其实 30 年代穆木天已经开始了教材、论文的翻译，积累了丰富的翻译经验。

综上，通过对穆木天外语素养的考证以及对其文学翻译历程的勾勒与翻译成果的汇总、集成与评析，我们可以总结、归纳"翻译家穆木天"外国文学翻译的基本特征。其一，拥有良好的外语素养，穆木天的外语学习与外国文学阅读、翻译、研究始终相随，穆立立如是说道，"穆木天很重视学外文，但是他不是个外语工作者，是外国文学翻译和研究工作者。外语对于他来说永远只是他从事文学的工具。仅认识外国字而没学识是不行的。穆木天学外文，是把学习语言和研究一个民族的历史

---

① 穆木天：《关于苏联儿童文学的翻译》，《翻译通报》1951 年第 5 期。
② 王泉根：《中国儿童文学概论》，湖南少年儿童出版社，2015，第 245 页。

文化结合在一起的。郭沫若当年去看他，说他是童话中人，他喜欢看童话和神话，包括希腊神话、北欧神话等等。当然，这里有他的童趣，但更重要的是这些东西都是欧洲许多国家文化的源头，他是在学习语言的过程中阅读作品了解文化，在阅读作品的过程中了解民族的文化，熟悉语言，而不是为了学外语而孤立地去背生词"①。其二，翻译时间跨度大，长达 30 余年。其三，视域开阔，翻译范围广。其四，成果众多，类型多样，涉及诗歌、小说、童话故事、科普故事等多种文类，等等。良好的外语素养与丰富的翻译实践为穆木天晚年翻译手稿的生成提供了首要的质素保障。

二　外国文学认知与外国文学观念的转向

手稿的产生与生成，与作者的思想、认知、观念密切相关，诚如论者对作曲家手稿的论述，"手稿记录了作曲家特定作品创作的过程，它能够在一定程度上显示出作曲家乐思形成的过程"②，同样，手稿作者的思想、认知、观念是手稿形成的关键因素。

陈惇、刘象愚在《穆木天文学评论选集》"编后记"中说道："穆先生在中国现代文学史上，一般是以诗人的身份占有重要地位，其实，他是从学习外国文学、翻译外国童话开始自己的文学道路的。他在日本帝国大学学习的时候，学的是法国文学。也就是说，他的真正的专业是法国文学。在这方面，他是科班出身的。另外，外国文学的翻译和研究，贯彻了他一生的文学活动，与他的创作道路密切相关。所以，要了解和研究穆先生的文学思想文学见解，决不能忽视这一方面。"③

穆木天自 1926 年以学位论文《阿尔贝·萨曼的诗歌》④ 从东京帝国大学毕业，一直到 1957 年，翻译了一大批外国文学作品，发表、出版了

---

① 孙晓博：《穆木天女儿穆立立访谈实录》。
② 转引自赵献涛《民国文学研究——翻译学、手稿学、鲁迅学》，中国广播影视出版社，2015，第 100 页。
③ 陈惇、刘象愚编选《穆木天文学评论选集》，北京师范大学出版社，2000，第 462 页。
④ 原文用法语写成，中文版由吴岳添先生译出，发表于《吉林师范大学学报》1994 年第3、4 期。

一系列研究外国文学的论文、著作，撰写了一系列外国文学讲义（世界
文学讲义）以及《法国文学史》等国别文学史著作，并相继在高校教授
本科生、研究生外国文学课程，在外国文学翻译、外国文学研究、外国
文学史编写、外国文学教学以及外国文学学科建构层面积累了丰富的经
验，并形成了宏阔、自觉的外国文学史观、浓厚的比较文学意识、现实
主义的美学诉求等外国文学观念。

以象征主义文学为中心，可以将穆木天的外国文学观念分为早期
（20 年代）与中后期（30 年代以后）两大阶段。

早期，穆木天热衷、肯定法国象征主义文学，"我热烈地爱好着那些
象征派的诗人。当时最不欢喜布尔乔亚的革命诗人雨果（Hugo）的诗歌
的。特别地令我喜欢的则是莎曼和鲁丹巴哈了"①，并大力译介、推广、
研究象征主义作家作品以及在诗歌中实践象征主义诗学。

中后期，基于国内时局以及穆木天个人观念和生活经历的变化，穆
木天转向写实主义、现实主义文学，彻底否定了早期的象征主义文学道
路，如其在《我的文艺生活》（1930）中所说的，"我的以往的文艺生
活，完全是一场幻灭……我所走上的那文学的旅途，是完全错误了。到
日本后，即被捉入浪漫主义的空气了。但自己究竟不甘，并且也不能，
在浪漫主义里讨生活。我于是盲目地，不顾社会地，步着法国文学的潮
流往前走，结果，到了象征圈里了"②。在《我与文学》（1934）中，穆
木天再次否定了自己的象征主义追求，"回想起来，在学习上，是犯了
不少的错误的。直到大学毕业，我还是看不起雨果，我还是没读过左
拉，说起来是惭愧，现实主义诸作家，我好像没有多的理会。在没有
执行自己之社会表现的任务之点，我的确是犯了不可容赦的错误……
再后到了大学，完全入象征主义的世界了。在象征主义的空气中住着，
越发与现实相隔绝了，我确是相当地读了些法国象征诗人的作品。贵
族的浪漫诗人，世纪末的象征诗人，是我的先生。虽然我在主观上是
忠实的，可是在抛弃了我的 Moraliste（道德）的任务之点，我是对不

---

① 　陈惇、刘象愚编选《穆木天文学评论选集》，北京师范大学出版社，2000，第 418 页。
② 　陈惇、刘象愚编选《穆木天文学评论选集》，北京师范大学出版社，2000，第 411 页。

起民众的"①。

当然穆木天否定的是象征主义的世界观、价值观，以及从现实主义维度否定象征主义脱离现实的诗学倾向，而对于象征手法，穆木天是持保留意见的，他对象征手法与象征主义做了区隔，认为"一切文学都是象征的，象征是从来就有的……然而，象征派以前的诗人所用的象征，是与象征派诗人的象征不相同的……在一般的作家的身上，象征只是好些的表现的手法之一，是借用某种生活的现象去表现其他的生活的现象。可是，在象征主义诗人们，象征是对于另一个'永远的'的世界的暗示"②，并主张，"象征主义的手法，我们是可以相当地应用的，但我们不能作为一个颓废的象征主义者。而到象征主义中去寻找蔷薇美酒之陶醉，去找伽蓝钟声之怀乡病，则是大大不可以的"③。

1935 年 7 月，穆木天为郑振铎、傅东华主编的《文学百题》所撰写的《什么是象征主义》是他对象征主义从理论、学理角度的定性认识与再评价，表明了此时期他对象征主义的警惕、离开及对现实主义的趋同与追求。

> 象征主义，就是现实主义的反动，是高蹈派的否定而同时是高蹈派的延续了……象征主义，同时是恶魔主义，是颓废主义，是唯美主义，是对于一种美丽的安那其境地的病的印象主义，这种回避现实的无政府状态，这种到处找不着安慰的绝望的状态，自然要使那些零畸落侣的人们到咖啡店酒场中去求生活，到神秘渺茫的世界中去求归宿了。
>
> 象征主义，虽然对于旧的社会是一种否定的文艺，然而那种暴发的绝望的表现，如不像魏尔哈伦那样似地向着新的秩序走去，是引导着那个主义的依随者达于毁灭的田地的。这种回光返照的文学，是退化的人群的点金术的尝试。虽然在技巧和手法之点，不是没有

---

① 陈惇、刘象愚编选《穆木天文学评论选集》，北京师范大学出版社，2000，第 428 页。
② 陈惇、刘象愚编选《穆木天文学评论选集》，北京师范大学出版社，2000，第 95 ~ 100 页。
③ 陈惇、刘象愚编选《穆木天文学评论选集》，北京师范大学出版社，2000，第 429 页。

贡献——音乐性的完成——可是那种非现实的世界的招引，只是使沧亡者之群得到一时的幻影的安慰，对于真实的文学的前途，大的帮助可以说没有的。①

除了对象征主义文学道路的否定及从学理上对象征主义的剖析与警惕之外，穆木天对外国作家的评价也昭显了自身外国文学认知观念的转变。在《欢迎诗人巴比塞》（1933）一诗中，穆木天以巴比塞的现实主义转向自喻，明确诗歌（文学）的现实主义功用及诗人（作家）的写作目标。

> 那些诗辞并不是他的荣耀，/也许回忆起来还惭愧，/他从象征诗人转成写实小说家，/最后他成为革命的作家反战的斗士。//现在他要到我们这里来了，/听说是带着反战的任务。/我们要用诗人资格欢迎诗人，/我们更要效仿他作我们的转变。//世界的风云一天一天地紧急，/我们要理解什么是诗人的天职。/好极了，来了我们的 H. Barbusse，/使我们能更进一步地了解诗人的存在意义。//我们要献出我们的诗人的热诚，/我们更要告诉他这次殖民地上的流血的情形，/我们用我们的诗歌唤醒我们的民众，/我们要我们的诗人去转达到世界各处的弟兄。②

在三年后创作的《两个巨人的死》一诗中，穆木天再次高度评价了巴比塞的现实主义文学创作价值与意义，"巴比塞！你呀，亨利！/你为祖国沐浴过枪林弹雨，/那是何等为人类的自由平等的动机！/你看见过《地狱》，你到过《火线下》，/你达到了《光明》，你认识了人类的《铁链子》，/而，那是你，那是你，/写出来那些残暴的《种种事实》"③，对巴比塞的评价也折射出穆木天此时期的现实主义美学观念、认知及实践。

---

① 陈惇、刘象愚编选《穆木天文学评论选集》，北京师范大学出版社，2000，第95~100页。
② 穆立立编选《穆木天诗选》，人民文学出版社，1987，第246~247页。
③ 穆立立编选《穆木天诗选》，人民文学出版社，1987，第120~121页。

"翻译行为中的源语文本只是'提供信息'。面对所提供的信息，包括译者在内的任何接受者都会选择他们感兴趣的、有用的，或适合他们表达目的的信息。"① 外国文学观念由象征主义到现实主义的转向，使穆木天的翻译观念发生了极大的变化。穆木天前期广泛译介马拉美、维尼、纪德等现代派作家的作品；中后期，翻译重心则完全转向法国、苏联等国家的批判现实主义文学。穆木天外国文学观念的转向也深刻影响了手稿的译介范围、译介途径、评价标准及某些观点的心理共情，因而成为手稿产生的一个内在的关键因素。

三　生命力度与精神向度

"手稿是作家（译者）生命外化的一种结果，其中包含着行为轨迹，也包含着心神情绪。"② 作家（译者）的精神状态、身体素质对手稿的生成起着至关重要的作用。

穆木天当时虽退居幕后，但仍积极地关心着北京师范大学外国文学教研室的工作任务，发挥自己的余热。穆木天一贯乐观、向上，如其在1944 年所作的《我并不悲观》一诗中所述：

> 我并不悲观/我并不消极/我没有失望/我没有忧伤……//我总是希望着，/对祖国的文艺的建设，/献出我的充分的力量，/而我也是始终在那里守着岗位。/我对于祖国的光明的前途，/始终抱着坚定的信念。/我希望，/今后我还要工作到三十年，/为祖国多下上几块奠基的石头……//我永远不会悲观/我永远也不会消极；/我感到了空前的烦躁，/也许正因为我怀着热烈的憧憬！/我希望光明早早地来到，/（那是得我们拿出力量去争取）/因为我急于要看到我们的美满收获，/因为我要求工作/而我要坚定地工作着/一直到我死亡的

---

① 转引自方梦之、庄智象主编《中国翻译家研究》（民国卷），上海外语教育出版社，2017，第 11 页。

② 王雪：《作家手稿档案征集研究——基于中国现代文学馆的考察》，《档案学研究》2019 年第 5 期，第 73 页。

日子。①

　　"翻译"是穆木天 1957 年被划为"右派"后生命的关键词，或说是他的主导行为及活动。在房间里埋头翻译，翻译完手头的材料后，穆木天就到图书馆寻找与教学计划相关的新的资料，图书馆没有的就到外文书店购买，"找到材料之后，便用他那一千二百度的高度近视眼，整天盯着芝麻大的外文字，趴在桌上一字一句地为我们翻译，工作是极其辛苦的"②。穆木天每翻译、校对完成一批材料，就交给外国文学教研室青年教师们，供他们教学所用。

　　穆木天不仅高度近视，还患有严重胃病，据穆立立回忆："穆木天通过各种手段，通过自己长期积累的书，并定期到外文书店去找，去翻找一切他能翻找到的东西，进行翻译，是非常不容易的。而且，穆木天的身体状况是很不好的，他眼睛高度近视，我开玩笑说他不是看书，是闻书——他拿书靠在鼻尖上，鼻尖上的油全都沾到了书上了。他的学生也这么笑话他，说穆老师是闻书。穆木天给学生改稿子，或者写讲义，都是用鼻尖贴着稿子在那里工作的。中医说思伤脾，就是思考多了，脾胃就不好。穆木天的胃病就很严重，因此他早上从不吃饭，吃了早饭，就没法弯腰坐到书桌前工作。起床洗漱后就开始工作——他从年轻时就养成了这个习惯，所以能保持很大的工作量。"③ 穆木天的生前同事兼好友也回忆道，"只见他满桌子都摊开了一本本打开的书，一本摞着一本。他近视，戴着高度的近视镜，鼻尖几乎要划过纸面上"，诗人叶平林写诗赞曰，"书籍横陈眼近视，木天译事亦辛苦"④。

　　各种条件无疑给穆木天的翻译工作增加了相当大的难度，但是基于崇高的精神向度与顽强的生命力度，穆木天并没有放弃，而是坚持了下

---

① 穆立立编选《穆木天诗选》，人民文学出版社，1987，第 277～281 页。

② 全国首届穆木天学术讨论会、吉林师范学院学报编辑部编《穆木天研究论文集》，时代文艺出版社，1990，第 338 页。

③ 孙晓博：《穆木天女儿穆立立访谈实录》。

④ 全国首届穆木天学术讨论会、吉林师范学院学报编辑部编《穆木天研究论文集》，时代文艺出版社，1990，第 325 页。

来，一坚持就是十年。十年翻译，不为名、不为利、不为发表出版，只为了能帮助青年教师渡过教学与科研难关，"'我对祖国的外国文学教学还有用，我要活着继续发挥我的作用。'——这就是支持他翻译工作的力量。不管能不能发表，只要翻译的东西还有人需要用，对他们还能有所帮助，就证明了自身存在的价值。——这对穆木天来说就是一种慰藉"①。十年翻译的结晶，两百余万字的翻译手稿，即是穆木天在艰苦条件下开出的极为灿烂的生命之花。

四　时代语境与翻译倾向

翻译手稿"可以澄清心理环境、社会环境和文化环境"②，反过来，各种环境，尤其是时代语境、意识形态等基本规范又决定手稿的生产与形成，"翻译是一种重新构建的行为，在此过程中不可忽略译入语系统中一系列相关规范……规范提供了一个相对可言的交流渠道、一套可以预见译入语系统中任何可能构成抵制因素的机制，以及能够传播信息的确定无疑的知识系统……规范是社会化的结果"③。

新中国成立后，中共领导人便参照了苏联社会主义模式来建设新中国，"走俄国人民的路"，推行"一边倒"的外交政策，坚信"苏联的今天就是我们的明天"，在政治、经济、文化等方面全方位借鉴苏联经验。中国文艺界也不例外，奉苏联文学为圭臬，视"苏联文学为中国人民的良师益友"④，如当时的文艺工作者所说的，"摆在中国人民，特别是文艺工作者面前的任务，就是积极地使苏联文学……更广泛地普及到中国人民中去"⑤，中国文艺界"便以极大的热情全面介绍俄苏文学，50 年代被译介到中国的俄苏文学作品数量惊人，其总量大大超过前半个世纪译

---

① 孙晓博：《穆木天女儿穆立立访谈实录》。
② 转引自符杰祥《"写在边缘"——鲁迅及中国新文学手稿研究的理论与问题》，《社会科学辑刊》2017 年第 1 期，第 170 页。
③ 孙艺风：《视角·阐释·文化——文学翻译与翻译理论》，清华大学出版社，2004，第191 页。
④ 叶水夫：《苏联文学与中国》，《国外文学》1991 年第 12 期，第 84～86 页。
⑤ 周扬：《周扬文集》（第 2 卷），人民文学出版社，1985，第 182 页。

介数的总和"①，"据出版事业管理局不完全统计，从一九四九年十月到一九五八年十二月为止，我国翻译出版的苏联（包括旧俄）②文学艺术作品共 3526 种，占这个时期翻译出版的外国文学艺术作品总种数 65.8%强（总印数 82005000 册，占整个外国文学译本总印数 74.4%强）"③，堪称"浩如烟海的书林……这些作品中的伟大的共产主义精神力量和光辉的苏维埃人的艺术形象，深深地激动着青年人的心"④。如政治外交政策上的"一边倒"一样，外国文学作品的译介也呈现出"一边倒"的现象，究其原因，政治意识形态对翻译对象的译介择取起着决定性的操控作用。

除了对苏联文学的大规模翻译外，在主流意识形态和主流诗学的作用下，中国文艺界对欧美和亚非拉以及一些人民民主国家的文学作品也进行有选择性的翻译，虽数量无法与苏联文学相提并论，但是与新中国成立前相比，还是有所增加的。对欧美文学的翻译，文艺界严格按照政治意识形态的标准进行选择，拒绝翻译"夹带着颓废主义的、低级趣味的、思想反动的"⑤作品，选择被马克思称赞过的批判现实主义作家如狄更斯、萨克雷、巴尔扎克、马克·吐温等人的作品，或者选取具有高度艺术水准并传递出进步思想的古典作家如莎士比亚、塞万提斯、拉伯雷等人的作品作为译介对象；对于欧美现代主义文学作品，由于中国文艺界深受苏联文学界的影响，则采取了全面否定的态度，正如论者指出的，"在主流意识形态空前强大的操控下，中国主要是与苏联、亚非拉发

---

① 陈建华：《论 50 年代初期的中苏文学关系》，《外国文学研究》1995 年 11 期，第 40 ~ 45 页。

② 俄国古典文学的翻译量相较于苏联文学的翻译则少得多，约占俄苏文学译介的十分之一，苏联文学译作占全部俄苏文学译作的九成以上，这些以新时代为主要描写对象，以爱国主义和革命英雄主义为主旋律的苏联文学作品，在中国读者尤其是在青年中引起强烈反响，广为流传。参见陈建华《二十世纪中俄文学关系》，高等教育出版社，2002，第 160 ~ 162 页。

③ 卞之琳、叶永夫、陈燊：《十年来的外国文学翻译和研究工作》，《文学评论》1959 年第 5 期，第 47 页。

④ 陈建华：《二十世纪中俄文学关系》，高等教育出版社，2002，第 162 页。

⑤ 卞之琳、叶永夫、陈燊：《十年来的外国文学翻译和研究工作》，《文学评论》1959 年第 5 期，第 46 页。

生现在时的翻译关系（但跟欧洲古典文学亦有过去完成时的翻译关系），基本上跟现代欧美不发生关系"①。对于亚非拉以及人民民主国家文学的翻译，"从一九四九年十月到一九五八年十二月，我们翻译出版的这方面的文学作品共 623 种（总印数 10840000 册），我们现在翻译人民民主国家的文学作品和过去翻译界的介绍东欧被压迫民族文学，在意义上也有了变化。现在这是主要为了增进我们兄弟国家人民之间的友好团结，在我们新的社会建设中互相鼓舞，在我们新的文学创造中交流经验。而过去主要是这些民族和人民同我们一样处在被奴役被压迫的地位，希望了解他们争取独立解放的愿望和斗争。我们的优良传统的这一个方面，现在在一定意义上，就发挥在我国翻译界对亚、非、拉丁美洲文学的重视上"②。由此可见，中国文艺界对亚非拉文学的翻译在很大程度上并不是基于美学的诉求，而是出于政治的需要，"一方面是为了增进与亚非拉国家间的对话，以促进亚非拉人民反对西方资本主义阵营国家在全球范围内的殖民统治；另一方面则是为印证、说明中国社会主义事业以及社会主义文学并非孤立无援，而是具有世界潮流性、正义性"③。

同时鉴于我国"外国文学研究工作到目前为止还只是跨出了第一步，它的发展并不能和我们的外国文学翻译工作的发展相提并论"④，中国文艺界则翻译了大量苏联文学史、外国文学史、文艺理论方面的著作，从而吸收苏联学者的研究经验和研究方法，"抛弃了资产阶级学者'为学术而学术'的道路，开始使研究工作联系实际，为社会主义服务，面对人民大众"⑤，使我国的外国文学研究真正成为社会主义文化建设的一个构成部分。

---

① 王友贵：《意识形态与 20 世纪中国翻译文学史》，《中国翻译》2003 年第 5 期，第 15 页。
② 查明建：《文化操纵与利用：意识形态与翻译文学经典的建构——以 20 世纪五六十年代中国的翻译文学为研究中心》，《中国比较文学》2004 年第 2 期，第 90 页。
③ 方长安：《冷战·民族·文学——新中国"十七年"中外文学关系研究》，中国社会科学出版社，2009，第 193 页。
④ 卞之琳、叶永夫、陈燊：《十年来的外国文学翻译和研究工作》，《文学评论》1959 年第 5 期，第 48 页。
⑤ 卞之琳、叶永夫、陈燊：《十年来的外国文学翻译和研究工作》，《文学评论》1959 年第 5 期，第 49 页。

　　在这样的时代语境下，穆木天开始了十年的翻译工作。"意识形态对手稿的形成具有决定性的作用，由手稿到作品的定型之间所发生的重写、改编等主题与形式的变化，很大程度上取决于社会的主流意识形态。主流诗学是一个时期在社会上占主导地位的审美意识形态，它决定着手稿的风格、体裁、主题。任何一个作家的书写，都是在一定主流诗学的影响下进行的"①，译者同样如此，这在穆木天晚年翻译手稿中可见一斑。

　　首先，根据穆木天晚年翻译手稿封面上的原文作者、出版社等信息可以断定，穆木天翻译的这批外国文学研究资料全部来自苏联。苏联成为学习的榜样，外国文学研究也不例外。对苏联本国文学的研究，"凭苏联同志的正确观点，凭他们的先进经验，凭他们对于材料的熟悉，就由他们自己去研究吧，我们只要把他们的研究成果介绍过来就行了"②，这种心态在当时中国学术界也是常有的；对苏联以外的其他国家的文学研究，中国学术界则以苏联学者的研究成果为参考，以苏联学者的研究方法为指导，以苏联学者的论文著作作为范本来进行研究，据吴岩回忆，"那个时候，苏联的影响是深远的，即使是西欧和其他国家的文学，介绍与否，也是一看苏联有没有译本，二看苏联怎么说。掌握的准绳除了马、恩、列、斯提到过的作家和作品外，那就不敢越日丹诺夫所规定的'雷池'一步了；宽一点的，无非是参考一下苏联评论家时常引证的别、车、杜的论点和论据，结果也就难免以俄国的美学趣味来衡量欧美的作品"③，故在意识形态与时代语境的影响以及穆木天本人的认同与迎合下，苏联的外国文学研究成果顺理成章地进入穆木天的视野，成为他的译介途径与译介对象。

　　其次，虽然"与欧美现当代文学相比，亚非拉国家的文学在世界文学系统中只是处于边缘和'弱势'地位"④，但通过对穆木天晚年翻译手

---

① 赵献涛：《民国文学研究——翻译学、手稿学、鲁迅学》，中国广播影视出版社，2015，第96页。

② 卞之琳、叶永夫、陈燊：《十年来的外国文学翻译和研究工作》，《文学评论》1959年第5期，第62页。

③ 陈建华主编《中国外国文学研究的学术历程》第5卷《英国文学研究的学术历程》，重庆出版社，2016，第98页。

④ 查明建、谢天振：《中国20世纪外国文学翻译史》，湖北教育出版社，2007，第568页。

稿的统计及定量分析，可以发现，穆木天翻译的亚非拉文学研究资料无论是在种类上还是数量上都是相当丰富的，究其原因，固然是当时教学计划的要求（增添了东方文学的内容，"在亚非作家会议召开的背景下，大量的亚非国家的作家作品被译介到中国。随之许多高校开始开设亚非文学的相关课程，亚非文学的研究也提到日程上来了"①），但从根本上讲是基于当时政治意识形态对亚非拉文学的认同。对亚非拉文学的翻译"一方面是表示政治意识形态的一种亲和关系，作为增强友谊的手段，一方面是对自我意识形态的肯定，强化意识形态话语"②。由此可见，当时更多是出于政治的考虑，才将亚非拉文学列为翻译的对象，增为教学的内容。穆木天对亚非拉文学研究资料的大量翻译即是对主流意识形态的高度认同。

最后，穆木天对亚非拉文学和欧美文学研究资料的翻译均有不同的侧重。亚非拉文学研究资料的翻译，穆木天侧重于现代民主文学；欧美文学研究资料的翻译，穆木天侧重于古典文学以及批判现实主义文学，很少涉及现代主义文学，即使涉及，也是持彻底否定与批判的态度。其原因是苏联学界对欧美现代主义文学的否定，所以国内对欧美现代主义文学便采取疏远、冷落，乃至挞伐的态度，译作少、研究少、需求少，完全处于边缘地带；亚非拉的现代民主文学能"帮助我们了解这些国家的统治阶级和殖民主义者对人民大众的迫害与剥削，了解这些国家的人民所作的可歌可泣的英勇反抗和斗争，激起我们对帝国主义的仇恨、对这些国家的人民的贫困和无权的同情，从而使我们更热爱我们的祖国，更热情地投入社会主义建设，投入和平运动和反帝国主义的斗争，为全人类的解放而奋斗"③，而对其投以别样的眼光，加大翻译的比例。

综上，良好的外语素养与丰富的外国文学翻译经验、外国文学认知

---

① 陈建华主编《中国外国文学研究的学术历程》第 12 卷《亚非诸国文学研究的学术历程》，重庆出版社，2016，第 1 页。

② 查明建、谢天振：《中国 20 世纪外国文学翻译史》，湖北教育出版社，2007，第 568 页。

③ 卞之琳、叶永夫、陈燊：《十年来的外国文学翻译和研究工作》，《文学评论》1959 年第 5 期，第 52 页。

与外国文学观念的转向、坚强的生命力度与崇高的精神向度以及特定的时代语境与翻译倾向，决定了穆木天晚年翻译手稿的生产与生成。也可以说，穆木天晚年翻译手稿的生产与生成是外在规范（时代语境、意识形态、翻译政策）与译者主体意识（个人意识形态、个人主观能动性、个人翻译素质与翻译能力）共同作用的结果。唯有将时代与个体、外部与内在紧密结合起来，或说将手稿放置在时代语境与译者素质条件中进行考察，才能综合了解穆木天晚年翻译手稿的生成机制，正如论者指出的，"译者作为一个阐释个体，不免受制于社会环境。他所受到社会各方面的影响势必对他的阐释方式和翻译策略有直接或间接的作用力。不可否认的是，作为一个独立的个体，他有自己的审美趋向与精神气质，游离于政治和意识形态的控制……译者有相当程度的美学操纵空间。但他又不可能远离社会历史的语境"①。

第二节　手稿的书写时间

通过对手稿的系统翻阅与清点整理，我们在这批近百种达两百余万字三千余页的手稿中仅发现以下五种标注年份或更为具体的完成时间的手稿。

手稿《今天的法国文学（1957—1959 的法国文学）》，译自《科普讲演录》1960 年第 1—8 号，穆木天在结尾标记"1960 年译"（无具体月日）。

手稿《印度诗歌的描写手段》，译自《印度语文学》（1959），穆木天在结尾标记"1960 年译"（无具体月日）。

手稿《太阳照耀着"黑非洲"②》，译自《外国文学》1960 年 11 月号，穆木天在结尾标记"1960 年译"（无具体月日）。

---

① 孙艺风：《视角·阐释·文化——文学翻译与翻译理论》，清华大学出版社，2004，第 98 页。

② 指撒哈拉沙漠以南的非洲。

手稿《西葡文艺复兴总论》，译自《早期中世纪和文艺复兴时期外国文学史》（1959），穆木天在结尾标记"1961年7月18日译完"的确切日期。

手稿《塞万提斯的小说〈堂吉诃德〉》，穆木天在封面标记"1961年7月译"（无具体到日）。

除却以上五种手稿，穆木天在其他手稿中均没有标注具体的翻译日期。在本节中，我们将从穆木天的自身命运、当时的教育背景、翻译手稿依据原文发表（出版）的时间、手稿封面报纸时间、手稿上的印章等方面来判断、界定穆木天晚年翻译手稿的时间归属。

自身命运。1966年"文革"开始后，穆木天、彭慧都受到了不小的冲击，失去了正常翻译的条件。由此，穆木天翻译活动的下限基本可以确定在1966年。

教育背景。1958年，教育改革，外国文学史课程增添了新的内容和教学要求，帮助青年教师完成新的教学任务便成为穆木天进行翻译的基本目的、动力及追求。因此，1958年是穆木天翻译手稿的起始时间。

手稿信息。通过对手稿封面上穆木天留下的基本信息（原文题目、原文作者、原文出处、原文发表/出版载体及渠道、原文发表日期/出版日期）的统计整理①，可以确定穆木天晚年翻译手稿所依据的原文（原刊/原书）的发表（出版）日期大部分都在1958年到1960年之间（极个别篇目、书目发表/出版在1956年和1957年）。由此更加可以断定，手稿大部分篇目是在1958年之后（含1958年）完成的。

报纸封面。部分手稿的封面为当时的报纸②，如《人民日报》《北京日报》《师大教学》《中国青年报》《中央人民广播电台广播节目表》等，报纸的出版时间大部分都在1958年到1960年之间，由此也可以判断穆木天晚年翻译手稿的书写时间。

---

① 有的专著、论文虽然没有注明具体时间，但是我们可以根据专著、论文里面的引文注释、参考书目界定时间上限。

② 具体参考本章第四节"手稿的媒介质地"对"手稿报纸封面"的统计描述。

手稿印章。翻阅手稿可以发现大部分手稿都有"外国文学组"和"1963查"的印章（有年份的印章均为1963年），只有极少部分手稿（手稿中的印度文学和阿拉伯文学部分）没有印章。"1963查"的印章显示大部分手稿在1963年及1963年以前完成。

综上所述，穆木天晚年翻译手稿的整体完成时间为1957—1966年，其中绝大部分手稿在1958—1963年完成。

第三节　手稿的合译问题

通过对手稿的清点、整理，我们发现有24种手稿①的封面或者结尾留有"穆木天译""木天译""木译"等署名字样，24种手稿名称如下。

1.《〈古代文学史〉导言》
2.《荷马中的英雄们的性格》
3.《西葡文艺复兴总论》
4.《西班牙民族戏剧的创造：洛甫·德·维伽及其剧派》
5.《西班牙的巴乐歌与卡尔代龙》
6.《塞万提斯以前的长篇小说的发展》
7.《文艺复兴时期西葡的抒情诗和叙事诗》
8.《塞万提斯的小说〈堂吉诃德〉》
9.《论〈堂吉诃德〉》
10.《浮士德》（上）
11.《约翰·李特》
12.《自然主义》
13.《象征主义》
14.《原子的矿脉》
15.《难苦的运命》

---

① 《原子的矿脉》和《难苦的运命》合为《关于美国现代文学的两篇文章》，《关于突尼斯中短篇小说的讨论》和《夏比的"生命之歌"》合为《突尼斯文学》。

16. 《太阳照耀着"黑非洲"》

17. 《谈阿尔及利亚的民族文化》

18. 《关于突尼斯中短篇小说的讨论》

19. 《夏比的"生命之歌"》

20. 《新的非洲》(《非洲诗选》评介)

21. 《索马里诗歌》

22. 《拉丁美洲进步文学》

(以上22种手稿,封面上留有"穆木天"的署名,以下两种手稿的署名均在结尾部分)

23. 《1950—1952年日本青年作家的创作活动》,结尾署名"木译"。

24. 《法胡利的创作道路》,结尾署名"译者:穆木天"。

通过全部手稿的字迹比对以及手稿署名,我们可以断定穆木天是这批手稿的主人。然而手稿中除却穆木天的笔迹,还存在另外三种迥异的字体,呈现此三种字体的篇目较少。

根据穆立立对手稿的鉴定,其中一种是她母亲彭慧的字体①;这也与彭慧学生王思敏的回忆相符,王思敏到彭慧、穆木天家中做客时,见到他们辛苦的翻译工作,"为外国文学室的青年教师提供参考资料",并感慨"彭先生和穆先生的工作是很繁重,很辛苦的"②。穆木天、彭慧夫妻两人字体差异颇大并各具特色。穆木天的字体瘦小、工整、古朴、沉稳、凝练、雅正,每一字都处在格子中间,展现出较高的书法艺术及欣赏价值,从某种程度上讲,穆木天翻译手稿不仅是"了解其学术历程、学术思想的基础性文献,也是研究其写作习惯、写作特点的重要历史资料"③;彭慧的字体饱满、粗大、轻浅、飘逸、热情、大气,单字几乎占满了整个字格并有一种冲破格子的趋势。

---

① 孙晓博:《穆木天女儿穆立立访谈实录》。

② 吴泽霖、邹红编《彭慧先生百年诞辰纪念文集》,北京师范大学出版社,2009,第500页。

③ 何光伦:《名人手稿的典藏、保护与利用刍议》,《图书馆杂志》2018年12期,第70页。

不同的笔迹、字体折射出二人截然不同的性格特征，"书写本身便是一门艺术，点画结合之间，不仅可以体会韵律力度，更加显露出书写者的性情"①，"书写的笔迹是在个性发展过程中，通过环境影响和个人经历固定下来的，并形成独特的精神素质……它能够反映出一个或整个时代的思想倾向、性格特征和感情……包含着作者的脾气、性情、品格、修养、趣味等"②，如楚泽涵的追忆，"二姨（彭慧）生性活泼，好说好动，朋友聚会，有说有唱，嘻嘻哈哈，热热闹闹……社会活动多"，其字大气、热烈；穆木天则较为"无趣"、冷静、淳朴、木讷③，"几乎没有人和他交往……很少见他参加活动，也很少说话"④，其字迹沉稳、凝重；真可谓"字如其人"。穆木天的书写无疑赋予了翻译手稿形式的美，使手稿在内容之外获得了另一重维度的艺术魅力。

彭慧在北京俄语专科学校学习过俄语，并曾在莫斯科留学（1927—1931年），归国后，彭慧一边从事文学创作，一边开始翻译俄苏文学，在与穆木天的互帮互助下，不断提升俄语水平，从1936年到1957年，翻译出版了不少俄苏文学作品，积累了丰富的俄苏文学翻译经验。

《中国翻译家辞典》收录了彭慧词条，如是评价道，"彭慧系我国新文化运动时期的著名女作家，她的一生曾创作许多长、短篇小说，同时又是一位外国文学翻译家、研究家"⑤，然后罗列了彭慧的6种译作。

根据《彭慧著译编目》⑥ 以及我们对全国报刊索引等数据库的检索，彭慧翻译的俄苏文学以小说居多，也有诗歌、童话、报告文学等类型，小说又以柴霍甫（契诃夫）的作品最多，达7种，即《忧愁》（1936年

---

① 徐莹：《试论手稿的可持续利用与保护》，载《档案与文化建设：2012年全国档案工作者年会论文集》，第442页。

② 李小光：《名家手稿及其插图的审美价值》，《江苏社会科学》2010年S1期，第245～247页。

③ 穆立立编选《穆木天诗选》，人民文学出版社，1987，第7页。

④ 楚泽涵：《我所知道的穆木天》，《新文学史料》2019年第3期，第57页。

⑤ 《中国翻译家辞典》编写组编《中国翻译家辞典》，中国对外翻译出版公司，1988，第458页。

⑥ 吴泽霖、邹红编《彭慧先生百年诞辰纪念文集》，北京师范大学出版社，2009，第545～552页。

《申报周刊》第 1 卷第 6 期)、《草原》(1940 年读书生活出版社)、《想睡觉》(1943 年《文艺杂志》第 2 卷第 3 期)、《山谷中》(1943 年《文艺生活》第 3 卷第 6 期)、《在磨房》(1943 年《新文学》月刊第 1 卷第 1 期)、《芦笛》(1943 年《艺丛》第 1 卷第 2 期)、《可爱的姑娘》[1947 年《文讯》第 7 卷第 1 期(重庆)],其中《草原》等篇目为国内首译①,深得读者的青睐,如东北师范大学外国文学教研室主任吕元明回忆,"那俄罗斯辽阔大草原的芬芳和俄国孩子们的朴素、欢乐和忧愁像抒情画般地表现出来,译笔让人陶醉"②。彭慧译的《草原》一版再版,"1942 年 7 月,桂林新光书局在大后方用土纸出版了由彭慧翻译的《草原》,1942 年 10 月这一版本由重庆读书出版社再版,1947 年 5 月又以文学月报丛书的形式在上海再版"③,1944 年才有了金人的《草原》版本。

托尔斯泰作品 2 种,即《哥萨克》(1948 年贵州文通书局)与《爱自由的山人》(1952 年北京师范大学出版部),除却翻译托尔斯泰的作品,彭慧对托尔斯泰也有一定研究,写下相关论文探讨托尔斯泰的生平、思想、艺术观念,分析托尔斯泰的《战争与和平》《安娜·卡列尼娜》等作品,并评判托尔斯泰的世界意义。④

涅克拉索夫作品 2 种,即《一时间的骑士》(1937 年《文学》第 8 卷第 1 期)与《自由》(1938 年《战歌》第 1 卷第 4 期),彭慧以自己的翻译推动了中国接受、识读涅克拉索夫的进程,是译介涅克拉索夫队伍中的重要一员,如魏荒弩所言,"涅克拉索夫之得以在我国传播,并受到我国进步诗人的欢迎……则要归功于我国诸如李大钊、刘延陵、孙用、蒋光慈、孟十还、楚图南、彭慧等革命家和翻译家的推崇和介绍"⑤。

屠格涅夫作品 1 种,即《海上的火灾》(1937 年《文学》第 9 卷第

① 谭桂林主编《现代中外文学比较教程》,湖南师范大学出版社,2009,第 211 页。
② 浦漫汀主编《陶德臻教授纪念文集》,知识产权出版社,2006,第 211 页。
③ 刘研:《契诃夫与中国现代文学》,上海社会科学院出版社,2006,第 66 页。
④ 吴泽霖、邹红编《彭慧先生百年诞辰纪念文集》,北京师范大学出版社,2009,第 236 ~ 280 页。
⑤ 魏荒弩:《楚图南与涅克拉索夫》,《文汇读书周报》2000 年第 6 期。

2 期），屠格涅夫的作品，彭慧翻译的不多，但是她向学生们推荐、介绍屠格涅夫的《前夜》《父与子》等作品①，并举办读书会，与朋友、学生们一起讨论屠格涅夫的作品②，同时在《苏联文学中的爱国主义》一文中高度称赞屠格涅夫作品中的爱国倾向，"屠格涅夫在他的六大名著——灌注了他对俄罗斯的大地和人们的热爱"③。

　　除却俄国古典文学，彭慧也着力于苏联当代文学的翻译，共计 8 种。班台莱耶夫作品 3 种，《致胡佛总统的一封信》（1942 年《文艺生活》第 2 卷第 4 期）、《小姑娘们》（1943 年《文学译报》第 1 卷第 5、6 期）、《死胡同里的一所房子》（1943 年《青年文艺》第 5 期）；英倍尔作品 2 种，《仿民歌调》（1947 年《诗创造》第 2 卷第 1 辑）、《列宁格勒日记》（1949 年国际文化服务社）；其他作家作品各 1 种，毕里文采夫的《瓦里卡》（1947 年《文讯》第 7 卷第 4 期）、布宾诺夫的《白桦树》（1951 年北京师范大学出版部）、杨卡·库伯拉的《风从东方来》（1957 年，未出版）等。

　　彭慧的俄苏文学翻译呈现出以下几个特点。其一，彭慧通晓俄语，"是我国最早直接从俄文翻译俄苏文学作品的翻译家之一"④。其二，时间久。彭慧从 1936 年开始翻译俄苏文学，一直持续到 1957 年，时间跨度达 22 年之久。其三，数量可观。彭慧除却俄苏文学教学、研究之外，共翻译了 20 余部（篇）俄苏文学作品，实现了翻译、研究、教学的有机结合。其四，阶段性特征明显。20 世纪 30 年代及 40 年代初期，彭慧侧重于俄国古典文学的翻译，翻译了柴霍甫、涅克拉索夫、屠格涅夫、托尔斯泰等作家的作品；抗战胜利后，"鉴于我国人民对苏联社会主义国家的向往和苏联人民在卫国战争中做出的巨大牺牲和贡献，苏联文学作品一直受到广大读者的欢迎"⑤，彭慧便翻译了毕里文采夫、英倍尔、布宾

---

① 吴泽霖、邹红编《彭慧先生百年诞辰纪念文集》，北京师范大学出版社，2009，第 526 页。
② 欧阳文彬：《欧阳文彬文集》（散文卷），生活·读书·新知三联书店，2012，第 186 页。
③ 北京师范大学中国语文系编《爱国主义与文学》，北京师范大学出版社，1951，第 1 页。
④ 王国席、程曦编著《安庆近代中西交流》，合肥工业大学出版社，2011，第 241 页。
⑤ 吴泽霖、邹红编《彭慧先生百年诞辰纪念文集》，北京师范大学出版社，2009，第 490 页。

诺夫、杨卡·库伯拉等苏联当代文学家的作品。

　　1957 年穆木天和彭慧几乎同时被划为"右派",从讲台前退到幕后,鉴于当时新的教学任务和青年教师的困惑,夫妻二人便决定为北京师范大学外国文学教研室翻译外国文学研究资料(含外国文学作品)。

　　现根据两人字迹的特点及穆立立老师的鉴定,可以完全区分出手稿中的穆木天手稿和彭慧手稿。手稿中的大部分篇目由穆木天独立书写完成,彭慧和穆木天与他人合译的以及彭慧独译的篇目有以下 8 种,诚如穆立立所言,"有一小部分手稿是他们合译的,只是很小的一部分。彭慧大部分时间都在搞创作"①。

　　1.《外国文学史提纲》

　　彭慧和穆木天、黄药眠合译,第一部分第 1～7 页为彭慧手稿;第二部分前 13 页为穆木天手稿。

　　2.《文艺复兴时代的文学·绪论》

　　彭慧和穆木天合译,手稿共计 27 页。第 1～18 页、第 21～22页为彭慧手稿;其他为穆木天手稿。

　　3.《论〈美国的悲剧〉》

　　彭慧和穆木天合译,手稿共计 48 页。第 1～23 页为穆木天手稿;后 25 页为彭慧手稿。

　　4.《威廉·莎士比亚论》

　　彭慧和穆木天合译,手稿共计 187 页,共分九部分,其中第四、五、六、七部分为彭慧手稿,计 104 页;其他部分为穆木天手稿。

　　5.《普列姆昌德和他的长篇小说〈慈爱道院〉和〈戈丹〉》

　　彭慧和穆木天合译,手稿共计 40 页。第 1～23 页、第 38～40页为穆木天手稿;第 24～37 页为彭慧手稿。

　　6.《穆尔克·拉吉·安纳德》

　　彭慧和穆木天合译,手稿共计 44 页。第 1～10 页、第 13 页、第 24～44 页为穆木天手稿;其余为彭慧手稿。

---

　　①　孙晓博:《穆木天女儿穆立立访谈实录》。

7.《法国文学简史：从伟大的十月社会主义革命到我们的日子》

计 41 页，独译，彭慧手稿。

8.《法国文学简史最后部分：第二次世界大战期间和战后的

文学》

计 69 页，独译，彭慧手稿。

彭慧完成这些译稿也是相当不易的，据陈悼、谭得伶回忆，"她（彭慧）患有高血压症，经常是带病工作的。头疼的时候，脑门上带着一个金属的头箍坚持工作……但她仍翻译了大量资料，供青年教师备课参考"①。

手稿中除却穆木天、彭慧的字体之外，还存在另外两种字迹，据鉴定及手稿封面信息，可以作出以下判断。

其中之二为陈秋帆女士的手迹。陈秋帆时任北京师范大学现代文学教研室主任。她曾留学日本（1934），对日语、日本文学均有一定的造诣，据钟敬文回忆，"居杭州时，因为自强和勤奋，在艰苦的生活条件中学会了日语（能够翻译一些文学作品）。到了东京，学习环境较好，她更加力求精进。在不算长的时间里，她的日语，竟达到能与普通日本人一样说话的程度。记得有一年，日本天皇出游，东京全市戒严，她在路上竟被警察认作可疑的'日本人'，因为她的日语几乎可以乱真，她险些遭受拘禁。从这件小事，也可以知道她做事（包括学习）的专精致意了"②。1941 年至 1949 年她执教于中山大学，任日语教师；新中国成立后，她在中央文教委员会编译室工作。③ 此类手稿只有一种，即《日本社会主义诗歌选》，前三首由穆木天翻译，后面的《日本解放诗歌选译》由陈秋帆翻译。

穆木天译诗歌 3 种，如下。

---

① 吴泽霖、邹红编《彭慧先生百年诞辰纪念文集》，北京师范大学出版社，2009，第493 页。
② 陈秋帆：《陈秋帆文集》，南海出版公司，1994，第 2 页。
③ 《中国翻译家词典》编写组编《中国翻译家词典》，中国对外翻译出版公司，1988，第155 页。

    1. 《自由的海鸥》

    2. 《血、泪、心》

    3. 《漂亮的小孩子》

陈秋帆译 7 位诗人 11 种作品,如下。

    1. 儿玉花外的《纺织女工》《司机的叹息之歌》《劳动军歌》《马上哀歌》

    2. 幸德秋水的《给花外》

    3. 小塚空谷的《欢迎社会主义之歌》《革命行》

    4. 吉野卧城的《生活的苦闷》

    5. 福田正夫的《石工之歌》

    6. 口木田独步的《山林中有自由》

    7. 宫崎湖处子的《厌战》

    其中之三为黄药眠手迹。黄药眠时任北京师范大学文艺理论教研室教师。他通晓英语、俄语,1929 年去莫斯科,供职于共产国际,1933 年回到上海,兼职翻译。① 属于黄药眠先生手迹的手稿只有一种,即《外国文学史提纲》,此手稿分为两大部分,第一部分(1~7 页)由彭慧翻译;第二部分(1~29 页)中,1~13 页为穆木天手稿;14~29 页为黄药眠手稿(其中缺 24、25 页)。

    由上,手稿中,5 种为穆木天、彭慧合译,1 种为穆木天、彭慧、黄药眠三人合译,1 种为穆木天、陈秋帆合译,2 种为彭慧独译;其余 80 余种均为穆木天独译。无论从翻译目的说,还是从翻译主体看,穆木天晚年翻译手稿都具有强烈的北京师范大学色彩与标识。

---

① 《中国翻译家词典》编写组编《中国翻译家词典》,中国对外翻译出版公司,1988,第 289 页。

第四节　手稿的媒介质地

"手稿是指作品形成之前一位作家书写的一切形之于符号形态的原始的东西，包括文字、图像等，其根本性质是原始记录性。"① 翻译手稿同样如此，它作为"原始材料"或说"起源的材料"② 能反映出很多出版物不具备的信息，例如穆木天的字迹，"跟印刷品上的铅字给人的感觉完全不同，它们保留着作家（翻译家）的心绪情感与生命的温度，能展示作家创作（翻译）时精益求精的态度，其字体、笔画，甚至笔迹浓淡都具有阐释解读的空间"③ 等；同时，"手稿的载体、字迹、印签等都有特定的历史标志，有着强于其他文献还原历史的功能"④，例如有些手稿的封面为当时的报纸，我们可以根据报纸上的日期确定穆木天翻译的时间范围；再如，手稿的印章，既可以反映出当时北师大中文系整理、保存材料的手段、方法，也可以推定出穆木天的翻译时间；手稿的书写工具不仅可以呈现手稿的"底色"与"品质"，还可以展现手稿的保存、传承情况以及为手稿的进一步保存提供基本方向，"不同的书写工具关系到手稿的保存状态"⑤，等等。

笔者曾系统整理、清点过穆木天晚年翻译手稿（纸质媒介），有幸一睹真迹，并对手稿的书写载体、书写材料等原始物质信息做了相关记录。基于此，本书立足笔者获赠的全套手稿（复印件），并从书写工具、纸张、封面、印章等四个方面描述手稿的媒介质地，最大程度、原汁原味地还原手稿的原始物质形态信息。

---

① 赵献涛：《民国文学研究——翻译学、手稿学、鲁迅学》，中国广播影视出版社，2015，第 95 页。

② 〔法〕德比亚齐：《文本发生学》，汪秀华译，天津人民出版社，2005，第 28 页。

③ 王雪：《作家手稿档案征集研究——基于中国现代文学馆的考察》，《档案学研究》2019 年第 5 期，第 74 页。

④ 徐莹：《试论手稿的可持续利用与保护》，《档案与文化建设：2012 年全国档案工作者年会论文集》，第 442 页。

⑤ 何光伦：《名人手稿的典藏、保护与利用刍议》，《图书馆杂志》2018 年第 12 期，第 71 页。

一　手稿用笔

穆木天主要采用钢笔、蘸水钢笔、毛笔三种书写工具进行书写，不同的书写工具既展现出穆木天深厚的文人素养，也传递出"中国传统书写艺术的变化"①，基于穆木天的用心书写，在某种程度上也可以说，穆木天手稿是"文学与书法的合成合金，体现了作家（翻译家）'双创'的文本性质"②。

（一）钢笔

手稿绝大部分篇目是用钢笔书写完成的，字体工整，大小适中，线条细致，墨水均匀，诸如《朝鲜解放后韩雪野的创作》《日本文学》《印度诗歌的描写手段》《拉丁美洲进步文学》《外国文学史提纲》《〈古代文学史〉导言》《威廉·莎士比亚论》等篇目，均采用钢笔书写，极为流畅、工整。

（二）蘸水钢笔

部分手稿是用黑色蘸水钢笔书写，线条较粗，字体较大。例如手稿《巴尔扎克》第一部分与第四部分全由钢笔书写，字体工整，大小均匀；第二部分与第三部分则由钢笔和蘸水钢笔共同书写，其中第87～144页由蘸水钢笔书写，计58页，字体大、下笔重，较潦草；再如，手稿《文艺复兴时期西葡的抒情诗和叙事诗》共18页，第1页由普通钢笔书写，后17页由蘸水钢笔书写；手稿《十九世纪民主革命诗人海尔维格、威尔特、福莱利格拉特的创作》（23页）、《巴比塞》（4页）等篇目均由蘸水钢笔书写。

（三）毛笔

少部分手稿由毛笔书写完成，竖排、从右到左排列呈现，字体粗大，墨迹明显，如手稿《维克多·雨果——伟大的法兰西作家》，共计106页

---

① 王雪：《作家手稿档案征集研究——基于中国现代文学馆的考察》，《档案学研究》2019年第5期，第74页。

② 李继凯：《现代中国作家文人汉字书写手稿论略》，《广州大学学报》（社会科学版）2021年第1期，第86页。

53000 字，稿纸为 25（竖）×20（横）型号纸张，全部采用毛笔从右到左、从上到下竖排书写，涂改较多，墨迹较重，稿纸较脏；再如手稿《政论家雨果》，共计 106 页 53000 字，稿纸为 25（竖）×20（横）型号纸张，全部由毛笔书写，涂改痕迹较重。

二　手稿纸张

穆木天手稿用纸主要有 20×20、40×15、25×20 三种不同型号的纸张。

第一种，稿纸左侧下方有"第＿＿页"的字样，页面底端和页面右侧下方有"20×20＝400（京文；监制）"的字样，横 20 字格，竖 20 字格，属于 20×20 型号的纸张。手稿《自然主义》、《1917—1945 的法国文学》（一）、《荷马中的英雄们的性格》、《浮士德》（上）等篇目都用此种纸张。此种型号纸张在穆木天晚年翻译手稿中采用最为广泛，使用频率最高，所占比例最大。

第二种，稿纸的右侧下方有"北京師範大學"六个繁体字，横 40 字格，竖 15 字格，稿纸页面底端水平方向有"5、10、25、30、35、40"数字标记，稿纸左侧垂直方向有"5、10、15"数字标记，属于 40×15 型号的纸张。手稿中使用此种类型纸张的有《法国文学简史：从伟大的十月社会主义革命到我们的日子》《爱弥勒·左拉（1840—1902）》《阿拉贡》《野间宏的〈真空地带〉》等篇目。此种型号纸张在全部手稿中的使用频率仅次于第一种型号纸张。

第三种，稿纸页面底端印着"25×20＝500"的字样，横 20 字格，竖 25 字格，属于 25×20 型号的纸张。手稿中的《维克多·雨果——伟大的法兰西作家》《政论家雨果》等篇目采用的是这种纸张。此种型号纸张在手稿中使用频率最低。

三　手稿封面

手稿封面一般都有穆木天写下的原文题目、原著作者、文章出处（发表刊物、出版社）等基本信息。穆木天晚年翻译手稿的封面类型主要有稿纸、报纸、俄语文献材料、出版书目内页等四种。

（一）稿纸封面

手稿主要使用 20×20、40×15、25×20 三种型号稿纸做封面，稿纸封面在手稿中占的比重较大。

以 20×20 型号纸张为封面的手稿主要有《古希腊文学史绪言》《荷马的〈伊利亚特〉和〈奥德赛〉》《荷马中的英雄们的性格》《西葡文艺复兴总论》《论〈堂吉诃德〉》《约翰·李特》《史诗〈英雄国〉及其作者们》《外国文学史提纲》等篇目。

以 40×15 型号纸张为封面的手稿主要有《波里斯·里昂尼多维之·巴斯特尔纳克》《乔治·威尔特》《成熟期的巴尔扎克的创作方法》《论〈美国的悲剧〉》《法胡利的创作道路》《现代越南诗歌》《朝鲜土地的人民歌手》《朝鲜无产阶级文学运动史中的一章（1924—1934）》等篇目。

以 25×20 型号纸张为封面的手稿主要包括《维克多·雨果——伟大的法兰西作家》等篇目。

（二）报纸封面

手稿以《师大教学》《人民日报》《中国青年报》等几种报纸做封面。

以《师大教学》为封面的手稿有以下 10 种：《文艺复兴时代的文学·绪论》（1958 年 10 月 20 日星期一，《师大教学》第 301 期）、《希腊文学的亚该亚时代》（1958 年 10 月 24 日星期五）、《十九世纪民主革命诗人海尔维格、威尔特、福莱利格拉特的创作》（1958 年 11 月 11 日星期二，《师大教学》第 307 期）、《〈阿拉伯散文作品选〉序文》（1958 年 11 月 14 日星期五）、《〈一千零一夜〉序言》（1958 年 11 月 19 日星期三）、《戏曲的发展》（古希腊）（1958 年 11 月 21 日星期五，《师大教学》第 310 期）、《塞内加尔代表乌斯曼诺·森本那的发言》（1958 年 11 月 29 日）、《政论家雨果》（1958 年 11 月 21 日星期五）、《日本文学》（1959 年 4 月 4 日）、《〈摩诃婆罗多〉的传说的序文》（1958 年 11 月 25 日）。

以《人民日报》为封面的篇目有以下 3 种：《普列姆昌德和他的长篇小说〈慈爱道院〉和〈戈丹〉》（1959 年 1 月 7 日）、《〈朝鲜现代诗选〉序文》（1959 年 2 月 13 日）、《朝鲜土地的人民歌手》（1959 年 2 月

13 日）。

以《中国青年报》为封面的篇目有 1 种：《伟大的印度作家普列姆昌德诞生七十五周年》（1958 年 12 月 17 日）。

以《北京日报》为封面的篇目有 1 种：《赵基天》（1959 年 2 月 13 日）。

以《中央人民广播电台广播节目表》为封面的篇目有 1 种：《印度诗歌的描写手段》（1960 年 7 月 30 日，《中央人民广播电台广播节目表》第 276 期）

除以上可以确定的报刊外，还有许多手稿的封面也是当时的报纸，不过由于剪裁，无法确定报刊的名称，诸如手稿《威廉·莎士比亚论》《法国文学简史最后部分：第二次世界大战期间和战后的文学》的封面。

（三）俄语文献封面

手稿以当时的俄语文献材料为封面。

手稿中《葛莱蒙、瓦莱斯、里昂·克拉代尔》《批判现实主义的基本特点》《十九世纪二十世纪孟加拉文学》等都采用俄语文献材料为封面。

（四）出版书目内页封面

手稿采用当时出版的书目的内页为封面。

手稿《〈古代文学史〉导言》的封面即是人民文学出版社出版的"文学小丛书"的缩影内页。

四　印章

手稿的印章有"外国文学组"和"1963 查"两种，主要出现在手稿的封面或者手稿正文的第一页，是当时北京师范大学外国文学教研室整理资料的印章。

第五节　手稿的历史传承

穆木天翻译书稿只是为了帮助青年教师完成新的教学任务，并非为了发表、出版，最终也没有发表、出版，所以穆木天晚年翻译手稿（含外国文学作品）只限于在北京师范大学外国文学教研室内部传阅、"流通"，是纯粹的内部资料，较之于公开出版物，长期处于"无名"状态。

北师大外国文学教研室青年教师以穆木天晚年翻译手稿为基本参考文献开展外国文学（东方文学）教学与研究工作。在借鉴、利用的同时，他们对手稿进行了检阅与保管。现从手稿的质地品相来看，手稿的封面上留存着标题、原著作者、文章出处等信息；翻开手稿，绝大部分的手稿封面或第一页右上端都盖有"外国文学组"／"1963 查"的印章，这是北师大外国文学教研室整理资料的印记。由此可知，穆木天晚年翻译手稿在当时得到了一定的整理、检查与保管。

"文革"期间，北京师范大学"校舍、教学设备、图书资料以及理科实验室的实验仪器均受到不同程度的损坏……许多老教师……多年来呕心沥血写成的论文、书稿，精心收集整理的文献资料、珍本图书，被查抄、抢劫"①。据穆立立回忆，在 1967 年"小说手稿（彭慧的长篇小说《不尽长江滚滚来》手稿，共 47 章，33 万字）全部被抄走"②……然而，存放在北师大外国文学教研室的穆木天晚年翻译手稿并没有丢失，这得益、归功于北师大外国文学教研室老师们（尤其是曾经是穆木天学生的老师们）的细致、小心保管。

后历经唐山大地震、院系搬迁及北师大外国文学教研室重组（更名为"比较文学与世界文学研究所"）、人事变迁等种种事件，穆木天晚年翻译手稿最终幸运留存，只是字迹变浅，纸张发黄，多了几层尘土。

2012 年 1 月 14 日，穆木天晚年翻译手稿交接仪式在北师大文学院励耘报告厅举行。穆立立、文学院院长张健教授、比较文学与世界文学研究所诸位教师，以及荣休的陈惇教授、关婉福教授、谭得伶教授等出席仪式，手稿由张健院长如数移交给穆立立保管，北师大档案馆和文学院保存手稿全部复印件。《光明日报》等国家级媒体对此做了相关采访、

---

① 《北京师范大学校史》（1902—1982），北京师范大学出版社，1982，第 178 页。
② 穆立立：《彭慧的一生》，《新文学史料》1981 年第 2 期，第 211～219 页。

报道。① 这是穆木天晚年翻译手稿通过媒体报道第一次公之于众。

2012 年 10 月，北京师范大学出版社出版、发行了张健教授担任总主编的《励耘文库·中国现代学术经典》丛书，该丛书共计 12 卷，包含鲁迅、启功、钟敬文、黄药眠、丁易等诸先生的文集，《穆木天卷》是其中一卷，由穆木天的学生、助教，北京师范大学文学院教授陈惇编选。陈惇为保存、出版穆木天的遗稿以及研究穆木天做出了巨大的贡献。首先，他在保存穆木天晚年翻译手稿过程中有着很大的功劳；其次，他编写出版了两本文集，即《穆木天文学评论选集》（和刘象愚合编）和《中国现代学术经典·穆木天卷》，这两本文集基本上收齐了穆木天在文学研究、评论、教学方面的成果；最后，他写下了一系列关于穆木天的回忆文章及研究文章，诸如收录在《穆木天研究论文集》中的《穆木天和外国文学》以及长达 35 页的《中国现代学术经典·穆木天卷》的导语（集中讨论了穆木天的创作与翻译）等。

《穆木天卷》计三部分，共 371 页 416000 字。陈惇在卷前导语中介绍了编选的原则，即侧重于有待学界开掘与研究的穆木天的学术成果与教材教学成果。② 穆立立对该书做出了以下评价，既肯定了成绩，也指出了不足，并剖析了意义。

　　　　这本书设计、封面都挺好，就是字体太小。书中选的五种手稿，分别是古典的、中世纪的、文艺复兴时期的文学，选的东西比较少，比较单薄。作为一个中国资深的外国文学工作者的文集，选的内容是不多的。但结合中国的外国文学研究史来说，结合世界的外国文学研究来说，是有它的特殊的地方的。一个资深的外国文学工作者，在极其困难的情况下，始终没有放弃为祖国开创一个通向世界文学的窗口的努力，我看，这在世界各国的文学工作中都是很少有人做到的。我们中国人就是有一种要把外国的东西取回来然后为中国服务的渴望，

---

① 《穆木天晚年翻译手稿醒来》，《光明日报》2012 年 1 月 17 日；《穆木天晚年外国文学理论翻译手稿移交仪式在北京师范大学文学院举行》，《新文学史料》2012 年第 2 期。

② 陈惇编选《中国现代学术经典·穆木天卷》，北京师范大学出版社，2012，第 1 页。

这种渴望，极其的强烈。所以我说这本书，不算是很丰富，也不算是很理想，但是从中国和世界的范围来说，都有它特殊的意义。①

《穆木天卷》第一部分为"《法国文学史》（选）"，收录了穆木天1935年出版的《法国文学史》的卷头语（第37～38页）、第五章（"布尔乔亚氾社会的文学"，第39～77页）、第六章（"现实主义文学"，第78～115页）、第七章（"现代文学"，第116～162页）；第二部分"世界文学基本讲义（选）"，收录了穆木天1954年为北师大本科生讲课时的《世界文学基本讲义》（北京师大外国文学教研组穆木天编著，华中师范学院印刷厂代印1956）中的五个章节（"古代希腊的英雄史诗《伊利亚特》和《奥德赛》""法国古典主义喜剧家莫利哀""德国民族诗人歌德""英国浪漫主义诗人拜伦""法国批判现实主义作家巴尔扎克"）；第三部分"外国文学评论译文选"，则由陈惇从穆木天晚年翻译手稿中选取的五种手稿组成，这五种手稿信息如下。

1. 《史诗〈英雄国〉及其作者》
作者欧·库西能，手稿36页，计14400字；刊印本计14页（《穆木天卷》第260～273页）。
2. 《莎士比亚的思想和艺术》
作者斯密尔诺夫，手稿187页，计74800字，分为四大部分，九节内容；刊印本限于篇幅选择了手稿中的第八节，共9页（《穆木天卷》第274～282页）。
3. 《西班牙民族戏剧的创造：洛甫·德·维伽及其剧派》
作者斯密尔诺夫，手稿50页，计20000字，分为三节；刊印本计18页（《穆木天卷》第283～300页）。
4. 《西班牙的巴乐歌与卡尔代龙》
作者斯密尔诺夫，手稿22页，计8800字；刊印本计8页（《穆木天卷》第301～308页）。

---

① 孙晓博：《穆木天女儿穆立立访谈实录》。

5.《现代印地语文学的基本流派和发展道路》

作者柴雷晓夫，手稿 46 页，计 27600 字；刊印本计 28 页（《穆木天卷》第 309～336 页）。

这是穆木天晚年翻译手稿第一次公开亮相，正式出版，历经半个世纪，手稿终于从原始的手写形式变成了印刷体、刊印本。陈惇在《中国现代学术经典·穆木天卷》中不仅编选、刊印了穆木天的五种手稿，而且整理出了穆木天晚年翻译手稿目录，这对于研究穆木天的翻译活动，尤其是研究穆木天翻译手稿具有纲领意义。不足的是，刊印本为文字整理版，而非影印，读者不能完全领略、欣赏穆木天晚年翻译手稿的原貌，或者说不能完全进入手稿，与译者穆木天对话；同时其他的 80 余种手稿还没有得到整理、出版，依旧不为学界所知，材料的缺失是研究翻译家穆木天的一大制约因素，因为要全面、客观地评价穆木天的翻译成就，这批手稿是无法且不容忽视的，作为穆木天一生翻译活动的重要组成部分，穆木天晚年翻译手稿与 1957 年之前的翻译作品共同构成了他一生丰厚的翻译业绩。

回顾、检讨手稿自产生以来的命运历程，可以看到几代北师大外国文学学人的努力与心血——他们为保存穆木天晚年翻译手稿付出了极大的努力，正是意识到了手稿的“唯一性、原始性”[1] 及其分量，“‘没有两件手稿是一模一样的’，从这个意义上讲，每一件手稿都可以称为‘孤本’”[2]，他们对手稿采取了保护措施，才使穆木天晚年翻译手稿得以完整流传至今。[3]

展望手稿的未来，穆木天女儿穆立立希望能够出版，“如果有合适的机会，当然希望能够出版。只是手稿量太大，现在还没有能力”[4]。

---

[1] 赵献涛：《民国文学研究——翻译学、手稿学、鲁迅学》，中国广播影视出版社，2015，第 101 页。

[2] 陈思航：《基于手稿资源的特色数据库建设》，《图书馆工作与研究》2017 年第 5 期，第 52 页。

[3] 孙晓博：《穆木天女儿穆立立访谈实录》。

[4] 孙晓博：《穆木天女儿穆立立访谈实录》。

　　根据国家图书馆李景仁、周崇润先生对大量手稿的研究与分析，我们可知，穆木天晚年翻译手稿的纸张属于"耐久纸、不耐久纸、最不耐久纸"中的不耐久纸，用笔、字迹则属于"耐久字迹、不耐久字迹、最不耐久字迹"中的不耐久字迹与最不耐久字迹，手稿已产生半个多世纪，"需要更加科学的典藏方式、更加专业的保护技术进行保管"[1]，对手稿采取恒温、恒湿、脱酸等相关规格的保护措施已迫在眉睫。[2]

　　同时，在对手稿进行可持续性保护、保存的前提下，应该实现手稿的最大化利用，或者扫描手稿，实现影印出版及数字化转变，或者进行手稿数据库建设，或者尽快完成传统的点校、整理与辑录、出版工作，继而丰富社会、学界了解手稿的途径及提升穆木天晚年翻译手稿的社会、学界认知度，充分挖掘、彰显、释放手稿的学术意义与文献价值。

第六节　手稿的目录辑录

　　本目录的编写、辑录立足穆木天晚年翻译手稿及相关俄语文献，同时参考了穆立立提供的"穆木天外国文学评论译文目录"（1957—1966），以及陈惇在《中国现代学术经典·穆木天卷》中编写的"穆木天外国文学评论译文目录（1957—1966）"，谨致以深切的谢意。目录编排规则如下。

　　我们通过对手稿内容、篇名及手稿上留存的原作者、出版社、出版年代等信息与俄语文献的溯源比对，最大限度地确定穆木天译文所依据的俄语文献信息，但部分手稿由于信息缺乏，或者太过笼统，无法溯源、确定俄文信息，在目录中作留白处理；同时，在穆立立、陈惇老师模式基础之上，通过对手稿进一步的统计、清点、整理，我们在本目录中增添国别、手稿页码两项，并按照国别顺序从篇名、原作者、原文出处、页数、字数等五个方面对手稿进行系统整理，并得出结论，穆木天晚年翻译手稿计 19 类 94 种 3622 页 211 万字（含极少部分合译）。

---

① 何光伦：《名人手稿的典藏、保护与利用刍议》，《图书馆杂志》2018 年第 12 期，第 71 页。

② 李景仁、周崇润：《谈谈名人手稿的保护》，《图书馆杂志》2003 年第 6 期，第 40 页。

国别顺序。根据手稿的内容，将穆木天翻译手稿按照国别归类，对属于文学史总论而无法按照国别序列排列的手稿统一归置在目录的最后。

篇名、原作者、原文出处。根据穆木天在手稿封面上留下的基本信息进行整理汇总。需要指出的是，少数手稿的封面只有篇名，缺少原作者及原文出处；少数手稿有篇名、原作者，但缺乏出处（有的虽然指出了出处，但是缺少出版社、出版年月等信息）；少数手稿有篇名、出处，但缺少作者信息。通过资料、文献的比对，我们尽力补充、补齐应有的中文信息及俄文信息。

页数。有的手稿上穆木天标记有页数信息，我们予以核对；有的手稿则没有页数标记，我们则查阅记录。

字数。对于每份手稿的字数，我们根据每份手稿纸张的型号（诸如 20×20、25×20、40×15），计算出每页的字数（400 字、500 字、600 字），然后乘以每份手稿的页数，从而得出手稿的字数。需要指出的是，有的手稿，虽是单独的一份，但穆木天采用了两种不同型号的纸张书写，因而我们根据不同型号的纸张字数以及页数进行分类计算，然后再进行叠加，得出手稿的字数。故，此处的字数只是个约值。

具体目录见表 2 - 2（手稿信息不足，且无法查询原始文献的篇目，留白处理）。

表 2 - 2　穆木天晚年翻译手稿目录（1957—1966 年）

篇名	原作者	原文出处	页数	字数
1. 古希腊文学·6 种			287	138700
《〈古代文学史〉导言》	特朗斯基（Тронский, Иосиф Моисеевич）	《古代文学史》（История античной литературы, Ленинград: Учпедгиз. Ленингр. отд-ние, 1951）	33	12800
《希腊文学的亚该亚时代》	特朗斯基（Тронский, Иосиф Моисеевич）	《古代文学史》（История античной литературы, Ленинград: Учпедгиз. Ленингр. отд-ние, 1951）	62	37200
《戏曲的发展》（古希腊）	特朗斯基（Тронский, Иосиф Моисеевич）	《古代文学史》（История античной литературы, Ленинград: Учпедгиз. Ленингр. отд-ние, 1951）	77	46200

续表

篇名	原作者	原文出处	页数	字数
《荷马的〈伊利亚特〉和〈奥德赛〉》		俄文学院专家讲稿	35	14000
《荷马中的英雄们的性格》	楼学夫	《荷马》第三部分：艺术的现实	45	18000
《古希腊文学史绪言》		《古希腊文学史》，莫斯科大学，1959（История древней греческой литературы，МГУ，1959）	35	10500
2. 法国文学·17 种			911	683300
《1917—1945 的法国文学》（一）	安德列夫（Л. Андреев）	《1917—1956 的法国文学》，莫斯科大学，1959（Французская литература 1917－1956 годов. Издательство МГУ，1959）	69	28000
《1945—1956 的法国文学》（二）	安德列夫（Л. Андреев）	《1917—1956 的法国文学》，莫斯科大学，1959（Французская литература 1917－1956 годов. Издательство МГУ，1959）	102	30200
《法国文学简史：法兰西 19 世纪末至 20 世纪初的颓废的和反动的文学方向》	雅洪托娃等（М. А. Яхонтова）	《法国文学简史》（Очерки по истории французской литературы，Государственное учебно-педагогическое издательство министерства пгосвещения рсфср，Москва，1958）	27	10800
《法国文学简史：从伟大的十月社会主义革命到我们的日子》	雅洪托娃等（М. А. Яхонтова）	《法国文学简史》（Очерки по истории французской литературы，Государственное учебно-педагогическое издательство министерства пгосвещения рсфср，Москва，1958）	41	24400
《法国文学简史最后部分：第二次世界大战期间和战后的文学》	雅洪托娃等（М. А. Яхонтова）	《法国文学简史》（Очерки по истории французской литературы，Государственное учебно-педагогическое издательство министерства пгосвещения рсфср，Москва，1958）	69	14000
《今天的法国文学（1957—1959 的法国文学）》	乌伐洛夫（Уваров, Юрий Петрович）	《科普讲演录》第 1—8 号，1960（Французская литература сегодня，Москва：Знание，1960）	87	348000
《象征主义》①	巴拉肖夫		18	7200

---

①　手稿信息不足，无法查询原始文献，在此留白处理，下同。

篇名	原作者	原文出处	页数	字数
《自然主义》	波达波娃 （З. М. Потапова）	《法国文学史》第 3 卷（История французской литературы в 4 тт. Том III. 1871 – 1917 гг. Издательство: Издательство Академии наук СССР, 1959）	15	6000
《维克多·雨果——伟大的法兰西作家》	В. 尼古拉耶夫		106	53000
《政论家雨果》	特莱斯古诺夫		106	53000
《葛莱蒙、瓦莱斯、里昂·克拉代尔》	雅洪托娃等 （М. А. Яхонтова）	《法国文学简史》 （Очерки по истории французской литературы）	8	2400
《爱弥勒·左拉（1840—1902）》			10	3000
《左拉的〈萌芽〉》	安德列夫		15	4500
《巴尔扎克》	奥勃罗密叶夫斯基 （Обломиевский Д）	《巴尔扎克评传》（Бальзак: этапы творческого пути. М.: Гос. изд-во худ. лит., 1961.）	214	85600
《成熟期的巴尔扎克的创作方法》	波达波娃 （З. М. Потапова）	《法国文学史》第 3 卷（История французской литературы в 4 тт. Том II. 1789 – 1870 гг. Издательство: Издательство Академии наук СССР, 1959）	11	6600
《巴比塞》	私人草稿		4	1200
《阿拉贡》	私人草稿	阿拉贡生平和创作论点大纲	9	5400
3. 英国文学·1 种			187	78700
《威廉·莎士比亚论》	斯密尔诺夫 （А. А. Смирнов）	《莎士比亚全集》第 1 卷·前言（共 8 卷），国家艺术文学出版社，莫斯科，1957 年（Шекспир, Вильям. Полное собрание сочинений: В 8 т. Москва: Искусство, 1957 – 1960）	187	78700
4. 德国文学·3 种			141	50700
《浮士德》（上）	维尔芒特 （Н. Вильмонт）	《歌德评传》（Гете. Государственное издательство художественной литературы, 1951）	42	16800
《十九世纪民主革命诗人海尔维格、威尔特、福莱利格拉特的创作》	姬之代		9	6900

篇名	原作者	原文出处	页数	字数
《乔治·威尔特》	图拉耶夫	科普讲稿	90	27000
5. 西葡文学·7 种			176	70400
《西葡文艺复兴总论》	斯密尔诺夫等（М. П. Алексеев，В. М. Жирмунский，С. С. Мокульский иА. А. Смирнов）	《早期中世纪和文艺复兴时期外国文学史》，1959 年（История зарубежной литературы. Раннее средневековье и Возрождение, М.: Учпедгиз, 1959）	17	6800
《文艺复兴时期西葡的抒情诗和叙事诗》	斯密尔诺夫等（М. П. Алексеев，В. М. Жирмунский，С. С. Мокульский иА. А. Смирнов）	《早期中世纪和文艺复兴时期外国文学史》，1959 年（История зарубежной литературы. Раннее средневековье и Возрождение, М.: Учпедгиз, 1959）	18	7200
《西班牙民族戏剧的创造：洛甫·德·维伽及其剧派》	斯密尔诺夫等（М. П. Алексеев，В. М. Жирмунский，С. С. Мокульский иА. А. Смирнов）	《早期中世纪和文艺复兴时期外国文学史》，1959 年（История зарубежной литературы. Раннее средневековье и Возрождение, М.: Учпедгиз, 1959）	50	20000
《西班牙的巴乐歌与卡尔代龙》	斯密尔诺夫等（М. П. Алексеев，В. М. Жирмунский，С. С. Мокульский иА. А. Смирнов）	《早期中世纪和文艺复兴时期外国文学史》，1959 年（История зарубежной литературы. Раннее средневековье и Возрождение, М.: Учпедгиз, 1959）	22	8800
《塞万提斯以前的长篇小说的发展》	斯密尔诺夫等（М. П. Алексеев，В. М. Жирмунский，С. С. Мокульский иА. А. Смирнов）	《早期中世纪和文艺复兴时期外国文学史》，1959 年（История зарубежной литературы. Раннее средневековье и Возрождение, М.: Учпедгиз, 1959）	26	10400
《论〈堂吉诃德〉》	杰尔佳文	《塞万提斯》第 516～517 页，译文是书中对于"堂吉诃德"的总结语	5	2000
《塞万提斯的小说〈堂吉诃德〉》	米哈利奇（（Михальчи Д. Е.）	《苏联科学院通报·语言文学部分》，1955 年 4 月号（Роман о Дон Кихоте Сервантеса // Известия Академии наук СССР. Отделение литературы и языка. — М.: Изд-во АН СССР, 1955. — Т. XIV. Вып. 4. — С. 321—331.）	38	15200
6. 苏联文学·1 种			19	5700

续表

篇名	原作者	原文出处	页数	字数
《波里斯·里昂尼多维之·巴斯特尔纳克》	A. 瑟利完洛夫斯基（Селивановский А）		19	5700
7. 芬兰文学·1 种			36	14000
《史诗〈央雄国〉及其作者们》	欧·库西能		36	14000
8. 匈牙利文学·1 种			38	11400
《裴多菲·山陀尔》			38	11400
9. 美国文学·3 种			133	48050
关于美国现代文学的两篇文章： 1. 原子的矿脉	M. 吐古雪娃	《文学报》，1959 年 8 月 1 日（Литературная газета 1 августа 1959）	5	1900
2. 难苦的运命	列维多娃	《文学报》，1959 年 12 月 5 日（Литературная газета декабря 1959 года）	9	3650
《论〈美国的悲剧〉》	咋苏尔斯基		48	14400
《约翰·李特》	伊瓦盛科		71	28100
10. 拉丁美洲文学·3 种			194	77600
《拉丁美洲进步文学》（Прогрессивная литература Латинской Америки）	开林（Ф. В. Кельин）	《资本主义国家的进步文学，为争取和平而战斗》，苏联科学院，1952 年（Прогрессивная литература стран капитализма в борьбе за мир. Сборник статей, Издательство Академии Наук СССР，1952）	93	37200
《尼古拉·纪廉与民歌》（Николас Гильен и народная песня.）	奥斯波瓦特（Осповат Лев Самойлович）	《外国文学》，1960 年 12 月号（Иностранная литература，№12，1960）	48	19200
《不屈的厄地马拉的声音：米盖尔·安赫尔·阿斯杜里亚斯的长篇小说》	奥斯波瓦特（Осповат Лев Самойлович）		53	21200
11. 土耳其文学·1 种			332	122400

续表

篇名	原作者	原文出处	页数	字数
《那齐姆·希克梅特评传》（Назым Хикмет）	巴巴也夫（Бабаев，Акпер Агарза-оглы）	《那齐姆·希克姆特评传》（Назым Хикмет，Москва：Гослитиздат，1957.）	332	122400
12. 印度文学·12 种			476	490400
《印度诗歌的描写手段》	巴朗尼科夫（Баранников，Алексей Петрович）	《印度语文学》，1959 年（Индийская филология，Москва：Изд-во вост. лит.，1959.）	87	34800
《罗摩文学》	巴朗尼科夫（Баранников，Алексей Петрович）	《印度文学论集》，东方文学出版局，莫斯科，1959 年（Индийская филология. Литературоведение. 1959，изд-во：Издательство Восточной литературы）	16	6400
《〈摩诃婆罗多〉的传说的序文》	卡里雅诺夫	《摩诃婆罗多中的故事："焚蛇记"的序文》	20	12000
《〈摩诃婆罗多〉导言》*	伊林		11	6300
《始初篇》			19	11400
《大会篇》			8	4800
《森林篇》			22	13200
《毗罗叱篇》			5	2700
《斡旋篇》			9	5100
《毗湿摩篇》			13	7800
《陀罗那篇》			7	4200
《伽罗那篇》			6	3600
《夏利耶篇》			12	7200
《夜袭篇》			5	2700
《妇女篇》			4	2400
《和平篇》			12	7200
《教诫篇》			5	2400
《马祭篇》			7	4200
《林居篇》			5	3000
《杵战篇》			5	2700

* 《〈摩诃婆罗多〉导言》至《昇天篇》计为 1 种。

续表

篇名	原作者	原文出处	页数	字数
《远行篇》			3	1800
《昇天篇》			3	1800
《印地语和乌尔都语的诗歌》	柴雷晓夫（Е. Челышев）	《印度语和乌尔都语翻译》（Перевод с хинди и урду, Москва: Гослитиздат, 1957）	30	17700
《〈旁遮普诗选〉序言》	Н·托尔斯太娅（Толстая Н. И.）	（Стихи пенджабских поэтов, Москва: Гослитиздат, 1957）	11	6600
《十九世纪二十世纪孟加拉文学》	О. Л. 奥列斯托夫	《苏联大百科全书》第 4 卷第 502 页，1950 年（Большая Советская Энциклопедия. Том 4 – 1950 год, Издание 2, Издательство: М:, БСЭ）	4	2100
《英国影响透入开始以前的孟加拉文学、马拉特文学》*	巴朗尼科夫（Баранников, Алексей Петрович）		11	4400
《普列姆昌德和他的长篇小说〈慈爱道院〉和〈戈丹〉》	巴林（Балин, Виктор Иосифович）	《印度文学》，1958 年，莫斯科苏联东方文学出版局（Литературы Индии, наук СССР. Ин-т востоковедения, 1958）	40	24300
《伟大的印度作家普列姆昌德诞生七十五周年》	巴林（Балин, Виктор Иосифович）	《文学报》（Литературная газета）	6	3600
《穆尔克·拉吉·安纳德》	杜彼科娃		44	256400
《现代印地语文学的基本流派和发展道路》（Об основных течениях и путях развития современной литературы хинди）	柴雷晓夫（Е. Челышев）	《文学问题》，1958 年第 10 期 Вопросы литературы, № 10, 1958	46	27600
13. 日本文学·13种			133	77700

---

　　* 《中国现代学术经典》（穆木天卷）第 366 页表格将误录为《英国影响透入开始以来的孟加拉文学，马拉特文学》。

续表

篇名	原作者	原文出处	页数	字数
《日本文学》	伊万宁科	《苏联大百科全书》（Большая Советская Энциклопедия. – 1950 год，Издание 2，Издательство：М：，БСЭ）	12	6900
《日本短篇小说》	德永直（Токунага сунао）	《苏联文学》，1955 年 6 月号（Журнал "советская литература"，июнь 1955 года）	4	2400
《日本代表加藤周一的发言：日本的情况与日本作家》			4	2100
《1928 年—1932 年的日本民主诗歌导言》（Из истории японской демократической поэзии 1928 – 1932 гг.）	格鲁斯金娜（Глускина，Анна Евгеньевна）	《日本现代民主文学史论集》，苏联科学院出版局出版，1955 年（Очерки истории современной японской демократической литературы，Москва；Ленинград：Изд-во Акад. Наук СССР，1955.）	19	10800
《第二次世界战争后的日本民主文学》（Японская демократическая литература после второй мировой войны）	藏原惟人（Курахара Корохито）	《苏维埃东方学》，1958 年 2 月号（Советское востоковедение. 1958. № 2.）第 88 – 94 页	9	5400
《1950—1952 年日本民主文学史概述导言》（Краткий очерк истории японской демократической литературы 1950 – 1952 гг.）	罗古诺娃（В. В. Логунова）	《日本现代民主文学史论集》，苏联科学院出版局出版，1955 年（Очерки истории современной японской демократической литературы，Москва；Ленинград：Изд-во Акад. Наук СССР，1955.）	10	6000
《1950—1952 年日本青年作家的创作活动》	罗古诺娃（В. В. Логунова）	《日本现代民主文学史论集》，苏联科学院出版局出版，1955 年（Очерки истории современной японской демократической литературы，Москва；Ленинград：Изд-во Акад. Наук СССР，1955.）	23	13800

续表

篇名	原作者	原文出处	页数	字数
《小林多喜二》	A. 斯特路迦茨基（Аркадий Стругацкий）	《〈小林多喜二选集〉后记》（Кобаяси，Такидзи. Избранное，Москва：Гослитиздат，1957.）	6	3300
《野间宏的〈真空地带〉》	罗古诺娃（В. В. Логунова）	《日本现代民主文学史论集》，苏联科学院出版局出版，1955 年（Очерки истории современной японской демократической литературы，Москва；Ленинград：Изд-во Акад. Наук СССР，1955.）	11	6300
《江马修从 1950 年—1952 年的创作活动》	罗古诺娃（В. В. Логунова）	《日本现代民主文学史论集》，苏联科学院出版局出版，1955 年（Очерки истории современной японской демократической литературы，Москва；Ленинград：Изд-во Акад. Наук СССР，1955.）	7	4200
《〈京滨之虹〉和〈和平的歌声〉》	罗古诺娃（В. В. Логунова）	《日本现代民主文学史论集》，苏联科学院出版局出版，1955 年（Очерки истории современной японской демократической литературы，Москва；Ленинград：Изд-во Акад. Наук СССР，1955.）	7	4200
《日本社会主义诗歌选》	儿玉花外		16.5	9900
《格鲁斯金娜和罗古诺娃合著〈日本民主文学史大纲〉》	Е.М. 皮诺斯〔Е. М. Пинус（Ленинград）〕	《苏维埃东方学》，1957 年 6 月号（Советское востоковедение. 1957. № 6.），第 144 – 146 页。	4	2400
14 朝鲜文学·6 种			126	60500
《朝鲜无产阶级文学运动史中的一章》（1924—1934）（Из истории пролетарского литературного движения в Корее：1924 –1934）	伊万诺娃（Иванова Викторина Ивановна）	苏联科学院《东方学研究简报》第 24 期，1958 年（Краткие сообщения Ин-та востоковедения АН СССР. № 24. — М., 1958. C. 38 –52.）	22	12900
《〈朝鲜现代诗选〉序文》	瓦斯·彼得洛夫		13	7500

续表

篇名	原作者	原文出处	页数	字数
《朝鲜土地的人民歌手》	科尔尼洛夫		6	3300
《赵基天》	金（Ким Л.）	《赵基天诗选》，苏联文艺出版局，莫斯科，1956 年（Поэзия Чо Ги Чхона, в кн.: Кор. лит-ра, М., 1959）	14	8400
《韩雪野早期作品中的工人形象》	乌沙托夫	《朝鲜文学论集》，苏联东方文学出版社，1959 年	51	20400
《朝鲜解放后韩雪野的创作》		《解放后的朝鲜文学》，平壤，1957 年	20	8000
15. 越南文学·1 种			9	2700
《现代越南诗歌》	阿·苏福诺洛夫（Софронов А.）	《现代越南诗选》序（Современная вьетнамская поэзия, 1955, C. 3 - 7.）	9	2700
16. 阿拉伯文学·4 种			67	39300
《阿拉伯文学》	斯马利可夫、贝利耶夫	《苏联大百科》第 2 卷（Большая Советская Энциклопедия. Том 2 - 1950 год, Издание 2, Издательство: М:, БСЭ）	7	4200
《〈一千零一夜〉序言》	沙累		7	3900
《〈阿拉伯散文作品选〉序文》	А. 杜林妮娜（А. Долинина）	《阿拉伯散文》（Арабская проза, Москва: Гослитиздат, 1956.）	24	14100
《法胡利的创作道路》（叙利亚黎巴嫩）	尤素波夫（Юсупов, Даниил Иванович）	苏联科学院东方学研究所的小册子《法胡利的创作道路》，1958 年，东方文学出版局（Творческий путь Омара Фахури, Москва: Изд - во вост. лит., 1958. - 26 с.）	29	17100
17. 波斯文学·1 种			50	30300
《费尔多西的故事》	西蒙·李浦金（Семён Липкин）		50	30300
18. 非洲文学·9 种			166	67500

续表

篇名	原作者	原文出处	页数	字数
《现代非洲文学中的现实主义和现代主义的问题》（Проблема реализма и модернизма в современной литературе Африки）	E. 加尔培里娜（Евгения Гальперина）	《文学问题》，1958 年第 10 期（Вопросы литературы，№ 12，1959）	75	30000
《关于撒哈拉以南的非洲文学的手记》	巴维尔·大卫	《现代东方》，1960 年 1 月号	14	5600
《太阳照耀着"黑非洲"》	多马尔朵夫斯基	《外国文学》，1960 年 11 月号	22	8800
《谈阿尔及利亚的民族文化》（О национальной культуре Алжира）	阿·沙达拉赫（Абулькасим Саадаллах）	《外国文学》，1958 年 9 月号（Иностранная литература. 1958，№9.）	12	4800
突尼斯文学：1. 关于突尼斯中短篇小说的讨论	斯太班诺夫	《外国文学》，1959 年 11 月号	6	2100
突尼斯文学：2. 夏比的"生命之歌"	斯太班诺夫	《外国文学》，1958 年 11 月号	5	1800
《新的非洲》（《非洲诗选》评介）	密罗维多娃	《外国文学》，1959 年 1 月号	8	3200
《南非联邦的艺术和生活》（Искусство и жизнь Южно-Африканского Союза）	加克·科浦（Коуп Дж）	《外国文学》，1959 年 3 月号（Иностранная литература. 1959，№3.）	12	4800
《塞内加尔代表乌斯曼诺·森本那的发言》			8	4800
《索马里诗歌》	阿赫迈法·莪马·阿尔·阿菲哈利	《现代东方》1960 年 3 月，第 46 页	4	1600
19. 外国文学总论·4 种			141	45500
《外国文学史提纲》			34	6900

续表

篇名	原作者	原文出处	页数	字数
《文艺复兴时代的文学·绪论》			27	7900
《论外国文学中的社会主义现实主义》	莫蒂廖娃		67	26800
《批判现实主义的基本特点》	艾立乍洛娃		13	3900

第三章 手稿与新中国高师院校外国文学学科的创建、深化及发展

手稿研究"不仅仅记载手稿所产生的时间、所使用的物质形态（纸张、开本、色彩、笔迹），而且应该探讨所产生的思想动因。究竟是怎样的事件促使了手稿的产生，手稿的背后隐藏着、折射着怎样的思想"①，这是手稿研究的重要目标之一。手稿"不仅显示了作者本人著述时的思想思维和研究状态，也是体现一个时代、一段历史及当时政治、经济、文化背景的真实记录，具有很高的收藏价值和利用价值，是极其珍贵的历史文化遗产"②，手稿作为作者思想、情感及时代语境、意识形态的客观对应物存在，我们只有"去解释、阐释、意逆手稿背后隐藏的思想，手稿才获得了它更高的意义"③。本章考察穆木天晚年翻译手稿的"思想动机"与"价值功能"（"研究手稿产生的社会背景以及手稿在社会上产生的影响"④），即其与新中国高等师范院校外国文学学科、东方文学学科构建及发展的关联，本章基于以下四个问题展开讨论。

其一，梳理新中国成立后高等师范院校外国文学学科化的进程。

其二，总结穆木天、北师大在新中国高等师范院校外国文学学科化进程中的贡献。

其三，评判穆木天晚年翻译手稿在新中国高等师范院校外国文学学

① 赵献涛：《民国文学研究——翻译学、手稿学、鲁迅学》，中国广播影视出版社，2015，第 99 页。
② 何光伦：《名人手稿的典藏、保护与利用刍议》，《图书馆杂志》2018 年第 12 期，第 69 页。
③ 赵献涛：《民国文学研究——翻译学、手稿学、鲁迅学》，中国广播影视出版社，2015，第 99 页。
④ 赵献涛：《民国文学研究——翻译学、手稿学、鲁迅学》，中国广播影视出版社，2015，第 100 页。

科化进程中的价值及作用。

其四，探析穆木天晚年翻译手稿对新中国高等师范院校东方文学学科建设的功用及意义。

第一节　穆木天与新中国高师院校
外国文学学科创建

1950 年，彭慧由东北师范大学调至北京师范大学任教。两年后，穆木天也被调到北师大工作。

1952 年，正值全国高等院校院系调整之际，外国文学学科迎来了机遇与挑战。

"世界文学学科的发展进入新的阶段。这次由教育部出面规划和指导的院系调整与课程改革，以范围更广的'外国文学史'课程代替'西洋文学'课程，并分出综合大学和师范大学两个教学系统。像北京大学、复旦大学、南京大学等综合大学，其中文系的外国文学史课程由外语系的师资承担，这些教师又按照语种、国别分工教学。在师范大学中文系，则设立外国文学教研室，外国文学史课程由此教研室的师资承担。"①

经教育部同意，市体育专科学校、中国大学理学院、燕京大学教育系、中国人民大学教育研究室和教育专修班以及辅仁大学先后并入北京师范大学。② 调整后的北京师范大学受教育部的委托，"在波波夫教授的指导下，各系参照苏联师范学院 1951 年的教学计划，共同制订了 12 个学系的教学计划"③，即《师范学院教学计划（草案）》，1952 年 11 月 5 日教育部根据该教学计划，发布了《关于试行师范学院教学计划（草案）的通知》④，向全国推行。1952 年 11 月教育部印发了高等师范院校《中国语

---

① 刘洪涛：《从国别文学走向世界文学》，复旦大学出版社，2014，第 235 页。
② 参见《北京师范大学校史（1902—1982）》，北京师范大学出版社，1982；《北京师范大学校史纪事（1902—2011）》，北京师范大学出版社，2012。
③ 《北京师范大学校史纪事（1902—2011）》，北京师范大学出版社，2012，第 178 页。
④ 何东昌主编《中华人民共和国重要教育文献（1949—1975）》，海南出版社，1998，第 177 页。

文系教学计划（草案）》，规定了高等师范院校中国语文系的培养目标、教学方案、必修科目以及学程安排。① 根据新的教学计划和教学方案，中国语文系"不仅原有的课程要改造，而且要开出一系列新的课程，譬如，马克思主义指导下的外国文学史、儿童文学等。这些新课是旧的中文系没有开过②，也是大家都不熟悉的"③。在这样的情况下，刚调至北京师范大学且有着多年外国文学翻译、研究、教学经验的穆木天、彭慧夫妇迎难而上，主动承担起了筹备北京师范大学外国文学学科的工作。

　　1952 年 11 月，教育部印发的高等师范院校《中国语文系教学计划（草案）》对外国文学课程做了具体的规定。外国文学课程的开设对象为本科三、四年级学生；外国文学课程的课时安排为三、四年级两个学年四个学期共 188 课时，授课 148 课时，课堂作业 40 课时；三年级上下两学期 76 课时学习"苏联文学"；四年级上下两学期 112 课时，其中上学期学习"苏联文学"和"近代西洋文学名著选"两门课共 72 课时，下学期仅有"近代西洋名著选"课 40 课时。

　　1954 年 4 月教育部颁发了师范学院《中国语言文学系暂行教学计划》，对外国文学课程做了新的规定，见表 3 - 1。

表 3 - 1　外国文学内容分配表（1954）

科目	第三学年 第五学期 18 周	第三学年 第六学期 10 周	第四学年 第七学期 12 周	第四学年 第八学期 12 周	时数 总计	讲授	课堂讨论练习
每周小时数							
古代至 18 世纪末外国文学	3				54	54	
19 世纪欧洲文学（不包括俄罗斯文学）		4			40	36	4
苏联文学（包括 19 世纪俄罗斯文学）			5	5	120	110	10

①　刘英杰主编《中国教育大事典（1949—1990）》，浙江教育出版社，1993，第 843 页。
②　新中国成立前，中文系设有外国文学课程（如周作人于 1917 年在国文系开设欧洲文学史课程），但欠缺学科意识及系统性。
③　陈惇、刘象愚编选《穆木天文学评论选集》，北京师范大学出版社，2000，第 3 页。

　　根据教育部档案 98 – 1954 – Y – 75.0001，当时对 19 世纪俄国文学和苏联文学学习内容有着明确的规定与要求。

　　　　19 世纪俄国文学注重普希金、果戈里、托尔斯泰及革命民主主义作家们的作品；苏联文学讲授：1. 苏联文学的概况、联共党的文艺政策和对于文学的理论指导；2. 高尔基及苏联历史发展各阶段中重要作家和作品。

　　为了实施这个计划，搞好外国文学课程，"北师大中文系相应成立了两个外国文学教研室：外国文学教研室（一）和外国文学教研室（二），外国文学教研室（一）负责第三学年的，即古代到十九世纪的外国文学的教学工作；外国文学教研室（二）负责第四学年的十九世纪俄国文学和苏联文学的教学工作"①，穆木天和彭慧分别担任外国文学教研室（一）和外国文学教研室（二）的主任②，这是全国高等师范院校第一个外国文学教研室，承担起北师大外国文学学科的教学任务和研究工作。

　　作为一门之前没有系统开过的课，穆木天、彭慧夫妇不辞辛苦地投入到了这项艰巨的工作中。他们将外国文学教学与外国文学研究结合起来，一方面翻译、编写教材讲稿，另一方面撰写研究论文。③

　　教材层面，"为了使高等学校教材具备正确的立场和观点，使之适合新中国建设之需要，培养合乎规格的高级建设人才，在高等学校院系调整思想改造学习之后，有计划有步骤地翻译苏联高等学校教材，以逐步提高教学质量，乃是当前高等教育迫切的政治任务之一"④，基于此，穆木天从苏联教材书目中翻译了《中世纪文艺复兴期和十七世纪西欧文学教学大纲》（沈阳东北教育社出版）、《十九世纪外国文学史教学大纲》

---

① 陈惇编选《中国现代学术经典·穆木天卷》，北京师范大学出版社，2012，第 162 页。
② 吴泽霖、邹红编《彭慧先生百年诞辰纪念文集》，北京师范大学出版社，2009，第494 页。
③ 新中国成立前，穆木天与彭慧便已经有相当扎实的外国文学研究基础。
④ 高等教育部办公厅编《高等教育文献法令汇编（1949—1952 年）》，1958，高等教育出版社，第 72 页。

（沈阳东北教育社出版）、《十一世纪至十七世纪俄罗斯古代文学教学大纲》（沈阳东北教育社出版）等；彭慧1953年10月先后编写出了一系列俄苏文学讲稿，诸如《普希金研究》《托尔斯泰研究》《马雅可夫斯基研究》《绥拉菲莫维奇和他的〈铁流〉》《克雷莫夫和他的〈油船德宾特号〉》《马卡伦柯和他的教育作品》《巴夫连科的〈幸福〉》《歌颂社会主义新人物的诗篇——〈远离莫斯科的地方〉》《俄国的批判现实主义研究》《苏联文学社会主义现实主义的研究》等①。穆木天的翻译成果（教材）、彭慧的俄苏文学研究成果填补了当时教学资料（教材）的空白，为外国文学史（俄苏文学史）教材的编写提供了参考。

　　论文层面，穆木天于1954年在《文艺学习》上发表了关于莎士比亚的文章《莎士比亚和他的戏剧》；1951年，彭慧在《光明日报》上发表题为《苏联文学中的爱国主义》的文章，文章后被收入《爱国主义与文学》中；1954年，彭慧担任《文艺学习》杂志编委，她先后为《文艺学习》和《文艺报》撰写了"一系列介绍苏联作家和作品的文章和评论"②，如《卡达耶夫的〈时间呀，前进〉》（1954年6月《文艺学习》第3期）、《什么是幸福，怎样创造我们的幸福？（读巴夫连柯的"幸福"）》（1954年《中国青年》第6期）、《谈〈被开垦的处女地〉》（1954年12月《文艺学习》第9期）、《阿·托尔斯泰的创作发展说明了什么》（1956年1月《文艺报》第1号）、《一个农民的艺术典型——谈梅谭尼可夫（"被开垦的处女地"中的中农）》（1956年7月《文艺报》第13号）、《关于〈士敏士〉一书的几个问题》（1956年12月《文艺学习》第12期）、《社会主义现实主义的奠基石——高尔基》、《托尔斯泰的〈战争与和平〉》（收入北师大中文系编的《京师论衡》，北师大出版社，2002）等；彭慧还为自己翻译的俄苏文学作品写下了不少具有学术性的"译者的话"，如《薇拉·英贝尔的〈将近三年〉》（1949）、《关于托尔斯泰的〈爱自由的山人〉》（1952）等，这些文章"对喜爱俄苏文学

---

① 吴泽霖、邹红编《彭慧先生百年诞辰纪念文集》，北京师范大学出版社，2009，第551～552页。

② 吴泽霖、邹红编《彭慧先生百年诞辰纪念文集》，北京师范大学出版社，2009，第533页。

的广大读者正确理解把握这些作品的思想内涵以及艺术价值是非常有帮助的……起到了很好的启蒙作用"①。

1954 年 9 月穆木天第一次给本科生开设了系统的外国文学课程。1955 年穆木天在全国率先招收外国文学研究生。在研究生的帮助下，穆木天在课堂笔记的基础上，整理了一份以马列主义文艺思想为主导的外国文学讲义即《世界文学基本讲义》，该讲义 1956 年由华中师范大学印刷厂印行。② 同年，穆木天编写的《世界文学名著选读讲义》由北京师范大学出版。

在平时的授课过程中，穆木天严格按照教学计划的要求，以马列主义思想为指导，系统地讲授从古希腊到 19 世纪的西方文学，经过实践，他认为"对中文系的学生，一方面应该系统地讲授文学史，另一方面，还要在这个基础上，重点介绍几个有代表性的作家，细致分析一些代表作品，从而确定了文学史与作家作品并重的教学体系"③。时至今日，他所创立的这套教学体系仍为我国许多高等学校所采纳。

穆木天、彭慧夫妇的外国文学研究成果、外国文学教学在当时影响非常大，据他们之前的学生、北京联合大学教授王思敏回忆说，"彭慧先生在北师大开设俄罗斯苏联文学课程的消息很快传到全国各地高校，俄苏文学很快成为引人重视的新学科。由于师资力量不够，系统教材资料缺乏，当时全国大多数高校的中文系尚无力开设这门课程，不少教师甚至对这门新课十分陌生，因而彭慧先生所编写的俄苏文学教材以及在报刊上发表的有关俄苏文学的研究论文便成为许多高校外国文学教师备课参考的主要材料"④。

再据他们的学生、现为安徽师范大学教授的王明居回忆，"我们的外

---

① 吴泽霖、邹红编《彭慧先生百年诞辰纪念文集》，北京师范大学出版社，2009，第497 页。
② 参见陈惇、刘洪涛编《窗砚华年——北京师范大学苏联文学进修班、研究班纪念文集》，中国社会科学出版社，2012，第 297～298 页。
③ 全国首届穆木天学术讨论会、吉林师范学院学报编辑部编《穆木天研究论文集》，时代文艺出版社，1990，第 336 页。
④ 转引自吴泽霖、邹红编《彭慧先生百年诞辰纪念文集》，北京师范大学出版社，2009，第 497 页。

国文学知识基础，就是在北京师大时奠定的"①，"数十年来，我的脑海中一直萦绕着俄罗斯情结，因为我在北京师范大学中文系读书的青年时代，十分喜爱俄罗斯文学"②，而这与穆木天、彭慧夫妇有着密切的关联。穆木天对莎士比亚剧作、对奥斯特洛夫斯基名作《大雷雨》的讲解给同学们留下了深刻的印象，"在我们的业师中，令人尤其难忘的是穆木天教授。他极富名士派风度，讲话时无拘无束，随手捻来，海阔天空，语惊四座。时而莎士比亚，时而汤显祖，因为他们都是同时代不同国度的大戏剧家。在他们笔下，主人公追求爱情的方式不同，但其对自由的向往则相同。在比较文学的对照中，穆先生的剖析，给听众以深刻的启迪……在课堂上，他喜欢渲染诗化的哲学语言，并以此比喻特定的人生境界。他在讲授俄国19世纪戏剧家奥斯特洛夫斯基的代表作《大雷雨》时，对于剧中人物所说'给黑暗王国带来一点光明吧'的渴望，赞赏不已，认为它形象而深刻地揭露了作为'黑暗王国'沙皇暴政统治下的俄国，预示着乌云将被驱散，光明就要到来"③；彭慧对普希金、托尔斯泰、屠格涅夫、涅克拉索夫、车尔尼雪夫斯基等作家的系统讲解同样使同学们印象深刻，勾起了同学们对俄苏文学的向往，如王明居回忆，"由于彭先生的讲授具有一种无可名状的魅力，我班一度曾自发地掀起了一股普希金热，不少人都手持《普希金文集》，或朗诵他的诗，或朗读他的剧本，或大谈他的皇村生活，或痛惜他的决斗死亡。他少年时代所写的《我的墓志铭》抒情小诗，则成为一些同学挂在口边的朗诵对象。普希金的文学天才和悲剧命运深深地感染了我们。从不断学习中，我们才有这样的感受：普希金是俄罗斯文学语言的奠基人。他所掌握的能灵活运用的俄语词汇有七千多个，超过法国古典主义喜剧大师莫里哀所掌握的六千多个法语词汇数量。当时，我们对有彭先生这样的外国文学学习的引路人而感到自豪"④。

　　再如，穆木天的学生、华中师范大学资深教授王忠祥回忆，"在北京

① 王明居：《王明居文集》（第6卷），文化艺术出版社，2015，第83页。
② 王明居：《王明居文集》（第5卷），文化艺术出版社，2012，第262页。
③ 王明居：《王明居文集》（第6卷），文化艺术出版社，2015，第82页。
④ 王明居：《王明居文集》（第6卷），文化艺术出版社，2015，第84页。

师大'进研部'攻读世界文学专业时，研究生和进修生采用了两结合的学习研究方式：一是专业专题指导，以此为主；二是随同中文系三年级学习专业正规课程，以此为辅，这样的双重结合学习既有坚实的系统性又能重点深入精研。就我亲自体悟而言，系统而深入聆教过穆木天教授的外国文学课，并积极学习了他的自编教材《外国文学讲义》（油印，1954—1955，从古希腊文学到19世纪西欧文学），以及中文系彭慧教授（穆先生的夫人）等的自编教材《苏联文艺理论基础》，并感叹"穆先生的谆谆教诲，在我返回华师后五十多年从教治学中发挥了重大促进作用"①。彭慧的讲授、教材同样给王忠祥留下了深刻的影响，如其所说，"关于北京师大'苏进研班'，无论苏联专家（柯尔尊等）、中国专家（彭慧等）的讲授教诲，抑或编译、教务管理人员的指导辅助，都给我留下了难忘的深刻印象：认真负责，诲人不倦，探赜钩深，精益求精。苏联专家柯尔尊的讲义《苏联文艺理论基础》（油印）、彭慧教授的讲义《19世纪俄罗斯文学》（油印），以及《俄罗斯文学、苏联文学参考资料》，凡是到我手中的'苏进研班'的重要讲义或资料，都予以装订成册，反复研读。这一切对我日后的外国文学教学与研究大有裨益。它们陈列在我书房中的主体书架上，置于我的指导教师穆木天的《外国文学讲义》（上下）同等重要的地位，弥可珍贵，保存至今。这些讲义、资料合在一起，成为我行进在外国文学之路上不可缺少的良师益友"②。

1956年教育部制定高等师范院校教学大纲时③，穆木天被任命为外国文学教研组的组长，领导起草外国文学大纲，彭慧则负责俄苏文学大纲的制定。穆木天起草的大纲"经过会议上来自全国各地的与会专家讨论修改之后，成为全国通用的文件，对全国的外国文学教学起到了很大

---

① 王忠祥：《美好时光流淌中的点点滴滴——漫忆60年来与师友同行的难忘学缘》，《华中学术》2014年第1期，第7页。
② 王忠祥：《美好时光流淌中的点点滴滴——漫忆60年来与师友同行的难忘学缘》，《华中学术》2014年第1期，第7页。
③ 参见陈惇、刘洪涛编《窗砚华年——北京师范大学苏联文学进修班、研究班纪念文集》，中国社会科学出版社，2012，第299页。

的推动作用"①。难能可贵的是，穆木天高瞻远瞩地区隔了中文系与外文系"外国文学课程"的不同，从根本上明晰了中文系外国文学课程的合法性，如穆立立所言：

> 解放以后，穆木天便有在中文系开创外国文学学科的想法，到北师大后他便创建了北师大外国文学教研室，这是他首创的 。过去中文系是没有外国文学课的。而现在包括当年搞外国文学的，也并没有都理解到中文系的外国文学课和外文系的外国文学课有什么不同。外文系的外国文学主要是从语言角度考虑的，而不是从文学角度考虑的，而穆木天在 1956 年为全国的师范院校制定教学大纲时，就特别提出了这个问题，认为中文系的外国文学课和外文系的外国文学课是不同的，他为中文系的外国文学课提出了作家、作品、文学史三结合的教学体系。而外文系的外国文学课是以语言为主的，他们关注的重点在于语言。②

同年度，穆木天还作出了《外国文学教学工作和培养新生力量的规划》，以及三年、五年以至于十二年的培养研究生和助教的规划。③

1956 年穆木天、彭慧主持了北师大举办的由苏联专家担任主讲教师的苏联文学进修班（请苏联专家娜杰日达·伊凡耶夫娜· 格拉西莫娃任教，从全国高等学校招收 40 多名学员）和苏联文学研究班（1956 年 9 月北师大中文系接收了 42 位当年各地应届毕业的中文系本科生，组成"苏联文学研究班"，由柯尔尊任教）④，为全国高校培养了一批俄苏文学教师，"北京师范大学苏联文学进修班研究班前后学员达 90 余人，现在全国各高等院校外国文学教学与研究岗位上的有 50 余人……这群人，30

---

① 全国首届穆木天学术讨论会、吉林师范学院学报编辑部编《穆木天研究论文集》，时代文艺出版社，1990，第 337 页。
② 孙晓博：《穆木天女儿穆立立访谈实录》。
③ 戴言：《穆木天评传》，春风文艺出版社，1995，第 45 页。
④ 陈惇、刘洪涛编《窗砚华年——北京师范大学苏联文学进修班、研究班纪念文集》，中国社会科学出版社，2012，第 2 页。

年来，保持着高度的凝聚力，协作频繁，著述颇丰，声势不小……是外国文学教学与研究中不可忽视的一股力量"[①]，他们形成了日后的"北师大学者群""师大帮"。苏联文学进修班研究班的学员们又通过招收学生（本科生、研究生、进修生）、访问学者，培养了诸多研究、教授外国文学（俄苏文学）的后继者，"他们经过努力和深造，不少人已是高等学校教授、副教授、硕导、博导，或者科研单位的研究员、副研究员，有的已是著名学者、有突出贡献的专家，在外国文学、比较文学领域做出了显著的成绩"[②]，且代代相传，外国文学（俄苏文学）研究、教学在中国被层层推进。

穆木天、彭慧夫妇显然以丰富的翻译（首译）成果促进了俄苏文学译介浪潮的形成与发展；显然以创新性的研究论文引领了读者对俄苏文学的认识与理解；显然以开创性的俄苏文学教学推动了学科建设，培植了一批俄苏文学爱好者、研究者，为俄苏文学在中国的进一步传播培养了后来者。穆木天、彭慧夫妇"三位一体"（译介、研究、教学）的实践活动充分推动了俄苏文学在中国的多元传播，他们对俄苏文学的爱，在心中，从未熄灭……

1954 年穆木天在担任北京师范大学外国文学教研室主任的同时，受教育部的委托，创建儿童文学教研室。

1952 年 11 月教育部印发的高等师范院校《中国语文系教学计划（草案）》规定儿童文学课程的开设对象为本科生二年级；儿童文学的课时安排为二年级下学期每周 2 小时共 16 周 32 课时，授课 32 课时。[③]1954 年 4 月教育部颁发的师范学院《中国语言文学系暂行教学计划》对儿童文学课程做了新的规定。儿童文学的开设对象为本科三年级学生；儿童文学的课时安排为三年上学期每周 2 小时共 18 周 36 课时，授课 30

① 陈惇、刘洪涛编《窗砚华年——北京师范大学苏联文学进修班、研究班纪念文集》，中国社会科学出版社，2012，第 2 页。
② 陈惇、刘洪涛编《窗砚华年——北京师范大学苏联文学进修班、研究班纪念文集》，中国社会科学出版社，2012，第 8 页。
③ 刘英杰主编《中国教育大事典（1949—1990）》，浙江教育出版社，1993，第 843 页。

课时，课堂实习讨论及练习 6 课时。①

为了实施这个计划，穆木天一方面积极筹建儿童文学教研室并兼任主任，另一方面举办儿童文学教师进修班，为新中国培养儿童文学师资。没有任课教师，他便亲自上阵，根据自己多年的童话翻译积累起的经验与认知传递知识，同时聘请儿童文学领域的专家陈伯吹等人来校讲课；没有相关教材，他则同教研室的老师以及进修班的学员编写资料，从1954 年到 1956 年，共编写出两套《儿童文学参考资料》（成为当时最重要的儿童文学教学参考书目）；同时，穆木天还"利用北京的好条件，让这些年轻人走访儿童文学作家（他们先后访问过叶圣陶、冰心、张天翼、严文井、高士其、金近等），听取最鲜活的创作经验，他还让他们参加北京市作家协会儿童文学组的活动，了解当前的创作动向"②。

儿童文学由此在穆木天、钟敬文等先生的扶持下，作为一门学科在北京师范大学建立起来。随后，"在教育部的重视与北师大的影响下，50年代不少师范院校及有的综合性大学纷纷开设儿童文学课程"③。至此，作为学科的儿童文学在中国高等教育系统中逐渐确立下来。儿童文学学科的创建，穆木天的首创之功永不磨灭。

从 1952 年调到北京师范大学工作至 1957 年，穆木天身兼数职，多头任课，不仅给本科生、研究生以及进修班学员讲授外国文学课，而且给儿童文学进修班上儿童文学课，同时担负着培养外国文学助教和儿童文学助教的任务。据穆木天生前的学生兼同事汪毓馥回忆，那时"他的会客室成了讨论和辅导的小课堂。外国文学研究班的讨论还没结束，儿童文学进修班的学员又迈进了他的家门，接下来还要在家里进行两个专业的助教的轮番辅导"④。穆木天勤勤恳恳、兢兢业业地扑在教育前线，为新中国的教育事业奉献着自己的力量。

---

① 刘英杰主编《中国教育大事典（1949—1990）》，浙江教育出版社，1993，第 845 页。
② 陈惇编选《中国现代学术经典·穆木天卷》，北京师范大学出版社，2012，第 33 页。
③ 王泉根：《新世纪中国儿童文学学科建设面临的机遇与挑战》，《昆明师范高等专科学校学报》2004 年第 2 期，第 6 ~ 15 页。
④ 全国首届穆木天学术讨论会、吉林师范学院学报编辑部编《穆木天研究论文集》，时代文艺出版社，1990，第 346 页。

穆木天对于教育事业的态度及贡献在同事钟敬文先生那里得到了高度评价，钟先生认为穆木天"不仅是敬业，而且是'爱业'"，北师大原副校长郑师渠也高度评价穆木天的奉献精神，并将它与北师大精神、北师大传统关联起来，认为"这种精神是北师大许多老先生共同具有的精神，它体现了师大的优良传统。今天发扬这个传统，可以使它成为把北师大办成国内一流、世界知名的高等学府的精神动力"①。

第二节　手稿推动外国文学学科深化

1958 年，北京师范大学根据中共中央、国务院发布的指示即《关于教育工作的指示》，开展了轰轰烈烈的"教育革命"，各院系各专业的"教学计划、各科教学大纲和教材，不加分析地一律要求重新修订"②，中国语言文学系的外国文学课程也不例外，在其原有的基础上"又增添了东方文学和 19 世纪后半期到 20 世纪的西方文学，这些全新的内容更增加了工作的难度"③。鉴于外国文学新的教学内容，"当时国内有关外国文学的资料非常缺乏，从欧洲的古希腊罗马到西欧南欧不同时代的主要作家，东方文学中古埃及、波斯、印度等国的文学史料以及其他都需要参考资料"④，"年轻的老师们⑤匆忙上阵，经验不足，缺少资料"⑥，穆木天便决定利用自己的翻译经验，为北师大外国文学教研室翻译外国文学研究资料（含外国文学作品），从而帮助青年教师渡过难关，推动北师大外国文学学科的良好运转及发展。

"1952 年 11 月 12 日，教育部发出指示，要求各高等学校制订编译

---

① 龚钟：《中文系举行"穆木天先生学术思想研讨会"》，《北京师范大学学报》（社会科学版）2001 年第 1 期，第 146 页。

② 《北京师范大学校史（1902—1982）》，北京师范大学出版社，1982，第 160 页。

③ 陈惇编选《中国现代学术经典·穆木天卷》，北京师范大学出版社，2012，第 33 页。

④ 吴泽霖、邹红编《彭慧先生百年诞辰纪念文集》，北京师范大学出版社，2009，第 500 页。

⑤ "在发布教学计划和制订编译苏联教材的同时，各地高校广泛地组织教师突击学习俄文，进而承担了大量的课程教学大纲、教材、教学法指导书等翻译任务。"余立编著《中国高等教育史》下，华东师范大学出版社，1994，第 50 页。

⑥ 孙晓博：《穆木天女儿穆立立访谈实录》。

苏联教材的计划。随后教育部于 11 月 27 日发出《关于翻译苏联高等学校教材的暂行规定》。自 1952 年到 1956 年，我国翻译出版苏联高等学校的教材 1393 种。"① 在此背景下，穆木天凭借自身的俄语功底和多年的俄苏文学翻译经验，目的明确、目标清晰地翻译相关资料。

较新中国成立前的外国文学翻译，穆木天 1949 年以后的翻译，尤其是翻译手稿的产生，承载着鲜明的外国文学学科意识与学科使命，如钟敬文先生的世纪回忆。

> 木天一生热爱祖国，不断追求进步，把自己的全部精力都献给了他所钟爱的文学事业和教育事业，即使在他遭到误解的时候，还是兢兢业业地工作。不能搞创作，不能发表文章，他就搞翻译，为系里提供教学资料，一直到"文革"开始，没有停止过工作。②

穆木天晚年翻译手稿也的的确确发挥了学科层面的重要功用，如陈惇教授在 1990 年的深情回忆。

> 1956 年春，我被留校工作，在穆先生的指导下学习外国文学。那时，北师大外国文学教研室只有我们几个刚毕业不久的青年教师，工作相当困难。1958 年教改后，教学体系又大大地改变和扩充，增添了许多新内容。怎样才能适应新情况，挑起教学的重担呢？这是摆在我们面前的一大难题。穆先生眼看着我们的困难却无法按正规的方式来帮助，但是，作为一个前辈，他始终关心着我们的成长，没有放弃自己的责任心，后来终于想到了用翻译新材料的方法来帮助我们克服困难。他根据新的教学计划，主动寻找有关的外文材料……趴在桌上一字一句地为我们翻译，工作是极其辛苦的。穆先生就这样坚持了十年，到"文化大革命"前，他与彭慧先生翻译的资料，超过一百万字。我们教研室的许多同志都曾通过这种方式接受了穆先生

---

① 季明明主编《中国教育行政全书》，经济日报出版社，1997，第 1670 页。
② 陈惇、刘象愚编选《穆木天文学评论选集》，北京师范大学出版社，2000，第 4 页。

的帮助和指导，渡过了自己最困难的时期。每当我们回顾自己成长过程的时候，都会由衷地感激穆先生。①

　　经过穆木天、彭慧夫妇的辛苦耕耘，北师大外国文学学科得以创建、发展以及深化，并"成为全国培养外国文学（俄苏文学）教学和科研人才的重要基地"②。如，中国外国文学学会原副会长、华中师范大学资深教授王忠祥先生的外国文学学业、事业，就大大得益于北师大外国文学学科以及穆木天、彭慧夫妇的培育。王忠祥作为穆木天的进修研究生，主攻外国文学，如其所说，穆木天是他"'外国文学之路'的卓越指路人和引导者"③，"1954年—1956年，我在北京师范大学'进修部'穆木天教授指导下攻读世界文学专业。当时进修生、研究生随同中文系三年级学习穆木天先生自编教材《外国文学讲义》（1954—1955），从古希腊文学到19世纪西欧文学；另有研究生和进修生学习专题讲座以及中文系彭慧教授等自编教材《苏联文艺理论基础》。1956年中期，我返回华中师范大学中文系任教。在教学和科研中开始编写外国文学史。1957年—1958年，由华中师范大学教务处审定、华中师范大学印刷厂承印的《世界文学基本讲稿》上下册内部出版。实话实说，这部自编讲义受惠于穆先生的教诲颇多，他的著述对我启发特大。1956年，穆先生受教育部任命为制订高等院校外国文学教学大纲的组长，领导制订了外国文学教学大纲，我有幸很早就获得一本'初稿'，获益匪浅"④。王忠祥对易卜生的研究同样起步于北师大，如其在专著《易卜生》的后记中所言，"1954—1956年在北京师范大学进修生、研究生班学习欧美文学时，易卜生是我最喜爱的作家之一。当时，我不仅进一步解读早在大学生时代就已接触过的《玩偶之家》等名剧，而且开始研读有关易卜生评论。由

①　全国首届穆木天学术讨论会、吉林师范学院学报编辑部编《穆木天研究论文集》，时代文艺出版社，1990，第338页。
②　吴泽霖、邹红编《彭慧先生百年诞辰纪念文集》，北京师范大学出版社，2009，第552页。
③　王忠祥：《美好时光流淌中的点点滴滴——漫忆60年来与师友同行的难忘学缘》，《华中学术》2014年第1期，第7页。
④　王忠祥：《外国文学史研究与编纂60年》，《华中学术》2011年第1期，第272～284页。

于穆木天教授的启示和指导，我顺利完成了学年论文《亨利克·易卜生》，随后又写作了《论易卜生的〈娜拉〉》，两文均获得穆先生的鼓励和好评"①。

再如，1956 年至 1958 年在北师大苏联文学进修班学习的周乐群先生（华中师范大学教授），他的外国文学学业、事业同样得益于北师大外国文学学科平台，据其同事王忠祥回忆，两人自北师大回到华中师大后，"期待将北京师大'盗'来的'天火'，经过精制而提炼成颇有华师创意的促进世界文学学科建设的成品，以致我们的教学改革、教材编写、论著出版获得优秀成绩"②。"周乐群于 20 世纪 50 年代中期从北京师大'苏进研班'返回华师中文系后，与我相互配合并策划、安排本专业教学人员分工撰写教材。关于北京师大受教育部委托制订的中文系适用的《外国文学教学大纲》（1956—1958）以及《19 世纪俄罗斯文学和苏联文学教学大纲》，我和周乐群不但熟悉，而且拥有最初的初稿编印本。1959年—1960 年，华师中文系外国文学教研室教师和部分学生合作，在'教育大革命'的基础上，编写教材《外国文学》1—4 册时，我完全同意周乐群的建议：灵活学习北京师大的《外国文学教学大纲》体系，并参考纳入《19 世纪俄罗斯文学和苏联文学教学大纲》。经过充分研讨，确定第一分册为古代至 19 世纪末、20 世纪初欧美文学，第二分册为 19 世纪俄罗斯文学，第三分册为苏联文学，第四分册为现代欧美文学与东方文学，共约 150 万字。"③

由上，外国文学学科的体制化与规模性建设，是从新中国成立后开始的，关键期是 50 年代，穆木天、北师大"为外国文学学科的师资培养、组织建制、教学规范等作出了突出贡献"④。

其一，显性层面。穆木天带领北师大外国文学教研室，编写外国文学讲义、开设外国文学课程、翻译外国文学资料、招收外国文学研究生、

---

① 王忠祥：《易卜生》，华夏出版社，2002，第 198 页。
② 王忠祥：《美好时光流淌中的点点滴滴——漫忆 60 年来与师友同行的难忘学缘》，《华中学术》2014 年第 1 期，第 7 页。
③ 张三夕：《学缘漫忆》，《华中学术》2014 年第 1 期，第 1 页。
④ 刘洪涛：《从国别文学走向世界文学》，复旦大学出版社，2014，第 235 页。

主持苏联文学进修班与研究班、培养外国文学教师、受教育部委托起草制订外国文学大纲（成为当时全国通用的文件）、辨析中文系与外语系"外国文学课程"的区别、确立影响至今的"外国文学史与作家作品并重的教学体系"等等，完成了新中国高等师范院校外国文学学科的创建，"解放后，在新中国高等院校的教学改革中，有一项十分正确和成效卓著的举措，那就是在大学的中文系开设系统的外国文学课程，在这一改革中，北师大可说是立了头功的。在全国大学中，是北师大的中文系……1952年建立了两个外国文学教研室……从此就在全国大学的中文系开了外国文学课程的先河，显示出新中国高等教育的人文学科对于吸收外来先进文化的远见和胸怀"①。

其二，隐性层面。穆木天晚年翻译手稿作为新中国外国文学学科建设进程中的特殊产物，作为北师大执行"教育革命"指示的结果，为北师大外国文学教研室教师提供了稀缺而又珍贵的世界文学研究资源，为外国文学师资培养、教材撰写、讲义编写提供了"苏联模式""苏联标准""苏联资源"，保障、推动了新中国高等师范院校外国文学学科的深化及发展。

综上，完全可以说，作为北京师范大学外国文学学科的奠基人，穆木天"为北师大的外国文学学科建设和发展做出了开创性的卓越贡献"②。

第三节　手稿促进东方文学学科初创

新中国成立前，我国的东方文学翻译已经展开，但不成规模、体系，多为局部、片面的翻译、介绍。

新中国成立后，在国家意识形态以及亚非作家会议的加持下，东方文学的规模化翻译拉开帷幕，步入正轨，如论者所言，"在亚非作家会议

---

① 陈惇、刘洪涛编《窗砚华年——北京师范大学苏联文学进修班、研究班纪念文集》，中国社会科学出版社，2012，第145页。

② 陈惇、刘洪涛编《窗砚华年——北京师范大学苏联文学进修班、研究班纪念文集》，中国社会科学出版社，2012，第296页。

召开的背景下，大量的亚非国家的作家作品被译介到中国"①。亚非文学翻译的具体规模，从茅盾 1958 年为亚非作家会议做的报告中可知一二，"1949—1958 年 9 年间，中国共翻译出版了 267 种亚非国家文学作品，总印数达到 500 万册。在 1962 年第二次亚非作家会议所作报告中，茅盾提到近 10 年中，中国翻译出版了 20 多个国家 400 多种作品。这些数字说明了亚非文学翻译出版的速度和数量"②。

东方文学研究，在新中国成立前已经步入轨道，"1946 年北京大学设立的东方语言文学系是研究东方文学的最初的基地"③，"但真正意义上的亚非文学研究还是开始于 1950 年代，即新中国成立以后"④。

在国际形势、国家战略的变化与调整下，在东方文学翻译与研究的基础上，高等师范院校的东方文学课程建设被提上日程。1956 年 8 月 6 日至 18 日，教育部委托北京师范大学在京主持召开高等师范院校文、史教学大纲讨论会，审订了文、史科 20 种科目的教学大纲；1956 年 11 月 5 日，教育部印发高师教学大纲讨论会上各校教师对于教学计划的意见摘要，其中提出"逐步创造条件，开设东方文学专题"的要求⑤，诚如季羡林先生的回忆。

如果我的记忆不错的话，只是到了解放以后，外国文学或世界文学的研究才正式出现在一些大学和师范学院中文系的课程上，而重点之一就是东方文学。这主要是出于政治上的考虑和需要，为了肃清"欧洲中心主义"这种殖民主义的思想残余，我们中国作为东方大国代表着东方国家和人民的利益——从本质上来讲也代表着全世界真正

---

① 陈建华主编《中国外国文学研究的学术历程》第 12 卷《亚非诸国文学研究的学术历程》，重庆出版社，2016，第 1 页。

② 刘洪涛：《世界文学观念在 20 世纪 50—60 年代中国的两次实践》，《中国比较文学》2010 年第 3 期，第 10~18 页。

③ 陈建华主编《中国外国文学研究的学术历程》第 10 卷《印度文学研究的学术历程》，重庆出版社，2016，第 75 页。

④ 陈建华主编《中国外国文学研究的学术历程》第 12 卷《亚非诸国文学研究的学术历程》，重庆出版社，2016，第 1 页。

⑤ 参见陈惇、刘洪涛编《窗砚华年——北京师范大学苏联文学进修班、研究班纪念文集》，中国社会科学出版社，2012，第 299 页。

爱好和平的人民的利益———必须这样做，这是唯一的正道。①

除却政治因素之外（东西方意识形态的对立），学科意识或说东方文学的学理性质，也是建设东方文学学科的重要因素，正如何乃英在《新编简明东方文学》中所言，"我们之所以建立东方文学学科，还因为目前在世界各国（至少是绝大多数国家）研究世界文学的学术领域里，作为世界文学之一部分的西方文学早已构成完整的体系，并且大有以这个体系取代世界文学体系的态势，而作为世界文学之另一部分的东方文学却尚未构成完整的体系，至少尚未为许多人所承认"②。

1958 年，在"教育革命"的指示下，东方文学体系、东方文学学科得以初步建设，"1958 年是全国各行各业开展'大跃进'运动的一年。在各个高等学校，'大跃进'运动也包括'教育大革命'在内，而'教育大革命'在中文系的内容之一，就是在外国文学教学研究领域改变以西方文学取代外国文学的现状，建立东方文学体系，形成西方文学和东方文学共同组成外国文学的新体系。这个革命，首先在北京师范大学、东北师范大学、辽宁大学和哈尔滨师范学院等几所大学的中文系展开"③。此前，"只有东方国别文学的研究，没有东方文学整体的研究"④，也即缺乏学科意识与学科体系。

1958 年是东方文学学科的建设元年，"作为独立学科，中国的东方文学研究始于 20 世纪 50 年代。在亚非作家会议召开的背景下，中国把东方文学作为整体的把握和研究提到学界的日程，为数不多的几所高校开设了东方文学课程，一批开拓者进行资料搜集整理工作，20 世纪 60 年代初开始东方文学体系的建构"⑤。

1958 年，北师大率先开始筹建东方文学课程，陈惇、陶德臻、何乃

---

① 参见何乃英主编《东方文学概论》，中国人民大学出版社，1999，第 1 页。
② 何乃英编著《新编简明东方文学》，中国人民大学出版社，2007，第 1~2 页。
③ 何乃英：《何乃英自选集》，山东文艺出版社，2007，第 57 页。
④ 何乃英：《何乃英自选集》，山东文艺出版社，2007，第 57 页。
⑤ 孟昭毅、黎跃进编著《简明东方文学史》，北京大学出版社，2005，第 4 页。

英等先生积极投入。① 作为一门全新的课程、一种全新的学科，东方文学课程开设与东方文学学科建构面临着巨大的挑战，诚如东方文学学科的重要建设者、中国外国文学学会东方文学分会原副会长、北京师范大学教授何乃英后来的回忆。

　　当时，我们的东方文学教学和研究工作是在十分困难的条件下进行的。我们所遇到的困难主要有两个，一个是关于东方文学的知识几乎等于零，另一个是关于东方文学的资料严重匮乏。所谓"关于东方文学的知识几乎等于零"，是指我们这些东方文学教师自己并没有学过东方文学，不知道东方文学是什么东西，东方文学包括哪些作家，包括哪些作品。所谓"关于东方文学的资料严重匮乏"，是指当时国内出版的东方文学作品很少，发表的东方文学研究文章很少。②

　　资料严重匮乏成为东方文学学科初创时期最大的困难。穆木天迎难而上，着力翻译紧缺、需要的外国文学研究资料（含外国文学作品），东方文学研究资料在手稿中占据极大的比重，共计50种1553页97万字，涉及印度、日本、朝鲜、波斯、阿拉伯、土耳其、非洲等国家、大洲的文学，囊括印度两大史诗、泰戈尔与普列姆昌德、日本古典文学及现代民主文学、阿拉伯古典文学及现代文学、波斯古典文学、朝鲜现代文学、越南现代文学以及非洲（南非、突尼斯、阿尔及利亚、索马里、塞内加尔）文学等等，极大程度上填补了当时东方文学研究与教学的资料空缺，为东方文学课程的开设、东方文学学科的初创打下了基础。诚如何乃英在《我的大学老师》中对穆木天及手稿作用的回忆。

　　我早就知道穆木天先生是创造社的著名诗人，是著名翻译家。见到穆先生后，又发现他是一位非常有趣的人。我当学生时，他只给我们讲了四节课，内容是古代希腊文学。我印象最深的是，他上

---

① 王邦维主编《东方文学经典 翻译与研究》，北岳文艺出版社，2008，第76页。
② 何乃英：《何乃英自选集》，山东文艺出版社，2007，第58页。

课时戴着一项帽子，而且不时地在头顶上转那顶帽子，给人以滑稽可笑之感。到我留校时，他已经被划为"右派"，不能再上讲台，只能翻译资料了。穆先生通晓日文、法文和俄文等多种外文，当时他一上班就坐在桌子前面翻译俄文资料，几年下来译稿积累了一大摞（我只在大学学过两年俄文，后来又都还给老师了，所以没有资格全面评价穆先生翻译的水平如何；但就译成的中文来说，的确是通达流畅的）。穆先生体弱多病，并且眼睛高度近视，几乎是趴在桌子上看书、写字，能够翻译这么多的东西实在并非易事。穆先生翻译的这些资料是很宝贵的，其中有关东方文学的内容对我的工作帮助极大。因为当时我刚开始讲授和研究东方文学，资料奇缺。[1]

也正是得益于穆木天翻译的东方文学研究资料，东方文学学科才拥有作为学科的前提，即东方文学教材以及东方文学教学。同时，通过北师大与其他高校的通力合作、资料共享，东方文学课程在中文系落地生根，"北京师范大学、东北师范大学、辽宁大学和哈尔滨师范学院等十几所大学又率先在中文系开设东方文学课程，作为外国文学课程的一部分，从而打破了以外国文学为名、西方文学为实的不合理局面，在讲堂上为东方文学争得了早已应有的一席之地"[2]，东方文学学科得以体系化，得以初步创建。

穆木天晚年翻译手稿对东方文学研究、东方文学课程设置、东方文学学科建设有着重要的意义，东方文学在今天的兴盛，离不开60年前穆木天的贡献，虽然他没有直接参与东方文学学科建设，但是他的手稿却发挥了重要作用。完全可以说，穆木天晚年翻译手稿是我国东方文学学科化的起点。

综上，正是基于穆木天晚年翻译手稿的参与及积极作用，五六十年代北师大乃至全国高等师范院校外国文学、东方文学的教学、研究才得以深入、系统，且趋于体系化与学科化。

---

[1]　北京师范大学中文系1958届同学编著《机缘五十八载1954—1958—2012》，2012，第166页。

[2]　何乃英：《何乃英自选集》，山东文艺出版社，2007，第61页。

第四章 手稿与俄苏文学批评的译介、传播及反思

手稿不单纯是创作、翻译成果的具体呈现，也是多种权力关系互相制约的结果，或说"手稿不仅记录了成果，还记录了获得成果的过程；不仅记录了一个作家（译者）的观念、意识、创作方法及其沿革，而且通过这种记录表现了当时社会的价值观念、人文精神、风俗习惯及生产力水平等"①。本章从译介路径、内容构成及价值论、传播学的角度考察穆木天晚年翻译手稿，并基于以下四个问题展开讨论。

其一，梳理穆木天近百种两百余万字手稿的译介路径及内容构成类型。

其二，总结穆木天晚年翻译手稿的基本内容，讨论手稿在我国外国文学研究历程语境中的价值及意义。

其三，以手稿为依托，探微俄苏文学批评特征。

其四，揭示手稿在俄苏文学批评中国传播进程中的作用，并反思传播途径及传播效果。

第一节 手稿的译介路径及构成类型

"虽然以鲁迅为旗手的新文学运动就曾十分关注外国文学，甚至以吸收和借鉴外国文学为主要取法，但从研究的角度看，20 世纪 20 至 40 年代的实际成果却多为旁批眉注、前言后记式的简单介绍，既不系统，也不深入。因此，新中国成立初期我国的外国文学研究几乎可以说是从一

---

① 王雪：《作家手稿档案征集研究——基于中国现代文学馆的考察》，《档案学研究》2019 年第 5 期，第 73 页。

张白纸开始的。而社会主义苏联则顺理成章地成了我们的榜样。'向苏联老大哥学习'、'沿着社会主义现实主义道路前进'无疑是 50 年代我国外国文学研究的不二法门。"① 基于此，苏联的（外国）文学研究成果成为新中国外国文学研究的重要参考与借鉴；不仅研究效法苏联，译介也同样取自苏联，"至于中国的外国文学研究和翻译，苏联成为唯一的灯塔，各种书籍杂志的主要来源"②。

根据我们的统计，穆木天翻译的近百种两百余万字的外国文学研究资料（含外国文学作品）全部译自苏联。一方面自然是基于当时新中国政治、经济、文化整体倾向苏联的"一边倒"的社会文化语境；另一方面也因为穆木天良好的俄语素养、浓厚的俄苏文学兴趣、丰富的俄苏文学翻译经验及深刻的俄苏文学认知，面对苏联语境，他得心应手、驾轻就熟。手稿具体的译介路径或说翻译路线主要有以下三种（见图 4 - 1、图 4 - 2）。

其一，苏联期刊。穆木天从《文学报》《外国文学》《文学问题》《苏维埃东方学》《苏联文学》《东方学研究简报》《苏联科学院通报》《现代东方》等苏联报刊上选取与当时教学有关的资料进行翻译，诸如手稿《塞万提斯的小说〈堂吉诃德〉》译自《苏联科学院通报·语言文学部分》1955 年 4 月号，《尼古拉·纪廉与民歌》译自《外国文学》1960 年 12 月号等。以苏联期刊为媒介的穆木天手稿有 20 种。

其二，苏联学术著作。穆木天从特朗斯基、斯密尔诺夫、安德列夫、雅洪托娃、契尔涅维奇、史泰因、波达波娃、巴林、罗古诺娃、格鲁斯金娜、维尔芒特等苏联学者所撰写的《古希腊文学史》《古代文学史》《早期中世纪和文艺复兴时期外国文学史》《塞万提斯》《法国文学简史》《法国文学史》《莎士比亚全集》《歌德评传》《印度文学论集》《朝鲜文学论集》《日本现代民主文学史论集》《苏联大百科全书》等著作中选取译介对象，诸如手稿中的《戏曲的发展》（古希腊）译自《古代文学史》，《古

---

① 中国外国文学学会编《外国文学研究 60 年》，浙江大学出版社，2010。

② 王友贵：《20 世纪下半叶中国翻译文学史：1949—1977》，人民出版社，2015，第 313 页。

希腊文学史绪言》译自《古希腊文学史》,《自然主义》《成熟期的巴尔扎克的创作方法》译自《法国文学史》第 3 卷,《西葡文艺复兴总论》译自《早期中世纪和文艺复兴时期外国文学史》,《罗摩文学》译自《印度文学论集》等等。以苏联学者所撰学术著作为媒介的手稿达 73 种之多。苏联学者撰写的学术著作是穆木天翻译手稿的主要来源。

其三,苏联学者翻译的学术著作。穆木天从苏联学者翻译的学术著作中选取译介对象,诸如手稿《朝鲜解放后韩雪野的创作》便来自苏联学者翻译的《解放后的朝鲜文学》(平壤,1957 年)一书。此类手稿仅 1 种。

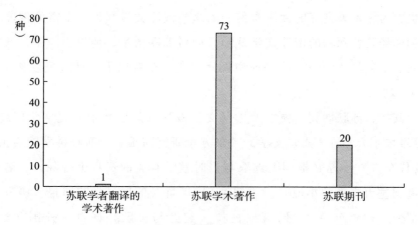

图 4 - 1　手稿的来源路径统计

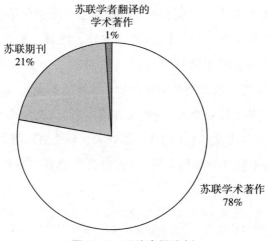

图 4 - 2　手稿来源比例

　　作为翻译自苏联期刊、学术著作及苏联学者翻译的学术著作的外国
文学研究资料（含外国文学作品），穆木天晚年翻译手稿主要有以下几
种构成类型（见图4－3、图4－4）。

　　其一，苏联学者撰写的外国文学研究著作（论文），亦即苏联的外国
文学研究成果，诸如手稿《希腊文学的亚该亚时代》《批判现实主义的基
本特点》《威廉·莎士比亚论》《西葡文艺复兴总论》《印度诗歌的描写手
段》《现代印地语文学的基本流派和发展道路》《现代越南诗歌》《日本文
学》《现代非洲文学中的现实主义和现代主义的问题》等等，这部分资料
在手稿中占89%，构成了手稿的主体。

　　其二，苏联学者撰写的本国文学研究著作（论文），亦即苏联的本国
文学研究成果，诸如手稿《波里斯·里昂尼多维之·巴斯特尔纳克》就是
译自苏联学者 A. 瑟利完洛夫斯基的文章，批判了巴斯特尔纳克（今译为
鲍利斯·列奥尼多维奇·帕斯捷尔纳克，Борис Леонидович Пастернек）
的世界观和美学准则。苏联学者的本国文学研究成果在手稿中仅此1种。

　　其三，苏联学者翻译的外国文学研究成果，诸如手稿《朝鲜解放后
韩雪野的创作》，根据手稿封面的信息以及文中的注释可知，苏联学者翻
译了1957年平壤出版的《解放后的朝鲜文学》一书，该书原作者为 Син
Чу Хен，穆木天又根据俄译本翻译了该书的第 19～21 页、第40～43页、
第44～49 页等，即为手稿《朝鲜解放后韩雪野的创作》。苏联学者翻译
的外国文学研究成果在手稿中仅此1种。①

　　其四，刊登在苏联学术期刊上的外国作家、学者的相关文章，诸如
德永直关于日本短篇小说的论述《日本短篇小说》刊载于《苏联文学》
1955 年 6 月号；藏原惟人关于日本民主文学的论述《第二次世界战争后
的日本民主文学》刊载于《苏维埃东方学》1958 年 2 月号；南非学者加
克·科浦关于南非艺术的论述《南非联邦的艺术和生活》刊载于《外国
文学》1959 年 3 月号；英国学者巴维尔·大卫对非洲文学的介绍《关于
撒哈拉以南的非洲文学的手记》刊载于《现代东方》1960 年 1 月号；阿
尔及利亚学者阿·沙达拉赫对阿尔及利亚民族文化的论述《谈阿尔及利

---

　　①　穆木天不懂朝鲜语。

亚的民族文化》刊载于《外国文学》1958 年 9 月号；索马里学者阿赫迈法·莪马·阿尔·阿菲哈利的《索马里诗歌》刊载于《现代东方》1960 年 3 月号；等等。此类手稿共计 8 种。

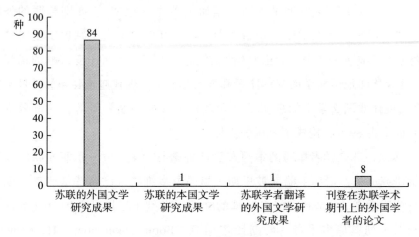

图 4 – 3　手稿构成统计

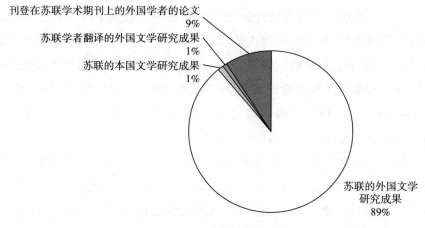

图 4 – 4　手稿构成比例

需要注意的是，这些外国文学研究资料都立足于具体的外国文学作品，因此，穆木天晚年翻译手稿除却学术资料性质，还具备外国文学作品属性。

在手稿中，穆木天译介了大量的文学作品（原文引用的作品），涉及史诗、诗歌（民歌、歌谣）、小说、戏剧、寓言、童话等多种文体，包含雨果、巴尔扎克、左拉、莫泊桑、塞万提斯、莎士比亚、狄更斯、歌德、洛甫·德·维伽、卡尔代龙、易卜生、裴多菲·山陀尔、多罗悉·陀沙①、泰戈尔、普列姆昌德、穆尔克·拉吉·安纳德、法胡利、希克梅特、小林多喜二、野间宏、赵基天、韩雪野等众多作家的作品。

周作人、罗念生、徐迟、傅东华、袁水拍、亦潜、孙用、孙玮、叶君健、李圭海、楼适夷、严绍端、施竹筠等先生的译本、译文（如《伊利亚特》《奥德赛》《欧里庇得斯悲剧》《索福克勒斯悲剧》《堂吉诃德》《聂鲁达诗文集》《纪廉诗选》《裴多菲诗选》《崔曙海小说集》《赵基天诗集》《戈丹》《苦力》等）为穆木天的翻译提供了部分借鉴，但从手稿整体看来，大部分外国文学作品（即原文引用的作品）由穆木天从俄文版翻译过来，且在国内属于首次翻译，从此层面上讲，穆木天晚年翻译手稿具有一定的开创性。

诸如印度印地语诗人多罗悉·陀沙的叙事长诗《罗摩功行录》（《罗摩功行之湖》），是印度影响颇大、颇为重要的一部作品，直到1988年，才有完整中译本出版（金鼎汉先生翻译，人民文学出版社出版）。但在20多年前，穆木天据俄译本已经翻译出此书的诸多片段——手稿《印度诗歌的描写手段》第31页到第85页均为《罗摩功行录》中的片段，55页的篇幅几乎涉及《罗摩功行录》的每一篇（《童年篇》《阿逾陀篇》《美妙篇》《猴国篇》《楞伽篇》《后篇》等）。

第二节　手稿的内容、价值及意义：基于中国外国文学研究语境的分析

"新中国的外国文学研究，是从学习苏联开始的。"② 新中国成立之初，"我们对于如何运用辩证唯物主义和历史唯物主义的观点来认识、研究、评价外国文学作品还没有经验或经验甚少，苏联以及其他各国的学者、作家在这方面的尝试可为我们提供一种参考和借鉴，有助于我们在

---

① 现在一般译介为杜勒西达斯。
② 吴元迈：《回顾与思考——新中国外国文学研究50年》，《外国文学研究》2000年第1期，第1~13页。

外国文学研究工作中摸索出一条自己的道路"①。

穆木天翻译的外国文学研究资料（含外国文学作品）是苏联学者以及其他外国学者在五六十年代通过苏联媒介发表或出版的学术成果。研究上至古希腊，下至 20 世纪 50 年代，涉及各大洲各国文学，几乎涵盖了整个东西方文学史。

从时间上看，手稿涉及从古希腊到 20 世纪 50 年代各个时期的文学，包括古希腊罗马文学研究资料、中世纪到文艺复兴时期的文学研究资料、18 世纪文学研究资料、19 世纪文学研究资料、20 世纪初至 50 年代的文学研究资料。其中数量最多比例最大的则是 20 世纪初至 50 年代的文学研究资料，数量最少比例最小的则是 18 世纪文学研究资料。

从空间上看，手稿涉及各大洲各国文学。其中数量最多比例最大的则是欧洲文学与亚洲文学研究资料，数量最少比例最小的是外国文学总论、拉美文学研究资料（见图 4 - 5、图 4 - 6）。

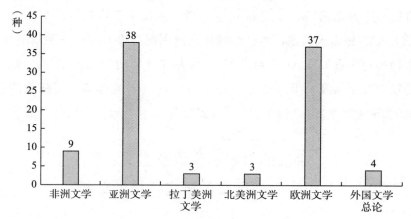

图 4 - 5　手稿内容分布数据

手稿共计 19 类 94 种 3622 页 211 余万字。在本节中，我们将穆木天晚年翻译手稿划分为六大部分，即外国文学总论、欧洲文学、北美洲文学、拉丁美洲文学、亚洲文学、非洲文学，以这六大部分为总纲，将每一部分按照国别进行分类，具体介绍、评述每一种手稿的基本内容，并结合我国学界对相关内容的研究情况，评判、揭示穆木天晚年翻译手稿

---

①　陈众议：《外国文学翻译与研究 60 年》，《中国翻译》2009 年第 6 期，第 13 ~ 19 页。

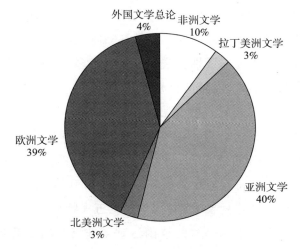

外国文学总论
4%

非洲文学
10%

拉丁美洲文学
3%

亚洲文学
40%

北美洲文学
3%

欧洲文学
39%

图 4 – 6　手稿内容分布比例

的外国文学研究价值与意义。

一　外国文学总论部分

我们将手稿中具有一般意义的，且无法按照国别归类的手稿放在外国文学总论部分，本部分共 4 种手稿，总计 141 页 4 万余字，从内容角度又可以将其分为以下两大类型。

（一）文学史类手稿

该类包括《文艺复兴时代的文学·绪论》与《外国文学史提纲》两种手稿，整体讨论了文艺复兴时期及 19 世纪 70 年代到 20 世纪 50 年代的文学发展概况。

1.《文艺复兴时代的文学·绪论》

首先，讨论了"文艺复兴"的内涵与意义，即"古代传统的复兴"与"人的各个方面的复兴"，继而引用恩格斯《自然辩证法》中的观点论述了文艺复兴时代的特点：时代历史变革，阶级斗争的新形势及政治制度的新形式，现代民族的形成和民族国家、民族文化的兴起，人的个性的发展。并且手稿具体论述了个性解放的要求与意识形态的转变（摆脱教会精神的控制）、人文主义的内涵、人文主义与资产阶级社会的关系和人文主义的人民性与阶级的局限性，高度肯定了文艺复兴时期的现实

主义，"它反映了社会的大步的推动，它显示出了生在这一个时代的有着
自己的生活体验和性格特点的人。但是这一时代的现实主义与往后一时
期的现实主义有着很大的区别。这儿也是有很多传说的成分，有很多思
想常常显出空想的形式"（第 7 页）。

其次，分析了文艺复兴时代意大利的文学成就（佩特拉克、薄伽
丘）和艺术成就（达·芬奇、拉斐尔、米开朗琪罗），并给予高度肯定，
"反映出了当代的伟大的思想——解放了的和美好的人的思想，这些作品
直到现在还保持了它特有的意义和感染力"（第 10 页）。

最后，讨论了文艺复兴现实主义文学的五大特征。

其一，"生活的艺术描写的范围达到了非常广阔的程度"（第 12
页），它"以空前未有的深刻和充实，表现了人们的内心世界，指示出
人的内心世界同外面世界的密切的有机的联系——人的内心世界同人的
社会生活和自然的紧密的和有机的联系"（第 12 页）；其二，"有血有肉
的人道主义热情"（第 13 页）；其三，批判，"时常发展的对于僧侣和教
皇本身的权势的尖锐的讽刺的描绘，对于腐朽的封建中的制度以及人的
行为准则的暴露"（第 13 页）；其四，"人民性与民族性"，"描写对于人
民大众极为重要的，而且使人民大众深感兴趣的现象，特别注意文学的
民族独特性和民族语言"（第 14 页）；其五，"文学样式和体裁的多样
性"，涉及抒情作品的各种样式，短篇小说、长篇小说、悲剧、喜剧、十
四行、抨击文、忏悔录、信札、对话录等等（第 14 页）。

2.《外国文学史提纲》

共分两大部分，提纲挈领，以要点的形式罗列、记录及评价了 19 世
纪 70 年代到 20 世纪 50 年代的文学概况。

第一部分序言介绍了"帝国主义时代的外国的先进文学"、"优秀的
外国现实主义作家对工人阶级和社会主义思想的接近"、"伟大十月社会
主义革命在世界文化和文学上的影响"、"苏维埃文学的革新和他的世界
意义"以及"人民民主国家文学艺术的繁荣"。

第二部分着重谈论了"帝国主义形成和他进一步发展时期的外国文
学（1871—1917）"："19 世纪末文学中颓废主义潮流加强"，早期无产阶
级文学的诞生及对 20 世纪外国进步文学的历史的和艺术的意义，"二十

世纪初先进的民主作家对于社会思想的向往"，"1905 年俄国革命对于外国进步作家的创作的良好影响"，"高尔基对于 20 世纪外国进步作家的影响"，"伟大的十月社会主义革命的国际意义及其对于进步文学发展的意义"，对法国、比利时、挪威、德国、英国等国家该阶段文学思潮（现实主义、现代主义）、代表作家（鲍狄埃、克拉代尔、左拉、莫泊桑、罗曼·罗兰、法郎士、魏尔哈伦、易卜生、霍特曼、亨利曼、伏尼契、高尔斯华绥、萧伯纳等）作品的梳理及评判。

（二）创作方法、文学思潮类手稿

该类包括《批判现实主义的基本特点》与《论外国文学中的社会主义现实主义》两种手稿，分别讨论了"批评现实主义"与"社会主义现实主义"两种思潮、方法的基本特征及创作实践。

1. 《批判现实主义的基本特点》

首先，立足恩格斯致哈克纳斯的书信，介绍了恩格斯关于"现实主义""典型"等术语的基本观点，"现实主义，是除了细节的真实之外还要正确地表现出典型环境中的典型性格"（第 3 页），明确了"现实主义""典型环境""典型性格"的内涵。继而，区分了浪漫主义与现实主义在人物刻画、典型性格塑造、情节布局方面的不同，强调现实主义的批判性、客观性与真实性。

其次，以司汤达、巴尔扎克、狄更斯、萨克利、白朗特、海涅等作家为例，高度肯定了西欧批判现实主义的创作成就、创作价值与创作意义，但也指出了其不足，尤其是与革命诗人相比，认为"它并不了解资产阶级社会在其历史的发展中要走到哪里去，在于他不能够从社会里发现出有一些新的力量，在将来必然就会要来否定这个社会，而创造出新的社会主义社会来。作为这种情形的绝对不可避免的结果，——就是批评现实主义者们，在对于肯定的形象的问题的解决上，是自相矛盾的"（第 8 页）。

2. 《论外国文学中的社会主义现实主义》

首先，指出社会主义现实主义不仅在苏联成为"基本的、主导的艺术方法"，而且，在"西方和东方各国，有不少语言艺术家，他们都和苏维埃作家一样，——可是适应着自己的民族条件——运用社会主义现实主义方法在工作着"（第 1 页）。

其次，认为"社会主义现实主义的文学，在外国，是在尖锐的思想斗争的条件下发展起来的"（第 2 页），并批判了"社会主义现实主义是'靠命令'产生的，是想出来的——也许是由斯大林、也许是由高尔基、也许是由日尔丹诺夫——是由苏联作家编出来的"的观点（第 7 页）。

再次，强调"社会主义现实主义方法，并不是苏联文学的独有的财富"，而是"在各国的文学中，社会主义现实主义各有它自己的传统，它自己的民族的源泉"（第 8 页）。

最后，探讨了外国文学中社会主义现实主义的产生。"社会主义现实主义以它的成熟的形式出现，是由于世界艺术的长久的发展过程所准备起来的"（第 9 页），俄罗斯现实主义古典作家的传统、外国现实主义进步作家（狄更斯、雨果、罗曼·罗兰、杰克·伦敦等）的创作经验以及革命诗歌的出现等因素，都推动了社会主义现实主义的产生，"被高尔基所发现到而首先讲出来的，那种新的东西，是一系列国家的作家们在几十年之间的探求的总结"（第 13 页）；高尔基是社会主义现实主义的奠基人，不仅在俄国文学中，而且在世界文学中起了巨大的作用，高尔基的革新，"不止是在于他描写了无产阶级的解放斗争，不止是在于他揭示出了工人群众的社会主义觉悟成长的过程，而且还在于他艺术地体现出来战斗的无产阶级的道德品质的高贵……在高尔基作品中的革命无产阶级前卫的代表人物，不止是他们的阶级和巨大的、真实的、成长的力量的化身，而且还是合乎美学的美好事物的体现……在高尔基笔下，社会主义现实主义方法，就显示出了不止在思想方面而且在艺术、美学方面的一些特点"（第 16～18 页）。

此外，手稿梳理了外国文学社会主义现实主义的发展阶段。最初阶段上，工人阶级的解放运动是其基本题材；1905 年俄国革命、"一战"爆发、十月革命促进了工人阶级意识的觉醒及觉悟的成长，推动了社会主义现实主义的发展，巴比塞《火线》、约翰·李特《震惊世界的十日间》等作品为外国文学中的社会主义现实主义奠定了基础；1932—1935年是外国文学社会主义文学发展的转折期，"苏联作家第一次代表大会的这个期间，在文学讨论的进程中，'社会主义现实主义'这个名词才产生出来，并且广泛地使用开了"，且"对于世界先进文学的发展，有着巨大的积极的意义"（第 28 页）；"二战"以前，"社会主义现实主义已经积累了创作经验，掌握了一切新的、复杂的现实领域，争取到了越来越巩固的国际威信。在第二次世界战争的年岁中，这种文学就取得了新的创作的成就……取得了民族自觉的力量"（第 37 页），代表作家及作品，如乌利尤斯·伏契克的《绞刑架下的报告》、保罗·艾吕雅的《自由》、阿拉贡的《在受拷问时唱歌的人的故事诗》等等；战后，社会主义现实主义积极发展，内容、题材、体裁、风格日趋广泛、丰富，在外国文学乃至在人类的艺术生活中占据着越来越重要、越来越显著的地位；由此，手稿认为，"社会主义现实主义并不是代表着一个孤立的闭塞的地区，而它在它的探求和发展中，在它的成功，有时甚至是失败中，都紧密地同全世界文学发展进程相联系着的"（第 48 页）。手稿最后一部分肯定了批判现实主义的积极意义与贡献，但也指出了其不足，"同现代社会的前卫的政治力量的脱节，不了解现代社会的发展道路，屡屡地使现代批评现实主义者面临到很大的创作上的困难"（第 50 页），并肯定了社会主义现实主义与批判现实主义的关联，两者"不是作为敌对者，而是作为同盟者登场的。在两者之间，有不少的接触支点，而且，还必须看出社会主义现实主义的那些显著的特征"（第 55 页）。

二　欧洲文学

欧洲文学研究资料包括古希腊、英国、法国、德国、西班牙葡萄牙、苏联、芬兰、匈牙利文学等 8 类 37 种手稿。

（一）古希腊文学研究资料

古希腊文学研究资料，有 6 种 287 页 13 万余字。自晚清始，到新中国成立以后的 20 世纪 50 年代，古希腊文学在中国已经获得一定的翻译与研究成果，周作人、吴宓、罗念生等先生做出了突出的贡献[1]，其中，周作人堪称非宗教人士直接从希腊文翻译古希腊文学的第一人，民国时

---

[1]　陈建华主编《中国外国文学研究的学术历程》第 11 卷《欧美诸国文学研究的学术历程》，重庆出版社，2016，第 392 页。

期翻译古希腊文学、现代希腊文学最多的还是周作人，且其在新中国成立后继续翻译古希腊文学①；吴宓撰写的《希腊文学史》"是我国学人撰写的第一部外国文学史，也是第一部外国国别文学史。解放后的十余年里，却没有这样的著述问世"②。20 世纪 60 年代前，《荷马史诗》《伊索寓言》《希腊罗马神话故事》《希腊神话故事》《希腊的神话和传说》《阿里斯托芬喜剧集》《欧里庇得斯悲剧集》《柏拉图文艺对话集》《诗学》《诗艺》等作品都有了汉译与出版。在这样的译介与研究语境下，穆木天关于古希腊文学的翻译手稿意义凸显。其颇为系统地介绍了古希腊文学的发展演变概况，详细分析了《荷马史诗》的主题、人物形象、艺术成就和古希腊戏曲的发展情况，这是对新中国成立后我国学界古希腊文学研究概况的有效补充，手稿分类及内容如下。

1. 古代文学总论类

主要包括《古希腊文学史绪言》《〈古代文学史〉导言》《希腊文学的亚该亚时代》三种手稿。

（1）《古希腊文学史绪言》分为四节。第一节（第 1~7 页）先高度肯定了古希腊文学艺术的世界意义，继而谈论了古希腊文学研究的立场，"各个时代，都按照自己的方式去了解古代的形象和思想，接受古代遗产，并不是要奴隶式地重复旧东西，而是要把它的最为现代生活所需要的，科学系的东西掌握过来"，以及古希腊文学研究的目的、意义和任务，"应该指明有关联的各个作品的艺术价值，艺术的创作方法，文学的方向，每一个作家的艺术风格；创造出每个作品来的历史条件；并研究希腊艺术和文学给予世界艺术发展的影响以及它对于我们时代的意义"。

第二节（第 8~14 页）讨论了研究古希腊文学的方法论问题。认为首先应该了解古希腊社会的一般基础——奴隶制度，了解古希腊文学产生的社会环境以及古希腊"各种社会潮流相互关系的综合的整个画面"；同时"应把文学艺术作为是形式与内容的一致性来看……就不能够仅止

---

① 王友贵：《20 世纪下半叶中国翻译文学史：1949—1977》，人民出版社，2015，第 690~691 页。

② 吴元迈：《回顾与思考——新中国外国文学研究 50 年》，《外国文学研究》2000 年第 1 期，第 1~13 页。

限于去研究希腊作家创作的思想内容,我们还要对他们的艺术形式、文学方法、结构、风格并包括语言特征都加以注意"。

第三节(第 15 ~ 27 页)讨论了古希腊时期奴隶制的发展、高潮与崩溃,并据此将古希腊文学史划分为四个时期:最初时期(原始氏族制度崩溃时期,从公元前 2000 年末到公元前 1000 年开始时);古希腊时期(或称古典时期,自由城市的国家组成及繁荣时期,从公元前 9 世纪到公元前 4 世纪末);古希腊文学衰落期(几个大的希腊君主统治时期,公元前 3 世纪到 1 世纪);帝国时期(或称罗马统治时期,1 世纪到 5 世纪)。其中"特别显得有力的是被我们称为古希腊时期或者说古典时期——也就是希腊国家独立时期"。

第四节(第 28 ~ 33 页)讨论了希腊的种族和方言。在种族层面,手稿认为"希腊人没有统一的政治,而是生活在小的政治集体城市国家中……虽然是政治的不统一和民族的不同,希腊人在自己的历史的繁荣的时候,达到了自己民族意识的高度发展和统一文化的高度发展,和别的民族,所谓野蛮民族,形成了对照","希腊种族的形成……是由于长时间的迁移,许多种族又结合又分散了,虽然分成许多小的种族集团,各说各的地方土语",但是"他们并没有丧失自己统一的意志,也认为自己是属于同一的人民";在语言层面,"古希腊人民的语言是属于印度—欧罗巴的语言集团",并"包括了一些外来语的成分",而从种族的角度划分,语言可以被分为四大方言,即伊奥利亚方言(主要为列斯波斯的诗人用)、伊欧尼亚方言(叙事诗)、阿提喀方言(国家的主要语言)、多立斯方言(抒情诗)。

(2)《〈古代文学史〉导言》分为两节。第一节(第 1 ~ 12 页)明确了古文学史的对象——希腊罗马文学史,讨论了古代社会的概念,认为古代社会是奴隶占有制,古代社会的生产方式是以剥削奴隶劳动为基础的,奴隶制的产生导致了阶级的出现,起初,奴隶制是"代表着进步的劳动分工的形式……它瓦解了原始公社制度,促进了更广泛的劳动分工",但是,在支配了生产之后,"奴隶制对于生产的进一步的发展就成了阻碍"。希腊罗马社会"经过了奴隶占有制生产方式的一切发展阶段",并具备独特的特点——"城市国家"。同时提出,研究古代世界应该避免两种倾向，一是古代社会的理想化；二是古代社会的近代化和过度古代化。

第二节（第 13 ~ 33 页）讨论了古代文学的历史意义，首先，评价了古代文学的地位，"希腊文学，是欧洲的最古的文学，也是唯一的完全独立发展起来的，并没有直接依靠其他各种文学的经验的文学"；梳理了古罗马文学与古希腊文学的关联，"罗马文学同希腊文学有继承关系，它利用了希腊文学的经验和成就，可是同时，他在自己前面提出了新的任务，那些任务是在古代社会的更晚的发展阶段中才产生的"。其次，评价了古代文学的价值，认为古代文学不仅具有历史文献价值，同样有着艺术价值，主要表现在以下几个层面：内容丰富，反映了极为广阔的现实生活（第 15 页）；描写生动（第 15 页）；人民的、民间文学的源泉，"神话和仪式表演的形象和情节戏剧的和口头的民间文学的形式，在古代文学的一切发展阶段上，都继续着发生着巨大作用"（第 17 页）；复杂的艺术形式和风格手段，"在希腊罗马的文学中，新时代的一切文学体裁，几乎是应有尽有……一切体裁，在古代文学中，都达到了极为显著的发展……古代并且给风格和艺术文学的理论奠定了一个开端"（第 18 页）。再次，梳理了后世各个时期对古代文学的继承、阐释与复兴：文艺复兴时期对人文主义精神的发现与张扬，古典主义时期对古代文学"规则"的总结与归纳，启蒙运动时期对古代理想政治的重视与接受，俄国作家普希金、果戈里、托尔斯泰、别林斯基对古希腊罗马文学的阐释、模仿与评论。

（3）《希腊文学的亚该亚时代》。首先，对希腊文学进行分期。亚该亚时代（早期希腊文学，公元前 5 世纪以前，氏族制度解体并向奴隶制国家过渡的时代）；亚狄加时代（希腊古典文学，公元前五六世纪，奴隶制希腊城邦的兴盛、危机直到丧失国家独立的时代）；希腊主义时代（希腊化的文学，从公元前 4 世纪到公元前 1 世纪末）；罗马时代（罗马帝国时期的希腊文学）。其次，又将亚该亚时代的文学分为三个时期：先文学时代（荷马以前的文学）；最古的文学纪念碑（《荷马史诗》、郝西奥德）；古代奴隶占有制社会和国家形成时期的文学。手稿主要讨论了荷马以前的文学和荷马史诗。手稿第 8 ~ 27 页谈论了荷马以前的神话、故事、咒语、歌谣、谚语、谜语等口头创作，并认为荷马以前的口头创作达到了相当高的水平。

第二章分为三节讨论了《荷马史诗》。第一节、第二节主要分析《伊利亚特》和《奥德赛》的内容、主题、人物、结构，并将两部作品比较，认为《奥德赛》的叙事艺术比《伊利亚特》更为成熟。结构上，《伊利亚特》是一条线（阿基琉斯的愤怒）贯串；《奥德赛》发生了变动，"故事叙事从事情中间开始的，至于过去的种种事情，听者以后才得以知道，就是从奥德赛讲述的漫游故事中听到的"（第 29 页）；人物的中心作用上，《奥德赛》比《伊利亚特》更为鲜明，"在《伊利亚特》中，诗篇的结构关键之一，就是阿基琉斯的退场，他在战争进展中拒绝参加；在《奥德赛》里边……从第五章起，注意力就几乎集中在奥德赛周围了"（第 30 页）。第三节谈论了"荷马的艺术"，认为"荷马的诗篇，是史诗的古典的典范……荷马的艺术，就其方向性说，是现实主义的，可是，是自然的，原始的现实主义"，主要表现在以下几个方面。

其一，复杂多样、个性鲜明的人物形象，各式各样，毫不重复，并且兼具集体性特征与个性化特征；人物塑造静态化，缺乏内在的发展，"英雄人物的性格，是固定不变的，止有某几个特点，在行动中被显示出来，可是，在行动的进展中，性格并没有改变"；缺乏内心体验的分析，"英雄们的体验，在其内容上，在其表现方式上，都是素朴而天真的，荷马的人物形象的艺术的鲜明性，是同他们的原始的面貌有不可割裂的连系"。

其二，现实的广泛反映。一方面具有"古代的百科全书"的性质，集中了丰富的与希腊文化各种方面有关的资料；另一方面也有"古风化"倾向，"在那些'英雄时代'的画面中现代生活的某些方面在排除之列"。

其三，极端直观、原始的表现手法。详细的细节描写，一系列情景、一个个物件的描写都极其精微细致；速度缓慢，缺乏远景，"荷马的描写所以能够包罗万象，就是由于他利用了极丰富的插话和小场面，可是，这些插话和小场面结果阻碍了行动的进展，细部的特别突出的描写，结果淹没住整体的总的运动"。

其四，原始的讲故事的方法，即同时发生的事件，不作平行处理，而作先后相继的顺序去叙述。

其五，具有神话性质。神的干涉与旨意，在场面的衔接及情节的发展中起着关键作用，"情节的运动，并不以所描写的英雄们的性格为转移，而是以神意，命运为转移"；荷马笔下的神有两种情况，《伊利亚特》中的神高度人化，不止有人的面貌、七情六欲，也有人的性格、缺点；《奥德赛》中的神，"除开在《伊利亚特》中我们所见到的神的种种特征，我们还看见另一种对神的观念：神是公理和德行的守护者"；神话赋予了史诗崇高、壮丽的风格。

其六，重复手法的广泛应用。典型的小段落（格式）的重复，固定修饰语（形容词）的重复，段落的重复，词、句及公式话的重复。"在《伊利亚特》和《奥德赛》中，重复使用的诗句，有9253句之多，有的是一字不变，有的是多少加以改变，占诗篇的三分之一。"

其七，叙述多用无人称，歌人的意见及评价寥寥无几，"描写英雄时，照例利用他们本身的言行去刻画他们的性格，或者是从别的人物的嘴里去描述他们的性格……英雄的谈话、对话或者是独白，在荷马史诗中，是描写人物性格的惯用手法之一"。

其八，对比手法的广泛运用。"提供出了一些极完整的画面，那些画面同故事的进展并无连系，而且也远远地超出了作成对比的导火线的按个形象的范围之外"；对比手法能"穿插进去一些材料，因为在故事的常规的进展中，那一类材料无法安置"，诸如自然画面、与故事风马牛不相及的一些日常生活等等。

其九，"肯定生活的，合乎人道的世界观"，肯定现实生活，赞美英雄、智慧、人道；感受人生苦难，感叹人生苦短，建功立业。

其十，人民性，"荷马史诗是人民的史诗，不止是因为它生根于希腊的民间文学，而且还因为它的形象中，体现出来在文化史中发挥过极大作用的希腊人民的极为宝贵的面貌"等。

手稿最后梳理了《荷马史诗》的评价史与接受史。古代评价甚高；中世纪，西欧主要受到《维吉尔史诗》的影响；文艺复兴时期，《荷马史诗》被高度评价，影响广泛；17世纪古典主义时期，《维吉尔史诗》

的影响大于《荷马史诗》，甚至人们普遍认为《荷马史诗》"风格粗俗，对比低级，不够端庄和典雅"；俄罗斯的普希金、果戈里、屠格涅夫、托尔斯泰、别林斯基等作家、诗人对荷马史诗都有极高的评价。

2. 古希腊文学之史诗类

主要包括《荷马的〈伊利亚特〉和〈奥德赛〉》和《荷马中的英雄们的性格》两种手稿。

（1）《荷马的〈伊利亚特〉和〈奥德赛〉》。首先，讨论了古希腊英雄史诗产生的根源：氏族制度向奴隶主占有制过渡；"伊利亚特和奥德赛——古希腊文学的纪念碑作品——是广泛的人民口头创作材料的概括，古希腊无数的传说和神话，就是这两大史诗产生的基础"（第3页）。

其次，梳理了古希腊神话的产生、谱系演变及其在古代艺术中的作用，诚如马克思所言，"希腊神话不仅是希腊艺术的武库，而且是它的土壤"①。随后讨论了"荷马问题"，认为"荷马问题的本质，并不在于如何去解释作者的名字，而是在于如何确定荷马史诗是怎样发生的"（第11页）；并完整介绍了特洛伊神话（第13~16页），分析了《伊利亚特》和《奥德赛》的主要内容和人物（第16~30页），并将两部史诗进行比较，认为"《奥德赛》在故事叙述上，在插话的选择上，都同《伊利亚特》不同，在其中占中心地位的，已不再是英雄的成分，而是日常生活的成分。《奥德赛》在结构上，比《伊利亚特》复杂"。

再次，着重谈论、分析了《荷马史诗》的艺术特色。日常生活的广泛反映（第30页）；人民艺术与诗人艺术相结合（第30页）；自发的原始的现实主义，详细的细节描写（第32页）；鲜明的性格刻画，但是"在这些性格之中，有一些缺少动力性，他们是生活在一定的人们的集体中，自己的氏族公社的集体中。诗人并不是永远能够写出他的英雄的行动的动机……往往是由于神们的干预代替了性格发展的逻辑，破了行动的规律性和完整性"（第33页）；具有浓郁的神话性，但没有落到神秘的领域中，"人道主义、人的要素是压倒一切的。不止人，而且连神，都

① 《马克思恩格斯选集》第二卷，人民出版社，2012，第711页。

是有着人的特色"（第 33 页）；风格上，激昂隆重，歌颂功业（第 33 页）；丰富美丽的语言，善于运用口头诗歌中传统的固定的形容词以及比较手法（第 34 页）；运用六音步韵律与节奏（第 35 页）等。

最后，手稿梳理了《荷马史诗》在俄罗斯的译介与评价情况。《伊利亚特》《奥德赛》在普希金时代及其后（1849 年）次第被译介成俄文；在俄罗斯大受欢迎，得到了普希金、果戈里、别林斯基等人的高度评价。

（2）《荷马中的英雄们的性格》。其旨在探讨"荷马的性格描写的总的方法"（第 1 页），并整体高度评价荷马笔下英雄性格的艺术魅力，认为"那种性格描写，就是在于避免开了一切的公式和抽象性，反映出种种生活矛盾，以及那些矛盾的一切尖锐性、鲜明性"（第 1 页），继而极为细致、全面地分析了《荷马史诗》中四个复杂、矛盾的英雄人物形象。

阿基琉斯（第 2～18 页），一方面任意妄为、脾气火爆、残忍无情，犹如一头野兽，另一方面却有一颗温和的心，温柔天真，犹如孩童；命运的安排、个人的愤怒与生命的沸腾交织于一体；一方面不坚定、无原则、自私自利，另一方面却有着坚定的爱国主义、英雄主义、集体主义及大无畏精神；带有高尚的哀愁与忧伤；神性与人性并存。

阿伽门农（第 19～26 页）"是一个强大的光荣的有力的武士和国王，是一个不够坚定性格软弱的人，是一个贪财好色的人，是一个谦虚的而有礼让的人，是一个强盗和掠夺者，他大胆地批评宙斯，往往是一个懦夫和醉鬼，带着抒情诗一般地细致的、极为忧伤的和不断地受苦难的心灵"。

赫克托（第 26～33 页）是一个"奋不顾身地忠于自己人民的领袖，是一个火热的爱国者和大无畏的兵士，是一个天真的不够果断的动摇不定的而并非永远可以取胜的统帅，是一个过于自恃和不会计划的好吹嘘的和小孩子一般地刚强的人，是一个极为温和的关怀家庭的人，是一个知道自己的宿命归宿而且公然去参加战斗的人，是一个意志坚强和注定牺牲的人物，是一个受到了神的欺骗和人们的蹂躏的人物，是互相敌对的野蛮性的可怜的和可悲的牺牲，是一个终于失掉了一切：祖国、家庭和自己生命的人"。

俄狄修斯（奥德赛）（第 34～45 页）"是一个极深挚的爱国者，一个极勇敢的战士，一个极伟大的受难者，一个很精细的外交家，一个最高明和最熟练的演说家、商人、企业家，一个最小心谨慎的主人、英雄，一直达到自我夸耀的程度，一个很机警的冒险家，爱妻子的人，一个富于敏感的好流泪的有着深切的体验的人，一个生意人兼狡猾鬼，一个顶好的顾家的人和残忍无情的杀人者"。

3. 古希腊文学之戏剧类

主要包括一种手稿，即《戏曲的发展》（古希腊），共分为两节。

第一节（第 1~4 页）讨论了古希腊仪典中的戏曲要素，认为古希腊的悲剧、喜剧、人羊神剧"是在酒神狄奥尼索斯的祭奠中发展出来的，成为这个节庆的构成部分之一"。

第二节分为三部分。第一部分（第 1~8 页）① 着重讨论了古希腊悲剧的产生和结构，起初，其只是合唱抒情诗的一个分枝，合唱之外，有演员登场、交流；对"苦难"内容的表达与揭示；悲剧具有人羊剧的性质，悲剧借鉴了人羊剧的形式；剧，在酒神祭祀的范围之外，同"苦难"的类型的神话人物互相结合在一起；悲剧包括两大部分，即演员和歌队，且演员地位、意义、人数逐渐提升、增强、增多；演出顺序为开场白—进场歌（歌队的登场）—插曲（演员重新登场）—演员的场面和立唱—退场—演员和歌队再次登场。

第二部分（第 9~15 页）依据罗马建筑家维特鲁维的《论建筑》以及近代以来考古学的成果论述了雅典剧场的构成。

露天剧场（"戏台没有屋顶……是同希腊剧场的规模宏大有关，希腊剧场比现代的最大的剧场还要大的多……据考古学的计算，雅典剧场可以容纳一万七千名观众"）；歌队场（位于圆形校场，两个入口）；前台（或称板棚，演员换装的地方）；演员表演场（位于歌队场之上的高台）；观众场（阶梯式，拱抱着歌队场周围，由最初的木头长凳后变为石头座位）；表演方式（演员戴面具，表现出具有概括性的形象；面具的颜色、表情、形式蕴含着演员的性别、年龄、社会地位、社会品质及

---

① 手稿页码标记并不完全规范，第一节结束后，第二节就重新编码处理了，所以此处为 1~8 页。

精神状态；演员穿厚靴子、戴高帽子等，以符合高大威猛的神话形象；女性角色由男人扮演；演员有一定的特权，可以免除一些赋税；只有自由人可以做演员；职业演员出现并增多等）。

第三部分详细讨论了古希腊三大悲剧作家的创作。

埃斯库罗斯。手稿首先指出其在古希腊悲剧历史上的地位即"悲剧之父"，然后简要谈论了他的生平创作概况，剖析了他的世界观（相信神的存在及神的力量，以及神对于人的干预、影响；强调人的个人责任感），继而总结了其作品的整体主题——"神的作用和人的自觉行动的关系，神的作用的道路和目的的意义，神的作用是否公正和善良的问题，真理对于暴戾的最后的胜利，这些问题就是埃斯库罗斯的基本主题，埃斯库罗斯就是在人的命运和人的苦难的描写中发展开了这些主题"（第18~19页），讨论了其悲剧创作的基本材料即"英雄传说"，分析了其具体剧作（《乞援人》《波斯人》《七雄攻忒拜》《奥瑞斯忒亚》《普罗米修斯》等）的主题内容与艺术特征，概括了埃斯库罗斯创作的三个阶段特点：早期，歌队部分占据优势，很少利用第二个演员，对话及个人形象的塑造欠缺；中期，已有中心的英雄形象，而且具有基本特征，对话及人物塑造有了进一步的发展；晚期情节、结构更为复杂，戏剧性大大加强，次要人物数目增多，还利用了第三个演员（第37页）。随后探析了埃斯库罗斯的剧作艺术：善用连贯性的三部曲形式；人物不复杂，却富有威力，得益于"无言的悲伤"与"长久的沉默"；风格雄伟、庄严；语言富有激情。手稿最后梳理了埃斯库罗斯的后世影响：较之于另外两位悲剧作家，埃斯库罗斯并不是特别受重视，"埃斯库罗斯对于世界文学的影响，与其说是直接地发生的，宁是通过埃斯库罗斯的那些古代的继承者们的中介极端间接地发挥出来的……埃斯库罗斯的悲剧的雄伟从18世纪末才获得了应有的评价"（第39页）。

索福克勒斯。首先，手稿介绍了其生平经历、政治观念、创作概况及历史定位，认为他"在雅典三大悲剧诗人之中……占有着中间的地位……在他的思想和文学的方向上，是雅典隆盛期，'伯里克里斯'时代的诗人"（第41页）；其次，分析了其具体剧作（《安提戈涅》《俄狄浦斯王》《厄勒克特拉》《斐罗克忒提斯》《特拉提斯少女》《埃亚斯》

《俄狄浦斯在克罗诺斯》）的主题（反思人的命运）、人物（塑造出无与伦比的、具有世界文学意义的典型形象；形象，尤其英雄形象，既朴素又雄伟，既伟大又高尚，富有复杂、立体的特质，属于完整的性格，具有标准形象的特点及意义；索福克勒斯善于使用"针锋相对"的手法塑造人物，在冲突中凸显人物；索福克勒斯不仅注意男性人物形象的塑造，也注重女性形象的塑造）、戏剧结构（摆脱开三部曲的原则，即使创作了一些三部曲，然而每一部都可以成为"独立的、完整的艺术品"；戏剧结构严谨、复杂、清楚，事件的铺陈、冲突、缓和、紧凑、冲突、缓和相互交替，"事件是由各种人物性格很严肃地促成的而且是逐步发展起来的"；歌队的作用在于抒情或者表达诗人的思想，在剧情发展层面基本上不起作用）；最后，总括了索福克勒斯对古希腊悲剧的贡献。如"索福克勒斯完成了埃斯库罗斯所开创的事业，把悲剧从抒情的连唱变成为戏剧；悲剧的重心结果转移到人的描写上，要描写他们的决心、行动和斗争"（第42页）。增加了第三个演员，"在剧的场面中，同时有三个演员参加，就可以加上次要人物，使动作复杂多样，而且不止可以使直接的对立人物相对立，还可以在同一个冲突之中把多种不同的行动路线显示出来……雅典悲剧在它的进一步的发展中，再也没有超出这三位诗人的边框，索福克勒斯所定出了的形式……已经是很完善的了"（第43页）。索福克勒斯"是雅典悲剧的完成者：他的悲剧的一切构成部分，是变化甚多，达到互相平衡程度；在世界文学史中，他是一系列的广大形象的创造者，他是极严谨的戏剧结构巨匠"（第59页）。区隔了索福克勒斯与埃斯库罗斯在人物塑造、戏剧结构、艺术风格层面的不同之处：埃斯库罗斯强调在人的行动中显示出神的力量的作用与影响，索福克勒斯强调人物独立自主地行动，神很少登场，"神的作用显示在事物的自然进展中，对于人所选择的行为路线进行谴责或者辩护"（第42页）；埃斯库罗斯剧作的人物形象巨大、简单、单一，索福克勒斯的人物复杂得多；埃斯库罗斯善用三部曲，索福克勒斯则很少用，且结构独立、复杂、严谨；埃斯库罗斯的风格壮丽堂皇，索福克勒斯的风格崇高且相对朴素。并高度评价两人对古希腊悲剧发展的贡献，"索福克勒斯与埃斯库罗斯，是古典形式的古代悲剧的创造者"（第59页）。

欧里庇得斯。首先，手稿介绍了他的生平经历及所处的时代环境。其次，结合具体作品（《美狄亚》《赫拉克拉斯》《伊翁》《特洛伊妇女》《腓尼基的妇女》《希波吕托斯》等）分析了他的创作特征，即在取材神话传说故事上，与埃斯库罗斯、索福克勒斯相似，但是，欧里庇得斯的处理方法却不同，"欧里庇得斯在他的悲剧里利用了人所周知的，以前已经过别人采用的神话，可是，他把那些神话传说加以改变，进行加工，他已不感觉到神话是神圣的口碑了……希腊悲剧是从宗教仪式中发展出来的，可是，在欧里庇得斯的作品中，悲剧已经同宗教仪式失掉联系"（第65页）；剧中人物对神采取批判的态度，"对于从荷马时代起被确立起来的，古老的信仰表示怀疑"（第65页）；剧中人物不再是埃斯库罗斯、索福克勒斯笔下的神或者半神，而是"只剩下了人"，"他想要描写的是他在自己四周围所亲眼看见的人"（第72页）；爱情主题频频呈现，"把爱情主题作为悲剧的基本主题，把妇女作为悲剧的中心人物，是由欧里庇得斯开始的"（第67页）；戏剧结构层面，欧里庇得斯并不像前辈那样注重动作、情节的统一性，在其作品中"不仅没有互相连接的三部曲，而且往往在他的悲剧里各个部分没有相互间的紧密联系"（第68页）。欧里庇得斯所写的一些悲剧，可以称为"双重的悲剧"，即不止一个情节，甚至一系列插话，或者好些剧本材料集中在一起；注重人物心理分析，尤其是病理的（疾病的）状态描写；注重妇女形象刻画，并让妇女参加社会生活；作品充满辩论色彩，聚焦社会问题；歌队的作用在欧里庇得斯的作品中进一步减弱，成为悲剧无足轻重的搭配；悲剧中夹杂着喜剧成分、喜剧元素。

（二）英国文学研究资料

英国文学研究资料1种，即《威廉·莎士比亚论》，计187页7万余字。19世纪30年代，"莎士比亚"的名字传入中国[①]，至20世纪50年代，莎士比亚在中国的译介、传播已有百余年历程，有一定的研究基础，

---

① 李伟昉：《接受与流变——莎士比亚在近现代中国》，《中国社会科学》2011年第5期，第150～166页。

甚至构成了"中华莎学发展史上繁荣时期"①。穆木天为莎士比亚在新中国的进一步传播做了不小的贡献，主要表现在以下三个方面。

其一，穆木天于1954年撰写了《莎士比亚和他的戏剧》的评论文章，并发布在《文艺学习》上，据范福潮回忆，这篇文章是他"读到的第一篇介绍莎士比亚戏剧的文章"②。

其二，穆木天在北师大的课堂上讲授莎士比亚及他的戏剧，深受学生喜爱，据王明居回忆，"在日常教学中，穆先生讲授西方文学，莎士比亚戏剧是重点传达内容。他除了当堂即兴发挥外，还采用了苏联专家莫罗佐夫的莎士比亚研究成果为教材，并发给我们人手一份……我们的外国文学知识基础，就是在北京师大时奠定的。我特别喜爱莎士比亚作品。朱生豪译的《莎士比亚全集》是穆木天推荐的读本。由于北京师大图书馆藏书丰富，所以我借来一套，置于寝室书架之上，以便经常阅读。莎翁四大悲剧《哈姆雷特》《李耳王》《奥赛罗》《麦克佩斯》（加上《罗密欧与朱丽叶》就是五大悲剧），是穆先生讲授的重点，而重中之重则是《哈姆雷特》……在解剖哈姆雷特性格特征时，穆木天先生真正是站在诗人的立场、用学术的眼光去进行审视的。穆先生有分寸地同情、赞美主人公，总是努力挖掘隐藏在主人公内心底层所蕴含的人文主义，并从哲学高度去考量主人公对舞台人生、人生舞台所显示的戏剧是人生的镜子的理论界定"③。

其三，翻译关于莎士比亚的研究资料，即手稿《威廉·莎士比亚论》。手稿包括四大部分，涉及莎士比亚戏剧创作及戏剧演出的方方面面，颇为全面与系统，是当时国内最为广泛、扎实的莎士比亚研究资料之一，内容摘要如下。

第一部分共23页，分为两节。第一节叙述了莎士比亚作品的历史意义与时代意义，"莎士比亚的创作，是供我们研究过去文化的最为优秀的篇幅……莎士比亚的创作，以其艺术的观察的锐敏性，以其浸透了人的

① 王忠祥、杜娟：《〈外国文学研究〉与莎士比亚情结——兼及中国莎士比亚研究》，《外国文学研究》2004年第5期，第5~15页。
② 范福潮：《书海泛舟记》，重庆出版社，2007，第162页。
③ 王明居：《王明居文集》（第6卷），文化艺术出版社，2015，第86~87页。

热情和冲突的本质的力量，使他的艺术高出了自己的时代，窥见了未来的时代，从那里，观察和预见到那刚刚微露头角的，或者说，刚刚萌芽的一个时代"；接着引用杜勃罗留波夫、伯林斯基、赫尔岑、马克思等人的观点高度评价了莎士比亚的历史地位，并深度阐释了莎士比亚创作的时代背景以及莎士比亚创作与时代的密切关联，"在他的创作的第一个时期，他是以愉快的嘲笑送走着已经走完了道路的中世纪，赞美着协调的，光辉的人性的新的时代，但是在这样的乐观主义中，并没有损失他的锐敏的观察……在第二个时期的创作里，莎士比亚就显然看出了这个放肆的好利贪财的时代，一切善良的，纯洁的人被践踏的时代的来临……这种时代心理都被莎士比亚，在他的作品里很为艺术地描写和揭露了；最后，在莎士比亚创作的第三个时期，他显出了一种消极的、沉思的态度对待现实"。

第二节论述了文艺复兴时代英国戏剧的整体发展状况，并具体分析了罗伯特·格林、克里斯托夫·马洛、托马斯·基德等人的戏剧创作，指出莎士比亚与他们之间的渊源及莎士比亚的独创性，"莎士比亚接收了他的先辈很多影响：他从他们那儿，不但发现了新的思想，感情，深刻的先进的，民主的思想的整个世界，而且也找到了体现这些思想的，新的戏剧形式和技术。他只是再加以发展，并从这儿那儿加以深化。可是，上述的这些与莎士比亚有关的艺术，并不包括了莎士比亚的一切"。

第二部分22页，介绍了伊丽莎白时代的演剧法令以及当时的剧团、剧场、舞台、布景、道具、演员、服装、剧本创作等，强调剧院情况对莎士比亚创作的影响——"在莎士比亚的戏剧里，还不能够否定当时剧院的条件所给予他的影响，其中，有一部分是他那个时代的舞台技巧"，以及莎士比亚的创作面向——"莎士比亚就是主要的为这些公众剧场和他的民主听众创作的"。

第三部分104页，分为四节。第一节介绍了莎士比亚的生平、剧本的出版情况、剧本的类型划分以及莎士比亚创作分期；第二、三、四节分别按照莎士比亚创作的三个阶段（1591—1601年、1601—1608年、1608—1612年）详细分析了莎士比亚的戏剧创作。

第四部分38页，分为两节。第一节着重探讨了莎士比亚复杂的世界观和莎剧的艺术成就。

世界观层面。莎士比亚对生活有着深刻的人道主义见解，他对封建主义和资本主义都持反对的态度；"莎士比亚是世袭富贵、宗教狂热、种族成见等中世观念的敌对者，他在他的作品中客观地肯定了各种等级、各种种族和信仰的人们的平等，和道德上的等价"；莎士比亚捍卫反抗家长式压制的青年一代追求自由情感的权利；莎士比亚强调男、女在智能和道德上的等价思想，在其作品中"提供出妇女天性的丰富性和充实性的光彩的例证"；"莎士比亚把人与人的关系中的真实性，思想和感情的真实性，摆在崇高的地位……莎士比亚所憎恶的，就是违反真实——虚伪和伪善"；"自然"是莎士比亚思想及创作的关键词，"他不止从自然的概念和自然的各种形象中，汲取了他那些最重要的思想的证据，而且，自然还成为他评价一切人的行动的价值的规范和标准"。

艺术成就层面。其一，规模宏大。"有广阔的兴趣和极为广阔的思想。他的剧本所反映的生活状况、人物形象、时代、民族、社会环境极为复杂多彩。这种幻想的丰富性，以及动作的迅速性，形象的紧凑性，被描写出来的人物的热情和意志紧张的能量，对于文艺复兴时代都是很典型的……莎士比亚描写了人的个性的灿烂开花，并且从生活的各种各样的形式和彩色中描写出了生活的丰富性，而他能使这一切达到在严格的规律性的掌控下的统一性"。

其二，戏剧材料来源丰富。有来自古代的，有来自意大利文艺复兴时期的艺术，有英国人民的戏剧传统。

其三，莎士比亚把悲剧的和喜剧的系统混合在一起，各种各样的人物、事件混杂在一起，动作快，不遵守时间、地点一致论，不讲究学究式的规则。

其四，具有高度的人民性。"莎士比亚给自己的人道主义思想找到了适当的表现形式，用那样形式，他的人道主义思想就得以成为人民的愿望和评价的真正的体现。"

其五，现实主义原则。"莎士比亚不止真实地描写了现实，而且能够深刻地洞察到现实之中，看到了并揭示出现实中的最本质的东西"；"莎士比亚从现象的运动及其相互制约中来描写现象，刻画出感情的本质及其色调的变化。这使他得以有可能从人的全部的复杂性和发展之中，描写出完整的人物……他强调他的人物身上的典型的、具有一般原则性意义的特征，同时把那些人物加以个性化，还加上各式各样的补充的特色，使之成为真正活生生的人"；"莎士比亚的现实主义还显示在他对于人物的内心体验的正确分析上，对于他们的行动和冲动的明确的说明上"；"人的感情和体验的运动，比他的那些同时代人的作品来，要表现得更为细致，更为清楚，更主要的是，注意到了这一切的变化的阶段，都充满着深刻的含义"；"现实主义倾向，可以从莎士比亚的语言中看得出。莎士比亚的语言，不止是语汇极为丰富，而且，他所使用的个别语词和语句的含义色调也是多种多样的。在莎士比亚作品中，各种不同人物，照例是按着他们社会地位的不同，有着不一样的语言的。在莎士比亚的语言中，人民的原素极强，在其中纯粹人民的说法、谚语、俗语、民歌断片等，是极为丰富的。莎士比亚不要一般的含糊的说法，他选用了具体的明确的语词，就是那些可以尽可传达出每个印象或体验的感情与物质方面的具体而明确的语词"；风格多样、精细，复杂多彩，经历过复杂历程（初期，语言轻快、美妙，多诗歌、多押韵；中期，语言接近生活的口语，散文体占据重要地位，押韵较少；晚期，语言更富戏剧性，基本没有押韵）；意象丰富、精确；结构手法多样，契合剧本的思想主题；广泛采用欧洲戏剧中通用的常套和定型的结构上的诱因，如更衣、偷听、偶遇等；韵脚的疏密由作品内在的不同性质所决定；莎士比亚的艺术手法、技巧、形式"是完全符合于内容的，同他当代的任何人相比，那都是更为典型地，无可比拟地，达到最高的和最彻底的程度的……莎士比亚是一个把自己的出色的思想内容表现于经过深思熟虑的诗的形式之中的、自觉的、犀利的艺术家兼思想家"。

第二节通过大量详细的材料梳理了自莎士比亚逝世后到 20 世纪 50 年代英国、法国、德国、俄国〔苏联〕等国家的莎士比亚的评价史、研究史以及莎剧的演出史。

（三）法国文学研究资料

法国文学研究资料，17 种 911 页 68 万余字，是穆木天手稿中规模最大、占比最高的外国文学研究资料。19 世纪末，法国文学开始进入中国，"新中国成立前的法国文学译介基本译出了从文艺复兴到 20 世纪初叶的法国文学概况，形成了法国经典作家莫里哀、雨果、巴尔扎克、罗曼·罗兰、波德莱尔等人持重法国文学史的基本局面，不仅为中国的法国文学研究奠定了基础，也搭建起足够坚实的底楼；同时，这时期的时代特色为本阶段的法国文学译介和研究打上了鲜明的时代烙印"。① 穆木天在新中国成立前的法国文学译介与研究中扮演重要的角色。

其一，他最早向国内介绍了法国象征主义诗论。

其二，他撰写了一系列法国文学研究论文以及文学史著作，穆木天1935 年编著出版的《法国文学史》（上海世界书局出版）是其研究法国文学最系统、最全面、最有代表性的成果，该书涉及法国自中世纪到 20 世纪的现代文学，较之于当时的其他法国文学史著作，穆著"更加中规中矩，写作更加规范，也更学术化"②；在论者看来，穆木天的《法国文学史》"内容全面、详尽，显示了较高的学术水平，至今仍有一定的参考价值"③，"是中国的外国文学史中功底扎实的著述"④。

其三，他是"我国认真地有规模地翻译介绍巴尔扎克的第一人"⑤，自 1935 年到 1949 年，穆木天系统翻译了巴尔扎克 16 部作品（新中国成立后，又翻译了两部），并撰写一系列巴尔扎克研究文章。基于此，有论者称其为杰出的法国文学专家、法国文学译者。⑥

新中国成立后，法国文学的译介规模仅次于苏联文学，"有统计数据表明，在 1949 年至 1966 年的这 17 年间，法国文学以 282 种的数量位列

①　陈建华主编《中国外国文学研究的学术历程》第 6 卷《法国文学研究的学术历程》，重庆出版社，2016，第 83 页。

②　陈建华主编《中国外国文学研究的学术历程》第 6 卷《法国文学研究的学术历程》，重庆出版社，2016，第 38 页。

③　陈建华主编《中国外国文学研究的学术历程》第 6 卷《法国文学研究的学术历程》，重庆出版社，2016，第 38 页。

④　聂珍钊、杨建主编《外国文学课程国际化研究论文集》，华中师范大学出版社，2012，第 198 页。

⑤　陈惇、刘象愚编选《穆木天文学评论选集》，北京师范大学出版社，2000，第 463 页。

⑥　吴岳添：《百年回顾——法国小说在我国的译介和研究》，《北京化工大学学报》（社会科学版）2005 年第 1 期，第 1～5 页。

外国文学翻译的第二位，占整个外国文学翻译的 5%，甚至高于英国文学（4.1%）和美国文学（3.7%）"①。其中，法国文学翻译侧重点则是批判现实主义，"值得注意的是，在这一阶段，由于客观形势的影响，这反映在法国文学翻译侧重于对 19 世纪批判现实主义，尤其是对巴尔扎克作品的译介，而对其他文学流派译介不多，据笔者不完全统计，1950—1966 年所出版的 160 种法国文学作品中，现实主义作品达到了近百种，其中巴尔扎克作品达 42 种之多"②。但是，"重译介而忽视研究的状况并未改变，几乎没有出版过研究法国文学的专著"。③ 穆木天此时期虽然转向俄苏文学翻译，但是，手稿中的法国文学研究资料可以看作穆木天法国文学生命（法国文学译介与研究）的延续，看作对国内法国文学研究空缺的补充。手稿中关于法国文学的 17 种研究资料从研究角度上可以分为以下四类。

　　1. 法国文学史论

　　诸如手稿《法国文学简史：法兰西 19 世纪末至 20 世纪初的颓废的和反动的文学方向》《法国文学简史：从伟大的十月社会主义革命到我们的日子》《法国文学简史最后部分：第二次世界大战期间和战后的文学》、《1917—1945 的法国文学》（一）、《1945—1956 的法国文学》（二）、《今天的法国文学（1957—1959 的法国文学）》等，系统梳理、评价了 20 世纪上半叶的法国文学史历程及文学概况。

　　（1）《法国文学简史：法兰西 19 世纪末至 20 世纪初的颓废的和反动的文学方向》。首先，批判了 19 世纪末至 20 世纪初的资产阶级意识形态；其次，分析、批判了其间的"颓废的和反动的文学方向"。

　　象征主义。④ 首先界定了象征主义的性质，"是资产阶级颓废艺术的

---

　　①　转引自陈建华主编《中国外国文学研究的学术历程》第 6 卷《法国文学研究的学术历程》，重庆出版社，2016，第 86 页。

　　②　张峰、佘协斌：《1898—1998：法国文学汉译百年回顾》，《北京第二外国语学院学报》2001 年第 4 期，第 48 页。

　　③　吴岳添：《百年回顾——法国小说在我国的译介和研究》，《北京化工大学学报》（社会科学版）2005 年第 1 期，第 1~5 页。

　　④　手稿中对"象征主义"的界定、定性与评论，与穆木天 30 年代中期关于"象征主义"的认识、观点明显契合。具体参见 1935 年 7 月穆木天撰写的《什么是象征主义》。

流派之一，它同那种成为法国先进文学的特征的，爱自由的，民主的情绪，是格格不入的"（第7页）；接着批判了象征主义诗人的唯心主义世界观，讨论了象征主义诗人的美学原则和艺术手法，"把形式看得比内容要重要的多"，重视语言的音乐性（第4页）；论说了法国象征主义对于比利时、意大利、德意志和俄罗斯象征主义的影响（第7页）；分析了三位象征主义诗人、作家的创作。魏尔伦，作为象征派的代表人物，提出了这一派别的基本原则，但他与象征主义存在某些根本的分歧，手稿指出，"魏尔伦是一个深挚的悲观主义者，可是，在他的悲观主义中，使人感觉到的，并不是对于任何的生活都绝望，而止于是对于他的当代生活的绝望……在魏尔伦的抒情诗中……对于美好的然而是朦胧的幻想和现代生活的庸俗性之间的不调和发生了悲凄的感触"（第9页）。韩波，在普法战争和巴黎公社时期，写出了许多洋溢革命情绪、记录革命事件、表达深切关怀与同情及仇恨的诗作，如《恼恨》《铁匠》《让姆·玛丽的手》《巴黎的狂欢，或巴黎人口又增加了》等等，"公社的灭亡，就是大艺术家亚尔都尔·韩波的危机的开始……在公社之后，韩波就是象征主义的主导的代表人物之一"（第13页），此后韩波创作了一系列象征主义诗作，如《母音》《沉醉的船》等。罗斯当，作为象征主义剧作家开始自己的文学活动，代表剧作是《远方的公主》；随后离开了象征主义，创作出英雄主义喜剧《西哈诺·德·贝尔及拉克》，要恢复浪漫派诗剧的传统；此后，"罗斯当在思想上接近于文学上的帝国主义反动派……在他的作品中出现了沙文主义情绪，复活拿破仑崇拜的企图"（第16页），如《小鹰》（1900）。

其他颓废派。悲观主义和缺乏历史远景、人道主义的丧失、病态的自我中心主义、颓废的快乐主义和无道法、色情主义、唯美主义、自然主义、立体未来主义、病态的二重心理等等是其基本特征，保罗·普尔泽是19世纪末的颓废派心理小说的代表者，作品有《门徒》《大卫》《中午的魔鬼》等。

帝国主义侵略的文学。"积极地参加了帝国主义战争的宣传"（第23页），具体作家及作品有查理·莫拉斯及机关报《法兰西行动报》、莫里斯·巴蕾斯的三部曲《民族精神的小说》（1901）、保罗·亚当的长篇小说《托拉斯》（1910）及历史小说四部曲：《力量》、《奥斯太利兹的孩子》（1902）、《诡诈》（1903）、《七月的太阳》（1903），等等。"殖民地小说是帝国主义侵略文学的变种之一，在法国，它的第一个而且是最大的代表作家就是彼得·洛蒂"（第25页），其作品有《阿齐亚迭》（1876）、《菊子夫人》（1887）、《冰岛渔夫》、《水手》、《我的兄弟伊夫》等等。洛蒂的门徒法莱尔（1876—1957）是法国殖民地小说的典型的代表者，其作品有《鸦片烟鬼》（1904）、《文明人》（1905）、《杀人者》（1907）。在作者看来，帝国主义侵略的文学本质上同样属于颓废派文学（第27页）。

（2）《法国文学简史：从伟大的十月社会主义革命到我们的日子》。分为四部分。第一部分为"二十年代到三十年代间的帝国主义侵略文学"，代表人物及作品有亨利·孟德朗，《奥林匹克的竞技》《生活的战斗》；保里·莫朗，《列维斯和依郎》《纽约》《世界竞赛者》《我要烧掉莫斯科》《活佛》《黑色的魔鬼》；克拉德·法莱尔，《新人》；毕尔·安普，《香槟酒》《亚麻》《新鲜的鱼》《羊毛》等。这些作家作品或者美化战争，或者赞扬资产阶级的投机钻营，或者表达对美国的颂扬以及对苏联的诽谤，或者描写法国殖民地，散播种族歧视等等。此时期除了上述作家外，还存在另一类型的资产阶级作家，"他们非常感兴趣的是高雅的资产阶级，贵族沙龙里的温暖的场面。天才的艺术家普鲁斯特、瓦勒里以及莫洛亚都是属于这类作家之列的"（第5页）。

第二部分"二十年代—三十年代资产阶级长篇小说中的美学观"批判了莫洛亚、纪罗都（季罗杜）、纪德植根于资产阶级脱离现实的美学观。莫洛亚，传记小说的代表者，作品有《阿里艾尔或雪莱的生活》《拜伦》等，"莫洛亚是依着作家自己的主观意图描绘出来的肖像。莫洛亚使自己的文学角色脱离社会生活而艺术地孤立起来"（第11页）。纪罗都，代表作品有《西格弗里和里谋斯》《苏珊娜和太平洋》，体现出鲜明的离奇性、唯美特点。纪德，战后的作品主要有《伪币制造者》等，"纪德和普鲁斯特一样，努力证明：客观世界的现象，只是在经过回忆它的艺术家的主观意识的折光，才获得意义"（第12页）。

第三部分"三十年代的资产阶级文学"分析了此时期的两种创作倾

向。其一，在经济危机的加深及法西斯主义抬头的威胁下，许多作家加入了民主的反法西斯阵营运动，代表作家有罗曼·罗兰、巴比塞；其二，是"黑色文学"，"就是对一切生活的价值表示暗晦的失望和无耻的嘲笑"（第 13 页），代表作家及作品有路易·赛林《在黑夜的边缘上旅行》，杰里安·格林《安德里娜·米佐拉》《云》，莫利亚克《这样吻着麻风病者》《杰列兹·德基尔》《小猿猴》《蜷伏的蛇》《不可思议的道路》《夜晚的尽头》《献祭的羊》等，莫利亚克的创作显示出明显的两面性，即现实批判与宗教色彩相互交织（第 15 页）。

第四部分"在两次世界大战之间的文学上的民主倾向"评价了民主进步派作家的创作活动，认为他们围绕着革命作家和艺术协会的机关刊物《公社》，"坚持着在艺术方面的现实倾向。在人民阵线时期，现实主义创作方法成了主导方向"（第 17 页），政论体裁（随笔、纪事、报道、特写）与小说体裁（短篇、中篇、长篇）成为主要创作体裁。如瓦扬－古久列"是两次世界大战期间，在法国先进文学中，被人尊重的作家之一……是巴比塞的流派的最为彻底的作家"（第 20 页），作品有《囚徒的例假》《士兵的战争》《死亡舞蹈十三回》《童年》等，或者展现前线的残酷，或者反对军国主义，或者表现人民的悲苦等等。布洛克"是属于 20 世纪的先进法国作家和社会活动家之列的……他表示了自己是现实主义创作方法的最彻底的拥护者。他努力于真实地反映社会现实，并批判社会的否定面"（第 23 页），作品有《里维》《……股份有限公司》《巫女》《西班牙，西班牙！》，或者反映普法战争的影响，或者表现知识分子走向人民的道路，或者揭露法西斯主义，号召人民反抗，等等。马丁·杜加尔"是二十年代到三十年代法国文学上的伟大的批判现实主义的代表"（第 35 页），作品有《让·巴鲁》[①]《古老的法兰西》《缔波的一家》，《缔波的一家》是"马丁·杜加尔所写的小说中最为著名的作品……这一个家庭的历史是展开在广阔的，社会的和政治的意义上的"（第 37 页）。

接着介绍、评判了两种文学思潮流派。"精神一致派"（"一体主义"

[①]　手稿翻译错误，Жан Баруа，音译为"让·巴鲁"，而非"约翰·巴鲁"。

"修道院派"),他们"所宣传的文学纲领,就是人的精神上的共同一致的原则……他们用由他们的精神一致派者们从唯心主义出发的,他们认为是重要的、必须的问题,替代了正确的、现实主义的光辉"(第26页),代表人物及作品有茹尔·罗曼《精神一致的人生》《巴黎的力量》《某人之死》《心》《善心的人们》,茹尔·罗曼在战后年代走向反动立场,成了投敌分子,支持法西斯政权;杜哈曼的《文明化》《殉道者的生活》《半夜里的忏悔》《二人》《沙拉文的日记》《巴司基叶的家族史》等,或者表达对战争的厌恶,或者表达对受压迫者的同情,或者流露出虚无、失望、消极的情绪,后期转向反动立场。超现实主义,前身为达达主义,去除标点符号,推崇意识流动;打破传统,善写无韵体自由诗;关注诗的音响;使用不协调的、刺耳的词;在作者看来,它"破坏了诗的逻辑,意义和思想内容,并且割断了对民族文化优秀传统的生动的继承性"(第34页)。

(3)《法国文学简史最后部分:第二次世界大战期间和战后的文学》将第二次世界大战期间的法国文学分为三大类型。其一,附敌反动作家,如蒙德朗、莫朗、塞林、茹尔·罗曼、彼叶尔·罗塞林等;其二,存在主义流派,存在于附敌作家与抵抗作家之外,介乎二者之间,流露出浓郁的悲观主义(第48页),如萨特(《恶心》《墙》《死无葬身之地》)等;其三,抵抗派作家及作品,如爱尔查·特里奥莱的《亚维农的情人》、让·弗莱维尔的《附敌分子》、莫利亚克的《黑色的练习簿》、安德烈·桑松的《奇迹之井》、布洛克的《土伦》《从屈辱的法兰西变为武装了的法兰西》。保尔·艾吕雅"是现代法国的一位伟大的诗人,是抵抗运动中诗人中的领导者之一"(第50页),历经由达达主义、超现实主义到现实主义创作的转变,代表作品有《义务与不安》《关于和平的诗》《直接的生活》《公开的玫瑰》《公开的书》《诗的真理》《和德国人约会》《政治诗》《道德的一课》《希腊,我的理智的玫瑰》《致敬》等,或者揭露战争的残忍,或者抒发对法西斯主义刽子手的愤慨,或者表达强烈的爱国主义以及对法国人民英雄的礼赞,或者号召人民反抗,或者鼓舞西班牙、希腊人民的独立斗争等等。

第二次世界大战后,进步文学继续发展,呈现出以下书写主题。其一，缅怀历史，书写被法西斯占领的历史，揭露法西斯的暴行，如乔治·玛纽的《那里，简直就不长草了》、彼得·加司卡尔的《死难的时候》等；其二，歌颂抵抗运动中的英雄们，如穆西纳克的《米都兹的木筏》、乔治·可芮的《逃亡》、让·拉菲德①的《活着的人们在战斗》《罗兹·法朗士》《指挥官玛尔索》等；其三，展现当代法国及国外真实生活，如安德烈·司梯尔的《塞纳号出海了》《法国人的教训》《钢铁的花朵》《第一次打击》、彼尔·卡马拉的《吃黑面包的孩子》、彼得·加司卡尔的《种子》、让·彼尔·萨布罗里②的《无望的村镇》，瓦扬"是当代法国一位著名的现实主义作家……在自己的作品里，把劳动人民群众的生活——农民、农场工人、产业工人等等放在中心地位上"（第63页），代表作品有《波马斯克》，"是战后法国文学中极为著名的作品之一"（第63页），以及《325000法朗》等；其四，描写帝国主义者为保持世界殖民地秩序而展开的疯狂斗争，代表作家及作品有彼尔·古尔达德的《黑河》、萨布罗里的《最后的子弹》；其五，反对美国主义的影响——法国资产阶级的出版社、电影、戏剧，批判"美国生活方式"，如彼尔·古尔达德的《吉米》；其六，描写未来的帝国主义战争以及对战争的遏制，如爱尔查·特丽奥莱的《被武装了的标志》《红色的马》、罗科尔·梦耳列的《西吉德和死神》等等。

战后时期进步作家的美学原则包括：现实主义是战后法国最主要的文学流派，"现代进步作家都是社会主义现实主义创作方法的研究者和宣传者"（第68页）；强调法国进步文学与古典遗产之间的关联；重视现实主义经典作家以及具有民主倾向的优秀浪漫主义者；肯定苏联文学的先进性，并以苏联文学为榜样（第69页）。

（4）《1917—1945的法国文学》（一）、《1945—1956的法国文学》（二）与《今天的法国文学（1957—1959的法国文学）》系统梳理、评论了20世纪上半叶的法国文学流派及发展成就。

20年代。其一，共产主义革命作家的创作。代表人物有巴比塞、瓦

---

① Жан Лаффит，穆木天初译为"约翰·拉菲特"，后改译为"让·拉菲德"，第57页。
② 穆木天翻译错误，Жан Пьер Шаброль，音译为"让"，而非"约翰"。

扬－古久列、穆西亚克，代表作品有《火线》《囚徒的休假》《士兵的战争》《红色列车》《悲剧笑剧》《七月老人》《瞎子跳舞会》等等，在他们的创作中，不止揭露、讽刺了资本主义时代的虚伪肮脏，"同时，在他们的 20 年代的作品里，也形成了新世界的形相，实现了对于革命现实的艺术的掌握"。其二，民主作家的批判现实主义文学创作。"他们的作品是同世纪最初的二十年间的颓废派文艺潮流形成对立的"，代表作家及作品有法朗士、罗曼·罗兰、布洛克，《蔷薇下边》《约翰·克里斯朵夫》《最后的皇帝》《库尔法人之夜》《狂欢节死了》等。其三，"精神一致派"的创作。如乔治·杜哈曼，代表作品有《沙拉汶的生活和奇遇》，"杜哈曼拒绝研究生活，他倾向于人的超时间的，绝对的本质的表现"。其四，"黑色文学"。代表人物是莫利亚克，"他企图使批判现实主义原则同现代主义经验并存"，代表作品有《同大麻风病人亲吻罢》《蛇团》《海路》等。其五，现代派创作。如普鲁斯特，代表作品有《过去时日的回忆》，手稿批判了他的主观主义及唯心主义诗学，把普鲁斯特归为"在极深刻的意见上的颓废主义者……把艺术任务一直窄化到艺术家自我显示的程度"。再如纪德，代表作品有《巴律德》《地上的粮食》《背德者》《梵蒂冈的地窖》《造假钱的人们》等，在作者看来，这些作品是"利己主义的，肉感的享受，无道德论，'无目的的行动'的哲学，假绅士派头，唯美主义，病态的雕琢性"。达达主义者的代表诗人是特立斯丹·札拉，"达达主义者……醉心于绝对否定"，在他们看来，"艺术作品就是把一些彼此毫无关系的字眼莫名其妙地排列在一起"。超现实主义文学，代表人物是安得烈·卜列东，手稿从内容与形式角度对该流派进行全面批判，"那种'超现实'……就是下意识的世界，朦胧的、暧昧的本能，混乱的冲动和幻想，病态的，反常的感觉的世界……超现实主义作品的形式，是极端地'自由的'：一切都可以成'诗的'，就是说，一切都可以成为超现实主义错觉的容器"。象征主义者，如瓦勒里"一向是赞同着主观唯心的美学原则……对于形式、结构、语言的外在的音响，特别感兴趣"；克洛代尔"直接地受到了象征主义者的影响……醉心于宗教思想，成为了在法国流传极广的天主教文学的最大代表者之一"。除却上述文学流派，还存在卫护法西斯主义的反动文学，代表人物有保罗·莫朗（《夜幕开了》《路易斯和伊琳》）、亨利·得·蒙特朗（《门献者》）、查理·莫拉斯、彼得·法留·拉·罗瑟尔。

30年代及以后。其一，法国社会主义现实主义的创作日趋成熟，作家们"创造了民族生活的油画，再现了在我们时代社会事件影响之下走向革命的人民的命运"（第11页），如阿拉贡的《现实世界》、古久列的《童年》《新的生活的建设者》《歌辞》、巴比塞的《俄罗斯》《斯大林》、穆西亚克的《头脑第一》《被禁止的示威》等。其二，超现实主义日趋没落，阿拉贡等代表作家脱离，加入共产党，"开始为面向现实，为现实主义的斗争"（第17页）。其三，批评现实主义文学继续发展，"马克思主义的美学思想的成就和社会主义现实主义的文学，给予了整个现实主义文学及批判现实主义文学有益的影响"（第18页），代表作品有罗曼·罗兰的《欣悦的灵魂》《罗伯斯庇尔》、布洛克的《西班牙！西班牙!》、安德烈·桑松的《被战胜的年代》《从西班牙回来，只是一个事实》《屠宰场》等等。其四，"精神一致派"的创作。如杜哈曼的多卷本小说《巴司基叶的家族史》、茹尔·罗曼的多卷本小说《善心的人们》，作家坚守"精神一致派"的理念，同时在作品中反映现实，再现社会生活，然而，"无论是杜哈曼或茹尔·罗曼，他们都是没有找到客观的，广泛的再现现实的钥匙……对于杜哈曼来说，这个社会，就是'无秩序'的。反映着折中主义和乌托邦的'无秩序'以及作者的政治上的保守主义，在茹尔·罗曼的一组小说里，也很占地位"（第32页）。其五，"独立"作家联盟创作，代表作家有卜烈东、让·罗姆恩、安里·普梁里，"他们就与'革命作家与艺术家联盟'对立起来"（第34页）。其六，其他作家的创作，如安德烈·马洛、约翰·卡苏、纪德、路易·费丁南·赛林等。

2. 法国文学思潮论

主要梳理、评判了法国自然主义与象征主义两种思潮的发展阶段及基本特征。

（1）手稿《自然主义》。详细梳理了自然主义文学思潮的理论基础、创作实践及历史演变。首先，讨论源头，认为自然主义来源于孔德的实证哲学与泰纳的"三要素"理论。其次，结合具体作品以及现实主义文学的特征批判了自然主义思潮的创作实践。如长篇小说缺失社会冲突的描写；社会题材被日常生活所代替；人作为生物学的个体存在，"自然主义者从来没有写出来人民中间的人的真正面貌，他们主要是从生理学的、粗野的日常生活的方面，去描写他"。由此，自然主义者的创作"失掉了性格和环境的典型化的原则"；"自然主义作家的作品中，个人的运命屡屡地变成为个性毁灭的历史，病态的历史"；"性格毁灭的同时，也发生了作为叙事诗的故事的长篇小说的结构的毁灭"。最后，讨论了法国自然主义的三个分期（50—60 年代、60—70 年代、70—80 年代）及具体创作，并指出"自然主义作为方向，在傍十九世纪末的时候，就汇合到颓废文学的大流里去了"（第 6～15 页）。

（2）手稿《象征主义》。首先，介绍了象征主义产生的社会背景及其发展历程。19 世纪 70 年代，处于过渡阶段，代表作家是韩波和魏尔伦，由于巴黎公社的失败，他们面向象征主义进行探求；80 年代象征主义作为文学方向及颓废主义的流派开始形成，其中魏尔伦、让·莫莱亚斯起着重要作用；90 年代进一步发展。其次，全面批判了象征主义的思想观念、诗学主张及创作实践。认为"象征主义作为艺术方向却是起着反动的作用，脱离开了现实主义，把个人关闭在下意识的和主观主义的小天地中"，象征主义者"就是要阻碍对于现实世界的描写，而实质上，他们却没有给艺术提出来任何的肯定的任务，因为被他们作为描写对象所提出来的'另一个世界'就是唯心主义的虚构"，甚至走向了"初级的本能、色情和病态的描写"，象征主义理论"把诗歌引入了死胡同"（第 1～17 页）。

3. 法国作家论

涉及巴比塞、阿拉贡、葛莱蒙、瓦莱斯、里昂·克拉代尔、维克多·雨果、爱弥勒·左拉、巴尔扎克等作家，评判了法国无产阶级、浪漫主义、现实主义作家的政治观念及创作活动。

（1）《巴比塞》高度肯定了巴比塞的地位及创作意义，分析了其作品的主旨，认为《哭泣的女人》《哀求的人们》等诗集流露出"对于资本主义的敌对态度"；现实主义小说《火线》"是外国文学关于第一次世界大战的第一篇革命的作品……是对于帝国主义战争的控诉状，号召人们用革命斗争反对帝国主义"（第 2 页）；《光明》是较《火线》批判、控诉、认识更为深刻、强烈的小说。

（2）《阿拉贡》高度评价了阿拉贡的创作成就，认为"阿拉贡的作品的成就，是法国共产党在文化战线上的胜利"（第 10 页），分析了其由超现实主义到社会主义现实主义的创作转向，"阿拉贡和艾吕雅同超现实主义的投机家的决裂。阿拉贡在法国工人阶级的影响下逐步提高政治认识，思想感情得以转变到革命道路上"（第 2 页）。强调了阿拉贡与苏联作家的交往、苏联作家和文化对阿拉贡的影响以及阿拉贡对苏联的赞颂，论述了阿拉贡对法国古典文化遗产的批判与继承，认为"阿拉贡是在新的历史阶段上法国进步文学传统的承继者。阿拉贡与十八世纪法国启蒙文学的政论性的传统……阿拉贡与法国革命浪漫主义的传统，阿拉贡是雨果的遗产的卫护者……阿拉贡与巴尔扎克和左拉……阿拉贡是公社诗人的继承者：他的诗歌中公社诗人的战斗传统……阿拉贡保卫进步文化遗产的斗争"（第 3 页）。分析了阿拉贡关于社会主义现实主义文学的论著及观点，讨论了其具体创作。其 30 年代的创作歌颂了苏联人民的武装斗争和社会主义建设，如《乌拉·乌拉尔》（1934）；表现了 20 世纪法国无产阶级斗争，如《巴塞尔的钟》（1933）。其 40 年代的创作，"就是人民的斗争和千百万人的英勇斗争的成熟的概括和对于德国法西斯和欧洲的反动政治势力的严格的斥责。在他的这些爱国主义诗歌中，号召人民同法西斯占领者进行英勇的斗争"（第 4 页），如诗集《断肠集》《法兰西的晨号》等；其此时期的代表作品是长篇小说《共产党人》，手稿高度评价了这部作品的历史意义，认为它反映了"30—40 年代法国阶级斗争的历史真实的画面，是现代外国文学中民族叙事诗小说的第一个成功的创作……这部法兰西史诗是社会主义现实主义文学在法国的伟大胜利……它在法国文学史上具有划时代的意义"（第 6～10 页），详细分析了小说的思想与艺术成就，认为它"具备规模宏大的结构和高度的思想性与艺术性"（第 6 页）。

（3）《葛莱蒙、瓦莱斯、里昂·克拉代尔》介绍了巴黎公社三位代表作家约翰·巴卜提斯特·葛莱蒙、瓦莱斯、里昂·克拉代尔的革命活动和创作活动。葛莱蒙是巴黎公社的护卫者，但公社失败后，"诗人放弃了他对于个人阶级革命力量的信心"，转向了"可能派"（第 2 页），代表作是《浴血的一周》。瓦莱斯在公社失败后逃到英国，免于死刑，思想上存在乌托邦成分，代表作是自传三部曲《孩子》《青年时代》《起义者》。克拉代尔虽然没有参加巴黎公社，但他对巴黎公社持有强烈的认同与同情，代表作《犹太王拿撒勒人耶稣》"以浪漫主义的激昂情绪，把公社的活动者描写成为有无比的勇敢和高度的道德纯洁性的人物"（第 8 页）。

（4）《维克多·雨果——伟大的法兰西作家》依托丰富的资料对雨果各个阶段的思想与创作进行了详细分析。手稿高度评价了雨果的历史地位，"维克多·雨果的名字有权利同世界文化的优秀的代表者们站在同一的队伍里。雨果是杰出的作家和社会活动家，他有资格受到千百万人们的爱戴"（第 1 页），介绍了雨果的童年经历及其父母对他创作的影响：父亲带给他的是战争印象，母亲则影响他青年时期走向"反动浪漫主义文学"的创作，他的诗集"歌颂着君主的思想和天主教"，否定了"法兰西启蒙者的唯物主义学说和法兰西资产阶级革命"（第 3~4 页）。继而分析了雨果后来思想的转变——向民主浪漫主义的转向及对古典主义的彻底否定，高度评价了《克伦威尔序言》的文学史意义，认为它不仅是"浪漫主义的宣言"，"在很多方面是同现实主义艺术的要求是相呼应的"（第 7 页），然后分析了雨果的具体剧作，认为《克伦威尔序言》与"雨果的浪漫主义剧本，在同古典主义斗争中，完成了决定性的作用"（第 9 页）。随后以《东方诗集》为例分析了雨果 19 世纪 20 年代的诗歌创作，认为"雨果的诗作的思想内容有剧烈的变化，新的主题、色彩的丰富显露在他的诗歌里"（第 11 页）。手稿分析了雨果 30 年代的思想、小说与诗歌：雨果对于 1830 年的七月革命给予了同情与赞美。《巴黎圣母院》从环境、场景到人物、情节都弥漫着浓厚的浪漫主义色彩，更难能可贵的是小说的思想内容，"人民出现在他的创作中，雨果非常同情地描写了被压迫、被唾弃的人们的世界"（第 13 页），整体评判了《巴黎圣母院》在雨果整个创作生涯中的地位，其属于"典型的作品"，"小说中表现了成为雨果的特征的在空想社会主义的影响下所形成的世界观"（第 14 页）；两部中篇小说《死囚的末日》（1829）和《克洛得·丐》

（现译为《克洛德·格》）分别关注社会中的死刑问题与工人阶级状况，反对死刑，揭示资产阶级社会的残酷性，"证明了雨果对于法国普通人们的真挚的同情"（第18页）；对于雨果的诗歌，手稿主要从社会主题角度予以观照：30年代初期出版的诗集《秋叶集》和《黄昏之歌》基于鲜明的现实主题与人道关怀得到了高度评价（第16～17页）；30年代末期的诗集《心声集》（1837）与《光与影》（1840）中社会题材的内容、分量明显减少，"观赏性质的诗强，抒情的自然描写，大占优势，诗人面向童年的回忆，号召给与人们以爱和仁慈"，考察原因，手稿认为是雨果的小资产阶级的世界观起的作用（第19页）。手稿分析了雨果40年代的思想与创作。40年代初，革命起义受到镇压，雨果世界观的局限性显露出来，1841年他发表了卫护君主立宪的演说，得到了伯爵爵位和上院议员的头衔，保守观点也渗透在他此时期的创作中，如旅途杂记《莱因》（现译为《莱茵河》）（1842）和剧本《庇尔格拉夫》（1842），手稿援引别林斯基的话语给予剧本《庇尔格拉夫》彻底的否定。1848—1851年法国社会的变革，对雨果的生活、思想和创作起着关键的作用，尤其是1848年的二月革命，"对于雨果的创作发生了极有益的影响，工人阶级的革命运动帮助雨果懂得作家的伟大任务——为人民服务"；1851年12月，随着拿破仑三世政变，雨果离开了法国，撰写《小拿破仑》《一个罪人的历史》《惩罚集》等作品抨击拿破仑三世（第24～25页）；流亡期间，雨果还创作了优秀的长篇小说《悲惨世界》（1863）、《海的劳动者》（1866）、《笑的人》（1869）等，这些作品为雨果带来了"稀有的光荣"。手稿详细地分析了《悲惨世界》的思想性、革命性及艺术性，认为"《悲惨世界》就其革命的精神和社会的乐观主义说，就其对于30年代法国社会生活的真实描写说，是19世纪法国文学中的极为杰出的长篇小说"（第31页）；《海的劳动者》（现译为《海上劳工》）被认为是"人类创造的赞美歌，是人同自然的永久斗争的赞美歌"（第31页），"揭发资本主义道德的，答复的现实主义的油画"（第32页），雨果在其中展现了汹涌的海洋风景画，描绘了穷苦人的生活，深刻地鞭挞了资本主义的罪恶及对人的腐蚀，但依旧"不忍割舍掉他的浪漫主义的弱的方面"（第32页），造成了主人公吉列特的悲剧；《笑的人》中，"雨果利

用着文献记录和历史文学，描写了社会不平等的真实情景"，生动再现了
17 世纪末到 18 世纪初的英国生活。手稿随后详细分析了雨果作品中的
对比手法，矛盾、对比、对立手法构成雨果创作中的显著特征。雨果 70
年代回到法国，"作为普鲁士军国主义和国内反动派的强烈的反对者"
出现，积极开展社会活动与文学作品、政论作品的创作。

（5）《政论家雨果》聚焦于雨果的政论家身份与政论性作品。

首先，论述雨果的思想演变，认为"克服了青年时代的正统主义，
雨果在 20 年代后半，参加为反对王朝复辟时代黑暗势力而斗争的，法国
社会的进步阵营。雨果的民主见解的进一步发展，是同三四十年代革命
运动高潮，尤其是同成为作家的社会、文学活动的路标的 1848 年革命相
联系着的"（第 2 页）。

其次，整体评判了雨果的政论作品，认为其作品本质上都是政论性
的，"他的作品有机地同十九世纪法国社会生活、政治斗争和文学运动，
相关联着"（第 2 页），"维克多·雨果的渊博的政论作品，是他的文学
遗产的有机的组成部分，在它的思想和艺术特点上跟他的全部作品基本
上一致，反映了他的世界观和艺术方法的强的和弱的方面"（第 3 页），
并在手稿第 23 页再次强调了雨果全部创作的政论色彩，"在雨果的一切
作品中最显著的政论要素，就是他的作品的合切规律性的特点。作家在
他的全部创作道路中都是提示着最迫切的社会问题，肯定着人道主义，
爱好自由的思想，从来也就没有因体裁的框子把自己束缚住。由于这种
原因，政论就成了雨果的创作的有机的构成部分，他的长篇小说、诗歌、
戏剧、信札有机的构成部分"。

再次，着重分析了 1848 年革命对雨果思想的影响以及雨果在立法会
议中的活动（《关于罗马问题》《关于教育自由》《关于出版自由》的演
说），手稿指出，"雨果的政治观点的形成，是经过了复杂矛盾的道路。
一边在自己的发言中同反动派的进攻作斗争，雨果对于社会改造的革命
的方法却抱着怀疑的态度。他不了解只有在无产阶级领导下，就是在其
争取民权的战士的领导下，才可以建立真正民主的共和国"（第 10 页）。
1851 年政变，雨果持续与篡夺者进行斗争，"写了很多政论文学和揭露
拿破仑第三的政治诗"（第 10 页），其中的《小拿破仑》与《一段罪行

史》颇具代表性，手稿肯定了两部政论作品的思想性与批判性及在法国历史进程中的积极作用，引用马克思的相关论述批判了《小拿破仑》中渗透的雨果抽象的浪漫的社会学，"他以对于自己所憎恶的政治阴谋家的愤怒的攻击代替了社会学的分析……雨果显然过分地评价了在社会实践的发展中个人的作用，因此也就贬低了劳动大众的作用"（第 14 页）；同时强调了两部作品的区别，即《一段罪行史》中，"雨果的思想更为深入更为成熟"（第 18 页）。1789—1794 年的 "革命事件都吸引着雨果的注意，确定他的政治观点的民主方向"（第 21 页）。流亡年代中，"雨果一贯反对第二帝国的专制制度"，政论思想反映在他的论文、演讲、书信中，后结集出版，即《行与言》，包含《流亡前》《流亡中》《流亡后》三部作品，详细记录了作者 40 年代以来的社会活动与思想轨迹，"是极有价值的思想文献，反映了十九世纪四十到七十年代法国和整个一系列国家的社会运动"（第 22 页），并有极高的艺术价值。如充满热情；广泛利用对比、隐喻、表性形容词，从现实中汲取实例；语言鲜明，高度凝练，精确精准，富有表现力；善于利用形象的和易于联想的警句；广泛采用流行的成句，援引极有说服力的论证（第 24 ~ 25页）。随后手稿用丰富的材料论述了雨果对俄国克里米亚战争、英国司法（死刑）、美国的卜朗事件、意大利的人民革命、英法联军入侵中国、法国入侵墨西哥、西班牙革命、克里特起义等事件的高度关注与人道主义立场（第 27 ~ 41 页）。1870 年，雨果回到祖国，号召人们保卫法国，击退普鲁士；同情巴黎公社，营救社员。手稿随后勾勒了雨果在六七十年代的会议活动及演说。1867 年，雨果写信祝贺马塞的第一共和国建立纪念会；1849 年，参加巴黎召开的国际和平友人大会并发表演讲；1869年参加洛桑和平自由大会并发表演说；1870 年普法战争中号召保卫祖国；1878 年发表纪念伏尔泰逝世百周年的演讲；"雨果的最后的政论演说中的一篇"是 1882 年献给法国工人阶级代表火车司机格立介立的演讲（第 42 ~ 53 页）。

最后，手稿指出，"伟大的民主主义作家雨果深切地了解正确的语言的意义和力量，而他自己也就是极出彩的语言大师。他的雄伟的，热烈的，从内心深处涌出来的话语，就是为保卫和平，人道和自由而发出来的"。

（6）《爱弥勒·左拉（1840—1902）》简述了左拉的生平及民主活动，主要评价了左拉的创作思想及作品，认为60年代，左拉受浪漫主义思想的影响；60年代末他醉心于实证主义美学，手稿批判了这种"错误的结论"；70年代初倾向于现实主义美学，并开始了"卢工·马卡尔"系列小说的创作，手稿对小说给予了高度评价，认为"左拉描写了第二帝政时代法国生活的广泛的画面，他涉及到他的当代社会的一切阶级和阶层，对于拿破仑第三的政治秩序给予以致命的批判……由于在最本质的现象中广泛地概括了社会生活，和创造了一切社会阶层的典型人物的陈列廊，左拉的小说就成为法国文学生活的巨大事件，尤其是在法国资产阶级文化面临着刚刚开始的世纪末的崩溃的时期"，但也批评了左拉在作品中用生物学解释现象及问题的自然主义观念，"这样贬低了人物形象的艺术价值和现实主义的真实性"。手稿也高度评价了左拉创作的意义，并辩证地看待左拉的影响，认为"左拉的影响是有二重性的，就是说，他的影响不止是取决于他的自然主义理论，而更主要地是取决于他的现实主义"。同时简要介绍了苏联对左拉的接受与批评（第1～17页）。

（7）《巴尔扎克》共计214页，分三大部分，全面、系统地分析了巴尔扎克的世界观、生平及创作。

手稿第1页到第39页为第一部分，分两小节，第1页到第12页为第一节，第13页到第39页为第二节。第一节首先对巴尔扎克做了整体性的描述，高度评价了巴尔扎克的创作成就，认为他的创作是"法国批判现实主义的高峰，是真实的艺术的典范"（第1页）；接着整体概括了巴尔扎克的创作方法——现实主义，并认为人民性是巴尔扎克现实主义的基础，人民性具体表现在以下三个方面。其一，巴尔扎克激烈地揭露法国社会中寄生的上层阶级，谴责资产阶级与贵族阶级的贪欲与肮脏；其二，巴尔扎克深刻地指明了社会下层对全社会的生活所产生的巨大作用，对劳动人民以及共和主义的英雄们抱以深刻的同情与支持；其三，巴尔扎克有不同于资产阶级卫道者作家的眼界，没有被资产阶级统治的时代所迷惑，他一直向前看，看到法国社会的先进的力量，"看出了仅能在当时找得着的将来的真正的人物"（第6页）。随后手稿整体划分了巴尔扎克创作的三个阶段。"巴尔扎克的创作,在他的发展中,经过了三个主要阶段(20 年代、20 年代上半期、30 年代下半期到 40 年代末期),其间,作家的现实主义方法巩固了,并且完善起来"(第 10 页),并分析了巴尔扎克这三个阶段的政治思想及创作特征。手稿的第二节主要介绍了巴尔扎克的生平以及巴尔扎克 20 年代的社会政治观和文学创作活动,将巴尔扎克此时期的创作活动分为前期和后期,认为前期的作品虽然并不成功,"在这几年(1821—1825 年)里的作品,如果同巴尔扎克从 1829 年开始所写的那些作品相比,就特别地显示出在许许多多方面都很薄弱,而且很不成功了,以后巴尔扎克自己也对那些作品评价的很低,也并没有把它们收到《人间喜剧》之中"(第 16 页),但它们却具有重要的意义,因为在这些作品中"可以找到作家的创作发展的来源,可以看到他在 20 年代的政治立场和艺术趣味"(第 16 页)。随后作者通过对巴尔扎克早期作品的分析,揭示了巴尔扎克此时期的政治立场(《约翰·路易》《两个别林介尔法》《完克洛尔》《阿尔丹的司铎》等巴尔扎克早期作品中正面、反面人物的形象身份设定、作品的主题以及藏在作品中的作者的观点态度表明巴尔扎克此时期站在了反叛旧秩序、拒绝旧制度、反对封建主义以及对资产阶级抱有幻想的立场上)(第 17 页)和创作方法(巴尔扎克早期作品中大量性格非凡、卓越出众,甚至超乎自然的人物形象塑造以及众多离奇古怪、意外偶发、曲折跳跃的故事情节设置使其 20 年代早期的作品呈现出浓厚的浪漫主义基调,巴尔扎克浪漫主义的创作手法便也可见一斑)(第 17 页)。作者认为出版于 1829 年的《朱安党》是巴尔扎克 20 年代创作分期的一个标志,是巴尔扎克"从他的早期作品到他的后日的成熟作品的过渡"(第 24 页),是巴尔扎克后来作品的先导。在《朱安党》中,巴尔扎克不仅依旧坚持他早期小说中反封建的思想倾向,而且进一步强化了它;同时,巴尔扎克淡化浪漫主义的手法,采用现实主义的方法描写了它的时代背景、人物、故事、场景等等,使作品"很有力量地显示出现实主义的倾向"(第 33 页)。1830 年版的短篇小说集《私人生活场景》更是延续了《朱安党》的反封建情绪和现实主义的创作方法。

手稿第 40 页到第 99 页为第二部分,共 60 页,不分节。该部分通过对巴尔扎克此时期的特写（《圣西蒙主义者》《巴黎通讯》《1831 年》《一年中的两次会面》《香料商人》《大臣》《当代的议员》等）、随笔、书信、评论、小说（《夏贝尔上校》《驴皮记》《乡村医生》《高老头》《绝对之探求》）的分析，详细介绍了巴尔扎克 19 世纪 30 年代初期（1830—1835 年）的社会政治观和创作活动，以及较之于 20 年代的发展和变化。社会政治观层面，"在 30 年代初期法国生活中的重大改变，预先决定了巴尔扎克创作的第二个阶段的典型特征"（第 40 页），巴尔扎克把他 1830—1835 年的所有作品都投向了对大资产阶级的批判，因为他认为大资产阶级是法国社会福利的主要障碍，是国家繁荣昌盛的主要阻力，故而大资产阶级成为他这个阶段主要的批判对象。1830—1832 年，巴尔扎克在左翼共和党人的机关报《漫画》上发表了近百篇的论文和随笔，嘲笑七月王朝的国王和他的大臣，认为"七月王朝的政府并没有带来同 20 年代的政府相比任何的原则上的新的东西"（第 43 页），只是又回到了复辟时期的作风，继续着复辟时期的政策，背叛了民主运动，背弃了人民群众，出卖了盟友和战友，践踏了人民利益。巴尔扎克"真正地意识到大资产阶级的意义，把它看成为一种特殊的社会力量"（第 51 页），并深感失望，"同时，他却看见了另一种社会力量——人民中间的那些普通的人们……对在七月的日子里人民大众的英勇和忘我牺牲的行为（进行了）极为鲜明的赞美"（第 51 页）。巴尔扎克渐渐意识到，在同封建势力作斗争的过程中，人民群众比资产阶级更为彻底，更为坚决，并且相信"能够打垮七月王朝的秩序的基本的社会力量，是人民，而不是资产阶级"（第 52 页）。巴尔扎克的人民群众观点在此时得以扭转，在 20 年代，人民群众很少出现在巴尔扎克的作品中，就算出现，也基本上不起什么作用，并且往往被刻画成粗鲁、愚昧、迟钝、无知的形象，沦为贵族、僧侣的工具，"例如在《朱安党》中人民被描写成停滞的，盲目的力量，贵族和僧侣的意志的被动的执行者"（第 51 页）。进入 30 年代以后，巴尔扎克的众多作品对人民群众都抱以认同与赞美的态度，诸如随笔《一年中的两次见面》和《1831 年》赞美了人民英勇反抗的行为；短篇小说《弗兰德斯的耶稣基督》赞扬了人民内心的美德；长篇小说《乡村医生》塑造了一系列高尚纯洁的人民群众形象，他们的特色不仅在于"道法的纯洁，心灵的高贵以及富有才能，而且他们对于波旁王朝复辟后所建立的社会、政治制度以及成为这个制度的支柱的贵族阶级……保持着否定的态度"（第58页）。需要指出的是在《乡村医生》中，巴尔扎克对人民群众有着迥然不同的看法与评价，一方面他赞美人民道法的高尚与纯洁，另一方面他又把人民看成患幼稚病的、发育不良的、需要照顾的"病人"，因而作品的主人公毕纳西便成了他们的领路人，"他教育着农民，领导着他们的活动，使他们走上一条达到物质福利和幸福的道路"（第60页）。巴尔扎克有这样的"政治偏见"是同他此时期的合法王朝主义分不开的，他把人民同资产阶级对立起来，一方面他不相信资产阶级能治理国家，但另一方面他也不愿把政权交给人民，因为他不相信人民能独立治理国家，"人民大众的要求，应永远从一切落后的社会阶层着眼，他们是需要受到由上而下的监护和帮助的"（第60页）。巴尔扎克的合法王朝主义是他的反对大资产阶级的反面，他把贵族看成人民大众的特殊的同盟者，认为只有贵族与人们合作才能推翻七月王朝，他把"贵族阶级看成为资产阶级压迫的牺牲品"（第64页），而他之所以会在众多的作品中讽刺贵族阶级，是因为"贵族阶级忘记了国家利益和人民需要……贵族阶级接受了资产阶级的世界观，转到了资产阶级那一边，变成了资产阶级的同路人"，但巴尔扎克对贵族阶级整体上是偏爱的，"爱贵族阶级胜过爱资产阶级"（第63页）。虽然巴尔扎克在政治上趋向保守，但是他的观点"决不能和作为一定的政治派别的合法王朝主义的代表者们的政治观点等量齐观"（第61页），巴尔扎克与他们的区别主要是他是从全国大多数人的利益出发的，他在反对资产阶级赞同正统主义时，依旧保持着自己对民主制的同情和对人民群众的向往。创作方法层面，巴尔扎克30年代的作品明显属于进步文学的阵营，属于反浪漫主义的流派。他批评了浪漫主义作家及其作品，诸如雨果的《欧那尼》，虽然雨果属于进步浪漫主义的阵营；他抛弃了浪漫主义的创作方法，舍弃了浪漫主义的风格，真正地走向了现实主义的道路并形成自己独特的现实主义风格，即"社会矛盾的深刻的揭发跟在生活上很真实的性格和形势的精确的表现相结合"（第74页）。巴尔扎克现实主义方法的形成首先基于他对生活事实的细致研究，"作家不止是了解到在社会中发生的各种过程，而且还积累了好些现实的细节，生活的细节，个别的事实等等"（第 75 页）；巴尔扎克对日常生活的强烈兴趣并不意味着面对生活他只被动地如实地记录和展现，他有独特的美学原则，他认为"艺术的任务不是抄写自然，而是在于表现自然"（第 76 页）；同时，巴尔扎克善于抓住生活的典型，"通过这一种或那一种局部事实，这一种或那一种个别现象的表现，去揭露社会的规律性，使之成为自己的描写的基本对象"（第 77 页）。诸如他 30 年代初期创作的《高老头》《绝对之探求》等作品都很好地体现了他的创作风格和原则。

　　手稿第 100 页到第 214 页为第三部分，不分节。该部分同样通过对此时期巴尔扎克的特写、随笔、书信（《关于工人》《关于文学、戏剧和艺术的几封信》《政治信条》《关于劳动的信》《俄罗斯书简》等）、小说（《古物陈列室》《农民》《幻灭》《娼妓盛衰记》等）的分析，介绍了 19 世纪 30 年代后期到 40 年代末期的巴尔扎克的社会政治观。30 年代后期，巴尔扎克的反资产阶级情绪更为激烈，具体表现在以下几个方面。其一，巴尔扎克把自己对金融资产阶级的否定态度扩大到资产阶级的整个层面，他作品中的抨击对象不再单单是大资产阶级，也指向了小资产阶级；其二，巴尔扎克彻底摒弃了将资产阶级部分代表人物理想化、英雄化的倾向；其三，巴尔扎克摒弃了拿破仑主义的幻想，结束了对拿破仑时代的同情。而之所以如此是因为巴尔扎克认为资产阶级不仅使人精神堕落，生活分崩离析，而且还阻碍国家社会的发展，在 30 年代后期以及 40 年代巴尔扎克的笔下，"资产阶级已经变成为一个大私有者阶级，他们是社会生产力发展的主要障碍，也是国家绝大多数人民福利增长的主要阻力"（第 130 页）。强烈反对资产阶级的背后则隐藏着巴尔扎克此时期对正统主义的认可，但巴尔扎克的正统主义观念又不完全等同于真正的正统派，他更加认可的是君主专制的政体而非其他，因为他认为此种政体能使法国变成一个中央集权制的国家，促进法国的强盛与繁荣。但是不久，巴尔扎克的正统主义观念便出现了危机，首先，是对王室权力感到失望；其次，是正统派逐渐资产阶级化，逐渐由反对派转化为"同路人"并成为"秩序党"的一个派别，巴尔扎克与正统派的关系开始恶化直至决裂；最后，随着国内社会运动的高涨，巴尔扎克看到了人民力量的蓬勃兴起、工人阶级的团结崛起、共和运动的氛围日益高涨，这直接导致了巴尔扎克正统主义危机的出现。当然巴尔扎克与正统主义的决裂并不代表着他回到了七月王朝的怀抱，也并不表示着他转到了资产阶级自由派和资产阶级共和派的立场。在《俄罗斯书简》《关于劳动的信》等作品中巴尔扎克对资产阶级共和派做出了否定的评价，对 1848 年二月革命后建立的新的政府——资产阶级共和国表现出了强烈的怀疑与谴责，认为其与七月王朝并无实质的区别。巴尔扎克过去的残余观点以及对正统主义的同情随着对资产阶级技术万能的幻想开始回潮并重新缅怀波旁王朝。

　　手稿讨论了《人间喜剧》的产生背景。1836—1849 年是巴尔扎克创作的第三个阶段，是"巴尔扎克的创作发展中最高的阶段"（第 101 页），也是"巴尔扎克处境最为困难"（第 104 页）的阶段，当时的文学批评界对他充满敌视，许多期刊与他的关系开始恶化，巴尔扎克被孤立于文学运动之外，"从 30 年代下半年开始，特别是进入了 1839 年之后，《幻灭》第二部出版之后，巴尔扎克在其中对资产阶级报刊的风气做出了歼灭性的揭露之后"（第 103 页），反动的批评家就对他进行放肆的迫害、侮辱与诋毁。在这样的压力下，巴尔扎克开始了他《人间喜剧》的构思与创作。手稿分析了《人间喜剧》的创作方法：较二三十年代的创作，《人间喜剧》堪称一个集长篇小说、中篇小说、短篇小说于一体的庞大的艺术整体，它的描写对象不再是个别的细节、生活的片段、私人的命运，而是一代人的生活，整个社会的生活，整个国家的生活；同时《人间喜剧》的创作也蕴含着巴尔扎克对社会现实更加深刻的认识，巴尔扎克意识到对于社会的发展，最重要的不是历史时期（帝国时期、复辟时期、七月王朝时期）的更替，而是社会历史结构的更替，社会中发生的变化是社会历史结构更替的结果，他的写作目标在于把资本主义取代封建主义这一过程的各个方面各种变化揭示出来，这一思想成为巴尔扎克《人间喜剧》创作方法的基础；除此之外，《人间喜剧》中阶级斗争观念的出现也构成了它的一个特色，作品中发生的斗争冲突已不再是个别代表人物之间的冲突斗争，而是政党、群体之间的冲突斗争，是以阶级斗争为基础的冲突斗争。以社会整体为对象，以社会历史结构更替思想和阶级斗争思想为基础，巴尔扎克进入了创作发展中的最高阶段，创作出了"一座庞大无比的大厦"——《人间喜剧》。

（8）《成熟期的巴尔扎克的创作方法》分为两部分，第一部分整体概说了 30 年代巴尔扎克的创作特征，认为"成熟期的巴尔扎克的创作方法，跟他的 20 年代的创作方法不同，在分析这种不同的时候，必须认定，巴尔扎克的现实主义的最重要的特征，就是社会矛盾的极深刻的揭露和跟生活一样真实的性格和情势的正确表现，二者互相结合在一起"（第 1 页），具体表现在以下几个层面。其一，巴尔扎克的特写《香料商人》《大臣》《当时的议员》等证明巴尔扎克"不止很了解社会中所发生的各种过程，而且还累积了许多现实的细节，许多生活中的细节，各种局部性的事实，等等"（第 2 页）。其二，对日常生活、现实细节的熟悉并不意味着巴尔扎克局限于对自然现实的消极表现及记录式描述，而是有着"那种超出'静物画'的范围之外的倾向……不在于抄袭自然，而在于表现自然"（第 2 页）。其三，此时期巴尔扎克不再拒绝非凡的异常的性格及异常夸大的表现，"他把那些东西作为从日常生活中生成出来的东西去表现……他并没有把个人的性格的大众的这两方面对立起来，他现在所要求的就是去认识现实生活的规律性，而且，他通过对这两方面的概括去表现规律性，由此，巴尔扎克就有了转变，采取了历史的、追根揭底的方法去揭露现实的矛盾，阐明那些矛盾的发生，来源。巴尔扎克要求着把四周围的当时的真实现象作为一定时代的现象揭示出来，在运动中和变化中，把那些现象描写出来"（第 3 页）。其四，巴尔扎克对人物的塑造同样有所转变，现在"从人物性格的发展、成长、形成中去揭示人物性格，不写那些不变的性格，要写出动的性格，显示出他的那些人物的心理的变化"（第 3 页）。手稿高度总结了此时期巴尔扎克现实主义创作的特点，"就是要通过这一个或那一个个别的事实，这一个或那一个个别的社会现象的表现去揭露出社会规律性，使之成为自己的描写的基本对象"（第 4 页）。

第二部分着重分析了巴尔扎克此时期的代表作品《高老头》的人物形象、主要内容、悲剧成因及基本主题，并将《高老头》与之前的作品比较，认为"《高老头》中，巴尔扎克并没有把家族、家庭作为小说构成的初步基础；他所描写的世界就像是在移动着，超出了家族、家庭的范围之外。情节结构取得了多方面性"（第1页），以及"巴尔扎克对于资本主义的世界以及其代表人物的批判，是更为深入，更为尖锐了"（第9页）。

4. 作品论

诸如《左拉的〈萌芽〉》，首先高度评价了《萌芽》在左拉创作体系中的意义，"它是他的艺术作品中的最重要的一篇"，接着详细分析了作品的主题，认为这部作品具有强烈的现实品质与现实关怀，无情地揭露了资本主义社会所固有的规律性，展现了无产阶级反对资产阶级的革命斗争，"工人起义，也就是小说中所描写的斗争的最高峰"。继而肯定了作品的艺术成就，"《萌芽》结构上更为严谨、更为集中，在这篇小说中，可以找到真正主要的基本的东西，也正是这个真正主要的、基本的东西，使作品摆脱掉那些对其堆砌累赘的细节"。同时辩证地看待《萌芽》的不足，指出由于改良主义的立场与自然主义诗学的影响，左拉《萌芽》在主题与艺术层面出现了瑕疵，"他企图以改良主义办法缓和尖锐的矛盾，在书中好些地方，所体现的并不是具体的社会冲突，而是永恒的、抽象的、心理的冲突"，以及"人的自然主义生物学化……就是把在无产阶级斗争中的意识的作用和意义给贬低了。工人阶级对于剥削者的正义的愤怒的增长，在颇大的程度内，被表现成为兽性发作的过程，而起义并不是自觉的行动，而是盲目的本能的结果"（第2~8页）。

以上四类手稿，从内容角度又可以分为三大类，即法国批判现实主义文学、当代现实主义文学（无产阶级文学）以及现代主义文学，其中现代主义文学及法国批判现实主义文学与穆木天本人前期的译介及研究有着密切的关联；当代现实主义文学（无产阶级文学）的译介，与当时的时代语境密切相关，"二战期间，包括二战以后，法国有很多当代作家加入了法国共产党或者表现出对左翼的亲近"①，这使得"新中国成立初期对同时代的法国文学的关注落在共产党作家或未表现出反共态度的作

---

① 陈建华主编《中国外国文学研究的学术历程》第6卷《法国文学研究的学术历程》，重庆出版社，2016，第87页。

家上。翻译的作品也主要在于他们表达共产主义观点的一些作品上"①，如手稿对阿拉贡、巴比塞、瓦莱斯等作家的作品资料的译介。

（四）德国文学研究资料

德国文学研究资料有 3 种 141 页 5 万余字。"新中国成立后的德国文学研究，主要是从译介起步的，除翻译了许多德国著名作家的作品以外，大量介绍翻译了德国社会主义运动，特别是新生的德意志民主共和国的一些重要作家，格奥尔格（海尔维格）、维尔特等的作品，这是我国文学界过去几乎不熟悉的德国社会主义文学的代表者。"② 穆木天晚年翻译手稿"德国文学研究资料"部分与我国的德国文学翻译同步。

1.《浮士德》（上）③

译自维尔芒特的《歌德评传》。首先，引用普希金的话语高度评价了《浮士德》的创造是"大胆的创造"，认为"悲剧的规划，才使歌德得以把他的一切生活智慧和当时的大部分历史经验放进了《浮士德》里边"（第 1 页）。其次，梳理了"浮士德"这一形象的产生和演变过程。人民传说的主人公，真实的历史人物；约翰·许比斯与亨利·魏德曼在著作中对浮士德否定性的评价与塑造；无名氏将亨利·魏德曼著作缩减为通俗本小册子；浮士德在戏曲中的改编；克里斯朵夫·马洛的戏剧改编；莱辛对浮士德传说的构思；狂飙突进诗人们的重塑；歌德的创造。"浮士德的形象，是在六十年间的长久的岁月中同歌德形影不离的……歌德是同样地既不满足于停留在抽象的象征的天地中，更不满足于把自己的诗的而同时又是哲学的思想局限在一定历史时代的狭窄的受到制约的边框中。他并不仅仅是在过去的人类中，寻找了而看见了世界的历史。世界史的意义，是从过去和未来的一切中，向他显露出来，和被他所规划出来了……《浮士德》与其说是一篇关于过去人类历史的戏剧，而宁是关于未来的人类历史的戏剧，里边写的就是那种未来。"（第 8 页）歌

---

① 陈建华主编《中国外国文学研究的学术历程》第 6 卷《法国文学研究的学术历程》，重庆出版社，2016，第 87 页。

② 吴元迈：《回顾与思考——新中国外国文学研究 50 年》，《外国文学研究》2000 年第 1 期，第 1～13 页。

③ 《浮士德》，郭沫若译，1949 年群益出版社出版，1952—1954 年人民文学出版社出版。

德以天才的大胆和从容，进行《浮士德》的创作，《浮士德》是德意志民族的戏剧，更是全人类的戏剧，是关于人类历史的目的的戏剧，在歌德的缜密构思与写作中，庞大的篇幅结构趋向思想的统一，"歌德从没有停止过彻底探求'一切地上智慧的最后的结论'，以便使用那个结论使广阔的、思想的，而同时是艺术的世界服从于自己，而他的《浮士德》也就是在这个世界中随着时间成长起来的。随着悲剧的思想内容的明确化，诗人就一次又一次地回来整理那些已经写成的场面，改变了那些场面的次序，还给那些场面加进了一些为的更好地了解到全剧所必不可缺少哲学的警句"（第 13 页）。随后具体介绍、分析了《浮士德》的具体内容。

2.《十九世纪民主革命诗人海尔维格、威尔特、福莱利格拉特的创作》

首先，高度评价了海尔维格的诗集《活人的诗》，认为"诗歌的大部分的政治的主题，诗歌中的公民的战斗的热情，在那些年间是极不寻常的"（第 2 页），肯定了海尔维格的诗歌主张，"海尔维格热情激扬地肯定了诗歌的党性，主张说，诗人必须决定，自己是属于哪一个党，而以自己的艺术为党的理想服务"（第 2 页）。其次，赞扬了费尔丁南·福莱利格拉特的创作，认为其作品"始终一致地表现出他对于工人阶级事业的完全胜利的信心"（第 6 页）。最后，引用恩格斯的话高度评价了乔治·威尔特，认为他是"德国无产阶级第一个和最重要的无产阶级诗人"（第 6 页），对威尔特的世界观以及创作产生重大作用的"是他对于最先进的资本主义国家英国的无产阶级状况、英国的无产阶级运动、宪章派运动都很熟悉，并且同马克思和恩格斯来往甚密"（第 8 页），分析了他诗歌中的工人形象（《铸工》）和工人运动（《他们坐在柳树下边》），称赞了他发表在《新莱茵报》上"尖锐的成熟的讽刺诗，嘲讽了法国市侩，嘲讽了资产阶级的怯懦性和狭隘性"（第 9 页）。

3.《乔治·威尔特》

详细介绍了乔治·威尔特的生平（与马克思、恩格斯的交往以及欧洲旅行见闻）及创作活动。威尔特的创作涉及诗歌、政论文、小说等多种文体，主要内容表现为对普通劳动者、工人阶级的关注与塑造，"对于劳动人民的深刻的尊重，贯穿在威尔特的全部作品中，必须具有非常的历史远见才能够从这个被践踏、被侮辱的阶级的身上看得出已经预示着未来的共产主义建设者的面貌的种种的特征",同时,威尔特"深信一切文化领域中的伟大的未来都是属于工人阶级的"(第45页)。威尔特的创作,是"文学史中的最辉煌的一页。在他的当代的革命诗人之间,他是更深刻地,更彻底地,而有很大的说服力地,反映着工人阶级的利益。社会主义对于他既不是空想的,也不是简单的口号。他对于无产阶级革命胜利的历史必然性认识得很清楚,这个总的观念贯穿在他的成熟期的全部创作中"(第44页)。

(五) 西班牙葡萄牙文学研究资料

西葡文学研究资料有7种176页7万余字。20世纪初期,西班牙文学就已经传入我国,我国对西班牙文学的研究也从此时期拉开帷幕,"文学译介是文学研究的一个重要组成部分,在我国,外国文学研究更是始终与外国文学翻译紧密相连,这是我国外国文学工作的传统和特点"①。新中国成立后,20世纪50年代,涌现出一定的西班牙文学译作。塞万提斯的《堂吉诃德》(傅东华译本)、维伽的《羊泉村》(朱葆光译)、伊巴涅斯的《血与沙》(吕漠野译)、《茅屋》(庄重译)、《伊巴涅斯短篇小说选》(戴望舒译)、《小赖子》(杨绛译)、《西班牙革命诗歌选》(黄药眠译)等等,这些作品或者"揭露了封建统治的黑暗腐败,表现了文艺复兴时期具有进步意义的人文主义思想",或者"揭露了君主制度的暴恶",或者"反映了劳动人民为了活下去不得不拼出性命的悲惨现实",或者"揭露了十六世纪西班牙下层社会的众生相和教会的丑恶"② 等等,属于进步的或说现实主义作品,"但与翻译成果相比,文学研究就显得十分薄弱"③,"没有一部专著出版;文章发表虽不少,但基本上是纪念性和介绍性的,还停留在一百多年以来对外国文学经常采取

---

① 陈建华主编《中国外国文学研究的学术历程》第11卷《欧美诸国文学研究的学术历程》,重庆出版社,2016,第312页。

② 中国版本图书馆编《1949—1979翻译出版外国文学著作目录和提要》,江苏人民出版社,1986,第1251~1257页(西班牙葡萄牙部分)。

③ 陈建华主编《中国外国文学研究的学术历程》第11卷《欧美诸国文学研究的学术历程》,重庆出版社,2016,第313页。

的形式上，那就是为译作撰写'小序'、'跋'、'附记'或者'附言'"①。手稿中关于西葡文学的研究资料就显得弥足珍贵，整体可以分为以下四类。

1. 文学总论类

《西葡文艺复兴总论》主要讨论西班牙的社会历史概况与文学发展情况，强调西班牙文艺复兴时期文学的特点是由历史发展的特点决定的。具体到文学层面，手稿划分了西班牙文艺复兴时期文学的两个阶段。早期文艺复兴（1475—1550年）和成熟期的文艺复兴（1550年至17世纪最初的几十年间）。手稿梳理了人文主义思想在西班牙的发展概况及特点，"人文主义思想，在西班牙并没有取得充分的哲学的发展。由于西班牙绝对主义的特点，人文主义思想，在宫廷，在贵族中间，都遭受到敌视，从资产阶级方面也没有得到支持，发展得很不充分，而且还受到强烈的压迫，终于被天主教反动势力给消灭了"（第12页），尽管如此，人文主义思想仍继续隐隐约约地存在、发展着，并表现出鲜明的特征。

其一，"在西班牙文艺复兴的意识形态中，比起其他国家来，资产阶级的潮流，很少令人感觉得到"（第13页），它是以寄生者（商业和高利贷的掮客）的形式显示出来的，因此，文艺复兴作家们虽然有反资产阶级倾向，但"把一切社会问题都搬到抽象的、道德的方面上来"（第13页）。

其二，"人文主义倾向，在西班牙文学中，所具有的并不是学者的、在哲学上深入的性格，而是人民的和冲动性的，因之也就是相当深刻的、较为革命的性格……西班牙的民主大众，当时主要是由于农民所构成的，成为农民的典型的特色的，就是稳定的、家长式的理想。西班牙人文主义文化的力量，就是对于当代现实的尖锐的批判，它的弱点，就是对于家长制古代的憧憬，对于理想的乌托邦主义的憧憬上"（第14页）。

其三，人文主义思想在西班牙文学里主要是表现在诗中，而非是理论的文章中。

---

① 陈建华主编《中国外国文学研究的学术历程》第11卷《欧美诸国文学研究的学术历程》，重庆出版社，2016，第313页。

　　手稿还总结了西班牙文艺复兴文学的特点。

　　其一，较之于英国、法国等其他国家，西班牙文艺复兴文学中很少见"形式的崇拜"和"某种唯美主义"；其二，西班牙文艺复兴文学多具豪迈性、严肃性、清醒性以及形象和语言表现的具体性，而这得益于中世纪西班牙的传统，"在这一切方面，西班牙文艺复兴文学，都是具有着别有特色的，独特的民族的性格的"（第 15 页）；其三，西班牙文艺复兴文学有着浓郁的宗教气息，宗教主题在文学中占据着鲜明的地位，有着宗教的诗篇和抒情诗、幻影启示的描写、神学的论述和说教，然而"宗教性具有着纯粹的表面的性质，仅仅是要人去守礼拜，而其背后，则是唯物的、官能主义的，对于生活的态度和对于地上快乐的渴望。在人民中间和在先进的贵族集团中间，都存在着一种极热烈的抗议，反对教士道德，反对听天由命……因此，反教士的和反宗教的倾向，是非常强烈，尽管极大部分是具有着冲动性的，无意识的性质。这一切创造出深刻的感情的矛盾，反映在当代许多作品的严肃的、悲剧的强调中，形象的阴暗的夸大表现中，和那种与其说是情欲和事件的逐渐发展，宁如说是突然的飞跃和跌落的表现中"（第 16 页）。此外，手稿高度肯定了西班牙文艺复兴文学的成就与地位，"当时的西班牙文学就是具有着大的动力，热情和丰富的幻想的，由于这一切的品质，'黄金时代'的西班牙文学，在文艺复兴期的各民族文学之中，也是占有着一个最先进的地位。在一切文学体中辉煌灿烂地表现出自己。西班牙文学尤其是在长篇小说和戏剧中，提供出崇高的范本，就是因为长篇小说和戏剧的文学形式，是能够最充分地表现出当时西班牙的典型的特征——火热的感情、精力和运动的"（第 17 页）。

　　2. 诗歌类

　　《文艺复兴时期西葡的抒情诗和叙事诗》共分为三部分。

　　第一部分讨论了文艺复兴时期西班牙的诗歌发展概况，认为抒情诗特征如下。其一，抒情诗在西班牙此时期并不出色，不具有全欧洲意义，原因在于"文艺复兴时期抒情诗的特色：感情的精细的分析、温柔的幻想、和形式上的唯美主义，同当代西班牙文学的基本思想和艺术情绪并不大适合"（第 1 页）；其二，佩特拉克（彼得拉克）的抒情诗在西班牙有着强烈的影响，引起了一系列的模仿；其三，西班牙抒情诗代表诗人有波斯堪、伽西拉索·得·拉·维伽、费尔南都·得·文列拉等，他们把"意大利的短歌、挽歌、牧歌、寄书简史、十四行移植在西班牙的土壤上"（第1页）。手稿认为叙事诗特征如下。其一，叙事诗在西班牙此时期兴盛发展，"在西班牙所发生的巨大的变革、在旧世界和新世界的英雄的功业、大陆的发现和征服，知识的扩大，——这一切就反映在以广阔的纪念碑的形象的形式所表现的诗中"（第3页）；其二，代表作品有维伽的《安吉利卡的美貌》《耶路撒冷的解放》《悲剧的王冠》《德拉空太亚》等、艾尔西拉的《阿劳堪纳》等。

第二部分讨论了葡萄牙的叙事诗创作，认为"路易斯·得·卡敏斯是葡萄牙的最伟大的民族诗人，是唯一的有世界意义的葡萄牙诗人"（第7页），继而介绍了卡敏斯的生平经历，详细分析了他的代表作史诗《卢西亚特》的主题与艺术成就（第9~14页）。

第三部分，讨论了此时期在抒情诗和叙事诗之外的诗歌体裁（第15~18页）。

手稿《西班牙的巴乐歌》（手稿《西班牙的巴乐歌与卡尔代龙》前半部分）分析了16世纪后半期到17世纪中叶西班牙诗歌的发展概况。当时西班牙经济衰败，巴乐歌风格与"对于当时在西班牙已经成为典型的、各种神秘的气氛与别有特色的唯美主义"（第3页）相得益彰，开始在文学与艺术中占据统治地位。巴乐歌"取消了文艺复兴艺术的直线条、鲜明的造型形式、明亮愉快的色彩、和谐，而代之以奇奇怪怪的弯弯曲曲的线条、大堆的晃动的光怪陆离的形状、阴沉的幽暗的调子、浑浊的和波动的光线、尖锐的对比、不调和、复杂的有时是笨重的装饰……巴乐歌就是要放弃文艺复兴的人生乐趣，放弃对于理性的威力的信心，要摆脱现实主义，沉坠到非理性之中"（第2页），巴乐歌风格在西班牙文学中渗透，形成了一个以路易斯·德·贡高拉为核心的诗歌方向，即所谓的贡高拉派，贡高拉派诗歌的特点就是"故意把文字表现复杂化……在无数的新语、拉丁语、修辞、阴暗的神话的历史的以及与之类似的暗示之外，就是有大量的装腔作势的隐喻、假借、语言游戏和概念游戏，风格上的诡花样应有尽有……总的说来，他们的诗歌，都是过分地讲究修辞和装腔作势，在其中，形式和它的内容脱了节，成为了自在的目的"（第3~4页）。

3. 戏剧类

包含两种手稿。

（1）《西班牙民族戏剧的创造：洛甫·德·维伽及其剧派》共计三部分。

第一部分简要介绍了洛甫·德·维伽之前及同时代剧作家，如胡安·代尔·恩辛那、多列斯·那阿罗、洛甫·德·卢艾达、胡安·得·拉·库页瓦等。

第二部分首先讨论了维伽创作的背景及条件。先驱们的创作提供了经验与基础；西班牙海上霸主地位的确立，提升了民族自觉性，促进了个性解放，等等，诸多因素为西班牙民族戏剧的创造及维伽的出现创造了前提。

其次，梳理、盘点了维伽的文学遗产：牧人小说、冒险传奇、短篇小说、书简、田园诗、罗曼史、十四行诗、颂歌、挽歌、即吟诗、历史著作、戏剧等等，其中戏剧中包括1800个"喜剧"、400个宗教剧、大量幕间剧。

再次，讨论了维伽的戏剧理论主张，《当代编写喜剧的艺术》是其代表性的诗学著作，其辩驳了亚里士多德的观点，如把悲剧与喜剧混杂；打破时间与地点一致；缩减幕数到五幕或者三幕；不同的角色用不同的风格；采用不同的韵律格局；运用各种手法激发各种兴趣；将戏剧看成生活的"镜子"等。并重点分析了维伽戏剧的创作类型及艺术特征，共三大类型。一是"英雄的"戏剧，主要以西班牙历史为取材对象，"把祖国加以理想化，贯穿着热烈的爱国主义的感情，充满着诗的气息。维伽在剧里描写了威仪堂皇的、激动人心的过去时代的画面，显示出西班牙的威力以及它要在世界舞台上争取霸权的野心"（第19页），代表作品有《万巴的生与死》《西曼卡的姑娘》《陶来多的犹太女人》等。二是"斗篷与刺剑"的喜剧，又被称为"社会喜剧"或者"风俗喜剧"，这一类戏剧"构成了他的戏剧遗产的极大部分，也正是使他在生前不止在自己祖国而且在其他各国（意大利、法兰西）得到最大光荣的作品"（第

19 页），真切地展现了当时的社会风俗，当然主要集中于贵族社会，因为这些作品中的人物主要是当时中下级贵族，"题材情节，差不多都是以爱情、嫉妒、贵族的骄傲和家庭的光荣为基础的"（第 20 页），代表作品有《在甘草上的狗》《腓尼莎的罗网》《瓦伦西亚的寡妇》《拿着罐子的姑娘》《自己的情人的奴隶》《马德里的钢》《贝丽莎的任性》等。三是人民或者人民的个别代表出场的戏剧，这类戏剧"为数不多，可是，它在艺术方面却很出色，并且鲜明地显示出剧作家的社会政治观点。在他的描写中，最朴实的农民或者手艺人的智能、精力和道德品质，都不亚于贵族阶级。他们具有个人尊严和人的感情。他们的生活习惯很素朴，生活接近于自然，因之，他们有很大的优越性，完全可以补偿教育上的缺陷"（第 24 页），同时，在这类剧本中，维伽触及了农民和封建主的冲突，提出了尖锐的社会问题，代表作品有《培立巴涅斯》《英明的裁判者国王》《羊泉村》等。维伽的戏剧有着极高的艺术价值。其戏剧视野开阔、人物类型众多、内容及取材广泛、题材及情节多样、想象力极为丰富；动作节奏迅速，语言有声有色，明白易懂，体现出通俗即兴的风格；洋溢着现实主义与乐观主义的调子；等等。

最后，指出了维伽思想及艺术上的两重性，即"非常强烈的人文主义与他充分接纳了的封建天主教反动势力的思潮之间的矛盾……使维伽这位敏锐的有深刻的人民性的诗人，停留在天主教正统信仰和封建贵族绝对主义君主制的立场上。可是维伽是一个冲动型的在天性上是极为乐观的艺术家，他并没有留意到他自己所遭遇过的那种种矛盾……维伽的创作中的这一切阴暗面……没有遮盖住他的创作中真正的人文主义的和人民的基础，那种基础才是他所以大受欢迎的真正的原因"（第 39 页）。

第三部分讨论了维伽的影响及维伽剧派的创作。"维伽不止是在他的祖国里创立了自己的一个广阔的剧派——由于他的追随者所形成的一个剧派，而且还对于欧洲戏剧发生了巨大的影响"（第 40 页），法国的洛特鲁、孟弗莱利、西哈诺、德·贝尔日拉克、高乃衣、莫里哀，英国的威彻利、奥地利的格立巴尔等都受到维伽的影响；随后以具体作品为例谈论了提尔索·德·莫林纳、胡安·立菲·德·阿拉尔孔、纪廉·德·卡斯特罗三位剧作家对维伽剧作的继承与发展，以及他们对欧洲戏剧在主题、题材、艺术层面的影响。

（2）《西班牙的巴乐歌与卡尔代龙》后半部分。首先，介绍了卡尔代龙的生平与整体创作情况（200 多篇剧本，120 篇世俗内容的剧本，80 篇纯宗教剧），界定了其在西班牙历史、文学发展中的地位，"他的创作一边带有着'世纪病'的鲜明的痕印，而同时又是文艺复兴时期西班牙天才的最后的闪光，是西班牙君主国衰落之前的诗歌的发扬"（第 4 页）。

其次，结合卡尔代龙的具体剧作详细分析了他的戏剧创作特征。

一是鲜明的贵族性，"在卡尔代龙的作品里，首先得到表现的是社会统治阶级上层的美学的和道德的理想。这不止是显示在他的戏剧的艺术装潢上，而且更进一步显示在他的戏剧的思想内容上"（第 6 页），他考虑贵族观众，1651 年起只给贵族剧场创作，戏剧技术专注于华丽的舞台布置、布景效果、音乐伴奏等；贵族荣誉问题成为其创作的一大主题。

二是浓郁的宗教性，卡尔代龙首先是天主教诗人，后来取得了僧侣身份，创作了相当数量的纯宗教剧，"在其中，有一些寓意的形象——权力、美、富裕、贫困等登场，目的就是要证明尘世是一场空，让人相信'来世'，恶终有报"（第 6 页）。

三是卡尔代龙的宗教剧同他的世俗剧有着密切的关联，"中世的奇迹剧或者是传统剧的体裁往往发展成为世俗的或半世俗的剧本"（第 7 页）。

四是真切的世俗性与喜剧性，"在卡尔代龙的作品中，还可以见到不少愉快的完全的世俗性的喜剧，他的那些'斗篷和剑'的喜剧就是如此。在那些剧中，有很多生气蓬勃的文艺复兴的成分……剧中充满着魔鬼的热情，对于生活的热爱，很对于人的情感的真实描写"（第 14 页）。

五是深刻的现实主义特征，艺术家卡尔代龙往往战胜天主教哲学家卡尔代龙，"宗教的主题，远远地不能囊括卡尔代龙戏剧的全部内容。在他的那些宗教的哲学的以至于纯宗教的剧本中，可以看到一些极显著的现实主义特征……充满着各种问题，具有丰富的思想内容（那种思想内容的深刻性是不能否认的，尽管他有他的宗教的方向性），以及他的那种丰富的想象力。正是这种想象力才使剧本显示出那种以火热的抒情的腔调表现出来的探求之心的极度的紧张性，才使作家得以把一些人物放到超常的特别激动人心的环境中，并对他们的精神体验，加以真实的分析。

卡尔代龙的某些戏剧，可以称之为戏剧化了的和深深地诗化了的思想"（第 9 ～ 11 页）。《萨拉米的长老》堪称卡尔代龙现实主义的杰作，"这个剧本的特色是：人物性格的有力刻画、情节描写的真实、人物行动动机的明确和人的感情的表现"（第 15 页），洋溢着"深厚的民主主义和真正的人道主义"（第 16 页）。

手稿还从多个方面将卡尔代龙与维伽进行比较。其一，卡尔代龙继承、采用了维伽的戏剧体系，但有很大的差别。卡尔代龙只为城市剧场供应剧本；其二，两位诗人对国王、君主形象的呈现手法不同；其三，与维伽相比，"偶然性"在卡尔代龙的剧作中起着更大的作用；其四，卡尔代龙的艺术构思、形象、情节线索是比较抽象的，常常有杜撰的性质，缺乏维伽作品的幽默感、真实性；其五，卡尔代龙的戏剧创作是对维伽剧作的进一步发展，较之于维伽，更为成熟、丰富。手稿同时客观、深切地指出了卡尔代龙思想及创作中的两重性。"他的那些宗教的和'贵族的'戏剧，与其说是他对于天主教理和现存制度的接受，而宁是深刻的精神危机和同现实的不调和的感情。同时，他的宗教信仰也并没有中世信仰的完整性和鲜明性……穿过他的天主教的和封建的绝对主义教条的烟雾，透露出了大艺术家的现实主义的锐敏性和真实性，透露出人文主义和民主主义的倾向……到了晚年，在卡尔代龙的意识中，教条的元素更为加强，可是并没有彻底消灭他的那些现实主义的和人文主义的倾向……这种两个互相矛盾的元素的经常并存，以及它们之间的暗斗，就使卡尔代龙的作品充满了阴云暗雾，充满了鲜明的对比和鲜明的明暗的戏法"（第 17 页）；卡尔代龙的人物塑造存在一定的公式主义倾向。

最后，手稿高度肯定了卡尔代龙剧作的艺术成就及卡尔代龙在西班牙文学史上的地位。一是戏剧作品中充满丰富的哲学的或心理的观念，"在精神斗争、自我分析、内心生活的描写上，卡尔代龙是远远地超过自己的先辈们的"（第 20 页）；二是蓬勃、丰满的抒情主义，作品人物的独白属于优美的抒情诗，可以脱离戏剧上下文独立成章；三是戏剧结构紧凑，环环相扣，戏剧动作突出、漂亮；四是戏剧技巧出色，场面、对话安排巧妙，细节精心布置，诗歌格律运用娴熟，等等。"卡尔代龙的创作，尽管有很多毛病，确是很雄伟的，在艺术上很丰富的，它结束了西

班牙文学的'黄金时代',标志着这一时代的夕阳残照般的辉煌和暗淡。"(第 21 页)

4. 小说类

诸如《塞万提斯以前的长篇小说的发展》《塞万提斯的小说〈堂吉诃德〉》《论〈堂吉诃德〉》既勾勒了西班牙小说的发展脉络,又重点分析了西班牙小说的高峰《堂吉诃德》。

(1)《塞万提斯以前的长篇小说的发展》分为两部分,整体勾勒、描述及讨论了塞万提斯以前西班牙的长篇小说的发展情况、类型及具体作品。

骑士小说部分,首先,着重考察了骑士小说在西班牙兴盛的原因。资产阶级发展缓慢、薄弱,绝对主义在西班牙占据主导地位,贵族认同中世纪的骑士的风气和理念,他们的光荣概念推动了小说的发展;骑士小说不仅复活了过去,"也同当代相呼应,读者们从他们那些英雄人物的幻想的武功中,看到了当代的航海者和开拓者的英勇伟业的原型"(第 2 页);骑士小说不仅迎合了西班牙人的幻想,而且"还号召他们去干英勇事业,取得军事的功勋,吸引他们到神奇的、玄妙的国度里,应许他们取得光荣,发财致富"(第 3 页),由此骑士小说在西班牙广为流行。其次,重点分析了西班牙骑士小说的代表作品《高卢的阿马迪斯》。最后,指出了骑士小说在 16 世纪末的衰落,并深入探讨了衰落的原因。西班牙的国家政策破产,"乐天的文艺复兴传统,已被深刻的绝望所代替。在这样的新的条件下,骑士小说中天真的乐观主义就成为不合时的了"(第 6 页);塞万提斯强有力的讽刺,也加速了骑士小说的衰落与灭亡,但手稿不无辩证地指出,塞万提斯"不是一般地在反对骑士小说,他反对的止于是骑士小说中的荒唐的幻想,和其中缺乏人的感情的真实的描写,他还力求对于这种体裁加以革新"(第 7 页),《堂吉诃德》第一部出版后,他还创作了骑士小说《贝雪莱斯和西希斯蒙达》。

牧人小说部分,首先,概括了西班牙牧人小说的特点。如受意大利同类小说的影响;是典型的贵族体裁,"人文主义的,极为民主的成分……在西班牙的牧人小说中,差不多是完全烟消云散了"(第 9 页);多写牧男牧女优美、高雅、纯洁的爱情,描绘美丽的自然风景;精炼文雅与矫揉造作并存，"作者们滥用对偶法，语言和概念的游戏，欢喜卖弄自己的聪明和学问；而且还有一个特点，就是散文和过分雕琢的诗的混合"（第 10 页）。其次，重点分析了牧人小说的代表作品《狄亚娜》，并论及塞万提斯与维伽的牧人小说创作。

光棍小说（流浪汉小说）部分，首先，界定了光棍小说与骑士小说、牧人小说的区别，即民主的体裁与贵族的体裁，并高度肯定了光棍小说的价值意义，"光棍小说，确是民主的体裁，它从极日常的生活现象中描写出了生活，并且给予生活以严肃的批评"（第 13 页）。其次，探析了西班牙光棍小说的源头，即罗哈斯撰写的《瑟列斯丁娜》，手稿指出，这部作品"叙述方式摆脱开一切的道学气，是以广阔性和客观性为其特色……作者在西班牙是破天荒第一次对于毫无粉饰、毫无理想化的恋爱的热情，给出了现实主义的描写，而同时，还极为出色地描绘出以之为背景展开了主要行动的那个环境"（第 14 页），这也是这部作品在西班牙乃至欧洲广为流传的重要原因——这部作品之后不仅西班牙出现了众多仿作，而且还被译为欧洲的语言，对于欧洲各国的戏曲、小说都产生了重要影响。再次，讨论了光棍小说在西班牙的社会基础、特点及其意义。16 世纪中叶，西班牙居民日益贫穷化，出现了许多没有固定职业的人，如投机商人、流氓骗子、光棍等，以他们为主人公的作品是光棍小说。小说存在一定的写作公式与套路：光棍的自传（小孩—流浪—经受磨砺，长大成人—而今不同以往，写自传回忆曾经）；以光棍的视角展现广阔的社会环境；光棍对自己人生、命运及社会的道德的、哲学的思索具有极高的社会价值与现实意义，光棍小说"暴露出了当时西班牙社会的一切苦害，很鲜明地揭示出那种使伪善、欺诈和自私自利取得胜利的，社会制度的弊病。在那些小说里，提供出基本的居民大众所遭受到的令人毛骨悚然的贫穷和绝望的画面，以及西班牙绝对主义的大国政策所造成的，那种社会的病态。主人公相对的成功，并没有使读者感到欢喜，那一些战功，都是他的道德的堕落所带来的，就算在小说中，他第一次出现的时节，并没有堕落的话。由于现实主义的力量和它的认识的意义，光棍小说，也就是'黄金时代'西班牙文学的最高的成就之一"（第 18 页）。手稿详细分析了西班牙光棍小说的代表作品《托美思河上的小癞子》和《阿尔法拉契人古斯曼》，认为前者"可以同十六世纪的思想家们的那些优秀作品相提并论"（第 18 页），它具有深刻的讽刺、对于人的阴暗的本性的观察、对于僧侣的尖锐的抨击等特征，认为后者较之于前者，"生活的描写，要更广泛得多，要生动得多……描写了大量的人物，鲜明的画面，描写出西班牙和意大利的上流社会的沙龙和骇人的贫民窟；并且，在其中，还详细地描写了小偷和穷人的组织的生活和习惯"（第 20 页）。手稿着重讨论了法兰西斯科·开维多的光棍小说创作，认为他的小说《堂巴勒罗斯的那个头号骗子的生活史》"表现出贵族阶层的腐败以及笼罩着极广泛的社会层的道德的堕落，因为是用极尖锐的自然主义的，而且同时是离奇古怪的调子写出来的缘故，所以比这一体裁的以前的一切作品都要阴暗得多"（第 25 页）。最后，高度肯定了西班牙光棍小说的世界意义，认为"对于十六—十八世纪英国、法国和德国的，那些类似的作品，给出了强烈的影响……尤其对于十八世纪的英国现实主义小说的形成，光棍小说，起了重大的作用（笛福、菲尔丁、斯摩勒特）"（第 26 页）。

（2）《塞万提斯的小说〈堂吉诃德〉》。首先，肯定了《堂吉诃德》的现实主义本质，"这部鼎鼎大名的长篇小说同 16 世纪—17 世纪初的西班牙现实的血肉相关，确是更为本质的，那种现实，在这篇史诗中，从第一页直到最后一页，都是很鲜明地显示出来的"（第 1 页），小说"海阔天空地和现实主义地描写了西班牙的农村，从没有财产、没有权利的农民一直到骄傲跋扈的贵族大地产所有者们"（第 7 页），塞万提斯在其中"能够反映出生活的最深处……写出了各种极为生动的人民的场面……是真正的西班牙人民的史诗"（第 18 页）。手稿梳理了西班牙的社会背景、塞万提斯的生平经历以及塞万提斯之前的西班牙文学状况，指出"塞万提斯在他的《堂吉诃德》中，不止于是概括了前人们的经验，而且，为祖国文学的发展开辟了新的道路"（第 7 页）；详细分析了作品的两位主人公形象。堂吉诃德，富有同情心与正义感，具有人道主义特征；是"有理智的狂人"；具有悲剧性，他的幻想世界与现实世界格格不入，"不能够了解到自己的怪诞思想的荒谬性，不能恰如其分地去评价所发生的事件"（第 16 页）；忠实于爱情。桑丘，具有健康的思想和随机应变的能力，具有天生的观察力和智慧，富有远见，诡计多端；话语多为口头语与谚语，与堂吉诃德形成鲜明对比；节俭、顾家、重视金钱，自私自利；做了总督之后，"就显示出自己是一个公正的司法官……他在自己身上体现出了廉洁和对自己行为负责的各种特征，那都是以人民关于公正的各种观念为基础的……他是完全瞧不起等级的特权"（第 25 页）；充满矛盾性。

　　其次，指出了《堂吉诃德》第二部伪作的出版、塞万提斯的回应及《堂吉诃德》真正第二部的出版，简述了第二部的基本情节、内容及一个突出的艺术特点——叙事与抒情交融，即"各种叙事的画面之后，接着就是一段有深刻的抒情性的，可是并非永远都没有喜剧成分的，两个主人公的倾心吐腹的谈话"（第 22 页）。

　　再次，重点分析了《堂吉诃德》中众多插话（独立题材的短篇小说）的价值意义，"在《堂吉诃德》中的那些插入的短篇小说常常是同那个长篇相联系着的，那就是为的给书中所描写的现实，加上了一些补充的，平行的对比；那些短篇小说中的那些问题，也就自成为补充，同骑士和他的侍从的命运不可能直接地联系起来的东西，就用这种办法加以补充"（第 28 页）；"作者利用了那些插进去的短篇小说，就是为的详细地，和不必重复地，传达出各种体验和各种热情的各种不同的色调，给那些冷眼看来像是很不可解的莫名其妙的行动找到了解释"（第 29 页）。最后，梳理了《堂吉诃德》在俄苏的译介与影响，认为《堂吉诃德》无疑是有世界意义的，"在其中，以无比的力量，反映出对于未来、对于人民愿望的胜利、对于正义必然战胜封建专横和社会不平等的人文主义的信心"（第 37 页）。

　　（3）《论〈堂吉诃德〉》译自《塞万提斯》一书的第 516～517 页内容，穆木天在手稿最后一页注明"这些文字是书中对于《堂吉诃德》的总结语"。文章高度评价了《堂吉诃德》在西班牙文学史上的地位，认为"塞万提斯的《堂吉诃德》是过去几世纪西班牙现实主义散文的总结和高峰。利用自己的现实主义的讲述故事的方法，塞万提斯找到了一条合乎自己人民的心愿的道路，创造了真正的人民的作品"（第 1 页）。文章高度概括了《堂吉诃德》的现实主义品质与特色。一是真切、全面地描绘了 16—17 世纪西班牙现实生活的画面，"那种画面就是他的那个时代的真正的艺术记录"（第 3 页）；二是塑构了真实、逼真、充满个性的人物形象。一方面"小说中的那约 700 个人物，给我传达出西班牙的外省里，大城市里，大路上，乡村和小地方，公爵城堡和旅店里的日常生活"（第 1 页），另一方面这些人物的塑造"是各种各样的手法描写出来的，而绝不是骑士小说和牧人小说中的人物的，假定性的肖像画……就取得了种种的尖锐的和深入的具体性的特征。肖像画的描绘已经脱离开了假定性的死板公式，就是由于他有深刻的个性，高度的绘画性，极为充实的现实主义彩色"（第 2 页）；三是小说中的风景描写同样是高度写实的，"同骑士的和牧人的文学作品中的假定性，装饰性的风景，截然不同"（第 2 页）；四是小说中的动作场面也是极具现实主义特征的；五是小说的语言、对话充满戏剧性，"同文艺复兴的小说体裁中的大言壮语的，奇言警句的风格形成对立"。文章探究了塞万提斯现实主义理念及手法形成的深层原因，即"正是这位西班牙大作家接近于人民，他的人文主义的民主的性质，才得以使他描写出骑士的悲喜剧的形象，传达出使他作出可笑的和哀愁的冒险的那个世界，并没有用悲观主义的眼光去看世界"（第 4 页）。

这些资料整体论述了西班牙葡萄牙文艺复兴时期的社会状况和创作成就，并对颇能代表此时期西班牙葡萄牙文学成就的诗歌、戏剧、小说进行了全面的勾勒和详细的分析与评论，对我国当时的西班牙文学介绍与研究有着重要的资料知识意义及方法论启示。

（六）苏联文学研究资料

苏联文学研究资料为 1 种 19 页 5700 字。较之于苏联文学的翻译，新中国成立后的十七年"对苏联文学的研究就显得十分不够，两者极不平衡……没有写出一部专著，文章发表不少，但基本是纪念性和介绍性的"①。

《波里斯·里昂尼多维之·巴斯特尔纳克》触及当时苏联文学的最"前沿"问题——帕斯捷尔纳克。手稿批判了帕斯捷尔纳克的唯心论世

---

① 吴元迈：《回顾与思考——新中国外国文学研究 50 年》，《外国文学研究》2000 年第 1 期，第 1~13 页。

界观和美学准则，认为他的"诗的世界观和形式的源泉就是存在于革命前的资产阶级文化之中……是表现在逃避现实的形式中，特别是'纯精神活动'的领域中"（第 1 页）。评价了他的政治立场与政治活动，"帕斯捷尔纳克从没有主观地反对过无产阶级革命，但是，他也没有积极主动地参加到革命战士的队伍里，并企图逃到那远离社会斗争的喧嚣的资产阶级文化，可是活的生活却时时刻刻地侵入了他的创作里，冲破了作品的资产阶级唯心主义的、形而上的外衣"（第 1 页）。概括了他的创作倾向，"帕斯捷尔纳克在一切时候和一切场合都保卫着自己的诗歌创作的自由，也就是保卫着自己的主观唯心论的世界观和美学"（第 2 页）。

手稿结合帕斯捷尔纳克的具体创作分析了他创作中的转变。一是作为抒情诗人，他"达到了对于现实的具体的、社会的、历史的条件的极端抽象化"（第 2 页），认为"艺术就是个人的永不重复的东西的表现"（第 4 页），"艺术只是在远离开社会实践的时候，才是真实的……'艺术就是由于感觉所产生的，现实的变位的记录'"（第 6 页）；帕斯捷尔纳克的散文"也具有着他的诗歌中的那些特色——主观的心理主义特别显著"（第 8 页）；二是十月革命后，"他不得不重新发展关于现实的题材。已经不是逃避现实，而是接受现实，服从现实，把自己间接交给革命——这就是帕斯捷尔纳克对于旧题材的新态度。这种对于革命的被动的、牺牲的态度，一直到最近对于帕斯捷尔纳克是起着决定性的作用的"（第 3 页），帕斯捷尔纳克并不积极参加社会实践，虽在诗篇中创造过抽象的革命形象，却"鲜明地表露出了自己被动地献身于革命的情绪"（第 4 页）；三是帕斯捷尔纳克的思想观念、创作活动充满了矛盾性，"他同情社会主义，可是，他不了解社会主义的真正的本质。这个特点反映在他的作品的全部风格中"。（第 8 页）

手稿着重分析了帕斯捷尔纳克诗歌创作的艺术特点。一是作品充满动感，富有节奏；二是声韵和谐，具有音乐性；三是善用比喻；四是风格模糊、暧昧，原生印象强烈，缺乏明确性；五是散漫，难以处理好规模较大的结构。

手稿最后在指出帕斯捷尔纳克思想与创作不足及矛盾的同时，也肯定了他创作的价值与意义，"帕斯捷尔纳克的巨大的诗歌才能决定了这位独具特色的大诗人的声誉，这位诗人对苏联诗歌是发生了一定影响的"（第 10 页）。

（七）芬兰文学研究资料

芬兰文学研究资料为 1 种 36 页 1 万余字。我国对"北欧文学的译介始于 1950 年代中期，从 1960 年代中期到 1970 年代中期，由于'文化大革命'，北欧文学研究和其他国别文学研究一样处于停滞的状态。鉴于这些原因和意识性形态方面的缘故，北欧文学的研究没有给予应有的重视，除了少数出版的译作以外，评论文章和研究成果屈指可数，且具有视角单一、分析宽泛、理论维度不够等特点"①，即使到了"北欧文学研究的春天"——1980 年，芬兰文学的研究情况仍然不容乐观，"研究比较有限，评论文章的点面比较零散"②。其中，芬兰史诗《英雄国》（上下册）1962 年由侍桁翻译，上海文艺出版社出版③，被誉为此时期芬兰文学翻译的"最好成绩"。④ 穆木天在 20 世纪 50 年代能够注意到对北欧文学（芬兰文学）研究资料的译介是难能可贵的。

首先，《史诗〈英雄国〉及其作者们》探讨了《英雄国》的成书过程。艾里亚斯·伦洛特长年累月在卡莱利亚收集诗歌，1849 年出版定本《英雄国》，共 50 个曲子 22795 行诗句，是由古代卡莱利亚人民在几个世纪间创造出来的（第 28 页）。继而论证了史诗的人民属性。《英雄国》虽然由艾里亚斯·伦洛特编定而成，但并不能否定史诗的人民性，"收进《英雄国》中的那些古曲，是真正的人民的创作……首先，那些古曲的歌唱者，并不是职业歌人，而是一些普通的人民，他们一代传一代地，在艰苦劳动之后，闲暇的时节，歌唱着古曲。其次，古曲并不是为的统

---

① 陈建华主编《中国外国文学研究的学术历程》第 11 卷《欧美诸国文学研究的学术历程》，重庆出版社，2016，第 345 页。

② 陈建华主编《中国外国文学研究的学术历程》第 11 卷《欧美诸国文学研究的学术历程》，重庆出版社，2016，第 354 页。

③ 中国版本图书馆编《1949—1979 翻译出版外国文学著作目录和提要》，江苏人民出版社，1986，第 163～165 页。

④ 王友贵：《20 世纪下半叶中国翻译文学史（1949—1977）》，人民出版社，2015，第 580 页。

治阶级的享受，而是为的劳动人民的欢乐创作和演唱的。古曲中讲述的，是没有贵族阶级的社会，它所歌唱的那些英雄，都是劳动人民。这样，《英雄国》就是一篇真正的人民史诗，在内容上和形式上都是真正的人民史诗"（第 3 页）。手稿驳斥了 K. 克隆的观点，即《英雄国》的诗歌是贵族的诗歌，它产生于中世纪西部芬兰，经历了东移的过程，最终在卡莱利亚安定；同时否定了"瓦兰理论"，即《英雄国》与斯堪的纳维亚海盗的关联，认为"正是在丰饶的卡莱利亚的土地上，从简单的情节材料——本地的，外来的材料——产生了那部在内容上和形式上都是由高度艺术性的、真正的叙事诗歌，并繁荣起来"（第 10 页）。手稿概说了卡莱利亚地区的诗歌创作传统：农民、渔夫、猎手等等都是歌手，卡莱利亚人民对诗歌有着强烈的兴趣，从祖辈、父辈继承下来，代代相传，诗歌某种程度上会在传播中发生变化，但都是"在语句表现和措词方法的变化，而不是内容本身的改变"（第 14 页），《英雄国》中所收集到的诗歌，"就是这样长久的创作过程的结果。那就是'诗歌播种'的果实，若照伦洛特的说法，那是'几百年间，也可能是，几千年的岁月中成长起来和积攒起来的'。卡莱利亚的人民，从长久以来，就感到有一种精神的要求，就是要'听到那些令人喜悦的历史悠久的歌词'。这种社会的要求鼓舞着众多天才的人民歌手对于卡莱利亚的歌谣文化作出长足的发展"（第 15 页）。手稿界定了《英雄国》所反映的社会时期：它反映的不是收集诗歌时卡莱利亚所存在的那种结构，而是更早的社会结构，"反映野蛮时代的第三阶段或者是高级阶段中的原始社会"（第 22 页），"古代的原始的氏族社会的特征极为显著"（第 17 页），"'氏族'这个名称，在《英雄国》中，有时，是狭义地使用，这个字眼，就仅仅是指家门。可是，最经常地，'氏族'这一概念，是在极力广泛的意义上使用"（第 20 页），较之于《荷马史诗》，《英雄国》反映的是比它更早的社会发展时期，"两篇史诗都是反映着那个相当于野蛮时期的第三阶段……《英雄国》写的是这个时代的最初阶段，在《伊利亚特》中，这一时代已经得到了充分的发展，尽管《英雄国》的产生显然比《伊利亚特》要晚得多。不过在社会年龄上，它却是一部更古老的史诗"（第 27 页）。手稿分析了史诗的内容与主题。史诗以争夺"三宝"为核心，描写了英雄国人民和北方黑暗国波约拉人民之间的矛盾与斗争，双方的斗争"就是史诗结构的基本骨干。在这个大画面上，编织着《英雄国》的其他那些题材情节和插话。整个史诗丰富多彩，美不胜收，思想和内容都是同这个主题相连系着的"（第 36 页）。

（八）匈牙利文学研究资料

匈牙利文学研究资料为 1 种 38 页 1 万余字。20 世纪初，裴多菲的作品就已经传入中国，"裴多菲的诗歌对匈牙利文学的发展起了很大作用。在中国，鲁迅是介绍裴多菲最早的人（1907 年）"①，此后经过茅盾、冯至、赵景深、孙用等人的译介②，裴多菲在中国的研究与传播得到了进一步发展。"中华人民共和国成立后，作为新中国文化建构的重要组成部分，文学翻译和研究事业得到重视。尤其因同样面临着主权独立以后特定的现代化处境与任务，还有政治意识形态的相似性，以及在国际冷战格局中所处的相同阵营使中国与东欧间的文化和文学交往获得新生的政府机构的大力支持，作为全国文学艺术界领导人的周扬与茅盾，在新中国成立之初，针对引进外国文学的资源问题，提出了加强对苏联和其他新民主主义国家文学的学习和介绍主张。"③ 包括匈牙利文学的东欧文学得到了大规模的译介，"掀起了东欧文学翻译的又一个高潮"④，五六十年代"中国对匈牙利文学翻译需要超过了 20 世纪任何阶段，也超过了历史上任何时期"⑤。此时期匈牙利文学译介中的代表性成就属于裴多菲作品的译介，主要译作有：《裴多菲诗四十首》（孙用译，1951 年文化工作社出版）、《勇敢的约翰》（孙用译，1951 年文化工作社出版，1953 年人民文学出版社出版）、《使徒》（兴万生译，1963 年人民文学出版社出版）、《裴多菲诗选》（1954—1957 年作家出版社出版，1958—1959 年人

---

① 薛绥之主编《鲁迅杂文辞典》，山东教育出版社，1986，第 802 页。
② 孙用：《裴多菲在中国》，《读书月报》1957 年第 2 期。
③ 陈建华主编《中国外国文学研究的学术历程》第 11 卷《欧美诸国文学研究的学术历程》，重庆出版社，2016，第 221 页。
④ 陈建华主编《中国外国文学研究的学术历程》第 11 卷《欧美诸国文学研究的学术历程》，重庆出版社，2016，第 222 页。
⑤ 王友贵：《20 世纪下半叶中国翻译文学史（1949—1977）》，人民出版社，2015，第 507 页。

民文学出版社出版，计 104 首短诗和《勇敢的约翰》)、《裴多菲诗选》（孙用译，1959 年人民文学出版社出版，在 1954 年版本基础上又增加 25 首诗歌）等。[①] 在这样的背景下，关于匈牙利文学及裴多菲的研究资料——手稿《裴多菲·山陀尔》，应运而生。

《裴多菲·山陀尔》分为六部分。第一部分"十九世纪末至二十世纪初的匈牙利文学"介绍了此时期的社会背景及匈牙利的民族解放运动，谈论了匈牙利文学的开端与发展：18 世纪 80 年代至 90 年代，文学出版社、文学杂志、报纸等开始出现，18 世纪末期到 19 世纪初，诗人群体涌现，"在他们的作品中反映出了匈牙利人的日益成长的民族自觉心。这些诗人都是裴多菲·山陀尔的先驱者"（第 3 页），尽管如此，匈牙利诗歌同拉丁文和德文范本接近，文学语言同匈牙利人民距离甚远。裴多菲的出现，"对于匈牙利诗歌是有着真正革命意义的。他是第一个用人民自己的语言向人民谈话的诗人。裴多菲的诗歌，在形式上是真正地人民的，民族的，接近于民歌的范本，在内容上则是革新的……裴多菲依靠着前人的成就，使文学同生活相接近，使诗歌同口头创作相接近，使他的作品充满着生动的，现实的内容；他是匈牙利文学语言的创造者之一"（第 3 页）。

第二部分"裴多菲诗歌的基本特征"简单介绍了裴多菲的生平，继而勾勒了裴多菲的革命活动和文学活动（创作了三千多首诗歌，还有短篇、长篇小说梗概以及剧本、随笔、日记等），重点分析了裴多菲的诗歌，总结了裴多菲诗歌的基本特征。一是语言朴素，节奏和押韵类似民歌；二是"极深刻地人民的形式和极深刻地人民的内容"（第 4 页）；三是多种多样的题材、体裁样式，如民间歌谣性质的诗、爱情抒情诗、哲学性质的警句诗、战斗的政治诗、自然和生活素描诗等等；四是贯穿裴多菲一切创作的永恒主题是"感觉到即将来临的革命的暴发"，"渴望革命和为革命的来临的斗争，构成了裴多菲的生活和创作的基本内容"（第 6 页）；五是富有斗争精神，自然诗、爱情诗均与祖

---

① 中国版本图书馆编《1949—1979 翻译出版外国文学著作目录和提要》，江苏人民出版社，1986，第 977 ~ 978 页。

国相关联。

第三部分"裴多菲的诗歌纲领"依托裴多菲的《褴褛的勇士》《十九世纪诗人》《诗歌》等作品评论了裴多菲的诗歌纲领。一是诗人应该参与战斗，"为着地上的共同的幸福而斗争的共同事业服务"（第11页）；二是"为人民的诗歌"，诗歌应该同生活保持联系，"诗歌的意义并不在于要给予贵人们以享受，而是在于要激励着普通人民大众的那些问题，并且帮助他们斗争和生活"（第12页）；三是真实和自然是美的条件；四是诗歌语言要朴素、明白，诗歌形式也要朴素、明白（第12页）；五是以普通人作为诗歌的主人公（第13页）。

第四部分"《勇敢的约翰》"，聚焦于裴多菲的长诗《勇敢的约翰》，诗歌特点如下。一是作品的民间故事性质；二是现实性与幻想性结合；三是作品主人公扬启的形象"是人民的力量和智慧的体现"（第15页）；四是作品的主题是"人民的战胜一切的力量和正义在大地上的胜利"（第15页）。

第五部分"裴多菲诗歌中的社会的揭发的主题"认为"裴多菲是作为愤怒的和热情的揭发者进入世界文学史的，在他的诗歌作品中，社会的主调非常响亮"（第15页），并具体分析了这一主题在《匈牙利》《宫殿和草棚》《匈牙利贵人》《蒂萨河》《风》《反对国王》等诗作中的呈现。

第六部分"革命人民的形象"分析了裴多菲《以人民的名义》《民族之歌》《老旗手》《尊重列兵》等作品中的参加战斗的人民的形象，论说了1848年匈牙利革命对裴多菲的影响及裴多菲对1848年革命的歌唱，谈论了马克思、恩格斯、赫尔岑、车尔尼雪夫斯基等人对匈牙利革命的支持、同情及评价，高度肯定了裴多菲牺牲及其全部创作的价值与意义。

三　北美洲文学

北美洲文学部分包括1类即美国文学研究资料3种手稿，共计133页约5万字。

　　早在 19 世纪 60 年代，中国学界对美国文学已有关注和了解。① 新中国成立后，基于意识形态的对立，"两次大战期间的美国作家是新中国成立后美国文学译介的重要对象，占了所有作家总量的 47%。美国文坛在 1920—1930 年代时期左翼文学盛行，因此被称为'红色的 30 年代'。在这期间诞生了一大批信奉共产主义、宣扬无产阶级理想的左翼作家"②，如约翰·李特等。手稿中的美国文学研究资料以较大的篇幅介绍了约翰·李特以及批判美国社会的美国本土作品《美国的悲剧》，虽然"从建国初期到'文革'期间，德莱赛翻译一直处于低潮"③，但《美国的悲剧》自带的强烈的批判性质，使苏联学界与我国学界颇感兴趣，继而上海文艺联合出版社于 1954 年出版了由许汝祉翻译的《美国的悲剧》，正如该版中的内容提要所写，"《美国的悲剧》是美国伟大作家德莱赛最杰出的一部作品。作者通过了具有典型性的悲剧人物克莱特的一生，真实地反映了帝国主义阶段中美国资本主义社会中的悲剧：人民的道路，是被送进监狱，被送上电椅。作者刻画了克莱特在年轻时接受了资产阶级人吃人的'道德'标准，一心想发财，想享受。也描绘了克莱特受了资本主义制度的影响，把'爱情'当做野蛮的竞争生活中的武器，因此爱上了资本家的女儿以后，阴谋杀害过去的情人——一个穷苦的女工。进一步，作者就揭露了民主、共和两党的政客们，利用克莱特一案，作为竞选中的政治资本，而宗教则被用作维持资本主义制度的工具"④，阶级定性与政治标准成为译介与解读此书的唯一标准。

（一）《论〈美国的悲剧〉》

　　介绍了德莱赛《美国的悲剧》产生的时代环境和构思过程，分析了作品主人公克莱特·格立菲斯和洛蓓达·阿尔顿的形象和悲剧成因，总结了作品批判美国资本主义生活方式（金钱崇拜、个人主义）以及美国

---

① 陈建华主编《中国外国文学研究的学术历程》第 4 卷《美国文学研究的学术历程》，重庆出版社，2016，第 6 页。
② 陈建华主编《中国外国文学研究的学术历程》第 4 卷《美国文学研究的学术历程》，重庆出版社，2016，第 103 页。
③ 林煌天主编《中国翻译词典》，湖北教育出版社，1997，第 126 页。
④ 〔美〕德莱赛：《美国的悲剧》，许汝祉译，上海文艺联合出版社，1954。

政治制度和司法制度的主题，高度评价了作者对现实主义写作手法和心理分析方法的灵活运用，并将《美国的悲剧》同陀思妥耶夫斯基的《罪与罚》从思想主旨、写作手法等层面进行了比较，认为两部作品在陈述主人公成为杀人犯层面来说，存在相似性，其他则完全不同。手稿认为"德莱赛从陀思妥耶夫斯基学会了通过人的心灵正确地揭露了自己的人物所存在的混乱的思想感情。但是，德莱赛和陀思妥耶夫斯基的创作和世界观的反动方面是风马牛不相及，陀思妥耶夫斯基的创作和世界观的反动方面使这个著名俄国作家成为外国颓废派"（第45页），"德莱赛对陀思妥耶夫斯基的反动的见解与思想是有分歧的，不是模仿他的。仅可以说陀思妥耶夫斯基的一定的艺术手法是被德莱赛运用上了，特别是那种深入分析人物心理的能力。对于陀思妥耶夫斯基的遗产的有力的方面的创造性的运用，帮助了德莱赛能更为完全，更为有说服力地揭示了克莱特的悲剧的深渊"（第47页）。

（二）《约翰·李特》

手稿高度评价了美国记者、诗人、政论家、政治活动家约翰·李特的一生，认为他是"列宁的追随者，是自己祖国共产党奠基人之一，是一个为伟大共产主义理想而斗争的不屈不挠的战士"（第3页）。详细介绍了他的政治活动与文学活动，认为他的创作"以他自己的方式继续着美国文学的优秀的人道主义传统——惠特曼、马克·吐温、杰克·伦敦、欧·亨利的传统，表现出'底层'英雄的激动人心的面貌"（第7页）。

（1）《百闻不如一见》《百老汇之夜》《美国人马克》《革命者的女儿》等是其短篇小说的杰出代表作，"李特的所有这些短篇小说，止于达到主要的极重要的主题——在斗争中给自己奠定走向摆脱资本主义枷锁的新世界的道路的，工人阶级的主题——的必经之路"（第9页）。

（2）《起义的墨西哥》，堪称"墨西哥人民的伟大戏剧"（第26页）。

（3）论文《美国富饶的神话》《商人们的战争》《战争短评》等，"对于残杀各国人民的罪魁祸首提出了激烈的抗议……而且热烈地号召要对帝国主义进行有组织的斗争"（第28页）。

（4）特写集《东欧战争》，"李特站在坚定的立场上，反对帝国主义者们所策划的对于各国人民的大屠杀"（第 31 页），表现出高度的艺术技巧，现实主义与浪漫主义高度结合，"证明了约翰·李特在向着新的世界观和技巧的高度推进中的复杂化了的矛盾"（第 34 页）。

（5）《震撼世界的十日间》，手稿评价道，"明显地体现出了无产阶级革命时代的历史的乐观主义……是新的、革命的叙事诗的典范，它的灵魂就是作了自己运命的创造者的人民"（第 45 ~ 47 页），并产生了广阔的影响，"这本书不止是影响了美国的无产阶级运动，使工人的阶级觉悟更为鲜明，使他们睁开眼睛看到十月革命的全世界的意义，而且它还促进了各国文学中的进步力量的形成"（第 66 页）。

（三）《关于美国现代文学的两篇文章：1. 原子的矿脉　2. 难苦的运命》

译自《文学报》，共 14 页约 5600 字，《原子的矿脉》讨论了"原子火箭的矿脉"这一题材在美国文学、电影、漫画三个领域的创作情况；《难苦的运命》以美国现代作家詹姆斯·巴尔第的《黑暗的颜色》、哈尔维·斯维多斯的《在传送带上》、约翰·克富同的《那里是一个外乡人》三篇短篇小说为例揭示美国现代文学中一个非常重要的特点即善于抓住"现在美国生活的典型特点"（第 2 页）。

四　拉丁美洲文学

拉丁美洲文学部分包括 3 种手稿，共计 194 页约 8 万字。我国学术界对拉美文学的关注，在新中国成立前就开始了，不过不成规模，多为零星译介、评价。"新中国成立以后，拉美文学作品和评论文章的大量涌现始于 1950 年代末，有'文学外交'前沿阵地之称的《世界文学》大量刊登了拉美作家的作品和评论，此外，国内各大报刊也大量刊载关于拉美作家的评论，出现了所谓的'拉美文学热'。从 1959 年到 1964 年这 5 年多的时间里，何塞·马蒂、巴勃鲁·聂鲁达、若热·亚马多以及尼古拉斯·纪廉等拉美作家的名字逐渐为国人所熟知。"①穆木天的拉美文

---

①　陈建华主编《中国外国文学研究的学术历程》第 11 卷《欧美诸国文学研究的学术历程》，重庆出版社，2016，第 255 ~ 256 页。

学手稿，则是对"拉美文学热"的回应。

（一）《拉丁美洲进步文学》

译自开林的《资本主义国家的进步文学，为争取和平而战斗》，分为十节。前三节描述了在美国强势渗透与控制以及拉美人民为自由为民主激烈反抗的背景下拉美进步文学的产生、发展以及总体特色，并高度肯定拉美文学发展中的苏联作用与苏联影响，"拉丁美洲进步文学取得了它的那些成就，在很大的程度上，就是依靠着这样的一种情况：它以苏联文学作为自己的强有力的朋友和教师"（第 18 页）。

第四节总结评论了拉美进步诗歌中存在的两大主题，即赞美苏联和反法西斯，"拉丁美洲各国人民对于苏联、苏联人、苏联文化所怀抱着的，深刻的爱和友好的感情反映在拉丁美洲的进步的诗歌里。已经有一些美好的诗篇献给了苏维埃国家的奠基人和劳动人民的伟大天才——列宁和斯大林……拉丁美洲的诗人把自己的长篇和短篇献给了苏联的战士们、元帅们、和将军们，人民的复仇者，爱国者们，苏联的妇女们"（第 26~34 页）；"在拉丁美洲的这些年代的诗歌中，对于法西斯主义的仇恨的题材，也越来越强烈地发出了声音"（第 32 页）。

第五节到第九节分别介绍了巴勃罗·聂鲁达、卡尔洛斯·奥古斯特·利昂、拉乌尔·刚萨列斯·屠宁、尼古拉·纪廉、胡安·马里内约五位拉美进步诗人的创作情况。一是巴勃罗·聂鲁达，手稿评价为"拉丁美洲进步文学运动的领袖之一。他是最优秀的，最高度的国际诗人……他不止是智利的诗人，而且是全拉丁美洲的诗人……对于他，争取人类的自由和美好未来的斗争，是同争取新的拉丁美洲的斗争分不开的"（第 35 页），肯定了其诗篇《全民之歌》的爱国属性与艺术价值，以及他在墨西哥城全美洲和平大会（1949）和华沙世界和平保卫大会（1950）上发言的斗争性意义。二是卡尔洛斯·奥古斯特·利昂，其兼诗人、政治活动家于一体，创作出了《生命的步伐》《以生活的名义》《面对着生活》《和平之歌》《朝鲜之歌》《响应着斯德哥尔摩的号召》《莫斯科——人的城》《苏联之歌》等诗篇，一方面流露出强烈的反帝国主义，另一方面表现出对苏联的赞美与向往。三是拉乌尔·刚萨列斯·

屠宁，他的诗歌"形式上明白、朴素、易懂，他的诗……是属于拉丁美洲的新诗歌所创造出来的，优秀作品之列"（第53页），主要作品有《魔鬼的提琴》《街道中间的一个坑》《大家在跳舞》《在星星的那一边》《装甲的蔷薇》《死在马德里》《最初的阿根廷之歌》《朝鲜之歌》等等。四是尼古拉·纪廉，其"是作为所谓的非洲拉丁派的'歌舞曲'的代表者，作为讲西班牙语言的，拉丁美洲黑人诗歌的代表者，进入了拉丁美洲诗歌之中的"（第54页），主要作品有《祷告曲》《西印度》《西班牙》《这就是美国》《人民的鸽子在飞翔》等，他"在勇敢地捍卫着拉丁美洲里的黑人们，不止于是在捍卫着整个的拉丁美洲，要使之脱离开帝国主义的压迫"（第54页）。五是胡安·马里内约，"卓越的古巴诗人、政论家和学者，是保护和平运动的出色的活动家"（第64页），作品有《解放》等诗集。

第十节评论了拉美进步小说的整体概况，并分析了乔治·阿马多、何塞·曼西西杜尔两位小说家的创作道路。手稿立足乔治·阿马多的具体作品《无边的土地》《金果之国》《红色的苗芽》评价道，"乔治·阿马多为拉丁美洲的新型的现实主义作家……作者极力地要求着真实地去描写现代拉丁美洲现实，并不隐晦那些黑暗方面"（第86页）；后者代表作品有《叛乱》《赤城》《母亲》《风中的蔷薇》《面对着大海》等，手稿在分析具体作品的基础上指出，"何塞·曼西西杜尔在拉丁美洲进步文学中，也是占据了一个极为显著的地位……他的创作活动就是他所领导的，反对法西斯主义，反对战争的斗争的一个不可缺少的部分"（第88页）。

（二）《尼古拉·纪廉与民歌》

译自1960年12月号《外国文学》上奥斯波瓦特的相关论文，分为七节。整体谈论了古巴两种不同种类的民间诗歌，"第一种就是土著拉丁人农民的口头诗歌，是起源于西班牙人民创作的传统的……第二种就是黑人和黑白混血种人的丰富的分支的音乐混合的民间文学，还保存着非洲各种异教文化的某些踪迹"（第5~6页），并且这两种民间诗歌相互影响、相互作用。手稿通过《音响的动机》《给士兵们的歌和给游客们的韵律》等作品具体分析了纪廉诗歌与民间文学之间的深层关系。民间文学尤其是黑人诗歌影响了纪廉诗歌的母题、题材、形式、韵律等各个方面，纪廉的诗歌创作"是由整个古巴诗歌的历史所准备出来的。正由于此，他的那些优秀的诗，已成为民歌，争取到了全世界的声誉，并且属于现代抒情诗的最高的成就之列"（第4页），大大促进了古巴文学的发展。

（三）《不屈的厄地马拉的声音：米盖尔·安赫尔·阿斯杜里亚斯的长篇小说》

分为五节，介绍了阿斯杜里亚斯的生平，结合厄地马拉的国内局势，以阿斯杜里亚斯的五部长篇小说（《总统先生》《玉米人》《疾风》《绿教皇》《死不瞑目》）和一部短篇小说集（《厄地马拉的周末》）为例，探讨了"一战"后进入拉丁美洲文坛的以"作家就是自己的人民的债务人"（第4页）为创作原则的民主作家阿斯杜里亚斯由神秘主义、超现实主义走向现实主义的创作历程。一是神秘主义。阿斯杜里亚斯的第一部作品《厄地马拉传说》立足印第安民间传说、民间故事，备受欢迎，洋溢着神秘主义基调，"他就不能够，而且也愿意以批判的态度对待那落后的印第安人的宗教的、神秘的世界观，他有时还把这种世界观的性质加以理想化，和过高评价这种世界观对于马雅人生活的作用——在这一切之中，都隐含着对于作家的严重的危险性"（第15页）。二是超现实主义。受阿拉贡、艾吕雅、德诺等超现实主作家的影响，阿斯杜里亚斯的作品中有着明显的超现实主义痕迹，"同超现实主义的'呼应'，就发展成为超现实主义对于他的创作的片面的和长期的影响，——那种影响，作家就是在今天也没有完全摆脱干净。可是，这种影响的范围，在最初，也是有限度的……当阿斯杜里亚斯的天生的民主主义，和他的才能的自然唯物主义性质同超现实主义原则开始发生冲突的时候，他也就屡屡地把那些原则甩掉了"（第13页）。三是现实主义。阿斯杜里亚斯逐渐克服神秘主义与超现实主义的调子，"他每出一本新书，都更进一步地走向更为客观的，现实的描写，更为现实主义地表现了自己的人民的生活和斗争"（第3页）。

五　亚洲文学

亚洲部分包括印度、日本、朝鲜、越南、阿拉伯、波斯、土耳其 7 类 38 种手稿。

（一）印度文学研究资料

印度文学研究资料为 12 种 476 页 49 万余字。五四时期，中国迎来了印度作家泰戈尔的翻译高潮。20 世纪五六十年代，"我国学界对印度文学的翻译和引进除了延续'五四'时期对泰戈尔作品的全面译介以外，也把目光投放到一些具备文学审美感知、具有社会担当和民族意识的一批作家作品的译介上，特别是印度具有反抗外族侵略、追求国家现代化的进步作家作品的翻译，一度形成中印文化交流翻译史上的小高潮"①，据《1949—1979 翻译出版外国文学著作目录和提要》②，印度文学资料种类以泰戈尔最多（单行本 15 种，作品集 10 种），迦梨陀娑作品 5 种，普列姆昌德作品 5 种，穆·拉·安纳德作品 6 种，其他作家作品平均 1—2 种；同时，此时期是印度两大史诗研究③、地方语文学研究、普列姆昌德研究④的发轫期。是故，印度文学研究资料在手稿中占据极大的比重，以补充我国印度文学研究资料的缺乏，且与我国的印度文学作品译介基本同步。手稿整体可以划分为印度文学总论、古典文学、中世文学、现代文学以及地方语言文学五大类型，极富前瞻性、体系性与宏观性。

1. 印度文学总论研究资料

诸如《印度诗歌的描写手段》，共 87 页，分为八节。

第一节"关于印度文学的发展"（第 1～3 页）对印度文学进行分

---

① 汪春成：《20 世纪印度文学的汉译概况及其阶段特征》，《出版发行研究》2017 年第 11 期，第 101 页。

② 中国版本图书馆编《1949—1979 翻译出版外国文学著作目录和提要》，江苏人民出版社，1986，第 108～125 页。

③ 陈建华主编《中国外国文学研究的学术历程》第 10 卷《印度文学研究的学术历程》，重庆出版社，2016，第 99 页。

④ 陈建华主编《中国外国文学研究的学术历程》第 10 卷《印度文学研究的学术历程》，重庆出版社，2016，第 155 页。

期。史诗时期（公元前 8 世纪到公元 4 世纪），两大史诗为代表；中世时期（4 世纪到 18 世纪），文学按照语言分化，如梵文、俗语、新印度语言等；19 世纪，现代印度民族得以形成，各种民族语言得以发展，文学语言多样化，此时期印度文学在思想、主题、情节及体裁方面多受欧洲文学的影响；20 世纪，印度地方文学传统完成了与欧洲文学传统的有机融合，且各种印度文学获得了国际声望。

第二节"印度诗学简述"（第 3～21 页）概述了印度诗学产生的背景及原因（对诗歌创作手法系统性的追求与总结），梳理了印度繁杂、丰富的诗学著作，评价了印度诗学的特点、地位及意义，"在印度，诗学是一种历史悠久的学科……由于那种别有特色的独创性和精细的研究，印度诗学，在世界文学史上，可以说是唯一无二的"，系统介绍了印度诗学的三大支柱，"关于阿兰卡尔（Alankara）、拉沙（Rasa）、得完尼（Dhvani）的理论，就是三个柱子，印度诗学就是建立在这三根柱子之上。这种理论，可以运用到任何形式的诗歌创作之上"。一是 Alankara，穆木天音译为"阿兰卡尔"，指诗歌（语言）的修辞，包含"声音的修辞"（头韵、内在韵等等）与"意义的修辞"（对比、比较、形象、比喻、同义语、多义语等），此类诗歌"是以纯粹外在的、语言上的修辞手段为基础的诗歌"，属于低级的诗歌；二是 Rasa，穆木天音译为"拉沙"，指"味道"，6 种不同的味道，可以调配成 36 种不同的味道，不同的味道分出不同的体验，如"稳定的体验""不稳定的体验""各种不同的精神体验的外在的表现"，每种不同的体验又包含多种基本的情绪，"这一些体验的诗的描写，就是要使戏剧作品的观众或是诗歌作品的听众，在心里产生出一些特殊的情绪"，此类诗歌是"以精神体验的直接描写为基础的诗歌"，属于中级的诗歌；三是 Dhvani，穆木天音译为"得完尼"，指诗歌的暗示意义，"诗人的话语的真正的意思，仿佛是成为一种余音、一种回声，传达出来，那并不是所有人都能够听见的"，此类诗歌是"以诗中所讲的为基础、创造性地创造出新的画面的诗歌"，属于高级的诗歌和"真正的诗歌"。

第三节"关于印度诗歌中的形象性的发展"（第 21～31 页）讨论了印度诗歌的形象性（образность）特征。其一，具有专有名词的性质；

其二，形象所利用的物体"并不是作为那些由于这样或那样地靠着形容词语的帮助而形成的客体而出现的，而是以具有着一定的形象的面貌的主体的姿态出现的"；其三，印度诗歌中的形象有着悠久的历史传统，"印度自然的诗化，可以追溯到印度诗歌发展的远古时期"，且类型日趋多样、意义日益多元；其四，印度诗歌中的形象"都是在印度的土壤上产生的……同自己的国土有着有机的联系"，印度的草木、牲畜、野兽、鸟类、天空、江河、神话、种姓及人的身体器官被广泛运用，印度诗歌同"印度自然是那么样地紧密地相联系着的……在印度诗歌中，见不到不属于印度土生土长的任何的东西"。

第四节"印度诗歌的形象性的最常用的东西"（第31~63页）以多罗悉·陀沙（现在一般译介为"杜勒西达斯"）的诗歌为例，集中分析了其诗篇中常见的五种形象及含义。其一，象（a形容漂亮女人的身姿；b形容男人；c手；d忧伤的人；e人的内心；f离开了肉体的灵魂；g罪孽、邪恶、死亡；h胆大的/胆小的力量；i粗野的、愚蠢的力量）；其二，天鹅（a智慧；b美女；c青春美丽的男英雄；d语言；e纯洁、善良）；其三，蜜蜂（a善心人；b森林、花园、树木；c满怀忧思的人；d声音、目光、灵魂；e人、战士、箭）；其四，莲花（a仙人；b英雄、英雄的身体；c身体的各个部分，如脸面、眼睛、目光、嘴巴、手、脚、灵魂、心）；其五，月亮（a伟大的英雄人物；b脸面、身体、微笑、语言、美丽；c美丽的活物和东西；d缺陷；e仁慈；f月蚀）。继而结合印度诗歌分析了其他形象——花、果实、草、恒河、喜马拉雅山、文底耶山等等。

第五节"印度诗歌的形象性的独创性"（第64~72页）强调唯有了解、研究印度人民的自然观念、印度神话传说及印度之前的文学传统，才能知晓印度诗歌形象的独创性，继而分析印度诗歌中几种独特的形象。其一，象，"迈着象的步伐"——漂亮女性；其二，查克娃鸟——男女之爱及忠诚；其三，月亮、月光——查克娃鸟的敌人；其四，孔雀——下雨前跳舞；其五，饮雨鸟——云彩的爱慕；其六，"啼啼巴"小鸟——骄傲、自信、虚荣、妄自尊大等等。

第六节"印度和欧洲文学中的形象性"（第72~81页）将印度诗歌

中的形象与欧洲文学中的形象进行比较，高度肯定了印度诗歌形象的自然性、本土性与独创性，其与印度宗教、印度神话关联密切。

第七节"形象性的稳定性和移动性"（第 81~85 页）辩证指出形象既有稳定性特征——"产生于一定的历史环境中，反映了一定阶级的领会方式，所形成的形象也就有了他的稳定的生命"；也有移动性特征——"这一种或那一种草木禽兽的形象面貌，在这一种或那一种文学中发展起来，还会广泛地传播开，超出了它自己的领域之外"。

第八节"形象性的比较研究的必要性"（第 85~87 页）从方法论角度强调了文学形象研究中比较方法运用的重要性及意义。

2. 印度古典文学研究资料

对印度古典史诗《摩诃婆罗多》作了介绍、分析与评论，对当时印度史诗的教学与科研有着重要的参考价值。

（1）《〈摩诃婆罗多〉的传说的序文》由《摩诃婆罗多》之《初始篇》的俄文译者卡里雅诺夫撰写，是《摩诃婆罗多中的故事："焚蛇记"的序文》的译文，共分两节。第一节首先介绍了《摩诃婆罗多》的地位（"一部极雄伟的、极重要的印度英雄叙事诗的巨著"）、篇名（"婆罗多王后代的伟大故事"）、结构及内容体量（18 篇，篇幅是《罗摩衍那》的 4 倍、《荷马史诗》的 8 倍）。继而分析了《摩诃婆罗多》的形成。其一，"它是叙事诗创作的长时期发展的结果"，在其之前，已经存在丰富的神话、传说和完整的诗篇，"其中的断章以后被收进这两篇叙事诗之内"（第 2 页）；其二，《摩诃婆罗多》成书之前，存在一种简本，共24000 颂，构成了诗篇的核心；其三，它被认为是一部统一的作品，由毗耶娑创作，但本质上，"古代印度的各族人民和各种种姓都参加了叙事诗篇《摩诃婆罗多》的创作……这部史诗，其实，就是人民创作的结果，最初是用各种不同的人民语言或者是俗文创作的，以后由俗文转译成为梵文"（第 2 页）；其四，《摩诃婆罗多》故事经历了长久的发展以及层层累积、叠加，才最终定型，且经历了婆罗门种姓的修改，"婆罗门在《摩诃婆罗多》中加上了与他们的种姓利益相适应的各种各样的宗教、哲学、法律、道德、规训性质的议论……要求这巩固种姓的社会制度和给人民意识中灌注进去婆罗门的超神的出身的思想"（第 4 页）。手稿讨论了《摩诃婆罗多》的主题及思想。如印度政治的统一；反映印度古代的社会、宗教、信仰、道德、律法等全面信息，成为"印度思想的宝库……在印度人民中间流传极广而且取得不可争议的权威……对于在印度的许许多多的有多重语言的各族人民的意识中的文化统一思想的发展具有巨大历史意义"（第 5 页）。最后论述了《摩诃婆罗多》的文学史意义、影响及版本问题，"《摩诃婆罗多》是一个永恒的源泉，古代和中世纪的许多诗人和作家都从《摩诃婆罗多》中汲取自己作品的题材情节"（第 5 页），如迦梨陀娑从中选取素材创作了《沙恭达罗》，"《摩诃婆罗多》对于新印度文学的发展发生了显著的影响。一直到现在，印度的诗人和作家们继续从这个取之不尽用之不竭的源泉中汲取思想、题材、情节、形象和描写手法"（第 6 页），《摩诃婆罗多》被翻译为多种印度语言，流传甚广、影响巨大，出现"北部本"、"南部本"以及"精校本"等版本。第二节则概括了《摩诃婆罗多》之《初始篇》的基本故事情节（第 6~20 页）。

（2）《〈摩诃婆罗多〉导言》由两部分构成——导言部分与《摩诃婆罗多》18 篇内容梗概部分，旨在向苏联读者介绍印度史诗《摩诃婆罗多》，当时苏联并没有完整的《摩诃婆罗多》译本，只有卡里雅诺夫完整翻译的《初始篇》以及茹科夫斯基、斯密尔诺夫翻译的一些片段、章节插话（第 11 页）。

第一部分是导言，评价了《摩诃婆罗多》在印度的地位及影响，"是古代印度叙事诗的伟大的纪念碑……在印度人民中间，还依然深受欢迎……不止对于古代和中世纪的，而且对于近代的诗人、戏剧家、艺术家、雕刻家都发生了鼓舞作用……作为远古时代的神与影响的丰功伟绩的传说的宝库，作为宗教、道德的教条和实践的智慧的总集，《摩诃婆罗多》的意义是伟大的。它是同印度人的极为神圣的经典吠陀文献并驾齐驱的"（第 1 页）；整体概说了《摩诃婆罗多》的故事情节，推断了《摩诃婆罗多》故事的历史时期，梳理了《摩诃婆罗多》的产生过程及演变：从口头传说到系列连环传说，再到统治阶层（婆罗门、刹帝利）的加工、修改与增补、从人的传说到神鬼的参与，规模不断扩大，"它固定的版本比起最初的篇幅来，有 8—10 倍之多"（第 3 页），从起初的传说到最终的定本，《摩诃婆罗多》"经过了长久的时期，而由于这种缘故，在其中也就反映了各种不同历史时代的社会关系、意识形态的形式，以及文化水平"（第 4 页）；最后概括了《摩诃婆罗多》的特色，认为它"规模庞大，情节复杂，人物极为众多。在其中反映出了在好多世纪之间的印度奴隶社会生活的各种方面，反映出了印度的历史，反映了印度人的生活习惯，宗教和哲学的观念"（第 10 页）。

第二部分分篇概括、介绍了《摩诃婆罗多》的基本内容与故事情节。

《始初篇》内容提要（手稿罗列的章节，下同）计 19 页：沙恭达罗的传说、班度族和俱卢族的来历、英雄们的青年时代、王位争斗的开始、分国、阿周那的流放生活。《大会篇》内容提要计 8 页：班度族的宫殿、摩揭陀王之死、班度兄弟的南征北战、掷骰子。《森林篇》内容提要计 22 页：阿周那的天堂旅行、那罗和陀摩衍蒂的传说、持斧罗摩的传说、关于四个"世代"的传说、大洪水的传说、德洛波蒂被抢走、罗摩的传说、莎维德丽的传说。《毗罗吒篇》内容提要计 5 页：班度族在毗罗吒宫、空竹遇害、同俱卢族的冲突。《斡旋篇》内容提要计 9 页：寻求同盟者、班度族和俱卢族的谈判、克哩什那的出使、克哩什那和伽罗那、坤帝和伽罗那。《毗湿摩篇》内容提要计 13 页：在俱卢之野、薄伽梵歌、战争的第一天、以后几天的战斗、第十天的战斗，毗湿摩身受重伤。《陀罗那篇》内容提要计 7 页：毗湿摩牺牲后战事的进展、战役第十四天、第十五天的战斗和陀罗那的死。《伽罗那篇》内容提要计 6 页：第十六天的战斗、第十七天的战斗、伽罗那之死。《夏利耶篇》内容提要计 12 页：战斗的第十七天夜里到第十八天、战争的第十八天、夏利耶的死和俱卢族的惨败、难敌王同毗摩的决斗，难敌王之死。《夜袭篇》内容提要计 5 页：战争后的夜里、夜袭敌营。《妇女篇》内容提要计 4 页：俱卢族的父母和班度族的和解、阵亡的英雄们的葬礼。《和平篇》内容提要计 12 页：坚战王的动摇、坚战王的加冕、同毗湿摩的谈话、国王的天战、种姓。《教诫篇》内容提要计 5 页：坚战王同毗湿摩继续谈话、论贫与富、毗湿摩之死和埋葬。《马祭篇》内容提要计 7 页：到喜马拉雅去取黄金、环住的诞生、鼬鼠的故事。《林居篇》内容提要计 5 页：持国王的决定、对于坚战王的临别赠言、持国王在林间道院里。《杵战篇》内容提要计 5 页：雅度族战士们相互残杀的故事、克哩什那之死、大队受袭击。《远行篇》

（计3页）与《昇天篇》（计3页）写的是班度族的死和他们的升天。手稿认为，"最后两篇有一种特点，就是形式严整，叙述简练，并没有为现代读者所不习惯的啰啰嗦嗦的话，无穷尽的重来复去的话，以及广泛的插曲和穿插进去的插话"。

3. 印度中世文学研究资料

《罗摩文学》概述了中世纪晚期的印度社会、政治、经济及文学概况，指出"在中印度，罗摩的崇拜，出现在第一位。在新的文学中，罗摩不止最高的神毗湿奴的化身……而且是地上的国王……最值得注意的是，在罗摩的形象中，综合了这两个形象——像梵文诗篇中那样的伟大的地上的国王，以及最高的神的化身。因之，作为宗教的和艺术的整体的这一形象，就大为复杂化了"（第3页），继而介绍了此时期罗摩文学方向的杰出作家吐尔西·达斯的生平，详细分析了其代表作《罗摩功行录》的崇高地位（在印度有几百年的声誉，且日益提高，发行量巨大、影响甚广）、写作语言（用印地语阿瓦迪方言而非梵语，且夹杂着梵文和各种印地语方言的借用语、波斯文和阿拉伯文的借用语）、七个部分的主要内容以及与《罗摩衍那》的区别，"《罗摩衍那》中，有无数的细节的堆积淹没了基本主题，可是，在吐尔西·达斯的作品中，与之相反，表现出在印度文学中空前未有的对称。那些旁系的插话，在其中，大力加以精简或者是完全甩弃"（第14页），并高度肯定了《罗摩功行录》的现实意义及价值，"吐尔西·达斯敢于在自己的神话的诗篇中，对于他的当代的生活，一个复杂的社会结构作出鲜明的表现……《罗摩功行录》的种种的社会意义，使他在几世纪之间享有盛名"（第15～16页）。

4. 印度现代文学研究资料

诸如《穆尔克·拉吉·安纳德》《普列姆昌德和他的长篇小说〈慈爱道院〉和〈戈丹〉》《伟大的印度作家普列姆昌德诞生七十五周年》，探究了穆尔克·拉吉·安纳德和普列姆昌德的生平历程和创作特征。

（1）《伟大的印度作家普列姆昌德诞生七十五周年》[①]，如题目所言，

---

① 《译文》1955年第10期刊文《印度进步文学先驱普列姆昌德诞生七十五周年》，摘录了该文的部分观点。穆木天手稿将其全部译出。

文章是为纪念普列姆昌德诞生七十五周年而作。

首先，简单介绍了普列姆昌德的生平概况。

其次，着重分析了其创作的主题内容。其一，面向普通人的生活，以普通人的生活为题材、情节，以普通人、劳动人民为主要人物，展现出真切的劳动人民形象和极为广阔、复杂的社会面貌；其二，面向历史题材，表现印度和其他国家历史中的英雄的插话，歌颂爱自由、爱祖国的感情；其三，反对殖民统治，支持民族解放运动，渴望祖国独立；其四，关注女性家庭和社会地位，谴责侮辱女性的社会制度和传统习惯；其五，讽刺无情剥削同胞的官吏和地主，等等。

再次，全面、高度评价了普列姆昌德创作的贡献、价值及意义，"普列姆昌德的作品的深刻的思想内容，爱国主义和现实主义，对于印度的多语言的文学发生了巨大的影响。他和泰戈尔是印度的民族古典作家，现实主义的巨匠，他们的民主的传统，在我们的时代里，依然受到人民的爱护并且加以发展……他极力使印地语和乌尔都语同他们的共通的人民基础相接近……普列姆昌德的作品，是远在19世纪已在印度文学中发生的各种解放倾向的延续。同时，它代表着印地和乌尔都语文学的新阶段。普列姆昌德对于自己祖国的难以估价的功绩，就是在于他能够把文学作成普通人的愿望的喉舌，他把他的作品同人民争取民族解放和社会解放的斗争不可分割地结合在一起"（第6页）。

最后，手稿指出普列姆昌德创作的本土民族性与外来性以及国际意义，"普列姆昌德是一个彻底的民族作家，可是，他对于别的民族的文化也特别尊重。他把萧伯纳、法郎士、高尔斯华绥、沙迪的作品译成印地文，他首先给印地语文学读者介绍了来自托尔斯泰的创作，他以无限的尊敬之情，评价着高尔基的作品……他的艺术遗产极为庞大，他的遗产不止属于印度，而且属于全人类"（第7页）。

（2）《普列姆昌德和他的长篇小说〈慈爱道院〉和〈戈丹〉》。首先，整体概说了普列姆昌德的创作倾向，"普列姆昌德的创作活动同印度人民的民族自觉的成长的历史有着不可分割的关系"（第2页），"成为普列姆昌德的作品的基础的，是他的当代印度生活的各种事件。各种社会关系、各种社会恶习，以及在这个背景上的普通人和他的悲喜之情，——

这就是普列姆昌德的作品的内容。普列姆昌德给印地和乌尔都语文学中放进了新的人物——农民。作家揭示出来从前没有人见识过的印度乡村生活，并且能够显示出来普通人的心灵。正由于此，普列姆昌德才成为赫赫有名的现实主义艺术大家"（第6页）。手稿介绍了其生活的时代环境——英国的殖民压迫、人民的反帝斗争、农民的悲剧命运及悲惨生活。手稿还介绍了文学发展情况。殖民者压制印度民族文化民族语言的发展；印度文学发展缓慢，文学落后于生活；作为北方印度文学中的印地语文学和乌尔都语文学，由各自独立趋向互相接近，普列姆昌德同时使用这两种语言进行创作；19世纪末，消遣文学与训诫作品广泛流行于印地语文学与乌尔都语文学，同时出现新的方向与倾向，即面向社会，反映现实，"在殖民地国家的条件之下，确立一种新的文学方向，号召去阐明当前社会生活和政治生活中的主要问题，绝不是一件容易的事。在二十世纪初，随着印度的声势浩大的民族解放运动和革命运动的高潮，这个新的文学方向才得到了一些有利的机会。在印地语和乌尔都语文学中，开始出现了新的思想和主人公"（第5页）。

其次，详细介绍了普列姆昌德的生平经历与创作历程。

1919年以前为第一阶段，代表作品《救济院》及系列短篇小说，在这些作品中，"农民生活的题材占据主要地位……普列姆昌德表现了普通人的精神面貌，普通人的天性的完美。普列姆昌德不止反映出社会上备受压迫甚至被人贱视的，穷苦阶层的崇高道德品质，而且在一系列场合中，把这些人的美德和统治阶级人物的恶习相对比"（第7页）。

1919—1922年，第二阶段，代表作品《斗争》和《慈爱道院》，"这两篇作品的主题，就是印度农村中阶级关系的尖锐化……表现出了骇人听闻的压迫，促使农民起来反对剥削者，首先是反对地主和高利贷"（第8页）；手稿详细分析了《慈爱道院》的性质、地位及意义（是"农民史诗"，"是印地语和乌尔都语文学中大胆地表现出新的英雄人物——农民——的第一篇巨著。作者特别注意表现农民的日常生活，这就是文学上的新的现象"，第11页）、内容主题（农民的贫苦生活及对压迫者的反抗，农民的觉醒和精神成长；明显的反殖民统治倾向）、人物形象（农民，如卡地尔老头、马诺哈尔及他的儿子巴拉支；地主，如江三卡尔、管家等）及艺术成就（广泛使用对比；注重人物心理的刻画；揭示人物的发展与成长，以动态、发展的视角描写人物）；手稿深刻地剖析了甘地影响下普列姆昌德矛盾的世界观，尖锐地指出《慈爱道院》中两种紧密交织的倾向，"暴露的倾向和调和的倾向。当着作家描写农民的昏天暗地的生活的时候，他就对于要求人家承认自己的人权的农民表示同情；他愤怒地痛斥那些靠丧失良心掠夺农民为生的剥削者。同时，他那套以道德的自我改善的方式灭绝邪恶的说教，显然是一种天真的、无根的幻想，是被阶级矛盾给分裂开的社会所不能接受的"（第19~20页）。

1922—1936年，第三阶段，普列姆昌德"逐渐地克服了自己在社会现象的揭示中的天真的理想主义，并且放弃了自己以前的消灭社会灾害的药方。他摆脱开了曾经一度使他的作品达到香艳缠绵多情伤感的地步的感伤主义……对于敌对阶级可以调和的信念，发生了动摇"（第22~23页），代表作品《戈丹》《圣线》，手稿着重分析了《戈丹》的内容（农民命运、妇女问题等）、人物形象（农民何利、戈巴尔，大地主莱易老爷，知识分子梅达教授，编辑翁卡尔·纳斯，商人康纳，女性玛尔蒂、戈文蒂、裘妮亚、蒂维等）、艺术成就（细致的细节呈现、深刻的现实主义、突出的心理分析、人物性格的动态发展），并将《戈丹》与《慈爱道院》进行比较，凸显普列姆昌德艺术技巧及思想观念的发展与演变，认为《慈爱道院》是印地语文学中第一次用现实主义方法描写现实的尝试，人物塑造中存在一些公式化的人物，心理分析中伴随作者的道德性的说教与箴言，现实主义中混杂着天真的要求和饶恕一切的爱的说教。整体而言"从艺术方面来说，长篇小说《戈丹》是作者的作品中最完整的一部"（第25页）；《戈丹》宣告了作者前期思想的解体，"和他过去的许多的作品比较起来，作者在这里的描写是要深刻得多，方面也广些，反映也更为准确些"（第24页），普列姆昌德生活和创作的后期，"标志着他的世界观的进一步的发展。正如同某些研究者所认定的那样，他已接近于承认，必须用暴力去改变他所憎恨的社会制度了"（第40页）。

（3）《穆尔克·拉吉·安纳德》分为三部分。第一部分介绍了印度的民族解放运动以及穆尔克·拉吉·安纳德的生平历程，并认为印度民族解放运动、俄国十月革命、高尔基的创作、英国进步知识分子与进步作家以及英国工人运动的罢工事件、印度的现实主义文学传统、印度进步作家协会等等，深刻影响了穆尔克·拉吉·安纳德的世界观、政治观念及创作倾向（第1~9页）。手稿详细分析了穆尔克·拉吉·安纳德的三部长篇小说《不可接触的贱民》《苦力》《两芽一叶》，认为"它们的主题是共同的：显示印度无产阶级和半无产阶级的生活，刺激起了他们的觉醒，加强他们为争取自己权利而斗争的要求，揭示了帝国主义对印度劳动人民的剥削和压迫的政策"（第23页）。

第二部分谈论了穆尔克·拉吉·安纳德的政治活动及政论作品，认为"在1937年的那些论文和特写里，穆尔克·拉吉·安纳德是作为一个热烈的反法西斯政论家的姿态出现的"（第24页）；分析了他的长篇小说三部曲《乡村》（1939）、《黑水洋外》（1940）、《剑与镰》（1942）的内容及主题（农民问题，妇女问题，工人问题，反对殖民压迫、宗教压迫，人民争取独立与自由等）、人物形象（拉尔·辛格）特征，并论及安纳德的其他短篇、中篇、长篇小说创作，如《理发师工会及其他》《拖拉机与谷物女神及其他》《人不如猴及其他》《金床上的沉思及其他》《七年》《谣言》《摇篮曲》《鞋匠与机器》《卡什米尔牧歌》《挑拨是非的人》《马哈德孚与巴娃第》《浪子》《老鹰与鸽子》《暗夜》《笼中的鹦鹉》《印度公爵的私生活》《人类之花》等。

第三部分详细分析了安纳德创作的艺术特征，认为"安纳德在他的创作中追随着19世纪末到20世纪初，印度文学所创造出来的，批判现实主义的优秀传统，可是同时力求把这些优秀传统同生活所要求的，描写现实的新方法相结合在一起。语言的丰富的形象性和彩色鲜明，譬喻的华丽，对比和对照的方法，象征手法，彩色鲜明的生活场面和风景的描写，——这一切特征，是印度文学的特色，也是安纳德的作品中所具有的，尽管他是用英语写作的"（第39页），并具体呈现以下特点。其一，艺术手法复杂多样，掌握了现代长篇小说的构造；其二，塑造出典型的生活画面，刻画出现实主义的人物形象；其三，在发展中表现人物性格，在否定人物描写中，善用讽刺手法；其四，作品洋溢着革命乐观主义；其五，作品情感充沛、深邃、真挚，对人物满怀深情；其六，擅长描摹大自然；等等。手稿讨论了安纳德的其他创作及政治文学活动，认为"在其中，一边现实主义地描写生活，一边说明生活，并号召改造生活……安纳德的政论文学的特色，同他的文学作品的特色很相近：在其中，作者广泛地利用着形象性和艺术描写的手法"（第 41 ~ 42 页）；"安纳德不止是一个出色的作家，而且还是哲学、艺术和文艺学等方面的研究家"（第 42 页），他以唯物主义的立场解释艺术、宗教及神话创作，并强调民族文化的民族性，注重民间文学的研究与收集，出版《印度民间故事集》；积极参加文学、政治活动，是印度进步作家协会的积极活动者，是印苏文化联络协会的组织者，参加了印度以及国际组织的各种保卫和平的会议，1953 年 6 月，世界和平理事会颁发给他国际和平奖金。

5. 印度地方语言文学研究资料

诸如《现代印地语文学的基本流派和发展道路》《印地语和乌尔都语的诗歌》《十九世纪二十世纪孟加拉文学》《英国影响透入开始以前的孟加拉文学、马拉特文学》《〈旁遮普诗选〉序言》等资料，对印地语、乌尔都语、孟加拉语、马拉特语、旁遮普语文学作了周详的介绍、分析与评论。

（1）《现代印地语文学的基本流派和发展道路》详细梳理、评判了现代印地语文学的发展阶段及基本流派情况。

第一阶段，19 世纪中期，"印地文学发展的现代期的开始，是同印度的民族意识的觉醒和民族解放运动的高涨——1857 年至 1859 年伟大的人民起义的间接的结果相连系的。19 世纪后半是印度各族人民的多种语言文学发展的转折期"（第 1 ~ 2 页）。殖民压迫、人民的觉醒及孟加拉文学的影响，使此时期的印地语文学"逐渐从宗教神话和神秘的幻想世界中解放出来，日益接近于现实"，代表作家为帕尔登都·哈利什昌德拉，"他为印地语现代现实主义文学奠定了基础"，他的戏剧、诗歌、论文、艺术散文（长篇小说）作品无论是从形式体裁上，还是从社会、政治、美学观点上对之后的印地语文学影响颇大，代表作品有《印度的苦难》等，这一阶段是现代印地语文学中的"一个过渡时期。在这个时期的印地语文学里，开始发展起现实主义倾向，文学接近于现实。这个时期有着巨大的意义，因为在这个时期印地语文学中（主要是在散文文学中），北印度流行得最广泛的卡利波利方言得以巩固，它逐渐把其他各种印地语方言从文学的用途中排挤出去"（第 8 页）。

第二阶段，19 世纪末到 20 世纪 30 年代，反殖民情绪的高涨、印度国民大会党的成立、宗教改革、广泛的社会政治运动等等因素，促使"印地语文学越来越接近于现实，它断然提出使当时印度先进社会人士感到激动的各种现实问题……起源于哈利什昌德拉作品中的爱国主义和反帝国主义的倾向，在二十世纪初的许多先进的印地语作家的作品中，有了进一步的发展"（第 9 页）。此阶段又被称为"德维帷迪时代"，德维帷迪，《智慧女神》杂志主编，该杂志是当时主要的文学阵地，倡导"面向古典遗产，面向印度历史……在其中寻找出那些能够切合目前实际需要，并促进印度人民的爱国主义感情的高涨的主调"（第 13 页）。此阶段主要文学成就如下。其一，诗歌层面。一是面向历史传统，汲取力量，如哈利亚乌德的《在流放中的爱人》、古普达的《天堂的音乐》《印度的声音》《沙开特》；二是取材现实、干预现实，如马·查图尔帷迪、苏·查乌罕等诗人的创作；三是"查亚瓦德派"，其是在欧洲浪漫主义影响下产生的诗歌流派，"对于中世纪诗歌所特有的，而在二十世纪初还广泛流行的枯燥的形式主义和教条主义，以及修辞学和经院规戒，所提出的独特的抗议"（第 21 页），他们"面向祖国的自然，借助特殊的形象和浪漫的象征来表现自己的感情和气氛"（第 21 页），其特色就是"照例为浪漫主义倾向所特有的千奇万变"（第 23 页），代表人物及作品有普拉沙德《波浪》、尼拉利亚《晚上的美女》、潘特《无人的山谷》等，他们还"广泛地采用了具有独特的音乐性的自由诗，广泛地采用了歌谣形式，同时还利用了大批梵文语汇"（第 24 页）。其二，戏剧层面。如普拉沙德的《愿望》《旗陀罗笈多》等，"普拉沙德的那些剧本对于印地语戏剧的发展发生了极大的影响，而且还促进了历史小说的发展，许多印度文艺学者都把现代印地戏剧的发展划分为三个时期：'哈利什昌德拉时期''普拉沙德时期''普拉沙德时期以后的时期'。由普拉沙德奠定基础的历史剧的传统直到现在都在胜利地发展着"（第 14 页）。其三，出现了新的体裁。社会长篇小说和历史长篇小说，印度学者将此体裁的创作分为三个时期，"普列姆昌德以前的时期（1870－1916）""普列姆昌德时期（1916－1936）""普列姆昌德以后的时期（1936 以后）"，普列姆昌德"在印地语文学中确立了批评现实主义方法，提出了文学要为人民利益服务"（第 14 页）。其四，短篇小说领域，有两个方向：一个方向与普列姆昌德相联系着，反映印度社会生活问题；另一个方向集中于人的内心世界、精神体验层面。

第三阶段，20 世纪 30 年代中期到印度独立前夕，此阶段被称为"普拉加蒂瓦德"（"进步派"）时期，其特征就是"印度语文学中的现实主义的确定，反对对于生活的唯心的理解，反对以道德的自我完善的宣传来代替争取社会改造的斗争"（第 25 页），"进步派"之外，也出现一些反方向的创作作家，主要成就如下。其一，"查亚瓦德派"诗人开始转向现实、面对人民生活，潘特的《春蕾》《时代的声音》《时代末》《农妇》等；其二，诗歌的基调为"对于被剥削的人民的同情"、"苏联人民必然战胜法西斯的信心"、"反法西斯斗争的思想"；其三，诗歌广泛采用民歌的节奏和韵律，运用普通口语，赋予作品"高度的朴素性和生动性"。

第四阶段，战后，印度迎来独立，进步文学继续发展，主要成就如下。其一，长篇小说方面。雅什巴尔"写过许多关于社会进步力量争取社会和政治解放的斗争的作品"，如《党员》《达达同志》《叛乱者》，其他如阿什克的《火热的灰烬》、阿姆立塔拉亚的《种子》、瑞努的《脏被单》《荒地》、纳加尔的《一滴水和大海洋》、雅达夫的《社会外的人们》等等。其二，艺术散文方面。分为两大类，巴希尔木奇，面向社会冲突；安塔尔木奇·普拉夫利蒂，聚焦人物的内心世界。并且出现新的体裁类型，即报告文学与特写。其三，历史小说进一步发展，"许多作家追求真实地揭示这个或那个历史时代的人民生活"，代表作家及作品有乌·瓦尔马及其《加尔空达尔》《詹西的拉妮》《姆立加纳雅尼》等。其四，诗歌方面。进步潮流继续发展，诗篇"充满了爱国主义的公民的感情，号召争取自己人民美好未来的诗歌。千百年来印度诗歌的优秀传统，以及各国的进步诗歌，都对印地语进步诗歌的发展产生了影响"；新的诗歌流派出现。一是"普软欧格瓦德"，沉溺主观，拒绝现实，否定传统，采用"新的形式和新的韵律，以及异常的复杂的形象"（第 43 页）；二是"纳乌曼纳瓦德"，即新人道主义，推崇"人道主义、友爱、互相敬爱的高尚原则"代替"争取社会改造的斗争"（第 44 页）。其五，戏剧方面，出现新的体裁，即独幕剧（第 45 页）。

（2）《印地语和乌尔都语的诗歌》勾勒、梳理了印地语诗歌与乌尔都语诗歌的发展历程。

印地语诗歌。其一，古代时期。吠陀文献、两大史诗《摩诃婆罗多》与《罗摩衍那》以及迦梨陀娑的作品是代表作品。其二，中世纪时期。11—14 世纪的英雄诗歌"开辟了使用印地语以及其他新印度语言的文学传统"（第 3 页），孟加拉语、马拉特语、古扎拉特语、泰米尔语及其他语言的诗歌逐渐发展起来；15—17 世纪，带有宗教性质与宗教色彩的"虔诚派"运动推动了印地语诗歌的繁荣，提出了很多社会问题，反对种姓压迫和宗教特权，号召平等，保卫普通人的权利，赞美普通人的劳动，"对于用各种人民语言写的印度的民主文学给出了很大的推动力……给印地语民主文学奠定了基础"（第 3~4 页）。中世纪印地语诗歌有两位代表诗人，苏尔·达斯与吐尔西·达斯，前者被认为是"印地语抒情诗的奠基人"，后者的《罗摩功行录》"体现了印度诗歌的一切优秀传统……诗歌艺术表现方法和手段的一个巨大的武库"（第 4 页）。其三，18—19 世纪。"利谛卡维派"，代表诗人有比哈里·拉尔、巴德马卡尔等等，注重形式、声韵和辞藻，歌颂女性美和恋爱的情感体验，对印地语诗歌中的色情方向有一定的影响；哈利什昌德拉在印地语诗歌发展中具有极为显著的作用，"刺激了新的印地语诗歌的进一步发展"（第 7 页），诗歌反映现实，使用方言（卡里波斯）写诗，采用与民歌相近的格律，尤其是"那些充满着现实的社会内容的诗歌，给印地语诗歌中新的文学传统奠定了基础"（第 7 页）。其四，20 世纪。"德维帷迪时代"，德维帷迪主编的《智慧女神》对印地语诗歌的发展起了很大作用；古普达的诗歌创作，如《印度的声音》《祖国》《沙开特》等，宣扬了爱国主义激情以及争取自由的渴望，"表现出了当时的先进知识分子的思想和愿望……大部分印地语的进步诗人，都走着古普达所开辟了的这一条道路"（第 10 页）；"查亚瓦德派"，代表人物为普拉沙德、尼拉利亚、潘特等诗人，他们聚焦人的内心世界，表现人的心灵体验，描绘印度大自然，展现自然之美，并通过形象塑造及象征手法，折射社会现实，诗歌采用自由诗形式，富有音乐性与高度的抒情性；"查亚瓦德派"分化，一些诗人演变为"罗哈西亚瓦德派"，趋向消极绝望、病态，沉溺于神秘世界，彻底失掉现实的成分；另一些诗人开始转向现实主义，积极面向现实、反映现实，"从现实中汲取自己作品的主题和题材情节"（第 17 页）；"二战"时期及以后，现实主义的诗歌方向得以强化与固定，并多表达以下主题。一是渴望解放与自由；二是表现对苏联战胜法西斯的信心；三是赞美苏联的伟大成就；四是歌颂独立，欢迎新时代，展现国家新面貌、新建设；五是热爱生活，歌颂大自然与普通劳动者；六是保卫和平，相信未来；等等。

乌尔都语诗歌。其一，15—16 世纪是乌尔都语诗歌发展的开始，"乌尔都语诗歌，在题材上，在形式和风格上，跟印度的其他各种语言的诗歌都有所不同，它同波斯文学有着密切的关系，而且主要是在蒙古皇帝、贵族和达官要人的宫院中，作为古典的、浮夸的诗歌发展起来的"（第 5 页），部分大艺术家，除却按照波斯古典典范和原作创作，他们"创造了一种独特的诗歌传统，梳理自己的独特的诗歌风格，他们的那一种风格，对于用乌尔都语写作的那些现代诗人发生了不少的影响"（第 5 页）。其二，19—20 世纪。乌尔都语诗歌流露出强烈的爱国主义思想，穆哈默德·伊克巴尔"接受了，加深了，并且发展了乌尔都语诗歌中的爱国主义思想。他的全部作品都具有大的社会意义……表现出了对于印度人民，对于自己的伟大祖国的自豪感"（第 10 页），代表作品是《我们的印度》，"许多乌尔都语的诗人们都把伊克巴尔看做永不熄灭的光荣之灯，取之不尽的灵感的源泉。伊克巴尔的诗歌，直到现在，在印度全国，发着响亮的声音"（第 11 页）；乌尔都语诗人开始把新内容与旧体裁形式结合起来，并积极反映广阔的社会现实，现实主义倾向在乌尔都语诗歌中越来越清晰、明显并得到巩固；甘地的思想对乌尔都语诗人及诗歌有着强烈的影响；印地语诗歌中"查亚瓦德派"对乌尔都语诗歌基本没有影响，但乌尔都语诗歌的格律和形式却影响了印地语诗歌的创作，"促进了印地语诗歌与乌尔都语诗歌的接近"（第 21 页）。

（3）《英国影响透入开始以前的孟加拉文学、马拉特文学》与《十九世纪二十世纪孟加拉文学》讨论孟加拉文学与马拉特文学。

　　前者聚焦 18 世纪以前的孟加拉文学与马拉特文学。13 世纪以前的孟加拉社会及文学特点如下。其一，商人阶层占据重要地位，且多是文学作品的作者；其二，文学作品具有宗教的性质，主要是给神（兽类保护神、财神、恒河女神、疾病女神等等）的献歌；同时具有丰富的社会内容与社会性质。13 世纪穆斯林入侵孟加拉以后的社会及文学特点如下，其一，社会、经济、宗教、种姓迎来了巨大的变革，毗湿奴主义广泛传播，紫檀尼亚·代夫（1486－1534）是毗湿奴主义（Vaishnavism）的代表者与传播者；其二，毗湿奴派诗人们是作为紫檀尼亚·代夫的传记家出现的，"那些传记是用非常艺术的形式表现出来的，而且所有那些诗句，是用人民的孟加拉语写出来的……在这些传记中，特别注意的是：关于克哩什那的神话，还有关于紫檀尼亚的周游各处的描写，在那些描写中，含有着大量的、孟加拉的自然和生活的画面"（第 7～8 页）；其三，克哩什那崇拜，催生了丰富的文学作品，主要是抒情诗歌（艳情诗），在其中"可以看到，在任何文学中都未曾有过的彩色鲜艳的自然画面和绝无仅有的爱情抒情诗的范本。围绕着牧童和牧女的爱情的题材，产生了那么样大量的作品"（第 8 页）；其四，毗湿奴文学对后世影响深刻，如对泰戈尔创作的影响，"泰戈尔的抒情诗，充满着毗湿奴主义的思想，这种诗歌传统的影响在泰戈尔的形象、比拟、以及其他种种诗歌手法中都显示出来"（第 9 页）；其五，"在这个时期，用印地语写作的作者们的诗歌进入了孟加拉……印度在 14—15 世纪对于孟加拉的强烈影响，从当时孟加拉诗歌中有大量的印地文借用语这一事实，可以证明"（第 6 页）。马拉特文学深受毗湿奴主义的影响，且用马拉特语创作，只有抒情文学。代表诗人为土卡朗，"在献给毗湿奴的那些颂歌里，土卡朗敢于放进去很多很多的生活上的真实情形，被压迫种姓，特别是手工业者和农民的生活和劳动的鲜明图画……土卡朗对毗湿奴主义的艳情的方面并不大感兴趣，他所注意的是，人民苦情的描写，不完善的社会制度的描写以及道德的准则"（第 11 页），对后世文学影响久远。

　　《十九世纪二十世纪孟加拉文学》介绍了孟加拉 19 世纪、20 世纪的文学发展概况。其一，英国的殖民压迫与孟加拉的民族解放和反帝斗争对孟加拉文学产生了极大影响，孟加拉的诗歌、小说、戏剧得以更新，

"唤醒了孟加拉人的民族自觉"（第 2 页）；其二，孟加拉文学的进一步发展与泰戈尔的作品有着密切联系；其三，十月革命使孟加拉的民族解放运动发生了根本的转变；其四，"二战"时期，孟加拉成立了进步作家和艺术家协会，"苏联人民反德国法西斯的斗争和印度人民对于日本军国主义的抵抗，成为当代孟加拉作家的那许多作品的题材"（第 3 页）；其五，殖民制度的危机及孟加拉阶级斗争的尖锐化，导致孟加拉文学进步力量与反动力量的持续斗争，且进步力量同无产阶级运动相结合，日益扩大和成长（第 4 页）。

（4）《〈旁遮普诗选〉序言》是托尔斯太娅为苏联译介的《旁遮普诗选》撰写的序言。

首先，该序言勾勒了旁遮普的地理、历史、文化概况，继而讨论了旁遮普文学的发展历程及呈现特征：锡克教的宗教文学，用旁遮普语写作；世俗文学，多用波斯语与乌尔都语写作。至 19 世纪末旁遮普语文学才逐渐发展起来，"同印度的民族解放运动相连系着，才开始了为旁遮普语争取在祖国的社会、文化生活中的应有的地位"（第 3 页）。

其次，重点分析了《旁遮普诗选》所收录诗人及作品的特征。拜伊·维尔·辛格是 19 世纪末锡克派运动的积极参与者，其作品具有两重性：一方面"始终贯串着锡克派的宗教道路，以及苏菲教派的学说……号召着抛弃尘世的烦恼，讲到在大自然的天地中的孤独生活的美妙"（第 4 页）；另一方面，他作为一名"精细的自然观察家，一位风景画的巨匠，可是，对于人世的苦难，他并不是漠不关心……祖国的四分五裂，使他感到非常痛心……他相信人民自己将要建设出新的幸福的生活来"（第 5 页），代表诗歌有《波浪的花冠》《美丽的卡什米尔》《新的卡什米尔》等，在诗歌的形式上，他"是一个革新者，他首先把波斯的韵律运用到旁遮普诗歌中……在印度人们叫他'小形式的大诗人'"（第 5 页），整体而言，他在旁遮普文学中占据着重要地位，"尽管拜伊·维尔·辛格的世界观有局限性，尽管他的诗具有宗教的，有时是神秘的彩色，可是，那些诗，于那些对于自然的真实的美丽的描写，由于感情的纯洁和崇高，由于高度的人道主义，是极为吸引人的"（第 6 页）。

达尼·拉姆·查特立克，代表作品有《昌丹瓦利》《新的世界》《旁遮普》《贫苦农民》《寡妇姑娘》等，其诗歌"渲染上了现实主义的色调。对于祖国的热爱，是查特立克的创作的显著特征……在他的那些作品里，发出了号召的声音：号召改造诗人的当代社会，号召从英王的统治下解放印度。他力图唤醒印度人的民族自豪感，这种民族自豪感已在二百年的长久时间中被英国侵略者给压制住了……对于在苛捐杂税和自然灾害之下受尽苦难的旁遮普农民的热烈的同情"（第 7 页），他主张，"诗人的天赋和使命，并不是要歌唱抽象的理想，而是要支持那些在生活斗争中筋疲力尽的人们的心灵，给他们鼓舞起来对于幸福的未来的希望"（第 7 页），诗歌形式上，他利用各式各样的诗歌韵律，语言生动，风格素朴，主张使用本土旁遮普语言进行创作。

莫罕·辛格，代表作品有《在十字路口》《绿叶》《声音》等，是以浪漫派诗人身份开始诗歌创作的，"他所受到的影响，一方面是波斯抒情诗的影响，另一方面是上一世纪英国浪漫派的影响"（第 9 页），并逐渐转向现实主义，"从对于自然的观赏态度，从一味描写自然美的偏爱中，解脱出来，开始走上了新的创作道路，而把自己的眼睛转向大地，在大地上住着的那些有着欢喜和悲苦之情的普通人们"（第 9 页），其诗篇"语言彩色鲜艳、文雅精致、声音美妙"（第 9 页）。

古尔查兰·兰普利，代表作品有《麦香》《黑暗中的光明》《春天在灿烂开花》《同志关系》等，被誉为"小麦的歌手"，"他的一切作品都同劳动的印度农民的生活有着密切联系"（第 10 页），他的诗篇有着浓郁的抒情性，"充满着深刻的原则性，充满着真挚诚恳，和对于一切虚伪和压迫的强烈的憎恨。诗人想着看见印度繁荣富强，幻想着它的'新的早晨'即将到来。他把他的才能献给了保卫全世界和平的斗争，争取全人类的幸福的斗争"（第 10 页）。

女诗人阿牟利塔·普利达牟，代表作品有《阿牟利塔的波浪》《生活》《被露水淋过的鲜花》《在云中》《长路》《我是印度的编年史家》《我写诗……》等，其作品一方面歌颂爱情，另一方面"贯串着深刻的爱国主义感情……号召着要摆脱开虚伪的枷锁，要推翻奴役制度"（第 12 页），诗歌情感浓郁，"充满着独创性的比拟和形容语，她的诗，不止是在印度，而且在巴基斯坦，都特别受欢迎"（第 12 页）。

（二） 日本文学研究资料

日本文学研究资料共 13 种 133 页约 8 万字。五四时期，我国留学生以日本为第一位，"日本文学成了我国通向世界文学的桥梁"①。20 世纪 30 年代至新中国成立前，严重恶化的中日关系影响到了我国对日本文学的译介，新中国成立后，起初几年，我国的日本文学译介情况也不容乐观，"从 1940 年 10 月到 1953 年底……日本文学的译本除了 1953 年 12 月出版的德永直的《静静的群山》一部作品外，几乎等于零"②，1953 年以后得以改观，"从 1949 年到 1978 年三十年间的中国的日本文学翻译，除了头四五年是空白期，无话可说以外，其余的二十五年可以划为前后两个阶段，第一个阶段是此时期日本文学翻译的最繁荣的阶段，共翻译出版的作品单行本译本约九十五种，占三十年间全部译本的四分之三以上，在二十世纪中国日本翻译文学史上，也是一个很重要的日期"③，据《1949—1979 翻译出版外国文学著作目录和提要》可知，此时期日本文学翻译中占据主要地位的是日本无产阶级文学、左翼文学④，"它昭示的正好是 20 世纪 50 年代日本无产阶级文学的路向，即表现'苦难的日本人民的生活'，'反映日本人民斗争、反抗'的文学"⑤：小林多喜二作品 9 种（1955—1965 年出版），即《党生活着》、《不在地主》、《一九二八年三月十五日》、《安子》、《蟹工船》、《小林多喜二小说选》、《小林多喜二小说选集》（第一卷）、《小林多喜二小说选集》（第二卷）、《小林多喜二小说选集》（第三卷）；德永直作品 10 种（1953—1961 年出版），即《静静的群山》（第一部）、《静静的群山》（第二部）、《妻呵，安息吧》、《街》、《怎样走上战斗道路的》、《童年的故事》、《德永直选集》（第一卷）、《德永直选集》（第二卷）、《德永直选集》（第三卷）、

---

① 吴元迈：《回顾与思考——新中国外国文学研究 50 年》，《外国文学研究》2000 年第 1 期，第 1～13 页。
② 王向远：《二十世纪中国的日本翻译文学史》，北京师范大学出版社，2001，第 195 页。
③ 王向远：《二十世纪中国的日本翻译文学史》，北京师范大学出版社，2001，第 196 页。
④ 中国版本图书馆编《1949—1979 翻译出版外国文学著作目录和提要》，江苏人民出版社，1986，第 7～49 页。
⑤ 王友贵：《20 世纪下半叶中国翻译文学史（1949—1977）》，人民出版社，2015，第 886 页。

《德永直选集》（第四卷）；宫本百合子作品 5 种（1951—1959 年出版），即《播州平野》、《宫本百合子选集》（第一卷）、《宫本百合子选集》（第二卷）、《宫本百合子选集》（第三卷）、《宫本百合子选集》（第四卷）。"由于中国左翼意识形态实现了权力化和正统化，日本无产阶级文学、战后左翼文学（民主主义文学）一直是关注的核心。"① 故而，手稿中关于日本文学的研究资料整体偏向于日本无产阶级文学、现代民主文学，且当时的日本文学研究"多停留在介绍水平上，研究专著成了空白"②，手稿对日本文学整体、系统地介绍与评论在某种程度上满足了当时的教学与研究需求。手稿可以分为以下五类。

1. 日本文学概述

即对日本文学发展、题材、体裁及相关问题进行梳理、论说的手稿，如《日本文学》《日本代表加藤周一的发言：日本的情况与日本作家》《日本短篇小说》等。

（1）《日本文学》梳理了日本从 8 世纪到 20 世纪 50 年代的文学发展概况。

8 世纪，代表作是《古事记》与《万叶集》，前者是"人民叙事诗创作的最初的纪念碑作品"（第 1 页），后者"标志着从口头创作到文学创作的转变……并形成了日本诗歌的基本体裁以及作诗法"（第 1 页）；除了这两部作品之外，还有《日本书记》《风土记》《祝词》等。

9—12 世纪，文学发展兴盛，除诗歌（《古今和歌集》）之外，长篇小说、中篇小说、日记、随笔等体裁不断涌现，《源氏物语》《竹取物语》《枕草子》《土佐日记》等作品是其中的代表作，手稿认为此时期是日本"贵族阶级有无上权威的时代，文学很发达，但只为少数人所能享有"（第 2 页）。

13—15 世纪，贵族文学继续发展，诗歌领域有《新古今和歌集》，随笔日记领域有《方丈记》《十六夜日记》，并且出现了新的体裁样式，

---

① 陈建华主编《中国外国文学研究的学术历程》第 9 卷《日本文学研究的学术历程》，重庆出版社，2016，第 186 页。

② 吴元迈：《回顾与思考——新中国外国文学研究 50 年》，《外国文学研究》2000 年第 1 期，第 1~13 页。

即军事叙事诗（《平家物语》）与"今样"），"在这种诗的内容里，充满着佛教精神"（第3页）。

15—16世纪，世阿弥确定了抒情剧"谣曲"的体裁；代替战争叙事诗，出现了武士长篇小说，如《曾我物语》《义经记》；随着商业与手工业的发展，城市文学产生，产生了民间笑剧"狂言"与"御伽草子"等新的体裁样式。

17世纪，经历了由"假名草子"到"浮世草子"的演变。"浮世草子"是"第三等级所特有的艺术文学体裁"（第5页），"卓越的现实主义者"井原西鹤创作的《好色一代男》《好色五人女》是其中的代表作。戏剧领域，近松门左卫门是代表者，作品主要有《天网岛自杀》《曾根崎自杀》《国姓爷合战》《出世景清》等。诗歌领域，俳谐连歌，其中俳句"成为中世纪晚期整个时代的诗歌体裁"（第6页），代表人物有松尾芭蕉等。新的战争叙事诗得到发展，作品主要有《太阁记》《信长记》等。

18—19世纪，歌舞伎的戏剧颇受欢迎。小说领域出现了新体裁"人情本"（感伤主义的长篇小说）；明治维新以后，现实主义文学快速发展：坪内逍遥《小说神髓》"开辟了新的时代，在这部著作中他提出了现实主义的要求"（第7页），二叶亭四迷的小说《浮云》"给日本现实主义文学打下了基础"（第7页），尾崎红叶的《金色夜义》"描写了社会中的金钱的力量"（第8页），德富芦花的《不如归》"表现出来死于封建基础的压迫下的妇女的悲剧命运"（第8页），樋口一叶的作品"描写了东京町人的'黑暗王国'"（第8页）。诗歌领域，"《新体诗抄》（1882）扩大了诗歌题材的范围，并创造出来新的自由诗的体裁'诗'"（第7页），历经北村透谷、岛崎藤村、谢野宽、谢野晶子等诗人的创作，"'诗'这个体裁达到了完美的地步，并且给传统的短歌和俳句装满了以口语表现的新的内容，新的形象"（第8页）。

20世纪初期，自然主义与现实主义交融一体，"在日本统称为自然主义"（第9页），岛崎藤村的创作是日本批判现实主义的高峰，代表作品有《破戒》《春》《天亮以前》等，夏目漱石"作为现实主义者开始创作，以后同现实主义逐渐疏远转到细微的心理描写"（第9页），森鸥外"以浪漫主义调子描写知识分子",作品有《舞姬》《青年》等。诗歌领域,石川啄木作为"日本诗歌中的现实主义奠基人……把社会的体裁、新的形象和节奏放进了短歌体裁之中"(第9页)。20世纪10年代以后,"资产阶级文学脱离了现实主义"(第9页),芥川龙之介、永井荷风、谷崎润一郎、菊池宽、武者小路实笃、志贺直哉等都有不同程度的背离与转向。20年代至30年代,无产阶级文学诞生,小林多喜二、德永直、佐多稻子、森山启、宫本百合子等人的创作触及工人阶级的艰苦生活。40年代,日本进步文学高度发展,1945年成立日本文学会,参与作家有德永直、宫本百合子、秋田雨雀等。"一部分资产阶级青年感觉到绝望,反映在太宰治的创作里(《斜阳》1947,《人间失格》1948)。"(第11页)随着军国主义的复活,出现了反动文学潮流,野间宏等民主作家的创作与其相对抗。

(2)《日本短篇小说》由德永直作,刊载于《苏联文学》1955年6月号,整体讨论短篇小说这一体裁在日本的成就、发展与地位:"在现代日本,短篇小说达到了比长篇小说更为高度的发展,它不止在形式上达到高度的完整,而且在内容上也极为深刻。"(第1页)在德永直看来,短篇小说在日本的发展有几个原因。一是日本苛刻的出版条件;二是日本现代文学的特点,即"在狭窄的框子里装上极为丰富的内容"(第2页);三是外国文学的影响,"俄国作家柴霍甫、法国作家莫泊桑和腓力普,对于日本短篇小说的形成发生了巨大影响"(第2页)。德永直肯定了日本短篇小说的地位,"在结构上和在讲故事的艺术上,某些篇日本短篇小说,绝不比那些大家的作品差"(第2页)。接着聚焦于志贺直哉的短篇小说创作,高度评价了志贺直哉短篇小说对日本文学的意义,讨论了其作品的主旨,即"宣扬人道主义原则""反对军国主义""反对君主专制"。德永直还分析了其作品的艺术风格:"语言简洁素朴,是现实主义的。他的短篇小说的特点,是心理的深刻性和感情的强烈性。他的风格就是在纯洁的形式之下,结合起来日本散文语言的一切典型的特点。"(第3页)手稿最后概括了日本进步文学中短篇小说的成就,"同长篇小说相比,从数量上看,短篇小说都是占第一位的",并以宫本百合子的创作为例进行了具体说明。

（3）《日本代表加藤周一的发言：日本的情况与日本作家》分为两大部分。第一部分从地理、政治、经济领域界定了日本的亚洲属性，讨论了日本与其他亚洲国家的共同性与差异性。第二部分讨论了日本文学或日本作家面临的两个问题，即道德问题与艺术问题。"二战"以前，"天皇"是国民教育的道德的基础，战后，以"天皇"为基础的道德不复存在，日本现代作家们通过文学创作寻求新的民族道德；工业化的发展对文学生产提出了新的要求，而文学的生产特质决定了其无法量化、规模化、连续性生产，摆在日本作家面前的问题，便是"要同生活标准化的那个极为有害的倾向形成对立，而同时把现代的工业社会同传统的民族文化相结合在一起"（第 4 页）。手稿最后肯定了战后一代日本作家的创作成就，指出"它的成绩就是促进了现代日本文学在小说和批评方面的眼界的开阔，在现在，我们都在运用着一切富有表现力的手法，以满足我们的社会的任何的要求。战后的日本文学以题材的极为复杂多样见称，从纯粹的美学一直到政治问题，从心理问题一直到社会问题，而同时还保存着被民族传统所培养起来的，自己独有的多情多感的特色"（第 4 页）。

2. 日本民主文学论

诸如手稿中的《格鲁斯金娜和罗古诺娃合著〈日本民主文学史大纲〉》《1928 年—1932 年的日本民主诗歌导言》《第二次世界战争后的日本民主文学》《1950—1952 年日本民主文学史概述导言》等资料，对日本自 20 世纪 20 年代到 50 年代的无产阶级民主文学（诗歌、小说、散文）做了整体的介绍与评论。

（1）《格鲁斯金娜和罗古诺娃合著〈日本民主文学史大纲〉》是关于《日本民主文学史大纲》的书评，同时简要评判了日本民主文学的特点。首先肯定了《日本民主文学史大纲》对苏联读者了解日本民主文学的意义，继而对此书给予了简要的介绍和评判。

《日本民主文学史大纲》第一部分由格鲁斯金娜所作，讲的是 20 世纪 20 年代末到 30 年代初日本无产阶级运动发展时期的诗歌，格鲁斯金娜肯定了这些诗歌的现实主义性质，划分了诗歌的作者层次［职业诗人、非职业诗人（农民与工人）］，分析了诗歌的风格，"面向着广大人民群众的诗歌语言，利用诗歌作为革命斗争的手段，根本地改变了那些民主诗人的创作的性质……这种诗歌的基本特征，就是抛弃了传统的形式，转向自由的韵律和分行，新的自由的节奏，口语的讲演的腔调"（第2页），谈论了苏联文学尤其是马雅可夫斯基的诗歌对日本民主诗歌的影响，"思想内容的共同性，在这里决定了艺术手法的共同性"（第3页）。

《日本民主文学史大纲》第二部分由罗古诺娃所作，讲的是战后日本的民主散文，罗古诺娃指出了日本民主作家面临的复杂环境，分析了重要作家的创作道路及重要作品，肯定了描写新人的创作成就，"描写日本的新人们的形象，争取自己祖国的和平民主的未来的战士们的形象，并且在发展中，在成长中，对于那些形象加以描写"（第4页），但也指出了创作的不足，"公式主义，有时脱离了历史真实"，并断言，"这种成长中的缺点，终要被克服，绝不会阻碍前进的道路。日本民主文学所达到的高度的水平，它的优秀作品的生动有力，也就是明证"（第4页）。

（2）《1928年—1932年的日本民主诗歌导言》勾勒了二三十年代日本的革命运动、战争及社会情况，分析了"全日本无产者艺术联盟"（纳普）的成立及纳普的文学部门——日本无产阶级作家同盟对日本无产阶级文学发展的作用及影响。

纳普的成立"是日本无产阶级文学史上有划时代意义的现象"（第6页），推动了日本无产阶级文化运动的成长与发展。

《战旗》杂志作为机关刊物，团结了进步作家，提出了无产阶级文学的理论与纲领，宣传了革命思想，助推了革命运动，在日本无产阶级文学运动发展中发挥了巨大的肯定作用，因此这个杂志的活动时期被称为"战旗时期"，"这一时期就是无产阶级文学极度高涨和成长的时期"（第9页），藏原惟人、江口奥、小田切秀雄等都高度肯定了《战旗》杂志的意义。

日本无产阶级作家同盟的各次大会，堪称"日本无产阶级文学运动的飞快的成长的明证，历次大会都标志着它的发展中的一个新阶段"（第10页）。

藏原惟人的论文《走向无产阶级现实主义道路》解决了无产阶级文

学的理论问题，即作家的立场与任务、主题与艺术方法、无产阶级和资产阶级现实主义的区别，总结出无产阶级文学的两个原则，"用无产阶级前卫的眼睛去看世界，并且坚定地站在现实主义立场上去描写世界……这就是走向无产阶级现实主义的唯一的道路"（第16页），确定无产阶级文学的理论是尤为必要的，该论文为无产阶级文学的发展提供了方向。

马列主义经典作家著作的翻译及苏联文艺问题论文的翻译对日本民主文学的发展同样有巨大的作用。日本民主诗歌代表了1928—1932年日本文学的整体成就。

（3）《第二次世界战争后的日本民主文学》由日本翻译家、评论家、社会活动家藏原惟人所作，发表于《苏维埃东方学》1958年2月号，详细介绍、评论了"二战"后日本的文学发展状况及脉络。

新日本文学会于1945年成立，刊物为《新日本文学》，是"日本民主文学的中心"（第7页），代表人物有秋天雨雀、江口奥、德永直、宫本百合子、藏原惟人等，代表作品有《两个院子》《路标》《我的东京地图》《妻啊，安息罢!》《小镇上的工厂》等，该团体成员起初对美国抱有幻想，后看清本质，"反对美国统治，争取日本独立，争取和平民主"（第7页），创作了一系列批判美国占领政策的作品，如《美籍日本人》《福以康木》（穆木天注明为"音译"）等。后日本共产党发生分裂，新日本文学会也产生裂变，部分成员（藤森成吉、江马修、德永直、野间宏、高仓辉等）退出，出版了新的杂志《人民文学》，最后重新团结在新日本文学会中。

战后派文学，"他们力求把自己的作品或多或少的民主内容包在'现代的''动力'的形式中"（第4页），代表作家有椎名麟三、梅崎春生、野间宏、安部公房、堀田善卫等，代表作品有《深夜的酒宴》《在激流里》《永远的序章》《阴暗的画图》《脸上的红月亮》《真空地带》《墙》《侵入者》《广场的孤独》《纪念碑》等，其中"《真空地带》是日本战后文学的最出色的作品之一"（第5页）。

新戏作派，"继续着战前日本的文学传统，他们以幽默的形式描写普通人们的生活习惯"（第6页），代表人物有石川淳、坂口安吾、织田作之助、太宰治、伊藤整等，"在他们中间，有一些人有显著的文学才能，可是，他们的作品并没有摆脱开一定的虚无主义味道"（第 6 页）。

　　描写自我生活、内心体验的继承日本传统体裁"私小说"和与之接近的"身边小说""心境小说"的团体，有上林晓、川崎长太郎、尾崎一雄、外村繁等作家；与之相对立的另一风俗作家群体，"用着现实主义的或自然主义的手法……描写了战时社会生活中的混乱，世风的堕落……某些意义上，这一类的作品就是对于主观主义的私小说的客观主义的对立物"（第 7 页），代表作家有丹羽文雄、田村泰次郎、石川达三等，并穿插概说了俄苏文学对日本文学的影响，以及日本文学对俄苏文学的响应和日本文学在苏联的译介、交流等情况。手稿最后以现实主义文学标准整体检点、罗列了 1950 年到 1958 年日本民主进步文学的优秀的作品。

　　（4）《1950—1952 年日本民主文学史概述导言》

　　概说了第二次世界大战后日本的社会情况，介绍了日本民主文学曲折的发展历程。

　　20 世纪 20—30 年代，日本民主文学产生且繁荣起来。

　　30—40 年代，在战争和恐怖的年代，进步文学被击溃，当时文学"协助军国主义者，煽动沙文主义，和效忠的感情，还有另外一些作家，利用悲观主义和接近于毁灭的极端个人主义，散布恐怖、灰心、温顺"（第 5 页）。

　　战后新的历史环境引起了资产阶级文学阵营的改组与分化：一部分依然践行着资产阶级文学传统——悲观主义、生物学的个人主义，"资产阶级作家大多数接近于'生理学'的方向——那是战后年代反动文学中的基本方向，首要的人物是椎名麟三、太宰治、田中英光，以及其他等人"（第 7 页），手稿认为生理文学的流行同美国颓废文化有着紧密的联系；另一部分"从反动阵营转向和平民主阵营……促进了创作力量的新的统一，就是环绕着创造真正爱和平的民主日本和繁荣民族文学的任务，各种创作力量有了新的统一"（第 11 页），转向现实主义的文学创作。

　　3. 作家作品论

　　诸如手稿中的《1950—1952 年日本青年作家的创作活动》《小林多喜二》《江马修从 1950 年—1952 年的创作活动》《野间宏的〈真空地

带〉》《〈京滨之虹〉和〈和平的歌声〉》等资料，或整体性地，或阶段性地介绍了小林多喜二、田边一夫、德永直、山本又男、野间宏、江马修等日本进步作家的生平和创作活动。

（1）《1950—1952 年日本青年作家的创作活动》聚焦日本青年作家群体的生平创作，"在战后年代里，从人民中间出来的青年一代的作家们的文学活动在胜利地发展着，这些青年作家大部分参加了群众的文学小组，在民主的文化活动者的领导下在全国各处工作"（第 1 页），详细分析了田边一夫的《邮局支部》、热田五郎的《斗争的扼杀者》、小林胜的《一个朝鲜人的故事》、西野辰吉的《在晨霜的路上》、石下助次郎的《难忘的会见》《母亲和预备队》、山本又男《请听海洋的声音》的进步主题及主人公形象，最后高度肯定了青年作家的创作意义，"他们的作品是促进了日本民主文学的高涨和繁荣的，在他们的作品中，他们极力响应了那些激动人心的问题，反映出在劳动者的情绪中的典型的东西，鼓舞着对于日本的普通的人们的爱"（第 16 页）。

（2）《小林多喜二》译自苏联《〈小林多喜二选集〉后记》，简要介绍了小林多喜二的生平，重点分析了其创作的《防雪林》、《三月十五日》、《蟹工船》、《工厂细胞》、《组织者》、《党生活者》（现一般译介为《为党生活的人》）等作品的主旨、人物形象及艺术成就，并给予了高度评价："小林的文学活动共只有几年，可是，尽管只有短短的时期，他就取得了在祖国里和远在国外的承认。他的作品由于现实性、坚定不移的乐观主义精神和大量的事实材料，已成为了有巨大认识意义和文学意义的文献，已成为了日本革命斗争中的极优秀的插画。"（第 5 页）手稿认为他的作品"不止于是暴露，而且要教育人，号召人参加革命斗争……小林的作品，无疑地，是属于日本进步文学的优秀的典范作品之列的。在人民的心里永保存着劳动人民的忠实朋友，不屈不挠的革命者、作家、战士、共产党员小林的形象"（第 6 页）。

（3）《江马修从 1950 年—1952 年的创作活动》详细分析了江马修战后的两部历史题材作品《长次郎的妻子》与《本乡村的善九郎》的人物形象、主题及艺术特征，总结了江马修历史题材创作的目标与主张，"极力要提出那些极重要的问题，阐明中世纪的农民运动，讲述出那些以自己的英勇斗争摇撼了封建基础的普通的劳动者的事迹"（第 1 页），同时通过对作品的详细分析，辩证地评价了江马修历史题材创作的意义："江马修力求要在人民的记忆里复活人民的战斗传统，他的这一种要求的的确确就是他的那些作品的特点，可是，当他违背了历史的真实的时候，那些传统的思想的声音不可避免地就降低了。"（第 8 页）

（4）《野间宏的〈真空地带〉》详细考察了野间宏的长篇小说《真空地带》的主旨、人物形象及艺术成就，作品刻画了"成为远东和平的主要威胁，给亚洲人民带来了许多灾难的，日本帝国主义军队的生活的现实主义的画面"（第 2 页），塑造了佐藤、木谷、司书曾田、染等个性鲜明的人物形象，具有极高的文学价值与现实意义，"它是整个日本民主文学中的一个大的收获"（第 2 页），"不止是这位完全转到民主阵营方面的来的作家的创作活动中的巨大事件，而且也是争取和平和民族独立的，整个现代日本民主文学中的巨大事件"（第 11 页）。手稿不无辩证地指出这部优秀的长篇小说的缺陷。一是作品历史具体性不够；二是对于日本军队的描写，同产生日本军队的资本主义现实有些割裂；三是过分的心理分析；四是小说过于冗长，次要细节累赘；五是语言艰涩，语法构造复杂；等等。

（5）《〈京滨之虹〉和〈和平的歌声〉》分析了战后日本的诗歌发展情况，认为"人民诗歌创作是日本人民保卫和平运动的民族形式之一"（第 1 页），在战后迎来创作高潮；讨论了两部诗集的出版、内容构成及主旨，并高度评价了两部诗集的创作意义，"收集在《京滨之虹》和《和平的歌声》之类的诗歌集中的人民诗人们的那些诗歌作品，就是人民的生活和斗争中的忠实的助手"（第 8 页）。

4. 诗歌翻译

《日本社会主义诗歌选》收录了穆木天翻译自儿玉花外的三首社会主义诗歌《自由的海鸥》《血泪心》《漂亮的小孩子》。穆木天不仅译诗，他在手稿中对作者儿玉花外也做了基本介绍，"儿玉花外（生于 1874），1903年出版了诗集《社会主义的诗》，受检查，被禁。这是第一次这一类性质的查禁。儿玉花外是日本民主文学诗歌的奠基者之一"（第 2 页）。

(三) 朝鲜文学研究资料

朝鲜文学研究资料共 6 种 126 页 6 万余字。朝鲜文学"17 年之间共有 100 多部作品（集）翻译出版，是同期我国翻译数量最多的外国文学之一，这与中朝两国的政治体制和在朝鲜'南北战争'期间结下的友谊有关，因此这一时期对于朝鲜民族文学的翻译只限于'北朝鲜'（朝鲜民主主义共和国），而与'大韩民国'几乎隔绝"①，对朝鲜文学的研究，"1950 年代，中国的有关报刊杂志每年都有两三篇以上有关朝鲜文学的评介文章，主要介绍北朝鲜的文坛状况"②。1959 年高等教育出版社出版的由北京师范大学中文系外国文学教研组编写的《外国文学参考资料 东方部分》第二编"朝鲜文学"集中收录了 14 篇介绍朝鲜文学的文章，可谓当时国内介绍朝鲜文学的代表性资料，目录如下。《金日成就朝鲜文艺创作问题发表谈话》《朝鲜文学》《关于"春香传"》《现代朝鲜文学的胜利道路》《朝鲜革命文学的新高涨》《时代的精神》《鲁迅和朝鲜文学》《高尔基和朝鲜现代文学》《朝鲜文艺界彻底清除资产阶级思想余毒的斗争》《朝鲜卓越的现实主义文学大师》《李箕永的简介》《韩雪野的简介》《战斗的诗人——纪念朝鲜赵基天同志牺牲五周年》《朝鲜古典的和现代文学作品》。③ 穆木天晚年翻译手稿整体勾勒了朝鲜文学（尤其是无产阶级文学）的发展概况，同时对朝鲜无产阶级文学代表人物赵基天与韩雪野的生平创作进行了重点介绍与分析，契合当时的朝鲜文学作品译介主流——据《1949—1979 翻译出版外国文学著作目录和提要》可知④，当时我国译介作品最多的朝鲜作家是韩雪野、李箕永、赵基天三人：韩雪野 6 种作品《大同江》《历史》《黄昏》《塔》《离别》《狼》，其中《大同江》有 3 个版本，分别由金波、李烈、李烈与曲本进等译，

① 宋炳辉：《弱小民族文学的译介与 20 世纪中国文学的民族意识》，复旦大学博士学位论文，2004，第 38 页。

② 陈建华主编《中国外国文学研究的学术历程》第 12 卷《亚非诸国文学研究的学术历程》，重庆出版社，2016，第 40 页。

③ 北京师范大学中文系外国文学教研组编《外国文学参考资料 东方部分》，高等教育出版社，1959，第 40 ~ 152 页。

④ 中国版本图书馆编《1949—1979 翻译出版外国文学著作目录和提要》，江苏人民出版社，1986，第 49 ~ 74 页。

由上海文艺出版社（1954—1955）、作家出版社（1955）、人民文学出版社（1959）出版；李箕永 3 种作品《土地》《故乡》《江岸村》；赵基天 3 种作品《白头山》《生之歌》《赵基天诗集》等。这也是已有朝鲜文学研究资料的重要补充。

1.《朝鲜无产阶级文学运动史中的一章》（1924—1934）

介绍了 1924 年到 1934 年之间的朝鲜无产阶级作家团体的文学运动和文学创作。1919 年 3 月朝鲜爆发反日起义，虽然最终失败，却有极大意义，"在三月起义之后，朝鲜民族解放运动达到了更高的发展阶段"（第 1 页），并对朝鲜文学产生了极大影响，直接影响便是"新倾向派"的出现，它是"朝鲜无产阶级文学的摇篮"，"站在朝鲜无产阶级文学的源头上"（第 8 页）。"新倾向派"的主要参加者是"焰群社"团体、"朴、宋、金、李"团体以及不属于任何团体和盟社的作家。手稿着重分析了"新倾向派"代表作家的创作。如崔曙海的《故国》、李箕永的《哥哥的秘密信》《穷人》《农夫郑道林》、宋影的《他们的数目在增长》《拒绝一切探视》、李相和的《世界的末日》《在被征服的大地上，是否春天还会来到？》、赵明熙的《春天的羽茅草》《土地深处》《洛东江》《低压》《日记片段》《乡村的居民》《夏夜》《穷人》等。手稿指出，"大部分作家的作品里，我们可以看到在日本殖民者的压榨下朝鲜人民的艰苦生活状况和他们的自发性的抗议的，现实主义的描写……可是，在他们中间有好多人对于能够改变社会制度的那种力量，还是认识不清，因为在朝鲜 20 年代初，那种力量还没有以任何的固定的形式显示出来"（第 8 页）。1924—1925 年，朝鲜革命运动达到高潮，朝鲜无产阶级作家同盟（卡普）成立，手稿讨论了卡普的成员、组织、刊物、纲领及演变、发展。"卡普的文学活动，在最初，还是相当薄弱，因为思想不够明了，纲领有些模糊，受到一定程度的局限，在这个时期，在卡普盟员的创作里，还没有完全克服'新倾向派'的显著的局限性。"（第 10 页）经过 1927 年的改组及纲领的颁布，"朝鲜先进作家明确了方向，去创作贯彻马克思主义精神的作品"（第 11 页）。卡普虽然面临着严峻的环境（日本殖民压迫、生活水平低、与资产阶级民族主义文学矛盾尖锐等），但在苏联文学的积极影响下继续发展，手稿侧重分析了高尔基及其作品在朝鲜的传播途径（朝鲜文翻译与日本文翻译）、传播历程（逐渐的传播，从起初的零散译介，到"30年代，朝鲜作家就已读到了差不多高尔基的全部作品"）及影响力度（韩雪野、李箕永等朝鲜作家均受到了极大的影响）。接着，手稿讨论了卡普作家的具体创作，李箕永的《五个儿子的父亲》《保险公司代理人和女传教士》《元甫》《造纸工厂村》《故乡》、韩雪野的《黑夜》《黎明》《黄昏》《饥饿》《过渡期》《摔跤》《青春记》、李北鸣的《氮肥工厂》，并对他们的创作进行了高度评价，认为"李箕永和韩雪野的创作，显示出朝鲜文学在社会主义现实主义的道路的发展中，大大地前进了一步。朝鲜文学的民族特色，在他们的作品中，取得了新的表现。不仅仅在语言上，在反映朝鲜劳动者生活的题材上，而且在他们所创造的那些性格的心理习性上，李箕永和韩雪野的作品都是有着深刻的民族性的"（第20页）。1934年大量卡普作家被逮捕，1935年，卡普解散，1945年朝鲜解放，"开辟了朝鲜文学发展中的新的阶段"（第22页）。手稿最后介绍了卡普三十年纪念日苏联作协的贺信，"愿我们的文学友谊为我们人民的伟大友谊服务"（第22页）。

2.《〈朝鲜现代诗选〉序文》

是瓦斯·彼得洛夫为俄译《朝鲜现代诗选》写的序言。序言首先整体介绍了自1910年被日本占领到1945年解放期间的朝鲜人民的反抗运动，以及1945年以后南北朝鲜的对立，南朝鲜受控于美国，"南朝鲜的政治经济生活的全部管理权都送给新的侵略者手里"（第3页）；北朝鲜则在苏联的帮助下恢复自由、独立，建立起朝鲜人民民主共和国，并在民族艺术、文学、教育等领域取得了极大的成就与空前的繁荣。接着勾勒了朝鲜文学的发展历程：朝鲜民族文学是在19世纪到20世纪之交，作为资产阶级文学产生的；日本人的侵略占领，"使资产阶级作家走上武士道浪漫主义、象征主义和颓废破的道路"（第5页）；三月起义后，朝鲜无产阶级文学产生发展起来，1925年成立了朝鲜无产阶级艺术家联盟——卡普，"这个新的组织把文学看做无产阶级反对封建、资产阶级意识形态和外国奴役者的阶级斗争的战线之一"（第5页）。手稿分析、评论了《朝鲜现代诗选》收录的朝鲜诗歌：《朝鲜现代诗选》"是俄译单行本的最初的尝试。其中绝大部分作品，是从新的、人民民主的朝鲜的诗歌作品中选出来的。这本选集的出现，证明了解放以后在朝鲜人民的文化中发生了巨大的变化……唯一的主题——就是要积极参加自由民主的朝鲜的建设，同三千万朝鲜人民齐步前进，并以自己的劳动帮助祖国的创造事业"（第6页）。诗集涉及的诗人有林和、朴八阳、李诚、韩鸣泉等，"有北朝鲜诗人，也有南朝鲜诗人，有老辈诗人，也有初参加文学活动的青年诗人"（第6页）。内容编排分为四个部分。一是献给苏联、列宁和斯大林的诗歌；二是关于复兴的朝鲜人民的英勇的创造性劳动、关于朝鲜的人物、关于朝鲜的领袖金日成的诗歌；三是关于日本侵略占领期间朝鲜人民艰苦生活的诗歌；四是朝鲜人民表达对于新的殖民者——美帝国主义的仇恨和愤怒的诗歌。最后肯定了诗集中朝鲜诗人的创作，并希望朝鲜诗人继续以苏联为榜样，学习先进的苏联文学，从而实现朝鲜文学的进一步繁荣（第13页）。

3.《朝鲜土地的人民歌手》和《赵基天》

介绍了朝鲜"战斗诗人"赵基天的生平和创作道路。

《朝鲜土地的人民歌手》将赵基天誉为"朝鲜土地上的人民歌手"，分析了他诗作的内容与主题。《白头山》展现了朝鲜人民在金日成领导下的抗日斗争，"歌颂了把朝鲜从半世纪的日本统治下解放出来的苏联战士的英雄主义"（第2页）；《在乙密台》中，"诗人热烈地感谢着苏联人民，他的解放军队和斯大林大元帅"（第2页）；《生之歌》与《土地之歌》歌颂和平日子里工人阶级、农民的劳动与创造（第3页）；《战斗的丽水》《春之歌》《他们三个》《朝鲜在战斗》等诗篇展现了朝鲜人民团结一致、众志成城的抗美斗争（第3~6页）。同时，手稿介绍了赵基天与苏联的交往以及他的诗作的俄译情况；最后高度评价了赵基天的创作意义，"那些作品被译成为各种语言……诗人·战士，诗人·和平保卫者的这些极热情的诗，在普通的人们的心里，引起了极强烈的回应"（第6页）。

手稿《赵基天》译自《赵基天诗选》，简要介绍了赵基天的求学、工作、生活经历，着重分析了他的诗歌创作主题与艺术成就。主题包括，其一，表现对新生活、新生命的渴望与欢迎，贯穿着诗人的乐观主义与人道主义，同时，"对于新事物的热情的肯定，同对于一切僵硬的垂死的阻碍前进的事物的否定，相结合在一起"（第3页），如《我们的歌》

《迎接"五一"》《秋千》等诗作;其二,表现朝鲜人民争取自由、保卫
家园的英勇斗争,渗透着强烈的爱国主义思想与鲜明的英雄主义色彩,
如《战斗的丽水》《白头山》《我的高地》《朝鲜的母亲》《在燃烧着的
街道上》《朝鲜在战斗》《让敌人死亡》《雪路》《飞机的猎手》等诗作。
艺术成就如下:一是善于利用民间诗歌的传统形象(第4页、第14页);
二是风景描写与思想性紧密结合,诗篇具有高度的思想性与浓郁的抒情
性(第5~6页);三是感情充沛,节奏鲜明,韵律丰富、自由(第14
页)。手稿侧重讨论了赵基天代表作《白头山》的基本内容、艺术特征
及人物形象(尤其是主人公金日成的形象),给予《白头山》高度评价,
"诗篇《白头山》中的现实主义,高度的思想性和艺术性,使它成为朝
鲜文学中的极为出色的作品。它给朝鲜的新的文学体裁,抒情叙事的诗
篇的体裁,打下了基础"(第10页)。手稿最后指出赵基天创作对马雅
可夫斯基的模仿与借鉴,并肯定赵基天创作的文学史意义,"在今天,民
主朝鲜的新的诗人们,正在继续着诗人赵基天的优秀传统"(第14页)。

4.《韩雪野早期作品中的工人形象》与《朝鲜解放后韩雪野的创作》

二者聚焦朝鲜解放前、后韩雪野的创作历程。前者简要介绍了韩雪
野的生平经历,结合朝鲜文学的发展大背景,着重分析了韩雪野早期的
创作道路与作品中的工人形象。创作之初的短篇小说有《今夜晚》
(1924)、《黎明》(1924)、《平凡》(1925),前两部以恋爱为主题,后
一部则面向学生退学,"鲜明地发出了抗议的声音,反对殖民地当局侮辱
人格和专制主义"(第7页),手稿评价道,"韩雪野的那些最初的短篇
小说,艺术性不高,写的很表面,不够切合实际的迫切要求,因之,也
没有使作者受到赞许,没有被读者们所注意"(第7页)。随着解放运动
的高涨,韩雪野的思想认识越发深刻,作为发起人之一,韩雪野同其他
作家共同推动了朝鲜无产阶级作家同盟(卡普)的创立。20年代末期的
创作包括剧本《总工会》(1928),韩雪野第一次表现了自觉的工人战士
的形象(第13页)。《过度期》(1928)和《摔交》(1929)得到了高度
评价,前者的题材"是朝鲜的日本殖民地化和工人阶级成长的过程"
(第14页),韩雪野在其中"指出了朝鲜农民无产阶级化的过渡期"(第
14页);后者作为《过度期》的续编,"反映了工人们反对日本当局的蛮

横的暴行的斗争"（第 20 页）。手稿详细分析了两部作品中的工人形象，并将韩雪野《摔交》中的工人形象与宋影、李箕永作品中的工人形象做了对比，指出"宋影在《石工组合的代表》中，李箕永在《造纸厂村》中，也描写了工人，可是，那还是基本上是一些手工业者，还没有意识到自己是一个阶级。在韩雪野的《摔交》中，他确实描写了大工厂的工人们，反映出他们的自觉的成长，反映出他们中间出现了觉悟的，为着共同事业而斗争的战士。此外，也可以说，韩雪野是第一次在朝鲜文学中提出了工农联盟的思想，指明了这个同盟的必要性"（第 27 页）。手稿还分析了这两部作品的结构手法，即"通过人物的回忆或者是利用作家的插白，先介绍了自己的主人公的过去，以后再勾出他的肖像画来"（第 28 页）。韩雪野 30 年代的创作背景是朝鲜人民反日斗争高涨，罢工潮层出不穷，工人阶级队伍壮大；日本当局镇压，1935 年解散卡普。《黄昏》（1936）是"韩雪野的第一部伟大作品"（第 49 页），它的基本思想"就是旧的剥削阶级的没落和工人阶级的成长"（第 31 页），手稿详细分析了作品的工人形象（领导者俊植、落后的工人东弼）及其他人物形象——徘徊歧路的丽顺、知识分子京才、剥削者安经理，并总结道，"长篇小说《黄昏》中的人物，是 30 年代朝鲜的活人。在作品中所描写的事件，真实地再现了朝鲜人民历史中的一页，表现出当时的社会力量……《黄昏》是韩雪野的早期创作中的总结性的作品。这篇小说使人得以做出这样的结论：在 30 年中叶，作家已经站在马克思主义的无产阶级的立场上了"（第 48 页）。手稿最后简单勾勒了韩雪野 40 年代以后的创作。叙事诗有《塔》《热风》《向日葵》，小说有《帽子》《煤矿村》《血路》《脸面》《兄妹》《成长的村庄》《歼灭》《空中勇士》《狼》《大同江》《雪峰山下》《道路——只有一条》等。

　　手稿《朝鲜解放后韩雪野的创作》分析了解放后韩雪野的五部作品。《煤矿村》指出，"在解放后的朝鲜，旧的社会关系已经消灭，建立了新的关系，产生了新的气质的人"（第 2 页）；《兄妹》展现了日本对朝鲜的殖民及苏联对朝鲜的援助；《大同江》三部曲（《大同江》《解放塔》《在岳山》）表现了朝鲜人民保卫祖国、争取独立的英勇斗争（第 5 页）；《历史》展现了朝鲜人民的反日斗争（第 11 页）；《狼》表达了朝鲜人民对美国侵略者的愤怒（第 20 页）。

（四）阿拉伯文学研究资料

阿拉伯文学研究资料共 4 种 67 页约 4 万字，"1950 年代末、1960 年代初，阿拉伯各国人民的反帝国主义、反殖民主义的民族解放运动风起云涌。为了配合当时中东政治形势的发展，为了表示对兄弟的阿拉伯人民正义斗争的支持，当时在我国出现了介绍阿拉伯文学的第一次高潮"[1]，但是国内关于阿拉伯文学的研究尚未展开，"1956 年，马坚为纳训译的《一千零一夜》作序，以此拉开了我国建国后阿拉伯文学研究的序幕。但截至 1980 年，我国专门研究阿拉伯文学的论文寥若星辰，且仍以介绍为主，此阶段可称为阿拉伯文学研究的初级阶段"[2]，研究资料极度缺乏，穆木天晚年翻译手稿阿拉伯文学部分既有对阿拉伯文学的整体勾勒，又有对《一千零一夜》及阿拉伯散文的分析，某种程度上可以说填补了当时国内阿拉伯文学研究的空白。

1. 《阿拉伯文学》

整体勾勒了阿拉伯从远古时期到 19 世纪的文学发展历程。

远古时期，贝都英人的诗歌，"反映了游牧的贝都英人、牧人和战士的社会制度、生活状况和意识形态"（第 1 页），集中展现了部落间的斗争、复仇及族人的勇敢、威猛。此时期的诗歌形式主要是卡色达，还有哀悼歌、复仇歌、酒颂等。代表诗人有伊姆鲁尔凯沙、达拉法、香法拉、哈蒂姆、采伊德等；流传下来的作品有拉比哈马德编撰的《摩阿拉集》（收集了 7 位诗人的卡色达）、阿布·台曼和布赫吐利的《英灵集》等。手稿指出阿拉伯诗歌的演变轨迹，"从宗教仪式中的沙门的咒语——即兴诗歌——的原始形式，最初显然是转变成为有韵的散文，以后又变成为有节奏变化的抑扬格的格律形式"（第 3 页）。诗歌之外，此时期也出现了散文，"那是一些关于传说的，英雄的往日的，口头的叙事诗的故事——《阿拉伯的日子》"（第 4 页）。

---

[1] 陈建华主编《中国外国文学研究的学术历程》第 12 卷《亚非诸国文学研究的学术历程》，重庆出版社，2016，第 202 页。

[2] 中国外国文学学会编《外国文学研究 60 年》，浙江大学出版社，2010，第 64 页。

　　早期封建时期，文学创作"反映着新的社会关系的贵族诗歌，同部族的意识形态的残余，异教世界观的残余的斗争"（第4页），以及"歌颂着美酒和肉感的满足"（第5页），代表诗人有阿赫塔尔、法拉菲达克、扎立尔、拉比亚等。

　　8—11世纪，阿拉伯文学达到了最高的成就，"色情的，快乐主义的诗歌兴盛一时"（第5页），代表诗人有阿布·诺瓦斯、阿布·阿达希雅、伊本·牟达兹等，还有讽刺诗人穆坦纳比、骑士诗人阿布·菲拉斯、盲人诗人阿布·里·阿拉·马利等。散文文学也有了新发展，出现了"玛卡梅"体韵文故事。

　　13—15世纪，骑士传奇、影子戏得到发展。

　　16世纪初，土耳其人的入侵导致了阿拉伯文学的衰落。

　　19世纪后半期，阿拉伯文学迎来复兴。

　　2.《〈一千零一夜〉序言》

　　首先，高度评价了《一千零一夜》的艺术魅力，"题材情节是引人入胜的，幻想要素和现实要素交织得巧夺天工，还有中世阿拉伯东方城市生活的生动的画面，神奇的国度的特写，或者是故事中人物的体验的鲜明生动的表现，人物境遇的心理的确证，故事的语言是富丽堂皇的，极为鲜明的，富有形象性"（第2页），总结了它的主题内容，即"反映了劳苦大众的愿望，他们的要求和理想"（第2页），论说了它的影响力——影响了许多作家和诗人的创作，"在俄国和在西欧，它得到了许多崇拜者和模仿者。普希金对于阿拉伯的故事给出了高度的评价"（第2页），"从17世纪起，这些故事屡屡地翻译成世界上许多国文字，一直受着读者们的热烈欢迎"（第7页）。

　　其次，划分了《一千零一夜》的故事类型。古老的幻想性的故事，这类故事幻想要素强烈，内容富有教育意义，语言精练，常有诗的引文。反映中世阿拉伯商业城市生活和世风的故事，这类故事以恋爱故事为基础，融入冒险奇遇，语言朴素，含色情内容与猥亵成分。骗子故事，这类故事耍弄复杂的骗术，不是提倡偷盗，而是耍弄达官贵族，揭露世俗权贵和僧侣阶层的丑恶面貌，包含辛辣的讽刺意味，语言多用方言、口语，对话生动有力、犀利，基本没有诗的引文。

　　再次，讨论了《一千零一夜》产生的时间、作者和过程，认为"它不是某个个别作家或编纂者，它的创作者，是人民；故事的题材情节，从远古以来就是人所周知的，长久以来就成为了阿拉伯民间文学的财富"（第4页），并且认为《一千零一夜》的故事都"产生于一定的社会阶层，而且也是在那个阶层中流传得最广泛……一篇故事是在一定阶层中形成的，也是为那一定阶层服务的，不止是故事的题材主题，而且连它的风格以及故事叙述的语言形式都是被那个阶层所决定的"（第6页）。

　　3.《〈阿拉伯散文作品选〉序文》

　　首先，界定了新阿拉伯文学的时间、空间及产生背景、条件。新阿拉伯文学发端于19世纪初，是由埃及、叙利亚、黎巴嫩、约旦、伊拉克、阿尔及利亚、突尼斯、摩洛哥以及阿拉伯半岛各国人民创造出来的文学，是在摆脱土耳其控制、抵抗欧洲势力侵入的社会背景下发展起来的文学，英国文学、法国文学、俄国文学被译介过来，阿拉伯语得以丰富，"阿拉伯过去的古老文学传统，同西欧文学古典作家们的进步思想和艺术技巧的影响，结合在一起，就是在这个基础上，产生了和发展起来新时代的阿拉伯文学，其任务就是要能适合于阿拉伯各族人民的新的要求和新的利益"（第2页）。

　　其次，介绍了新阿拉伯文学的两大流派，即叙美派与埃及现代派，前者既与叙利亚和黎巴嫩有生命关联，"同时紧密地接触了西方文化，至于古老的阿拉伯文学传统，他们大体上并没有加以否认"（第4页），后者要求"创造真实地表现埃及社会生活、它的风俗习惯，埃及人的观点和感情的文学"（第6页）。

　　再次，分析了《阿拉伯散文作品选》收录的1910年到1930年之间的阿拉伯文学作品，该选集包括叙美派进步的政论文学、短篇小说和散文诗，埃及现代派的短篇小说，埃及现代派的后继者的短篇小说。

　　最后，指出阿拉伯现实主义文学发展中的问题（部分作家走向"为艺术而艺术"的道路）及未来（围绕在《前卫》《道路》《民族文化》等杂志周围的进步作家的现实主义创作），尤其是1954年，召开的阿拉伯各国作家大会，成立了"阿拉伯作家联盟"，要求"团结一致，参加共同的斗争，争取民族文化的高涨和保存，争取创造勇敢地保卫人利益的，真正地现实主义的文学"（第 24 页）。

4.《法胡利的创作道路》（叙利亚黎巴嫩）

首先，高度评价奥马尔·法胡利的文学史地位，"是叙利亚和黎巴嫩的进步的现实主义文学的奠基人之一，是政论家，文艺学家兼社会活动家"（第 1 页），肯定他创办《道路》杂志的巨大功绩。

其次，介绍了新阿拉伯文学产生的社会背景及发展历程。在土耳其奴役、欧洲国家入侵及阿拉伯国家反抗的背景下，新阿拉伯文学持续发展。第一阶段（19 世纪的启蒙时期），"探求新的风格，摆脱土耳其主义，从旧的、中世纪的体裁转移到新的体裁"；第二阶段（70 年代到"一战"前夕），"反对封建意识形态和反对外国压迫的斗争"（第 3 页）；第三阶段（"一战"后到"二战"期间），"现实主义作家们力求在文学中反映出从帝国主义和封建压迫下争取解放的人民大众的政治觉悟的成长"（第 7 页）。

再次，重点分析了法胡利的文学主张及创作历程。"一战"后，法胡利"号召作家们学习中世纪的古典作家们，创造性地改造他们的遗产，而不是要模仿他们"（第 11 页）。学习俄罗斯伟大的现实主义作家们的"真实性"（第 12 页）。"要现实主义地反映现实，要从阶级成见中解放出来，要揭发社会的疾病和暴露社会的恶习"（第 12 页）；这一阶段的主要作品有《阿拉伯人的觉醒》《汉宁与人民诗歌》《在青年的时代》等。

20 年代，在法国统治下，法胡利丧失民族独立解放的信心，思想由乐观主义转向怀疑主义，"不再认为文学是民族独立斗争的武器，反而把艺术创作看成是麻醉读者的手段，看成为使读者解脱由于艰苦生活所引起的痛苦思想的手段"（第 14 页），"艺术的任务就是要把人搬进理想的世界"（第 15 页），此时期的创作主要有短篇小说《魔法的门》《贫者之宝》《汉纳·阿里——梦因特》。

30 年代，现代作家的现实主义文学创作使法胡利恢复了起初的文学观念，这一时期的思想反映在论文集《四部集》中，即"文学家必须同生活接近，认识生活，对待文学要跟对待社会现象一样"，"艺术的美和现实的美必须互相符合"，"反对轻蔑现实"、"反对文学上的形式主义"、

"反对自然主义"（第 17 页）。

　　"二战"时期，法胡利创办《道路》杂志，发表一系列批判法西斯主义的论文，如《制度的野蛮性》《纳粹主义和纳粹》《比利时的生活》《谈谈政治》等，后结集为《毫不留情》（1942），成为反法西斯主义的利器，集子"不仅在作家的祖国里，而且在其他阿拉伯国家里，都受到热烈的欢迎"（第 23 页）。《毫不留情》之外，法胡利还出版了《黎巴嫩的现实》（1943）和《市场上的作家》（1944）等论著，前者"在团结黎巴嫩和叙利亚人民争取自由反对任何形式的殖民地化的事业上，起了不可评估的作用"（第 26 页），后者的巨大意义在于劝说作家及知识分子们投入到民族解放的斗争中去（第 29 页）。手稿最后指出法胡利的创作意义，"他的每一本书，每一篇文章，每一句话，都在号召着他们去进行斗争，争取自由的独立，争取使自己人民在自己祖国里作自己命运的主人"（第 29 页）。

（五）土耳其文学研究资料

　　土耳其文学研究资料为 1 种 332 页 12 万余字。我国翻译土耳其文学的第一个高潮是在 20 世纪 50 年代，"主要是受到了中国政治和外交工作的影响，在译本的译者序或者译后记等导读性的说明中可以看出明显的政治倾向性，以希克梅特的政治题材的诗歌和剧作为多"[1]，如《土耳其的故事》（乌蒙译，1953 年平明出版社）、《爱情的传说》（陈彦生、吴春秋译，1955 年平明出版社）、《希克梅特诗集》（陈微明等译，1952—1959 年，人民文学出版社）、《卓娅》（魏荒弩译，1953 年人民文学出版社版、1955 年通俗读物出版社）等[2]。国内最早对希克梅特做出介绍与评价的则是陈微明发表于 1950 年 5 月 21 日《人民日报·副刊》上的简短文字[3]，1959 年高等教育出版社出版的北京师范大学中文系外国文学

---

[1]　陈建华主编《中国外国文学研究的学术历程》第 12 卷《亚非诸国文学研究的学术历程》，重庆出版社，2016，第 178 页。

[2]　中国版本图书馆编《1949—1979 翻译出版外国文学著作目录和提要》，江苏人民出版社，1986，第 134～135 页。

[3]　陈建华主编《中国外国文学研究的学术历程》第 12 卷《亚非诸国文学研究的学术历程》，重庆出版社，2016，第 175 页。

教研组编写的《外国文学参考资料 东方部分》第九篇"土耳其文学"收录了五篇文章，一篇是土耳其文学总论（《土耳其文学概况》），其余四篇介绍希克梅特（全部为译自苏联的译文，总计 34 页），分别为《土耳其革命诗人希克梅特》《希克梅特的新剧本〈土耳其的故事〉》《"还是那颗心，还是那颗头"》《"和平的战士纳齐姆·希克梅特"》。[1] 穆木天的手稿《那齐姆·希克梅特评传》（译自巴巴也夫的《那齐姆·希克梅特评传》）达 332 页 12 万余字，是当时乃至今日关于希克梅特最为详细的著作，全书共分五章。

第一章介绍了希克梅特童年和青年时期的生活，分析了其在苏菲教派诗人影响下创作的颇具神秘主义色彩的诗歌。

第二章介绍了希克梅特在莫斯科的学习生活以及在诗歌创作上的探索，他"向着土耳其文学中的纯艺术的代表者们下了战书"（第 48 页），他的诗歌不仅形式上有了创新，"使用非诗的语言，使用新的节奏，韵律，分行体制"，内容上也有了新的主题，"面向日常生活"（第 68 页），描写真实的生活，手稿同时分析了希克梅特在莫斯科的戏剧剧本创作。

第三章介绍了希克梅特自 1928 年回国后到 1938 年间的被监视甚至被投入监狱的生活经历以及文学创作，1929—1936 年，他出版了九本诗集，引入口语与自由诗，描写新题材与新内容，彻底革新了土耳其的诗歌传统，成为"土耳其文学中的新方向的奠基人"（第 95 页）。

第四章介绍了希克梅特从 1938 年到 1950 年长达 12 年的监狱生活，"在监狱中，在经常被监视的条件下，身染重病的诗人一直没有停止创作"（第 197 页），希克梅特在此期间创作了大量的诗歌、小说、剧本，鼓舞着铁窗外的人们的斗争。

第五章介绍了希克梅特 1951 年重回莫斯科之后的社会活动（特任世界和平理事会理事、参加亚洲及太平洋区域和平会议等等）和文学创作（《土耳其的故事》《死人之家》《怪人》等等）。

---

[1]　北京师范大学中文系外国文学教研组编《外国文学参考资料 东方部分》，高等教育出版社，1959，第 604 ~ 647 页。

（六）越南文学研究资料

越南文学研究资料为 1 种 9 页 2700 字。自 20 世纪 50 年代中后期，随着中苏关系及国际形势的变化，亚非拉国家的文学成为新中国译介的主流，"至 60 年代中期，全国出现了一个亚非拉国家文学的译介热潮"①。越南文学得到了极大的关注，被译介过来的作品达 70 多部，以反映其民族独立的现代文学为主②，如《在血火的日子里》《战斗的故乡》《烈火燃烧起来了》《英雄的故乡》《黎明之前》《人民在前进》《祖国站起来了》《战斗的开始》《越南短小说集》等等③。"新中国的越南文学研究始于 1958 年"④，基本与越南文学的译介同步。《外国文学参考资料 东方部分》收录了 6 篇越南文学论文⑤，2 篇为国内学者所作，即黄轶球 1958 年发表于《华南师范学院学报》的《十八世纪越南诗人阮攸和他的杰作〈金云翘传〉》，选自任啸《越南文艺运动的发展》的《三十年代到八月革命的越南文学简况》（光明日报，1952 年 9 月 6 日）；其他四篇均译自越南，《十年来的越南文学概况》《1958 年越南文艺战线上的重大胜利》《现代越南作家与作品》《我怎样写'矿区'的》等等，穆木天手稿则是对当时中国越南诗歌介绍与研究的补充。

《现代越南诗歌》译自阿·苏福诺洛夫为《现代越南诗选》所写的序文，概说了苏联人民与越南人民的友谊，以及对越南文学的关注，高度评价了诗集中收录的现代越南诗歌，认为其"达到了思想艺术的高度……有着极为深刻的人民性"（第 2 页），很好地反映了越南人民热爱祖国、热爱劳动、珍惜自由的生活热情。以具体诗人的具体诗歌为例，重点分析了越南诗歌的主题。一是公民主题；二是复兴的主题、幸福劳

---

① 宋炳辉：《弱小民族文学的译介与 20 世纪中国文学的民族意识》，复旦大学博士学位论文，2004，第 37 页。

② 宋炳辉：《弱小民族文学的译介与 20 世纪中国文学的民族意识》，复旦大学博士学位论文，2004，第 38 页。

③ 中国版本图书馆编《1949—1979 翻译出版外国文学著作目录和提要》，江苏人民出版社，1986，第 74 ~ 94 页。

④ 陈建华主编《中国外国文学研究的学术历程》第 12 卷《亚非诸国文学研究的学术历程》，重庆出版社，2016，第 80 页。

⑤ 北京师范大学中文系外国文学教研组编《外国文学参考资料 东方部分》，高等教育出版社，1959，第 152 ~ 207 页。

动的主题，洋溢着新鲜的土地气息；三是对领袖胡志明的歌颂与热爱主
题；四是各族人民的友好、国际团结的主题。讨论了越南诗歌的艺术特
征。一是诗歌精确、明白、朴素；二是形象体系，"大自然对于越南诗人
不止于是欣赏的对象，它也是生活和斗争的积极参加者"（第 3 页）；三
是越南诗歌有着深厚的民歌底蕴。

（七）波斯文学研究资料

波斯文学研究资料为 1 种 50 页 3 万余字。"在 20 世纪初我国对外国
文学作品的翻译浪潮中，波斯文学也受到过一定程度的关注……波斯著
名史诗菲尔多西的《列王纪》（片段）（穆译为《列王记》，笔者注），
最早由伍实翻译介绍进中国，发表在《文学》（1934 年，第 3 卷，第 5
号）"[1]，新中国成立后，出现了部分由俄语、英语转译过来的波斯故事、
波斯小说，如《蔷薇园》、《鲁达基诗选》以及费尔多西的《鲁斯塔姆与
苏赫拉布》片段等等[2]，"在波斯文学研究方面，主要是上述译著、译文
前后以序跋为代表的介绍性的文章。这些文章在深度方面虽然有一定的
欠缺，但起到了拓荒的作用，为中国读者了解丰富的波斯文学提供了信
息"[3]。

手稿《费尔多西的故事》产生于上述我国波斯文学译介与研究的语
境中。根据手稿末尾的信息，《费尔多西的故事》原书由苏联儿童文学
出版局出版，是一篇科普故事。故事以塔吉克·苏格迪考古队在离撒马
尔罕不远的旁吉干的发掘以及壁画的发现为线索，谈论了费尔多西的时
代、费尔多西的生平经历以及他的《列王记》。

手稿着重讨论了费尔多西的创作原则。其一，利用并改造民间传说，
把神、鬼变成普通的人（如西雅乌什）、变成异族的侵略者（如杜霍
克），"因为阿拉伯的侵略者，在伊斯兰的旗帜下，用火和剑，消灭了伊
朗和中央亚细亚的文化"（第 8 页）；其二，创作始终贯穿、夹杂着爱国
主义情感与悲痛情感，"热烈要求着所有伊朗语部族团结一致反抗阿拉伯

---

① 中国外国文学学会编《外国文学研究 60 年》，浙江大学出版社，2010，第 55 页。
② 中国外国文学学会编《外国文学研究 60 年》，浙江大学出版社，2010，第 55 页。
③ 中国外国文学学会编《外国文学研究 60 年》，浙江大学出版社，2010，第 56 页。

侵略者和土朗的游牧人"，"看见团结一致已不可能，国家被混账的专制君主所统治，落在外国人的打击之下，感到无限伤心"（第 34 页），伊朗和异族的斗争构成了诗篇的中心（第 48 页）；其三，继承传统，费尔多西之前，"学者就用散文编写出一切的伊朗王的本纪，从传说的王的时代起，一直到国王霍斯洛夫二世为止"（第 24 页），且"费尔多西的老辈的同代人，诗人达吉基，编写他的《列王记》……费尔多西以后把达吉基的三千对句也收进了自己的诗集里。青年诗人决心写诗，把一切古代的口碑和传说都集中在一部书里。这样的一部巨大的创作，应当是诗人的终生的功劳"（第 25 页）。手稿详细分析了人物形象（第 35～46 页），认为《列王记》中的国王只是标记时代的手段，形象往往黯无声色，诗中的主要英雄形象是勇士左立、鲁斯达姆、伊斯凡迪欧尔、铁匠科瓦，"他们崇高的功勋，他们个人的命运，构成了费尔多西的诗章的基础"（第 35 页）。

手稿总结评价了《费尔多西的故事》的艺术成就。一是语言充满戏剧性，多犀利的对话；二是运用精炼、柔和的三叠韵；三是风格清晰明白，"绝没有堆砌辞藻、华而不实的东西……那些诗句的雄伟壮丽的谐和，同时又是有力、朴素而且严肃。无怪乎费尔多西的好多对句都变成为警句、谚语。他善于在简短、明白、而且响亮的诗句里，表达深刻的思想"（第 50 页）；四是辩证地评判了费尔多西的世界观及创作风格，费尔多西把伊朗的斗争，描写为琐罗亚斯德教的两种根元的斗争——善的根元奥尔木兹德和恶的根元阿赫立曼斗争的反映，"善恶两个根元的斗争，成为了费尔多西的艺术的世界观。他不是一个现实主义者，可是在他所生存的时代，也不能作一个现实主义者……可是，费尔多西在好多方面都超过了他的当代的人们……费尔多西创作出了好些接近现实主义的性格，比如，他的巴赫拉姆、楚宾那，他的那些女性的形象，比起年代离我们更近的高乃衣或拉辛的作品中的英雄人物来，就更像是真实了"（第 49 页）。

六　非洲文学研究资料

非洲文学研究资料包括 9 种手稿，共计 166 页 6 万余字。20 世纪前半期，我国对非洲文学的译介与关注较少，"20世纪五六十年代，亚非拉文学成为我国外国文学译介的重点之一"，此时期对非洲文学的译介，多出于政治因素的考量，"既是帮助中国读者通过文学作品了解非洲，同时，也是对非洲国家友好的表示"①，并且"主要集中在埃及、阿尔及利亚、南非这几个国家，摩洛哥、马里、加纳、尼日尼亚②、埃塞俄比亚、莫桑比克、安哥拉等国家的文学只出版了一种"③。较之于非洲文学的译介，非洲文学研究尚未展开，成果几乎为空白。此种情境下，穆木天晚年翻译手稿中非洲文学研究资料的重要意义便得以凸显——或整体，或具体地向国内介绍了非洲文学的发展概况、具体成就及未来走向，从内容角度上可以将手稿划分为以下两大类。

（一）整体论述殖民国对非洲文化的侵略、破坏及其他影响，介绍摆脱殖民统治后的非洲社会生活、民族文化艺术，并肯定非洲文化艺术的民族性与独立性，期盼新的非洲

1.《太阳照耀着"黑非洲"》

副标题为"战斗的非洲的文化札记"。首先，文章庆祝了非洲众多国家的独立以及帝国主义在非洲的失败；其次，讨论了殖民主义者对非洲文化的侵略与践踏，并从非洲民族语言的构建、民间文学（谚语与格言）的复兴、新文化新文学的创建层面谈论了非洲"复兴起来的和从新创造出来的文化"（第7页），并指出非洲文化、非洲文学有着"开阔的天地"，举埃米尔·西塞、乌斯曼诺·森本那、喀麦隆·杜奥杜等人的创作例子以说明；最后，高度肯定非洲独立的意义，认为"伟大的十月革命给整个地球上的劳动者和被压迫者作了指路明星，他的光辉也照耀着'黑非洲'。对于许多非洲人，第一次，自由已成为现实。非洲将要导致着新的，几百万的，晓得自由的价值的人们取得独立"（第22页）。

2.《南非联邦的艺术和生活》

首先，展现了南非联邦的社会生活（阴暗压抑）与文化生活（极高

---

① 查明建：《一苇杭之》，中央编译出版社，2014，第100页。
② 应为尼日利亚，该书742页写为"尼日尼亚"。
③ 查明建、谢天振：《中国20世纪外国文学翻译史》（上卷），湖北教育出版社，2007，第742页。

成就）的强烈对比；其次，讨论了南非联邦的绘画、雕刻、文学、音乐、建筑等方面的成就，其虽然受到欧洲文化的强烈影响，但是却逐渐形成了自己的民族性格、个性和特色，"不止反映在题材主题的选择上，而且还显示在材料的处理上，而且，在一定程度上，还显示在风格上"（第 1～2页）。1948 年、1952 年分别举行了南非艺术第一次、第二次全国展览会，此后展览会每四年举行一次，绘画、雕塑在威尼斯每两年举行一次的国际艺术展览会上展出。

文学领域，用英语和非洲语两种语言写作，英语写作所占比例较大。诗歌领域，主要代表诗人有康伯尔，其作品"贯串着对于被压迫者的真正同情，和巨大的勇敢"（第 4 页），整体上"用英语写作的诗人们的作品，在南非联邦，需求不大"（第 5 页）。较之于诗歌，英语写作的散文（长篇小说和短篇小说）却占据着极大的比例，并取得了极大成就，代表作品有《哭吧，亲爱的祖国！》《从矿山来的小伙子》《陷阱》《在太阳下跳舞》《漂亮房子》等等，这些散文标志着文学"已进入了一个新的阶段，作家们极力要求深入地研究他的那些人物的心理，而同时还要提高自己的技巧。我们文学的这种成熟迹象，不久以前，已被批评家所注意到了，批评家已经承认，我们文学，是英语国家文学的一个重要的构成部分"（第 6 页）。

非洲语写作的文学占比较小。诗歌领域成就最大，"同英语诗歌不同，这种诗歌，大受欢迎，读众对于自己的那些主要的诗人，都是不胜尊敬的"（第 6 页），前期，诗歌的主题是"生的欢喜和自由的渴望"，后期主题有所转换，"透露出阴暗的调子来"（第 7 页），艺术层面上诗人作品中的"那种力量，那种深刻的抒情性，以及那种形式的完整，是使读者深受激动的"（第 7 页）。散文领域，尤其是长篇小说，同英语写作同类体裁相比，比较薄弱。

音乐领域，在非洲语居民中间，大受欢迎的是"布尔音乐"（轻音乐和歌谣的体裁），歌谣创作迎来高潮，并被灌成唱片发行；创办音乐舞蹈学院，学生演出团到国外演出，作曲家谱写交响乐作品等等。

建筑领域，创办建筑学院，将国际建筑风格与非洲气候、地理等条件相结合，形成契合非洲本土特色的建筑风格。

3. 《谈阿尔及利亚的民族文化》

手稿论述了法国对阿尔及利亚的殖民统治及文化控制，从语言、报刊、文学、文化民族性等层面分析了法国影响下的阿尔及利亚民族文化。语言上主要存在三种情况：阿拉伯语的阿尔及利亚方言，法语同阿拉伯语、贝尔语的混杂，纯粹的阿拉伯语。同时，"在阿尔及利亚，阿拉伯报刊甚为发达……它们所用的语言，却是严格的文学语言"（第5页），报纸业的发达，为阿尔及利亚文学的发展提供了平台与途径，作家们"都是从报纸上开始了自己的活动的，这一些人，自傲地，说出了阿拉伯的语言，他们不止反对帝国主义政治，而且反对一切的那些体现着帝国主义的东西，——它的语言，它的伪造的文化和腐朽的风尚"（第6页）；阿尔及利亚文学中，用阿拉伯语写的诗歌作品大量存在，用法语写的诗歌不多，因为"阿拉伯诗歌的年龄，是不能限定时间的"（第7页），散文体裁却相反，法语写作的散文较多，且达到了较高水平，原因有三。其一，散文体裁在阿尔及利亚文学中，历史较短，"在日益发展的阿拉伯文学中，一般说来，脚还没有站得稳"（第8页）；其二，在当时，阿拉伯语文学作品出版面临不小的困难；其三，法国文学中，短篇小说比较成熟，法语较之于阿拉伯语，属于更能表现现代概念的语言手段。

此外，手稿介绍了捍卫阿尔及利亚民族文化的"先锋队"——乌来木协会，它"在阿拉伯人自觉心的扩大上，或者是，对于殖民者的文化抵抗中"起了重要作用（第9页），产生于20世纪20年代，创办者为本·巴迪斯等人，主要活动有创办学校、培养教师、创办报刊、保卫地方阿拉伯方言等。

手稿最后讨论了"人民的艺术"，绘画、音乐、乐器、舞蹈、装饰……"各种各样的人民艺术，流传甚广，人民艺术在那里保存着自己的独立的性格……在阿尔及利亚的各种样式的艺术，在真正的阿拉伯的基础上发展着，任何法兰西的东西都不能破坏它的由来已久的阿拉伯精神"（第11页），人民艺术属于阿尔及利亚文化民族性的真正的奇迹和明证——"阿尔及利亚能保持住自己的阿拉伯民族性，尽管殖民者采取了极端的恐怖手段，尽管帝国主义用尽千方百计，明的暗的一齐来，要把他的阿拉伯民族性加以消灭"（第12页）。

4.《塞内加尔代表乌斯曼诺·森本那的发言》

这是乌斯曼诺·森本那在塔什干亚非作家会议上的发言。首先，谴责了帝国主义国家对非洲及非洲文化的侵略与破坏，"帝国主义是文化的破坏者，他们并不承认在非洲曾经普遍地存在过自己的各种文化。非洲曾经有过自己的各种文化，不过都逐渐消灭了……他们不止否定了我们的历史的过去，而且侵犯了我们的地理的完整……对于这种时间和空间的'古典的统一'的破坏，在贩卖奴隶的时代里，特别来得厉害——这是帝国主义对于我们的文化所犯的严重的罪行"（第1～2页）。

其次，详细讨论了非洲文学的历史、形式、体裁及类型。一是"书写文学"，包括两大类文学，借用性质的文学［借用外来文字书写的文学，包括"用阿拉伯字母书写的阿拉伯语言的文学"、"用阿拉伯字母书写的非洲各种语言的文学"、"用拉丁和其他文字书写的欧洲各种语言的文学"及"用拉丁及其他文字书写的非洲各种语言的文学"（第3页）］和用地方语言及字母书写的文学（"黑人非洲，在世界上，是图形文字体系极为丰富的国度之一"）。二是口头文学，包括叙事诗、抒情诗、讽刺诗、寓言诗等不同体裁的文学。同时强调帝国主义对非洲文学的破坏——蹂躏破坏、歪曲恶化、同化等。

再次，以喀麦隆、塞内加尔两地的文学为例谈论了非洲新的进步文学，并指出了非洲文学的目标，即"我们的新文学必须是民族的，可是，为的使我们的新文学是民族的，也就必须使非洲作家们重新获得自己的自由，也就必须使祖国再成为自由的祖国。可是，我们要努力使我们的文学再成为像过去那样的积极的文学，就是说，要让活的劳动人民为生活的劳动人民创造文学……我们要使我们的文学成为功利的，就是说要使它为劳动人民的物质的和文化的要求服务"（第8页）。

5.《关于撒哈拉以南的非洲文学的手记》

整体谈论了20世纪50年代撒哈拉以南的非洲文学概况。

（二）具体论述非洲文学的诗歌、小说发展成就及文学创作中的方法、风格、流派问题

1.《新的非洲》（《非洲诗选》评介）

手稿译自密罗维多娃撰写的《〈非洲诗选〉评介》，给予苏联译介的

《非洲诗选》高度评价，认为它向苏联、向世界展现了"新的非洲"，继而详细讨论了《非洲诗选》的内容、主题及特色。诗集收录了非洲法国殖民地和葡萄牙殖民地诗人们的诗作，诗是用法语和葡语写作的，反映了对民族独立的憧憬、对非洲复兴的预感、对殖民压迫的愤怒、对受苦难人民的同情及对人民斗争的鼓舞等主题，呈现出鲜明的特征，一是继承传统，"自觉地领受着自己的民族艺术的古老的传统，自觉地面向着他的那些母题和形象，面向着塔姆·塔姆的节奏"，洋溢着民族自觉的崇高感（第 2 页）；二是学习西方，"一边创造着民族形式的诗歌，同时，非洲诗人们有意识地掌握了法国和美国的爱自由的诗歌的优秀传统"（第 3 页），从而创作出具有独创性与民族自觉性的诗歌形象。

　　2.《索马里诗歌》

　　译自《现代东方》1960 年 3 月刊发的索马里诗人阿赫迈法·莪马·阿尔·阿菲哈利撰写的文章。以诗人的眼光着重谈论了索马里诗歌随着时代变化而发生的改变。长久以来，索马里诗歌"就是部族诗歌，每个部族都有自己的诗人。那些诗人歌颂自己的部族，歌颂自己的同族人。这些诗同阿拉伯诗歌有紧密联系"（第 1 页）；随着帝国主义的入侵，索马里诗歌主题发生了质的改变，转向"人民争取进步，争取自己国家解放的斗争"（第 1 页）、"争取独立，争取统一"（第 2 页），继而以两位诗人达希尔·亚当、莪马·穆哈默德的创作为例进行了说明与分析，指出，"在诗人心中，斗争的渴望和胜利的渴望，在沸腾着，他的创作成为每个索马里文学者的崇高榜样"（第 4 页）。

　　3.《关于突尼斯中短篇小说的讨论》和《夏比的"生命之歌"》

　　二者都是关于突尼斯文学的研究资料，均由斯太班诺夫撰写，分别发表于《外国文学》1959 年 11 月号和 1958 年 11 月号。前者以突尼斯的《思想》月刊为依据，介绍了突尼斯国内关于中短篇小说的论争。奥斯曼·阿里 - 卡克将突尼斯文学同阿拉伯文学割裂开来，认为现代文学是古代突尼斯文学的延续；突尼斯文学有着丰富的文学遗产；中短篇小说早在迦太基时代就已经存在，形式是口头民间故事、叙事诗传说和寓言。穆哈默德·法里德·伽纪则从阿拉伯文学的共同背景下看突尼斯文学，认为突尼斯文学基于印刷术落后、缺乏职业作家等，比较落后；中短篇小说是阿拉伯文学的年青的体裁，总共也就五十年的历史；中短篇小说多推崇个人主义，缺少社会关注与社会批评；中短篇小说的语言不应模仿阿拉伯语言科学院的写作，"那些立法者，已失掉了同生活的联系"，也不应用地方方言写作，"会破坏阿拉伯文学的统一性"，而要将"黎巴嫩作家——杰勃朗、努阿伊梅、伊德里斯——的语言作为范本"（第6页）。

后者则着重介绍了突尼斯文学的杰出诗人阿布-尔-加尚·夏比的生平经历，剖析了他的诗歌观念，认为夏比的《阿拉伯人的诗歌幻想》是"阿拉伯革命浪漫主义宣言"，他反对宫廷文学，"争取着诗歌创作的自由，争取题材的自由发挥。他要求打破那些束缚着诗人创作的，阿拉伯传统诗法的规则"（第2页）。手稿以诗集《生命之歌》为例讨论了夏比诗歌的创作特征。其一，具有浪漫的、抽象的、"宇宙的"性质，"时间的地点，通常是全世界，登场人物，是自然的本性"（第3页）；其二，抽象的背后，隐藏着诗人具体的情感和体验，"殖民制度的黑暗时代，夏比的个人生活的悲剧遭遇，在他的许多的诗歌上，按上了忧伤和命中注定的烙印"（第3页）；其三，充满着乐观主义元素；其四，贯穿着对社会不公正的愤怒的抗议。手稿肯定了夏比诗歌超越国界的世界意义，夏比在阿拉伯国家赫赫有名、大受欢迎，"而且不止于是阿拉伯国家的那些曾经遭受奴役的人民，都会特别清楚地感觉到夏比的诗人的眼光的犀利性，夏比是一个真正的大诗人，他预见到未来，因为他是特别关心自己人的利益和思想的"（第5页）。

4. 《现代非洲文学中的现实主义和现代主义的问题》

首先，界定了"现实主义""现代主义"两个术语的本质区别，即"真实的艺术和脱离真实的艺术"（第2页）。

其次，以伯纳尔·达吉斯、塞姆贝尼·奥斯曼、宾·马蒂普、西浦立央·艾克文纪、阿布杜尔·沙吉、埃扎·博托、费尔丁男·奥焦诺等作家及《克伦比斯》《啊，我的祖国，我的美好的人民》《非洲，我们不认识你》《城市的人们》《麦伊蒙娜》《残酷的城市》《朋巴的穷基督》《被完成了的使命》《侍者的生活》《老黑人与奖章》等作品为例分析了现代非洲文学中的现实主义倾向，这些作品或者表现了非洲青年人的觉醒，塑造了新型的非洲人形象，讨论了青年人的命运；或者展现、对比了乡村的穷苦凋零与城市的骄奢淫逸、腐化堕落；或者批判了殖民者对非洲的侵略扩张，或者表现了对殖民者幻想的破灭及对非洲出路的思索；或者揭露了天主教会的腐朽与堕落、基督教信仰与非洲传统信仰的矛盾冲突及基督教会的宗教侵略；或者批判了古老、呆滞、僵化的族长式的非洲生活；或者展现了对工业技术时代的融入与反思，或者讨论了非洲两代人的觉醒与摆脱驯服性的过程，等等（第 13～31 页），这些作品"就是极力要揭示非洲的新的力量和它的运动"（第 32 页）。

再次，指出非洲文学中也存在着与现实主义方向相反的现代主义方向，并以卡马尔·雷伊的创作为例进行说明，认为其第一部长篇小说《黑孩子》中的"非洲形象，是有片面性的，导致了对于艺术真实的破坏"（第 36 页）。

在这部作品中，"非洲，同别的一些年青的小说家的书中的非洲，是形成对立的。雷伊的'非洲'是极端的牧歌式的。他不止离开了殖民主义问题，而且还脱离了它的存在的事实本身。这是一个没有法国人的，没有殖民者和居民的关系的，没有任何的同西方文明相对立的，非洲。……这本非洲人的书，是写于巴黎，带有着浪漫主义化和怀乡思家的色调，因之，使一切上边都笼罩着一片苍茫、隐隐约约的，远方的烟云。这完全是主观的。可是，客观上，这个牧歌，也不可能不是虚伪的"（第 33 页）。

书中对古老非洲加以美化、理想化，"强调这非洲的族长社会的人们和崇高的道德的基础，它的仁爱，大公无私，高尚和亲子之情……古老乡村的诗歌同族长式家庭的诗歌互相交织在一起。如果在别的那些年青的小说家的作品中，是把先进的青年同保守的老的一代互相对立起来的话，那么，雷伊却是始终一贯地强调着他的父亲的传统的家庭和传统的职业的富有诗意"（第 33～34 页）。

书中充满魔法的诗歌——巫术、催眠术、民间医术、秘仪等等，"是古老的族长制的非洲的诗的标志"（第 35 页）。

手稿认为雷伊的第二部长篇小说《国王的仪容》是"破破烂烂的超现实主义的散文，特色就是把真实的和虚幻的、现实和幻觉交汇在一起。这本书的情节是假定性的，那些惶惶闪闪的形象，轮廓极为模糊，故事的全部意义——就是在于要创造出象征的'空气'……这本书的象征的意义，显然，就是在于要使白人们相信，在非洲的原始的现实后边，在它的肉欲的懒惰后边，是潜藏着它的伟大的理想的"（第 36 ~ 39 页）。

手稿评判了现代主义对非洲的"危险性"影响：作品沉溺于主观，得不到社会的反响，脱离了人民；"现代主义的影响更显示在人为的离开现代问题，艺术脱离思想和民族解放斗争任务等方面，并且现代主义的影响常常是同这些国家里的一定的保守的，而有时则简直是反动的发展观念结合在一起。现代主义理论家把古老的艺术形式加以理想化，其政治意义在于此，他们隐晦地或公开地同现代的进步思想，同民族独立统一的思想，同现实主义艺术相对立起来"（第 41 页）。

最后，手稿展现了非洲文学中关于现实主义与现代主义的多方论争。

一是马得林·卢梭在《现代艺术导论》中将现实主义等同于自然主义，认为它只能关注事务表面，否定以人为中心的希腊艺术，而现代主义却能深入到现实背后的"力量""精神""宇宙"，现代主义与非洲古代艺术有着强烈共鸣与衔接点，主张西方现代艺术向非洲古代艺术靠拢，并要求将非洲现代艺术导入现代主义道路（复古主义），其本质就是将人与社会、文学与社会割裂开来，把人与宇宙的关系作为艺术的中心。

二是舍赫·安塔·狄奥普在《黑人与民族的文化》中肯定人与社会的关系，肯定以人为中心的希腊艺术，号召作家们"生活在生活的中心，用自己的艺术去解决社会问题和'唤醒沉睡者'"（第 50 页）。

三是杂志《黑色的莪菲依》倾向于宣传脱离现代社会问题的诗与散文，培养与之对立的古代非洲的宗教的传统。

四是民间文学与现实主义的论争，罗兰·科森、莱奥波尔德·塞达尔·森格尔等主张"把作为非洲人民的自然的表现的民间文学同现代文学首先是现实主义的社会长篇小说对立起来"（第 60 页），认为现实主义的某些非民间文学的形式与非洲文学格格不入，此类主张具有鲜明的"保守的民间文学主义"倾向。

五是加克·阿列克西斯提出了"神奇的现实主义"主张，一方面要求反映现实，另一方面要求要用自己的民族形式表达现代问题，即"现代的、先进的内容有机地表现在民族的、利用民间文学的形式之中的现实主义"（第 70 页）。手稿最后指出非洲文学未来的希冀，即"把那些照例的体裁形式包括长篇小说在内都混在一起，创造出把英雄的、叙事诗的故事同歌曲和音乐以及节庆和演出的那些别有特色的特征互相结合在一起的，某些综合的艺术形式"（第 75 页）。

综上，通过对手稿基本内容的梳理，以及对手稿与我国外国文学研究历程的比较、考量，可以发现，手稿有巨大的历史价值与当下意义。

其一，从手稿内容、类别来看，穆木天晚年翻译手稿是中国翻译文学史上试图通过翻译途径构建、还原东西方文学史的一次尝试，这种尝试本身及结果极富开创价值与重要意义。

其二，手稿与 20 世纪五六十年代我国的外国文学研究"并驾齐驱"：既深化了我国已有的外国文学研究成果，又增补了我国学术界所缺乏的外国文学研究资料，以及拓展了我国外国文学研究的范围。手稿的产生，既与我国的外国文学学科、东方文学学科建设同步，也与我国的外国文学研究历程同步："新中国成立初期，中国对外国文学的研究虽然经过了世纪初的启蒙期，有所发展，但是仍然处于对理论和人才等进行准备的阶段。新中国十七年的外国文学研究成果在各语种之间显得十分不平衡，严格意义上的研究成果不多。"[1]

其三，"在我国，外国文学研究始终与外国文学翻译紧密相连"[2]，基于新中国成立后的外国文学翻译情况，手稿与我国外国文学的翻译事业也基本契合、同步，是对我国译介过来的外国文学作品的介绍、说明与研究，两者之间存在某种共频的互动。外国文学作品的译介是基础性的，"然而，进一步地，要全面领会外国文学作品所包含的丰富内容和文化底蕴，却不能仅仅满足于作品的翻译"[3]，更需要丰富、全面的外国文学研究资料。作为外国文学研究资料的穆木天晚年翻译手稿对外国文学

---

① 陈建华主编《中国外国文学研究的学术历程》第 11 卷《欧美诸国文学研究的学术历程》，重庆出版社，2016，第 313 页。

② 吴元迈：《回顾与思考——新中国外国文学研究 50 年》，《外国文学研究》2000 年第 1 期，第 1～13 页。

③ 舒炜：《应该出版下去的一套好书——"外国文学研究资料丛书"期待识珠人》，《中华读书报》1998 年 3 月 25 日。

作品的理解、阐释、解读及推广的价值进一步凸显出来。

其四，手稿虽然产生于20世纪五六十年代，但其中很多珍贵的材料以及言说思路、分析范式和最终结论，仍具有非常重要的史料价值与学术价值，对于我们今天的外国文学研究仍有巨大的意义。

手稿中有287页的古希腊文学研究资料、187页的英国文学研究资料、911页的法国文学研究资料、476页的印度文学研究资料等等，意识形态与政治并非唯一标准，相反手稿折射出强烈的文艺美学色彩，资料翔实、分析到位、结论准确，对我们今天审视、研究古希腊文学、英国文学、法国文学、印度文学等等，都有不小的借鉴价值。

手稿中部分研究资料依然能够弥补、填充我国目前在相关文学研究领域的资料空缺，如目前我国的土耳其文学研究，"虽然已经有了很大进步，但仍然不够充分和深入。目前仅有的一些关于土耳其文学的研究，还主要集中于诺贝尔文学奖获得者帕慕克。因此，无论在广度上还是在深度上，特别是专题性的土耳其文学研究，还有很大的提升空间"①。穆木天译介的《那齐姆·希克梅特评传》更是目前唯一一部全面介绍土耳其诗人希克梅特生平与创作的著作，对于学界的那齐姆·希克梅特研究有重要的参考价值。再如手稿《威廉·莎士比亚论》对莎士比亚评价史、研究史以及莎剧演出史详细、全面、系统的统计与梳理，对我们今天研究莎士比亚在世界范围内的传播仍有重要的资料价值；手稿《政论家雨果》对雨果政论家身份的强调、关注、聚焦，以及对雨果政论作品的详细分析与阐释，仍能填补我们今天的研究空白。

第三节　俄苏文学批评特征探微——以手稿为依托

穆木天晚年翻译手稿是俄苏文学批评实践的样本呈现，附载、折射着俄苏文学批评的基本特征。

以手稿为依托，从表层看，苏联20世纪五六十年代的外国文学批评

① 陈建华主编《中国外国文学研究的学术历程》第12卷《亚非诸国文学研究的学术历程》，重庆出版社，2016，第190页。

研究是极其繁荣的，主要表现在以下几个方面。

其一，众多的学术刊物，诸如《外国文学》《文学问题》《苏维埃东方学》《现代东方》《东方学研究所刊》等。

其二，众多的出版机构，诸如莫斯科大学出版社、国家艺术文学出版社、苏联科学院出版社、苏联文艺出版社、苏联东方文学出版局等。

其三，众多的学术机构，诸如苏联科学院以及下设的高尔基世界文学研究所、东方学研究所等。

其四，庞大的外国文学研究队伍，诸如特朗斯基、安德列夫、尼古拉耶夫、雅洪托娃、图拉耶夫、斯密尔诺夫等。

其五，丰富的外国文学研究成果——穆木天晚年翻译手稿计 94 种 3622 页 211 余万字，紧跟苏联文学批评的最新动向，然而这仅仅是穆木天选择性译介、片段性翻译的结果（很多著作只翻译了导言或者一章；很多论文，穆木天也是片段性翻译；还有很多论文著作穆木天并没有翻译过来），然而手稿已经涉及各个大洲各个国家各个时期的代表文学，几乎涵盖了整个东西方文学史，足见苏联外国文学研究的涉猎之广、规模之大。这些丰富的外国文学研究成果一方面体现了苏联学者开阔的学术视野，另一方面也蕴含着苏联学者的文学批评观念，而文学批评观念又与当时的国际环境、苏联的文艺政策以及俄国传统的文学批评紧密相连。

从深层看，穆木天晚年翻译手稿提供了丰富的苏联外国文学批评样本，其中蕴藏着俄苏文学批评的基本范式、操作路径、内在肌理及学术品质。在本节中，我们深入手稿，揭示、探微俄苏文学批评的核心命题与基本要义。

一　以意识形态为主导的评判标准

"二战"之后，美苏关系破裂，以美国和北约为首的资本主义阵营和以苏联和华约为首的社会主义阵营在政治、经济、军事、文化、意识形态等方面开始长期的对抗，世界陷入"冷战"状态。

在这样的国际语境下，社会主义的国家属性自然决定了苏联学者在外国文学研究上的基本立场——对符合社会主义意识形态与价值观念的社会主义国家文学、资本主义国家中的无产阶级进步文学以及资本主义国家中"具有'人民性'的革命现实主义或积极浪漫主义文学的作品"①
持肯定与认同的态度，而对于不符合社会主义意识形态与价值观念的资
产阶级文学持否定与批判的态度。显然，意识形态批评方法成为苏联学
界研究外国文学的首要标准与基本凭借。

苏联视域中的欧美文学。基于意识形态的考量，苏联学界对欧美不
同时期、不同类型的文学有不同的态度和评价。

其一，欧美古典文学和批判现实主义文学。对于不属于社会主义话
语体系的欧美古典文学和批判现实主义文学，苏联学者给出了高度评价，
主要有两方面的原因。一是马克思恩格斯的定性评价；二是欧美古典文
学和批判现实主义文学内在的某些主题、思想倾向（诸如反地主压迫、
反封建主义、批判资本主义、揭露资本主义社会的虚伪与肮脏等等）与
社会主义话语存在某种契合，"属于那种能被有效地阐释进社会主义意识
形态建构资源系统内的作品，一定程度地为社会主义意识形态所接纳，
成为社会主义反资本主义的有效资源"②，故而成为苏联学者认同的
对象。

手稿中的《〈古代文学史〉导言》、《古希腊文学史绪言》、《荷马的
〈伊利亚特〉与〈奥德赛〉》、《威廉·莎士比亚论》、《浮士德》（上）等
篇目以马克思、恩格斯、列宁的经典论述为依据，在详细地介绍了马克
思、恩格斯、列宁关于古希腊文学、莎士比亚、歌德的论述之后，则开
始进行分析评论，介绍时代背景、作者信息（生平年月、政治立场），
讨论作品的内容、主题（追求、反抗、批判）、人物（阶级立场）以及
艺术特色（现实主义手法），最后重新回到马克思恩格斯的相关论述，
并给予荷马、莎士比亚、歌德高度评价，但偶尔也会指出其作品艺术层
面上的瑕疵（诸如评价《荷马史诗》的现实主义是原始的现实主义，书
中的人物是静态的、缺少变化的等等）。

手稿中的《论〈美国的悲剧〉》《巴尔扎克》等篇目，研究者先是对

---

① 方长安：《1949—1966 中国对外文学关系特征》，《中山大学学报》（社会科学版）2005
年第 9 期，第 14 页。

② 方长安：《冷战·民族·文学——新中国"十七年"中外文学关系研究》，中国社会科
学出版社，2009，第 26 页。

作者诸如西奥多·德莱赛、奥诺雷·德·巴尔扎克进行阶级定性，划分阶级归属，探讨阶级立场（对于1945年加入美国共产党的德莱赛则给予毫无保留的赞美；而对于巴尔扎克则一分为二，即保持节制的赞美和一定的批评）；然后再评价作品诸如《美国的悲剧》《人间喜剧》中的主要人物，评价的标准依然是阶级立场；随后以极大的篇幅讨论作品的思想内容（反抗压迫，揭露、批判资本主义社会的腐朽与罪恶等），思想内容的分析构成了文章的核心部分；之后再做艺术层面上的评价（主要是现实主义手法）；最后对全文予以总结——结合作品批判资本主义社会的内容和现实主义手法的应用，给出高度评价。

主题、思想层面意识形态的契合性是苏联文学批评关注的重点，穆木天晚年翻译手稿中的相关篇目都如此。但这种"契合""认同"也是部分/局部的"认同"，而非完全的认同，如苏联学者对批判现实主义的评价，既肯定其成就，也指出了其在意识形态层面的局限、不足，手稿《外国文学史提纲》在分析"一战"前的进步作家的创作时，以萧伯纳、马克·吐温、亨利·曼、法郎士等批判现实主义作家为例，总结、评判了他们的创作特征，继而指出："从资产阶级民主立场对帝国主义的批判，政论要素，讽刺倾向；有力量去揭发在垂死的资本主义时代日趋尖锐的矛盾，但不能够创制出真正地积极的纲领，真正地积极的英雄人物——反对资产阶级制度的战士。"（第15页）

其二，欧美现代主义文学。由于意识形态与创作手法层面的冲突，苏联学界对欧美现代主义文学进行了全面鞭挞与否定，日丹诺夫的发言颇具代表性，他认为"资产阶级文学的现状就是这样：它已经不能再创造出伟大作品了……把自己的笔出卖给资本家和资产阶级政府，他的'著名人物'现在是盗贼、侦探、娼妓和流氓了"[1]，欧美现代主义文学在苏联自此被贴上了"政治上反动、思想上颓废、艺术上形式主义"[2]的标签，被归为反现实主义的反动文学，被置于苏联社会主义现实主义

---

[1]　《苏联文学艺术问题》，曹葆华等译，人民文学出版社，1953，第24页。

[2]　张曼：《时代文学语境与穆旦译介择取的特点》，《中国比较文学》2001年第10期，第52页。

文学的完全对立面。

　　穆木天晚年翻译手稿中凡是涉及欧美现代主义文学的篇目，无一例外，被冠以"颓废"二字，并进行彻底的批判与否定：手稿《外国文学史提纲》将 19 世纪末期的各种思潮统一定性为"颓废主义潮流"，"自然主义、印象主义、象征主义是资产阶级艺术崩溃的表现的各种不同形式"（第二部分第 1 页）。手稿《1917—1945 的法国文学》（一）、《1945—1956 的法国文学》（二）在高度评价 20 世纪初法国进步浪漫主义文学和批判现实主义文学的同时，整体批判了 20 世纪初法国的现代派艺术，并分别批判了马尔塞尔·普鲁斯特的主观主义和相对主义、安德烈·纪德的无道法论和唯美主义、以柏格森和弗洛伊德的哲学为依据的超现实主义、以保罗·瓦勒里和保罗·克罗代尔为代表的象征主义、以保罗·莫朗和查理·莫拉斯为代表的帝国主义侵略文学等，认为这些文学"形成了一个统一的思想的艺术的颓废主义总体，在其中，唯美主义的纯艺术和反动的资产阶级文学露骨的政治倾向性交织在一起"（第 70 页）。手稿《阿拉贡》将立体主义、未来主义、达达主义、超现实主义等现代主义思潮定性为"各种奇形怪状的，为法兰西帝国主义反动派服务的文学"（第 1 页）。《法国文学简史最后部分：第二次世界大战期间和战后的文学》认为存在主义充斥着悲观主义、颓废心理，乃至是反人道主义的（第 48 页）。手稿《法国文学简史：法兰西 19 世纪末至 20 世纪初的颓废的和反动的文学方向》认为，"象征主义同那种成为法国先进文学特征的爱自由、民主的情绪是格格不入的"（第 7 页）。手稿《象征主义》将象征主义定性为"表面上是不关心政治的，而实质上是反动的，颓废的"（第 2 页）。手稿《自然主义》认为生理学主义、假科学性、宿命论、色情主义等使"自然主义同颓废主义的结合越来越紧密"，并逐渐"融合到颓废文学的大潮里去了"（第 15 页）。

　　其三，欧美无产阶级文学、民主文学。对于欧美无产阶级文学作品、民主文学作品，苏联学者持高度的认同与肯定态度。这些作品或者揭露了垄断资本主义的罪恶，或者塑造了坚强的共产党员形象，或者描写了工人运动，在性质上都属于进步的革命文学（无产阶级革命文学），符合苏联意识形态的主流话语。

手稿《阿拉贡》对阿拉贡的创作活动及地位进行了高度评价，认为他是"法国现代最伟大的作家，法国社会主义现实主义文学的奠基人之一，他的生活和创作的道路，正是反映了国际工人阶级的反帝斗争……阿拉贡是在资本主义国家的极困难的环境中，积极反对帝国主义资产阶级，积极地保卫和平和保卫文化的共产主义战士，是法国共产党文艺政策的忠实的坚强的执行者"（第1页）。手稿《巴比塞》高度评价了法国共产党作家巴比塞及其创作活动，认为巴比塞是"天才的共产主义作家"（第2页），是"法国进步力量的各种运动的强有力的组织者之一"（第4页）。手稿《十九世纪民主革命诗人海尔维格、威尔特、福莱利格拉特的创作》高度肯定了三位无产阶级诗人海尔维格、福莱利格拉特、威尔特的诗歌创作与政治主张，表达了对无产阶级事业胜利的信心及对资产阶级的嘲讽，等等。

苏联视域中的亚非拉文学。对于亚非拉文学，出于意识形态的考量，苏联学者也都给予了高度评价。十月革命的成功，为亚非拉国家提供了很好的借鉴。亚非拉社会主义国家借鉴苏联的发展模式，在文学上吸收苏联经验，书写本国本民族的生活状态，文学作品的主题倾向与社会主义文学的精神诉求颇为一致。故而，手稿中亚非拉文学研究资料对于日本、印度、朝鲜、越南、阿拉伯、非洲、拉丁美洲的古典文学、无产阶级文学、民主文学无一例外地都给予高度评价。

二　社会主义现实主义的研究方法

社会主义现实主义曾是苏联文学的旗帜和标志。社会主义现实主义作为文学的一种理论体系，是苏联作家创作实践的理论总结，是对俄国文学和世界文学现实主义传统的继承与发展。几十年来，社会主义现实主义对于苏联文学的发展，对于它的盛衰荣枯，具有举足轻重的作用。1934年，全苏第一次作家代表大会将社会主义现实主义确定为苏联文学创作与批评的基本方法。

社会主义现实主义作为文艺创作、批评的基本方法被确定下来后，在实际的执行过程中，基本方法变成了唯一方法，成为一套固定的文学创作公式和文学批评范式，"以社会主义现实主义的创作方法作为唯一的评判标准来衡量一切作品，由于将社会主义现实主义绝对化、唯一化，现实主义也因此获得了独一无二的地位，于是在论述文学史时，苏联出现了一个'现实主义——反现实主义'的话语模式，认为整个人类的文学史实际上是一场现实主义和反现实主义的流派斗争史，他们将一切进步的艺术都归结为现实主义，将他们认为的非现实主义艺术统统归结为'反现实主义'的行列加以排斥、否定，使现实主义尤其是社会主义现实主义染上一层近乎宗教的色彩，成为唯一有价值的艺术和方法"①。

在具体的外国文学研究中，社会主义现实主义方法被广泛地应用，现实主义作品被推到顶点，而现代主义文学被拒绝、否定。以至于相关研究对作品只关注其人民性、典型性和现实主义，其更精微、更复杂、更深层的方面则无涉及。对于作家的取舍也只是以其是否直接为无产阶级事业服务为转移。

苏联学者自觉应用社会主义现实主义的方法来评价分析外国文学，对于符合的给予肯定，不符合的则予以否定。对于小林多喜二、高尔基、巴比塞、瓦扬等作家，苏联学者采用社会主义现实主义的研究方法进行客观的评价和研究，能够揭示其作品的社会意义；但对于纪德、普鲁斯特、帕斯捷尔纳克、泰戈尔这类作家，完全采用社会主义现实主义的研究方法进行分析评价，则不能不说是以偏概全，有失偏颇。诸如手稿《十九世纪二十世纪孟加拉文学》认为泰戈尔"理想化了人民生活，并且宣扬抽象的人道主义，一直到死还是资产阶级作家，不能了解阶级斗争对于解放孟加拉的意义"（第 2 页），无疑大大简化了泰戈尔创作的复杂内涵，忽略了泰戈尔创作的美学意义。手稿《穆尔克·拉吉·安纳德》对安纳德现实主义创作的肯定以及对其现代主义创作特征的否定，如"安纳德的创作（尤其是早期）并没有脱离开西欧资产阶级文化的某些消极方面——形式主义，现代主义和自然主义——的影响。例如，他的某些长篇小说的形式主义结构，就是反映着这种影响。在《不可接触的贱民》和《伟大的心》里所写的，止于是一天之内的事情，因之，使

---

① 方长安：《冷战·民族·文学——新中国"十七年"中外文学关系研究》，中国社会科学出版社，2009，第 186 页。

人物的发展缺少说服性。在安纳德的作品中，还见的到过分的心理化和自然主义因素"（第 40 页），导致了对安纳德单一维度的片面性评价。再如手稿《法国文学简史：法兰西 19 世纪末至 20 世纪初的颓废的和反动的文学方向》彻底否定纪德的创作价值及意义，"颓废的快乐主义和解脱道法戒律的典型的实例，就是安德烈·纪德的创作。安德烈·纪德在他的中篇小说《地粮》（1897）、《没有锁好的普罗米修斯》（1899），长篇小说《背德者》（1902），以及其他等作品中，歌颂着在从良心、道法、对于别人的同情等等观念解放出来的条件下的利己主义的生活享乐"（第 18 页）。手稿将陀思妥耶夫斯基局限于现实主义的民主阵营，否定其他方向的阐释与评价，"陀思妥耶夫斯基，是由于他的现实主义和民主的同情受到法国先进作家的重视的，可是，在颓废派中间却引起了对于他的特殊的兴趣，就像他是病态的、破碎的、二重的性格的大师。（在这一方面最显著的就是安德烈·纪德的那本《陀思妥耶夫斯基》)"（第 19 页）。手稿《1917—1945 的法国文学》（一）从同样的维度否定纪德的创作及其对陀思妥耶夫斯基的阐释，"纪德对于陀思妥耶夫斯基作品提过不止一次。（特别是二十年代，例如，《关于陀思妥耶夫斯基的谈语》)。他按照自己的那些人物的形象，按照自己的颓废主义的道德和艺术的观念，伪造出了陀思妥耶夫斯基的面貌"。手稿《法国文学简史：从伟大的十月社会主义革命到我们的日子》从现实主义美学规范阐释普鲁斯特及其创作，将其创作置于现实主义的维度进行考量：一方面将普鲁斯特的意识流写作理解为对资产阶级社会的反抗进行肯定（第 7 页），另一方面又从沉溺主观、脱离现实的角度进行彻底否定（第 8 页）。

三　以苏联为中心的"世界进步文学观念"

苏联文学批评中渗透着强烈的大国优越感与中心意识，这缘于苏联试图重构世界文学地图的"以苏联为中心的'世界进步文学观念'"①。1934 年苏联作家第一次代表大会上，日丹诺夫高度肯定了苏联文学的巨

---

① 刘洪涛：《世界文学观念在 20 世纪 50—60 年代中国的两次实践》，《中国比较文学》2010 年第 3 期，第 11 页。

大成就与先进性，"苏联文学的成功是以社会主义的建设的成功为先决条件的。苏联文学的成长是我们社会主义制度的成功和成就的反映。我们的文学是全世界各民族和各国文学中间最年轻的文学。同时，它又是最有思想、最先进和最革命的文学……能够成为而且实际上已经成为这种先进的、有思想的、革命的文学，就只有苏联文学"①。"二战"以后，"随着第二次世界大战的胜利，苏联在各个方面的实力和影响力大增，大国意识及统治欲空前膨胀……创制'世界进步文学'概念，建构以本国为核心的世界文学新体系，可谓正当其时。吉洪诺夫在 1954 年第二次全苏作家代表大会上的报告，呈现了一幅苏联化的世界文学新图景"。②"以苏联为中心的'世界进步文学观念'"体现在苏联的外国文学批评实践中。

其一，苏联在亚非拉文学研究中，或者直接塑造苏联的美好形象，或者分析、展现亚非拉国家文学作品中美好的苏联形象，或者强调苏联文化、文学的先进性、国际性以及亚非拉国家对苏联文学的自觉接受，具体表现在以下几个方面。

一是强调亚非拉作家对苏联的向往及他们作品中美好的苏联形象。

手稿《法胡利的创作道路》中，作者指出法胡利"直至生命的最后始终是苏联忠实的朋友……1946 年，在他去世以前不久所写的他那最后一篇的文学，就是献给英雄的苏联军队的"，"法胡利对于苏联寄托了很大的希望，他认为，苏联是各小民族的保卫战的利益的最伟大的国际的权威"（第 23 页），法胡利在他的政论集《苏联——新世界的建设的柱脚石》里"表现出了他对于苏联的爱，他对于苏联的从希特勒的奴役下拯救全世界的伟大使命的信心"（第 29 页）。

手稿《现代印地语文学的基本流派和发展道路》与《印地语和乌尔都语的诗歌》中，作者分析认为，印度诗人的诗篇表达出"他们相信苏联人民必然战胜法西斯和反动派的黑暗势力的满怀信心的声音"（第 31

① 《苏联文学艺术问题》，曹葆华等译，人民文学出版社，1953，第 23 页。
② 刘洪涛：《世界文学观念在 20 世纪 50—60 年代中国的两次实践》，《中国比较文学》2010 年第 3 期，第 12 页。

页），流露出"印度人民对于苏联人民的真挚友情"（第42页），表达出"苏维埃人民不但为自己的独立，而且为全人类的幸福在战斗"的主题（第22页），并举例：印度诗人苏曼在《莫斯科现在很辽远》《红军在前进》等诗作中"歌颂同法西斯进行解放斗争的，苏维埃人民的英雄主义"（第32页），在诗作《人民的堡垒》中赞美苏联人民的伟大成就，称呼苏联为"被压迫的人们的圣地"（第42页）；尼拉利亚在诗作《打罢，革命的响雷》中庆祝十月革命的巨大胜利（第28页）；拉伽夫在诗篇《不可战胜的废墟》中"歌颂斯大林格勒的英雄保卫者的历史性的胜利"（第32页）；丁卡尔的诗篇《欢迎你，啊！红莲花》欢迎苏联领导人访问印度（第42页）；安恰尔在《自由的象征》中呼喊，"红色的俄罗斯，你真是强大！——你是友善、平等、自由的象征；同你的生活熔合在一起，各国人民就有了希望"（第43页）。

手稿《伟大的印度作家普列姆昌德诞生七十五周年》与《普列姆昌德和他的长篇小说〈慈爱道院〉和〈戈丹〉》谈到普列姆昌德对苏联的向往，"他满怀着希望把眼睛转向苏联——劳动得到了解放的国家。作家欢迎新的社会主义社会，在苏联被得到解放的各族人民所创造出来的新文化"（第7页）；"普列姆昌德，尤其是在他的晚年，特别注意苏联的经济、政治、文化的建设。在殖民地的印度，写出了苏联的真实情形，也就是崇高的公民勇敢的表现"（第41页）。

手稿《穆尔克·拉吉·安纳德》谈到穆尔克·拉吉·安纳德对于苏联必胜的信心（第33页），以及安纳德对苏联的良好印象（第43页）。手稿《〈朝鲜现代诗选〉序文》中，作者展现朝鲜作家创作的苏联题材与苏联形象，"朝鲜诗人和作曲家所写的斯大林元帅之歌，苏军之歌，苏联人民之歌，在朝鲜特别受人欢迎"（第5页）。手稿《现代非洲文学中的现实主义和现代主义的问题》中分析蒙果·贝蒂的小说《被完成了的使命》时，特别强调了主人公梅乍及非洲人民对苏联的向往（第26页）。手稿《拉丁美洲进步文学》所分析的众多诗歌，如拉乌尔·刚萨列斯·屠宁的《苏联之歌》《国际的赞美歌》《普鲁特河的传说故事》《悼瓦杜金和柴尔尼亚霍夫斯基将军之死》《苏联的光荣的新年之歌》、卡尔洛斯·奥古斯特·利昂的《苏联之歌》、乔治·阿马多的《和平的国家》《在伟大的周年纪念日中向苏联祝贺》《从莫斯科写给路易斯·卡尔洛斯·普列斯特斯》等等，无不描绘了一个美好的苏联形象。

二是强调俄苏文学的先进性。

手稿《外国文学史提纲》不仅指出"苏维埃文学的革新和他的世界意义"（第一部分第 4 页），也高度肯定俄罗斯古典文学的意义——"俄罗斯现实主义作家对于外国文学的影响，在世界进步作家同颓废派和反动派的斗争中，俄罗斯古典文学对于这些进步作家的意义。俄罗斯现实主义是世界上进步艺术家的榜样"（第二部分第 1~2 页）。

手稿《〈朝鲜现代诗选〉序文》充分肯定苏联文学的世界意义，认为"代表着人类艺术发展的新队形的苏维埃文学，已经给出来全心全意为人民服务的榜样……鼓舞苏维埃人民建立史无前例的丰功伟绩"（第 13 页）。

手稿《法胡利的创作道路》援引法胡利的观点评价俄罗斯文学的真实性特征，"俄国作家所写的一切，都来自他的本性。他的本性并没有被社会的虚礼客套，伪善风气，既成习惯，给束缚住"，并进一步阐发道，"俄国文学的基本优点，就是真实性；在法胡利看来，这种真实性，就是俄罗斯作家们渴望着独立自主和保全个性的结果，而个性是保障他们免于虚礼客套和成见的影响的，可是，道德的责任感，则鼓舞着作家们去无情地鞭打着社会的缺点和恶习"（第 12 页）。

手稿《拉丁美洲进步文学》援引材料论述苏联文学在拉美的流行盛况，"在卫国战争年代，十足地显示出拉丁美洲普通的人们对于苏联文化尤其是苏联文学火热的同情，在大陆上大部分的国家里，都成立了对苏联文化联系协会，在 1941 年至 1945 年这一段时间中，关于苏联的书籍、小册子、论文、特写诗歌作品超出了 5000 种之上，——这种现象，对于西半球是史无前例的"（第 21 页）等等。

三是强调俄苏文学对亚非拉国家的影响以及亚非拉作家对俄苏文学的自觉接受。

手稿《朝鲜无产阶级文学运动史中的一章》（1924—1934）指出，"俄罗斯人民的有高度思想性的现实主义文学，帮助了朝鲜作家在帝国主义压迫的艰苦条件下，继续并发展了朝鲜文学的进步传统"（第 14 页）。

手稿《〈朝鲜现代诗选〉序文》强调，"朝鲜自然就是要把自己的眼睛向着伟大的苏联人民的文学。从这里朝鲜人民得到了对于被提到自己面前的许多问题的答案。因之，在朝鲜出版的苏联作家的作品，受到了热烈的欢迎。现代朝鲜人民民主共和国的诗人和散文家都正在学习或将要学习高尔基、马雅可夫斯基、法捷耶夫、肖洛霍夫以及其他等人的作品。年轻的朝鲜文学的进一步的繁荣的保证就在于此"（第 13 页）。

手稿《日本文学》强调苏联文学对日本文学的影响，"二叶亭四迷的长篇小说《浮云》（1887—1888）给日本现实主义文学打下了基础，那个长篇小说是在俄国文学主要是在屠格涅夫和龚查洛夫的影响之下创作的"（第 7 页）；"在 20 年代—30 年代初，在日本产生了无产阶级文学，它是受到伟大十月社会主义革命和苏联文学，尤其是高尔基的影响的"（第 10 页）。

手稿《1928 年—1932 年的日本民主诗歌导言》认为"1928 年—1932 年日本无产阶级文学运动的成长和在理论战线上的积极斗争，是在苏联文学和艺术的强大的影响的空气中进行的"，并援引藏原惟人的观点进行说明，"藏原惟人写道，'俄国 1917 年革命的成功和它的以后的发展对于日本无产阶级文化运动发生了巨大的影响'，藏原惟人在他的著作中不止一次地号召人们去研究苏联的文学和艺术，向苏联文学和艺术学习"（第 17 页）。

手稿《〈阿拉伯散文作品选〉序文》指出阿拉伯文学"要学习连苏联文学在内的世界进步文学的经验"（第 24 页），同时强调俄国文学在阿拉伯的译介情况以及叙美派作家对俄国文学的热爱与接受（第 5 页）。"从 19 世纪末以来，出现了俄国文学的作品的译本。出版了普希金、果戈里、托尔斯泰、柴霍夫的作品的阿拉伯文的译本，而在 1905 年俄国革命以后又出版了高尔基的作品的译本。阿拉伯语言被丰富起来，增添了好几百个新词儿"（第 2 页），并指出阿拉伯作家米哈伊尔·努阿伊梅、阿布·阿尔－梦西赫·哈达德对俄罗斯文学的热爱（第 5 页）。

手稿《法胡利的创作道路》谈到阿拉伯侨民作家米哈伊尔·努阿伊梅对俄罗斯古典文学的钟爱及俄罗斯文学对他的影响，"努阿伊梅在 1914—1919 所写的那些短篇小说中，便鲜明地感觉到俄罗斯古典文学的影响"（第 4 页）。

手稿《太阳照耀着"黑非洲"》谈到爱弥儿·西塞的长篇小说《阿西亚图——九月》创作历程时，指出，"作者不仅仅是取之于几内亚的现实，而且是在尼古拉·奥斯特洛夫斯基《钢铁是怎样炼成的》的影响之下有意识地创造出来的"（第 17 页）。

手稿《拉丁美洲进步文学》认为："拉丁美洲进步文学取得了它的那些成就，在极大的程度上，就是依靠着这样一种情况：它以苏联文学作为自己的强有力的朋友和教师，苏联文学的影响，很早地，远在 20 年代初，就已经显示出来了，而且是，一年比一年地，更为明显地令人感觉到……苏联文学在拉丁美洲大受欢迎，并且对于 20 年代和 30 年代拉丁各国人们的文学的发展发生了影响"。（第 18 页）

四是强调苏联作家的国际性与影响力。

手稿《现代印地语文学的基本流派和发展道路》肯定高尔基及其作品对现代印地语文学发展的巨大作用（第 30 页）。

手稿《穆尔克·拉吉·安纳德》指出安纳德文学道路上的俄罗斯文学作用，"安纳德开始尽力钻研马克思著作，对于苏联的生活深感兴趣，研究俄罗斯古典作家，并且也熟识了苏维埃作家的作品，尤其是伟大的无产阶级作家高尔基的作品对于安纳德发生了极大影响"（第 4～5 页）；并强调俄苏文学对普列姆昌德的影响，"对于普列姆昌德的创作发生巨大影响的，就是俄国的伟大的十月社会主义革命的胜利，和他对于俄罗斯古典文学和苏维埃文学的知识。普列姆昌德非常熟悉托尔斯泰、柴霍夫和高尔基的作品"（第 7 页）；肯定俄苏文学对于印度进步文学的意义，"印度进步作家协会，在创造现实主义的，真正人民的艺术上，作了很多很多的工作，极力反对文学中的神秘的反动的倾向。协会认为给印度读者介绍俄罗斯和苏维埃文学的古典作家是它的最主要的任务之一"（第 8 页）。

手稿《朝鲜无产阶级文学运动史中的一章》（1924—1934）着重分析了高尔基对朝鲜文学的影响，"高尔基的创作对于朝鲜无产阶级文学的发展有着巨大意义……朝鲜文学的优秀作家，李箕永、韩雪野等的创作，同高尔基的名字有不可分割的连系"（第 14～16 页），并且谈到了朝鲜作家对马雅可夫斯基、绥拉菲靡维奇、革拉特珂夫、肖洛霍夫等苏联作家作品的阅读与接受（第 16 页）。

手稿《赵基天》谈到马雅可夫斯基对赵基天的影响，"对于赵基天，马雅可夫斯基的创作有特殊的意义。赵基天自己承认那个诗人战士、活动家的创作对于自己的极为丰富的影响。无怪乎在朝鲜称赵基天为'朝鲜的马雅可夫斯基'"（第 14 页）。

手稿《拉丁美洲进步文学》评价高尔基对拉美文学的影响，"高尔基的影响是特别地强烈和有益，这一位苏联文学的伟大奠基人的一切的作品，都被翻译成为西班牙文"（第 19 页）；再如阐说马雅可夫斯基的影响，"马雅可夫斯基的创作的亲近的接触，对于拉丁美洲的社会诗歌，都给出了无可争议的影响，在它的内容上和它的艺术形式上都给出了影响"（第 20 页），等等。

其二，"以苏联为中心的'世界进步文学观念'"意识在欧洲文学研究中同样频繁出现，以法国文学为例。

手稿《1917—1945 的法国文学》（一）展现法国文学对苏联的描绘及苏联对法国文学的意义，"在 20 年代，共产主义作家的不少的作品献给了苏联。巴比塞，瓦扬·古久列，和穆西亚克创作了好几本特写集，发表了一系列的关于苏维埃现实，关于社会主义文化的论文。苏联被反映在那些作品中（瓦扬·古久列的诗，巴比塞的短篇小说中，等等）。新世界形相的美学功能，对于他们的艺术，对于现实的艺术掌握的原则本身，都是格外重要的。社会主义世界的形相，就是肯定理想的现实化，具体化，它对于艺术给予了宏大的规模和动力，揭示出了运动的远景。面向苏联的描写，帮助法国作家把新世界——20 世纪革命斗争的世界——放到自己的艺术中，帮助他们认识的，我们的时代的英雄，共产党人战士的性格"。

手稿《法国文学简史：从伟大的十月社会主义革命到我们的日子》指出，"伟大的十月社会主义革命，标志了在人类历史上一个新的时代的开始，它也给予了全世界各民族在文学上以巨大的影响，法国文学亦不例外……在苏联的社会主义制度的胜利以及社会主义建设的成功……给先进的法国作家打开了一个新的历中前景"（第 1 页）。

手稿《法国文学简史最后部分：第二次世界大战期间和战后的文学》指出法国进步文学应以苏联文学为榜样，并借用阿拉贡的观点加以强调，"在现代法国，争取社会主义现实主义的斗争，使得法国先进作家重视苏联文学的丰富的经验。1955 年，阿拉贡出了他的批判论文的专辑，阿拉贡在那里分析了苏联的作品，而在他特别有兴趣的是苏联作家在内容和艺术形式方面的问题。在《高尔基的光辉》《莎士比亚与马雅可夫斯基》这些章节里，阿拉贡谈到苏联重要作家的作品里，深刻的思想内容和出色的艺术技巧的结合，以及人道主义的对生活的肯定的因素与无情的真实地描写黑暗而丑恶的生活面的结合，他认为这是值得研究学习的好范例"（第 69 页）。

手稿《阿拉贡》介绍了阿拉贡的访苏之旅以及两次旅行对他的影响，强调高尔基、马雅可夫斯基、奥斯特洛夫斯基等对他的强烈影响，认为"阿拉贡接受了社会主义现实主义的创作方法，并积极为这一创作方法而斗争"（第 2 页），肯定阿拉贡对苏联建设成就的积极宣传以及对苏维埃人英雄品质的歌颂，等等。

其三，除却强调苏联文学的先进性及国际影响之外，手稿中诸多篇目也论及他国文学在苏俄的译介以及对苏俄文学的影响，展现了他国与苏俄频繁的文学互动及丰富的文学交流史，尤其表现在论述东西方古典文学时。

手稿《〈摩诃婆罗多〉的传说的序文》论及茹科夫斯基对《摩诃婆罗多》插话的翻译。《那罗与达摩衍蒂》（Наль и Дамаянти）作为印度神话故事、《摩诃婆罗多》中独立完整的插话，经由茹科夫斯基译成俄文，"进入了进入俄国文学的宝库"（第 4 页），且依据这个题材，1898—1899 年，作曲家 А. С. 阿伦斯基（А. С. Аренский）创作了歌剧。

手稿《〈古代文学史〉导言》《希腊文学的亚该亚时代》《荷马的〈伊利亚特〉和〈奥德赛〉》则谈论了古希腊罗马文学——尤其是《荷马史诗》在俄苏的译介以及普希金、果戈里、托尔斯泰、别林斯基等作家对《荷马史诗》的肯定与高度评价。

手稿《塞万提斯的小说〈堂吉诃德〉》展现了《堂吉诃德》在俄苏的译介与影响情况：1769 年《堂吉诃德》首度被翻译成俄文，随后又出现了众多的译本;《堂吉诃德》高度的人文主义的内容与认识的意义、幽默风趣的风格及对于现实的极为动人的描写"曾经引起了普希金、果戈里、屠格涅夫和列斯科夫、别林斯基、赫尔岑和高尔基的注意和共鸣"(第36页);小说常被马克思主义经典作家引用,列宁、斯大林的文章中同样经常见到堂吉诃德主义的概念(第37页);苏联画家们给《堂吉诃德》作插画,演员们在舞台上演出《堂吉诃德》等等,都推动了《堂吉诃德》在俄苏的传播。

对于现代文学在俄苏的译介,手稿同样有所涉及。手稿《爱弥勒·左拉(1840—1902)》以文中注释的形式介绍、勾勒了左拉作品的俄译情况:"卢贡·马加尔,这个连丛的第一部(《卢贡家族》)写于1871年(俄译1873),最后一部《巴斯卡医生》写于1893年(俄译1893)……揭露了大资产阶级的掠夺行为和寄生生活(《贪欲的角逐》1871,《女福商店》1883,俄译1883,《金钱》1819,俄译1891);指示出资产阶级的家庭和道德堕落(《娜娜》1880,俄译1880,《家务事》1882,俄译1882);提出了关于无产阶级状况和工人运动的问题(《萌芽》1885,俄译1894);响应了普法战争和巴黎公社的事件(《溃败》1892,俄译1892-最后1946)。"(第3页)

较之于左拉作品的全面俄译,手稿也指出部分作家作品的译介与研究匮乏,如B.巴林在《文学报》上撰文《伟大的印度作家普列姆昌德诞生七十五周年》,呼吁对普列姆昌德加强关注,"在印度国外对于普列姆昌德的研究,首先是在苏联开始的。很抱歉,直到现在,普列姆昌德的作品的俄译本还是很少很少,我们翻译家的任务,就是要广泛地向苏联读者介绍印度人民的这位优秀儿子的创作"(第7页)。除却艺术的需求之外,对普列姆昌德的关注,也有政治的考量,"对于普列姆昌德的作品的进一步的认识,是将有助于苏联和印度的兄弟般的友好的巩固的"(第41页)。同时,B.巴林在《印度文学》(1958)一书中再次勾勒了苏联对普列姆昌德的研究与译介情况,译自该书的穆木天手稿《普列姆昌德和他的长篇小说〈慈爱道院〉和〈戈丹〉》中这样介绍道,"在印度国外对于普列姆昌德的创作的科学研究,最初也止是在苏联开始的。普列姆昌德的深刻的现实主义和独创的才能,在二十多年以前,已受到有

名的苏维埃的印度学者 A. П. 巴兰尼科夫院士的注意。在巴兰尼科夫院
士，贝斯克洛夫内伊，格拉吉谢夫以及其他等人的著作中，阐明了作家
的创作活动的其他方面。可是，这只能看做最初的几步，因为普列姆昌
德的大量的文学遗产（12 个长篇小说，约 250 篇短篇小说，三篇戏剧，
好些政论文章），还值得去作细心研究。在科学的研究之外，还把普列姆
昌德的有些作品译成了俄文"（第 41 页）。

　　由此，我们可以说，穆木天晚年翻译手稿"记录"或说"见证"了
苏俄与他国的文学互动，当然，这种"互动"也并非绝对单一的或说苏
联输出影响的单向互动，也存在着丰富的双向互动，即他国文学（古典
文学、现代文学）在苏联的译介、出版及苏联学界、读者对他国文学的
认知与接受，对我们了解特定时期的文学交流有一定的价值。反过来，
苏联对外国文学的译介（俄译本）、接受与评论又深刻影响着中国五六
十年代的外国文学取舍与评判标准，成为我们考察此时期制约翻译行为
的一个不容忽视的关键因素。

四　比较或比较文学的方法、视野与格局

　　比较方法或说比较文学的意识与方法也是苏联文学批评的一个重要
特征。苏联学者有着较为开阔的视野与格局，善于在学术批评中采用比
较的方法进行实践分析，继而极大程度地揭示了文学在发展过程中的内
在关联、因果规律及异同特色。如手稿《印度诗歌的描写手段》对诗学
研究、文学形象研究中比较方法运用的肯定与推崇。

　　　　比较方法，长久以来，不止在各种自然科学的领域中，而且在
　　许多人文学科的领域中取得辉煌的成果，可是在诗学中，确实运用
　　得很不够，而在形象性的某些方面，还完全没有接触到比较研究。
　　在诗歌描写手段的研究上，还几乎没有采用，其实，形象性的比较
　　研究，却是可以得到极为丰富的结果。它还能解释人的思维的复杂
　　多样的情形。（第 86 页）

　　手稿不仅高度肯定了比较方法的价值与意义，而且提出了比较方法

在诗学、形象研究中的具体面向（东方文学内部、东西方文学之间）、操作路径及方式（立足事实、厘清关系，题材、情节、思想、人物、形象等各个方面的比较）。

> 这一种研究的结果，不止对于诗学本身有意义，而且对于哲学也有意义。那可以有助于我们在美学和心理学领域的知识的加深。同时，这一些研究的结果，不能像经常的老办法那样，仅仅是依靠着推测和独撰的公式，而是要对自然的体会的性质和思维的性质的，具体的事实。形象性的比较研究，有助于深入了解各国之间的文学关系的历史。在现在，对于这种关系的研究，主要是依靠着题材、情节、思想和文学中的人物的形象的对比的办法。这样的研究，当然是不够的，而采用形象性的比较研究把它加以复杂化，在我看来，是完全必要的。对于在形象性的性质上彼此大为不同的，东方各种文学中的形象性的比较研究，以及对于东方文学和西方文学的形象性的比较研究，都是有特别重大的意义的问题。（第86～87页）

手稿《印度诗歌的描写手段》不仅有理论层面的讨论，也有具体的实践操作，通过东方文学内部、东西文学的比较，深刻地分析了印度诗歌形象（性）的独特性及其渊源。

通过对印度诗歌与波斯文学中形象的比较，手稿指出，波斯文学对印度诗歌形象有着相当程度的影响，或说印度诗歌形象有着明显的波斯渊源。以夜莺形象为切入点，可以发现，印度的伊斯兰教徒的诗歌中存在"夜莺"形象，印地语诗歌中却完全没有"夜莺"形象，究其原因，则是基于"形象的移动性"（第84页）——夜莺是"靠从波斯诗歌承继过来的传统才有的"（第23页），不仅"夜莺"，"水仙，柏，紫罗兰等等，以及波斯文学中的英雄人物的名字，在印度伊斯兰文学中是那么样的鲜明，因之，也就以哪种程度掩盖住了整个的印度自然，以及以之为基础而创造出来的那些形象，结果印度形象性的手段在这里就失掉了他的一切力量，就从文学的使用中被完全排挤出去了"（第85页）。

"独创性"是手稿《印度诗歌的描写手段》的高频率关键词，"独创性"结论的得出，不仅得益于东方文学内部基于事实的渊源比较、影响比较，也得益于跨越东西方文学的平行比较。手稿《印度诗歌的描写手段》将印度诗歌的形象与欧洲诗歌的形象进行多维度、多视角的比较，继而得出印度诗歌"独创性"的结论。

诗歌形象的产生条件、范围构成了印度与欧洲文学形象的一大区别。印度诗歌形象的产生基于印度的自然、宗教、神话、文化及文学传统，立足于印度的土壤，而欧洲文学则不然。

> 在印度诗歌中见不到不属于印度的土生土长的，任何的草木，动物，山川，等等，以及并非在印度产生的神话的人物。这种情况，就是印度诗歌同欧洲诗歌不同的一点，在欧洲诗歌中，在形象中出现的动物和植物，有在欧洲所见不到的……这样，印度诗歌同欧洲诗歌就所不同了，欧洲诗歌中的形象，长久以来，在某种程度上，是具有着国际的性质的，而印度诗歌则是仅仅运用着自己国土的那一些形象，决不超出自己的自然、自己的生活、自己的习惯、自己的历史和神话的范围之外。（第 27 页）

具体而言，印度诗歌形象与欧洲诗歌形象在取材、形象内涵等方面均有不同。欧洲诗歌中取材于自然的形象较之于印度诗歌，比较贫乏；欧洲诗歌中的草木禽兽形象较为单一，只有一种面貌，不如印度诗歌形象丰富、多元；同时，"在利用着无生命的自然的时候，更显示出了印度的和欧洲的形象性之间的分歧。尤其是，在欧洲文学中，没有一座山进到诗歌里边，被利用在流传甚广、人所周知的形象之中。同样，欧洲的江河，也比较很少加以诗化。俄罗斯的江河的诗歌，走的是另一条道路，同在印度文学中不同"（第 73 页）。手稿又以"象""乳牛""牛蹄""狗""蜜蜂""桦树""麻"等动植物为例，详细剖析了印度诗歌与欧洲诗歌中相关形象的差异，指出，"在印度诗歌中具有着鲜明的形象面貌的，绝大多数的草木，在欧洲诗歌中是见不到的。在印度和欧洲所见到的那些草木，都具有着不同的形象性"（第 79~80 页）。

当然，通过比较，手稿在指出印度诗歌形象与欧洲诗歌形象存在多种差异的基础上，也看到了两者之间存在的某些相似性，"只有极少数的禽兽，在欧洲诗歌中和在印度诗歌中，具有着同样的面貌，例如，兔子，是胆小鬼，苍蝇，是大胆汉，狮子，是百兽之王。在某些场合中，印度的和欧洲的形象性的路线，是接近的。公鹿和母老虎，是大体上以相同的形象面貌出现的"（第74页），但是"在绝大多数的场合，在这些文学中的形象性的发展，是走着不同的路线的"（第75页）。

在手稿《现代印地语文学的基本流派和发展道路》中，比较方法被用以揭示现代印地语文学中的外来因素，如强调西欧文学对印地语文学体裁生成的影响，"在这个时代印地语文学中的一个显著的现象，就是大力的翻译活动。西欧文学的印地语翻译，促进了印地语文学中的各种新文学体裁的形成和发展，扩大了作家们和读者们的眼界。例如在这个时期翻译了莎士比亚的《罗密欧和朱丽叶》和《马克白斯》"（第6页）；"近几年来，在西欧文学的直接影响之下，印地语文学中不仅发展起一些新的文学方向，而且还发展起一些新的体裁：在戏曲方面有独幕剧，在艺术散文方面有报告文学和特写"（第45页）。再如西欧戏剧对印地语戏剧的影响，"这个时代的一些戏剧家，主要是取法于西欧戏剧的范本，创作出了自己的富有独创性的印地语作品"（第6页）。以及西欧现代主义思潮对印地语诗歌的影响，"在西欧现代主义的影响之下，近几年，印地语诗歌中发展起一个新的方向，通常这个方向是被称作'普软欧格瓦德'（实验主义），或'新诗'派"（第43页），等等。

手稿《塞万提斯以前的长篇小说的发展》同样广泛采用比较方法进行批评研究，主要基于影响层面的比较、平行层面的比较、渊源层面的比较以及综合比较展开。

手稿谈到西班牙光棍小说的意义与影响时，将其放置到欧洲语境中进行宏观比较考察，既从西班牙视角出发论及了光棍小说的欧洲影响，又从被影响国家出发讨论了它们对光棍小说的接受与发展。

西班牙的光棍小说，对于十六—十八世纪英国、法国和德国的那些类似的作品，给出了强烈的影响。可是，在英法两国，这一类小说并没有那样的悲观主义的性质，而相反地，同这两个国家的历史发展上的各种特点相连系着，却反映出由资产阶级发展所决定出来的，高昂的情绪。在西班牙的影响下所写出来的，这一类的最出色的作品，就是德国的格里美尔豪生的长篇小说《西木卜李其西木斯》（十七世纪），法国的勒萨的《吉尔·卜拉斯》（十八世纪）。对于十八世纪的英国现实主义小说的形成，光棍小说，起了重大的作用（笛福、菲尔丁、斯摩勒特）。（第26页）

手稿讨论西班牙的骑士小说时，将其与意大利的英雄浪漫叙事诗进行了平行比较，并揭示两者的异同以及异同背后的原因，由此，作为论说主体的西班牙骑士小说的本质特征及兴盛的原因得以凸显。

骑士小说，是同十五世纪末—十六世纪初的意大利的英雄浪漫叙事诗大为类似。在这两种场合中，都是在新的文化关系、文化概念的各种条件下，中世纪的、冒险的题材情节的复活。可是，在这两种现象之间，存在着本质上的区别。在意大利，新的贵族阶级穿着华美的骑士的服装，那止于是欢乐的化妆跳舞会，止于是美丽的、滑稽可笑的装饰。相反地，在西班牙，资产阶级发展比较地薄弱，成为绝对主义的主要的基础的，就是那些同中世纪的骑士的风气和观念有着血肉相连的贵族，这一切就是被认以为真了。查理五世，认真地要求这，要让他的臣民们尽可能都成为‘骑士’，而西班牙青年贵族的战场上的英勇，他们由此而发展起来的骄傲和夸大的荣誉概念，又支撑了这一种幻想。（第2页）

手稿在论述西班牙长篇小说的另一种类型牧人小说时，引入作为其发端及渊源的意大利牧人小说与之进行比较，从而更加明晰地界定西班牙牧人小说的特点。

西班牙的牧人小说，比起给他们作直接范本的晚期文艺复兴时期意大利的这一类作品来（例如桑纳乍罗的牧人小说），确实具有着更为表现得鲜明的贵族阶级的性格……因之，西班牙的牧人小说，

就是典型的贵族的体裁，它的风格，也是与之相符合的，就是极端精炼文雅和矫揉造作。（第 8～10 页）

手稿第二部分第一段运用综合比较的方法将骑士小说、牧人小说与光棍小说三种不同题材的小说类型进行比较，并在综合比较的视域下探析光棍小说的体裁渊源。

如果说骑士小说、牧人小说，基本上是反映了贵族阶级的趣味和兴趣，把读者引向到'美丽的幻想'的世界里去的话，那么，在十六世纪末发展起来的，光棍小说，确是民主的体裁，它从极日常的生活现象中描写出了生活，并且给予生活以严肃的批评。这种体裁，在中世纪文学中，已经有过先例，那就是十四—十五世纪的西班牙的诗歌形式的小说，那些东西，在题材和风格上，是接近于法国的小寓话的。可是，西班牙的光棍小说的真正原型，确实有一个叫做罗哈斯的人所写的那部《瑟列斯丁娜》（十五世纪末）。（第 13 页）

除却上述举例之外，该手稿中到处闪烁着比较思维与比较方法，如追溯塞万提斯骑士小说《贝雪莱斯和西希斯蒙达》中的希腊冒险小说因素（第 7 页）；论说牧人小说《狄亚娜》对莎士比亚两部戏剧《维洛那二绅士》《第十二夜》的影响（第 12 页）；将光棍小说《小癞子》与爱拉斯谟的《愚人颂》比较（第 18 页），将同为光棍小说代表作品的《阿尔法拉契人古斯曼》与《小赖子》比较（第 20 页）；等等。在各种比较手法的运用之下，手稿《塞万提斯以前的长篇小说的发展》恰切、深刻地梳理、评价了骑士小说、牧人小说与光棍小说这三种小说类型的渊源、特点、代表作品及影响、意义，全面地总结了塞万提斯以前长篇小说的成就。

五　社会历史批评

社会历史批评是苏联文学批评中最重要的方法之一，它"透过作品本身而试图窥见它所'反映'的社会历史背景，并凭借这种背景而最终解释作品本身。如果说，传记研究关心作品背后的作者生活经历，精神分析研究注重作者无意识，结构主义强调抽象的逻辑结构，解释学和接受美学偏重读者与文本的对话，那么可以说，社会历史方法的鲜明特征就是在社会历史联系中处理文学问题"①。手稿中古希腊文学研究资料即是社会历史批评方法运用与实践的标准范例。

手稿《古希腊文学史绪言》在讨论古希腊文学研究的方法论问题时，便自觉、自发采用社会历史批评方法进行古希腊文学批评。它首先界定"文学"的属性，认为文学是建筑在某种生产关系基础上的意识形态之一种，文学的产生、发展脱离不开特定的社会历史语境。于是，主张进行古希腊文学批评研究时，必须立足古希腊文学产生的社会历史语境，需要从社会历史语境观照、审视、解释古希腊文学。

> 文学总是多种多样地反映现实生活，哪怕是其中的虚构或者讽刺的东西。了解和研究某一个形象，不可能不联系产生它的环境，不可能不联系每一个被研究的时代的各种社会潮流相互关系的总和的整个画面。当然，最先，必须特别明确地了解古希腊社会的一般基础——它的奴隶制度。（第14页）

同时，手稿强调，淡化、脱离古代社会历史语境进行古代文学研究，或说古代文学研究中的语境错位，是一种严重的错误。

> 有些学者们犯了严重的错误，当他们拿古代文学现象来和封建社会时代或资本主义时代作比较的时候，他们没有注意到产生这种文学的奴隶制度的特点，他们把一切都从现代化去看。而列宁就是坚决地预先指出说："在我们是可以懂的这种思想的'发展'，在古代是写不出来的，因为事实上，在古代没有。"（第13页）

但手稿也客观地指出，"如果认为全部文学史的唯一的来源就是经济

---

① 胡经之、王岳川主编《文艺学美学方法论》，北京大学出版社，1994，第30页。

条件的话，那也是错误的，是'庸俗社会学'，或者是'经济主义'"
（第11页），手稿认为波克罗夫斯基的历史"学派"便犯了这种错误，
继而辩证地肯定了个人意志等因素在其中的作用（避免文学研究中"庸
俗社会学"的走向），并援引恩格斯给约瑟夫·布洛赫信中的观点加以
证明。

> 我们自己创造着我们的历史，但是第一，我们是在十分确定的
> 前提和条件下创造这个历史的。在这些前提和条件中，经济的归根
> 到底是有决定作用的。但是政治条件等等，甚至那些存在于人们头
> 脑中的传统，也起着一定的作用；虽然不是决定的作用……第二，
> 历史是这样创造的，即最后的结果始终是由许多个别意志相互冲突
> 中产生出来的，而其中每一个意志的形成，又是由于有许多特殊生
> 活条件的结果……每个意志都是参加于合成力的，因而是包括在这
> 个合成力里面的。（第12页）

手稿《〈古代文学史〉导言》同样采用社会历史批评方法观照古希
腊罗马文学，并要求规避古代世界、古代社会、古代文学（古希腊罗
马）研究中常见的几种错误，如"古代理想化""古代近代化""古代的
过度古代化""古代片面化"等。

> 一方面，那就是对于古代的理想化，只强调它那一个一个的成
> 就，讳言它的局限性，和它的那些阴暗的方面。（第11页）
> 另一种错误，是同第一种错误有着紧密联系的，就是对于古代
> 的近代化，抹杀了奴隶占有制社会与以后的那些社会经济结构的区
> 别。（第11页）
> 在相反的方向中的错误，就是对于古代的过度的古代化，把希腊
> 人和罗马人描写成为比他们实际的样子更为原始的人物。（第12页）
> 在另一方面，那些反动的和颓废的流派的代表人物，也屡屡地
> 企图着去"曲解"古代文学，从其中阉割掉他那些进步的内容，而
> 主要地注意着在其中反映着古代文化的局限性的某些东西，注意着

原始主义，宗教的古老风味的各种特征，注意着奴隶社会的世界观的那些否定的方面。（第 33 ~ 34 页）

　　手稿将讨论对象"古希腊罗马文学"界定为特定时期特定社会制度条件下产生的文学，即"希腊罗马的两个古代的奴隶占有制社会的文学"（第 1 页），认为奴隶制度对于古希腊罗马文学的产生及发展起着重要作用，"古代的个人从氏族公社的关系中解放出来，那些关系，在有阶级以前的社会中是束缚着它的发展的，可是，在城市国家隆盛时期……达到一定的独立性的个人同社会整体的紧密的关系，构成了隆盛期的古代艺术创作的最重要的前提之一"（第 11 页）；与东方社会、东方文学相比，古希腊罗马文学更为丰富多彩，"它远远地超过了古代东方社会的文学，古代东方社会的制度并没有对于人的发展，开辟出那么样广泛的可能性"（第 14 页）；古希腊文学内容非常丰富，广泛、真实地展现了古代社会、古代生活，"从人的复杂多样的社会关系中描写了人……具有着极为丰富的当前政治的内容……如同古希腊文学一样，罗马文学也是同时给出了许许多多的才能的实例，回答了当日的要求，创作出好些经过许多世纪都能焕然如新的艺术作品"（第 16 ~ 17 页）。

　　手稿《希腊文学的亚该亚时代》指出，古希腊的神话、故事、咒语、歌谣、谚语、谜语等创作都产生于一定的社会条件与社会基础，并主张从这些作品中审视古希腊社会。对于《荷马史诗》，手稿强调它的诗学特征与时代语境紧密相关。

　　　　荷马史诗的艺术价值，是同使他们产生出来的，社会发展的较低的阶段有不可割裂的关系……荷马史诗所得的社会发展阶段，恩格斯已作了明确规定，就是氏族制度崩溃的时期，就是在国家产生以前个人财富日益成长的时期。荷马诗学的基本特点，就主要是以这一些社会关系为背景去说明。（第 2 页）

　　如手稿在对《荷马史诗》人物形象的剖析与理解中，尖锐地指出社会历史环境对人物形象塑造与呈现的制约及意义。

希腊史诗中的人物决不使自己同社会形成对立，永远是停留在集体伦理的范围之内……一切氏族时代的理想，对于荷马史诗的英雄们，都是牢不可破的理想……在氏族集体中，个人已经崭露头角，可是，个人并没有脱离氏族集体，而这种个人的觉醒，在荷马史诗中，获得了鲜明的现实主义的描写……个人和社会并不是处在互相矛盾的境地，因之，使荷马史诗中的人物具有了个人面貌的完整性和鲜明性。（第 3 页）

手稿《荷马的〈伊利亚特〉和〈奥德赛〉》详细分析了《荷马史诗》产生的社会历史条件，即"决定古希腊英雄史诗的产生的历史的根元"。

荷马史诗创造于过渡时期，照马克思的说法，在当时"原始的东方公社私有制已经解体，而奴隶制还没有相当高度地占有生产"，在当时，成为古代社会的经济基础的，就是"小农经济和微不足道的手工业生产"。在这个发展阶段上，奴隶制是更进步的劳动分工的形式，它促进了劳动生产率的提高，商业的扩大，科学文化的发展。（第 2 页）

继而回到文本，讨论了《荷马史诗》中所记录、展示的宏阔的社会历史语境以及原始神话等材料。

"荷马时代的社会"，它的结构反映在两大史诗中，这个社会显示出氏族关系的崩溃和新的奴隶制关系诞生的画面。发生了财产分化的过程，社会分成为"各种体面的人"，出现了世袭贵族。氏族贵族开始限制人民的权力……可是，氏族制度还没有被摧毁，奴隶制还是具有着极为鲜明的族长制的性质。（第 2 页）

在荷马史诗中，不只看得出公元前八世纪的时代，而且是看得出更早的时期：史诗的创作者利用了母权制时代的古老故事和传说中的旧材料。（第 3 页）

　　手稿肯定了《荷马史诗》植根于现实、反映现实日常生活的现实主义的艺术特征:"古希腊叙事诗的特色,就是现实的广泛的包括。在荷马的史诗里,有希腊人民的生活和斗争的极丰富的画面。有海上的远征军、战争、美丽的日常生活。可是,叙事诗不止于是普通的古代纪念碑作品,过去事件的书纪,还是出色的艺术作品。"(第 30 页)

　　《戏曲的发展》(古希腊)在剖析古希腊三大悲剧作家的创作时,从社会历史批评角度对他们进行整体的定性、定位评价,认为"他们中间的每一个人都代表着雅典悲剧发展中的一个历史阶段。雅典悲剧发展中的这三个阶段,也就是继续地表映出雅典民主的三个历史阶段"(第 16 页),"埃斯库罗斯是雅典民主诞生期的诗人,欧里庇得斯是雅典民主危机时期的诗人,索福克勒斯……在他的思想和文学的方向上,依然是雅典隆盛期"(第 41 页),即三大悲剧作家的创作有着具体且特殊的社会历史语境,社会历史语境又强烈地影响、干预着他们的创作。

　　如手稿依托埃斯库罗斯的剧作探析他的政治观念,"从埃斯库罗斯的悲剧里可以看到,诗人是雅典国家的卫护者,尽管他是属于民主内部的保守集团……照恩格斯的说法,'悲剧之父'就是表现得鲜明的倾向性的诗人"(第 17 页),强调历史现实对他世界观形成的影响,"在埃斯库罗斯身上,传统的世界观的各种要素同民主国家所产生的各种观点交织在一起"(第 18 页);并从社会现实角度阐释埃斯库罗斯悲剧创作的基本内容及意义。

　　　　埃斯库罗斯一向在描写着在道德中,法制中,和国家制度中的进步原则,他反映出来他的时代的基本的历史倾向。在他的悲剧中,表现了不同的政治的、道德的体系的斗争和更替……埃斯库罗斯对于个人的命运的苦难甚感兴趣,他认为那止是大的历史的锁链中的一环,是整个的家族或国家的命运的一环,他经常利用着有连贯性的三部曲的形式展示出来个人的命运和苦难。(第 37 页)

　　埃斯库罗斯,是具有巨大的现实主义力量的天才创作家,他利用神话形象揭示出他的当代那个伟大转折期的历史内容,——那个伟大的历史转折期,就是从带着好多氏族制度残余的社会里,产生

了雅典国家的时代。（第 17 页）

再如，对于索福克勒斯，手稿强调雅典政治意识形态对他世界观形成及创作形态的影响。"直到死，他保持着他的温和的民主的见解……诗人是传统的生活方式的卫护者，对于新的政治思想的潮流取着否定的态度……索福克勒斯非常尊重城邦的宗教和道德，同时，也非常相信人以及人的智慧和道德的力量，这就是他的世界观的基本特征；就这一方面说，索福克勒斯就是雅典民主繁荣时代的意识形态的极优秀的表现者"（第 42 页）；同时，认为埃斯库罗斯及索福克勒斯的创作与雅典民主政治密切相关，并由此形成了一个鲜明的特征。

　　埃斯库罗斯和索福克勒斯的悲剧的最主要的显著特点之一，就是雅典民主上升时代极为鲜明的特征：个人已经获得了充分的独立性，可以在自己前面提出道德问题，从这一方面或哪一方面加以解释，但个人并没有同社会分离开，并没有同社会形成对立，也没有给自己创造出个人伦理来。（第 61 页）

手稿继而分析道，雅典民主政治的衰败，导致了悲剧发展的新的走向，即欧里庇得斯悲剧创作中出现了完全不同于埃斯库罗斯、索福克勒斯经验的新特征："这一切，都是新的特征，而同时，这些特征也正说明了随着五世纪末雅典'城市国家'的日趋崩溃，古代悲剧的体裁也日趋崩溃了。古时候的宗教的表演，变成为戏曲表演，悲剧的表演者从酒神的奉祀人转变成为演员。悲剧从英雄的世界降到寻常人的世界里。欧里庇得斯的剧中的人物，名字是神话中的名字，实在是一些寻常的人。"（第 73 页）悲剧体裁、内容发展与社会历史演变密切相关。

在社会历史批评的审视下，古希腊文学的生发与生成、发展与演变、基本特征与面貌得到了客观、深切的还原、揭示与讨论。

六　诗学审美分析

苏联文学批评在以阶级划分、意识形态处理本国文学、外国文学的同时，也能精确地把握作品的文学性及美学特质，并没有完全、绝对化地以政治标准覆盖、抹杀美学标准，深刻、精彩、独到的诗学审美分析成为苏联文学批评中重要的着力点与突出的闪光点，这是不容忽略的。

以手稿《西班牙民族戏剧的创造：洛甫·德·维伽及其剧派》为例，它在全面剖析维伽矛盾、复杂的世界观的基础上，深入地把握了维伽剧作的诗学特征，如对维伽剧作情节安排的分析。

> 为的使剧情显得热闹，剧中还广泛地利用了大量的传统的母题和常套的手法，例如幽会小夜曲、决斗、乔装、邂逅、误会、暗算、各种巧合、相认等。通常，还利用仆人之间的平行的情节，以之对主人之间所展开的情节进行讥讽，使剧情更为复杂化。
>
> 洛甫·德·维伽用尽方法使那些数量相当有限的母题和情势不断发生变化，每次都增加许多补充的色调和细节，用热烈的想象创造出数不尽的戏剧情节。其中的动力，往往是偶然的巧合。那种偶然的巧合使人与人的关系中发生了纠纷和冲突，使剧中的动作达到高度戏剧性。然后，又由于新的偶然的巧合，使一切恢复了秩序，因为洛甫·德·维伽这些喜剧的结尾都要有幸运的结局。（第 20 ～ 21 页）

手稿借用母题概念充分讨论了维伽的戏剧情节安排，并指出维伽利用想象力、偶然性设置等方法对传统母题进行改变和扩充，从而确保了戏剧情节的丰富性、人物关系的复杂性及动作的高度戏剧性。

再如对维伽剧作中人物塑造及人物形象的分析，手稿从动作、语言、精神刻画、现实意义呈现等层面，以高度诗学化、极具概括力的语言表述整体勾勒了维伽笔下人物（人物群像）的形象特征及意义。

> 洛甫·德·维伽的那些人物，是勇敢的、果决的、充满精力的，他们的动作是急剧的，他们的语言和行动是火热的神速的。那是生气勃勃的文艺复兴时期的天性。在其中，生命的力量过分充沛。洛甫·德·维伽的那些女性形象，是很出色的：他的那些女主人公都

具有精神的丰富性，她们跟她们的对象同样地有进取心，有智慧，有勇敢。她们满怀着热情，在任何情况下，都不止步。在这一点上，洛甫·德·维伽有些脱离现实，因为在当时的贵族社会里，妇女处在父亲、兄弟或是丈夫的严厉的监督之下，受尽压迫，仅仅扮演着不显著的角色。他是揭示出并强化了他在西班牙妇女中所感觉到的那种种的潜力。（第 23 页）

手稿进一步指出维伽剧作中的人物形象对他之前剧作家笔下人物形象的发展与超越，以仆人形象的塑造为例。

喜剧因素的体现者是那些仆人。在洛甫·德·维伽的先驱者的作品中，就已经见到丑角仆人的类型，可是，那是一些傻头傻脑的角色，一些以自己的愚蠢或者笨手笨脚给观众取乐的人物。洛甫·德·维伽的逗趣的仆人，有时就扮演这种角色，而有时，他们确是机智地嘲笑别人。仆人经常比自己的主人要聪明得多，至少是更有办法。是仆人拯救主人免于灾难。在这一些舞台形象中，洛甫·德·维伽的民主的同情是大大地显示了出来。（第 24 页）

但手稿也客观、真切地指出了维伽塑造人物方面存在的"公式主义"倾向，并从戏剧文学自身的角度深入地揭示了"公式主义"在维伽剧作中的表现及其根本原因。

洛甫·德·维伽千方百计地强调个人价值，而完全个性化的性格，却创造得比较稀少。（第 38 页）

在洛甫·德·维伽的那些"斗篷和剌剑"的喜剧中，情节压倒了性格描写。对白和独白都不是为揭示性格，而是为了对于动作加以说明和使之活跃。因之，尽管有复杂多样的性格，却表现得很表面。虽然还没有达到"假面戏剧"（维伽曾深受其影响）的那种公式主义的程度，他的那些性格往往只是一些同所谓的戏"角儿"很近似的类型，彼此只是微有不同。例如："第一个情人"，他的情

敌，贵妇人（女主角），"胡子"（老头儿——男主角或女主角的父亲），"逗趣者"（滑稽的仆人）等。（第 21～22 页）

难能可贵的是，作者还通过人物形象的诗学审美分析深入维伽的思想领域，从而达到诗学审美与思想性兼顾并容的效果。以手稿对维伽笔下"国王"形象的分析为例，《英明的裁判者国王》《羊泉村》《塞维尔之星》《惩罚——并不是报复》等剧作中的"国王"形象往往是"绝无错误""不受司法裁判"的，但也常常被维伽描写得"卑鄙不堪，丑态百出"，手稿深入维伽的思想观念阐释"国王"形象呈现出这种鲜明的矛盾性的原因。

> 洛甫·德·维伽是绝对主义体制的坚决的捍卫者，他极力使那个体制同自己的民主主义和人道主义的意向互相调和，因之，他就迫不得已把国王的形象加以理想化。同时，作为一个精细的和真实的艺术家，他又不可能看不到当代王权的真情实相，不可能不在自己的作品中描写出他所看到的一切。他力求克服这种矛盾。因之，他就在国王身上把统治者和人加以区别。王权所带来的那一切否定的东西，他都归之于人的缘故。作为统治者，国王是并没有过错的；作为一个人，他就具有一切人的弱点和毛病，但是还可以纠正。因之，把国王看作为个人，对于他的行为进行批评，是无益的，甚至是不容许的：他的本身是神圣不可侵犯的，那要求着对于他的无条件的勇敢和服从。可是，在客观上，洛甫·德·维伽剧中的国王形象，往往在其中包含着对于王权的思想的暴露……按照洛甫·德·维伽的想法，作为统治者的国王的行动，把作为人的国王的毛病都给遮盖住了。（第 31～34 页）

如上，《西班牙民族戏剧的创造：洛甫·德·维伽及其剧派》"浓墨重彩"地体现了诗学审美分析及诗学性与思想性并举、相结合的文艺批评特征。

七　实证分析

实证分析是苏联文学批评的另一方法或说另一特点。穆木天翻译的外国文学研究资料都立足于丰富的材料（苏联学者在文献材料搜集和应用方面的功力极其扎实），通过必要的引证、层层的分析（一般按照时代背景、作者生平、创作背景、文本分析的逻辑顺序，根据翔实的材料，一步步推进文章的写作与演绎），最终得出结论，展现学术研究与写作中材料翔实、引证丰富、论证严谨的特点。

以手稿《巴尔扎克》为例，手稿《巴尔扎克》依据丰富的材料——巴尔扎克数量庞大的特写、书信、随笔、论文、评论、小说等（《圣西蒙主义者》《巴黎通讯》《1831 年》《一年中的两次会面》《香料商人》《大臣》《当代的议员》《关于工人》《关于文学、戏剧和艺术的几封信》《政治信条》《关于劳动的通讯》《俄罗斯书简》《古物陈列室》《农民》《幻灭》《娼妓盛衰记》《耶稣基督在法兰德尔》《夏贝尔上校》《驴皮记》《乡村医生》《高老头》《绝对之探求》等等），经过对材料的判断筛选取舍引证分析，深入地剖析了巴尔扎克的世界观以及界定了巴尔扎克的阶级立场；然后检视巴尔扎克的全部创作，整体划分为 20 年代初、20 年代末到 30 年代初、1836—1849 年三个阶段，以时间为线索、以作品为重点详细讨论了巴尔扎克的创作特征以及各个阶段的发展变化。在分析讨论巴尔扎克各个时期、各个阶段的创作时，作者首先介绍此时期的时代背景，继而详细分析巴尔扎克此时期的思想状况、创作情况；在具体分析巴尔扎克的代表性作品时，作者首先着重分析作品的内容以及内容所传递出来的巴尔扎克的思想特征，继而探讨巴尔扎克作品的人物形象、题材特点以及诗学特征。通过对三个阶段巴尔扎克思想以及创作的分析，手稿很有说服力地展现了巴尔扎克复杂的世界观以及现实主义的创作方法与美学倾向，手稿逻辑严谨，层次分明，材料充足、翔实，脉络清楚，极具说服力。

这种严谨、严肃、"笨拙"的实证态度及实证分析法值得效仿学习，但阐释过程中有时又显得过于拖沓冗长，论述、分析淹没在大量的材料之中，陷入"材料主义"的困境，这也是需要我们规避的。

八　辩证意识与辩证评价

苏联文学批评面向文学史实，坚守辩证立场，贯彻深入的辩证意识与自觉的辩证精神，闪耀出鲜明的学术思辨色彩，从而保证了或者说获得了学术评价中客观、精确、科学、有效、全面的结果与效果。

手稿《现代印地语文学的基本流派和发展道路》在讨论现代印地语文学时，提出了总的研究方向与研究方法，即极具辩证精神的方向与方法：以辩证的立场、完全的视角研究、审视现代印地语文学，尊重文学规律及现象本身，反对生硬、简单地割裂与机械、呆板地套用。如对现代印地语文学分期和分类的评价。

> 现在，广泛流行的对于现代印地语文学进行分期和分类的方法，有的是按照大作家的名字，有的则是按照某一时期占主导地位的文学流派。这种分期分类的办法，显然是极不妥当的。事实上，在一个时期，往往有好多方向在平行发展，而且相互影响，有好些作家同时参与了几种体裁和几种文学方向，因此，想把某一作家划为某一方向，是极为困难的。以潘特为例。他是作为"查亚瓦德"的诗人开始写作的，以后甘地的思想对他发生过影响，再以后，马克思主义思想鼓舞了这位诗人，于是他写了一些诗，是可以算作"普拉加蒂瓦德"的，再以后，普遍的友爱与和谐的思想吸引了他，阿德罗宾德·高士的宗教哲学学说对他发生了影响，他又写了一些属于"新人道主义"的作品。这样的例子，不止一个。（第46页）

手稿要求尊重事实，立足事实，面对事实（印度历史社会宗教语境），不将研究对象与研究问题简单化处理。

> 印地语文学的许多作家的创作都经过了极为复杂的发展道路。研究现代印地语文学就必须注意到，它是在一个极为复杂、极为困难的时代里形成和发展起来的。在这个时代里，人的世界观、思想和命运充满着种种矛盾。这是一个从中世纪的闭关自守转到现代社

会的时代，是处在殖民主义压迫之下，又是解放斗争和民族解放运动展开的时代，而且，印度还是一个旧的宗教传统依然根深蒂固的国家。（第46~47页）

面对印地语文学，手稿要求具体问题具体分析，不套用公式，不割裂前后内在因果关联。

　　在研究印地语现代文学的时候……决不可以机械地搬用那些在西欧国家的文学中惯用的现成的公式、名词和评价。那样的一些公式和名词只能使研究者发生混乱，对于这种文学加以曲解。此外，在研究现代印地语文学的时候，必须注意以往的文学传统，如果不考虑和研究这种关系，就不可能正确地了解许许多多现代文学的现象。（第47页）

理论主张之外，也有具体的批评实践，如手稿对"印地语现代现实主义文学奠基人"哈利什昌德拉的分析与评价，高度肯定了他作品中的现实主义要素，以及他在各类文学体裁中所取得的建树与成就，但也极其敏锐地指出了其作品中存在的另一倾向、特质。

　　可是，在他的一些作品中，也表现出效忠的感情，有时还甚至歌颂英国在印度的"英明"统治。哈利什昌德拉关照中的这种不彻底性，可以这样去说明：他是印度社会里的贵族上层人物，他不能彻底地克服自己阶级的矛盾和动摇，尤其是在那个旧的社会关系已经破坏，老的理想遭受毁灭，而新思想、新的社会关系正在诞生，这样一个极为复杂的时代里，这样的矛盾，在当时的好些作家的作品里都可以见到。哈利什昌德写了十八个剧本，其中在现实主义要素之外，也还见到中世纪文学中特有的神话的、宗教神秘的主调。（第4页）

可是作者柴雷晓夫并没有因此否定哈利什昌德拉的创作价值与创作

意义，也没有因为哈利什昌德拉的地位及定型、定性结论，忽视他创作中的这种倾向，而是深刻、辩证地指出他创作上、思想上的矛盾性，并认为这种"矛盾性"在当时的印地语作家中是共性存在，而非特殊案例。

手稿对印地语文学中新的诗歌流派"查亚瓦德"的地位、影响以及产生因素进行了辩证的考察与分析。

> 在"查亚瓦德"这个浪漫主义的流派中，表现出当时所特有的种种矛盾。这个 20 年代初出现时，一方面，引起了严峻的风暴；而另一方面，也得到了支持和同情。无疑地，在印地语诗歌中的"查亚瓦德"派，是在欧洲浪漫主义的强烈影响之下发生和发展起来的。（第 20 页）

手稿肯定了"查亚瓦德"起源中的外来（欧洲浪漫主义）因素，但也不无辩证地强调了内在因素，即印度本民族因素。

> 如果否认"查亚瓦德"同民族的哲学倾向和文学倾向的连系，也不妥当。十九世纪末——二十世纪初印度教的著名宗教的和社会的改革者，维帷卡南达、罗摩提尔蒂的学说的许多方面，泰戈尔早年的象征诗歌，对这个文学方向的形成和发展起了显著的作用。（第 20 页）

手稿对印度语进步作家的分析与评价，同样贯穿辩证精神，尊重事实规律，既肯定成就，也指出不足，"某些不久前才参加印地语文学工作的作家们，虽然真心地赞成进步的现实主义的倾向，可是还不能够让自己的创作达到高度的生动有力。他们往往写出一些软弱无力的作品。在那些作品中，社会问题的正确解决，生活的真实表现，人物性格的深刻描写往往被作者的抽象的论断和号召所代替；某些作家对于人民生活了解得不够深入，他们只能做一些表面的，有时甚至是破坏生活真实的描写"（第 34 页）。

具体到一部作品的评价，论者也是坚守辩证精神，而非局限于一个

层面或者一个视角进行彻底肯定或者否定，如对库马尔的小说《转变》
的评价，"这个长篇小说，尽管它的收场是反现实主义的，可是，它也有
一定的价值。它的价值就在于库马尔能够极为生动有力地揭露出资本主
义社会的矛盾"（第 39 页）。

　　我们再以对西班牙剧作家卡尔代龙的评价为例，手稿《西班牙的巴
乐歌与卡尔代龙》开篇便交代了卡尔代龙的贵族立场以及天主教徒身份，
但并没有基于意识形态的关联，预设立场、简单粗暴地全面否定卡尔代
龙的创作成就，而是辩证地看待卡尔代龙的创作。

　　手稿深刻地指出了卡尔代龙身份、思想和创作中的两面性与复杂性，
认为卡尔代龙既是天主教哲学家，也是大艺术家。卡尔代龙信奉宗教，
但他的"宗教信仰中并没有中世信仰的完整性和鲜明性"（第 17 页）。
他既有"天主教的和封建的绝对主义教条"，但也不乏"人文主义和民
主主义的倾向"以及"大艺术家的现实主义的锐敏性和真实性"。"到了
晚年，在卡尔代龙的意识中，教条的元素更为加强，可是并没有彻底消
灭他的那些现实主义的和人文主义的倾向……这种两个互相矛盾的元素
的经常并存"（第 17 页）；"卡尔代龙的创作一边带有着'世纪病'的鲜
明的痕印，而同时又是文艺复兴时期西班牙天才的最后的闪光，是西班
牙君主国衰落之前的诗歌的发扬"（第 4 页）。虽然他在创作上有诸多缺
陷，但艺术上却也是非常成熟与雄伟的。

　　手稿对卡尔代龙宗教剧的评价，并没有因为其宗教色彩一味否定，
而是辩证地看待与评价，既批评了其不足，也肯定了其闪光点。"卡尔代
龙的这些剧本尽管有它的一切局限性和反动性，可是不能否认，其中的
某些作品确是别有诗意的"（第 6 页）；手稿承认宗教主题是卡尔代龙创
作的重要主题，但也认为宗教并不能涵盖卡尔代龙宗教剧的全部内容，
也不能抹杀剧作中的现实主义成分，手稿深刻地指出，"在他的那些宗教
哲学的以至于纯宗教的剧本中，可以见到一些极显著的现实主义的特征"
（第 9 页）。

　　手稿对卡尔代龙的人物塑造进行评价。一方面认为卡尔代龙笔下的
人物存在着公式主义的特点，缺乏生动性与个性，并援引歌德的观点加
以佐证，"彼此相似，就如同'一块锡铸出来的小锡兵一样'"（第 19

页），但另一方面认为这种看法过于严苛，不适用于卡尔代龙笔下的所有人物，随后举《浮生若梦》中的西纪蒙德、《萨米拉的长老》中的彼得罗·克莱斯波的例子，认为这些人物便有着鲜明的个性，极其生动。

再如手稿《塞万提斯以前的长篇小说的发展》对西班牙大作家法兰西斯科·戈迈兹·德·开维多的评价，同样充满深厚的辩证意识。

> 开维多憎恨天主教僧侣，可是，却不能够同宗教和教会隔断关系，他一边揭发着国王的政策的错误和残酷，而同时还把自己的全部希望都寄托在乌托邦的"英明的和仁德的"君主身上。在开维多的创作中反映出十七世纪初西班牙的一切悲剧，以及它的那些优秀人物的高尚的目的，而同时，还有他们的软弱无力。（第 25 页）

在辨证的分析中，作家、诗人的立体形象被充分、全面地塑造，他们的创作及文学史意义在某种程度上可以说得到了公允、客观的评价。

九　对话意识

苏联文学批评中渗透着明显的对话意识，不仅能够充分彰显自我主体意识，而且善于引用、借鉴、参考他国学者的观点，并与之进行、形成对话，或者赞同，或者辩驳，在认可与认同、交锋与碰撞之间，学术观点、学术见解得以充分昭显，言说与表达极富张力。以手稿《现代印地语文学的基本流派和发展道路》与《印地语和乌尔都语的诗歌》为例，作者柴雷晓夫便同印度学者广泛对话。

认同、引用对话。手稿引用印度文艺学家的观点评价《罗摩功行录》的地位，"在我们国家里，再没有比《罗摩功行录》更为受人欢迎的书籍，因为它给印度人民指示了一条从艰苦生活和剥削制度中解放出来的道路"（第 4 页）；采用印度本土学者的观点评价哈利什昌德拉的功绩与贡献，"印度的许多文艺学家都认为，哈利什昌德拉为印地语现代现实主义文学奠定了基础，他们把这种文学的整个时代同他的名字连系在一起，称之为'南方的巴罗回社'"（第 5 页）；援引普列姆昌德在 1936 年印度进步作家协会第一次大会上的发言阐释"普拉加蒂瓦德"派的性质及创作方向；采纳印度学者的观点评价买·古普达的文学史地位，"某些印地语文学研究专家认为，如果说在艺术散文中普列姆昌德是20—30年代这个时期印度人民社会觉悟高涨的优秀的表现者，那么，在诗歌领域中，同样的功劳应归之于买·古普达"（第18页），评价他的长诗《印度的声音》，"用现代著名的文艺学家哈·普·德维帷迪的话说，这个诗篇'在当时，是一种极强烈的刺激，它促进了印度的解放运动的发展，'"（第12页）；利用印度诗人苏·潘特的自述阐释诗歌流派"查亚瓦德"的产生，"在创作《春蕾》的时候，我处在英国诗人们的强烈的影响之下，那些英国诗人主要是雪莱、华兹华斯、济慈、丁尼生等等"（第20页）；援引印度学者、作家的观点肯定高尔基对于印地语文学的意义，"许多文艺学家都注意到了在印地语进步文学的发展中高尔基作品的巨大作用，P. 瓦尔马就曾经写道：'在尼拉利亚的创作的新的转变（向现实主义的转变）中，他同高尔基作品的接触，是起着巨大作用的'"（第30页）；借用其他学者的观点评价小说《荒地》，"文艺批评家认为那是印地语文学中近年来一篇优秀的长篇小说"（第37页）。根据印度学者的观点划分体裁发展分期。其一，戏剧体裁层面，"许多印度文艺学者都把现代印地戏剧的发展划分为三个时期：'哈利什昌德拉时期''普拉沙德时期''普拉沙德以后的时期'"（第14页）；其二，小说体裁（社会长篇小说和历史长篇小说）层面，"印度文艺学家们，把这些文学体裁的发展，也划分为三个时期：'普列姆昌德以前的时期''普列姆昌德时期''普列姆昌德以后的时期'"（第14页）；其三，艺术散文体裁的发展，"印度的文艺学家们曾经称之为'巴希尔木奇'和'安塔尔木奇·普拉夫利蒂'（内在的和外在的倾向）。这种分类法的根据，就是不同作家在他的作品中揭示基本问题和人物性格时所重视的东西的区别"（第37页）。

辩驳、反思对话。手稿对于不认同的他者观点进行辩驳与反思，进而提出自己的观点，行文颇具思辨色彩与对话意识，如对诗歌流派"查亚瓦德"产生因素的辩驳与纠正。

有一些研究印地语诗歌"查亚瓦德"派的学者，过高评价了欧洲浪漫主义的影响。的确，在"查亚瓦德"派和进步浪漫主义之间，有着一系列互相类似的特点……可是，有表现得很鲜明的民族特色，它同以前一切的文化传统有着不可割裂的关系，它反映出了二十世纪的和印度历史情况的独具的特征。（第24页）

再如对"普拉加蒂瓦德"的理解，作者并没有盲从印度本土学者的观点，反而辩驳了印度学者理解、评价及定位中的绝对化、狭窄化及脱离实际情况的倾向。

把"进步的"这个概念的意义了解得过于狭窄，对于"普拉加蒂瓦德"的发展起了消极作用。在当时的某些印度的文艺学家的著作中，就可以看到这样的情形。那些文艺学者说，只有在自己的创作中坚定地站在马克思主义立场的作家，才可以算作是进步的。可是，他们却忘记了，在现代印度作家中有许多人，还远不能正确地了解到马克思主义的思想体系，然而他们对于进步文学的发展有过巨大的贡献。把"普拉加蒂瓦德"这个概念看的太狭窄，脱离开现代印地语文学发展的具体条件，向现代作家们提出要求，要他们一下子到达阶级觉悟的最高水平，不可能不对印地语文学的"普拉加蒂瓦德"阵地起着一定的损害作用。（第34页）

同时，手稿还在诗歌评价（诗歌中象征手法的运用）等具体问题层面同其他学者进行对话，反对意识形态覆盖下的不加区分的粗暴、简单的否定性评价，主张具体问题具体分析，通过表面深入本质，继而得出客观、真实、令人信服的结论与观点。

有一些作家的创作中，已经显示出同现实有着极大的分歧，结果就接受了西欧现代派的各种思想和主张的影响，拒绝具体的生活内容，而代之以唯美的玄想的和神秘的玩艺儿。可是，必须注意的是，在那几年，有一些后来仍然坚定地站在现实主义文学立场的印地语作家，有时也求助于象征的形象，借以贬斥和推翻那些阻碍新

的进步文学发展的旧的、僵硬的原则和理想。例如，在印地语文学
中起主导作用的现代作家、"查亚瓦德"奠基人尼拉利亚，在 1941 年
创作了一首大诗，用的是寓言形式，题目叫做《蘑菇》。这首诗以两
个形象的对比作为基础——一个形象是蘑菇，体现着劳动者，地上一
切东西的创造者和主宰；而另一个形象是蔷薇，那个形象……是那个
专给富人消愁解闷的寄生者，并且还象征着剥削者、资本家……某
些文艺学者总认为，在这种生根于资产阶级社会的美学趣味的、大
胆的号召里，在这种把空前未有的粗陋形象放进诗歌中的要求里，
存在着西欧超现实主义的一定影响。可是，照我们的看法，他们的
这种论断是大可怀疑的，像《蘑菇》之类的诗作，对于印地语进步
文学的发展发生过重大的作用。（第 28~29 页）

　　手稿肯定了"象征"手法的积极作用，并给《蘑菇》一诗以高度的
评价，完全不同于按照"资产阶级美学"归属从意识形态层面将其彻底
否定的结论与观点，并进一步指出，"象征"作为一种手法不仅为现代
派所采用，同样出现在"进步派"作家的作品中："在'普拉加蒂瓦德'
（进步派）诗人们的诗里，那些同神话和宗教相联系的传统的形象和象
征，获得了新的社会意义，获得了思想的方向性和重要性。"（第 32 页）
　　自觉的对话意识使苏联文学批评在交锋与张力之外，也形成了一种
开放、包容的批评氛围与话语姿态。
　　综上，手稿在一定程度上折射出了俄苏文学批评的某些特征。既有
"以意识形态为主导的评判标准""社会主义现实主义的研究方法""以
苏联为中心的'世界进步文学观念'"等宏观理念与批评框架，也有
"比较文学的方法与格局""社会历史批评""诗学审美分析""实证分
析""辩证评价""对话意识"等具体的研究方法与批评精神。我们今天
审视苏联文学批评，在扬弃、批判的同时，也应该注意到其蕴含的某些
能够穿透时代窠臼、具有经典性与典型性的方法论、逻辑体系与学术精
神，比如辩证唯物主义与历史唯物主义史观、略显"笨重"乃至"笨
拙"的返回历史现场的实证分析方法、严谨系统的辩证精神与开放包容
的对话意识、深切的诗学审美分析、比较文学的视野与格局等等，都值

得我们反思与学习。

　　另外，从以上的分析中可以看到，苏联学者对"庸俗社会学"同样持有警惕、反思与批判的态度，我们不能简单地在"苏联文学批评"与"庸俗社会学"之间直接画等号。在某种程度上可以说，苏联文学批评隐含着多层次的特点，其中政治、阶级、社会、人性（人道）与诗学、审美等诸多复杂因素相互交织在一起。

　　当然，俄苏文学批评（文学观念）远远比本文所归纳、总结出的特征复杂与多元。20世纪五六十年代的国家语境决定了手稿的译介范围与译介内容，决定了苏联文学理论进入中国的限度与程度，从而导致苏联文论、文学批评的中国呈现与运用并不完整，诚如吴元迈先生所言，"那个时候对苏联文论的译介并不全面，如果那个时候把有关审美论、价值论、语言论、形式论等论著翻译出版，我们将会看到苏联文艺理论探讨的多样性，而不仅仅限于认识和社会学的层面"①。

　　同时，手稿在某种程度上也反映了翻译家兼外国文学研究者穆木天的外国文学观念。翻译手稿的篇目择取、内容选择等体现了穆木天宏阔、自觉的外国文学史观、浓厚的比较文学意识、现实主义的美学诉求等外国文学观念，以及穆木天由热衷象征主义诗学到肯定批判现实主义文学、彻底否定现代主义文学的外国文学观念转向，同时反映出穆木天外国文学观念中一定的庸俗社会学痕迹。

第四节　手稿与俄苏文学批评的传播及反思

　　"任何一部手稿都是特定历史条件下的产物，本身承载着巨大的社会信息。手稿的流传，无论其范围怎样狭隘，必定会对手稿的阅读者产生影响，为此，我们要从读者接受的角度来研究手稿对读者的作用以及手稿在社会上产生的影响。"②

---

① 吴元迈：《回顾与思考——新中国外国文学研究50年》，《外国文学研究》2000年第1期，第1~13页。
② 赵献涛：《民国文学研究——翻译学、手稿学、鲁迅学》，中国广播影视出版社，2015，第100页。

从"发行方式"上讲，穆木天翻译的三千余页的外国文学研究资料（含外国文学作品）一直以手稿的形式存在，长期保存在北京师范大学外国文学教研室（后更名为比较文学与世界文学研究所），属于北京师范大学外国文学教研室"内部发行"。而"内部发行"不代表不会产生影响，以北师大为平台依托"内部发行"的穆木天晚年翻译手稿，影响不可估量，对苏联文学批评在中国的传播起了相当大的推动作用。

其一，从动机看，穆木天晚年翻译手稿产生的直接动机是满足当时北京师范大学外国文学教研室青年教师的教学需要与科研需求。

其二，从过程看，据穆木天、彭慧的女儿穆立立回忆，"当时，年轻的老师们匆忙上阵，经验不足，缺少资料，穆木天就翻译外国的东西供他们参考。他每翻译一份，就交给教研室的老师们，老师们就参考这些资料，进行教学"[1]。

其三，从原因看，穆木天翻译的这批材料之所以能为青年教师所用，能发挥作用，能从"无名"进入一定限度的"有名"，与穆木天1956年受教育部委托起草的外国文学教学大纲有关。据穆立立回忆，"穆木天在1956年为全国的师范院校制定教学大纲时……认为中文系的外国文学课和外文系的外国文学课是不同的，他为中文系的外国文学课提出了作家、作品、文学史三结合的教学体系。而外文系的外国文学课是以语言为主的，他们关注的重点在于语言。穆木天在1956年制定的外国文学教学大纲在全国得到执行，所以他的翻译文稿，老师们之所以能用，都是和他已经制定的教学大纲是有关的。他已经制定了个根本法，他已经为中文系的外国文学课制定了根本法……"[2]。

其四，从需求看，"译文能否被接受主要在于它是否与译入语体系中固有的规范得到足够程度的认可"[3]，穆木天晚年翻译手稿能被采用与当时的时代语境也密切相关。穆木天晚年翻译手稿全部翻译自苏联，以苏联期刊与著作为媒介，符合国家主流意识形态。新中国成立初期的国际

---

① 孙晓博：《穆木天女儿穆立立访谈实录》。
② 孙晓博：《穆木天女儿穆立立访谈实录》。
③ 孙艺风：《视角·阐释·文化——文学翻译与翻译理论》，清华大学出版社，2004，第181页。

环境及意识形态，决定了我国外国文学研究势必以苏联为榜样，"这是历史的选择，也是文学的选择"，"把译介和研究苏联文学摆在外国文学的首位，以苏联文学界的观点和方法、经验和尺度为参照系来审视世界其他各国文学，成了新中国外国文学译介和研究的使命"①。由此，手稿自然能够流通、传阅，成为当时青年教师的参考资料。

其五，从效果看，穆木天晚年翻译手稿在当时的教学、研究以及学科建设（外国文学学科、东方文学学科）方面确实起到了相当大的作用。如前所说，穆木天的学生、中国比较文学学会原副会长、北京师范大学教授陈惇以及中国外国文学学会东方文学分会原副会长、北京师范大学教授何乃英等，都受到手稿相当大的帮助，"教研室的青年教师通过这种途径接受了穆先生的帮助，渡过了自己的困难时期，如今回想起来，无不怀着由衷的感谢"②。

在当时的教学科研环境下，北师大外国文学教研室青年教师通过参考穆木天翻译过来的资料进行教学科研工作，而科研、教学又是最好的传播方式：通过手稿，许多青年教师了解、领会乃至掌握了苏联文学批评的实践范式与意义价值，继而将其转化为内在的学术追求与批评目标；通过老师的授课与影响，学生吸收苏联文学批评；学生毕业，又到各种级别的学校任教，进一步传播苏联文学批评观念……如此循环，穆木天晚年翻译手稿虽然属于"内部发行"的资料，虽然有空间的束缚，但却影响着一批人，而这一批人又影响着另一批人……苏联文学批评在互相影响的过程中得到了层层的传播，"任何翻译活动以及任何与翻译有关的译品存在于目标语系统，对目标语文化产生影响……翻译家及其译著的影响既是历史的，也是现实的"③。

其一，从培养目标看，"那时，师大中文系的培养目标是中学语文教师，学生虽然以学习中国语言文学为主，但外国文学也是他们知识结构

---

① 吴元迈：《回顾与思考——新中国外国文学研究 50 年》，《外国文学研究》2000 年第 1 期，第 1 ~ 13 页。
② 陈惇：《穆木天文集导语》，《励耘学刊》（文学卷）2012 年第 1 期，第 35 ~ 67 页。
③ 方梦之、庄智象主编《中国翻译家研究》（民国卷），上海外语教育出版社，2017，第 11 页。

中不可缺少的组成部分……"①

其二，从课程安排看，根据教育部档案 98 - 1956 - C - 111.0007，可以了解当时的外国文学课程的具体要求与学时分布。"关于外国文学课，具体建议二年级学苏联文学，每周二学时；三年级学古代到 18 世纪欧洲文学、19 世纪欧洲文学，每周 4 学时；四年级学 19 世纪俄罗斯文学，每周三学时；并建议开外国文学专题讲座，以补教学的不足，并加深课堂讲授的内容，同时逐步创造条件，开设东方文学专题。"②

1998 年，北京师范大学外国文学教研室与比较文学教研室合并，成立比较文学与世界文学教研室（研究所），教研室（研究所）老师们自发整理了一份目录，即"借用过的手稿名称"，目录中列举了 13 种手稿，笔者保存有此份目录，现将手稿名称抄录如下。

1. 《〈古代文学史〉导言》
2. 《希腊文学的亚该亚时代》
3. 《戏曲的发展》（古希腊）
4. 《成熟时期的巴尔扎克的创作方法》
5. 《巴尔扎克》
6. 《西葡文艺复兴总论》
7. 《文艺复兴时期西葡的抒情诗和叙事诗》
8. 《西班牙民族戏剧的创造：洛甫·德·维伽及其剧派》
9. 《西班牙的巴乐歌与卡尔代龙》
10. 《塞万提斯以前的长篇小说的发展》
11. 《塞万提斯的小说〈堂吉诃德〉》
12. 《论〈堂吉诃德〉》
13. 《威廉·莎士比亚论》

---

① 陈惇：《穆木天文集导语》，《励耘学刊》（文学卷）2012 年第 1 期，第 35~67 页。
② 陈惇、刘洪涛编《窗砚华年——北京师范大学苏联文学进修班、研究班纪念文集》，中国社会科学出版社，2012，第 299 页。

这 13 种手稿全都是苏联学界的外国文学研究成果，在北师大或用于课堂教学，或用于教材编写，或用于学术研究，在被"借用"的过程中，也势必会产生影响、发生传播，从传播学来看，手稿作为一种"冷媒介"，"要求的参与程度高，要求接受者完成的信息多……它并不使作家突出，而是使读者介入"①，"介入"势必造成传播与影响。

由此，我们可以说穆木天晚年翻译手稿推动了苏联文学批评在中国的传播，只不过是以一种隐性的方式，换言之，穆木天在特殊的语境下以无名的直接翻译间接地推动了苏联文学批评在中国的传播，而传播途径整体可以划分为以下两种。

其一，从教学传播角度看，手稿以一种隐性的方式，以北师大为依托，以教师—学生为主体，以教授（老师）—学习（学生）—教授（学生）为模式向国内学界（中小学、高校）介绍、传播了苏联文学批评，"被一批批后来者继承下来，扩散开去，形成较稳定的学术氛围，对高校及基层的外国文学教学和研究发挥了重要的影响"②，继而也培养、造就了一批用苏联文学批评武装头脑的新中国文艺理论人才以及外国文学学者。

其二，从教材专著角度看，手稿对五六十年代乃至当下北师大学人主编或参编的外国文学、东方文学教材以及撰写的外国文学研究著作在言说方式、作品解读、体例体裁、叙述结构方面有着相当深刻的影响，诚如中国外国文学学会东方文学分会原副会长何乃英所说，穆木天晚年翻译手稿"成为当时我们登台讲课的重要材料来源之一，也成为我们编写新《东方文学讲义》的重要材料来源之一"③ 受其影响的教材、著作如下。陶德臻、何乃英著的《东方文学讲义》，1958；王忠祥，彭端智主编的《世界文学作品选读》，1957—1958 年；王忠祥、周乐群、宋寅

① 郝田虎：《手稿媒介与英国文学研究》，《江西社会科学》2011 年第 7 期，第 82 页。
② 陈惇、刘洪涛编《窗砚华年——北京师范大学苏联文学进修班、研究班纪念文集》，中国社会科学出版社，2012，第 101 页。
③ 何乃英：《1958—1966：东方文学学科之起步——以北京师范大学为中心》，中国社会科学出版社，2018，第 48 页。

展、彭端智主编的《外国文学史》，华中师范大学内部出版，1959—1960年；王忠祥主编的《外国文学史》，华中师范大学出版社，1963；王忠祥、宋寅展、彭端智主编的《外国文学教程》（上中下三册），湖南教育出版社，1985；王忠祥主编的《外国文学专题选讲》，北京大学出版社，1987；王忠祥、聂珍钊主编的《外国文学史》，华中师范大学出版社，1999—2000年；朱维之、赵沣主编的《外国文学·欧美卷》，南开大学出版社，1985；匡兴、陈惇、陶德臻合著的《外国文学史讲义》，北京师范大学出版社，1986；陶德臻主编的《东方文学简史》，北京出版社，1985；匡兴、陈惇主编的《外国文学》，北京大学出版社，1987；陶德臻、陈惇主编的《外国文学上 亚非部分》，高等教育出版社，1988；陶德臻主编的《外国文学史纲》，北京出版社，1990；匡兴主编的《外国文学》，中央广播电视大学出版社，1994；陈惇、何乃英主编的《外国文学史纲要》，北京师范大学出版社，1995；匡兴、陈惇合著的《外国文学》，北京大学出版社，2001；陈惇、刘洪涛合著的《西方文学史 第1卷 古代—18世纪文学》，四川人民出版社，2003；匡兴主编的《欧美文学简史》，中央广播电视大学出版社，2006；匡兴主编的《外国文学史 西方卷》，北京师范大学出版社，2010；何乃英著的《东方文学简史 亚非其它国家部分》，海南出版社，1993；何乃英主编《东方文学概论》，中国人民大学出版社，1999；何乃英编著《新编简明东方文学》，中国人民大学出版社，2007；梁立基、何乃英主编《外国文学简编 亚非部分》，中国人民大学出版社，2010；陶德臻等主编的《东方文学名著讲话》，宁夏人民出版社，1987；等等。当然，从更广义、更深层次的角度说，手稿不仅仅对外国文学（史）研究有影响，它所蕴藏、体现的"苏联模式"语境下的史学思路、研究方式、叙述语言具有一般性，跨越了学科的限制，对其他学科研究趋于规范化与秩序化同样产生影响。

除此之外，穆木天晚年翻译手稿与苏联文学批评的传播还有值得反思的地方。

其一，穆木天晚年翻译手稿是俄苏文学（文论）"一边倒"译介浪潮中的一环，据统计，自1949年到1965年，我国翻译出版的苏联文艺理论种类达 156 种①，除却著作，还有很多见于报刊的关于苏联文学批评方法、理论介绍的翻译成果。由此，我们论说、界定手稿对我国文学批评的影响程度、影响力度、影响广度、影响后果似乎并不能完全从整体译介语境中单独剥离出来讨论，从某种程度上可以说手稿这种"影响"是与其他资料共同形成的一种合力影响。

其二，穆木天晚年翻译手稿推动或说参与了苏联文学批评的中国传播（进程），苏联文学批评对新中国的文学批评实践及文学理论体系构建切实产生了重要影响，"在新中国成立后新的文学体制中获得了更大范围的讲述和阅读，对新中国成立后的文艺理论与文艺生产产生了深远影响"②，而这种影响，在今天看来，是需要一分为二来看待、评价的，而非一刀切式的全盘否定，诚如论者指出的，"苏联文艺学的历史问题是严重的，但是它的成就也是明显的"③：从正面影响看，"苏联文艺思想为解放初期我国外国文学的基础"④，同时"对于我们认识和了解马克思主义文论的基本观点，如文艺为社会主义、为劳动人民服务的方向，文艺与上层建筑和意识形态的关系，如何对待古典遗产及资产阶级上升时期的文学，以及对'两种文化'论、文艺的阶级性和党性、民族性和人民性、个性化和典型化的阐述等，都具有重要的意义和价值"⑤；从反面影响看，苏联文学批评中的"教条化、庸俗化、简单化"的批评倾向及话语模式对我国文艺批评实践及理论构建产生了负面影响，导致我国文艺批评同样存在教条化、庸俗化、简单化的弊端以及长期关注文学的政治属性、阶级属性、意识形态属性，忽视了文学的本体性、本质性与美学性，同时，长期的"苏联中心主义"使我国批评界几乎"丧失了创造自

① 中国版本图书馆编《1949—1979 翻译出版外国文学著作目录和提要》，江苏人民出版社，1986，第 898～930 页（"文艺理论"部分）。
② 张丛皞：《党的文艺观的源头之一：东北解放区的苏联文论译介》，《学习与探索》2021 年第 7 期，第 169 页。
③ 李正荣：《从苏联文艺学言语体裁的深处——"狂欢化"理论的优胜记略》，《俄罗斯文艺》2018 年第 1 期，第 15 页。
④ 陈众议：《外国文学翻译与研究 60 年》，《中国翻译》2009 年第 6 期，第 13～19 页。
⑤ 吴正迈：《"把历史还给历史"——苏联文论在新中国的历史命运》，《文艺研究》2000 年第 4 期，第 24 页。

己学术话语的能力，所有的创作方法论、文艺理论和文艺批评观都直接取自苏联"①，遮蔽了自我言说的空间与方式。

其三，作为事实，穆木天晚年翻译手稿"已拥有了超出它自身的意义，它使我们能在一个新的层面上反观百余年来外国文化的输入"②，或说从新的传播途径反思外国文化、文学的输入与传播。穆木天晚年翻译手稿对我们研究包含俄苏文学在内的外国文学（理论）在中国的传播与接受有不小的启示，我们当然可以对公开发行的作品进行量化统计，统计发行量、版本，统计读者、反响，但除此之外，还存在着无法量化的隐性的传播与接受，如手稿。手稿作为一种传播媒介、传播路径、传播方式，它所起的传播作用不能被忽视，同样应被纳入中外文学、文化交流的研究范畴中。

---

① 余一中：《一元—多元——一元：苏联文学 74 年的发展道路》，《外国文学研究》1994 年第 3 期，第 8～13 页。

② 舒炜：《应该出版下去的一套好书——"外国文学研究资料丛书"期待识珠人》，《中华读书报》1998 年 3 月 25 日。

第五章 手稿与穆木天的翻译思想、翻译策略及翻译追求

　　手稿作为译者最初、最原始的翻译底稿，较之于出版物，更能鲜明地反映出译者贯彻、践行的翻译思想、翻译理念、翻译策略与翻译风格，"翻译手稿中的自我修改可以为翻译家思想和翻译策略研究提供更为真实的语料，基于翻译手稿可以对翻译家进行更为客观的研究……如果说目标文本刊印本往往添加了编辑者的修改，那么我们可以认为只有含有自我修改的翻译手稿体现的是译者风格，而目标文本刊印本，更确切地说，反映的则是译本风格"①。上一章我们从内容、价值及传播层面对穆木天晚年翻译手稿进行了综合讨论，本章基于翻译视角展开分析。

　　其一，穆木天的翻译活动从1921年始，至1966年终，45年的时间跨度、45年的翻译历练，形成了穆木天系统的翻译思想、翻译方法，层积了丰富的翻译经验，诚如论者的评价，"穆木天是中国现代翻译理论的重要建设者之一。他在长期的翻译实践中，积累了丰富的翻译经验，提出了许多有价值的翻译理论"②，而这些翻译思想、翻译方法、翻译经验又体现、渗透在穆木天晚年的翻译活动与翻译实践中，"正是在他的翻译理论的指导下，穆木天的文学翻译实践呈现出自己鲜明的特点"③。

　　其二，手稿对穆木天翻译思想、翻译策略的回应与实践。

　　其三，梳理、总结、归纳、分析手稿中的涂抹增删修改类型及探讨成因，剖析穆木天的心理状态、决策过程、精神境界及翻译追求。

---

① 张汩：《翻译手稿研究：问题与方法》，《外语教育研究》2018年第2期，第40页。
② 全国首届穆木天学术讨论会、吉林师范学院学报编辑部编《穆木天研究论文集》，时代文艺出版社，1990，第331页。
③ 全国首届穆木天学术讨论会、吉林师范学院学报编辑部编《穆木天研究论文集》，时代文艺出版社，1990，第325页。

其四，通过穆木天手稿、俄语文献及他者译本的多重比较，探析穆木天的翻译策略、风格及特点。

其五，通过手稿、俄语文献及手稿刊印本的对勘比较，探析手稿与手稿刊印本的差异表现、差异原因以及刊印策略。

第一节　手稿是穆木天翻译观念转变的产物

在文学活动早期，穆木天"是看不起作翻译的。我是迷信文人要天才"① ——虽然他的文学活动是以翻译开始的，但重创作而轻翻译却成为实践常态；虽有翻译作品问世，但大都是零散而不成系统的。从体裁上看，穆木天早期的翻译都集中在童话（童话故事）上，弥漫着浓郁的浪漫主义、唯美主义倾向；从数量上看，从 1921 年到 1930 年的 10 年时间里，穆木天只翻译了 7 篇（部）作品，与他后来的翻译规模、翻译成就或说"翻译转向"后的翻译成果是根本无法相比的，诸如，1931 年 6 篇/部译作、1933 年 9 篇/部译作、1934 年 9 篇/部译作等等。

随着时代的发展以及穆木天自身的文学反思，到了 30 年代，穆木天对翻译的态度发生了质的变化，感叹之前对翻译的轻视是"何等愚蠢，这是何等可笑啊！实在，我已往就未认时代，我太把东西看成死了，可是我现在认出了一切的错误……翻译或者强过创作"②。穆木天翻译态度的根本性逆转，使他对当时的翻译状况颇感不满。

> 从"五四"到现在已经 15 年了，从那时起，我们就一点一点地，把西洋文学介绍到中国来，这快到 20 年的光阴，也不算不久了，本该对于西洋文学的介绍，有相当的可观了，可是，事实上……巴尔扎克的作品，中国一本都没有。左拉的长篇，中国一本都没有。《十日谈》、《唐·吉诃特》、《及勒卜拉》、《撒提里孔》、《悲惨世界》一类的大作品，不是只有不完全的译本，就是压根儿连不完全的译本

---

① 穆木天：《我的文艺生活》，《大众文艺》第 2 卷第 5、6 期合刊，1930 年 6 月。
② 穆木天：《我的文艺生活》，《大众文艺》第 2 卷第 5、6 期合刊，1930 年 6 月。

都没有。除了由一些人间接地转译出一些俄国作品之外，其余的国度里的作品则是比较地更少了。从中国的译本是不但不能看到西洋文学的全豹，而且，青年学子想从之得到比较充分的创作上的修养，都感着很大的困难。这真是大可慨叹的事体。①

的确，介绍西洋文学不是一件容易的事。在文化落后的中国，想介绍西洋文学到可观的程度，绝非一朝一夕之功。但是，中国的能翻译介绍的人，并不算少，这十数年的工夫，并不算短，而竟没有把重要作品介绍多少过来。②

继而认为"对于西洋文学之翻译介绍，是中国现在所急急地需要的，可是我们要西洋文艺作品，是为帮助我们自己的文学的发展。文艺复兴时代，欧洲各国到意大利去求模范。18 世纪的英国文学，在欧洲占了优越的地位。我们中国，现在自然要接收先进诸国的影响的"，因此他号召"要历史地、客观地翻译介绍有真实性而能充分反映社会的作品"③。穆木天显然从国家发展、文学发展等层面意识到翻译的重要性，并进一步驳斥消极的、不正确的翻译观念。

那么，因为文艺翻译是一件难事，就不作了吗？有些绝对主义者认为：读翻译总有些隔膜，最好还是想法读原文。他们否定了翻译工作。事实上，要求去读原文，不但大多人不可能，就是少数人也不可能。结果，就是"因噎废食"。因之，那种"高调"，就根本没有唱开，而且，埋头苦干，弄翻译的人，却越来越多了。④

自此，穆木天由兴趣主导的随意性翻译步入有目的、有计划的自觉性翻译，诚如其所说，"译纪德《窄门》，是从'爱好'出发的，并没有考虑到它的社会意义。以后译《塔什干》和《维里尼亚》，则是一方面

---

① 穆木天：《谈翻译介绍》，《申报·自由谈》1933 年 11 月 25 日。
② 穆木天：《谈翻译介绍》，《申报·自由谈》1933 年 11 月 25 日。
③ 穆木天：《谈翻译介绍》，《申报·自由谈》1933 年 11 月 25 日。
④ 穆木天：《一边工作，一边学习》，《文讯》第 9 卷第 1 期，1948 年 7 月 15。

因为爱好新的，一方面有些社会的开心。等到译巴尔扎克的时候，才深切地感到翻译工作者的任务的重大"①，并逐渐构建起自己独立成熟的翻译观，将翻译看作自己终生的事业、使命；将翻译与新文学的发展紧密联系起来——"帮助我们自己文学的发展"；将更多的精力投入到翻译上——无论是在战火纷纷动荡不安的抗战年代，还是在教学任务较重的和平年代，穆木天都坚持翻译，从 30 年代到 50 年代中期共翻译了上百部（篇）外国文学作品，涉及众多经典作家经典作品。新中国成立后，穆木天发表了《关于外国文学名著翻译》（刊载于《翻译通报》1951 年第 3 卷第 1 期）、《穆木天同志的答复》（刊载于《翻译通报》1952 年 3 月号）、《我对翻译界三反运动的初步认识》（刊载于《翻译通报》1952 年 4 月号）等译学文章，在反思自我经验的基础上提出了许多有价值的翻译理论，并再次明晰、强调了翻译活动对新中国文化建设的重要价值与意义。

正是意识到了翻译的重要性，穆木天才克服诸多困难，坚持不懈地完成了两百余万字外国文学研究资料（含外国文学作品）的翻译，才有了这批厚重的手稿。

第二节　手稿：明确的目的性与翻译的功利性

"翻译作为一项有目的的跨文化交流活动……在很大程度上，都是为一定目的服务的。一个翻译家选择一部作品来翻译，都出于某种明确的目的，并要受到各种因素的影响。"②

穆木天的翻译活动始终伴随明确的翻译目的——为儿童、为青年③、为人民、为新文学，以及"为时""为事"④ 而翻译，诚如其如下所说。

---

① 穆木天：《一边工作，一边学习》，《文讯》第 9 卷第 1 期，1948 年 7 月 15 日。
② 许钧：《二十世纪法国文学在中国译介的特点》，《当代外国文学》2001 年第 2 期，第 81～82 页。
③ 穆立立：《穆木天：愿做译桥渡青年》，《文艺报》2012 年第 2 期。
④ 穆木天：《一边工作，一边学习》，《文讯》第 9 卷第 1 期，1948 年 7 月 15 日。

　　我开始翻译学习，译的是王尔德《童话》，当时，却有为儿童的要求。①

　　诗我是再也不作了，因为那种诗，无论形式的怎么好，是如何的有音乐性，有艺术性，在这个时代，结果，不过把青年的光阴给浪费些。实在，已往，中国太多精神浪费的事了。现在我认定我们就是一个桥梁，只要我们能把青年渡过去，作什么都要紧。翻译或者强过创作。教书匠都许是要紧的。以后我就要做桥。②

　　文艺翻译工作，在任何国家中，都是一件很重要的建设工作，尤其是在中国，更有重要性。③

　　翻译工作者必须认真的建立自己为人民负责的态度……使自己所制造出来的成品，真正成为对人民有益的东西……文艺翻译工作如果同新文艺建设工作相脱节，这有相当大的危险性。④

　　为此，穆木天在翻译对象的择取上保持着异常敏感的警惕性，"为的抛弃旧的传统，我们到欧洲去找新的糕粮，可是到了欧洲，五花十色令我们辨不出真货和假货来了，侵略主义给我们看他的百花镜来……我们想办好货，结果却办了劣货来了"，由此，穆木天反对译者有"买办"的态度，"不宜叫侵略主义的文学家作为我们的'导演者'，我们要时时注意警戒着，免得使他通过我们的翻译介绍，完成他的'文化侵略'的任务"⑤。同时鉴于"我们中国，现在自然要接收先进诸国的影响的"，穆木天主张"要历史地、客观地翻译介绍有真实性而能充分反映社会的

① 穆木天：《一边工作，一边学习》，《文讯》第 9 卷第 1 期，1948 年 7 月 15 日。
② 穆木天：《我的文艺生活》，《大众文艺》第 2 卷第 5、6 期合刊，1930 年 6 月。
③ 穆木天：《一边工作，一边学习》，《文讯》第 9 卷第 1 期，1948 年 7 月 15 日。
④ 穆木天：《我对翻译界三反运动的初步认识》，《翻译通报》1952 年 4 月。
⑤ 穆木天：《谈翻译介绍》，《申报·自由谈》1933 年 11 月 25 日。

作品"①。为此，穆木天翻译了大量法国文学和俄苏文学，包括巴尔扎克、雨果、司汤达、莫泊桑、普希金、莱蒙托夫、马雅可夫斯基等众多经典作家诗人的作品，涉及小说、诗歌、戏剧、童话等众多文类，为中国新文学的发展与构建提供了借鉴。50 年代，穆木天极力强调"翻译工作者必须认真地建立自己为人民负责的态度"②，"我们要清理市场上的那些有反动性的文艺作品的译本，当然一切的黄色文艺译本是一包在内的。出版家应当自动地停印对人民有害的文艺作品的译本"③，译者必须为人民负责。

"翻译的运作终究还是要在规范的框架内。在大多数情况下，毕竟是后来的整体运作替代了最初的个人动机，翻译通常还是要透过主体自觉来体认个人对于社会和谐的责任担负"④，为了帮助北师大外国文学教研室青年教师完成新的教学任务，穆木天历经十年（1957—1966 年），从苏联文学界为北师大外国文学教研室翻译了 19 类 94 种 3622 页 211 余万字的外国文学研究资料（含外国文学作品），帮助青年教师渡过了难关。为青年、为人民、为新文学，既是穆木天翻译行为的基本动力、基本面向，也是穆木天始终恪守、坚持的翻译目的，充分彰显了作为翻译家的穆木天的"责任担负"。

第三节　手稿："史"的意识与体系化的翻译实践

穆木天的翻译往往是自觉的翻译。考察他的翻译历程，可以看出他的翻译工作具有体系化、系统化的特点，极具格局意识与使命意识，诚如论者指出的，"穆木天具有一种高度的历史使命感，把自己的文学翻译活动与新文学的发展紧密联系在一起，为中国文学翻译事业和中国新文

---

① 穆木天：《谈翻译介绍》，《申报·自由谈》1933 年 11 月 25 日。
② 穆木天：《我对翻译界三反运动的初步认识》，《翻译通报》1952 年第 4 期。
③ 穆木天：《关于外国文学名著翻译》，《翻译通报》1951 年第 1 期。
④ 孙艺风：《视角·阐释·文化——文学翻译与翻译理论》，清华大学出版社，2004，第
　201 页。

学的建设做出了不可磨灭的贡献，历史永远不该遗漏这厚重的一页"①。

　　体系化、系统化地翻译往往是出于责任感、使命感。20 世纪 30 年代，为了使国内读者全面真实地了解巴尔扎克，穆木天历时近 20 年系统地翻译巴尔扎克的《人间喜剧》，并进行了详细、深入的开拓性研究，"穆木天对巴尔扎克的翻译、介绍、研究所做出的巨大贡献不仅在中国翻译文学史上留下了光辉的一页，而且在我国巴尔扎克的研究领域也具有开创的功绩"②，被誉为"我国认真地有规模地翻译介绍巴尔扎克的第一人"③；20 世纪 50 年代（1949—1956 年），为了推动儿童文学学科的创建以及国内儿童文学的发展，穆木天花费巨大心血，系统地翻译了 20 余部苏联儿童文学集，形成了"他一生文学翻译的第二个高峰"④，现实意义重大——"穆木天致力于苏联儿童文学的介绍，为确立中国儿童文学的新体系提供了有益的范本"⑤。

　　同样，为了帮助青年教师搞好教学，穆木天又一次开始了全面、系统的翻译之旅，诚如穆立立所说。

　　　　一个资深的外国文学工作者，在极其困难的情况下，始终没有放弃为祖国开创一个通向世界文学的窗口的努力……他的视野是非常广阔的，你看他的手稿，几乎涉及到欧美亚非拉各洲文学，涉及到朝鲜缅甸印度阿尔及利亚古巴各国文学，无论条件是多么的艰难，他都在努力地工作着，尽一己之力，尽可能地把关于世界各国文学的研究资料都介绍到中国来，这是他非常大的功绩。⑥

---

① 全国首届穆木天学术讨论会、吉林师范学院学报编辑部编《穆木天研究论文集》，时代文艺出版社，1990，第 318 页。
② 全国首届穆木天学术讨论会、吉林师范学院学报编辑部编《穆木天研究论文集》，时代文艺出版社，1990，第 316 页。
③ 陈惇、刘象愚编选《穆木天文学评论选集》，北京师范大学出版社，2000，第 463 页。
④ 全国首届穆木天学术讨论会、吉林师范学院学报编辑部编《穆木天研究论文集》，时代文艺出版社，1990，第 318 页。
⑤ 全国首届穆木天学术讨论会、吉林师范学院学报编辑部编《穆木天研究论文集》，时代文艺出版社，1990，第 357 页。
⑥ 孙晓博：《穆木天女儿穆立立访谈实录》。

　　从时间看，穆木天翻译的这批研究资料（含外国文学作品）涉及各个时期的文学，几乎无间断，每一个时代的代表文学、代表成就在手稿中均有显现，这足以彰显穆木天"史"的意识及对系统化、体系化翻译目标的执着追求。

　　从空间看，穆木天翻译的这批研究资料（含外国文学作品）涉及多个大洲多个国家，其代表文学在手稿中都有提及，可见译者穆木天的宏伟把握与体系设计。

　　从整体看，穆木天翻译的这批研究资料（含外国文学作品）几乎涵盖整个东西方文学史。这是穆木天根据新的教学计划有意为之，自觉为之、且在翻译起始就确定了的目标。

　　从局部看，穆木天翻译的这批研究资料（含外国文学作品）每一部分都呈现出系统化、体系化的特点，诸如手稿中的古希腊罗马文学部分：穆木天翻译了《〈古代文学史〉导言》《古希腊文学史绪言》《希腊文学的亚该亚时代》等几种论述古希腊罗马文学发展及整体成就的研究资料；又翻译了讨论古希腊史诗与戏剧的研究资料，如《荷马中的英雄们的性格》《荷马的〈伊利亚特〉与〈奥德赛〉》、《戏曲的发展》（古希腊）等，这些资料宏观与微观相结合，既有对古希腊文学的整体论述，又有对其代表文学样式、作品的详细分析，颇具系统性。手稿中的西班牙葡萄牙文学部分，为了整体勾勒文艺复兴时期西葡的文学发展状况，穆木天翻译了《西葡文艺复兴总论》等具有全局性、概括性、总括性的资料；同时针对文艺复兴时期西葡在诗歌、戏剧、小说方面的具体成就，他又翻译了《文艺复兴时期西葡的抒情诗和叙事诗》《西班牙的巴乐歌与卡尔代龙》《西班牙民族戏剧的创造：洛甫·德·维伽及其剧派》《论〈堂吉诃德〉》《塞万提斯以前的长篇小说的发展》《塞万提斯的小说〈堂吉诃德〉》等个案资料，整体与局部互相补充、相互支撑，极具"史"的追求与体系化特征。再如手稿中的印度文学部分：既有对印度诗学的整体描述（《印度诗歌的描写手段》）；对印度文学分期、分阶段的讨论，如手稿《〈摩诃婆罗多〉的传说的序文》《〈摩诃婆罗多〉导言》对印度古典史诗《罗摩衍那》和《婆诃摩罗多》的分析，手稿《罗摩文学》对印度中世文学代表成就《罗摩功行录》的阐释，手稿《穆尔克·拉吉·安纳德》《普列姆昌德和他的长篇小说〈慈爱道院〉和〈戈丹〉》《伟大的印度作家普列姆昌德诞生七十五周年》对印度现代文学的讨论；也有从空间视域对印度文学（印地语、乌尔都语、孟加拉语、马拉特语、旁遮普语）的介绍与评论，如《现代印地语文学的基本流派和发展道路》《印地语和乌尔都语的诗歌》《十九世纪二十世纪孟加拉文学》《英国影响透入开始以前的孟加拉文学、马拉特文学》《〈旁遮普诗选〉序言》等，整体研究与局部论述并行，历史关照与空间审视交叉并融。

体系化追求之下，时代、地域、作品的巨大跨度，选、编、译的整体难度，都彰显了穆木天付出的劳苦心血与投入的巨大精力。仅凭一己之力，完成东西方文学史资料的系统翻译，这在中国翻译文学史上是比较罕见的。

第四节　手稿的校对、批注与译者注："深度翻译"

穆木天在翻译实践中始终恪守着严肃、认真、忠实、负责的翻译态度及贯彻着尊重原作、服务读者的翻译意识，走向"深度翻译"（thick description）。

"深度翻译"由美国翻译理论家阿皮亚（Appiah）根据文化人类学中的术语"深度描写"提出，指在翻译文本中，添加各种注释、评论，将翻译文本置于源语言和文化语境中[1]，"换言之，就是在译文中构建原文的'文化网'，使目的语读者在原文内外文化信息交织而成的网状意义下理解原文，避免因语言的转换而将原文纳入到本土文化的思维定势和文化预设中产生误读或曲解"[2]。随后经过赫曼斯等翻译理论家的拓展，"深度翻译"不仅用于具体的翻译实践，也被应用到翻译研究中。值得注意的是，法国叙事理论家热奈特的"副文本"（paratext）理论被

---

[1]　Appiah，K. A.，"Thickt Ranslation," *Callaloo*，1993，p. 817.

[2]　王雪明、扬子：《典籍英译中深度翻译的类型与功能》，《中国翻译》2012 年第 3 期，第 103～108 页。

引入"深度翻译"研究，根据所处位置的不同，副文本被划分为内副文本与外副文本，据此，深度翻译也可以划分为两种类型：文本内部深度翻译，包括注释（文中注、脚注、尾注）、插图等；文本外部深度翻译，包括译者序、译后记、附录等。

"深度翻译"理论虽多用于已经出版的译作研究领域，但同样也适用于未出版的翻译手稿，且在手稿领域，面对特殊的手稿"文本"，"深度翻译"理论的内涵与外延能够得到扩充与丰富，印刷本无法呈现的手稿的书写形态、校对修改以及译者的侧批、眉批等都应是"深度翻译"的基本表征。

穆木天公开出版的译作呈现出鲜明的深度翻译特征，丰富的注释以及撰写"译者序""译后记"成为穆木天译作的一个显著特点，如论者指出的，"穆木天不仅花了很大功夫对原作中的典故详加注释——穆木天的这些注释有助于读者对作品的理解和认识，也为研究者提供了方便……而且也撰写了许多具有相当学术价值的前言和后记等，这些前言、后记对读者理解原作具有重要的参考价值。穆木天所写的前言、后记，长短不一，形式多样，既有长篇大论的'译者之言'，又有简短介绍的'卷头语'，无论长短，译者都能抓住原作的主要思想、艺术成就加以介绍，体现出一个文学评论家超凡的眼光和卓越的批评才能，具有一种大家风范"①，以巴尔扎克作品的翻译为例，"穆先生把对巴尔扎克的翻译与研究结合在一起进行，或者说，他的翻译是为了鼓动大家学习巴尔扎克，他的研究则是为了告诉大家如何学习巴尔扎克，目的是两者结合，树立范例，把中国文学引向现实主义的康庄大道"②：穆木天不仅一字一句认真地进行翻译（忠实原作者、原文），颇为仔细地校改，"去年，把几本旧译的巴尔扎克的小说，又校改了一遍，对于翻译技术，像是又清楚了一些"，时常反思、检讨自己的翻译问题，"我在一些细微节目上有时了解不够（譬如在《葛朗代》里，对于法国新旧行政区划，译时，我并没

---

① 全国首届穆木天学术讨论会、吉林师范学院学报编辑部编《穆木天研究论文集》，时代文艺出版社，1990，第329~330页。
② 全国首届穆木天学术讨论会、吉林师范学院学报编辑部编《穆木天研究论文集》，时代文艺出版社，1990，第333页。

弄清楚），在大体的了解上，相信还没有大错"①，而且为了促进、便于读者理解（服务读者），他还添加了大量详细的注释。据赵少侯统计，穆木天翻译的《从兄蓬斯》，共有 323 则注释，占篇幅 82 页之多，穆木天对"一部小说，肯这样的费力，是翻译界不常见的好作风"②；据王德胜统计，穆木天翻译的《欧贞尼·葛朗代》，共有注释 59 则，占 9 页篇幅③。同时，穆木天还为译作撰写高质量的前言后记，诸如《关于〈勾利尤老头子〉》《关于〈从兄蓬斯〉》《关于〈从妹贝德〉》《关于〈欧贞尼·葛朗代〉》《关于〈绝对之探求〉》等。④ 除了注释、译者之言，穆木天还为巴尔扎克的作品译本添加巴尔扎克年表、巴尔扎克肖像以及相关插图，帮助读者更加全面地了解巴尔扎克，为当时的巴尔扎克传播、接受与研究提供了极其便利的条件。穆木天堪称"学者型的翻译家"⑤，一边翻译，一边研究，译研并举，实现"学术型翻译"⑥，"穆木天译品的这些颇费功夫的注释和有助于阅读研究的前言、后记，为中国翻译界开了一个好头，影响是深远的，这是穆木天译品的显著特点之一，也是穆木天译品之所以具有较高的学术价值和研究价值的原因之一"⑦。

深度翻译是一种翻译策略，也是一种翻译追求，前提是高度的责任感、使命感以及严肃认真的翻译态度与深厚、广泛的文学和文化素养。为此，穆木天提出"一边工作一边学习"⑧ 的翻译原则与翻译要求。

我们从事翻译工作的时候，可决不能马虎，在尽可能的范围内，力求完善是必要的。如果翻译者乱翻，出版者乱出，好译本淘汰坏译

---

① 穆木天：《一边工作，一边学习》，《文讯》第 9 卷第 1 期，1948 年 7 月 15 日。
② 赵少侯：《评穆木天译"从兄蓬斯"》，《翻译通报》1952 年第 3 期。
③ 全国首届穆木天学术讨论会、吉林师范学院学报编辑部编《穆木天研究论文集》，时代文艺出版社，1990，第 331 页。
④ 陈惇、刘象愚编选《穆木天文学评论选集》，北京师范大学出版社，2000，第 101 ~ 135 页。
⑤ 陈惇编《中国现代学术经典·穆木天卷》，北京师范大学出版社，2012，第 23 页。
⑥ 赵少侯：《评穆木天译"从兄蓬斯"》，《翻译通报》1952 年第 3 期。
⑦ 全国首届穆木天学术讨论会、吉林师范学院学报编辑部编《穆木天研究论文集》，时代文艺出版社，1990，第 331 页。
⑧ 穆木天：《一边工作，一边学习》，《文讯》第 9 卷第 1 期，1948 年 7 月 15 日。

本的现象，终不可免，结果，翻译园地中，会演成"佛高一尺魔高一丈"的局势。"粗制滥造"，是一种另样形式的绝对主义，也是取消文艺翻译工作的。从事文艺翻译工作，当然要力求完善。想完善，就要靠不断的工作，不断的学习。但，只有认真工作，才能认真学习。经验是从工作中得来的；只有翻译者认真工作，翻译工作才能有进步。①

穆木天特别强调翻译过程中的微观细节，"翻译一篇文艺作品，实在说，各种小地方都要注意到。一个译者，无论他所翻译的东西，范围会怎么窄，他着手翻译的时节，照例要牵扯到很多东西。有时候，一个小问题就闹得你没办法，而且，那个小问题（譬如，一个字或一件东西）还会牵涉到别的地方"。②

穆木天还主张微观细节需要与宏观整体相辅相成，两者缺一不可，既要有字、词、句层面的微观斟酌，也要有宏观的视野与眼界。

作文艺翻译，应当从大处着眼，从小处入手。如果不从大处着眼，可能把许多小处都弄得很凌乱，不能自圆其说。把一篇作品概括地了解清楚，然后，才能把各个部分把握得住……把书里的词句看清楚，是最起码的条件，不过还得把字里行间，能读得很透彻，对于词句的了解，才不是表面的。对于作品的概括的了解不够，在细部了解上，总会难得透彻。但不能把"需要看清词句"这个起码条件忘掉。因为，那是一把钥匙。③

同时，穆木天还要求译者素养、知识的培养与积累。细心与知识素养并存，在穆木天看来其是译者的基本素质与翻译活动的基本保障。

译者必须细心，而且还需知识丰富。翻译巴尔扎克或左拉的作

---

① 穆木天：《一边工作，一边学习》，《文讯》第 9 卷第 1 期，1948 年 7 月 15 日。
② 穆木天：《一边工作，一边学习》，《文讯》第 9 卷第 1 期，1948 年 7 月 15 日。
③ 穆木天：《一边工作，一边学习》，《文讯》第 9 卷第 1 期，1948 年 7 月 15 日。

品，如果对于法国历史不大知道，照例会出岔子。有时，会弄得意义都完全相反。在美国，"巴希拉"是所谓"学士"，在法国"巴西利叶"，却是"得业士"，就是取得大学入学资格。有的人居然把它翻译成"学士"，究竟是什么道理呢？也许是因为他的常识不够，也许因为他粗心大意，假使他不是特意要那样译的话。这类实例，在现在某些翻译作品中，随时可以发现到。①

在 50 年代，穆木天对作为翻译主体的译者提出了进一步的要求，认为"翻译的正确性，是由译者的世界观、文艺修养、语言的运用，以及一般知识和工作经验等决定的"，他认为翻译者"对于外国语言和本国语言的掌握上必须有相当的能力"，同时，必须对于"文艺理论文学史等等有相当的造诣"，他强调"一篇优良的译品，不只反映了译者的语言能力，而主要地还是反映了译者和所译的作品思想感情的结合"，"一个文艺翻译者，必须在一切方面提高自己，然后自己的译品的质量才能提高"②。

穆木天尊重原文、服务读者的翻译追求、严肃认真的翻译态度及深厚的学养体现在他一贯的翻译实践中。同样，穆木天也是抱着严肃认真极其负责的态度从事外国文学研究资料的翻译。1957 年后，为了帮助青年教师，他戴着高度近视镜，忍受着严重的胃病，扎下头，拿起笔，辛辛苦苦、兢兢业业、认认真真、一丝不苟地翻译着，这一坚持，就是十年。作为特殊文本的手稿"是作者内心完全的袒露、心血的灌注"③，留存有明显的"翻译活动的痕迹"④。工整的字迹、校对修改的痕迹、完善的译文信息、众多的批注圈画、丰富的译者注……都彰显了穆木天的深度翻译追求与深度翻译策略，以及翻译过程中的严肃认真、精益求精和穆木天自身深厚的文学素养。深度翻译策略与作为外国文学研究资料

① 穆木天：《一边工作，一边学习》，《文讯》第 9 卷第 1 期，1948 年 7 月 15 日。
② 穆木天：《关于外国文学名著翻译》，《翻译通报》1951 年第 3 卷第 1 期。
③ 姜异新：《回归"书写中的鲁迅"——略论鲁迅手稿研究的学术生长点》，《现代中文学刊》2016 年第 3 期，第 39 页。
④ 陶源：《溯源翻译研究：翻译过程研究的新范式》，《外语学刊》2019 年第 2 期，第 87 页。

（含外国文学作品）的穆木天晚年翻译手稿相得益彰，契合并强化了手稿的学术气息、学术品质与学术底色，手稿的教学研究功能或说目的、用途得以更好地激发与昭显。

一　工整的字迹

不同于铅字，穆木天晚年翻译手稿的原始书写形态最能展现穆木天的深度翻译追求。无论是毛笔字，还是钢笔字、铅笔字，都写得极为工整、沉稳，不大不小处于字格的中间，清清楚楚，一目了然。"和整齐划一的印刷本相比，手稿中有着作家的生命体温，其字体造型、笔画线条、章法布局，往往投射出作家书写那一刻的情绪心理。手稿本身有作为书法的审美价值，书写美学是作家美学的有机组成部分，是研究作家美学风格的重要参照"①，没有良好的书写习惯、优异的书写素养、平静的心情及严肃认真的态度，根本无法呈现出工整、风格统一及"具有丰富的审美价值和文化价值"②的手稿。

二　校对修改的痕迹

手稿作为不同于印刷本/刊印本的特殊文本，校对修改痕迹是其独特标识，也是译者深度翻译的基本体现。每当翻译完一篇稿子，穆木天就会对稿子进行校对与修改，校对完稿子后，穆木天会在手稿上留下"校过"等字样，诸如《赵基天》、《印地语和乌尔都语的诗歌》、《普列姆昌德和他的长篇小说〈慈爱道院〉和〈戈丹〉》、《朝鲜无产阶级文学运动史中的一章》（1924—1934）、《西葡文艺复兴总论》、《第二次世界战争后的日本民主文学》、《1950—1952 年日本青年作家的创作活动》、《江马修从 1950—1952 年的创作活动》等手稿封面上有穆木天写下的"已校过""校过""校清""校"等字。手稿《印度诗歌的描写手段》结尾有穆木天标记的"校了一遍"。《拉丁美洲进步文学》第 15 页有穆木天写

---

① 徐强：《手稿文献研究：新文学史料研究的新增长点》，《南京师范大学文学院学报》2020 年第 2 期，第 1 页。

② 徐亚强、吴亚丹：《摩挲手迹，揣度文心——新文学作家手稿文献论坛会议综述》，《北方工业大学学报》2020 年第 6 期，第 67 页。

的"译者校记"。

穆木天校对、修改非常认真，颇下功夫，以手稿《赵基天》为例，穆木天据俄文本自主翻译了赵基天的《"迎接五一"》一诗。

> "五一"，来到了亲爱的朝鲜
> 把门户大大地敞开罢，
> 人们呀！
> "五一"早晨来到我们这里
> 要把窗户都打开罢
> 太阳要把快乐大把地扔给宅户里。（第4页）

后在校对中穆木天发现了该诗的中译本，经过比对，穆木天便将自己的译文全部涂掉，誊写适夷、白锐译文以作替换。

> 人们！
> 敞开大门——
> 早晨要带着"五一"回来，
> 打开窗户——
> 太阳将给我们撒下满怀的喜悦。①

再如《印地语和乌尔都语的诗歌》中，穆木天据俄文翻译了"查亚瓦德"派代表诗人潘特的代表诗歌，在校对中又多次反复修改。

> 把新鲜的黄金（在减后）泼到了（"在减后"在手稿中被涂掉）
> 未来生活的大门高头□
> 要使□□的祖国（□□，两个字格被涂掉，无法辨认）
> □□呼吸（□□，两个字格被涂掉，无法辨认）
> 要把黑暗间人的□□□□（□□□□，四个字格被涂掉，无法

---

① 赵基天：《赵基天诗集》，适夷，白锐等译，人民文学出版社，1958，第181页。

辨认)

　　那些铁丝细子

　　用胜利的光芒

　　在黎明中撕得粉碎。(第 24 页)

　　手稿《印地语和乌尔都语的诗歌》首页标记"校过",穆木天后来在校对过程中发现了该诗的中译本,经过比较,穆木天采纳了《印度巴基斯坦缅甸和平战士诗选》(上海文艺出版社 1959 年版)中该诗的译文,然后覆盖自己原先的译文。

　　　把灿烂夺目的黄金,

　　　喷到未来生活的拱门上去吧。

　　　让新生的祖国,

　　　第一次热烈地呼吸,

　　　在黎明时刻,

　　　用你胜利的光辉,

　　　摧毁那千百年来暗无天日

　　　令人窒息的铁网。①

　　不仅有整体的校对、修改、替换,穆木天对细节也非常重视,如手稿《日本代表加藤周一的发言:日本的情况与日本作家》第 3 页,对于关键词"серийное производство"的翻译,穆木天反复推敲,反复修改。初译"成套的生产",被涂掉;代之以"连锁作业",穆木天依旧不满意,再次涂掉,手稿正文涂抹痕迹严重,无法辨认,穆木天便在手稿顶端空白处再次进行修改;改译为"大批生产",再次涂掉;历经反复,穆木天最后确定"连续生产"的译文。再如,手稿《希腊文学的亚该亚时代》第 4 页,"克里特文化中,显露出了□□□□□□□□□□□□",12

---

①　阿格纳瓦里:《印度巴基斯坦缅甸和平战士诗选》,黄训经等译,上海文艺出版社,1959,第 68 页。

个字格被涂掉无法辨认，12 字格上方新的修改译文同样被穆木天涂掉，无法辨认，直到第三次修改，译文才被确定下来："克里特文化中，显露出了很明显的母权制的遗迹。"第 26 页对一句谚语的翻译，历经四次修改，才确定终译："好的开始是成功的一半。"手稿《〈京滨之虹〉和〈和平的歌声〉》第 5 页，一句话被穆木天反复修改，初译为"工人的样子很严肃：艰苦的劳动和考验□□□□□□□□"，8 个字格被完全涂掉，无法辨认，在字格上方与下方，穆木天一共作出四次修改。"对于他很有作用""对于他并不是没有用的""对于他并不是没有用处""对于他发生了作用"，第四次修改作为最终译文被确定下来。除却对译文中不恰当之处的校对修改之外，穆木天也会在校对中增补初译时漏译的信息，如手稿《1950—1952 年日本青年作家的创作活动》第 5 页，在介绍热田五郎的创作时，漏译了不少信息，穆木天后来在手稿页面顶端空白处，画线穿插批示，增补 6 行文字以完善信息……不可谓不负责、不认真。同时，穆木天对于翻译过程中或校对中不确定的地方，往往也会标记出来，主要有以下两种形式。

其一，打问号"?"示疑。诸如手稿《1950—1952 年日本青年作家的创作活动》，穆木天在封面上留有"此篇中的人名应再找人看一遍"的字迹，手稿第 1、2 页，日本作家名字到底译作"田边一夫"还是"田边仟夫"，对此有疑问，穆木天在手稿正文译名上方及手稿页面顶端打上问号，以示疑惑，以备再次查证，再次修改；手稿第 7 页，小林胜《一个朝鲜人的故事》的主人公名字"金红映"同样被打问号"?"示疑，穆木天在手稿页面顶端再次写下这个译名并打问号"?"。手稿《第二次世界战争后的日本民主文学》第 3 页，日本女作家的名字初译为"竹本胜子"，穆木天后来涂抹修改为"竹本员子"，由于仍存疑惑，穆木天在译名上方及右侧打问号"?"以示不确定；第 6 页，日本战后文学团体"新戏作派"的译名，穆木天不能确定，涂抹修改之后，保留日语名字，并打问号"?"示疑；第 9 页，日本女作家山代巴的作品《路藤》，穆木天同样保留日语，并打问号"?"圈住表示疑惑。手稿《1950—1952 年日本民主文学史概述导言》中部分日本作家的名字被打问号"?"示疑，同时注明日语，如"田村安男?""影山正治?""参藤隆?"。手稿《小林多喜二》第 5 页，小林创作的

《三月十五日》的主人公名字"古都"被改译为"佐多"，不能完全确定，穆木天在"佐多"处打问号"？"。手稿《阿拉贡》第 6 页，穆木天在译名"米系列·费尔亲"右上侧打问号"？"以示疑惑；第 7 页页边有无法辨识的俄语单词及问号（翻译中的疑虑与困惑）。手稿《左拉的〈萌芽〉》第 5 页，穆木天在翻译完"真正体现了生活的英雄人物"这句话后，在上面空格处添加括号注明："（直译：生活本身的）。"手稿《维克多·雨果——伟大的法兰西作家》第 33、34 页修改频次较高、涂抹痕迹较多，两页的纸张上方，穆木天留有 4 个问号"？"且有画横线的外文单词"Mecc"。手稿《政论家雨果》第 2 页页面顶端有穆木天书写的俄语单词以及标点符号"？"，单词模糊不清，无法辨认，应是穆木天在翻译过程中拿不准的疑惑词语；第 6、7 页页面顶端留有穆木天打的问号"？"，共 3 个；第 24 页页码顶端留有对号和问号"√？"。手稿《朝鲜无产阶级文学运动史中的一章》（1924—1934）中，穆木天同样以问号"？"示疑，第 2 页出现朝鲜作家名字"柳宗熙（Лю Ван Хи）"，由于对于第二个字（单词）持疑，穆木天分别在"宗"与"Ван"上方打下问号"？"，表示不确定，其实音译的话，应翻译为"柳万熙"。手稿《韩雪野早期作品中的工人形象》在介绍韩雪野的出生地"咸州郡"与工作单位"北青中学"时，分别保留了俄语信息：Хамчжу, Пукчхон（第 1~2 页），对于"北青中学"的翻译并不确定，穆木天在译名上方打问号"？"示疑；在介绍 30 年代朝鲜人民的反日斗争时，在朝鲜罢工、起义的地方中，部分不确定的地方译名均保留了俄语拼写，如"长端（Чандин）""仁川（Инчен）""杏川（Кильчу）""明川（Менчен）"，穆木天在译名上方打问号"？"示疑，而汉城、平壤、釜山等可以确定的地方译名没有保留俄语译名及问号"？"（第 29 页）……这些都映衬着穆木天翻译过程中的高度认真、精益求精及不确定时的疑惑与困惑。

其二，留白示疑。针对翻译中的疑惑，除却上面谈及的打问号"？"，穆木天也以"留白"的方式进行处理，如手稿《现代越南诗歌》中，越南诗人们的名字被留白，音译困难，或者在音译中无法译出精确对应的汉语，穆木天便直接留白，然后在空白之后加括号，注明俄语单词。如第 2 页，"诗人＿＿＿＿（Ван Као）在《越南颂歌》中写道","_____（To Хыу）是越南鼎鼎大名的诗人之一"；第 4 页，"在诗人_____（Суан Фонч）的诗《我们故乡是自由的》里边，我们读到从心里说出来的话语"；第 5 页，"_____（Чанч Хыу Тхунч）在他的《摇篮曲》中写道"。手稿《朝鲜无产阶级文学运动史中的一章》（1924—1934）中，不仅朝鲜作家的名字留白，作品主人公的名字同样被留白，如第 7 页"作家赵明熙（笔名_____Пхо Сок）"，第 15 页"李箕永在他的中篇小说《元甫》的主人公矿工_____（Сок Пон）"等等。手稿《〈朝鲜现代诗选〉序文》中的修改集合两种情况。打问号"？"示疑，第 7 页"还要提一下青年人安_____（Ан Ен Ман）"，穆木天初译中把名字全部翻译过来了，但觉得不妥，又涂掉了后面两个字，只留下了可以辨认的"安"，后在被涂掉的两个字上方打下问号"？"；第 8 页，译介完成诗人"朱松风（Тю сон вон）"的名字后，在"风"字上面打下问号"？"。留白示疑，第 2 页，"诗人李贞求，表现着人们的这种感情，在诗作《_____村》（Деревня Бондири）"；第 3 页，"在诗人_____（Цой Сек Дю）的这些话里，反映出来朝鲜三千万人民的坚定的意志和严峻的要求"等等。再如手稿《韩雪野早期作品中的工人形象》中，不仅有疑惑的作家名字被留白，如"李光洙，_____（Чу е Хам）"（第 30 页），作品中的人物、地名也被留白，如韩雪野短篇小说《过度期》中，第 14 页，"日本公司为的建筑工人，他们就利用欺骗手段弄到了_____（Чханни）村的农民土地……作为基地，日本企业主们强迫村中居民迁到不毛之地_____（Куренни）去"，"短篇小说的主人公是农民_____（Чхан Сон）"等等。对于不确定的地方，穆木天宁可留白，也不误译、强译。

三　完善的信息

较之于出版物"元信息"的完善，手稿则往往"元信息不足……由于缺乏约束性规范和作者出于方便等因素，手稿自身往往不能提供足够的元信息——题名、作者、出版机构、出版时间等"①，翻译手稿的"元

---

① 陈思航：《基于手稿资源的特色数据库建设》，《图书馆工作与研究》2017 年第 5 期，第 52 页。

信息"需要译者高度的自觉性。穆木天在翻译手稿的封面上不仅写有译文的篇名、原作者、出版社和出版日期等信息，而且还详细写下了译文的具体章节、主要内容（提示、总结），保留了原文中的关键词、术语、概念等外语信息，尽力完善手稿"元信息"，呈现出鲜明的深度翻译特点、译者强烈的在场感与"读者意识"。

手稿《威廉·莎士比亚论》，封面上除了译文的题目（威廉·莎士比亚论）、作者（斯密尔诺夫）、出处（1957 年国家艺术文学出版社出版的《莎士比亚全集》第 1 卷前言）等信息之外，还有手稿的章节标题信息。

1. 时代背景
2. 文艺复兴时期英国戏剧的发展
3. 文艺复兴时期的英国剧院
4. 莎士比亚的生平、莎士比亚的创作道路
5. 莎士比亚的世界观与现实主义
6. 莎士比亚研究史

再如手稿《古希腊文学史绪言》的封面上不仅有译文的出处（译自 1959 年莫斯科大学出版社出版的《古希腊文学史》），也留存有译文的章节标题。

1. 古希腊文学的目的和意义
2. 方法论问题
3. 古代希腊奴隶社会和文学史的分期
4. 希腊的种族和方言
5. 古代希腊文学的语言
6. 古希腊书面语言和文学纪念碑的久远的命运
7. 古希腊文学的渊源

手稿《荷马的〈伊利亚特〉和〈奥德赛〉》的封面标记有文章的参

考资料和文章的章节信息及内容提要。

1. 马克思：《政治经济学批判导言》
2. 恩格斯：《反杜林论》
3. 恩格斯：《家庭私有制和国家的起源》
4. 特隆斯基：《古代文学史》，1947
5. 孔：古希腊的传说和神话，1954
6. 决定古代希腊英雄史诗的产生的历史的根源
7. 希腊神话及其在古代艺术发展中的作用
8. 荷马问题
9. 特洛伊神话
10. 伊利亚特
11. 奥德赛
12. 关于特洛伊战争的结束的神话
13. 荷马史诗的艺术特色

手稿《塞万提斯的小说〈堂吉诃德〉》的封面上除却译文的原作者（米哈利奇）、出处（《苏联科学院通报·语言文学部分》，1955 年 4 月号）等信息，也有译文的内容提要。

1. 时代背景和生平
2. 堂吉诃德的形象
3. 桑丘的形象
4. 小说中的插话
5. 小说在俄国
6. 苏联传播接受情况

"一个阐释群体总是在某一个历史时刻进行阐释的，作为这个阐释群体一员的译者，先于他的译入语读者群体之前阐释文本，他的身份是分裂的：一方面，他的对文本的解读可能在一定程度上已受源语读者阐释群体的反应影响；另一方面，他又不得不考虑由接受读者所构成的阐释群体的阅读与阐释的期待值，以及他们所具备的阐释资源及能力"①，基于此，穆木天在翻译过程中，大量保留原文中的俄语、英语、拉丁语、法语、日语、世界语、西班牙语、葡萄牙语、意大利语、希腊语、梵语、印地语等"元信息"，为读者了解、阐释原文提供了可靠的一手资源，充分践行了"读者本位"原则，深度翻译意识强烈，深度翻译特征明显。穆木天批注、留存的外语信息可分为以下几种情况。

其一，诗人、作家的名字。

俄语标识。《朝鲜无产阶级文学运动史中的一章》（1924—1934）、《〈朝鲜现代诗选〉序文》等手稿中，穆木天保留了所有朝鲜作家的俄语名字拼写（音译），以便读者核对了解。赵明熙（Чо Мен Хи）、宋影（Сон Ен）、金永八（Ким Ен Пхаль）、朴英熙（Пак Ен Хи）、金基镇（Ким Чи Чнеин）等等，其中"Ким Чхан Суль"，在手稿第2页被译为"金昌述"，在手稿第9页被译为"金昌绪"，出现前后不一致的情况。同时，手稿《韩雪野早期作品中的工人形象》第3页，穆木天将"Ким Ду Су"译为"金昌述"，明显不当，在疑惑中无法确定，他在"金昌述"上方打问号示疑，第11页，穆木天同样在"金昌述"译名上打问号；此外，有李贞求（Ли Ден Чу）、林和（Лим Хва）、李诚（Ли Чан）、韩鸣泉（Хан Мен Чен）、朱松风（Тю Сон Вон）等等，例证尚多，不再列举。

英语标识。手稿《葛莱蒙、瓦莱斯、里昂·克拉代尔》原文（俄文）中三位作家的名字以俄语书写，同时注有英语名字，穆木天将俄语翻译为中文，然后保留英文，如 Жан-Батист Клеман（Jean Baptiste Gremont），穆木天译介为"约翰·巴卜提斯特·葛莱蒙（Jean Baptiste Gremont）"②，Жюль Валлес（Jules Valles）译为"鸠尔·瓦莱斯（Jules Valles）"，Кладель Леон（Léon Cladel）译为"里昂·克拉代尔（Léon Cladel）"。

---

① 孙艺风：《视角·阐释·文化——文学翻译与翻译理论》，清华大学出版社，2004，第98页。

② 穆木天翻译失误，名字应为"让"，穆木天译介成"约翰"，将"Jean"与"John"混淆。

西班牙语、葡萄牙语标识。手稿《文艺复兴时期西葡的抒情诗和叙事诗》《西班牙的巴乐歌与卡尔代龙》《西班牙民族戏剧的创造：洛甫·德·维伽及其剧派》中，西班牙与葡萄牙诗人的名字均被保留了源语言信息。如西班牙诗人波斯堪（Juan Boscán Almogáver）、伽西拉索·得·拉·维伽（Garcilaso de la Vega）、费尔南都·得·文列拉（Fernando De Herrera）、艾尔西拉（Ercilla y Zúñiga，Alonso de）等；葡萄牙诗人路易斯·得·卡敏斯（Luís de Camões）等。

其二，作品的名字。

俄语标记。手稿《现代印地语文学的基本流派和发展道路》保留了所有提及作品的俄译名称，如《印度的苦难》（Несчастье Индии）、《普伦普拉卡什和昌德拉普拉巴》（Пурнпракаш и Чандрапрабха）、《巴马瓦蒂》（Падмавати）、《沙弥什塔》（Шармишта）、《摩罗毗迦和阿祇尔密多罗》（Малавика и Агнимитра）、《拉那地尔和普列马莫赫尼》（Ранадхир и Премамохини）、《桑涅基达选女婿》（Выбор жениха Саньёгитой）、《脏被单》（Грязные покрывало）①、《荒地》（Заброшенная земля）、《铁之歌》（Песнь о Железе）、《在河之洲》（Остров на реке）② 等等。手稿《阿拉伯文学》与《〈阿拉伯散文作品选〉序文》同样如此，如《摩阿拉集》（Моалаки）、《阿拉伯的日子》（Айям Аль-араб）、《折断了的翅膀》（Сломанные Крылья）、《深闺之外》（Вне Гарема）、《白昼的百合花》（Лилия дня）③、《短篇小说·思想》（Рассказы Мысли）、《穷人—没工钱》（Бедным-бесплатно④）等等。

英文、拉丁文标记。手稿《葛莱蒙、瓦莱斯、里昂·克拉代尔》中，瓦莱尔的代表作 Жак Вентура（*Jacques Vingtras*）被穆木天翻译为"《加克·温特拉》（Jacques Vingtras）"，保留英文信息；克拉代尔的代表作 INRI，穆木天在翻译中做注明，"这是拉丁文 Iesus Nazarenus Rex Iu-

---

① 穆木天拼写错误，将 покрывало 拼写为 "порывало"，漏掉字母 "к"。
② 穆木天拼写错误，误将 "остров" 拼写为 "острво"。
③ 根据原文，穆木天此处翻译及拼写错误，应该是《谷底的百合花》（Лилия дна），дно（底部）的二格，дна；穆木天拼写成 Лилия дня，дня 是 день（日子、白天）的二格。
④ 穆木天拼写错误，将 "бесплатно" 拼写为 "бесмлано"。

daeorum 的字头，意思是'犹太王拿撒勒人耶稣'"。

　　法文标记。手稿《政论家雨果》中，在译介雨果的政论集《行与言》时，穆木天保留了作品的法语名。《行与言》（Actes et paroles），政论集包含三部作品，分别是：《流亡前》（Avantl'exil，1841－1851）、《流亡中》（Pendantl'exil，1852－1870）、《流亡后》（Depuisl'exil，1870－1885）。手稿《巴尔扎克》保留了巴尔扎克作品的法语名称，《比拉格的女承继人》（L'Héritière de Birague）、《让·路易》（Jean Louis）、《路西尼昂的克洛提路德》（Clotilde de Lusignan）、《两个柏林介尔德》（Deux Béringheld）、《海盗阿尔古》（Argow le pirate）、《最后的仙女》（La dernière fée）等，为读者进一步了解信息提供了原始素材。

　　西班牙语标记。手稿《文艺复兴时期西葡的抒情诗和叙事诗》中艾尔西拉的史诗《阿劳堪纳》被标记西班牙语信息 La Araucana。

　　梵语标记。手稿《印度诗歌的描写手段》对于涉及的印度诗学著作均注明了梵语信息（第9~11页），如《婆罗多的舞论》（Bharatiya Natyasastra）、婆摩诃（Bhamaha）的《嘉维雅兰卡拉》（Kavyalankara）①、丹丁（Dandin）的《嘉维雅达尔婆》（Kavyadarsa）②、无名氏的《得完尼卡利卡》（Dhvanikarika）、阿南达瓦尔丹那（Anandavardhana）的《得完尼阿罗卡》（Dhvanyaloka）③、曼摩多（Mammata）的《佳维雅普拉卡沙》（Kavyaprakasa）④等。手稿《罗摩文学》不仅标记了杜勒西达斯（Tulasidas）名作《罗摩功行录》（Rāmcaritmānas）的梵语名字，而且注明了每一篇篇名的梵语名称。其他如《童年》（Bāl）、《阿逾陀篇》（Ayodha）、《阿兰尼亚——森林生活》（Araṇya）、《奇什金达》（Kiśkindhā，猴国篇）、《美女篇》（Sunda，美妙篇）、《楞伽篇》（Lanka）、《结尾篇》（Uttar）等等，标记众多，不再一一阐述。

　　其三，作品主人公的名字。手稿《费尔多西的故事》中《列王记》的人物名称皆保留了俄语信息。卡尤马尔斯（Каюмарс）、胡商格

---

① 音译，现在一般译介为《诗庄严论》。
② 音译，现在一般译介为《诗镜》。
③ 音译，现在一般译介为《韵光》。
④ 音译，现在一般译介为《诗光》。

（Хушанг）、塔赫木拉斯（Тахмурас）、姜赛德（Джамшед）、乍霍克
（Заххок）、费立东（Феридун）、沙蕾（Сальм）、土尔（Тур）、艾拉支
（Эрадж）、曼努契赫尔（Манучехр）、沙姆（Сам）、梅赫罗卜
（Мехроб）、鲁豆巴（Рудоба）、西雅屋什（Сиявущ）、开伊·卡布斯
（Кай-кабс）等等。手稿《塞内加尔代表乌斯曼诺·森本那的发言》谈到
塞内加尔诗人狄奥普歌唱的歌曲时，歌曲的主人公"Егана"，音译为"叶
佳娜"（это женское имя персидского и славянского, азербайджанского
происхождения），在俄语中意味着"富有诱惑力的灵魂"，女性的名字。
穆木天误译为"从远处"，歌词的首行"Егана，Егана，Егана"，应是对
女主人公的呼唤，穆木天译介为"从远处，从远处，从远处"（第5
页），等等，囿于篇幅，不再一一举例。

　　其四，地名。手稿《戏曲的发展》（古希腊）中，介绍埃斯库罗斯
的出生地"厄琉息斯"时，注明了英语信息 Eleusis（第17页）。手稿
《塞内加尔代表乌斯曼诺·森本那的发言》中的地理区域被注明俄语信
息，如尼日利亚（Нигерия）、喀麦隆（Камерун）、加纳帝国（Гина）
等。手稿《朝鲜土地的人民歌手》中，诗人赵基天最后被敌人炮弹炸死的
地方——"贤德里街"，穆木天保留了俄译名称"Кердери"（第6页）。
手稿《朝鲜无产阶级文学运动史中的一章》（1924—1934）谈到李箕永
小说《故乡》的故事地点时，保留了俄译名称"元德村"（Воитхо）
（第18页）。手稿《费尔多西的故事》中，费尔多西的故乡"土斯"被
保留俄语信息"Тус"（第17页）。手稿《印地语和乌尔都语的诗歌》保
留了卡利波利方言流行区域的俄译名称：阿格拉（Агра）、阿拉哈巴德
（Аллахабад）、米勒特（Мирут）等等。

　　其五，杂志的名字。手稿《朝鲜无产阶级文学运动史中的一章》
（1924—1934）中朝鲜文学杂志《开辟》，穆木天保留了其俄语拼写"Кэ
Бек"（音译）；朝鲜文学流派"白潮"，保留"Пэк Чо"（音译）；音译
困难时，穆木天采用意译，如朝鲜文学期刊杂志 Чосон-Чигван，被译介
为《朝鲜期刊》（Светоч Кореи），但是在手稿《韩雪野早期作品中的工
人形象》中，Чосон-Чигван 以"空格＋俄语信息"的形式呈现，被穆木
天留白示疑，"《朝鲜＿＿＿＿》（Чосон-Чигван）报，1926，8月17日）

（第 7 页），另一份杂志同样被留白，"＿＿＿＿（Сэ Кедан）"（第 30 页）。手稿《现代印地语文学的基本流派和发展道路》和《普列姆昌德和他的长篇小说〈慈爱道院〉和〈戈丹〉》中的刊物名称均注明了俄译名称。如"智慧之神"（Сарасвати）、"纳亚·巴特"（Ная Патх）、"鲁巴卜"（Рупабх）、"汗斯"（Ханс）、"土凡"（Туфан）、"纳亚·沙西蒂亚"（Ная Сахитья）、"普拉提克"（Пратик）、"巴达尔"（Патал）、"德立什提孔"（Дриштикон）。手稿《十九世纪二十世纪孟加拉文学》中，同样注明了俄译名称，如"卡洛尔"（Каллол）、"普洛加蒂"（Прочати）、"巴利查伊"（Паричай）、"卡比达"（Кабита）、"天鹅"（Ханс）、"觉醒"（Джаларан）等。

其六，文学团体、流派。手稿《1928 年—1932 年的日本民主诗歌导言》中日本的文学团体名字被保留了外语信息，穆木天在"全日本无产者艺术联盟"（纳普）后注明世界语拼写"Nippona Artista Proleta Federacio，NAPF"（第 5 页）；纳普同其他 12 个无产阶级合并之后，被称为"日本无产阶级文化联盟"，穆木天注明世界语拼写"Federacio de Proletaj Kultur Organizoj Japanaj，KOPF"（第 13 页）。手稿《第二次世界战争后的日本民主文学》谈到日本"战后派"团体时，保留了法语译名及注释，"Après la guerre（法文，意思是战后）"（第 4 页）；谈到另一团体"新戏作派"时，保留了日语拼写"しんげさくは"（第 6 页）。手稿《现代印地语文学的基本流派和发展道路》与《印地语和乌尔都语的诗歌》谈到印度文学社团、研究机构时均注明了俄译名称，如"印地·沙希其亚·沙麦兰"（Хинди сахитья саммелан）、"纳伽利·普拉恰拉尼·沙巴"（Нагари прачарани сабха）、"沙希其亚·阿加德美文学研究院"（Сахитья Академ Литературная академия）（第 45 页）；同时保留了所有文学流派的俄译名称，如"查亚瓦德派"（Чхаявад）、"普拉加蒂瓦德"（Прагативад）、"罗哈西亚瓦德"（Рахасявад）、"巴希尔木奇"（Бахармукхи）、"安塔尔木奇·普拉夫利蒂"（Антармукхи правpити）、"纳乌曼纳瓦德"（Навманнавад，неогуманизм）、"利谛卡维派"（Ритикавя）等。

其七，作品体裁、样式。手稿《希腊文学的亚该亚时代》在讨论古希腊文学的样式时，注明了相关体裁的希腊语信息。"仅仅有大量的谚语

（παροιμία）被保留下来；谚语是人民智慧的表现，古代社会的有教养的人们对于谚语深感兴趣"（第26页）；"谚语"对应的希腊语为παροιμία，俄语为пословица。手稿《戏曲的发展》（古希腊）从词源的角度论证悲剧体裁的起源，"悲剧的体裁名称，'特拉欧及亚'（Tragoida）这个字。照字面直译过来，'特拉欧及亚'就是'山羊歌'的意思，（trago就是山羊，ode就是歌）"（第4页），由此指出山羊剧是悲剧的起源之一，或说悲剧具有山羊剧的形式；同时，在论说酒神颂歌的演变时，保留英文信息，指示体裁演变，"酒神颂歌变了样子，失掉了若疯若狂的酒神歌谣的性质，转化成为一种描写英雄事迹的故事诗（ballad）"（第6页），"ballad"，指叙事诗、民歌、民谣的意思。手稿《史诗〈英雄国〉及其作者们》中，伦洛特将在卡莱利亚地区收集到的"古代民歌"汇编为《英雄国》，穆木天注明"古代民歌"这一体裁或说样式的俄语信息："Руны"（第3页），"руны"是复数形式，对应的单数名词为"руна"，该词在俄语中专指卡莱利亚及芬兰的古代民歌。手稿《西班牙的巴乐歌与卡尔代龙》在谈到卡尔代龙的宗教剧创作时，指出"在这类剧本的最出色的一组，就是那些所谓的'Autos sacramentales'（照字面直译为'圣者行传'）。那些解说或者是歌颂'神秘的圣餐'，在天主教节日'圣体节'的日子里，在露天，当众表演的，独幕的戏剧"（第6页），"Autos sacramentales"（西班牙语，又译为"圣礼剧"），是西班牙文学独有的戏剧文学形式，卡尔代龙是其中的代表剧作家。手稿《西班牙民族戏剧的创造：洛甫·德·维伽及其剧派》在辨析西班牙语境中"喜剧"的概念时，穆木天保留了外语词汇"commedia"，并指出，"在西班牙，commedia这个字眼，是指一切种类的戏剧，——喜剧内容的，悲剧内容的，一包在内"（第5页），也即"commedia"并非一般意义上的"喜剧"，而是等同于"戏剧"；谈到维伽深受影响的"艺术喜剧"（假面喜剧）这一戏剧样式时，穆木天注明外语信息"commedia dell'arte"，特指意大利盛行的一种传统戏剧形式，剧中有固定的类型角色以及特定的面具（第21~22页）。手稿《塞万提斯以前的长篇小说的发展》谈到"光棍小说"（今译为"流浪汉小说"）时，保留西语关键词"picaro"，将其翻译为"皮卡罗"（音译）（第16页），意为"无赖"

"恶棍"等等。

其八，术语、概念。手稿《荷马的〈伊利亚特〉和〈奥德赛〉》中，为了说明荷马的韵律问题，穆木天保留了原文中的俄语例句，以便准确地分析与表达，"荷马的诗篇是用 6 音步（6 韵脚）写的。古代诗歌中，6 音步就是短的（∨）和长的（—）音节的互相交替。在 6 音步的诗中，必要的关键就是在于中间的顿挫，放在第三和第四个音步中间：Гнев, богиня, воспой Ахиллеса, Пелеева сына，在这里，顿挫，就在第三个音步的第一个长音节（воспой Ахиллеса）"（第 34 ~ 35 页），"Гнев, богиня, воспой Ахиллеса, Пелеева сына"，即《荷马史诗》之《伊利亚特》开篇第一句（现译为"女神啊，请歌唱佩琉斯之子阿基琉斯的致命的愤怒"）。手稿《印度诗歌的描写手段》中保留了大量术语、概念的外语信息。

如哲学类。谈及印度哲学时，提及关键术语"幻"，"整个的世界就是幻，幻景或者是幻相"（第 7 页），穆木天保留了"幻"对应的俄语词汇"майя"，音译为"玛雅"，是古代、中世纪印度哲学使用的概念。

文学类。论及印度诗歌的形象问题时，注明术语"形象（性）"对应的俄语词汇"образность"（第 21 页），然后文中论及的具体的文学形象被逐一注明外语信息，如"莲花"（kamala、padma）、"天鹅"（hamsa）、"象"（hastin）、"月亮"（canda）、"蜜蜂"（madhukar）等。

诗学类。印度诗学核心关键词，如"Alankara"（庄严，修辞）、"Rasa"（味）、"Dhvani"（韵）。"Alankara"包含"Sabdalankara"（洒布德阿兰卡尔，"音庄严"）和"Arthalankara"（阿尔特阿兰卡尔，"义庄严"），"Rasa""Dhvani"的详细分类同样被穆木天分条目注明对应的外语信息（第 13 ~ 21 页）。手稿《〈摩诃婆罗多〉的传说的序文》与手稿《〈摩诃婆罗多〉导言》论及《摩诃婆罗多》时，保留了诸多印度术语、概念、专有名词的俄语信息，以便读者更好地理解，如"Хариванша"（《摩诃婆罗多》的第十九篇，"诃利文沙"）、"Родословная хари"（"诃利的家谱"）、"Вишну"（毗湿奴）、"Каста"（种姓）、"Шлок"（颂、双行诗）、"Пракрит"（印度俗语、方言）、"Бхарата"（婆罗多）、"Кама"（伽摩，印度神话中的爱神）、"Бхагавадги́та"（薄伽梵歌）、

"Курукшетра"（俱卢之野）、"Брихаспати"（祈祷主，婆罗门教一位重要的神）等等。手稿《费尔多西的故事》注明了特定术语名称的俄语信息，如"木达卡立卜"（Мутакартб），音译，指称《列王记》的韵律；"四音步三叠韵"（амфибрахий），即抑扬抑格，与"木达卡立卜"相近似（第47页）；琐罗亚斯德教二元论中的"善恶之神"对应的俄语信息被保留，分别为奥尔木兹德（Ормузд）、阿赫立曼（Ахриман），属于音译（第49页）。手稿《西葡文艺复兴总论》中，术语"西班牙贵族"的俄语信息被保留，"кабальеро""идальго"，分别对应"西班牙中等贵族"与"西班牙小贵族"（第7页），以示区隔，等等。

其九，关键词。手稿《希腊文学的亚该亚时代》谈到原始人的神话观念时，注明了关键词"魔法"的外文信息，"Magia"，魔法、魔术、巫术（第12页）；谈到古希腊歌谣时，"在这首歌谣中，内容上号召着大家一齐加紧干，在其中还加进了感叹词，'奥，喂呀，喂呀，喂呀，大家干呀！'（很像船夫曲中的'育杭□□'）"，2个字格被涂掉，无法辨认，为便于理解，穆木天在"育杭□□"上方注明了俄语信息"Ухнем"（第19页），根据俄语单词，可知穆木天是将其音译为"育杭□□"，"Ухнем"是动词"Ухнуть"的复数一格形式，此处省略了主语"Мы"，意思即"哎呦一声""嘿呦""加油"；谈到《荷马史诗》讲故事的手法时，指出其遵循的原则，"在史诗中，还保存着一种很有意思的原始的讲故手法的遗迹，就是所谓的'事本同时，话分前后的法则'"（第6页），为了便于读者理解，穆木天注明了"法则"的俄语信息——"Закон Хронологической Несовместимости"，直译即"时间不相容法则（定律）"，穆木天则意译为"事本同时，话分前后的法则"，意即同时发生的事件不作平行处理，而作先后叙述，"讲故事的人，讲完了一个事件之后，并不打转回头，而是马上就转移到第二个事件上，就仿佛是后讲的事件，发生的时间也在以后"（第7页）。手稿《象征主义》认为，"象征主义者在艺术前面所提出的基本任务，事实上是难以实现的，因之，导致了象征主义理论中的矛盾百出，尤其是，导致了拒绝客观的根原（начало），以及在艺术中成为创作上积极的根原的，主观的根原"（第14页），穆木天初译完成后有三次修改，分别是"根元""根本""本原"，最后敲定为"根原"，足见穆木天斟字酌句的纠结与严谨，更难能可贵的是，穆木天保留了"根原"对应的俄语"начало"以供读者更深入地理解。"начало"，在俄语中有"初""开端""根本""根因""定理""定律"的意思，穆木天选择"根原"是恰切的。手稿《西班牙的巴乐歌与卡尔代龙》分析卡尔代龙的世界观时指出，"到了晚年，在卡尔代龙的意识中，教条的根元素（начало），就更为加强，可是并没有彻底消灭他的那些现实主义的和人文主义的倾向"（第 18 页），"начало"被穆木天保留，初译为"本元"，后涂掉代之以"根元素"，强调卡尔代龙观念的根本性因素。手稿《西班牙民族戏剧的创造：洛甫·德·维伽及其剧派》谈到文艺复兴时期西班牙新的戏剧体系时指出，"这种新的戏剧体系，是由于戏剧中的两种本元（начало）的冲突而产生出来的"（第 2 页），"начало"作为关键词被保留，在手稿中初译为"原则"，后被涂掉改为"因素"，最终确定为"本元"，指代新的戏剧体系产生的根本原因。第一种是"中世的人民的或半人民的本元"；第二种是"来自意大利，或者是直接来自古代，而大部分还是经过意大利中介的人文主义的学者思潮的本元"。再如，手稿《波里斯·里昂尼多维之·巴斯特尔纳克》指出，"帕斯捷尔纳克的创作的矛盾性，反映在他的最后的作品《再生》中，这本书是他的过去的全部发展的总结，也标志着某些新的主调（Мотив）"（第 6 页），穆木天保留了关键词——"Мотив"，"Мотив"在俄语中意义多元，可以译为"主题""情节单元""母题""动机""乐曲""调子"等等，这里用作文学概念、文学术语，穆木天译为"主调"也恰当，可以与"主题"对应；手稿《裴多菲·山陀尔》中同样保留了关键词"Мотив"，"这一切主题（Мотив），都是裴多菲从民间故事中借用来的"（第 15 页）。手稿《夏比的"生命之歌"》分析夏比的创作特征时，指出他的诗歌具有抽象的特点，事件地点往往是全世界，人物是"自然的本性"，关键词"自然的本性"的俄语信息（стихии природы）被保留（第 3 页），以便读者更好地理解"自然的本性"，等等。

　　详细、完善、充分的译文信息或说手稿"元信息"使穆木天晚年翻译手稿在某种程度上具有与出版物相媲美的潜质与性质，使读者能够更准确、深入地进入文本，理解译文，甚至与原文对话，换句话说，作为译者，穆木天正是考虑到了"由接受读者所构成的阐释群体的期待值，以及他们所具备的阐释资源及能力"①，所以才确保手稿"元信息"的丰富性及完整性——将为读者提供"一定量的话语信息"②作为其阐释与理解的依据。

四 众多的批注圈画

穆木天在手稿中留下了数量众多并且类型多样的批注圈画痕迹，有重点段落下的画线（直线和波浪线），有重点字词的加点标记和圆圈标记，还有写在稿纸字格外侧面空白处的侧批等旁注，侧批是关于手稿相关内容的提示、解释、摘要、总结与概括。手稿中众多的批注圈画既是穆木天"深度翻译"的基本体现，也是穆木天"读者意识"与"读者本位"原则的基本表征，以引起读者的重视，强化读者的关注，具有循循善诱的导读价值与功用。

手稿《威廉·莎士比亚论》第四部分第 7、11、12、13、19、22、24 页有大量的重点句子画线批注，第 5、7、9、20 页有多处用圆圈"。"标记的重点词语，还有 19 则侧批，侧批内容如下。

1. 反对封建主义也反对资本主义

2. 反对世袭宗教的偏见，主张人人平等

3. 反对封建偏见，歌颂青年一代为自己爱情幸福的斗争

4. 男女平等

5. 追求人的关系，追求人的思想感情中的真实性，揭露伪善

6. 莎士比亚对世界的看法——"自然"是发展的创造性地美

7. 反映生活的丰富性和统一性

8. 莎剧的材料来源：对古代和意大利复兴的艺术的继承

---

① 孙艺风：《视角·阐释·文化——文学翻译与翻译理论》，清华大学出版社，2004，第98页。
② 孙艺风：《视角·阐释·文化——文学翻译与翻译理论》，清华大学出版社，2004，第94页。

9. 莎剧继续着英国人民的戏剧传统

10. 莎士比亚的现实主义

11. 从人的复杂性和发展中描写出完整的人物

12. 语言

13. 风格

14. 艺术技巧的精确性

15. 与剧的基本内容相符的艺术手法、主调

16. 与基本思想相连的主导形象

17. 结构与基本思想的一致

18. 戏剧手法的运用与思想性格一致

19. 诗韵

　　手稿《西班牙民族戏剧的创造：洛甫·德·维伽及其剧派》中有42处重点句子画线、25处侧批，侧批内容如下。

1. 文艺复兴时期的西班牙戏剧

2. 胡安·代尔·恩辛那

3. 多列斯·那阿罗

4. 洛甫·德·卢艾达：西班牙民族戏剧的真正创造者

5. 胡安·德·拉·库页瓦

6. 维伽的先驱者的努力和西班牙戏剧繁荣的现实条件

7. 生平和剧作活动

8. 戏剧理论

9. 自然与观众的要求：戏剧基础出发点

10. 从古代戏曲现实主义、乐观的特点

11. 面向民间观众

12. 维伽剧本的三大类型

13. 英雄剧

14. "斗篷与刺剑"的喜剧

15. 人民剧

16. 《羊泉村》

17. 维伽的王权思想

18. 《塞维尔之星》

19. 《干草上的狗》

20. 《惩罚——并不是报复》

21. 在宗教上的矛盾

22. 艺术方法上的矛盾

23. 提尔索·德·莫林纳

24. 胡安·立菲·德·阿拉尔孔

25. 纪廉·德·卡斯特罗

　　手稿《塞万提斯的小说〈堂吉诃德〉》中有 22 处重点句子画线，15 则侧批，内容如下。

1. 时代背景

2. 作者生平

3. 当代文学现状

4. 现实主义

5. 主人公的典型性

6. 堂吉诃德的形象

7. 堂吉诃德与桑丘的接近

8. 堂吉诃德关于"黄金时代"的理想

9. 堂吉诃德的明智和幻想的疯狂

10. 堂吉诃德的悲剧

11. 堂吉诃德对爱情的忠实态度

12. 第二卷，对伪作的抨击

13. 堂吉诃德的悲剧实质

14. 叙事与抒情

15. 堂吉诃德与桑丘语言不同风格

手稿《塞万提斯以前的长篇小说的发展》中有 21 处重点段落句子画线、8 个用圆圈标记的重点字词，对于过长的段落用 "＝＝" 分离，还有 12 则侧批，侧批内容如下。

1. 骑士小说的流行及其社会原因
2. 《高卢的阿马狄斯》
3. 幼年——与奥里昂娜恋爱，立功——奥里昂娜发怒而隐居，重立功勋
4. 牧人小说
5. 芒特迈若的《狄亚娜》
6. 塞万提斯和维伽的牧人小说
7. 光棍小说
8. 《瑟列斯丁那》
9. 光棍小说的社会基础、特点及其意义
10. 《小癞子》
11. 阿列曼的《阿尔法拉契人古斯曼》
12. 开维多的光棍小说

上述几种手稿之外，其他手稿同样存在侧批、圈画等标记。众多的批注、圈注、画线，展现了译者穆木天的深度翻译策略及 "读者本位" 立场。

五 丰富的译者注

"翻译不是一个简单的个体轰动，还有受众的问题需要考虑。因此，阐释的意义十分重大。"[①] 译者注是深度翻译的基本表征，体现了译者在翻译过程中对原文的理解、尊重以及与潜在读者的沟通，彰显了译者的主体性、在场感及研究意识。穆木天在翻译过程中不仅译介原文的注释，

---

① 孙艺风：《视角·阐释·文化——文学翻译与翻译理论》，清华大学出版社，2004，第 167 页。

而且自己添加注释，对有可能给读者造成理解困扰的各种信息进行解释，"文本的翻译往往是文化翻译里面重要的一环。每当文本提及那些读者会陌生的文化元素，译者就有解释的责任"① ——标记为"译者注"，可以分为以下四种类型。

其一，关于重点字词的注释。诸如手稿《约翰·李特》第13页，穆木天添加注释解释单词"peon"，"poen，在拉丁美洲租得小块土地而以劳力抵偿其租金的农夫"。手稿《太阳照耀着"黑非洲"》中，穆木天利用自己的法语优势，为法语单词增添注释，"在科纳克里飞机场上，我听见的头一句话，就是'卡马拉德'（法语：'同志'——译者注）。到处都可听见这个字眼，——在大西洋的岸上，在福塔·加隆高原上，在闷热的热带森林中，在炎热的草原上"（第4页）。手稿《关于突尼斯中短篇小说的讨论》中，穆木天添加译者注，解释词语"муаллака"，"照字面译是'连珠'②，是伊斯兰以前的，七篇优秀的阿拉伯诗歌"（第3页）等，从而清理读者阅读理解障碍，为读者深入了解原文（译文）提供知识背景。"如果一种文献型翻译按字面意思翻译后，另在脚注或术语表中增加必要的解释，以说明源语文化或源语的一些特性，我们称之为语文学翻译或教学翻译"③，作为具有学术文献性质及以教学研究为目的的翻译，手稿对原文重点关键字词添加注释是非常必要的，当然，也是难能可贵的。

其二，关于"翻译"的注释。如手稿《尼古拉·纪廉与民歌》第47页译诗，"山上和平原上的全部土地"，穆木天为这句译诗添加注释，"中文译为'群山中和平原上的土地'（诗玛译，见'诗刊'1958年8号），这里是从俄文译的，译时才找到中译，为上下文衔接方便，故未采纳"。再如第11页，穆木天添加了"coh"这个词的注释即"译本'选集'译为'音响'，'诗刊'1958年8号译为'桑午'"④，展现两种不同

① 罗选民：《中华翻译文摘》（2002—2003卷），清华大学出版社，2006，第16页。
② 现在一般译介为"悬诗"。
③ 〔德〕Christiane Nord：《译有所为 功能翻译理论阐释》，张美芳、王克非等译，外语教学与研究出版社，2005，第63页。
④ 据我们考证，这里所说的"选集"应是1959年5月亦潜翻译的由人民文学出版社出版的《纪廉诗选》，《诗刊》1958年8号译为"桑舞"的文章为诗玛的《和诗人纪廉在一起》。

的翻译呈现。手稿《印地语和乌尔都语的诗歌》中对杜尔西·达斯诗篇的翻译，根据俄语篇名 "Рамачари таманаса" 穆木天音译为 "罗摩查利达摩那沙"，并添加注释进行说明补充，"有的书里译作'罗摩衍'——译者注"（第 4 页）等，为读者提供不同的译文感知与译文选择。此类注释昭显了穆木天强烈的对话意识——穆木天与其他译者、手稿以及其他译作之间的对话，并在手稿中形成一种明显的内外互文关系。

其三，关于典籍的注释。手稿《费尔多西的故事》第 8 页谈到《阿维斯达》（Авеста）时，穆木天增添译者注，"阿捷尔拜疆的圣经"，对古代宗教典籍《阿维斯达》进行解释，为读者提供理解背景，"解释的作用就在于此"①。

其四，关于出处的注释。手稿《费尔多西的故事》第 47 页以俄语诗歌的韵律类比、解释费尔多西的 "木达卡立卜" 韵时，举例俄语诗句 "В песчаных степях аравийской земли/Три гордые пальмы высоко росли"，穆木天翻译为："在阿拉伯地方的大沙漠上，/长着三棵高高的棕榈树。" 并在译文后面添加注释，"译者注：这是莱蒙托夫的诗"，注明诗句出处，提供背景知识等。

"译入语读者，由于历史及文化的障碍，可能不具备这样的阐释能力，如此产生的阅读距离，使得译入语读者无从解读文本，所以译文用解释性文字，或提供背景的注脚，以帮助译入语读者接近所指意义，这可视为将距离拉大，以达到使译文拉近译入语读者的目的。"② 译者注 "当然不必通篇都广泛用之，而是有针对和选择的。在遇到理解障碍或欲加深理解时，才有必要……译文是要人读的，所以同样要给目的语读者提供可以正确解释的条件"③，手稿译者注贯彻着鲜明的 "读者本位" 原则，渗透着穆木天强烈的 "读者意识" 与客观的 "中立立场" ——手稿

---

① 孙艺风：《视角·阐释·文化——文学翻译与翻译理论》，清华大学出版社，2004，第 110 页。

② 孙艺风：《视角·阐释·文化——文学翻译与翻译理论》，清华大学出版社，2004，第 47 页。

③ 孙艺风：《视角·阐释·文化——文学翻译与翻译理论》，清华大学出版社，2004，第 110 页。

中的"译者注"均为知识性的注释、解释与说明，而非穆木天的主观随意解释，体现了译者的"阐释道德"①，强化了读者对原文的理解，蕴含翻译家穆木天高度的责任感及深厚的外语素养与文学修养，体现了穆木天的深度翻译策略与深度翻译目标。诚如钟敬文先生指出的，"木天的翻译工作是和研究结合在一起的，他是在研究的基础上进行翻译的。他经常把研究的结果写成译序和注释。译序实际就是论文，注释也常常带有研究性质。所以，他的译本富有学术价值"②。

第五节　手稿的涂抹增删修改类型统计及分析：发生学视角

手稿"更多地削弱了正式文本可能给予人们的信念，而不是肯定了这一信念。它突出了变化……和变化体系"。③

法国当代著名文论家德比亚齐在《文本发生学》中"把文学创作作为过程，把作品作为起源"，从溯源角度审视文本（text），提出"文本发生学"或者"发生校勘学"，"'发生校勘学'旨在更新对文本的认识，通过手稿，把校勘的疑问从作者转向作家，从著作转向文字，从结构转向过程，从作品转向作品的起源"④，手稿是"文本发生学"的核心对象、概念、目标。德比亚齐从"文本发生学"视角详细讨论、界定了文学手稿的分析原则与基本目的。

要求尽可能多地关注作家的写作、行为、情感及犹豫的举动，主张的是要通过一系列的草稿和编写工作来发现作品的文本……什么是文学手稿分析的目的呢？就是为了更好地理解作品：了解写作

---

① 孙艺风：《视角·阐释·文化——文学翻译与翻译理论》，清华大学出版社，2004，第114页。

② 陈惇、刘象愚编选《穆木天文学评论选集》，北京师范大学出版社，2000，第3页。

③ 〔法〕让－伊夫·塔迪埃：《20世纪的文学批评》，史忠义译，河南大学出版社，2009，第242页。

④ 〔法〕德比亚齐：《文本发生学》，汪秀华译，天津人民出版社，2005，第1页。

的内在情况，作家隐秘的意图、手段、创作方法，经过反复酝酿而最终又被删掉的部分，作家保留的部分和发挥的地方；观察做作家突然中断的时间，作家的笔误，作家对过去的回顾，猜想作家的工作方法和写作方式，了解作家是先写计划还是直接投入写作工作的……文本发生学使我们进入到作家的秘密工作实验室中，进入一部作品形成时的秘密空间里。①

德比亚齐将发生学分为两大类，即手稿发生学（"前文本发生学"）与印刷本发生学（"文本发生学"），手稿发生学又可以分为微观发生学与宏观发生学两类，其中微观发生学旨在尽力解释清楚文本化最初的因素［词和句子的组成、词汇和句法结构的修改、词汇和句法结构的变化、表达方式的展开或缩短、增加部分、杠子（修改）等等］。②

通过对手稿进行系统的清点与统计，我们可以从微观发生学角度将穆木天晚年翻译手稿中的涂抹增删修改类型划分为以下几种（每种类型又可以根据修改对象、方式的不同划分为几种小类型）。③ 调整词语顺序、修改句子结构、调换句式、更改替换字词（动词、名词、形容词、副词、助词、连词、介词、数量词、标点符号、同义词替换等）、添加补充信息（主语、宾语、谓语、定语、状语、补语、关联词、连词、量词、助词、介词、漏译的字词等）、删除涂抹信息（冗余字句、重复字词、恢复被删除的信息等）、更改作家作品译名（作家译名、作品译名、作品人物译名、流派译名、杂志译名）等。"字、词、句、篇、章以及全文，这是语言的层级问题。不同作家（译者）的手稿在这些语言层级上的修改程度、规模是不同的。有的作家（译者）重点可能是字词句的修改，而有的作家（译者）修改的则是篇章全文。通过手稿语言层级的分

---

① 〔法〕德比亚齐：《文本发生学》，汪秀华译，天津人民出版社，2005，第3页。
② 〔法〕德比亚齐：《文本发生学》，汪秀华译，天津人民出版社，2005，第131页。
③ 德比亚齐在《文本发生学》中将修改类型标记分为5种，分别为"删除的杠子""替代的杠子""移动或转移的杠子""暂缓的杠子""使用的杠子"，并指出"前两种初始操作方式（替代、删除）指基本的写作动作，而另外3种方式（转移、管理、延迟）构成了相对更加稀少的形式"。

析、统计，可以看出作家（译者）的创作（翻译）个性"①，同时透过手稿的涂抹增删修改可以"观察处于初始状态的作品那种饱满而又生动的结构，观察其发展、变化，观察作品逐渐形成的过程"②。

一　调整词语顺序

初译"恩格斯曾对他表示了严峻地否定的态度"③，穆木天画线将副词"严峻地"置于动词"表示"前，译文变为"恩格斯曾对他严峻地表示了否定的态度"，显然后者更为顺畅。

初译"自然主义对于科学的信念的力量破产，促使其中的某些人走向公然的颓废主义"④，"力量"与"破产"不搭配，应是"科学力量""信念破产"，穆木天调整词语顺序，并将"某些"替换为"许多"，改译为"自然主义对于科学的力量信念的破产，促使其中的许多人走向公然的颓废主义"。

初译"魏尔伦和韩波则在一系列的作品中提出了严肃地这一个问题"⑤，明显的语序不当，穆木天将副词"严肃地"调换到动词"提出"之前。

初译"这种崇高的人道主义：对于人类的爱，对于产生于资产阶级社会的一切肮脏东西的仇恨，在李箕永的一切作品中，都发出响亮声音"⑥，穆木天调整语序，合并、更改词语，强化表达效果，"在李箕永的一切作品中，都震响着崇高的人道主义的声音：对于人类的爱，对于产生于资产阶级社会的一切肮脏东西的憎恨"。

初译"在这个集团中，有好几位，以后继续着彻底为朝鲜民主文学

---

① 赵献涛：《民国文学研究——翻译学、手稿学、鲁迅学》，中国广播影视出版社，2015年，第98页；赵献涛：《建立现代文学研究的"手稿学"》，《上海鲁迅研究》2014年第3期，第25~35页。
② 〔法〕德比亚齐：《文本发生学》，汪秀华译，天津人民出版社，2005，第2页。
③ 手稿《葛莱蒙、瓦莱斯、里昂·克拉代尔》，第3页。
④ 手稿《自然主义》，第13页。
⑤ 手稿《象征主义》，第14页。
⑥ 手稿《朝鲜无产阶级文学运动史中的一章》（1924—1934），第15页。

的发展进行斗争"①，穆木天将副词"彻底"置后，与动词搭配，改译为"在这个集团中，有好几位，以后继续着为朝鲜民主文学的发展彻底地进行斗争"。

初译"赵基天的创作使他同现代朝鲜民主文学的领导作家之列韩雪野、李箕永得以相提并论"②，穆木天将"得以"提前，删减部分内容，改译为"赵基天的创作使他得以同现代朝鲜民主文学的领导作家韩雪野、李箕永相并列"，改译更为通达、顺畅。

初译"吉田真正地相信，自己是走上了一条正路，可以达到个人幸福"③，穆木天调整语序，将定语提前，宾语置后，合并句子，改译为"吉田真正地相信，自己是走上了一条可以达到个人幸福的正路，"句子更为连贯。

初译"住在中国东北的朝鲜人决定组织了'祖国光复会'，团结起爱国主义者……"④，穆木天将定语提前，宾语置后，改译为"住在中国东北的朝鲜人决定组织了'祖国光复会'，团结起来那些争取殖民者压迫下解放祖国的爱国主义者"，同时，该句之后，穆木天漏译了一个关键句子，后画线补充完整"在这个会的帮助之下，在朝鲜国内也组织了'民族解放斗争同盟'"。

初译"俊植是韩雪野早期创作中最完整的，最成功的形象，工人战士的"⑤，穆木天将定语提前，调整语序，改译为"俊植是韩雪野早期创作中最完整的，最成功的工人战士的形象"。

初译"韩雪野创造出有觉悟的战士的形象，促进了朝鲜无产阶级文学的形成，帮助了朝鲜劳动者。在民族解放和社会解放斗争中"⑥，穆木天调整语序，将状语提前，改译为"在民族解放和社会解放斗争中帮助了朝鲜劳动者"。

---

① 手稿《朝鲜无产阶级文学运动史中的一章》（1924—1934），第 4 页。
② 手稿《赵基天》，第 2 页。
③ 手稿《韩雪野早期作品中的工人形象》，第 25 页。
④ 手稿《韩雪野早期作品中的工人形象》，第 30 页。
⑤ 手稿《韩雪野早期作品中的工人形象》，第 38 页。
⑥ 手稿《韩雪野早期作品中的工人形象》，第 49 页。

　　初译"天才的盲人阿布·里·阿拉·阿里·马利，远远地离开封建宫廷生活着的，是十一世纪的杰出的诗人"①，穆木天调整语序，将修饰语提前，改译为"远远地离开封建宫廷生活着的天才的盲人阿布·里·阿拉·阿里·马利，是十一世纪的杰出的诗人"，改译的逻辑更为通畅。

　　初译"这些短篇小说，是用散文夹杂诗韵写了出来的，以及城市生活的爱情的故事，被收成为有各种内容的集子"②，穆木天将主语置后，定语提前，强化表达逻辑，改译为"用散文夹杂诗韵写了出来的这些短篇小说，以及城市生活的爱情的故事，被收成为有各种内容的集子"。

　　初译"在当时，已经忘掉了这部小说集在阿拉伯的土壤上产生出来的历史，并且还认为是从波斯文学的翻译"③，穆木天将定语提前，调整语序，改译为"在当时，已经忘掉了在阿拉伯的土壤上产生出来的这部小说集历史，并且还认为是从波斯文学翻译过来的"。

　　初译"那些作家们在开始活动□□现实主义的卫护者，现在却宣传起'为艺术而艺术'的理论来"④，两个字格被涂掉，无法辨认，穆木天调整语序，定语提前，改译为"作为现实主义的卫护者开始了自己的活动的那一些作家们，现在却宣传起'为艺术而艺术'的理论来"。

　　初译"侨居美洲的作家们，对于阿拉伯的人的民族自觉心的觉醒发生了巨大的作用"⑤，穆木天调整语序，更换介词，替换谓语，改译为"侨居美洲的作家们，在唤醒阿拉伯人的民族自觉心上起了巨大的作用"。

　　初译"在一系列的论文中，法胡利极力说明，现代阿拉伯文学落后于西方文学。主要原因，在他看来，就是作家们甘作中世纪文学手法的奴隶，□□□□□□□□□□□□□□□"⑥，穆木天在初译的基础上两次调整语序，将主语提前，进行强调，同时将后半句话全部涂掉，后又做

---

① 手稿《阿拉伯文学》，第 6 页。
② 手稿《阿拉伯文学》，第 7 页。
③ 手稿《〈一千零一夜〉序言》，第 3 页。
④ 手稿《〈阿拉伯散文作品选〉序文》，第 23 页。
⑤ 手稿《法胡利的创作道路》，第 4 页。
⑥ 手稿《法胡利的创作道路》，第 11 页。

过两次修改，也被全部涂掉，直至完成改译："法胡利在一系列的论文中，极力说明，现代阿拉伯文学落后于西方文学。他认为，主要原因，就是作家们甘作中世纪文学手法的奴隶，屡屡地一直流为剽窃。"

初译"在书中，始终贯穿着那位爱国作家看见祖国不能独立的热烈的愿望"①，穆木天调整语序，将限定语提前，用以修饰"爱国作家"而非"热烈的愿望"，改译为"在书中，始终贯穿着那位看见祖国不能独立的爱国作家的热烈的愿望"，句意更加清晰。

初译"纳普的意义和力量，就在于同其他同盟比较起来，这个组织有着更为明确的思想立场"②，穆木天调整语序，合并句子，删减冗余，改译为"纳普的意义和力量，就在于这个组织比其他那些同盟有着更为明确的思想立场"。

初译"这个经验证明了掌握马克思主义理论的重要性和对于民主文学发展统一的艺术方法的意义"③，穆木天调整语序，使句子逻辑顺畅，改译为"这个经验证明了掌握马克思主义理论的重要性和统一的艺术方法对于民主文学发展意义"。

初译"它的成绩是促进了在小说和批评方面现代日本文学的眼界的开阔……战后的日本文学以极为复杂多样见称"④，穆木天调整语序，增补定语，改译为"它的成绩是促进了现代日本文学在小说和批评方面的眼界的开阔……战后的日本文学以题材的极为复杂多样见称"。

初译"他们并不像认真地去研究，《英雄国》的诗歌的得以产生和兴盛的社会条件的这个问题"⑤，穆木天涂掉"兴盛"代之以"繁荣"，后又涂掉"繁荣"代之以"开花"，同时基于"的"偏正短语连用的冗杂、啰嗦及由此造成的表达不明确，穆木天调整语序，改译为"他们并不像认真地去研究，《英雄国》的诗歌是在什么样的社会条件下才得以产生和开花的这个问题"。

① 手稿《法胡利的创作道路》，第 24 页。
② 手稿《1928 年—1932 年的日本民主诗歌导言》，第 6 页。
③ 手稿《1928 年—1932 年的日本民主诗歌导言》，第 18 页。
④ 手稿《日本代表加藤周一的发言：日本的情况与日本作家》，第 4 页。
⑤ 手稿《史诗〈英雄国〉及其作者们》，第 8 页。

二　修改句子结构

此类修改分为两种，一种"化长为短"，缩短句子长度，属于"去直译"修改，"翻译过程中译者倾向于从直译程度较深的版本过渡到直译程度浅的版本"①。

初译："他们并不认为神话是虚构的故事，原始社会的人们对于专供消遣的虚构故事，或自己部族和外族的真实事件的故事……"②根据后面的涂抹、调整及修改，可知穆木天并没有完成初译，而是在翻译过程中察觉不妥，直接涂掉初译，调整句子结构，化长为短，改译为"他们并不认为神话是虚构的故事，原始社会的人们对于真假故事和神话严格作了严格的区别。虚构的故事是专为消遣之用的，真故事是根据自己部族和外族的真实事件编出来的，而神话呢，不但认为是真正的历史故事，而且还是特别有价值的历史故事，规定了社会行为和劳动活动的榜样"。

初译"在当时，他带着他那些以巴黎的流浪的苦命的为主题的最初的短篇小说和中篇小说，出现了"，穆木天在此处不得已省略或说压缩、概括了关于"主题"的详细介绍、限定，仅以"那些以巴黎的流浪的苦命"限定"主题"，究其原因，如若详细介绍，定语偏长，大大增加了理解的难度，但这样"高度概括"的处理办法显然不忠于原文，穆木天"化长为短"，调整结构，修改译文为："在当时，他就以他那些最初的短篇小说和中篇小说问世了，——那些作品的主题，就是住在拉丁区的冷冰冰的和阁楼里的，和只能住小店里或街头板凳上的，那些漂泊者的艰苦的运命。"③ 较之于初译，穆木天的修改表现在三个方面，即将句号改为逗号；将"主题"的限定语置后，以破折号进行指示与详细说明；将"苦命"改为"艰苦的运命"。虽然修改后的译文也存在一定问题，如搭配不恰当，"问世了"的主语只能是"作品"而不能是"他"，但整体上改译后的句子更好理解，信息也更为详细。

---

① 转引自赵秋荣、曾朵《译者自我修改与编辑校订研究——以〈海上花列传〉的英译为例》，《语料库语言学》2020 年第 2 期，第 2 页。

② 手稿《希腊文学的亚该亚时代》，第 10 页。

③ 手稿《葛莱蒙、瓦莱斯、里昂·克拉代尔》，第 3 页。

初译"诗集《断肠集》中的诗是战……"，穆木天本想以"《断肠集》中的诗"为主语，后面直接加上宾语，但宾语过长，碍于理解，修改为"在《断肠集》中，阿拉贡表现了在1939—40法国人民对于战争的认识过程和法国民族悲剧的过程"①。

初译"在文学的和艺术的实践中，它那许多数的代表者都是以这样或那样程度"②，初译的主语为"代表者"，缺乏谓语与宾语，句子不完整；穆木天显然不满意初译，且意识到翻译失误，后通过增补、调换语序，改译为"自然主义的特征，以这种或那种程度，侵入了它那极多数的代表者的文学的和艺术的实践之中"，主语换为"自然主义的特征"，初译中的主语变为宾语。

初译"雨果对于拉曼石的那些岛屿的深切的留恋的盛情——在那些岛屿，他在流亡中迫不得已待了十二年，那里已成了他的故乡——是贯穿在那一切关于自然的描述和画面……之中的"③，鉴于初译句子过长，穆木天取消破折号，将破折号后面的内容单独变成一句话，破折号前面的内容与后面的内容连贯在一起，改译为"雨果在他的流亡中，在拉曼石的那些岛屿上待了十二年，那些岛屿已成了他的故乡。对于拉曼石的那些岛屿的深切的怀恋之情，是贯穿在那一切关于自然的描述和画面……之中的"。

初译"《行与言》是反映十九世纪四十到七十年代法国和其他一系列国家的社会运动的极有价值的思想文献"④，定语过长，增加理解难度，穆木天更改句子结构，将宾语提前，定语置后，修改标点，调整语序，增添助词，拆分长句为短句，改译为"《行与言》是极有价值的思想文献，反映了十九世纪四十到七十年代法国和一系列其他国家的社会运动"。

初译"雷哈尼表示出他对于中世阿拉伯诗人穆坦纳比的蔑视，因为穆坦纳比恬不知耻地用他自己的'烈火一般的天赋'去谄媚着那些残酷

---

① 手稿《阿拉贡》，第4页。
② 手稿《自然主义》，第1页。
③ 手稿《维克多·雨果——伟大的法兰西作家》，第31页。
④ 手稿《政论家雨果》，第22页。

的暴君"①，穆木天的初译是不完整的，漏译两处定语，第一处，"鼎鼎大名的"，第二处，"'烈火一般的天赋'……"，省略号后面的信息并没有翻译完整，如若翻译完整，句子过于冗长，从穆木天的修改来看，他有拆分翻译的倾向，最后更改结构，调整语序，定语置后、单列，改译为"雷哈尼表示出他对于鼎鼎大名的中世阿拉伯诗人穆坦纳比的蔑视，因为穆坦纳比恬不知耻地谄媚着那些残酷的暴君，用自己的'烈火一般的天赋'……燃起了……炉子，把真理和正义的新娘子活活烧死"。

初译"'英雄的'戏剧，描写了西班牙历史中的就是在阿拉伯人侵入以前的，哥特王时代的各种各样的插话"②，定语过长，信息冗杂，穆木天调整语序，将定语置后、宾语提前，修改标点，增添破折号，化长句为短句，改译为"'英雄的'戏剧，描写了西班牙历史中的各种各样的插话——在阿拉伯人侵入以前的，哥特王时代的插话"。

初译"对于作为个人的国王的行为的批评是无益的"③，三个带"的"短语的连用无疑影响句子的通畅表达，穆木天拆分句子，添加介词、动词，改译为"把国王看作为个人，对于他的行为进行批判，是无益的"。

初译"小说的半梦呓的组织中，就像是浮现出某些显示在克拉伦斯面前的非洲的面貌"④，累加的定语、过长的语句不利于读者理解，穆木天颠倒语序，修改结构及字词。"组织"先被涂掉，又恢复，后又涂掉，代之以"线索"，后又恢复"组织"，最终被涂掉，修改为"织物"；"就像"被改为"好像"，最终改定为"仿佛"；"浮现"被涂掉，代之以"显露"，又被涂掉，恢复初译，初译再次被涂掉，最终又得以恢复；"显示"被涂掉，代之以"显示出来"，后又恢复初译；穆木天颠倒语序，修改结构，化长为短，合理搭配，最终改译为"显示在克拉伦斯面前的，非洲的某些面貌，仿佛是浮现在小说的梦呓式的织物中"。

初译"在古代非洲包括埃及在内，处在唯灵论的支配之下的时候，

---

① 手稿《〈阿拉伯散文作品选〉序文》，第 15 页。
② 手稿《西班牙民族戏剧的创造：洛甫·德·维伽及其剧派》，第 18 页。
③ 手稿《西班牙民族戏剧的创造：洛甫·德·维伽及其剧派》，第 32 页。
④ 手稿《现代非洲文学中的现实主义和现代主义的问题》，第 37 页。

对于人的被局限的可能性和超人间力量的支配的感觉，□□□□□
□□□□是根深蒂固的时候，在希腊人看来，人就是世界的中心"①，9
个字格被涂掉无法辨认，句子缺乏主语，字字直译，过长的句子湮没了
表达的逻辑，难以理解，初译显然是不成功的，穆木天在初译的基础上，
删减词语，调整语序，突出主语，简化表达，变更句子结构，改译为"当
唯灵论以及对于人的有限的可能性和超人间力量的支配的感觉，成为古代
非洲包括埃及在内的特点的时候，在希腊人看来，人就是世界的中心"。

　　另一种"化短为长"，扩充句子长度，属于"再直译"修改，"译者
翻译过程中可能出现多种倾向，可能出现去直译倾向，也可能出现
（再）直译倾向"②。

　　初译"这种新的戏剧体系，是由于戏剧中的两种本元（начало）
（的冲）——中世的人民的或半人民的本元和来自意大利，或者是直接来
自古代，而大部分还是经过意大利中介的人文主义的学者思潮的本元——
的冲突而产生出来的"③，"的冲"两个字格在手稿上被涂掉，据此可以
推测穆木天最初的翻译思路即"这种新的戏剧体系，是由于戏剧中的两
种本元（начало）的冲突而产生出来的——中世的人民的或半人民的本
元和来自意大利，或者是直接来自古代，而大部分还是经过意大利中介
的人文主义的学者思潮的本元"，穆木天的涂改将谓语置后，以破折号的
形式进行解释说明，化短为长，割裂了句子表述的完整性，造成了句子
表达的冗余与费解。

　　初译"怀疑控制了法胡利，因之，他……反而把艺术作品看作麻醉
读者的手段，使他得以摆脱苦的生活所引起的痛苦的思想"④，穆木天增
添相关成分，更改句子结构，化短句为长句，改译为"法胡利心里充满
着怀疑，因之，他……反而把艺术创作看成为麻醉读者的手段，看成为
使读者解脱由于艰苦生活所引起的痛苦思想的手段了"，后一句话中，定

---

① 手稿《现代非洲文学中的现实主义和现代主义的问题》，第 47 页。
② 转引自赵秋荣、曾朵《译者自我修改与编辑校订研究——以〈海上花列传〉的英译为
　 例》，《语料库语言学》2020 年第 2 期，第 3 页。
③ 手稿《西班牙民族戏剧的创造：洛甫·德·维伽及其剧派》，第 2 页。
④ 手稿《法胡利的创作道路》，第 14 页。

语、宾语的添加，无疑使句子复杂、啰嗦，甚至造成歧义。

初译"同这个反动文学潮流相对抗的，有野间宏的长篇小说《真空地带》（1952），是暴露日本兵营的恐怖惨状的，民歌集《和平的声音》，《广岛》《夏草》等等……西野辰吉的短篇小说集《混血儿》，讲的是美军占领，佐多稻子写了中篇小说《绿荫路》（1951），写的是青年人争取和平的斗争，还写了中篇小说《机器中的青春》（1955），大田洋子写了长篇小说《褴褛的人》（1952）和小说集《半人半鬼》，写的广岛的灾祸"①，穆木天调整语序，将谓语成分统一变更为定语，化短为长，改译为"有野间宏的暴露日本兵营的恐怖惨状的长篇小说《真空地带》（1952）……西野辰吉的写美军占领的短篇小说集《混血儿》，佐多稻子的描写青年人争取和平的斗争的中篇小说《绿荫路》（1951）以及她的中篇小说《机器中的青春》（1955），大田洋子的描写广岛的惨祸的长篇小说《褴褛的人》（1952）和小说集《半人半鬼》"。穆木天修改后的译文似乎更为精练、统一。

再如，初译"在 1908 年，在赫尔辛基出版的古民歌集，共发表了 1027 首描写《英雄国》主题的叙事歌谣。是白海卡莱利亚的 102 位歌手收集起来的"②，穆木天将两句话整合为一句，化短为长，定语前置，改译为"在 1908 年，在赫尔辛基出版的古民歌集，共发表了由白海卡莱利亚的 102 位歌手收集起来的 1027 首描写《英雄国》主题的叙事歌谣"。

三　调换变更句式

初译"彼得拉克有一册诗集是献给他所爱的拉乌尔的——是人道主义的诗篇的第一个范本"③，两个"是字句"，重复表达；且破折号后面的说明性文字与破折号之前的文字并不搭配，由此，手稿上显示出调换语序及更改句式的符号与修改痕迹，修改后的译文为"彼得拉克的献给他所爱的拉乌尔的一册诗集——是人道主义的诗篇的第一个范本"，较之

---

① 手稿《日本文学》，第 12 页。
② 手稿《史诗〈英雄国〉及其作者们》，第 8 页。
③ 手稿《文艺复兴时代的文学·绪论》，第 8 页。

于初译更为简练、明晰。

初译"两种腐朽的力量，把儿童的心灵变成□□□（三个字格被穆木天涂抹掉，无法辨识原字）"，穆木天舍弃了把字句，改译为"两种腐朽的力量，摧毁和腐蚀着儿童的心灵"①，语句更为简洁，语气更有力量。

初译"诗人石川啄木（1885－1912）是日本诗歌中的现实主义奠基人，他是民主主义者，号召着同反动势力进行斗争，他使短歌体裁加进社会的题材、新的形象和节奏"②，穆木天调整语序，删减重复表达，化"使字句"为"把字句"，改译为"日本诗歌中的现实主义奠基人诗人石川啄木（1885—1912），是号召着同反动势力进行斗争的民主主义者，他把社会的题材、新的形象和节奏放进了短歌体裁之中"，强化了重点信息的表达及表达的连贯性与简洁性。

初译"越南诗歌吸收了广泛流传的民歌……"③，句子没有翻译完即被穆木天中断，随即变更句式，改为被动句，"越南诗歌是被在国内广泛流传的民歌所哺养起来的"。

初译"就是在匈牙利四十年代出版了一部三卷本的匈牙利人民口头创作汇编，裴多菲的一些诗也被编到这个民歌集里"④，被动句改为主动句，"在列入汇编中的民歌里，还有裴多菲的一些作品"。

初译"这些集子……往往是有着地方的生动的口语的反映……在16世纪初，土耳其人侵略阿拉伯各国，和土耳其统治的确立，使阿拉伯文学一蹶不振了"⑤，穆木天将"是字句"与"使字句"统一修改为由实词作谓语的陈述句，改译为"这些集子……往往反映着地方的生动的口语……在16世纪初，土耳其人侵略阿拉伯各国，和土耳其统治的确立，导致了阿拉伯文学的衰落"。

---

① 手稿《葛莱蒙、瓦莱斯、里昂·克拉代尔》，第4页。
② 手稿《日本文学》，第9页。
③ 手稿《现代越南诗歌》，第5页。
④ 手稿《裴多菲·山陀尔》，第4页。
⑤ 手稿《阿拉伯文学》，第7页。

　　初译"象征主义者的艺术的被动性的要求"①，无谓语、宾语，定语叠加，与其说是句子，不如说是词语的拼接，显示出直译的拗口，穆木天后变通句式，改译为"象征主义者要求艺术家的被动性"，显然更为合理、通畅。

　　初译"四十年代革命运动的高涨，使法兰西作家的社会、文学活动积极起来"②，穆木天将"积极起来"改为"蓬勃起来"，仍觉不妥，变更句式为"四十年代革命运动的高涨，促使法兰西作家们积极地参加社会、文学活动"。

　　初译"雨果在听众的记忆里唤起了在过去世纪和现今时代教会对于科学、文化方面认识极残酷的迫害"③，穆木天删减字词，修改谓语，调整语序，变更句式，改译为"雨果叫听众去回忆在过去世纪和现今时代教会如何残酷地迫害着科学、文化方面人士"，更为简练。

　　初译"在流亡年代中，反对第二帝国的专制制度的雨果"④，穆木天调整语序，增添主语，将初译中的偏正短语结构变更为主谓宾齐全的句子："在流亡年代中，雨果一贯反对第二帝国的专制制度。"

　　初译"'不能，不说话啦，我的朋友呀！'诗人嘶哑地说，递给我们用朝鲜文写的好几张纸"⑤，为表达简洁，穆木天将"'不能，不说话啦'"改为四字短语"沉默不得"；同时，为突出表达重点，穆木天用线划掉（1）"递给我们用朝鲜文写的好几张纸"，改为（2）"让我们看几张用朝鲜文写的稿纸"，觉得不满意，穆木天涂掉（2），改为（3）"递给我们几张纸，上面写的朝鲜文学"，依旧不满意，划掉（3），改为（4）"把用朝鲜文写的几张稿子交给了我们"，并确定（4）为终译，较（1）（2）（3）而言，句式（4）颠倒语序，确实凸显了表达重点（"朝鲜文写的稿子"）。

　　初译"赵基天的创作的期间很短促，他很早地遭受了牺牲。他这个

---

① 手稿《象征主义》，第14页。
② 手稿《政论家雨果》，第4页。
③ 手稿《政论家雨果》，第6页。
④ 手稿《政论家雨果》，第21页。
⑤ 手稿《朝鲜土地的人民歌手》，第4页。

短促的创作时期就是朝鲜人民反抗外国奴役者的民族解放斗争的反映"①，这句话被穆木天在手稿中反复修改，以追求表达的顺畅、通达，(1)"赵基天不幸的早年牺牲的时期"，被穆木天涂掉；(2)"诗人年青青地就遭受了牺牲"，再次被涂掉；(3)"诗人赵基天不幸很早逝世，他的创作的期间很短"，依旧被涂掉；(4)"诗人赵基天不幸很早地逝世了，他的创"，没有翻译完成，便被涂掉了；(5)"诗人赵基天不幸很早逝世，他的创作期间很短，这个很短的期间，也正是朝鲜人民反抗外国奴役者的民族解放斗争的反映"，作为最终译文被确定下来。较之于初译，句子(5)颠倒语序，化直译为意译，逻辑更为合理，表达更为明晰。

初译"贫穷的白人克拉伦斯想给国王当差；他对于青年国王的等待和寻找□□"②，两个字格被涂掉，无法辨认；从手稿中看，该句没有翻译完成，穆木天在初译的基础上通过增删及调换句式，将句子改译为"贫穷的白人克拉伦斯想给国王当差；构成书的情节的就是他如何地在等待着和寻找着那个年青的国王"。反复修改的过程彰显了穆木天翻译时的良苦用心与高度严谨。

四　更改替换字词

此类修改在穆木天晚年翻译手稿中分为以下几种情况。

(一)修改动词

初译"加克·温特拉并没有接受漂泊者的腐蚀的影响"③，穆木天改为"加克·温特拉并没有屈从于漂泊者的腐蚀的影响"，以"屈从"替换"接受"，补语"腐蚀的影响"决定了主人公拒绝、对抗的态度，所以，"屈从"更为合适，因其包含"被动""被迫"的语义，而"接受"则倾向于"主动""逢迎"，显然与主人公的心理、性格不符。

初译"葛莱蒙放弃了他对于工人阶级革命的力量的信心，而尽管有

---

① 手稿《赵基天》，第10页。
② 手稿《现代非洲文学中的现实主义和现代主义的问题》，第37页。
③ 手稿《葛莱蒙、瓦莱斯、里昂·克拉代尔》，第5页。

时还提高了革命的激情的高度"①，"提高了"显然不符合语句要表达的
意思，且与"高度"也不契合，穆木天后将其修改为"达到了革命的激
情的高度"，语义及表达都更为明晰。

　　初译"在十九世纪末，寄生的阶级统治着我们的军队和我们的荣
誉"②，这是阿拉贡对左拉时代背景的描述，基于语义及情感色彩，穆木
天以"霸占"替换"统治"，更为贴合语义语境。

　　初译"韩波和诺伏都是在年富力强的时候就脱离了诗歌，魏尔伦的
创作冲动在七十年代中也既已减弱"③，改译中，穆木天将"脱离"改为
"放弃"，"减弱"改为"减退"，虽然词义相近，但是修改之后，表达与
语义都更为精确。

　　初译"深刻地观察到资本主义关系的本质，揭露出它的主要的毛病，
而且并不是作为偶然的东西"④，穆木天后将"观察到"改为"看到"，
"揭露"改为"暴露"，"主要"改为"主导"，字词的替换，语气程度
与情感色彩得到加深、加强。

　　初译"雨果喜爱文学……要把自己的一生贡献给文学"⑤，后将"喜
爱"改为"嗜爱"，强调雨果爱的强烈。

　　初译"他的工厂里的女工芳汀就越来越走下坡路了"⑥，"走下坡路"
并不能完全揭示芳汀的悲惨状态，穆木天后将其修改为"堕落了"，表
达更为强烈。

　　初译"雨果不止卫护着自己的文友，而且愤怒地说到，从工人身上
已夺掉了面包和劳动权利"⑦，穆木天将"卫护"修改为"捍卫"，将
"夺掉了"改为"剥夺"，将"愤怒"改为"愤慨"，表达更具力量感。

　　初译"我可以告诉他们说"⑧，语境为雨果对教会的警告，穆木天将

①　手稿《葛莱蒙、瓦莱斯、里昂·克拉代尔》，第2页。
②　手稿《爱弥勒·左拉（1840—1902）》，第10页。
③　手稿《象征主义》，第6页。
④　手稿《批评现实主义的基本特点》，第9页。
⑤　手稿《维克多·雨果——伟大的法兰西作家》，第3页。
⑥　手稿《维克多·雨果——伟大的法兰西作家》，第27页。
⑦　手稿《政论家雨果》，第8页。
⑧　手稿《政论家雨果》，第8页。

"告诉"改为"正告",具有警告的意味。

初译"拿破仑派的阴谋家们勒死了共和国"①,穆木天将句中动词改为"绞杀",表达更严肃、正式。

初译"跟着他的是一群匪徒,无所不为……他们每个人坐在自己的角落上打瞌睡,夜里冷不防被人家一下子都给捉住了……强盗们吩咐他们要绝对跟从……余下的人都乖乖地爱着死者们匍匐在地上,胆战心惊,不知所措"②,基于精益求精的态度,穆木天修改句中动词,使表达更合文意、更恰当,"无所不为"改为"大肆掠夺","打瞌睡"改为"打盹","捉住"改为"逮住","跟从"改为"听命","匍匐"改为"伏在","胆战心惊"改为"惊慌失措"。

初译"在《再生》集中,他认真地研究了对于他是新的题材,新的思想的复合体,新的艺术表现世界的方法"③,穆木天涂掉"研究了",代之以其他动词(已被完全涂掉,无法辨认),后又修改为"接触到了",后者较之于初译明显更为贴合帕斯捷尔纳克诗歌创作的语境。

初译"他走遍了匈牙利,他深深地认识到对于祖国的自然,祖国人民的生活和苦难"④,"认识到"用在此处显然不恰当,尤其和"对于"连用,语句不通,穆木天删掉"对于",更改动词,改译为"他深切地熟识了祖国的自然,祖国人民的生活和苦难"。

初译"裴多菲把诗人比作领导着人们穿过灼热的沙漠去迎接幸福快乐生活的领导者"⑤,基于"领导着"与"领导者"的词汇表达重复,穆木天将"领导着"改为"率引着"。

初译"现实主义诗歌,又使他回到以前的文学的观点"⑥,"回到"被修改为"恢复了","恢复了"明显更为恰当。

初译"在20世纪初的文学中,自然主义和现实主义紧密地接触在一

---

① 手稿《政论家雨果》,第10页。
② 手稿《政论家雨果》,第14页。
③ 手稿《波里斯·里昂尼多维之·巴斯特尔纳克》,第10页。
④ 手稿《裴多菲·山陀尔》,第4页。
⑤ 手稿《裴多菲·山陀尔》,第11页。
⑥ 手稿《法胡利的创作道路》,第16页。

起……'白桦派'是宣传自我完善的思想"①，"接触"用在此处并不恰当，后被穆木天涂掉，改为"交接"，"完善"被改为"改善"。

初译"克隆把《英雄国》歌谣的产生又提早了五百年，就是说，从晚期中世纪推迟到斯堪的纳维亚的瓦兰人海盗时代的末季"②，根据原文及上下文语境，"提早"明显翻译错误，穆木天后涂掉"提早"，修正为"推迟"。

初译"居民们来到他面前，止于是因为畏惧当局，和期望白人的宗教能揭露出他们的力量的秘密"③，"揭露"用在此处明显不当，被穆木天涂掉，代之以"泄露"，"秘密"被替换为"机密"。

初译"发展迟缓的各国的年青的人民现在有能力□□□□□去发现新的艺术形式"④，5个字格被涂掉，穆木天在涂掉的痕迹上修改3次，"担任起先导"——"作先导"——"起先导作用"，"起先导作用"作为终译被确定下来。

初译"印度人民最初一次企图摆脱奴隶枷锁的声势浩大的活动，就是1905—1910的民族解放运动"⑤，动词"企图"用在此处并不恰当，在手稿中可以见到清晰的动态修改痕迹，"企图"——"要求"——"试图"——"争取"，"争取"作为终译确定下来。

（二）修改名词

初译"《伊利亚特》的动作是在两个并行线索（plan）中展开的：一方面是特洛伊城下人和人的斗争的线索，另一个是奥林普斯山上神与神的斗争的线索"⑥，本段话在该手稿第二部分第三页最后一段，穆木天在手稿稿纸顶端空白处写下单词"plan"，并打上问号，以示疑惑；正文中，"plan"经历了多次修改，初译为"线索"，后被划掉，代之以"场所""场景"，还有两种译法，已经完全涂掉，无法辨认，第五次更改为

① 手稿《日本文学》，第 9 ~ 10 页。
② 手稿《史诗〈英雄国〉及其作者们》，第 6 页。
③ 手稿《现代非洲文学中的现实主义和现代主义的问题》，第 22 页。
④ 手稿《现代非洲文学中的现实主义和现代主义的问题》，第 68 页。
⑤ 手稿《伟大的印度作家普列姆昌德诞生七十五周年》，第 2 页。
⑥ 手稿《希腊文学的亚该亚时代》，第 3 页。

"图画"，"图画"作为终译在正文中被确定下来。

初译"雨果极力地说服读者：只有爱、善心、慈悲，可以救人……在《巴黎圣母院》里边，爱和慈悲的万能的思想，是小说的最基本的思想之一"①，穆木天随后将"慈悲"全部改为"怜悯"，两词在词义上并无差别，"慈悲"作为佛教术语，较之于"怜悯"，具有一定的宗教色彩。

初译"在《悲惨世界》中，他并不是以善良和仁慈的万能思想的信徒出现的"②，穆木天后将"善良和仁慈"替换为"善心和怜悯"。

初译"诗人雨果和人民喉舌代言人雨果"③，穆木天后以"宣传家"代替"人民喉舌代言人"，更为简洁。

初译"法兰西天主教……想要雨果受到公众的惩罚"④，穆木天根据上下文语境及词语色彩，将"惩罚"改为"制裁"。

初译"作为爱国主义的雨果对于法国所遭受的失败深为痛心"⑤，为表达的准确与语气的连贯，穆木天将"失败"改为"溃败"。

初译"由于卡普作家的力量，我们的文学就成为争取自由的全民斗争的不可分割的部分"⑥，穆木天把"力量"修改为"影响"，切合文意。

初译"在北朝鲜完全是另一种景象了。苏联军队消灭了卖国贼和日本走狗"⑦，穆木天将"景象"改为"局面"，"消灭"改为"肃清"。

初译"诗人极为动人地在诗篇中写出来金日成跟战士和人民的不可分隔的关系"⑧，穆木天首先将"关系"改为"关联"，再改为"连系"，后改为"血肉关连"，最后改定"血肉关联"。

初译"诗歌的产生跟民间故事、恐惧、猜疑的产生的经过是相同

---

① 手稿《维克多·雨果——伟大的法兰西作家》，第 28 页。
② 手稿《维克多·雨果——伟大的法兰西作家》，第 3 页。
③ 手稿《政论家雨果》，第 2 页。
④ 手稿《政论家雨果》，第 7 页。
⑤ 手稿《政论家雨果》，第 19 页。
⑥ 手稿《朝鲜无产阶级文学运动史中的一章》（1924—1934），第 21 页。
⑦ 手稿《〈朝鲜现代诗选〉序文》，第 3 页。
⑧ 手稿《赵基天》，第 9 页。

的"①，穆木天首先涂掉"经过"，代之以"道路"，后又涂掉"道路"，改为"路径"，以寻求最准确、恰当的表达。

初译："裴多菲认为真实和自然是美的必不可缺的条件，同这种断言相联系着的就是……"②"断言"并不恰切，穆木天涂掉，代之以"主张"。

初译"俄国文学的基本的长处，就是真实性……对于道德的责任的意识，则鼓舞着作家们去无情地鞭打社会的缺点和恶习……法胡利深深地了解到文学对于社会有什么样的影响力量……要揭发社会的疾苦和暴发社会的恶习"③，"长处"被改为"优点"，"责任的意识"被改为"责任感"，"影响力量"被改为"感染力"，"疾苦"被改为"疾病"，"暴发"被该为"暴露"，"恶习"被改为"毛病"，后又恢复。

初译"小林多喜二却有着真正作家的极为宝贵的品质……小林的才能"④，"品质"被改为"才能"，后被改定为"资质"，后一个"才能"被改为"资能"。

初译"在小林多喜二的作品中，惹人注目的是，在叙述上的鲜明的干燥性，在人物的思想感情的描写上述的某种直线性"⑤，"干燥性"被改为"冷静"，"冷静"明显更为恰切。

初译"民族解放运动的强大的推动力，震撼着那个广大大陆的土壤"⑥，"推动力"被修改为"冲击力"。

（三）修改形容词、副词

初译"《蛰居的贵夫人》……中充满着诡计多端的血性气、对于生活的热爱，和对于人的情感的真实描写"⑦，结合上下文语境，可知作者对卡尔代龙的剧作《蛰居的贵夫人》是持肯定态度的，"诡计多端"明

---

① 手稿《波里斯·里昂尼多维之·巴斯特尔纳克》，第8页。
② 手稿《裴多菲·山陀尔》，第12页。
③ 手稿《法胡利的创作道路》，第12页。
④ 手稿《小林多喜二》，第1页。
⑤ 手稿《小林多喜二》，第6页。
⑥ 手稿《现代非洲文学中的现实主义和现代主义的问题》，第2页。
⑦ 手稿《西班牙的巴乐歌和卡尔代龙》，第15页。

显不恰当，后修改为"鬼头鬼脑"，依旧不恰切，最终被改定为"魔鬼的热情"。

初译"《蛰居的贵夫人》中，卡尔代龙还很精细地，很漂亮地奚落着那个很愚蠢地维护家声的人物"①，句中的两组副词与谓语"奚落"并不搭配，穆木天分别修改为"犀利地""俏皮地"，句子改译为"卡尔代龙还很犀利地，很俏皮地奚落着那个很愚蠢地维护家声的人物"。

初译"在维伽的描写中，最素实的农民或者是手艺人……他们接近于自然，因之，他们有很大的优越性，完全可以补偿教育上的缺陷"②，穆木天修改形容词"素实的"为"朴实的"，涂掉"的缺陷"，后又恢复。

初译"瓦莱斯作为政论家和特写家的活动，是从 50 年代末开始，而在 60 年代广泛地展开的"③，词语搭配并无问题，穆木天在斟酌之下，用圆圈圈住"泛"字，以"阔"代之，"活动……广阔地展开"在表达上更具动感与气势。

再如，穆木天对"竭力"与"极力"两个同义词的考量，初译"艾其因竭力在群众中散播真理"④，基于上下文语境及对主人公形象的考虑，穆木天后将"竭力"改为"极力"，凸显主人公"想尽一切办法、用尽一切办法"的彻底精神。

初译"泰纳的三要素理论……对自然主义作家们的创作实践发生了很大的影响"⑤，由于原文强调的是消极影响，"很大的影响"似乎只能传递出影响的程度，反映不出色彩，穆木天后以"极恶劣的"代替"很大的"，既表现出程度，又反映出色彩。

再如，初译"那些普通人的使人神往的形象，雨果真实地描写出来了"⑥，"使人神往的形象"，词义模糊，表达不准确，穆木天将其修改为

---

① 手稿《西班牙的巴乐歌和卡尔代龙》，第 15 页。
② 手稿《西班牙民族戏剧的创造：洛甫·德·维伽及其剧派》，第 25 页。
③ 手稿《葛莱蒙、瓦莱斯、里昂·克拉代尔》，第 3 页。
④ 手稿《左拉的〈萌芽〉》，第 8 页。
⑤ 手稿《自然主义》，第 2 页。
⑥ 手稿《维克多·雨果——伟大的法兰西作家》，第 29 页。

"极富有魔力的形象"。

初译"雨果写了两篇极有力的抨击文攻击波拿巴主义"①，穆木天考量之下，将"有力的"改为"鲜明的"。

初译"雨果批评了这种腐朽的政治阴谋"②，"腐朽的"用在此处并不恰切，穆木天将其修改为"卑劣的"。

初译"雨果把他自己的基本的政论文学集结在一起"③，穆木天后把"基本的"涂掉，更改为"那些主要的"，把"政论文学"改为"政论文章"，修改后的表达显然更为通畅。

初译"雨果的雄壮的，热烈的，从内心深处发出来的话语，就是为保卫和平、人道和自由而发出来的"④，形容词"雄壮的"修饰话语，并不恰当，被穆木天改为"雄伟的"，动词"发出"被改为"涌出"。

初译"雨果非常兴奋地在他自己的作品中反映了十八至十九世纪极重要的革命事件"⑤，"非常兴奋"用在此处并不恰切，穆木天后将其修改为"感慨激昂"，并补充定语，改译为"雨果感慨激昂地在他自己的作品中反映了十八至十九世纪法国历史中极重要的革命事件"。

以上种种足见穆木天翻译时在遣词造句方面的斟酌，他力争呈现最准确的译文。

初译"在诗篇中，金日成……是一个谦虚、素朴的人……他不知疲劳，无所畏精神，一心想着自己的祖国"⑥，穆木天将"素朴的"改为"纯朴的"，将"不知疲劳，无所畏精神"改为"孜孜不倦，有大无畏精神"。

初译"诗篇的激情，也就是深刻的爱国主义感情"⑦，穆木天将"深刻的"改为"深挚的"，"深挚的"与"爱国主义"搭配更为贴切。

---

① 手稿《政论家雨果》，第 12 页。
② 手稿《政论家雨果》，第 15 页。
③ 手稿《政论家雨果》，第 21 页。
④ 手稿《政论家雨果》，第 54 页。
⑤ 手稿《政论家雨果》，第 1 页。
⑥ 手稿《赵基天》，第 8 页。
⑦ 手稿《赵基天》，第 9 页。

初译"白头山……欢迎自己的真诚的儿子金日成"①，"真诚的"被改为"忠实的"，后者更为恰当。

初译"金载堂必须出卖了矿山"②，根据上下文语境，"必须"并不恰切，被穆木天改为"迫不得已"。

初译"安掌握了大权之后，工人的状况就很厉害地每况愈下了"③，穆木天将"很厉害"改为"变本加厉"。

初译"帕斯捷尔纳克成为互相斗争的象征主义和未来主义之间的一个连结的环子"④，穆木天将"互相斗争的"改为"彼此交锋的"，后者更为恰当。

初译"在阿拉伯各族人民之间有着极亲密的文化往来……因之，促进了这种亲密的文化交流"⑤，"亲密的"用在此处似乎并不太恰切，穆木天涂掉，代之以"密切的"。

初译"他们严肃地斥责那些'纯艺术'的支持者"⑥，"严肃地"被替换为"严峻地"。

初译"法胡利诗化了民间故事的世界，同时，也深入地揭露了现实，表现出人民的没有快乐的穷苦的生活"⑦，"表现出"被改为"显示出"，"没有快乐的"先被改为"毫无乐趣的"，后被涂掉，改为"愁苦的"，"穷苦的"先被改为"穷喜欢的"，后被涂掉，改为"穷困的"。

初译"《战旗》这一时期就是无产阶级文学的极度高潮和长的时期"⑧，"高潮"被改为"高涨"，同时穆木天漏译"成"字，后补充完整，"极度高涨和成长的时期"。

初译"江马修却把他的主人公放倒一个不真实的冲突的条件中"⑨，

① 手稿《赵基天》，第10页。
② 手稿《韩雪野早期作品中的工人形象》，第32页。
③ 手稿《韩雪野早期作品中的工人形象》，第36页。
④ 手稿《波里斯·里昂尼多维之·巴斯特尔纳克》，第2页。
⑤ 手稿《〈阿拉伯散文作品选〉序文》，第1~2页。
⑥ 手稿《〈阿拉伯散文作品选〉序文》，第24页。
⑦ 手稿《法胡利的创作道路》，第15页。
⑧ 手稿《1928年—1932年的日本民主诗歌导言》，第9页。
⑨ 手稿《江马修从1950—1952年的创作活动》，第8页。

"不真实的"被涂掉，代之以"虚伪的"，再次被涂掉，改定为"虚妄的"。

初译"这种把非洲和西方对立起来的思想是过于总括性的"①，根据上下文语境及语义色彩，中性词"总括性的"在此处并不恰当，穆木天便将其修改为"笼统的"，从而表现出把非洲与西方对立这种思想的简单、不准确与一概而论。

初译"教会是荒淫腐化的泉源，是肮脏病的床，它毁灭了许许多多的家庭"②，"腐化的"被涂掉，代之以"堕落的"，动词"毁灭"被改为"破坏"，名词"家庭"被改为"家族"。

初译"在这些诗里，我们可以见到乡村生活的真实的，□□的画面"③，两个字格被涂掉，再次经历了修改，也被涂掉无法辨认，最终确定为"朴素"。

初译"普列姆昌德的创作就是奋不顾身为祖国人民服务的，鲜明的、高贵的范例"④，副词"奋不顾身"，被涂掉，代之以"牺牲一切"，仍觉不妥，穆木天再次涂掉，修改为"全心全意"，"全心全意"明显更加契合语境；"范例"被涂掉，改为"实例"，最后改译为"例证"。

（四）修改助词、连词、介词、数量词

初译"他同那些彻头彻尾的自然主义者们的本质的差别也显露出来的"⑤，穆木天将最后一个助词"的"修改为"了"，表示完成。

初译"（雨果的作品集）反映着雨果的四十年以上复杂多样的社会活动"⑥，穆木天将助词"着"改为"了"，以示整体完成、过去形态，同时将"复杂多样"修改为"各种各样"。

初译"赵基天同志的讣闻里，表扬着诗人对于朝鲜文学的巨大的功绩"⑦，同样，"着"被改为"了"，表示完成，而非持续。

---

① 手稿《现代非洲文学中的现实主义和现代主义的问题》，第 3 页。
② 手稿《现代非洲文学中的现实主义和现代主义的问题》，第 22 页。
③ 手稿《印地语和乌尔都语的诗歌》，第 21 页。
④ 手稿《伟大的印度作家普列姆昌德诞生七十五周年》，第 1 页。
⑤ 手稿《左拉的〈萌芽〉》，第 1 页。
⑥ 手稿《政论家雨果》，第 21 页。
⑦ 手稿《赵基天》，第 1 页。

初译"好些作家离真正无产阶级观点距离甚远"①，"离"与"距离"语义、语音重复，穆木天将其修改为"同"，改译为"好些作家同真正无产阶级观点还有很远的距离"。

初译"法胡利创造了一个具有大的艺术力量的，有深刻的现实性的人物形象"②，穆木天增添连词"和"，改译为"法胡利创造了一个具有巨大艺术力量的和深刻的现实性的人物形象"。

（五）修改标点符号

初译"在资产阶级社会的范围之内，不可能解决他们在他们的作品所暴露出来的那种种矛盾。尽管他们并没有提出这样的结论"③，穆木天将第一个句号"。"改为破折号"——"，以示语义承接、转折让步，而非结束。

初译"在十五世纪到十六世纪间，意大利的造型艺术——绘画、雕刻和建筑达到了高度繁荣"④，漏译后一个破折号，后补充完整，"意大利的造型艺术——绘画、雕刻和建筑——达到了高度繁荣"。

初译"赵基天的抒情诗——真正的公民抒情诗"⑤，穆木天删掉破折号，代以助动词"是"。

初译"这样，法胡利就是有名的唯物主义的原则，'生活高于艺术'的原则的捍卫者了"⑥，第二个逗号"，"被穆木天改为破折号"——"，以示对"原则"的解释、说明。

初译"在《剧本干草上的狗》中，女伯爵……爱上了自己的秘书提奥多罗，一个由智慧有才能的贱民"⑦，穆木天将第二个逗号"，"改为破折号"——"，修饰、说明提奥多罗的特点。

（六）同义词（代词）替换

初译"仅仅在神话故事的口头传统中，保存着一些关于它的模模糊

---

① 手稿《韩雪野早期作品中的工人形象》，第11页。
② 手稿《法胡利的创作道路》，第15页。
③ 手稿《批评现实主义的基本特点》，第9页。
④ 手稿《文艺复兴时代的文学·绪论》，第9页。
⑤ 手稿《赵基天》，第4页。
⑥ 手稿《法胡利的创作道路》，第17页。
⑦ 手稿《西班牙民族戏剧的创造：洛甫·德·维伽及其剧派》，第35页。

糊的踪影"①，"模模糊糊的"被涂掉，代之以"隐隐约约的"。

初译"在宴会中，兴例要游吟歌人唱歌，歌颂男儿和诸神的功绩"②，"功绩"被替换为"事业"。

初译"悲剧和喜剧……提出了很多问题，对于雅典民主起了振奋作用"③，"振奋"被涂掉，代之以"鼓舞"，表达更为通畅。

初译"在作家的作品中自然主义的显示"④，"作家"指向不明，穆木天将作家修改为"左拉"。

初译"他们还是同左拉一道站在那面仿佛就像是统一的美学旗帜之下"⑤，穆木天为保障表达准确，以"自然主义者"代替"他们"。

初译"雨果在自己的演说中"⑥，穆木天涂掉"演说"，代以同义词"发言"。

初译"雨果的《关于教育自由》的演说"⑦，穆木天再次将"演说"改为"发言"。

初译"雨果以法兰西公民的身份回答了格兰特总统"⑧，穆木天以"资格"替换掉"身份"。

初译"可是，维伽并没有充分的犀利的眼光"⑨，"充分的"被穆木天涂掉代之以"足够的"。

初译"这个剧，具有着很大的诗的价值，并且大受欢迎"⑩，"大受欢迎"被修改为"享有盛名"。

初译"作品中的对话就是有着很大的戏剧性，同文艺复兴的小说体裁中的演说腔调的，奇言警句的风格形成对立的"⑪，"演说腔调的"被

---

① 手稿《希腊文学的亚该亚时代》，第 3 页。
② 手稿《希腊文学的亚该亚时代》，第 3 页。
③ 手稿《戏曲的发展》（古希腊），第 4 页。
④ 手稿《爱弥勒·左拉（1840—1902）》，第 6 页。
⑤ 手稿《左拉的〈萌芽〉》，第 1 页。
⑥ 手稿《政论家雨果》，第 5 页。
⑦ 手稿《政论家雨果》，第 6 页。
⑧ 手稿《政论家雨果》，第 36 页。
⑨ 手稿《西班牙民族戏剧的创造：洛甫·德·维伽及其剧派》，第 31 页。
⑩ 手稿《西班牙民族戏剧的创造：洛甫·德·维伽及其剧派》，第 50 页。
⑪ 手稿《论堂吉诃德》，第 3 页。

替换为同义表达"大言壮语的"。

初译"《小癫子》这个小说可以同十六世纪的思想家们的那些优秀作品并驾齐驱……有许多地方同鹿特丹人爱拉斯谟的《愚人颂》很为近似"①，"并驾齐驱"被替换为"相提并论"，"很为近似"被修改为"不相上下"。

初译"为的纠正这种教训言词的道德上的模糊两可"②，"模糊两可"被替换为"意义含糊"。

初译"在卡普成员的那些年青的、初学写作的人们，生活就更艰苦了"③，穆木天将"初学"修改为同义表达"刚开始"。

初译"诗人注意到了她们对于新生活的憧憬"④，穆木天将"憧憬"改为同义词"向往"。

初译"在短篇小说中，Мен Xo 和去田是形成对立的人物。小说中写出了他们的人生观的分歧"⑤，穆木天将"分歧"改为同义词"不同"。

初译"这篇作品在朝鲜读者中，享有盛名"⑥，"享有盛名"被替换为"大受欢迎"。

初译"裴多菲诗歌作品中有对于未来的憧憬"⑦，穆木天在"憧憬"之后添加括号，注明另一个词"向往"。

初译"他就是极为冷淡地在描述着一些事件，可是读者却能很好地了解到迷信的产生的传播的'鬼把戏'"⑧，穆木天将"极为冷淡"替换为"毫无热情"。

初译"以上就是战后日本民主文学的一般的面貌"⑨，"一般的面貌"被完全涂掉，代之以"要述"二字，后又被涂掉，改为"大概的面貌"，

① 手稿《塞万提斯以前的长篇小说的发展》，第 18 页。
② 手稿《塞万提斯的小说〈堂吉诃德〉》，第 30 页。
③ 手稿《朝鲜无产阶级文学运动史中的一章》（1924—1934），第 13 页。
④ 手稿《赵基天》，第 6 页。
⑤ 手稿《韩雪野早期作品中的工人形象》，第 24 页。
⑥ 手稿《朝鲜解放后韩雪野的创作》，第 19 页。
⑦ 手稿《裴多菲·山陀尔》，第 6 页。
⑧ 手稿《〈阿拉伯散文作品选〉序文》，第 20 页。
⑨ 手稿《第二次世界战争后的日本民主文学》，第 10 页。

再次被涂掉，终改为"大概的情形"，穆木天的多次修改均属于同义词替换，修改只为寻求最为恰切的表达。

初译"这是全面的庆祝大会"①，"庆祝大会"被涂掉，代之以"盛大节日"。

初译"拜伊·辛格对于古代印度文学以及波斯文学都有很深的修养"②，"修养"被替换为"造诣"。

初译"某些作家现在已经在探索着这一类的把长篇小说形式和民间诗歌熔合在一起的新型的散文"③，"探索"被替换为"探寻"。

（七）修改笔误、错字

初译"演员向歌队作宣告，同歌队或者同歌队长互相应达"④，"应达"，明显笔误，后被涂掉，改为"应答"。

初译"在文艺复兴时期，甚致就是宗教主题的图书，都被描写成有色彩的人的面孔和身体"⑤，"甚致"，笔误，被涂掉，代之以"甚至"。

初译"维伽描写了当代的和旧日的西班牙人、土耳其人、印度人、圣经中的犹太人，古代的罗马人，一至于俄罗斯人"⑥，"一至于"明显笔误，穆木天后改正为"以至于"。

初译"它的目的很明鲜，就是要揭露出封建的，君主专制的制度中的社会上的不公平和缺点的含义"⑦，"明鲜"作为笔误，被修正为"明显"。

初译"易于连想的警句"，作为笔误，"连想"被穆木天改为"联想"⑧。"美利加"⑨，后修改为"美利坚"。"尽管文学中的鲜著的质的变化，并不是一下子可以实现的"⑩，"鲜著的"，明显笔误，穆木天改正为

①　手稿《现代非洲文学中的现实主义和现代主义的问题》，第 35 页。
②　手稿《〈旁遮普诗选〉序言》，第 4 页。
③　手稿《现代非洲文学中的现实主义和现代主义的问题》，第 71 页。
④　手稿《戏曲的发展》（古希腊），第 4 页。
⑤　手稿《文艺复兴时代的文学·绪论》，第 5 页。
⑥　手稿《西班牙民族戏剧的创造：洛甫·德·维伽及其剧派》，第 13 页。
⑦　手稿《塞万提斯的小说〈堂吉诃德〉》，第 8 页。
⑧　手稿《政论家雨果》，第 24 页。
⑨　手稿《政论家雨果》，第 36 页。
⑩　手稿《朝鲜无产阶级文学运动史中的一章》（1924—1934），第 10 页。

"显著的"。"李光洙等都极力用自己的作品吸诱读者脱离社会生活和阶级斗争的诸问题……散播颓废和悲观的神绪"①，"吸诱"被穆木天改为"引诱"，同时动词"脱离"被修改为"避开"，"悲观的神绪"被改为"消极情绪"。

初译"卡普机关报……被日本警查给查封了……尽管在朝鲜一切革命文学都要遭受到警查的迫害……可是由于警查的命令，工作只好停止"②，"在 1934 年夏天，警查检举和逮捕了二百多名卡普成员……一举一动，都受着警查的检视"③，五处"警查"均为笔误，后改为"警察"。

初译"朝鲜农民生活在地主和日本植民者的沉重的压迫之下"④，"植民者"明显笔误，后被改为"殖民者"。

初译"在纯料民间歌之外"⑤，"纯料"属于笔误，后改为"纯粹"，且漏译"诗"字，后补全完整，"民间诗歌"。

初译"'新戏作派'的某一些作品，在其性质上，令人连想其左琴科的短篇小说"⑥，"连想"属于笔误，被更正为"联想"。

初译"这一些东西每一种都获得了他的形象的面貌，同或多或少的连想相结合在一起"⑦，"连想"被涂掉，改为"联想"。

初译"城市和封建主连合一起反对王权"⑧，"连合"被修正为"联合"。

初译"他的光辉照跃着'黑非洲'"⑨，"照跃"两字作为笔误，后改为"照耀"。

初译"坚强不义的讲道德说仁义，降低了普列姆昌德的作品的艺术价值"⑩，"坚强不义"明显笔误，后改为"坚强不移"。

---

① 手稿《朝鲜无产阶级文学运动史中的一章》(1924—1934)，第 13 页。
② 手稿《朝鲜无产阶级文学运动史中的一章》(1924—1934)，第 14 页。
③ 手稿《朝鲜无产阶级文学运动史中的一章》(1924—1934)，第 25 页。
④ 手稿《赵基天》，第 2 页。
⑤ 手稿《日本文学》，第 1 页。
⑥ 手稿《第二次世界大战后的日本民主文学》，第 6 页。
⑦ 手稿《印度诗歌的描写手段》，第 22 页。
⑧ 手稿《西葡文艺复兴总论》，第 2 页。
⑨ 手稿《太阳照耀着"黑非洲"》，第 22 页。
⑩ 手稿《普列姆昌德和他的长篇小说〈慈爱道院〉和〈戈丹〉》，第 19 页。

当然，手稿中存在些许笔误，穆木天并没有校改过来。手稿《约翰·李特》第 26 页在介绍李特的作品《起义的墨西哥》时，笔误写成《起义的莫斯科》。手稿《成熟期的巴尔扎克的创作方法》第 2 页在描述巴尔扎克的作品时，把 1832 年误写为 1932 年，"和 1932 年的其他中篇"、"《夏贝尔上校》（1932）"、"《吐尔的司铎》（1932）"等等。

五　添加补充信息

此类修改根据补充的成分可以分为以下几种情况。

（一）添加主语、宾语

初译"由此可见，对待伯里克里斯集团所进行民主改革的"①，明显漏译主语，穆木天后来画线插入信息，补充完整，"由此可见，埃斯库罗斯是站在保守的立场上，对待伯里克里斯集团所进行民主改革的"。

初译"在这些年岁里，以它的无远景性，引导着一系列作家走入了思想和创作的死胡同"②，缺少主语，穆木天增加主语"自然主义"。

初译"从对于哈克纳斯小说中对于工人阶级的评价的错误之后，接着就作出他的现实主义的定义"③。该句话显然没有主语，且表达不通达，穆木天添加主语、谓语、定语，删除某些不必要的连词，重新整合句子，使表达明晰："恩格斯具体地指示出哈克纳斯小说中对于工人阶级的评价的错误，他从这个具体的指示出发作出了他自己的对于现实主义的定义。"

初译"在 30 年代末，差不多高尔基的全部作品"④，缺乏主语、谓语，穆木天后补充完整，"在 30 年代末，朝鲜作家就已读到了差不多高尔基的全部作品"。

初译"朝鲜的普通的劳动者……感到无限的欢喜。在诗篇中极鲜明地被反映出来"⑤，后半句缺乏主语，穆木天增补"这种欢喜"，使句子

---

① 手稿《戏曲的发展》（古希腊），第 32 页。
② 手稿《自然主义》，第 13 页。
③ 手稿《批评现实主义的基本特点》，第 2 页。
④ 手稿《朝鲜无产阶级文学运动史中的一章》（1924—1934），第 16 页。
⑤ 手稿《朝鲜土地的人民歌手》，第 3 页。

完整。

初译"1950 年，朝鲜□□□□惨无人道毁灭一切的战争"①，四个字格被涂掉，无法辨认，穆木天后增添主语，修改形容词，改译为"1950 年，帝国主义者使朝鲜遭受了惨绝人寰的毁灭一切的战争"。

初译"各族人民的友好往来的最有效的手段之一"②，明显缺少主语，穆木天补充完整，"文学是各族人民的友好往来的最有效的手段之一"。

初译"对于每一个现象生动的诗的反应"③，穆木天补充主语、谓语、状语、定语，使句子完整，"在他的诗作里，诗人对于在他生活中所遇到的每一个现象都做了极生动的诗的反应"。

初译"在《蒂萨河》这首诗中……极为美好的蒂萨河的形象，就是象征着只是在一定时间打盹的一定的时节"④，缺宾语、主语，穆木天补充完整，改译为"在《蒂萨河》这首诗中……极为美好的蒂萨河的形象，就是象征着人民的强大的力量，而这种力量止于是微睡的一定的时节"。

初译"可是莎米拉却没有能力同她的贵族父母进行斗争……这样，这位女主人公就成为了丑恶的社会制度的牺牲"⑤，穆木天添补宾语以及漏译的字词，改译为"可是莎米拉却没有能力同她的贵族父母的守旧的世界去进行斗争……这样，这位女主人公就成为了丑恶的社会制度的牺牲者"。

初译"商业城市大阪，成为日本文艺生活的中心"⑥，遗漏主语信息，穆木天补充完整，"商业城市大阪，以及古都西京成为日本文艺生活的中心"。

初译"古曲并不是为的统治阶级的享受而创作和演唱的"⑦，穆木天漏译宾语，后补充完整，使信息完善："古曲并不是为的统治阶级的享受，而是为的劳动人民的欢乐创作和演唱的。"

---

① 手稿《赵基天》，第 10 页。
② 手稿《现代越南诗歌》，第 2 页。
③ 手稿《裴多菲·山陀尔》，第 5 页。
④ 手稿《裴多菲·山陀尔》，第 7 页。
⑤ 手稿《〈阿拉伯散文作品选〉序文》，第 22 页。
⑥ 手稿《日本文学》，第 5 页。
⑦ 手稿《史诗〈英雄国〉及其作者们》，第 3 页。

　　初译"加尔培里娜在诗选前头写的那篇内容丰富的大论文中，那是我们的批评界中破天荒的第一次"①，漏译宾语信息，穆木天画线插入信息补充完整，"加尔培里娜在诗选前头写的那篇内容丰富的大论文《古老非洲的年轻的诗歌》，那是我们的批评界中破天荒的第一次"。

（二）添加谓语

　　初译"在人民民主国家的优秀作品中，肯定的英雄人物，先进的工人，争取自己人民的美好未来的战士，都一些新的特征"②，句子缺乏谓语，穆木天后来画插入线补充完整，"都写得更为深刻，还添上了一些新的特征"。

　　初译"穿过卡尔代龙的天主教的和封建的绝对主义的教条的烟雾，他的现实主义的敏锐性和真实性，人文主义和民主主义的倾向，可是那一些教条马上就被遮隐住了，使之不可能充分地显示出来"③，句子缺乏谓语，语义不明，穆木天画线插入谓语，使句子表达完整，改译为"透露出了大艺术家的现实主义的敏锐性和真实性，人文主义和民主主义的倾向"，而且并非"天主教的和封建的绝对主义的教条"被遮盖了，穆木天将被动句改为把字句，"可是那一些教条马上就把那些东西遮隐住了，使之不可能充分地显示出来"，"那些东西"对应前面所说的"现实主义的敏锐性和真实性，人文主义和民主主义的倾向"。

　　初译"使自己的创作同人民生活的关系"④，这句话是不完整的，穆木天增添谓语"失掉了"，将"关系"改为"联系"，改译为"使自己的创作失掉了同人民生活的联系"，继而指出左拉自然主义诗学观念的消极性。

　　初译"社会的不平等必须消灭——这是在《笑的人》全篇小说中的思想"⑤，穆木天补充谓语，改译为"这是贯穿在《笑的人》全篇小说中的思想"。

---

①　手稿《新的非洲》（《非洲诗选》评介），第8页。
②　手稿《论外国文学中的社会主义现实主义》，第41页。
③　手稿《西班牙的巴乐歌和卡尔代龙》，第17页。
④　手稿《爱弥勒·左拉（1840—1902）》，第2页。
⑤　手稿《维克多·雨果——伟大的法兰西作家》，第34页。

初译"在韩雪野的《摔交》中，他确实描写了大工厂的工人们，反映出他们的自觉的成长，在其中有觉悟的，为着共同事业而斗争的战士的出现"①，由于缺少谓语，后半句并不完整，语义模糊不清，穆木天补充谓语，调整语序，改译为"在韩雪野的《摔交》中，他确实描写了大工厂的工人们，反映出他们的自觉的成长，反映出他们中间出现了有觉悟的，为着共同事业而斗争的战士"。

初译"我们知道，在越南，俄罗斯古典文学和现代苏维埃文学。越南作家们的作品"②，穆木天补充谓语等成分，使句子完整，"我们知道，在越南，越来越多地出版了俄罗斯古典文学和现代苏维埃文学，在我们这里，也常常出版越南作家们的作品"。

初译"帕斯捷尔纳克的散文的特点跟他的诗歌中那样的特色——就是主观的心理主义特别显著"③，句子缺乏谓语，表达不通，穆木天补充谓语，删减冗余，修改为"帕斯捷尔纳克的散文也具有着他的诗歌中的那些特色——主观的心理主义特别显著"。

初译"这些诗歌鲜明地，多方面地，游牧的贝都英人，牧人和战士的社会制度"④，缺乏谓语，穆木天补充完整，"这些诗歌鲜明地，多方面地，反映了游牧的贝都英人……"。

初译"现代阿拉伯进步作家……卫护着自己的文学遗产和各族人民之间的连系"⑤，"卫护着"与"连系"并不搭配，穆木天拆分句子，增添动词、连词，改译为"卫护着自己的文学遗产，并且加强自己各族人民之间的连系"。

初译"这种肯定的经验，□□□日本民主文学的发展"⑥，三个字格被涂掉无法辨认，穆木天增添谓语、状语，使句子完整，"这种肯定的经验，在种种方面助长了现代日本民主文学的发展"。

---

① 手稿《韩雪野早期作品中的工人形象》，第 27 页。
② 手稿《现代越南诗歌》，第 2 页。
③ 手稿《波里斯·里昂尼多维之·巴斯特尔纳克》，第 8 页。
④ 手稿《阿拉伯文学》，第 1 页。
⑤ 手稿《〈阿拉伯散文作品选〉序文》，第 1 页。
⑥ 手稿《1928 年—1932 年的日本民主诗歌导言》，第 18 页。

（三）添加定语、状语、补语

初译"《奥德赛》的主题就是足智多谋的俄底修斯的漫游和奇遇"①，遗漏定语，穆木天画线插入信息，补充完整，"《奥德赛》的主题就是从特洛伊远征回来的足智多谋的伊大加王俄底修斯的漫游和奇遇"。

初译"《奥瑞斯忒亚》这个三部曲一直流传现在"②，漏译状语，穆木天补充完整，"《奥瑞斯忒亚》这个三部曲完整无缺地一直流传现在"。

初译"使索福克勒斯摆脱开在情节上互相关联的三部曲的原则"③，穆木天补充定语，完善表达："使索福克勒斯摆脱开在埃斯库罗斯作品中起支配作用的在情节上互相关联的三部曲的原则。"

初译"'文艺复兴'这个名称的最初的意义就是古代传统生活的复兴"④，"古代传统生活的复兴"漏译定语"被中世纪所遗忘的"，后补充完整。

初译"茨威格，在德意志人民共和国，继续着自己长篇小说组的多年来的写作"⑤，漏译定语，穆木天补充完整，"茨威格，在德意志人民共和国，继续着自己的关于第一次世界战争的长篇小说组的多年来的写作"。

初译"这一种风格，对于表现神秘的气氛以及别有特色的唯美主义，是再合适不过的了"⑥，遗漏定语，穆木天画线填补完整，改译为"这一种风格，对于表现在当时西班牙成为典型的各种神秘的气氛以及别有特色的唯美主义，是再合适不过的了"。

初译"巴尔扎克直截了当地把法国资产阶级同贫困的、被剥削的人民大众对立起来"⑦，漏译定语，穆木天画插入线补充完整，"巴尔扎克直截了当地把法国资产阶级同贫困的、被剥削的而且忠实于法国人民的

---

① 手稿《希腊文学的亚该亚时代》，第3页。
② 手稿《戏曲的发展》（古希腊），第26页。
③ 手稿《戏曲的发展》（古希腊），第43页。
④ 手稿《文艺复兴时代的文学·绪论》，第1页。
⑤ 手稿《论外国文学中的社会主义现实主义》，第52页。
⑥ 手稿《西班牙的巴乐歌和卡尔代龙》，第3页。
⑦ 手稿《巴尔扎克》，第198页。

旧日的革命遗训的人民大众对立起来"。

初译"《火线》是关于第一次世界大战的革命的作品"[①]，穆木天后补充定语，使表述更为准确，改译为"《火线》是外国文学中关于第一次世界大战的第一篇革命的作品"。

初译"作者描写了矿山工人的极艰苦的生活情况"[②]，穆木天后在"矿山工人"前添加定语"受到骇人的剥削的"，忠实原文以及强调语气、程度。

初译"左拉极力用遗传关系揭示古波家庭的没落"[③]，穆木天添加定语"有着宿命作用的"限定"遗传关系"。

初译"长篇小说《萌芽》结构更为严谨，更加集中"[④]，比对原文，缺少比较对象与限制定语，穆木天后补充完整，改译为"长篇小说《萌芽》比起左拉的其他作品来，结构上更为严谨，更加集中"。

初译"象征主义吸引了某些不满意资产阶级的现实，可是，又找不到出路或者是离开了正路的大的艺术家的"[⑤]，穆木天遗漏信息，后补充完整，"象征主义吸引了某些不满意资产阶级的现实，可是，在巴黎公社失败后在法国所创造出来的复杂环境中，却找不到出路或者是离开了正路的，大的艺术家的"。

初译"象征主义变成为文学方向，是由魏尔伦……所发表的那一系列的象征主义诗歌给准备起来的，在那些诗里边，有《诗的艺术》"，同样遗漏关键信息及定语，改译后补充完整，"所发表的那一系列的象征主义诗歌和一系列的短文《被诅咒的诗人们》给准备起来的，在那些诗里边，有纲领性的作品《诗的艺术》"。

初译"雨果写了很多政论文学和政治诗"[⑥]，核对原文，遗漏定语，穆木天后补充完整，"雨果写了很多揭发拿破仑第三的政论文学和政治诗"。

---

① 手稿《巴比塞》，第 3 页。
② 手稿《爱弥勒·左拉（1840—1902）》，第 4 页。
③ 手稿《爱弥勒·左拉（1840—1902）》，第 5 页。
④ 手稿《左拉的〈萌芽〉》，第 7 页。
⑤ 手稿《象征主义》，第 2 页。
⑥ 手稿《政论家雨果》，第 10 页。

初译"人民的自由的心胸现在还不能忘记自己的过去"①，比对原文，穆木天增补定语，使信息齐全、完整，改译为"人民的自由的心胸现在还不能忘记自己的充满着伟大斗争和苦难的过去"。

初译"为的保证每期杂志能够按期发刊，编委往往就得典当自己的个人东西"②，穆木天后补全状语，"为的保证每期杂志能够按期发刊，据韩雪野说，编委往往就得典当自己的个人东西"。

初译"苏联军队，歼灭了日本军国主义者，开进了朝鲜的土地上，永远解放了北朝鲜"③，穆木天补充状语，使句子意义完整，"苏联军队，歼灭了日本军国主义者，开进了朝鲜的土地上，从殖民者的奴役和压迫下，永远解放了北朝鲜"。

初译"裴多菲的诗是用人民语言写的，节奏和押韵就和民歌很接近……在乡村各处都把他的作品唱来唱去"④，穆木天添加定语、状语，调整语序，使句子更为通畅，改译为"裴多菲的诗是用朴素的人民语言写的，节奏和押韵都很近于民歌……在乡村各处都把他的作品作为民歌唱来唱去"。

初译"诗歌节奏的变化……就是由于诗人所骑的骆驼的步法所决定出来的。在这个时期，已有散文存在"⑤，穆木天补充定语、状语，使句子完整，"诗歌节奏的变化……就是由于诗人所骑的骆驼各种不同的步法所决定出来的。后日的记录（8－9世纪）还告诉我们说，在这个时期，已有散文存在"。

初译"法胡利极力攻击社会的伪善"⑥，穆木天更改状语，添加定语，补充为："法胡利猛烈攻击着阻碍艺术完成自己任务的社会的伪善。"

初译"同盟的领导者意识到理论的意义，确立统一的理论立场的必要性……是日本无产阶级文学批评家和理论家藏原惟人在《战旗》上他

---

① 手稿《赵基天》，第7页。
② 手稿《朝鲜无产阶级文学运动史中的一章》（1924—1934），第11页。
③ 手稿《〈朝鲜现代诗选〉序文》，第2页。
④ 手稿《裴多菲·山陀尔》，第4页。
⑤ 手稿《阿拉伯文学》，第4页。
⑥ 手稿《法胡利的创作道路》，第10页。

那篇论文《走向无产阶级现实主义道路》中提出来的"①，穆木天分别增添定语和补语，使句子表达完整，"确立统一的理论立场和统一的创作方法的必要性"、"第一次地提出来的"。

初译"谷崎润一郎的代表作品是《细雪》，在里面描写了大阪商人家庭中的四姐妹的生活"②，漏译定语信息，补充完整，"在里面描写了大阪的一个起初很有钱，以后破了产的商人家庭中的四姐妹的生活"。

初译"作家霜多正次写了一篇《冲绳岛》，现已在莫斯科译成俄文"③，补充状语，改译为"作家霜多正次不久以前写了一篇《冲绳岛》，现已在莫斯科译成俄文"。

初译"诗集《京滨之虹》提供出了充分的可能性"④，穆木天漏译定语，后补充完整，"诗集《京滨之虹》提供出了使人得以判断文学小组工作成果的充分的可能性"。

初译"这段古老的传说，给许许多多的形象的创造形成了一个出发点"⑤，漏译定语，穆木天后补充完整，"这段古老的传说，给我们在后日的印度诗歌中所看到的那许许多多的形象的创造形成了一个出发点"。

初译"这个精校本以两种流行本为依据，就是现行版本和手抄本"⑥，漏译定语，穆木天画线补遗："这个精校本以两种流行本为依据，就是以南部本和北部本所代表的现行版本和手抄本。"

初译"那种种的修改和增补，其目的是为僧侣和军事贵族这两个种姓的利益服务的"⑦，遗漏定语，穆木天补充完整，"其目的是为古代印度统治阶级的阶层僧侣和军事贵族这两个种姓的利益服务的"。

初译"马杜苏丹·达特大胆地破坏了僵硬的梵文诗学的规则，写了最初的孟加拉的十四行"⑧，漏译定语，穆木天补充完整，"马杜苏丹·

---

① 手稿《1928 年—1932 年的日本民主诗歌导言》，第 14 页。
② 手稿《第二次世界战争后的日本民主文学》，第 6 页。
③ 手稿《第二次世界战争后的日本民主文学》，第 9 页。
④ 手稿《〈京滨之虹〉和〈和平的歌声〉》，第 3 页。
⑤ 手稿《印度诗歌的描写手段》，第 28 页。
⑥ 手稿《〈摩诃婆罗多〉的传说的序文》，第 6 页。
⑦ 手稿《〈摩诃婆罗多〉导言》，第 3 页。
⑧ 手稿《十九世纪二十世纪孟加拉文学》，第 2 页。

达特大胆地破坏了僵硬的梵文诗学的规则，写了爱国主义题材的最初的孟加拉的十四行"。

初译"作者以对低级种姓的人们的生活的现实主义的描写，激起了人们对种姓差别制度的抗议的感情"[①]，漏译定语，补充完整，改译为"激起了人们对那不公平的、危害社会的种姓差别制度的抗议的感情"。

初译"《七年》——是作者构思已久的一套自传性小说的第一卷"[②]，漏译定语，穆木天画线插入补充完整，"《七年》——是作者构思已久的一套当然也反映当代印度生活的自传性小说的第一卷"。

初译"《英雄国》的英雄们反对卢西和波约拉的自私自利的贪欲所进行的斗争"[③]，遗漏状语，穆木天补充完整，"《英雄国》的英雄们为着自己的人民的共通的幸福反对卢西和波约拉的自私自利的贪欲所进行的斗争"。

初译"那些谚语和格言，就是极深刻的诗意，无可争辩的证明和证据"[④]，漏译定语，穆木天画线补充完整，"那些谚语和格言，就是非洲人的极深刻的诗意，精细的智慧的无可争辩的证明和证据"。

初译"他们也绝不站在古老的，族长式的非洲生活的立场上"[⑤]，漏译状语，穆木天补充完整，"他们也绝不无条件地、全盘地站在古老的，族长式的非洲生活的立场上"。

初译"在1931年既已出现了南非作家托马斯·莫佛洛的长篇小说《查卡》"[⑥]，漏译定语，穆木天补充完整，"在1931年既已出现了南非作家托马斯·莫佛洛献给鼎鼎大名的苏鲁人领袖的长篇小说《查卡》"。

初译"自然，他们要仇视非洲人的年青的一代"[⑦]，漏译定语，穆木天补充完整，改译为"自然，他们要仇视那些使他们感受威胁的非洲人的年青的一代"。

---

① 手稿《穆尔克·拉吉·安纳德》，第19页。
② 手稿《穆尔克·拉吉·安纳德》，第36页。
③ 手稿《史诗〈英雄国〉及其作者们》，第31页。
④ 手稿《太阳照耀着"黑非洲"》，第10页。
⑤ 手稿《现代非洲文学中的现实主义和现代主义的问题》，第12页。
⑥ 手稿《现代非洲文学中的现实主义和现代主义的问题》，第10页。
⑦ 手稿《现代非洲文学中的现实主义和现代主义的问题》，第19页。

（四）添加关联词、连词、量词、助词、介词

初译"葛莱蒙……在 1870 年判处三年监禁"，穆木天增添关联词"被"，译文变为"葛莱蒙……在 1870 年被判处三年监禁"，语义更为通顺；同样，穆木天将"瓦莱斯是受到缺席裁判处死刑的"改为"瓦莱斯是受到缺席裁判被处死刑的"①。

初译"此书到 1981 年才出版"②，穆木天在"出版"前增补"得以"两字，句子更为通顺。

初译"左拉研究过好些经济学著作，对马克思的著作深感兴趣"③，增添副词"也"，"对马克思的著作也深感兴趣"，使表达顺畅。

初译"韩波和魏尔伦……失掉了对于社会斗争的最近胜利的信心，就面向了象征主义的探求"④，穆木天在"就……"前增添连词"于是"，表示语义承接。

初译"象征主义者们主要是完成了一些断片、各别诗节、各别的鲜明的描绘"⑤，为语义连贯，穆木天增添量词，补充为："一些各别诗节、一些各别的鲜明的描绘。"

初译"统治阶级已经投入教会的怀抱"⑥，穆木天增添助词"了"，改译为"投入了教会的怀抱"。

初译"在诗篇《白头山》发表以后，赵基天就更大受欢迎，享有盛名"⑦，穆木天在结尾补充助词"了"，表示完成状态，即诗篇《白头山》带给了赵基天巨大声誉。

初译"他们也就唱着这个胜利的歌曲向敌人进攻"⑧，穆木天同样在结尾补充助词"了"，表示动作的完成。

初译"在这个时期，土耳其统治时代的文化停滞，就被企图'复

---

① 手稿《葛莱蒙、瓦莱斯、里昂·克拉代尔》，第 3 页。
② 手稿《葛莱蒙、瓦莱斯、里昂·克拉代尔》，第 8 页。
③ 手稿《左拉的〈萌芽〉》，第 3 页。
④ 手稿《象征主义》，第 6 页。
⑤ 手稿《象征主义》，第 16 页。
⑥ 手稿《政论家雨果》，第 7 页。
⑦ 手稿《朝鲜土地的人民歌手》，第 2 页。
⑧ 手稿《朝鲜土地的人民歌手》，第 5 页。

活'阿拉伯文学科学遗产的要求所代替了"①，穆木天增补连词"和"，改译为"文学和科学"。

初译"确定无产阶级文学的理论的立场，当时是绝对必要的"②，穆木天增添介词"在"，使句子更为通顺，"在当时是绝对必要的"。

（五）添加漏译的字词信息

手稿中偶尔有漏译整个句子或者段落的现象，如手稿《普列姆昌德和他的长篇小说〈慈爱道院〉和〈戈丹〉》中，上下两段落之间漏译了由一个句子组成的段落，在校对中，穆木天添加信息，补充完整，"这样，小说（普列姆昌德《慈爱道院》）的基础，就是地主和物产劳动者之间的阶级冲突"③。漏译字词现象在手稿中更多，且被穆木天在校对过程中补充完整。

初译"希腊人同东方的那些更的文学的接触，止是以后的事情"④，漏译"古"字，穆木天后补充完整，"更古的文学"。

初译"根据发达成熟的希腊悲剧的构上的这种特色，在十七世纪就有了'时间的统一'和'地点的统一'"⑤，漏译"结"字，穆木天画插入线补充完整，"结构上的这种特色"。

初译"战争的结果使埃斯库罗斯更坚信典的民主的自由对于波斯暴君的专制主义的优胜性"⑥，漏译"雅典"之"雅"字，后补充完整。

初译"文艺复兴的进步活家"⑦，漏译"活动家"之"动"字，后补充完整。

初译"对于法国进步作的影响"⑧，明显漏掉了"作家"之"家"字，穆木天后补充进去。

---

①　手稿《〈阿拉伯散文作品选〉序文》，第 2 页。

②　手稿《1928 年—1932 年的日本民主诗歌导言》，第 16 页。

③　手稿《普列姆昌德和他的长篇小说〈慈爱道院〉和〈戈丹〉》，第 15 页。

④　手稿《〈古代文学史〉导言》，第 13 页。

⑤　手稿《戏曲的发展》（古希腊），第 8 页。

⑥　手稿《戏曲的发展》（古希腊），第 17 页。

⑦　手稿《文艺复兴时代的文学·绪论》，第 10 页。

⑧　手稿《巴比塞》，第 2 页。

初译"左拉……就像是生怕矛盾的进步的加深"①，穆木天后将"进步"补充为"进一步"。

穆木天将《萌芽》主人公的名字漏译为"艾因"，后增补"其"，改为"艾其因"；将哈克纳斯的小说《城市姑娘》漏译为《城市娘》，后补充完整②。

初译"同时也不能强调指示，在《萌芽》中，左拉是第一次地见到了他对于整个资产阶级制度的腐朽性和要不得的"③，比对原文，穆木天漏译了不少信息，后逐一补充：首先，是"不能不"而非"不能"，否则语义就彻底颠倒；其次，主语是"我们"而非"左拉"；再次，"对于……腐朽性"的翻译明显是不完整且不恰当的，"腐朽性"和"要不得的"也无法并联，充分反映出穆木天想以长句子糅合各种信息的直译愿望以及不得的无奈，改译："同时也不能不强调指示，在《萌芽》中，我们是第一次地在左拉的创作里见到了，他明显地意识到整个资产阶级制度是腐朽的和要不得的。"

初译"捍卫这一个派"④，后补充为"流派"。

初译"在小说中，有着极壮丽的现实主义的油画，就像极秀的海洋画家的油画一样"，漏译"优"字，后补充完整，"极优秀的"⑤。

初译"雨果的小资产阶级的世界观……在三十年代末的诗集《心声集》与《光与影》中可以看到"⑥，遗漏了诗集的时间信息，穆木天后补充完整"（1837）和（1840）"。

初译"赵明熙的小说《村的居民》……赵明熙的全部作品中，贯着祖国的爱"⑦，穆木天后补充完整小说篇名《乡村的居民》，"贯穿着祖国的爱"。

初译"李箕永的小说……揭露出保险公司代理人的诡花样和天主教

① 手稿《左拉的〈萌芽〉》，第 7 页。
② 手稿《批评现实主义的基本特点》，第 1 页。
③ 手稿《左拉的〈萌芽〉》，第 9 页。
④ 手稿《象征主义》，第 8 页。
⑤ 手稿《维克多·雨果——伟大的法兰西作家》，第 31 页。
⑥ 手稿《维克多·雨果——伟大的法兰西作家》，第 19 页。
⑦ 手稿《朝鲜无产阶级文学运动史中的一章》（1924—1934），第 7 页。

女传教士的伪"①，穆木天将"诡花样"修改为"狡猾伎俩"，然后增补遗漏字词，补充为"虚伪"。

初译"同时还刊登了高尔基的短《切尔卡斯》"②，穆木天补充完整，"短篇小说《切尔卡斯》"。

初译"韩雪野也受到了很大的影响……高尔基的作品……对于朝鲜的先进作家的世界的形成发生了极的影响"③，遗漏了部分字词，穆木天增补完整，"韩雪野也受到了高尔基的创作很大的影响"，补充"世界"为"世界观"、"极的影响"为"极大的影响"。

初译"作家极力反映朝鲜无产阶级的阶级觉的长，强调工农联盟的必要性"④，穆木天补全遗漏字词，"阶级觉悟的成长"。

初译"这位诗人对于苏联诗歌是发生了一定响的"⑤，穆木天后补充完整，"发生了一定影响的"。

初译"希腊的，和叙利亚的纪念碑作品的译，也成为了阿拉伯散文的精华"⑥，明显漏译"翻"字，后补充完整，"作品的翻译"。

初译"一个大的侨民的文学派是在美国建立起来的……文学派就是以'叙美派'而闻名于世的"⑦，应该是"文学派别"，漏译"别"字，穆木天后补充完整。

初译"这一些作家讲述着穷人的艰苦生活，对于阿拉伯妇的无权的、卑贱的地位表示抗议，并且揭发了在人民中间散播迷信的教长⑧"，明显漏译"女"字，穆木天补充完整，"阿拉伯妇女"。

初译"雷哈尼依然是人们所喜爱的作之一"⑨，"作家之一"，漏译"家"字，穆木天后补充完整。

---

① 手稿《朝鲜无产阶级文学运动史中的一章》（1924—1934），第10页。
② 手稿《朝鲜无产阶级文学运动史中的一章》（1924—1934），第14页。
③ 手稿《朝鲜无产阶级文学运动史中的一章》（1924—1934），第15页。
④ 手稿《朝鲜无产阶级文学运动史中的一章》（1924—1934），第19页。
⑤ 手稿《波里斯·里昂尼多维之·巴斯特尔纳克》，第10页。
⑥ 手稿《阿拉伯文学》，第6页。
⑦ 手稿《〈阿拉伯散文作品选〉序文》，第4页。
⑧ 手稿《〈阿拉伯散文作品选〉序文》，第6页。
⑨ 手稿《〈阿拉伯散文作品选〉序文》，第16页。

初译"这一切在法胡利的意识中引起了深刻的变"①，"转变"，漏译"转"字，穆木天补充完整。

初译"法胡利就对于那些用历史挤文学的人们提出反驳……历史利用这史料和文献来挤文学，要把文学变成为历史……那我就可要大胆地去反对和斥责了"②，穆木天增补漏译字词，"挤文学"被修改为"排挤文学"。

初译"原业平和女诗人小野小町的诗特别出色"③，漏译两位诗人生平信息，穆木天补充完整"（825－877）和（9世纪）"。

初译"格鲁斯金娜和罗古诺娃在她们的这本关于日本歌和散文的著作中"④，明显漏译"诗"字，"诗歌和散文"，穆木天后补充完整。

初译"因为没有统一的艺术创作方法阻了无产阶级文学的进一步的发展。因之，无产阶级现实主义的理论，尽管有它那一切缺点，在当时的阶段上，确挥了一定的积极作用"⑤，漏译字词，穆木天补充完整，"阻碍""的确""发挥"。

初译"孤独的知识分子无力反抗反动派的日加强的进攻……他的积极抗军国主义的要求在逐渐增长"⑥，漏译字词，穆木天补充完整，"日益加强""抵抗军国主义"。

初译"母牛和公牛的诗化，可以源到《梨俱吠陀》"⑦，漏译"溯"字，后补充完整，"溯源到"。

初译"印度文学，在艺术描写手段的领域中，并不晓得同过去文学传发生裂，像十八九世纪俄国文学那种情形"⑧，漏译不少字词，后统一补充，"文学传统""发生决裂""十八十九"。

初译"在西班牙，这种发展过程，同其他国相比，是非常地别有特

---

① 手稿《法胡利的创作道路》，第13页。
② 手稿《法胡利的创作道路》，第18页。
③ 手稿《日本文学》，第3页。
④ 手稿《格鲁斯金娜和罗古诺娃合著〈日本民主文学史大纲〉》，第1页。
⑤ 手稿《1928年—1932年的日本民主诗歌导言》，第16页。
⑥ 手稿《野间宏的〈真空地带〉》，第2页。
⑦ 手稿《印度诗歌的描写手段》，第28页。
⑧ 手稿《印度诗歌的描写手段》，第30页。

色"①，漏译"家"字，穆木天补充完整，"国家"。

初译"连尼拉利亚也一包在内，都很成地利用了乌尔都语诗歌的典型的格律和形式"②，漏译"功"字，穆木天补充完整，"成功地利用了"。

六　删减涂抹信息

此类修改可以根据删除的目的及内容分为以下几种类型。

（一）删减冗余字句

初译"他们就由事物的名字□□□□□□□分隔的部分。□□□去代表事物的名字"③，10 个字格被完全涂掉，无法辨认，"事物的名字"重复出现两次，穆木天删减冗余，整合句子，改译为"事物的名字也就是事物的不可分割的部分"。

初译"在歌队之外……这另外一个人物就可以独立地传布出来里边所起的冲突，因为行动的选择是同内心所起的冲突有紧密连系的"④，语义重复、啰嗦，表达逻辑混乱，穆木天删减冗余，压缩句式，完善表达，改译为"在歌队之外……这另外一个人物就可以独立地表达出来同行动的选择有密切关系的内心的冲突"。

初译"在 1876 年，其中的这些作品中的好些篇已被译成为俄文"⑤，"其中的"与后面的"这些作品中的"无疑是重复的，穆木天在手稿中用圆圈圈住"其中的"三字并删除。

初译"也就是这种动力□□□□□□加克□□□不可遏止的运动中□□□□掌握住，□□吸引到□□□□来"，"□"表示被穆木天涂抹掉的字迹，共 19 字，已经无法辨认，穆木天在涂抹的基础上又增添了几字，修改后的译文，"也就是这种动力使加克在他的不可遏止的运动中被掌握住，并且被吸引到公社里来"，较之于初译字数更少、表达更为流畅。

---

① 手稿《西葡文艺复兴总论》，第 1 页。
② 手稿《印地语和乌尔都语的诗歌》，第 21 页。
③ 手稿《希腊文学的亚该亚时代》，第 10 页。
④ 手稿《戏曲的发展》（古希腊），第 19 页。
⑤ 手稿《葛莱蒙、瓦莱斯、里昂·克拉代尔》，第 7 页。

初译"把英雄人物同月亮看成为一个东西，这在写最高级的神——罗摩——的时候，都可以见得到"①，穆木天更改表达，压缩字词，且添加漏译定语，改译为"把英雄人物同月亮混为一谈，这在写印度的最高级的神——罗摩——的时候，都可以见得到"。

初译"在世界文学中，可以找到不多的书，是为读者们那样所钟爱的□□像有名的沙赫拉乍得的故事□□□□□□□□□□□□□□。我们从小时候"②，17 个字格被涂掉，无法辨认，"在世界文学中，可以找到不多的书，是为读者们那样所钟爱的"——这句话也被划掉，仍然可以辨认，我们恢复初译，穆木天在初译的基础上调整语序，删减冗余，改译为"像有名的沙赫拉乍得的故事这样为读者所钟爱的，在世界文学中，并不是很多的"，表达、逻辑较之于初译都更为简练、顺畅。

初译"在争取民族自由和独立的斗争中的先表现出来英雄气派和勇□精神，不可摧牢不可破的坚强□□和□□□的牺牲精神"③，6 个字格完全被涂掉，无法辨认，且"精神"两次呈现，"不可摧"与"牢不可破"语义重复，基于此，穆木天删减冗余、重复，改译为"在争取民族自由和独立的斗争中表现出了英雄主义和勇往直前，坚韧不拔和极高度的忘我精神"。

初译"在法胡利看来，什么人说，艺术是一件□□□□□□□□□睡觉的诺亚的□□□□□□□□？什么人说过，艺术是一个粗野的医生，□□□□□□□□□□□□□□□□□□"④，35 个字格被全部涂掉，无法辨认，且在涂掉的基础上，穆木天又做过多次修改，也被全部涂掉，最终在页面顶端完成改译："什么人说，艺术是一件预备给睡觉的诺亚遮羞的衣服呢？什么是人说，艺术是一位向病人信口雌黄的蠢医生呢？"改译较之于初译字数明显减少，且也更为通畅、凝练。

初译"有一些作家蔑视现实，并且认为现实已被人认识了，法胡利

---

① 手稿《印度诗歌的描写手段》，第 52 页。
② 手稿《〈一千零一夜〉序言》，第 1 页。
③ 手稿《赵基天》，第 10 页。
④ 手稿《法胡利的创作道路》，第 11 页。

就是反对这样一些作家们"①，"一些作家"出现两次，语义重复、啰嗦，穆木天调整语序，删减冗余，改译为"法胡利极力反对那些蔑视现实，认为自己已经认识现实的作家们"。

初译"这些事件，诗人在他的政论□□中，□□□□□□□□□□□□响应□"②，17 个字格被涂掉，无法辨认，改译为"这些事件，诗人在他的政论中，都有过极热烈的响应"，较之于初译，改译字数明显减少，表达更为简练、通达。

初译"雨果说：受教育必须是□□□□□□□义务□□□"③，10 个字格被涂抹，无法辨认，穆木天增补完整为："雨果说：受教育必须是不花钱的和义务性的。"

初译"左拉的影响是有二重性的，不止是他的自然主义理论发生了影响，而更主要地是他的现实主义起了很大的影响"④，这句话中出现三个"影响"，搭配动词"发生了""起了"，语义重复，穆木天后增加连接词，删除一个"影响"及动词，语义通畅，改译为"左拉的影响是有二重性的，就是说，他的影响不止是取决于他的自然主义理论，而更主要地是取决于他的现实主义"。

初译"雨果一直到死孜孜不倦地……进行斗争"⑤，穆木天将"孜孜不倦"改为"都在积极地"，后改为"都在数不清地"，最后全部删除，改为"雨果一直到死都在……进行斗争"。

初译"可是，小说的结尾，他并没有用形象的发展的逻辑加以证明"⑥，并存两个主语，表达啰嗦，穆木天删减冗余，改译为"可是，小说的结尾，是不合乎形象的发展逻辑的"，较之于初译，明显简练、通畅。

初译"他们把赵基天埋葬在雪山牡丹峰下，离他所歌颂的纪念碑

---

① 手稿《法胡利的创作道路》，第 17 页。
② 手稿《政论家雨果》，第 5 页。
③ 手稿《政论家雨果》，第 6 页。
④ 手稿《爱弥勒·左拉（1840—1902）》，第 8 页。
⑤ 手稿《政论家雨果》，第 44 页。
⑥ 手稿《朝鲜无产阶级文学运动史中的一章》（1924—1934），第 10 页。

《乙密台》距离不怎么远"①，"距离不怎么远"表达啰嗦，且与前面的
"离"字语义重复，穆木天精简为"相距不远"。

初译"诗人承认他在人民前面承认自己的责任"②，明显啰嗦、重
复，穆木天删减冗余，改译为"诗人承认自己在人民前面的责任"。

初译"这是一个极完整的，极成熟的类型的，现代资本家典型"③，
字词叠加，啰嗦、重复，穆木天调整语序，删减冗余，改译为"这是现
代资本家的极完整的，极成熟的典型"。

初译"坪内逍遥在这部著作中提出了现实主义的要求。要求对于人
物及其精神世界作现实主义的描写"④，"要求"以及"现实主义"重复，
句意啰嗦，穆木天删减冗余，修改标点，合并句子，改译为"坪内逍遥
在这部著作中提出了描写人物及其精神世界的现实主义的要求"。

初译"1928 年 5 月起，《战旗》杂志□□□□□机关杂志，《战旗》
杂志反映出了最先进的作家和诗人，当时的真正民主文学的代表者的革
命的情绪"⑤，被涂掉五个字格无法辨认，穆木天代之以"就是成为主要
的"，后又删掉，改为"就成为了指导性的"，同时删除第二个"《战旗》
杂志"，避免重复，修改谓语"反映出"为"表现出"。

初译"《战旗》这个集团在他所出版的这个杂志的创刊号上，就表
明了自己的立场"⑥，穆木天删减冗余，精简表达，改译为"《战旗》这
个集团在杂志的创刊号上就表明了自己的立场"。

初译"芥山在第四部分《失业者》的序文□□□□□□□□□□□
□□□□□□"⑦，17 个字格被完全涂掉无法辨认，穆木天在涂掉的痕迹
上代之以"中以惊人的真实，讲着失业"11 字，较之于初译，更为简
洁、明了。

初译"卡尔代龙的创作结束了西班牙文学的'黄金时代'，标志出

① 手稿《朝鲜土地的人民歌手》，第 6 页。
② 手稿《赵基天》，第 7 页。
③ 手稿《韩雪野早期作品中的工人形象》，第 34 页。
④ 手稿《日本文学》，第 7 页。
⑤ 手稿《1928 年—1932 年的日本民主诗歌导言》，第 6 页。
⑥ 手稿《1928 年—1932 年的日本民主诗歌导言》，第 6 页。
⑦ 手稿《〈京滨之虹〉和〈和平的歌声〉》，第 6 页。

他的奢华灿烂的夕阳和暗淡、烟雾苍茫的日暮黄昏"①，词语重复、冗杂，语义令人费解，穆木天删减冗余，压缩重复表达，改译为"卡尔代龙的创作结束了西班牙文学的'黄金时代'，标志出他的夕阳残照般的辉煌和暗淡"。

初译"在维伽的那些'斗篷和刺剑'的喜剧中，情节□□是□□□□□□□性格描写的"②，9 个字格被涂掉，穆木天在涂掉的基础上改译为"情节确是要压倒性格描写的"。

初译"如果说在《瑟列斯丁娜》中，已经顺便地写出了社会下层人物以及他们的生活实践的画面的话，那么这个题材在所谓的光棍小说中，则是对于这个题材做了专门的发掘，进行了专门的钻研"③，一句话中出现两次"这个题材"，两次"专门的"表达，啰嗦、冗余，穆木天涂掉初译，改译为"如果说在《瑟列斯丁娜》中，已经顺便地写出了社会下层人物以及他们的生活实践的画面的话，那么，在所谓的光棍小说中则是致力写这种题材"，简洁明了。

初译"雷伊□□□□□□□□□□地描写了秘仪和割礼的仪式"④，10 个字格被涂掉，无法辨认，穆木天在涂掉的痕迹上增补四个字格——"面面俱到"，较初译明显更加简洁。

初译"并不是由于取法于欧洲（西欧或东欧），而是□□□□□□□□□□□□□□□□□□□□□□□□□"⑤，25 个字格被反复涂掉，无法辨认，且初译缺乏主语，穆木天增补完整，删减冗余，改译为"这些形式所以会产生出来，并不是由于取法于欧洲（西欧或东欧），而是由于那种要唤醒非洲的要求"，12 个字的表达较之于 25 个字格的表达明显更为简洁、明了。

（二）删除重复字词

初译"法国文学界的两个阵营：由巴比塞、罗曼·罗兰、巴比塞等

---

① 手稿《西班牙的巴乐歌和卡尔代龙》，第 21 页。
② 手稿《西班牙民族剧的创造：洛甫·德·维伽及其剧派》，第 21 页。
③ 手稿《塞万提斯以前的长篇小说的发展》，第 15 页。
④ 手稿《现代非洲文学中的现实主义和现代主义的问题》，第 35 页。
⑤ 手稿《现代非洲文学中的现实主义和现代主义的问题》，第 63 页。

代表的进步文学阵营和为帝国主义服务的资产阶级颓废派文学（各式各样的奇形怪状的流派：达达主义、超现实主义……）"①。前面已经提到"阵营"，穆木天删除后面的"阵营"二字；由于笔误，"巴比塞"也出现了两次，穆木天对后一个"巴比塞"作删除处理，同时增补遗漏信息；再则，这句话也没有翻译完，穆木天又增添"的斗争"三字。最后改译为"法国文学界的两个阵营：由巴比塞、罗曼·罗兰、法郎士、代扬·古久列等代表的进步文学和为帝国主义服务的资产阶级颓废派文学（各式各样的奇形怪状的流派：达达主义、超现实主义……）的斗争"，信息更加完善，表达更加流畅。

初译"日本人很快就占领了朝鲜……使资产阶级作家的作家走上了武士道浪漫主义"②，两个"作家"明显重复，穆木天删除"的作家"三字，使表达简洁、准确。

初译"工人的发展和朝鲜无产阶级的成长，不可避免地，朝鲜工人阶级的阶级自觉也随之成长"③，语义啰嗦，缺乏衔接，穆木天删除重复字词"成长"，替换谓语，改译为"工人的发展和朝鲜无产阶级的成长，就必然促进了朝鲜工人阶级的阶级觉悟"。

初译"苏联友人和解放者帮助了朝鲜人民，鼓舞了他们进行斗争，巩固祖国的巩固，和富裕生活的斗争"④，"斗争""巩固"分别出现两次，穆木天删减、合并、替换，改译为"鼓舞了他们进行争取祖国的巩固，和富裕生活的斗争"。

初译"在匈牙利文学中，大声疾呼□□□□□自己祖国的自由和独立，自己祖国同奥地利的分离，以及同封建压迫的斗争，是由裴多菲开始的，这在匈牙利文学中，是空前的事情"⑤，一句话中出现两次"匈牙利文学"，语义啰嗦，且后边两次出现"是"字句，表达重复，穆木天调整语序，删除重复，修改字词，改译为"裴多菲大声疾呼地谈论着自

① 手稿《阿拉贡》，第2页。
② 手稿《〈朝鲜现代诗选〉序文》，第5页。
③ 手稿《朝鲜无产阶级文学运动史中的一章》（1924—1934），第8页。
④ 手稿《朝鲜解放后韩雪野的创作》，第4页。
⑤ 手稿《裴多菲·山陀尔》，第3页。

己祖国的自由和独立，自己祖国同奥地利的分离，以及同封建压迫的斗争，这在匈牙利文学中，是空前的创举"。

初译"裴多菲断然地否定了旧的诗歌观念止于是少数'审美者'的小天地的观念"①，"观念"出现两次，穆木天删减重复，增添代词，改译为"裴多菲断然地否定了那种认为诗歌止于是少数'审美者'的小天地的观念"。

初译"在《匈牙利贵人》这首诗中，显现出来极毒辣的讽刺，在这首诗里，对于'高贵'阶层的极尖锐的轻蔑的声音"②，"在《匈牙利贵人》这首诗中"与"在这首诗里"重复，且后半句缺乏谓语，穆木天删减重复，增添谓语，改译为"在《匈牙利贵人》这首诗中，显现出来极毒辣的讽刺，震颤着，对于'高贵'阶层的极尖锐的轻蔑的声音"。

初译"法胡利捍卫着东方妇女的权利，他写道，'妇女跟我们的文学是绝缘的，就跟她跟我们生活是绝缘的"③，一句话中三个介词"跟"，尤其后面两个"跟"连用，语义重复，穆木天代之以其他介词，改译为"就如同她跟我们生活是绝缘的"。

初译"法胡利……都在号召着他们去进行斗争，争取自由和独立的斗争"④，两个"斗争"，语义重复，穆木天删除后一个"斗争"，改译为"法胡利……都在号召着他们去进行斗争，争取自由和独立"。

（三）恢复被删除的字词

初译"法兰西资产阶级文化，同帝国主义时期的资本主义的腐烂相联系着，开始衰落"⑤，手稿中，我们明显可以看到穆木天的反复修正，首先删掉"衰落"，改为"颓废"，后又将"颓废"改为"崩溃"，觉得不妥，又改回"衰落"。

初译"苏维埃作家（马雅可夫斯基、高尔基、肖洛霍夫、奥斯特洛

---

① 手稿《裴多菲·山陀尔》，第 12 页。
② 手稿《裴多菲·山陀尔》，第 16 页。
③ 手稿《法胡利的创作道路》，第 12 页。
④ 手稿《法胡利的创作道路》，第 29 页。
⑤ 手稿《象征主义》，第 1 页。

夫斯基等）对于阿拉贡的影响"①，穆木天删除了"作家"二字，后基于文章强调的是苏联作家对阿拉贡创作的影响，遂将"作家"二字恢复。

初译"姜瓦尔姜（冉阿让，Jean Valjean）作了富人，就着手改造自己的地区"②，穆木天起初删掉了"改造"，想替换成其他动词，不得，遂又恢复了原词。

初译"诗人拉马丁参加了反对路易·菲力甫王朝的温和的、自由主义的反对派，可是，以后，做了临时政府的首脑，就对于法国无产阶级的登场表示敌对态度"③，穆木天后来涂抹掉了"温和的"，代以"稳健的"，根据句意色彩，后来又恢复了"温和的"；同样，句子中的"表示"起初也被删除，后恢复。"态度"被替换为助词"了"。

初译"拿破仑第三背叛了他对于人民的誓言"④，穆木天删除动词"背叛"，以"破坏"代替，觉得不恰切，又删除"破坏"，恢复原动词"背叛"。

初译"雨果的任何一篇长篇小说中，不可能把政论的要素和作品的情节基础割离开而不破坏作品的完整性"⑤，从手稿中我们可以清晰地看到，穆木天首先划掉"不可能"，然后在旁边试图调整为其他词语，不得，又写下"不可能"三字，然后又划掉，最后又恢复"不可能"。

初译"雨果不止一次地把卜朗的名字，作为反抗压迫者的斗争的象征，引用在自己的文章里……令人记着在上一世纪中美国奴隶主所犯的罪行"⑥，穆木天划线删掉两个动词，"引用""记着"，后又将两个动词恢复。

初译"因为'新倾向派'是站在朝鲜无产阶级文学的源头上。'新倾向派'极力反对了那些表露出资产阶级的妥协主义情绪的作家们，如李光洙，金东仁，廉尚变之流"⑦，穆木天首先删除第一个动词"站

---

① 手稿《阿拉贡》，第 2 页。
② 手稿《维克多·雨果——伟大的法兰西作家》，第 27 页。
③ 手稿《政论家雨果》，第 4 页。
④ 手稿《政论家雨果》，第 11 页。
⑤ 手稿《政论家雨果》，第 23 页。
⑥ 手稿《政论家雨果》，第 33 页。
⑦ 手稿《朝鲜无产阶级文学运动史中的一章》（1924—1934），第 8 页。

在"，后又恢复，删除"极力反对"，增添"对于"，将句式表更为"对于那些表露出资产阶级的妥协主义情绪的作家们……极力表示反对"，后又将句式、字词恢复、调整为初译时的表达。

初译"在 1925 年，8 月 24 日，成立了朝鲜无产阶级作家同盟"①，穆木天删除"同盟"二字，代之以"协会"，后又涂掉"协会"，恢复"同盟"。

初译"这反映在朝鲜无产阶级作家的创作里……他们在发展的远景中的生活"②，穆木天涂掉"反映"，后又恢复，进而增补谓语，使句子完整，"他们描写了在发展的远景中的生活"。

初译"卡普改组，几个协会"③，穆木天首先涂掉了"协会"，代之以"团体"，后纠结中，又恢复了"协会"的译法。

初译"苏联人，同朝鲜读者一起，都读到了那首诗《在燃烧的干道》"④，穆木天将"苏联人"增补为"苏联的人们"，然后删除"同"字，改为"连"字，最后又恢复"同"字；改"一起"为"一样"，后又恢复初译；把"读到了"改为"知道了"，后又改为初译"读到了"。

初译"帕斯捷尔纳克的巨大的诗歌才能决定了这位独具特色的大诗人的声誉"⑤，穆木天涂掉"誉"字，想以其他字词代替，不得，后又恢复。

初译"这一个集团的故事中，语言□□□□□，并且充满着由于抄写者们添加进来的一些诗的引文，是以证明这种情形"⑥，被涂掉的字格无法辨认，代之以"力求精炼"，穆木天把数量词"一些"彻底删除，删除"是以证明这种情形"，后又恢复。

初译"鲜明的性格描写，描写的艺术性，精炼的文笔，使这部小说成为极出色的作品，对于日本文学的后日的发展发生了巨大影响"⑦，

---

① 手稿《朝鲜无产阶级文学运动史中的一章》（1924—1934），第 9 页。
② 手稿《朝鲜无产阶级文学运动史中的一章》（1924—1934），第 12 页。
③ 手稿《朝鲜无产阶级文学运动史中的一章》（1924—1934），第 12 页。
④ 手稿《朝鲜土地的人民歌手》，第 4 页。
⑤ 手稿《波里斯·里昂尼多维之·巴斯特尔纳克》，第 10 页。
⑥ 手稿《〈一千零一夜〉序言》，第 4 页。
⑦ 手稿《日本文学》，第 2 页。

"性格描写"被改为"性格表现",以避免与后面"描写的艺术性"表达重复,同时,"精炼的文笔"五个字被穆木天反复修改:先被完全涂掉,改成"文笔的精炼",后又被涂掉,改为"文笔的洗炼",最后又恢复初译"精炼的文笔"。

初译"井原西鹤写了一些描写市民生活的长篇小说和短篇小说,他是一个卓越的现实主义者,他描写了当时城市生活的鲜明的画面……资产阶级性质的教训短篇小说——小说集《日本永代藏》1688"①,穆木天调整语序,将"是一个卓越的现实主义者"提前,与主语"井原西鹤"直接搭配,同时涂掉"教训",代之以"规训",又涂掉"规训",恢复初译。

初译"资产阶级文学已经是分崩离析,死路一条"②,穆木天涂掉"分崩离析",代之以"分崩离散",后又恢复初译,同时将"死路一条"替换为"走入绝路"。

初译"从另一方面,也可以设想,光考虑这些纯粹的外因不行,必须考虑到日本现代文学的一个特点"③,"也可以设想"被涂掉,改为"也可以这样推测"、"也可以这样去推测",最后涂掉全部修改,恢复初译。

初译"那些卡莱利亚人的居住地方是偏东一些或偏西一些,他们照例都是住在闭塞的大森林里"④,"闭塞"被涂掉,修改为"偏僻",穆木天后又恢复"闭塞",终译为"偏僻闭塞的"。

初译"《萨米拉的长老》中……在军官堂阿利瓦洛污辱了长老的女儿之后"⑤,"污辱"被涂掉,代之以"凌辱",词义过重、不恰当,穆木天又恢复初译"污辱"。

初译"因为是用极尖锐的自然主义的,而且同时是离奇古怪的调子

---

① 手稿《日本文学》,第5页。
② 手稿《1928年—1932年的日本民主诗歌导言》,第4页。
③ 手稿《日本短篇小说》,第2页。
④ 手稿《史诗〈英雄国〉及其作者们》,第19页。
⑤ 手稿《西班牙的巴乐歌和卡尔代龙》,第16页。

写出来的缘故，所以比这一体裁的以前的一起作品都要阴暗得多"①，
"极尖锐"被修改为"极犀利"，后穆木天涂掉"极犀利"，恢复初译。

初译"雷伊作品中的事情，是发生于假定性的某世纪的非洲"②，
"假定性的"被穆木天涂掉，代之以"设定性的"，后恢复初译，初译再
次被涂掉（无法辨认），代之以"放在那里都□□□"（三个字格无法辨
认），同样被涂掉，历经数次修改，最终恢复初译"假定性的"。

七　更改作家作品译名

包含三种情况，即对作家译名、作品译名及作品人物译名的修改与
调整。

（一）作家译名的更改

穆木天在初译中将《城市姑娘》的作者英国女作家名字译为"哈克
芮斯"，后修改为"哈克纳斯"，手稿《批判现实主义的基本特点》第一
页出现了三次"哈克芮斯"，穆木天更改三次；现在通用的译名也是
"哈克纳斯"。

手稿《文艺复兴时代的文学·绪论》中将《十日谈》的作者首次翻
译为"卜迦岳"，后修改为"卜加丘"；初译的"拉菲尔"后被修改为
"拉斐尔"；米开朗琪罗首次被翻译为"米基里安德日尔"，后被修改为
"米凯尔安吉罗"，又被涂掉，代之以"米凯朗基罗"。

手稿《维克多·雨果——伟大的法兰西作家》中，穆木天将雨果父
亲的名字初译为"西吉斯贝尔·雨果"（现在通用的译名），后在多个地
方将其改译为"斯义土拔·雨果"；第30、31页两次引用莫利斯·多列
士《人民的儿子》的话，第一次将作者名字译介为"莫里斯·多列士"，
第二次为"莫利士·多列士"，这应是不自觉的前后不一致，而非刻意
的修改。这种情况同样出现在《政论家雨果》中，手稿第52页，前面是
"伏尔太"，紧接着则成了"服尔太"。

手稿《朝鲜无产阶级文学运动史中的一章》（1924—1934）中，第

---

① 手稿《塞万提斯以前的长篇小说的发展》，第25页。
② 手稿《现代非洲文学中的现实主义和现代主义的问题》，第37页。

2、4、6、9、12 页朝鲜作家"崔松鹤（崔学松）"的名字多次出现，后被穆木天统一校改为"崔曙海（崔鹤松）"。

手稿《赵基天》中，苏联作家马雅可夫斯基、伊萨科夫的名字被译为"马雅科夫斯基""伊沙科夫"，后得到修正。

手稿《波里斯·里昂尼多维之·巴斯特尔纳克》中，苏联诗人帕斯捷尔纳克通篇被译为"波里斯·里昂尼多维之·巴斯特尔纳克"，翻译完成后，校对中，穆木天将"巴斯特尔纳克"修改为"帕斯杰尔纳克"。

手稿《裴多菲·山陀尔》中，穆木天经常将"裴多菲"译为"裴特菲"，后统一改为"裴多菲"（第 3、6、9、10、12、13 页）。

手稿《印地语和乌尔都语的诗歌》第 28 页，诗歌《自由的象征》的作者 Анчал，首先被译为"安查尔"，后被修改为"安恰尔"；第 21 页，Рангея Рагхав，初译为"兰盖亚·拉各哈夫"，后被修改为"兰盖亚·拉伽夫"，且作为终译确定，并出现在另一种手稿《现代印地语文学的基本流派和发展道路》中。

（二）作品译名的更改

手稿《葛莱蒙、瓦莱斯、里昂·克拉代尔》第 5～6 页，瓦莱斯（Жюль Валлéс）自传三部曲分别为 Ребёнок、Бакалавр、Инсургент，穆木天译为《孩子》《中学毕业生》《叛乱者》，后改译为《孩子》《青年时代》《起义者》，Бакалавр，词义即"中学毕业生"，《青年时代》与《中学毕业生》属于近义词汇的变化与更替（前者语义范围更为广泛），《叛乱者》与《起义者》则是词义、色彩的变更，Инсургент，在俄语中既可以指"叛乱分子"，也可以指"武装起义者"，根据作品的内容及作者的立场，"起义者"显然更符合文意，巴黎公社的存亡之际，主人公参与保卫战，虽然最后公社失败了，但是"公社员尽管在肉体上被战胜，可是他们精神上是不屈不挠的"。此句初译为"实际上被战胜"，后为与"精神上"对称以及表达对公社的同情与希冀，修改为"肉体上被战胜"。

再如，手稿《维克多·雨果——伟大的法兰西作家》，第 4 页在介绍雨果最初的小说创作时，反复涂抹修改《布格·雅尔加》的译名，被涂掉的痕迹无法辨认，最终确定为《布格·雅尔加》；手稿第 25 页，穆木天将雨果的代表作译介为《海的劳动者》，到第 31 页，修改为《海上劳工》，第 33 页又变成《海的劳工》。

手稿《朝鲜无产阶级文学运动史中的一章》（1924—1934）中，第 6 页崔曙海的作品初译为《逃亡者杂记》，后被穆木天修改为《出走记》；第 4 页朝鲜文学杂志初译为《复活》，后被修改为《开辟》；第 14 页卡普的机关报初译为《文学运动》，后被改为《艺术运动》；第 14 页高尔基的短篇小说初译为《且尔卡什》，后被修改为《切尔卡斯》。

手稿《赵基天》中，多部作品的译名被校改：赵基天的诗歌《豆满江》被改译为《图们江》，《坐在白岩上边》被修改为《坐在白色的岩山上边》，《山丘》被修改为《我的高地》，《泣柳》被修改为《垂柳》，《在燃烧的街道》被修改为《在燃烧着的街道上》①，《叫敌人死！》被修改为《要敌人死》，最后被改为《让敌人死亡！》，《飞机的退击者》被修改为《飞机的猎手》。

手稿《韩雪野早期作品中的工人形象》中，韩雪野的作品译名被穆木天多次更改，《使帽》被改为《帽子》，《矿工村》被改为《煤矿村》，《成长的村庄》被改为《成长着的村庄》，又被改为《成长的村子》，最后又恢复初译《成长的村庄》。

手稿《印地语和乌尔都语的诗歌》中，诗集 Молодые листья 被直译为《青春的叶子》，后被涂掉，改译为《春蕾》；哈利什昌德拉的代表作 Несчастье Индии 被译为《不幸的印度》，后被涂掉，改译为《印度的苦难》；兰盖亚·拉伽夫的代表作 Непобедимые руины，初译为《攻不破的瓦砾场》，后被涂改为《不可战胜的废墟》，与手稿《现代印地语文学的基本流派和发展道路》中的译名保持一致。

手稿《〈旁遮普诗选〉序言》中，阿牟利达·普利达牟的诗篇 Я——Летописец Индии，初译为《我是印度的年代记录者》，后被涂改为《我是印度的编年史家》；古尔查兰·兰普利的诗篇 Товарищество，初译为《同志关系》，后被涂掉，代之以另外的译名，也被涂掉，无法辨认，最后恢复初译；拜伊·维尔·辛格的诗篇 Венок из Волн，初译被

---

① 这首诗在手稿《朝鲜土地的人民歌手》中被译为《在燃烧的干道》。

完全涂掉，无法辨认，最终修改为《波浪的花冠》。

手稿《普列姆昌德和他的长篇小说〈慈爱道院〉和〈戈丹〉》中，普列姆昌德的小说集 Любовь к родине（1909），初译为《对于祖国的爱》，后被涂掉，修改为《热爱祖国》，在手稿《伟大的印度作家普列姆昌德诞生七十五周年》中被译介为《对于祖国的爱》；长篇小说 Колодец тхакура，初译为《慈幼院》，后修改为《救济院》；长篇小说 Обитель любви，初译为《慈爱道院》《慈幼道院》，后统一修改为《仁爱道院》。

《穆尔克·拉吉·安纳德》中，安纳德的代表作 Цвет человечества，穆木天首先译介为"人类的颜色"，Цвет 有"颜色"之义，也有"花"的意思，穆木天涂掉初译，代之以《人类之花》，两种译名按单词意义均可，无法抉择，穆木天则在译名上方打问号"?"示疑。

手稿《〈阿拉伯散文作品选〉序文》中的作品译名同样历经修改：《偿还》被改为《还账》，《仲马教长》被改为《仲马族长》，《荣誉》被改为《名誉》，等等。

手稿《日本文学》中，坪内逍遥的《文学的本质》被改为《小说神髓》，式亭三马的《浮世□□》和《浮世□》，被涂掉的痕迹无法辨认，后被修改为《浮世澡堂》和《浮世发室》，《武家义理宝》被改为《忠臣藏》，幸田露伴的《佛像》被改为《风流佛》，《五重塔》的译名被涂掉，后又恢复，德永直的《静静地睡罢，妻子!》被改为《妻啊! 安息罢!》，过正信的《哈辛戈尔河》被改为《哈拉哈河》，宫本百合子的《道标》被改为《路标》。

（三）作品人物译名的更改

手稿《朝鲜无产阶级文学运动史中的一章》（1924—1934）第 18、19 页将李箕永小说《故乡》主人公的名字译介为金熙重（Ким Хи Чжуи），后统一修改为更切合音译的"金喜俊"；地主的名字"安承学"（Ан Сын Хак）也经过了多次修改，初译被涂抹掉无法辨认。手稿《〈阿拉伯散文作品选〉序言》中《名誉》的女主人公名字 Зейнаб，初译为"泽那勃"，后被修改为"赛伊纳勃"，改译更加契合音译。

（四）流派、杂志等译名的更改

手稿《印地语和乌尔都语的诗歌》中，浪漫主义诗歌流派 Чхаявад，被译为"查雅瓦德",后被校改为"查亚瓦德",并作为终译贯穿手稿始终（第 24 页）；Бхакти，初译为"巴克谛"（音译），后被改译为"虔诚派"（专有术语，印度教的一个教派）（第 29 页）；印度著名评论家、作家德维帷迪主编的杂志，译名也经多次修改，初译为《沙拉斯瓦谛》（音译）；后被涂掉，改译为《辩才天》（意译），《辩才天》作为终译确定下来（第 8 页），与现今通行译法一致。杂志 Сарасвати 名称的翻译与校改，也出现在另外两种手稿《现代印地语文学的基本流派和发展道路》与《普列姆昌德和他的长篇小说〈慈爱道院〉和〈戈丹〉》中，经历了由音译到"辩才天"到"智慧女神"的修改（第 9、21 页），等等。

由上，从文本发生学角度看，穆木天晚年翻译手稿是经历了反复修改及最后校改才成为最终的"文本"、"定稿"或说"作品"的，"除了极少数例外的情况，一个文学作品的最后定稿就是一项工作的结果，即在渐进的起草过程中，作者所致力于的工作，例如文件或资料的研究工作，文本的构思和准备工作，然后是文本的编写工作，还有各种不同的修改和审定工作等等……假设这个作品在最终完成的情况下，仍然是它历次变化的结果，并含有它的起源"①。穆木天的涂抹增删、校对修改整体上提升了译文的质量，使译文趋于完善，但如前所述，也有部分修改不如初译，存在大量的"删除－恢复"乃至"删除－恢复－删除－恢复"行为，"不能以'不断进步'的观念去认识生成学"②，或说发生学。

通过对穆木天晚年翻译手稿涂抹增删类型的统计分析，我们可以进一步透视译者穆木天的修改思路、途径、方式、程序以及翻译追求、翻译策略乃至翻译状态，更加深入地了解"翻译家穆木天"——手稿是穆木天亲自翻译、书写及修改的，"所以就变成了个人创作（翻译）的记载，材料的证明和源自印刷本的一种思想特征。通过手稿，人们开始感觉到手稿真正的关键所在是作家（译者）这个人，他的写作、方法及个性"③。

一是细心的翻译、修改、校对，彰显了穆木天的艺术追求与精神境

---

① 〔法〕德比亚齐：《文本发生学》，汪秀华译，天津人民出版社，2005，第 1 页。
② 〔法〕让－伊夫·塔迪埃：《20 世纪的文学批评》，史忠义译，河南大学出版社，2009，第 241 页。
③ 〔法〕德比亚齐：《文本发生学》，汪秀华译，天津人民出版社，2005，第 4 页。

界——苦心经营，细致入微，精益求精，见证了穆木天曲折、反复、犹豫的心理过程。

"翻译手稿中的修改处能够更直观地体现翻译家的抉择和选择过程。"① 穆木天翻译手稿中布满修改的动态痕迹，有不同颜色的书写笔迹（黑色、蓝色钢笔书写、红色钢笔校对修改）与不同类型的修改符号（删除线、圆圈、插入线、箭头等），有的是对字、词、标点的修改，有的是对句子、句式、段落的修改，或涂抹，或添加，或删除，或恢复，或替换，或调整……完整地记录了穆木天翻译过程中认真执着的翻译诉求与殚精竭虑的心理状态。"翻译手稿是作者情感的直接投射"②，其中"手稿字词句的更改删除、篇章段的调整组合等痕迹"都蕴含着译者的心路历程，仔细欣赏、观摩、研读穆木天的手稿，我们也可以强烈地感触到"一种异常活跃的创作（翻译）思维，一种反复推敲的修辞艺术，一种内心世界的幽隐曲折，一种时代风浪的扑面喧嚣"③。

除了可辨认的修改外，穆木天晚年翻译手稿中还有不少地方被完全涂抹、掩盖，有的是单字，有的是词语，有的是句子，有的是段落，无法辨认，折射出穆木天翻译过程中的考量（词语情感色彩的轻重）、取舍（字斟句酌，推敲炼字）、抉择（"去直译""再直译"）、犹豫（尤其体现在删除又恢复的行为上）、纠结（句子结构的反复修改）乃至痛苦（完全的删减、涂抹，脏乱），诚如论者指出的，"稿本中的删、涂、改、圈之外，往往是作者的创作（翻译）心境的外在显现"④。

细心的翻译与校改自然是译文质量的保障，也是穆木天的一贯要求与追求，但过于细致，也导致了译者自身的混乱与不自信，结果便是改译不如初译，越改越乱，这种现象在手稿中经常见到，穆木天显然意识到了这一点，曾经颇为纠结地指出，"翻译时，细心是第一。不细心，有

---

① 张汨、文军：《朱生豪翻译手稿描写性研究——以〈仲夏夜之梦〉为例》，《外语与外语教学》2016 年第 3 期，第 127 页。
② 赵献涛：《民国文学研究——翻译学、手稿学、鲁迅学》，中国广播影视出版社，2015，第 110 页。
③ 符杰祥：《"写在边缘"——鲁迅及中国新文学手稿研究的理论与问题》，《社会科学辑刊》2017 年第 1 期，第 170 页。
④ 江庆柏等：《稿本》，江苏古籍出版社，2002，第 79 页。

时比理解不够还会出乱子。不过，太细心也有毛病：推敲过甚，对于自己译品完全失掉信心，结果只有焚稿，因为绝对的完整是没有的。而且，如果太聚精会神注意细节，结果反会把一篇作品弄得支离破碎"①。

另外，有论者指出，"穆木天无论是在翻译主张还是翻译批评的实践上，均呈现出一种过于理想化、绝对化的倾向"②，茅盾先生曾经评价道，"穆先生的意见何尝不美，只可惜放在今日，总觉得持论太高呀"③，理想化、绝对化的追求也是穆木天手稿中反复涂抹修改的一个重要原因。

二是直译理念的实践、妥协与坚守，"去直译"与"再直译"。

穆木天在《一边工作，一边学习》（1948）一文中深度反思了自己的直译习惯，将其称为自己的"偏见"，"我呢，我也是有的偏见。我的偏见，实在说，也就是形式主义的产物。过去，我喜欢尊重原文的文法结构，因为我希望中国语法能够欧化，结果变成了生硬，尽管看得懂，可不够灵活"④，但是五六十年代的穆木天晚年翻译手稿依旧延续了其一贯奉行的直译理念与坚守的直译习惯。

手稿中，忠实、拘泥于俄语文法结构的长句子频现，但过长的句子往往导致理解的困难与信息的遗漏，从穆木天翻译手稿频繁的涂抹修改中我们可以看到穆木天的两难处境：他试图忠实于原文，糅合各种信息为一句话（长句子），结果却无法很好地把握，效果并不如意，继而进行涂抹、修改，调整语句结构，化长句（一句）为短句（几句），缩短句子长度，这本质上是其直译理念在实践中的妥协。

当然，基于直译的执拗与忠实译介目标的实现及完成，穆木天在翻译中也常通过累加定语、调整语序，屡屡将短句整合成长句，扩充句子长度，再次走向直译。诚如 Chesterman 指出的，"除去直译趋势外，译本可能存在部分复直译现象，初译时译者意识到将来还要修改译文，因此

① 陈惇、刘象愚编选《穆木天文学评论选集》，北京师范大学出版社，2000，第 409 页。
② 全国首届穆木天学术讨论会、吉林师范学院学报编辑部编《穆木天研究论文集》，时代文艺出版社，1990，第 324 页。
③ 全国首届穆木天学术讨论会、吉林师范学院学报编辑部编《穆木天研究论文集》，时代文艺出版社，1990，第 323 页。
④ 陈惇、刘象愚编选《穆木天文学评论选集》，北京师范大学出版社，2000，第 410 页。

倾向于在初译本中采取直译程度更强的翻译策略以优先传达信息，手稿修改或发表阶段再去直译，进行语言润色，满足译入语读者的语言习惯或阅读习惯"①。

三是面对庞大的翻译规模及具有相当难度的翻译对象，穆木天自身翻译素养、翻译能力、身体条件（视力差、患胃病）面临的挑战，以及当时艰苦的外部环境，也都是穆木天手稿中反复出现修改痕迹（误译/订正、漏译/补充、笔误/改正、冗余/删减等）的重要原因。

除了大量的修改之外，穆木天手稿中也有干净、整洁的页码，几乎没有修改，一气呵成，如手稿《〈古代文学史〉导言》第16页、手稿《巴尔扎克》第207页。

手稿"再现了作家（译者）认知与行动（cognitive and gestural）的历程，作家（译者）往往会在手稿上留下一抹生动、形象的心理轨迹"②。从此维度上讲，干净、整洁、流畅、基本无修改涂抹的书写也反映了穆木天充足的翻译书写准备及细致的谋篇布局与设计。

第六节　手稿是忠实原作的译稿

"翻译活动是一个译作与原作者的思想、感情不断接近的过程。"③穆木天强调翻译行为的"忠实"（fidelity）与"真实"（truth），要求尊重原文，忠实原文。

　　翻译并不是创作，翻译是把一篇作品，从一种语言文字，改变成为另外一种语言文字，在翻译时，一个翻译者不能有丝毫的主观，他要把人家的作品，尽可能弄得"不走样"，把译文尽可能弄得跟

---

① 转引自赵秋荣、曾朵《译者自我修改与编辑校订研究——以〈海上花列传〉的英译为例》，《语料库语言学》2020年第2期，第2页。
② 迟欣：《个案研究：从〈兰舟—中国女诗人〉的翻译手稿看译者主体性》，《江西师范大学学报》（哲学社会科学版）2013年第1期，第140页。
③ 陶源：《溯源翻译研究：翻译过程研究的新范式》，《外语学刊》2019年第2期，第87页。

创作一样引人入胜，是必要的，可是，既不能"偷工减料"，更不能"锦上添花"。①

首先，穆木天认为搞好翻译，译者必须要有良好的"外国文和中国文的力量"②，因为"文艺作品是用语言文字写的。对于外国文能力不够，不行；对于本国文能力不够，也不行"③，但穆木天并不迷信语言文字万能，而是以辩证地眼光看待语言文字与翻译的问题。

> 外国文很好而本国文又很好的人，作出翻译来并不一定会好；有时甚至是坏的翻译。你可以拿三种不同的译本作比较，有时最优良的那一种的译者，也许会是其中外国文能力较差的一个。假定别的条件都一样的话，外国文本国文能力强的译者，确是会成绩好得多（不过，还要考虑到他的生活条件、初步条件）。从事文艺翻译，不能迷信语文万能。迷信语文万能，是最危险的一件事情。不过，看轻语文，把理解等等看得太重，也有危险。④

其次，译者务必要"读破原作"。"读破原作"在穆木天看来，"是从事翻译的人的第一个守则"，"我认为，想把一篇作品翻译得好，固然要靠自己的外国文和中国文学的力量，可是，如果对于作品本身的理解不够，翻译出来，总会是'四不像'，甚至，还会令人觉得'恶心'。'四不像'和'令人恶心'的译本，主要是由于译者对于原作了解不够，有时甚至是由于译者的无意的或有意的对于原作的曲解"⑤，继而要求译者对作品有着深刻的理解、"正确的了解"，然而要达到"正确的了解"，则要求译者对原作者有充分的了解，因为译者对作者的了解是译者正确理解作品的基本前提。对于作者的了解，穆木天认为译者首先要了解作

① 穆木天：《一边工作，一边学习》，《文讯》第 9 卷第 1 期，1948 年 7 月 15 日。
② 穆木天：《一边工作，一边学习》，《文讯》第 9 卷第 1 期，1948 年 7 月 15 日。
③ 穆木天：《一边工作，一边学习》，《文讯》第 9 卷第 1 期，1948 年 7 月 15 日。
④ 穆木天：《一边工作，一边学习》，《文讯》第 9 卷第 1 期，1948 年 7 月 15 日。
⑤ 穆木天：《一边工作，一边学习》，《文讯》第 9 卷第 1 期，1948 年 7 月 15 日。

者的写作目的，即"有的作家为公，有的作家为私，有的作品有益，有的作品有害"①，要求译者在选取一译介对象时一定要有所甄别选择。另外，译者要切实了解原作者的人生观、宇宙观。

> 一个文艺翻译者，着手翻译一篇作品时，必须把原作者的宇宙观、人生观了解清楚。一个小说家，一个诗人，如果是生在近代的话，他们的思想意识，会是有相当的复杂性的。你千万不要先给他加冠，或者刺上一个黥印。你要从各种材料，最好还是从他的作品本身，去了解他的思想意识。你要集合起他的一切见解，他的一切观念，去认识到他的全人格。也许你会发现到，他的思想意识里充满着矛盾，也许你会发现到，他的感情和理智间存在着极有趣的不调和；然而你却必须找到，而且也终会找到那些矛盾、不调和的根源和统一性的。你会说这是文学理论家、文学史家的事情，可是，一个文艺翻译者对于他所翻译的作家和作品，应当比文学理论家和文学史家，更了解得透彻。②

而只有感知、掌握了原作者的人生观与宇宙观，才能深入了解他的创作方法，才能更清晰、准确地把握作品及翻译作品。

> 在文艺翻译中，对于原作者的意识形态的不了解或曲解的情形，我们常常可以发现到。坚定对于原作者的意识形态弄不清楚，对于作品中的主题、人物性格、风格、语言等等，都难免会有或多或少的歪曲。
> 不止是作品的主题，就是作品里的背景、人物、结构、以及体裁、风格、语言，都要靠对于原作者的意识形态的认识，去了解的……一切都脱离不开他的意识形态的决定，就是一字一语大都不能例外。若是不从原作者的意识形态出发去了解这一切，对于所译作

---

① 穆木天：《一边工作，一边学习》，《文讯》第 9 卷第 1 期，1948 年 7 月 15 日。
② 穆木天：《一边工作，一边学习》，《文讯》第 9 卷第 1 期，1948 年 7 月 15 日。

品，难免会有几分隔膜，结果总会发生毛病（因为，有些东西可以从枝稍上去了解，但，终没有从根源上去了解那样可靠），能作得彻底些总是比较好的。①

再次，译者应该设身处地了解原作者所生活的时代环境，因为时代环境是理解作品的关键"钥匙"。

如果翻译哪一个作家的话，译者就必须尽可能把他的时代了解清楚：他的时代的社会情形、政治情形、科学和思想情形、艺术其他部门的情形，都应当了解得相当清楚。必须那样，才能对于自己选定的作者有充分了解，才能把握住他的作品的要点。②

对于作品的阅读理解，穆木天提出了以下几方面的要求。第一，重中之重的是译者应该把握、理解好作品的主题，"主题的正确了解，是比什么都要紧。主题的了解正确，是比什么都要紧。主题了解得正确，就是译文中有些小的错误，也会传达出相当的真来。如果主题了解得错误了，那么，译出来的东西，可真会不堪想象了"。第二，基于主题与人物之间密不可分、互相镶嵌的肌理关系，即人物分析得透彻有助于把握主题，主题理解得深刻有助于了解作品人物，译者"必须把每个人物的外形和内心了解得很清楚。译者必须把每个人物的行动和语言了解得很清楚。译者必须把各种人物的复杂关系了解得很清楚。否则，难免会出岔子。因为，在一篇作品里，就是极细微的处所，都同那些事情有联系"③。第三，译者应该把握好原作的语言、风格，译本要尽可能地贴近吻合原文的风格、语言。

最后，穆木天还要求译者要树立"文艺翻译的现实主义态度……第一是要选择健康的、优秀的作品；第二就是要译成健康的优秀的语

---

① 穆木天：《一边工作，一边学习》，《文讯》第 9 卷第 1 期，1948 年 7 月 15 日。
② 穆木天：《一边工作，一边学习》，《文讯》第 9 卷第 1 期，1948 年 7 月 15 日。
③ 穆木天：《一边工作，一边学习》，《文讯》第 9 卷第 1 期，1948 年 7 月 15 日。

言"①。对于译者的现实主义的态度的培养，穆木天提出了自己的看法。

　　　文艺翻译是一种专门的技术。如果想"为时""为事"而从事
文艺翻译的话，自己的态度必须是现实主义的。想翻译一篇作品，
必须对于那一篇作品有客观的理解。如果译者太主观的话，有时，
闹了大乱子自己都不会觉得的。但同时，必须你喜欢它，你才能翻
得好。但，喜欢还不够，必须有深刻的认识才行。一篇良好的翻译，
就是感情和理智的产物。

　　　翻译者的现实主义的态度，并不是可以很容易地培养出来的。
第一，在选择翻译材料上，有些人就不能客观。其次，在作品的认
识上，有些人照例会坚持自己的偏见。等到一路译下去，问题就更
多了。译者难免每人都有自己的偏倾；一个忠实的翻译工作者，就
要时刻检讨自己，克服自己的偏颇。②

　　同时，穆木天从翻译中的形式主义问题反向强调译文的忠实性原则，
他撰文指出："翻译的形式主义，就是没有翻译出原作的内容来……使原
作失掉了本来的面目……最好的译本必须能够把原著的本来面目传达得
真实，最理想的要求，就是对于原著中的思想感情性和艺术性传达得够，
甚至不但在原著的整体上，而且在个别的细节上，也都传达得周到。"③
他要求文学翻译应尽可能传达出原作的风格，反对把"一篇活的作品转
化成为一架死尸"④。

　　穆木天在自己的翻译实践中，始终把质量放在首位，反对粗制滥造
的坏作风，努力使自己的译文忠实于原著，传达出原著的本来面貌。穆
木天晚年翻译手稿很好地体现或说践行了他的翻译要求、翻译原则与翻
译精神：为了尊重原著，穆木天不仅从俄文直接翻译，认真翻译、校对
原文的正文（包括引文），还翻译了原文本身的注释、原文作者所加的

---

① 穆木天：《一边工作，一边学习》，《文讯》第 9 卷第 1 期，1948 年 7 月 15 日。
② 穆木天：《一边工作，一边学习》，《文讯》第 9 卷第 1 期，1948 年 7 月 15 日。
③ 穆木天：《关于外国文学名著翻译》，《翻译通报》1951 年第 3 卷第 1 期。
④ 穆木天：《关于外国文学名著翻译》，《翻译通报》1951 年第 3 卷第 1 期。

重点标记（加点、粗体等）等等，力求使自己的译文从内容到形式均忠实于原著。

一　正文的翻译

穆木天是推崇直接翻译的，这在 20 世纪 30 年代其与鲁迅的翻译论争中可见一斑。他主张尽可能最大化地进行直接翻译，能进行直接翻译的最好直接翻译而不要间接翻译（"重译"／"转译"），没有能力进行直接翻译的则可以选择间接翻译，要做到"各尽所能"，不要"越俎代庖"，诚如其所说。

> 在我以为英文程度好的人似应当多译点英美文学作品，不必舍其所长，去就所短，而从英文译法文学作品，学法文学的，应当多译些法文学作品，不必从法文译本中间接地译英美文学。我以为，对于英美法日诸国的文学，是需要直接翻译的。自然，俄国文学，德国文学，是相当地需要从英法诸国文字翻译，而西班牙意大利波兰以及诸弱小民族的作品，是除了间接地翻译别无办法。①

再如穆木天在《各尽所能》一文中谈道，"人要各尽所能。如果有能而不尽，是罪该万死。譬如说，有人英文很好，不译英美文学，而去投机取巧地去间接译法国的文学，这是不好的。因为间接翻译，是一种滑头办法。如果不得已时，是可以许可的。但是，避难就易，是不可以的……各尽所能，主要的点，是在于一个'尽'字"②，"我们应尽量地去提倡直接翻译，而不得已时，是需要间接地翻译的"③。

穆木天之所以大力推介直接翻译，在于他认为直接翻译更能保持原作的风格，传达原作的精神，穆木天进一步强调，"直接翻译"或"间接翻译"的讨论必须以"了解"与"研究"为前提和基础。

---

① 穆木天：《论重译及其他》，《申报·自由谈》1934 年 6 月 30 日。
② 穆木天：《各尽所能》，《申报·自由谈》1934 年 6 月 19 日。
③ 穆木天：《论重译及其他》，《申报·自由谈》1934 年 6 月 30 日。

自然，直接翻译，有时，会比间接翻译坏得多……但这不能说是因为他们直接地翻译所以不好，而是因为他们的知识与理解的问题。如果使他们以法文或日本文间接地翻译，也不见得翻得好。我以为，在译一篇作品之前，第一，是译者要对于作品有理解和认识。我们是不能把译者对于作品的认识抛开，去单独地论间接翻译或直接翻译的。如对于一篇作品，无相当的理解，不管他是直接翻译也好，或是间接翻译也好，总是不行的。对于作品的认识，不是无烟酒功夫就能获到的。那么，译文学时，至少需对之有点研究的，这样一来，直接译更是要肯定的了。①

由此，穆木天充分发挥自己的俄语优势，在研究、了解译介对象的基础上，根据教研需求，从苏联期刊和著作上选取相应的材料进行直接翻译。

二　原文注释的翻译

注释的目的在于解释、说明，"不可避免地，无论是阅读理解，还是制定翻译策略，无不带有一定程度的主观性和选择性。解释会有助于增大理性的成分，提高客观性的程度"②。穆木天不仅认真翻译了正文内容，而且对原文的注释也是全部照搬翻译。原文中的注释分为脚注、尾注、文中注三类（其中脚注较多，尾注和文中注较少），穆木天统统翻译过来，标记为"原注"，可谓"对原作的作者，以及对译作的读者负责"③。

（一）脚注

原文的脚注根据内容的不同，可以分为两种。其一，参考文献类脚注，如手稿《象征主义》中的脚注，"高尔基三十卷集，卷23，莫，国

---

① 穆木天：《论重译及其他》，《申报·自由谈》1934年6月30日。
② 孙艺风：《视角·阐释·文化——文学翻译与翻译理论》，清华大学出版社，2004，第108页。
③ 罗选民：《中华翻译文摘（2002—2003卷）》，清华大学出版社，2006，第10页。

家文学出版社，1953""阿·韩波：全集《北斗文库》，巴黎 1951 版，251~256 页""魏尔伦全集，卷 5，1911 巴黎，p378""马拉尔美：全集，芒杜和约翰·奥列利编，巴 1945，p385""杜·加尔丹：自家人所写的马拉尔美，巴黎，1936，p35，39—43，79""C. M. 布拉：象征主义的遗产，伦敦，1943，p5"等，信息非常完善，作者、作品、出版社（出版地）、时间、页码一应俱全；如果后面出现了与前面相同的参考文献，穆木天一般省略部分信息，只保留书名及页码，如"韩波全集，p255"。其二，解释类脚注，即对正文关键词、内容作出解释、补充、说明的脚注，如手稿《太阳照耀着"黑非洲"》中，对法语单词"Oui"的解释，穆木天翻译原文脚注为："Oui——法语，意思是'是'，'赞成'。"（第 11 页）手稿《〈旁遮普诗选〉序言》对关键词的释意均以脚注的形式呈现，以便读者参照、理解，如"Суфизи"，穆木天译介脚注，"宣传严格的禁欲主义，是伊斯兰教的宗派之一所创造出来的。苏菲教派在土耳其、伊朗侵略者占领印度以后，流传在中部印度"（第 4 页）；"Чагрик"，穆木天译介脚注，"是一种鸟的名称，根据印度人的观念，这种鸟每年只在一定的季节喝水。其余的月份里，他忍受着干渴的痛苦"（第 6 页）；"Касумбхара"，穆木天译介脚注，"是一种草木名，其花，是红黄颜色，气味甚香"（第 8 页）；"Амриты"，穆木天译介脚注，"意思是琼浆神酒。这是一种文学游戏，语带双关的意思（因为诗人的名字叫作'阿牟利塔'）"（第 11 页）。手稿《朝鲜无产阶级文学运动史中的一章》（1924—1934）第 9 页作注介绍卡普成员作家尹基昇的生平经历，除此种解释性脚注之外，其他 32 个脚注均为参考文献类脚注，如"注一：韩雪野：《人民性和现实主义的道路》，外国文学，1955，第 5 期，257 页"。手稿《那齐姆·希克梅特评传》共有 38 个脚注，其中第 163 页的注释长达 11 行。

（二）尾注

手稿《〈摩诃婆罗多〉导言》中的注释统一为尾注，比对俄语原文，契合原文注释。注释主要是对故事中的关键词、专有名词、术语、概念、背景、场景、地点、人物、篇幅比例、内容架构等信息作出说明，如原作者所言，"在正文之外还有一些它的基本的情节，在正文之外还有一些简短的说明，目的是要给予读者一些关于古代印度的神话、传说和故事的，不可缺少的知识……在大部分场合，解释那一些说明都是注释的性质"（第10－11页）；如《始初篇》为"婆罗多"添加的说明性注释——"婆罗多，是一个神话的人物。古代印度的强大的部落之一，叫作婆罗多，在恒河流域那些早期的国家形成的时期，在北印度的政治生活中起了重要的作用。在古代，称全印度为'婆罗多国'。印度共和国的现在的正式名称，印地语叫作'婆罗多'，就是这个古代传统的反映"（第17页）。据我们统计，手稿《〈摩诃婆罗多〉导言》共有77个尾注，有近30页的篇幅：《导言》2个尾注，计2页；《始初篇》共计22个尾注，内容长达7页；《大会篇》4个尾注，计2页；《森林篇》19个尾注，计5页；《毗罗吒篇》4个尾注，计1页；《斡旋篇》3个尾注，计1页；《毗湿摩篇》10个尾注，计3页；《陀罗那篇》1个尾注，计1页；《马祭篇》6个尾注、计3页；《林居篇》2个尾注，计1页；《杵战篇》2个尾注，计1页；《远行篇》1个尾注，计1页；《昇天篇》1个尾注，计1页。

（三）文中注

文中注可以分为三种情况。

其一，引文出处注释，如手稿《论〈美国的悲剧〉》的注释，第2页引用了德莱赛的一段话，穆木天在引文后添加注释，即"德莱赛集卷12，260页，俄文版"。手稿《1950—1952年日本民主文学史概述》第7页引用藏原惟人的论述评价日本的颓废派作家，引文后面以括号的方式注明来源"藏原惟人：《民主主义文学运动》，p109，科学书店出版，东京，1948"。手稿《维克多·雨果——伟大的法兰西作家》第23页引用列宁的话语评价雨果的《惩罚集》，然后正文中以括号的方式注明出处"《列宁论文学》，苏联国家文学出版局，1941年版，248－249页"；第30页引用莫利斯·多列士《人民的儿子》中的话语评价雨果笔下高乐士的形象，穆木天注明引语出处"《人民的儿子》，苏联外文出版社，1950年版，27页"；第31页再次引用其中的话语评价雨果的另一部作品，再次注明出处"《人民的儿子》,苏联外文出版社,1950年版,29页";等等。

其二,关键词、术语解释。手稿《印地语和乌尔都语的诗歌》对关键词 Бражд 的解释,穆木天标记"原注","Бражд,是马吐尔城的区域中的,西部印地语中的一种方言。从14—15世纪,用这种方言写的一种抒情诗发展起来,那是同天神毗湿奴的崇拜有连系的"(第7页);解释"Сарасвати",穆木天标记"原书","是印度神话中的科学和女神的名字。杂志《Сарасвати》是印地语的最老的最普及的杂志之一,1899年创刊。在阿拉哈巴德城出版"(第8页);解释"萨恰各拉赫运动",穆木天标记"原注","这一运动派取的是消极抵抗运动的形式"(第17页);解释关键词"木沙艾拉",穆木天标记"原注","是在东方各国广泛流行的诗人的竞赛会"(第23页)。手稿《西班牙的巴乐歌与卡尔代龙》中,"贡高拉用一种特别的风格写作,那就是所谓的'贡高拉派'或者是'文人派'(Cultvim——来自 culto,意思是'有文化'、'有教养的人')",culto 在西班牙语中可以作形容词,也可以作名词:形容词是"耕种的""有文化的",名词为"宗教礼节""宗教""崇拜""迷信(语法阳性)"括号里的关键词注释被穆木天完整译介过来,有助于读者更好地了解关键术语、概念。

其三,说明信息注释。手稿《〈一千零一夜〉序言》第6页引用《一千零一夜》抄本上的旁注,"讲故事的人必须按照听着的要求讲故事。如果听者是普通的人们,他就给他们讲普通人的故事,就是书里边前头的那些故事(就是骗子故事——M.沙累)",穆木天以作者名字标识原注,对译文中的内容进行解释、补充、说明。手稿《法胡利的创作道路》论及法胡利对苏联的认识,"……苏联参加新事物的创造(意思是指:以尊重民族自由、民族权利为基础的,和平制度的创立——论文著者),就是他的胜利的最可靠的保证",穆木天直接以"论文著者"标识原注。手稿《史诗〈英雄国〉及其作者们》中,作者增添的注释同样被翻译过来,并以作者的名字标记原注:"在我们争取独立的斗争的时期(就是说1918年芬兰国内战争的时节——O.库),在我的眼前,显现出斯堪的纳维亚海盗时期之后的那个年代,当时,芬兰人独立地完成了从他们这一边到瑞典沿岸的海上远征"(第6页);"古老的歌子,人们已经不那么样喜爱了，已经不像我小时候（在 18 世纪——O. 库）那样了，在当时，人们在作活时候，在闲暇时候，都在唱演"（第 15 页），O. 库是手稿《史诗〈英雄国〉及其作者们》的作者欧·库西能的姓名简写，穆木天以此标识原注。

三 原文引文的翻译

为了区别于正文，穆木天通常用括号标记原文引文的翻译。原文中的引文体现了原作者的两种处理情况；穆木天对原文引文的翻译也有多种策略。

其一，原文的引文分为两种情况，原作者对引文的处理也分两种情况。

一是引文本身就是俄语的或者引文有俄译本的，原作者直接引用，诸如手稿《拉丁美洲进步文学》第 1 页中引用斯大林的话（斯大林："和'真理报'记者的谈话"，苏联国家政治书籍出版室，1951 年版，第 12 页）来评价拉丁美洲各国的地主和商人们；第 73 页引用高尔基《敌人不投降，就消灭他》（莫斯科国家文学出版局，1958 年版，第 118 页）中的文字说明乡村生活中的"普通事物"；再如手稿《论〈美国的悲剧〉》中关于《美国悲剧》这部作品的引文全部引自俄文版的《德莱赛作品集》① 等等，这些都属于直接引用。

二是引文没有现成的俄语材料，原作者就将外文材料翻译成俄语，然后引用，并添加注释说明，诸如手稿《那齐姆·希克梅特评传》第 13 页引用那齐姆·希克梅特的一首关于小猫的诗，因为没有俄译本，原作者巴巴也夫则用俄语将其译出并引用②。手稿《〈摩诃婆罗多〉的传说的序文》引用两本英文文献《印度哲学史》与《印度的发现》，并注明"译自英文"。手稿《政论家雨果》中，对于雨果作品的引用就分两种情况。一种引自法文版本，穆木天在手稿第 7 页的引文后注明"法文本《雨果全集》，言行录卷一，《流亡前》，321 - 322 页"，手稿 36、37、

---

① 参见手稿《论〈美国的悲剧〉》第 1、18 页穆木天的标记。
② 参见手稿《那齐姆·希克梅特评传》第 13 页穆木天的标记。

40、41、45、46、50、53 页引用的都是法文本；一种引自苏联版本，手稿第 11 页，穆木天注明"（雨果：十五卷集，卷 5，苏联国家文学出版局版，406～407 页）"等。

其二，穆木天对原文引文的翻译或说处理分多种情况，体现了他在翻译过程中具体问题具体分析的灵活、辩证策略以及高度认真、负责的态度。

原文引文没有中译本译文的，穆木天根据俄文直接译出，诸如手稿《现代越南诗歌》中引用越南诗人阮氏玉莺的诗歌，由于没有中译本借鉴，穆木天便根据俄语译文译出（第 3 页），《韩雪野早期作品中的工人形象》《朝鲜现代诗选》等手稿中的引文翻译都是如此。此种情况，穆木天在手稿中大部分不作表示，也即引文后面没有任何标记或者说明，默认为从俄文直接翻译过来；也偶有部分手稿标记"据俄文版本翻译""根据俄文试译"等字样，以示说明，如《戏曲的发展》（古希腊）中穆木天据俄文翻译过来的欧里庇得斯《伊翁》片段。

《伊翁》当时并无中译本①，但对于其他存在中译本译文的欧里庇得斯剧作，穆木天则是直接引自中译本，并作标识，如手稿第 66 页对《赫拉克拉斯》中主人公话语引文的翻译，穆木天在引文后面注明出处，"'人民文学'出版，欧集 II～449 页"，所注信息不是特别完善，据我们考察、比对，穆木天此处引用的是 1957 年人民文学出版社出版的周启明（周作人）、罗念生翻译的《欧里庇得斯悲剧集》第二卷（共两卷）相关内容。手稿第 49 页引用了《俄狄浦斯王》中的唱词，穆木天在引文后注明"罗译，俄狄浦斯王，第 59 页"，据我们比对，译文来自 1961 年人民文学出版社出版的罗念生翻译的《索福克勒斯悲剧两种》。

对于原文中引用马克思、恩格斯、列宁、斯大林等人经典论述的引文，穆木天一般全部采用已有中译本译文，诸如手稿《古希腊文学史绪言》第 5 页引用马克思的观点论证对古希腊艺术的态度与立场，穆木天采用的是 1951 年人民文学出版社出版的《马恩列斯论文艺》第 75 页相

---

① 《欧里庇得斯悲剧集》（人民文学出版社，1957）是五六十年代收录欧里庇得斯剧作最为齐全的集子。共录 12 个剧本，其中 4 个剧本由罗念生翻译，8 个剧本由周启明翻译。

应的文字；第 11~12 页引用恩格斯写给赫克斯的信，穆木天在引文后注明"（《马恩两卷集》中译文，第二卷：489 页至 490 页）"；第 16 页引用恩格斯论奴隶制度的观点，穆木天采纳的是 1956 年人民文学出版社出版的《反杜林论》第 186 页的表述。手稿《〈古代文学史〉导言》第 3、4 页引用恩格斯、马克思的观点论述奴隶制的起源及最初阶段的历史作用时，穆木天注明中文引文出处"《反杜林论》（人民版），186、187 页""《资本论》，I，401 页注 24（人民版）"；第 8 页引用马克思的观点论述城市国家的特点时，穆木天注明中文引文出处"马克思：《科伦日报》179 号社论，全集卷一，194 页，（人民版）"；第 11 页引用列宁的观点说明古代历史世界研究中的两种错误倾向，穆木天注明中文引文出处"列宁：《哲学笔记》（人民版），250 页"；第 16 页引用马克思的观点论证古希腊艺术的魅力时，穆木天注明中文引文出处"马克思：《政治经济学批判》《导论》（马恩列斯论文艺）（'人民文学'，1958），第 57 页"；第 17 页引用恩格斯的观点论证希腊罗马文学的现实性、倾向性时，穆木天注明中文引文出处"恩格斯给敏娜·考茨基的信（马恩列斯论文艺）（'人民文学'，1958），第 25 页"；第 19 页引用恩格斯关于古希腊哲学的观点，穆木天采纳了 1955 年人民出版社出版的《自然辩证法》第 25~26 页的相应文字；手稿《希腊文学的亚该亚时代》"荷马的艺术"第 1、15 页引用马克思的观点论证史诗艺术与发展阶段的关系及《荷马史诗》的历史地位，穆木天在引文后注明"马克思：政治经济学批判导言（曹葆华译文）"。手稿《普列姆昌德和他的长篇小说〈慈爱道院〉和〈戈丹〉》第 17 页引用列宁的观点评价革命形势中的农民，穆木天注明出处："列宁：《列夫·托尔斯泰是俄国革命的镜子》，译文见《列宁论文学》，人民文学出版社，1958 年版，15 页。"《拉丁美洲进步文学》第 10 页引用列宁的观点，穆木天采纳了 1956 年人民文学出版社出版的《列宁全集》第 28 卷第 44 页的相应文字；第 74~75 页引用了马克思《资本论》中的论述，穆木天采纳了 1953 年 3 月人民出版社出版的《资本论》第一卷第 177 页的相应文字。手稿《1928 年—1932 年的日本民主诗歌导言》第 18 页引用列宁《俄国工人报刊的历史》中的观点评价日本民主文学发展中的缺点与错误，穆木天添加注释，注明引文来源

"列宁全集 20 卷，第 248 页，人民版，中译本"。手稿《维克多雨果——伟大的法兰西作家》第 7 页，引用恩格斯的话语评价当时的法国社会，穆木天在引文后注明"《马恩文选》两卷集中译本二卷 121 页"；第 9 页引用别林斯基的话语评价雨果的浪漫主义剧作，引文后注明"别林斯基选集中译本卷一 105 页"。另外，穆木天在引用这些中译本译文的同时，中译本译者或编者所做的注释也被采纳进手稿，如手稿《文艺复兴时代的文学·绪论》第 11 页引用恩格斯《自然辩证法》中关于文艺复兴的观点时，采纳的是 1958 年人民文学出版社出版的《马克思恩格斯文选两卷集》第 2 卷第 62 页的文字，中译本为"obris terrarium"所做的"编者注"——"obris terrarium 一词直译为：地图；古代罗马人这样称呼世界、地球"——也被手稿吸纳、采用。同时，有少部分引文由穆木天根据俄文译出，如手稿《政论家雨果》第 13 页引用马克思的论述评价雨果的政论文章《小拿破仑》，后注明出处"《马恩文选》，两卷集卷一，莫斯科外文出版社版，220 页"；手稿《〈朝鲜现代诗选〉序文》第 5 页引用斯大林的话语评价朝鲜的解放运动，注明出处"俄文版，斯大林全集，卷十，239 页"①）。

对于原文引文的其他中译本译文，穆木天的翻译取舍分为三种情况。

第一，完全采用其他中译本译文，如手稿《希腊文学的亚该亚时代》第一部分引用《伊利亚特》的内容举例说明婚礼歌（第 22 页）、祝婚歌（第 22 页）、哭丧歌（第 23 页）、祈祷歌（第 25 页）；第二部分第 2、3、5、7、8、9、10、11、12 页大段引用《伊利亚特》的内容说明、分析其主题等等，穆木天在这些引文后面均注明"徐迟译文"，根据内容比对，我们可知穆木天采纳的译文出处是 1947 年群益出版社出版的徐迟翻译的《"依利阿德"选译》，其计 157 页，由正文（15 首《荷马史诗》中的诗歌片段，700 余行，从注释中知均译自英文版本）与附录两部分组成，该书 1943 年由重庆美学出版社初版，名字为《"依利阿德"试译》，群益出版社为再版版本。此前国内虽有关于《荷马史诗》的零星介绍、评论及史诗故事译介，但徐迟的译本"却是我国第

---

① 1953—1956 年中文版《斯大林全集》已经由人民出版社出版。

一本用诗体翻译的荷马史诗的译本"①，其采用五音步无韵新诗体；
1958 年人民文学出版社出版了傅东华用散文体翻译的《伊利亚特》全
本，徐迟译文较之于散文体，诗体更接近于荷马史诗的风格与形式，
这也应是穆木天采用徐迟译文的缘故。除却注明"徐迟译文"的引文
外，还有部分《荷马史诗》片段引文不见于《"依利阿德"选译》，且
没有注明译文来源，另外存在大量的修改痕迹（引用"徐迟译文"的
段落则干净、无修改），基于此，可以判定其他引文由穆木天从俄文
译出。

　　手稿《荷马中的英雄们的性格》在分析奥德赛的形象特征时，有三
段《奥德赛》引文（第 41、42、43 页），穆木天在引文后面注明"付
译""付译文"等字样，据我们比对、考察，可以断定穆木天采纳的译
文来自民国 18 年商务印书馆出版的傅东华翻译的《奥德赛》一书。

　　再如手稿《塞万提斯的小说〈堂吉诃德〉》，第 20、30、31、32、
35、36 页均大段引用了《堂吉诃德》中的内容，穆木天均注明"中译
本，第 1 卷""中译本，第 2 卷"，根据内容比对及穆木天手稿标记的翻
译时间"1961 年 7 月"，我们可知，穆木天采用的是傅东华的《堂吉诃
德》（第一、二部）译文，该译著 1959—1962 年由人民文学出版社出
版。手稿《普列姆昌德和他的长篇小说〈慈爱道院〉和〈戈丹〉》在评
述《戈丹》时，第 25、26、27、28、30、31、33、34、37 页大段引用
"中译本"的内容，根据内容比对，可以确定，穆木天采纳的是 1958 年
人民文学出版社出版的严绍端翻译的《戈丹》相关章节内容。手稿《穆
尔克·拉吉·安纳德》在评析安纳德的长篇小说《苦力》时，第 19～20
页引用了 1955 年中国青年出版社出版的施竹筠、严绍端翻译的《苦力》
第 161 页的译文。

　　第二，通过中译本译文与俄语原文比对，差别不大时，穆木天采用中
译本译文，且指出两者存在差异的地方，如手稿《希腊文学的亚该亚时
代》第 25 页援引《伊利亚特》中的内容，说明、解释希腊文学中的祷歌
（祷词）。

---

① 徐鲁：《作为翻译家的徐迟》，《文艺报》2017 年 12 月 18 日。

银弓的尊者请听：你的祭师

和你的圣庙受你的保护，在你那

强壮的臂下，梯纳陀斯得安全；

司瘟疫的尊者，倘若你的圣庙，

合你心意，肥胖的牛羊的肘子，

烧好献给你，倘若使你欢喜，

允许我吧，让这些希腊人在你

箭羽下偿付了这些沾巾的老泪。

穆木天在引文后注明了出处，即"伊利亚特，I—37—40，徐迟译文"（实际应该是37—42），但同时与希腊文、俄文进行比对。

希腊文

«κλῦθί μευ ἀργυρότοξ᾽, ὃς Χρύσην ἀμφιβέβηκας

Κίλλάν τε ζαθέην Τενέδοιό τε Ἶφι ἀνάσσεις,

Σμινθεῦ εἴ ποτέ τοι χαρίεντ᾽ ἐπὶ νηὸν ἔρεψα,

ἢ εἰ δή ποτέ τοι κατὰ πίονα μηρί᾽ ἔκηα

ταύρων ἠδ᾽ αἰγῶν, τὸ δέ μοι κρήηνον ἐέλδωρ:

τίσειαν Δαναοὶ ἐμὰ δάκρυα σοῖσι βέλεσσιν.»

俄文

«Бог сребролукий, внемли мне: о ты, что, хранящий, обходишь

Хризу, священную Киллу и мощно царишь в Тенедосе,

Сминфей! если когда я храм твой священный украсил,

Если когда пред тобой возжигал я тучные бедра

Коз и тельцов, — услышь и исполни одно мне желанье:

Слезы мои отомсти аргивянам стрелами твоими! »

两者形式上确有不同：希腊文为 6 行、俄文 6 行，徐迟译文 8 行。

穆木天便在手稿中注明不同之处——"6 行改为 8 行",以供读者鉴别、了解,可谓相当认真、负责。

第三,通过俄语引文与中译本的比较做出综合性选择,两者如果差异较大,穆木天弃用中译本译文,选择从俄语直接翻译;两者如果相差不大,对于相符的部分,穆木天采用中译本译文,对于不相符的地方,穆木天依据俄语直接翻译,从而将自己的译文与他人的译文结合起来。

诸如手稿《新的非洲》(《非洲诗选》评介)引用了马达加斯加的雅克·拉勃马南查拉的《祖国》一诗,穆木天添加注释:"根据俄文译本译出。在中译《现代非洲诗选》中有沈宝基的译文。俄译题目是《岛,只有一个字》(译者注)。"(第 5 页)比较两首译诗,差异较大,尤其是最后一个诗节,这应是穆木天直接从俄文翻译的原因,穆译如下。

　　这个字,闪耀着
　　在寡妇的眼泪里,
　　在母亲的眼泪里,
　　在孤儿的骄傲的眼泪里。

　　它不断长大,在坟墓上的草花里,在囚徒的失眠的夜里,在他们的自傲里……
　　而风,在陶醉中,叫喊着
　　把这个字吹送给世界各国
　　自由!
　　自由!
　　自由!
　　自由!(第 5 页)

《现代非洲诗选》1958 年由作家出版社出版,译文社编译,收录了当代十四位诗人的二十五首诗,沈宝基翻译的雅克·拉勃马南查拉的《祖国》一诗被收录在内,译者在该诗结尾注明"译自 1956 年为黑人文化活动家会议重印的版本"①，与手稿内容相对应的部分，译文如下。

> 这个字，它在
> 寡妇的眼泪里，
> 母亲和骄傲的孤儿的眼泪里
> 发亮。
> 这个字，它和坟头的花，它和囚徒的失眠与骄傲一起滋长。
> 一只陶醉了的巨岛，在天顶冲飞，
> 向着四面八方的耳朵，鸣叫：
> 自由！自由！自由！自由！②

再如手稿《拉丁美洲进步文学》有 4 处引文（手稿第 14 ~ 15 页、第 37 ~ 38 页、第 39 ~ 40 页、第 71 页）大段引用了聂鲁达 1949 年在墨西哥城召开的大陆会议上的发言。穆木天在翻译第一处引文的时候没发现已经有中译本，所以他根据原文的俄语引文进行翻译（"新世界，1950，No. 4，P. 201"）③。穆木天在翻译第二处引文的时候，发现了中译本——1951 年由人民文学出版社出版的袁水拍翻译的《聂鲁达诗文集》，该书的第 178 页到第 191 页完整收录了这篇发言，即《对生命的责任——在墨西哥城全美洲和平大会上的发言》，穆木天便借鉴了袁水拍的译文，然而并非全部采纳，毕竟袁水拍是根据英语版本翻译过来的，穆木天为了确保翻译的准确性，又根据原文中的俄语引文比对袁水拍的译文，最后除了袁译"我们看见红军进入了希特勒杀人犯的被粉碎的城堡，高高升起了象征着人类的长久的希望的红旗"④ 这一句话，穆木天改译为"我们看见在被希特勒杀人犯给弄成为一片废墟的斯大林格勒城堡，高高地升起了象征着人类的长久的希望的红旗"⑤ 之外，其他全部采用了袁水

---

① 译文社编《现代非洲诗选》，作家出版社，1958，第 112 页。
② 译文社编《现代非洲诗选》，作家出版社，1958，第 97 ~ 98 页。
③ 参见手稿《拉丁美洲进步文学》第 15 页 "译者校记"。
④ 袁水拍：《聂鲁达诗文集》，人民文学出版社，1951，第 188 页。
⑤ 手稿《拉丁美洲进步文学》，第 38 页。

拍的译文，并在脚注中注明，"新世界，1950，四月于 p200 - 202，中译诗文集 p183 - 184，p185，同俄文颇有出入，照俄文改了一句"（第 38页）。穆木天在翻译第三处引文的时候则全部采纳了袁水拍的相应译文。① 穆木天在翻译第四处引文的时候，通过原文的俄语引文与袁水拍译文的比较，发现袁译"同俄译有出入"②，故没有采纳袁译③，而是直接翻译俄语引文。

　　再如手稿《尼古拉·纪廉与民歌》引用了很多纪廉的诗歌，对这些诗歌，穆木天基本上都采用了亦潜的《纪廉诗选》④ 中的相关译文：手稿第 1 页的纪廉诗歌引文，穆木天采用了《纪廉诗选》的第五首诗歌《我的祖国表面看起来很甜》的第三小节的译文，但穆木天并没有完全引用，而是根据原文中的俄语引文重新校对，发现第三行略有出入，便在第三行增加了"透过你表面上的微笑"一句；对手稿第 31 页、37 页、40 页、42 页、44 页关于纪廉诗歌的引文，穆木天全部采纳了《纪廉诗选》中的《顺路走》（前两节）、《城墙》（前六节）、《我的祖国表面看起来很甜》（第一节）、《绿色的长蜥蜴》（第一节）、《绿色的长蜥蜴》（第三节）等诗歌的译文。对于《纪廉诗选》中没有收录的纪廉的诗歌，穆木天直接根据俄语译出；同时手稿中还有引用其他诗人诗歌的引文，穆木天同样采取以上的策略，诸如手稿第 8 页引用何塞·马蒂的诗歌，穆木天便完全引用了《马蒂诗选》⑤ 中《忽然间一条深红的光线》的译文（第 61 页）。手稿《裴多菲·山陀尔》第 11、15、16、17、18、19、20、21、22、24、29、31、32、34、37 页关于裴多菲·山陀尔的诗

---

① 袁水拍：《聂鲁达诗文集》，人民文学出版社，1951，第 186、189 页。
② 参见手稿《拉丁美洲进步文学》第 71 页穆木天的标记。
③ 穆木天第四处引文相对应袁水拍《聂鲁达诗文集》的第 186 页的译文。
④ 亦潜的《纪廉诗选》1959 年由人民文学出版社出版，共 147 页。这本选集共收录纪廉 46 首诗歌，其中《人民的鸽子在飞翔》等 29 首诗歌选自诗人自编的手稿；《给热情之花》等 11 首诗歌选自苏联星火小丛书《纪廉诗选》；《姓氏》等 3 首诗歌选自法国比埃尔·塞格斯书店出版的诗集《安的列斯悲歌》；还有 3 首集外诗歌。
⑤ 《马蒂诗选》1958 年 12 月由人民文学出版社版，共收录何塞·马蒂 83 首诗歌。孙玮、叶君健等译者根据莫斯科国家文学出版社 1956 年出版的俄文版《马蒂选集》选译，其中《西班牙的亚拉》《我想通过自然的门》《爸爸埋葬在……》《公文要印上皇帝的象》《玛利亚·露意抄》5 首译自哈瓦那勒赫出版社 1946 年出版的《马蒂全集》第二卷。

歌——《"我渴望着流血的日子"》《蒂萨河》《风》《自由，爱情》《"有一夜我梦见了战争"》《爱国者之弦》《我匈牙利人》《致十九世纪诗人》《褴褛的勇士》《勇敢的约翰》《匈牙利》《宫殿与草棚》《反对国王》《以人民的名义》《我说，马扎尔人就要胜利》，穆木天全部采用了孙用翻译的《裴多菲诗选》中的译文，没有做任何的修改。孙用的《裴多菲诗选》1954 年由作家出版社出版，收录了裴多菲 106 首诗歌。

手稿《韩雪野早期作品中的工人形象》中，引用崔曙海短篇小说《血迹》序言的话语评价作家的使命，穆木天在引文后注明"人文版，崔曙海小说集，6-7 页"，据我们查证：1959 年，人民文学出版社出版了《崔曙海小说集》，由李圭海翻译，作为亚非文学丛书的一种出版，包含作者创作的 16 篇短篇小说，即《十三元》《乡愁》《梅月》《宝石戒指》《出走记》《朴石的死》《饥饿与杀戮》《弃儿》《大水之后》《内心斗争》等等，朝鲜作家同盟出版社（조선작가동맹출판사）出版的《崔曙海小说集》（1955）是该译本的依据版本，基于《崔曙海小说集》从朝鲜语直接翻译，穆木便天直接采用该译本中的译文。

手稿《朝鲜土地的人民歌手》中引用的赵基天诗歌由穆木天据俄文译出，其中《战斗的丽水》一诗（第 3 页），穆木天采用了适夷的译文。1958 年，人民文学出版社出版了《赵基天诗集》，由适夷、白锐等人翻译，该集包含长篇叙事诗、抒情诗和抒情叙事诗三部分，共 30 首诗歌，据该书出版说明，"《赵基天诗集》是根据朝鲜作家同盟出版社（조선작가동맹출판사）的版本《赵基天诗集》译出的，编排次序完全按照原著，没作任何更动"。手稿中引用的赵基天的另一首诗《春之歌》被《赵基天诗集》收录，由白锐翻译；但穆木天并没有采用白锐的译文，而是自译，两相比较，差异不小，这也许是穆木天自译的原因。当然也存在另一种可能，穆木天当时没有见到 1958 年的《赵基天诗集》，早在 1953 年，作家出版社就出版了适夷翻译的赵基天诗集《白头山》，包含两篇长诗《白头山》与《战斗的丽水》[①]，穆木天看到的也许是 1953

---

① 金鹤哲：《建国三十年朝鲜和韩国文学译介研究》，《东疆学刊》2017 年第 1 期，第 33 页。

年的版本。通过另一种手稿《赵基天》，我们可以证实后一种可能：手稿
《赵基天》共引用了赵基天《白头山》《我们的歌》《坐在白色的岩山上》
《我的高地》《朝鲜的母亲》《在燃烧着的街道上》《朝鲜在战斗》《让敌人
死亡》等 8 首诗歌，这 8 首诗歌全部收录于 1958 年人民文学出版社出版的
《赵基天诗集》。查看手稿，可以发现，这 8 首诗歌中仅有《白头山》一诗
的引用，穆木天注明了来源，"适夷译，《白头山》，12 页"，再据页码比
对，可以说，穆木天在初译中参考的是 1953 年版的《白头山》诗集，其
他 7 首诗歌由穆木天据俄文本译出。同时，翻阅手稿，我们还可以发现，
除却《白头山》一诗没有修改之外，其他 7 首诗歌均有被涂抹、画线覆盖
的痕迹，且在涂抹、覆盖的基础上出现了不同于初译的译文，据与《赵基
天诗集》的比对，以及在手稿页面底端发现的穆木天作的小注，"诗的译
文均引自《赵基天诗集》（人文）"，我们可以断定穆木天起初翻译之时，
并没有发现人民文学出版社的《赵基天诗集》，而仅采用作家出版社的
《白头山》，翻译完成后，在校对中，穆木天发现了《赵基天诗集》，通过
比对，认为《赵基天诗集》中的译文更为恰切，穆木天便将自己的翻译
全部涂掉，以《赵基天诗集》中的译文代之。

　　穆木天翻译手稿中对其他翻译家作品译文的引用与改写在某种程度
上搭建了翻译家穆木天（无名状态）与其他翻译家（有名状态）之间的
沟通之桥，在此维度上，穆木天晚年翻译手稿与公开出版的译作及译场
之间也形成了一种巧妙的对话、明显的互文及共频的互动。

四　原文重点字词标记的翻译

　　为了忠实于原作，原作者在原作中对某些重点字词所加的着重点，
穆木天同步翻译出来，诸如手稿《论〈美国的悲剧〉》第 10 页，穆木天
对于原文引文的翻译采用了 1954 年由上海文联合出版社出版的许汝祉翻
译的《美国的悲剧》下册第 694 页的一段话，其中"逼得在不得已的情
况之下"这句话的每个字下面都有黑色的着重点，并非穆木天所加，而
是原作者所加，穆木天在引文后的注释内注明"着重点——论文作者乍
苏尔斯基所加"。手稿《浮士德》（上）第 10 页中"法国""全人类"
"在我们的时代的有内心生活的人"这些字的下面都有着重点，穆木天

注明"着重点是 H·维尔芒特加上的",手稿的第 18、19、20、22、25、28、31、33、37、38、42 页穆木天均画出了论文作者维尔芒特添加的着重点。有些着重点,穆木天虽然没有添加"原文作者添加"的信息,但比对原文后发现其属于原文着重点,如手稿《批评现实主义的基本特点》第 4 页,穆木天在"恩格斯谈到典型环境中的典型性格的描写"一句中的"典型环境中"下方标记着重点;第 7 页,"把英雄人物的性格在其形成和发展中显示出来,要求描写他们的历史",穆木天同样在关键字"历史"下方标记着重点。同时,对于原文中的黑体字(加粗的字)等关键信息,穆木天同样"原汁原味"地呈现,如手稿《裴多菲·山陀尔》中,第 2、3、5、6、9、13、15、18、19 页均有加粗的黑体字,属于关键信息,如第 5 页,"在裴多菲的这些话语里,表现出了他的全部生活和文学活动的基本内容,他的全部生活和文学活动,就是献给为祖国和人民的利益服务这个崇高的任务的";第 9 页,"这样,个人幸福的观念,和必须为做过的自由独立而斗争的意识,有机地交织在一起。祖国的形象,也正是裴多菲的诗歌中的基本形象";第 15 页,"他的形象是人民的力量和智慧的体现"(《勇敢的约翰》主人公扬启);第 18 页,"裴多菲的诗在革命的高潮中达到了顶峰";等等,这些话语被加粗加黑,不同于其他笔迹,起到强调、突出的作用。除却着重点、黑体字之外,重点字词的画线标识符号也被保留,如手稿《费尔多西的故事》中,"根据马兹达克的学说,世界上有两个根元在斗争,那两个根元,就是光明和黑暗。光明,是知识和情感的源泉,黑暗,是无知和内盲的源泉。马兹达克号召人民消灭黑暗的力量"(第 40 页),关键字词的画线标记同样是对原文的忠实译介呈现。

　　综上,在转变后的翻译观念的主导及作用下,穆木天抱着明确的翻译目的(培养青年教师、建设外国文学学科)、严肃负责的翻译态度(工整的字迹、修改的痕迹、完善的信息、众多的批注、丰富的译者注),采取深度翻译的译介策略,既服务读者("读者本位"与"读者意识"),又尊重原文(标点、正文、原文注释、原文引文、原文重点字词标记),逐字逐句译,恪守原文文法结构、修辞、语词、语气,完成了这批近百种两百余万字的极具体系化的外国文学研究资料(含外国文学作品）的翻译。其中，对俄文的过分拘泥与恪守，导致手稿风格异化，句子常常不连贯，逻辑不顺畅。翻译手稿是穆木天呕心沥血、精益求精的翻译精神与翻译实践的结晶。许钧、宋学智在考察了傅雷的翻译手稿及各种版本后，对傅雷的翻译精神与艺术追求做了精确概括与准确评判。通过对穆木天晚年翻译手稿涂抹增删修改类型的爬梳与分析，我们认为许、宋对傅雷的评价同样适用于穆木天，虽然穆木天与傅雷的翻译风格与翻译主张有着极大的区别，但他们对于"翻译"及"翻译事业"却有着相似的精神境界与艺术追求，"具有崇高的精神追求，对翻译事业有强烈的使命意识，对文艺工作十分虔诚；他在追求艺术理想的过程中，在文学翻译的实践过程中表现出认真严谨的作风，细致到标点的修改、虚词的去留，呕心沥血，执着进取，一改再改，永无止境"[1]。

第七节 手稿、俄语文献与他者译本的对照及异译比较

一 原文及手稿信息

根据手稿内容以及穆木天在手稿上留下的作者信息（"雅洪托娃等"）、版本信息（译自"法国文学史纲，1958"），可以确定手稿《法国文学简史：法兰西19世纪末至20世纪初的颓废的和反动的文学方向》译自1958年苏联国家教育出版社出版的 M. 雅洪托娃（М. А. Яхонтова）、M. 契尔涅维奇（М. Н. Черневич）、А. 史泰因（А. Л. Штейн）三人合著的《法国文学简史》（Очерки по истории французской литературы）第六部分第二章。[2] 1986 年，郭家申完整翻译了该书，并由辽宁教育出版社出版。较之于穆木天手稿，我们称郭家申译本为"他者译本"。

---

① 许钧、宋学智：《傅雷文学翻译的精神与艺术追求——以〈都尔的本堂神甫〉翻译手稿为例》，《外语教学与研究》2013 年第 5 期，第 53 页。
② 穆木天妻子彭慧翻译了《法国文学简史》的最后一部分《巴黎公社至当代》的最后一章"伟大的十月社会主义革命至今天"（共三节：两次世界大战间的文学运动、第二次世界大战时期的文学、第二次世界大战后的文学）。

《法国文学简史》俄文版全书共 442 页，分为 6 大部分 25 章，即中世纪（5 章，包括英雄史诗、教会文学、宫廷文学或骑士文学、城市文学、十四世纪的文学）、文艺复兴时期（4 章，包括早期文艺复兴、中期文艺复兴、晚期文艺复兴、内战时期的文学）、十七世纪（4 章，包括第一个时期的文学、古典主义、第二个时期的文学、第三个时期的文学）、启蒙运动时期（3 章，包括第一代启蒙主义者、第二代启蒙主义者、革命前期的文学）、伟大的法国资产阶级革命至巴黎公社（4 章，包括十九世纪上半期的法国文学、十九世纪上半期的革命民主主义诗歌、十九世纪上半期的现实主义、一八四八年革命至巴黎公社间的文学）、巴黎公社至当代（5 章，包括巴黎公社作家、自然主义、十九世纪末至二十世纪初颓废反动的文学流派、二十世纪文学中的民主流派、伟大的十月社会主义革命至今天）。全书根据马克思列宁主义的方法论，以"与时代先进思想的紧密联系，真实地反映生活，人道主义和人民性"① 为标准，探讨"社会斗争如何通过文学反映出来"，全书"所关注的法国作家大都是一些在自己的创作中能够体现法国人民进步、民主愿望的人"②。

手稿《法国文学简史：法兰西 19 世纪末至 20 世纪初的颓废的和反动的文学方向》主要谈论了象征主义文学、帝国主义侵略文学及象征主义作家之外另一些作家的创作，诸如纪德、保罗·普尔泽等，这三类文学创作在作者看来有着共同的特点，即脱离生活、不具备人道主义和人民性，因之被认为是颓废反动的文学。

二 手稿、俄语文献与他者译本对照比较

本节着力于通过手稿《法国文学简史：法兰西 19 世纪末至 20 世纪初的颓废的和反动的文学方向》、俄语原文（Очерки по истории французской литературы）及郭家申译本《法国文学简史》的对照比较，探析穆木天翻译的策略、风格与特征。

---

① M. 雅洪托娃等：《法国文学简史》，郭家申译，辽宁教育出版社，1986，第 1 页。
② M. 雅洪托娃等：《法国文学简史》，郭家申译，辽宁教育出版社，1986，第 2 页。

（一）忠实

穆木天本着忠实的原则进行翻译，从标点符号到词语、句型、结构、注释等等，都与原文对应，主要表现在以下几个方面。

1. 完善的译文信息

穆木天的手稿《法国文学简史：法兰西 19 世纪末至 20 世纪初的颓废的和反动的文学方向》共计 27 页（俄语原文从第 341 到第 352 页，共计 11 页），采用 20×20 型号的纸张，约 10800 字。手稿的封面留有译文的题目、原作者、穆木天的署名以及"外国文学组"的印章；手稿的第一页留有"1963 年查""外国文学组"两组印章；手稿的结尾留有译文的出处，信息可谓相当完善。

2. 原文注释引文的翻译

俄语原文共两段引文，均引自《高尔基论文学》（Горький о литературе, москва, 1953）一书，并以脚注的形式添加了注释（Очерки по истории французской литературы, 第 345、347 页）。穆木天根据俄语引文直接完整翻译过来，并同样以脚注的形式保留原文的注释（手稿第 10、16 页）。

3. 原文粗体字词的翻译

Очерки по истории французской литературы, 第 348 页有 3 个粗体词，"Утрата гуманизма"、"Индивидуалистические" 和 "Эгоцентризм"。

穆木天分别翻译为"人道主义的丧失"、"个人主义的"和"自我中心主义"（手稿第 17～18 页），并在每个词的下方加以着重号，保留原文的粗体标记。

4. 准确

俄文

с идеалистическим мировосприятиием, характерным для буржжуазной философии новейшего времени, связапо литерааатурное направление символизм. (с. 342)

穆木天译（以下简称"穆译"）

象征主义这一文学方向，是同成为最近代的资产阶级哲学典型特征的唯心主义世界观相联系着的。（第 2 页）

郭家申译（以下简称"郭译"）

象征主义派文学同以唯心主义世界观为标志的近代资产阶级哲学是一脉相通的。（第 464 页）

穆木天的翻译更为符合原文，宾语为"唯心主义世界观"，而非"近代资产阶级哲学"。

（二）不恰切

1. 例一

俄文

Им импонировала философия Платона, который считал конкретрые предметы и явления реального мира с их индивидуальным многообразием лищь бледными и искаженными отражениями потусторонних идей, их тенями, иероглифами, символами. (с. 342)

穆译

柏拉图的哲学也使他们大为敬仰，柏拉图认为，现实世界的具体的事物和现象以及它们的各自的复杂多样性，止于是彼岸的理念的苍白的和歪曲的反映，就是它们的影子，象形文字，象征。（第 3 页）

郭译

他们十分敬佩柏拉图的哲学；柏拉图认为，现实世界的具体对象和现象以及它们的个体的多样性，仅仅是彼岸思想的贫乏的、歪曲的反映，是它们的影子、符号和象征。（第 464 页）

"Иероглиф"一词，俄语词义为"象形文字"、"符号"、"字体"及"字迹"等，穆木天译为"象形文字"，而郭家申译为"符号"，结合这句话的语境，译为"符号"显然更为恰当。

2. 例二

俄文一

Хотя поэты-символисты с презрением относились к

буржуазному миру, считая его пошлым, уродливым, вульгарным объективно символизм представлял собой одно из течений буржуанзного упадочного искусства. (с. 344)

俄文二

по его словам, в том , что буржуазные декаденты смаковали и воспевали уродливые стороны жизни, в то время как Верлен их ненавидел. (с. 345) .

俄文三

Жид противопоставил легендарному народному герою декадентски-уродливый образ«современного Прометея». (с. 348)

穆译一

尽管象征主义诗人们，是以一种轻蔑的态度对待着资产阶级世界，认为那个世界是庸俗的、陈腐的、奇形怪状的，可是在客观上，象征主义确是资产阶级颓废艺术的流派之一。（第 7 页）

穆译二

那种分歧，用高尔基的话来说，就是在于：资产阶级颓废派诗人们是欣赏着和歌颂着生活中的那些奇形怪状的方面。而同时，魏尔伦则是憎恨着那些东西。（第 10 页）

穆译三

他把世纪末的奇形怪状的"现代普罗米修斯"的形象同这个传说中的人民的英雄对立起来。（第 18 页）

郭译一

虽然象征主义诗人蔑视资产阶级世界，认为这个世界粗野、丑恶，庸俗不堪，但是在客观上，象征主义仍属于资产阶级的没落艺术的一个流派。（第 467 页）

郭译二

用高尔基的话来说，这种区别在于，资产阶级颓废派津津乐道并且倍加颂扬的生活的丑恶的一面，可魏尔兰对此却深恶痛绝。（第 468 页）

郭译三

　　他将一个颓废丑恶的"当代的普罗米修斯"同神话传说中的人民英雄对立起来。（第 472 页）

　　"уродливый"一词，本意为"奇形怪状的""畸形的""丑陋的"。上述译文中，穆木天均译为"奇形怪状"；郭家申将其翻译为"丑恶""丑恶""颓废丑恶"。语境一中，"уродливым"（уродливый 的复数三格），形容的对象为资产阶级的世界，结合其他两个形容词"пошлым"（粗俗）和"вульгарным"（庸俗），从词意的完整性和一致性上来看，"уродливым"翻译为"奇形怪状"明显不合适，而翻译为"丑恶"则相对贴切。语境二中，"уродливые（уродливый 的复数一格）стороны жизни"是颓废派诗人歌颂的对象，是魏尔伦憎恨的对象，对"уродливые стороны жизни"不同的态度决定了魏尔伦和颓废派诗人的分歧，在整体语境中，作者是赞扬魏尔伦而批判颓废派诗人的，"уродливые"译为"奇形怪状"则反映不出作者的这种立场，而译为"丑恶"便很好地呈现出了作者的立场。语境三中，对比意味十分强烈，作者将纪德《没有锁好的普罗米修斯》中的"现代普罗米修斯"（современного Прометея）和人民传说中的"普罗米修斯"（Прометея）对立起来，一个为"уродливый"，一个为"герою"（герой 的三格，"英雄"），故而相对于译为"奇形怪状"，译为"丑恶"更能加强这种对比。

　　受到翻译惯习的影响，"уродливый"在穆木天手稿中，均被不加区分地翻译成"奇形怪状的"：如形容文学流派，"各式各样的奇形怪状的流派：达达主义、超现实主义……)"[1]；形容资产阶级社会，"止有奇形怪状的资产阶级社会才可以创造出这一类的罪人"[2]；"在这个可诅咒的社会中，司法，真理，理性，都是奇形怪状的，就如同被变成为奇形怪状的笑脸假面具的这个流浪艺人的脸面一样"[3]；等等。

---

[1]　手稿《阿拉贡》，第 2 页。
[2]　手稿《维克多·雨果——伟大的法兰西作家》，第 32 页。
[3]　手稿《维克多·雨果——伟大的法兰西作家》，第 32 页。

3. 例三

俄文

Стремясь освободить стихотворную речь от однообразной «куплетности», уподобить её свободной меняющей темп и ритм музыке симфоний, символисты часто отходили от классических форм стихосложения к изменчивому стиху.（с. 343）

穆译

象征主义者，极力要把诗的语言从单调的"诗节"解放出来，使之同自由的不断改变速度和节奏的交响曲的音乐相比，因之，他们往往脱离开诗法的古典形式，转向变化无常的自由诗。（第5页）

郭译

象征派力求使诗歌的语言摆脱单调的"段"的局限，效法自由的、速度和节奏随时可变的交响音乐，因而使他们常常抛弃古典的做诗法，采用变幻无无定的自由体。（第465页）

"уподобить"，从词意来讲，可以翻译为"把……比做……"或"使……具有与……相似之处"，穆木天把其翻译为"使……同……相比"，郭家申译为"效法……"。结合语境、语句来看，这段话的意思则是摆脱了诗节限制的诗同自由的交响乐有相似之处，那么，穆木天的译文则只强调了诗歌同交响乐的比较，突出了动作性，并没有说明相比之后的结论（即相似性），可以说是不恰当的。

（三）误译

俄文

Поэтика этого направления, отказывающегося видеть в материальном мире иной смысл, кроме смутных символов, культивировала произведения, намекающие на какую-то сокровенную мистическую тайну. (с. 343)

穆译

除开朦胧的象征之外，决不肯从物质世界中看到另外的含义的

这一个流派的诗学也就培植出了那一些暗示着某种玄妙的神秘的奥秘的作品。（第 4 页）

郭译

　　　这个流派不承认物质世界除了含糊不清的象征之外还有什么别的含义；他们的诗学盲目地推崇那些暗示某种晦涩难解、神秘莫测内容的作品。（第 465 页）

对于这一句话的翻译，穆木天将所有对"流派"（этого направления）与"诗学"（Поэтика）的描绘不加区分，从而导致误译。即"不肯从物质世界中看到另外的含义"的主语实际上是"этого направления"而非"Поэтика"，这是由主动形容词的二格形式"отказывающегося"体现和决定的；郭家申的翻译则是正确的翻译，郭译并不通过长句来表达含义，而是拆分成意义并列的两个句子，主语分别是"这个流派"和"诗学"。对于主语"作品"（произведения）的修饰和限定，穆译本是三个带"的"词语——"玄妙的神秘的奥秘的"，郭译本为"晦涩难解、神秘莫测"，后者显然更为简练。

（四）漏译

俄文

　　　Стремясь воздействовать не на разум, а на интуицию читателя, выэватъ у него особое настроение, которое позволило бы ему приблизиться к этой тайне, символисты придавали форме большее эначеиие чем содержанию. (с. 343)

穆译

　　　象征主义者们并不要求对于读者的理性发生作用，而是要求对于他的直感发生作用，他们也就把形式看得比内容要重要的多。（第 4 页）

郭译

　　　象征派竭力要影响的不是读者的理智，而是读者的直觉；他们企图唤起读者某种特殊的、能够使其接近这种神秘的情绪，因此他

们常常重形式甚于重内容。（第 465 页）

穆译漏译了"вызватъ у него особое настроение, которое поэволило бы ему приблизиться к этой тайне"（他们企图唤起读者某种特殊的、能够使其接近这种神秘的情绪）这一句。

（五）直译

1. 例一
俄文

    Рембо строит стихотворение в форме обвинительной речи Кузнеца, обращенной к карикатурному Людовику XVI -пигмею, которого как бы придавила огромная тень этого мощного, выпрямленного тела. (с. 345)

穆译
初译

    韩波在巴黎公社的既巳酝成熟的事件的前夜，回忆起 1789 年的革命，他就以一个铁匠的控诉漫画式的路易十六所提出的控诉的言词的形式组织成了他的诗，路易十六是一个侏儒，就像是被那个强有力的直挺挺的身躯的巨大的阴影给压住了一样。

手稿改译

    韩波在既巳酝酿成熟的公社的事件的前夜，回忆起 1789 年的革命，他就以一个铁匠面对着漫画人物路易十六所提出的控诉的言词的形式组织成了他的那首诗，路易十六是一个侏儒，就像是被那个强有力的直挺挺的身躯的巨大的阴影给压住了一样。（第 11 页）

郭译

    在公社事件酝酿成熟的前夜，兰波回想着一七八九年的革命，将全书写成为铁匠对可笑的路易十六的一篇控诉书。铁匠那高大魁梧的身影仿佛压倒了路易十六这个侏儒小人。（第 468 页）

穆木天的译文完全地忠实于原文，结构都鲜有变通。虽然忠实，但是难免显得呆板，缺乏意义的整合，缺乏变通的直译，使句子冗长而又不易被理解。手稿改译删减了冗余重复部分，调整了语序，表达较初译相对通畅。

在描述韩波的《铁匠》这首诗时，穆木天采用了四个带"的"的修饰性短语——"提出的控诉的言词的形式组织成了他的"——来限定这首诗，烦琐而又拖沓；而郭家申通过意义的整合，用"控诉书"三个字概括了"提出的控诉的言词的"三个累积形容词所表达的含义。后半部分对于巨人的身影压住路易十六这个侏儒小人的翻译处理上，穆木天再次采用一连串带"的"的修饰性短语——"强有力的直挺挺的身躯的巨大的"——来描述身影，冗长而又烦琐，郭家申则用"高大魁梧"一个词语概括了穆木天的四个"的"字形容词，简练而又明确。

2. 例二

俄文

Экономическая и политичкская обстановка сложившаяся во Франции на рубеже XIX и XX веков: превращение страны в монополистическую колониальную державу ， энергично участвующую в борьбе международных империалистических сил за экономическое господство. (c. 350)

穆译

在 19 世纪和 20 世纪之交，在法国所形成的经济的和政治的形势，就是这个国家已成为垄断资本主义的、拥有殖民地的，毅然地参加到国际帝国主义力量争夺经济霸权的斗争中的强国。（第 23 页）

郭译

十九世纪至二十世纪间的法国经济状况和政治状况是：国家已经变成垄断的殖民主义强国，正积极投身于世界帝国主义势力争夺经济霸权的斗争。（第 475 页）

穆木天的翻译采用四个偏正性形容词的结构来共同修饰"强国"，

既导致句子头重脚轻，结构不平衡，也使得主语"强国"淹没在大量的修饰词语中。郭家申译本的优势则更多的体现在对描述性、限定性形容词的意义的整合与结构的多元采用上，与穆译本译为"垄断资本主义的、拥有殖民地的"不同，郭译本采用"垄断的殖民主义强国"概括，意义整合后译文既简短又清晰。另外，郭译本采用偏正与主谓结构相结合的方式，将后半部分译为"正积极投身于世界帝国主义势力争夺经济霸权的斗争"，既忠于原意，又通过结构的变换表现出灵活性。

3. 例三

俄文

　　Она опиралась на сочинения защитника расовой геории во Франции Гобино и реакционное учение Иицше. (с. 350)

穆译

　　这种文学所依据的，是法国的人种理论的维护者高宾诺的著作和尼采的反动学说。（第 24 页）

郭译

　　它的支柱则是法国的种族主义者戈宾诺的著作和尼采的反动学说。（第 475 页）

对于"защитника расовой геории"的翻译，穆木天采取直译的方式译为"人种理论的维护者"，郭家申意译为"种族主义者"。

4. 例四

俄文

　　С внешней стороны романы Логи—«Азиадэ»(1876) , « Мадам кризаитэм»(1887) и другие— примыкают к одному из декадентских направлений —эстетизму с его коллекционированием красивых и редких безделушек. Но эа внешней грациозной легковесностью здесь раскрывается идеология колонизатора, взирающего на чужие страны глазами собственника-потребителя. (с. 351)

穆译

　　从洛蒂的那些长篇小说——《阿齐亚迭》（1876）、《菊子夫人》（1887）以及其他等等——从表面上看，是接近颓废主义中的一个方向——唯美主义以及它的搜集美丽的稀有的小玩艺的趣好。可是，在那种外在的堂皇的虚浅轻浮的后面，在这里却暴露出来他的殖民者的意识形态，他就是用这一个私有者消费者的眼睛在观看外国事物的。（第 26 页）

郭译

　　从表面上看，洛蒂的小说《阿奇亚德》（1876）、（菊子夫人）（1887）等作品，因专事搜集各种罕见的玲珑小巧的玩物应归于颓废派的一种——唯美主义文学。但是，在这里，透过表面上的轻盈秀丽的描写，一个用私有消费者的眼光觊觎他国领土的殖民主义者的思想脱颖而出了。（第 476 页）

　　穆木天的翻译完全按照原文的顺序展开，结构没有任何更改，以至于整个句子缺少主语，因果颠倒，逻辑不通，指向不明。而郭家申的译文则没有拘泥于原文的结构，而是通过意义的整合，确定句子主语——洛蒂的小说，确定因果顺序——洛蒂小说因专事搜集各种罕见的玲珑小巧的玩物，而被归为唯美主义文学。对于第二句话，穆木天同样拘泥于原文的顺序结构，导致句子含糊不清、逻辑不明、难以理解。

5. 例五

俄文

　　В нем дан образ корабля, который сбился с курса потерял управление. Морские волны бессмысленно швыряют его полуразбитый остов во все стороны, пока он окончательно не будет разбит на куски. (с. 346)

穆译

　　在《沉醉的船》中，写出了一个船的形象，这个船走错了航路，已经无法驾驶了。海浪莫名其妙地从四面八方打到它的半破碎

的骨架子上，一直到它被打得粉碎为止。（第 13 页）

郭译

　　《醉舟》描写的是一艘迷航船的形象。船体摇摇欲坠，海浪盲目地从四面八方打来，一直到船身最后被撞的粉碎。（第 469 页）

穆译逐字翻译，导致译文过于冗长，结构鲜有变通。同时，"бессмысленно" 一词，穆木天译为"莫名其妙"，略显不当。

6. 例六

俄文

　　Символисты не отказывались от изображения материального мира, даже вводили в сиои произведения прозаические бытовые детали но все это приобретало у них зыбкие очертания. (с. 342)

穆译

　　象征主义者并不拒绝物质世界的描写，往往还给他们的作品中加进了散文的日常生活的细节，可是这一切在其中都取得了动摇不定的轮廓。（第 3 页）

郭译

　　象征主义者并不拒绝描写物质世界，有时甚至在自己的作品里还写些枯燥无味的生活细节。（第 464 页）

"прозаический" 一词俄语语义为"散文体的"；" бытовой"为"生活的"；"деталь"为阴性名词"细节"，"прозаические бытовые детали" 则为以上三个词的复数形式，穆木天直接按字面翻译为"散文的日常生活的细节"，郭家申译为"枯燥无味的生活细节"。较之于穆译，郭译更为通顺，更易理解。

　　综上，通过手稿、俄语文献及他者译本的对照及异译比较，我们可以发现穆木天的翻译存在一些"问题"。

　　在第四节的分析中，我们知道，穆木天主观上是抱着严肃的翻译态度与忠实的翻译追求进行翻译活动的。而手稿之所以会出现这些"问题"，既有主观原因，也有客观原因。① 为了更好地分析这些问题，我们把穆木天手稿《法国文学简史：法兰西 19 世纪末至 20 世纪初的颓废的和反动的文学方向》中所出现的翻译"问题"分为三类。

1. 误译、漏译

这两种问题在手稿中出现的不多，仅各有一处。针对漏译现象，我们可以考察穆木天的译介环境——穆木天高度近视，患着严重胃病，一边盯着芝麻大小的俄语字母，一边还要思考并进行翻译——这种情况下出现漏译的情形，正常不过，不必苛责。误译，全文也只有一处，对于这个问题，我们认为可忽略不计，一方面自然有穆木天自身翻译素养的限制，另一方面也有客观环境条件的束缚制约。

2. 不恰切

当然，我们论说穆木天手稿中翻译的"不恰切"的地方，是相对于郭家申译本来说的，"手稿大多没有经过编辑审校，随意性大，用语灵活。同时，手稿属于遗产性文化资源，撰写时代距今可能几十年、上百年乃至千年，时代不同，思维方式和用语习惯也会不同。即使在同一时代，在不具备便捷的交流手段和语言工具的情况下，作者之间在用语上也会存在差异"②。

首先，穆木天翻译这批资料的时间是在 20 世纪五六十年代，郭家申翻译出版《法国文学简史》的时间是在 1986 年，前后相差二三十年，语言习惯肯定会有所不同，在今天读者看来，郭家申译本肯定更为通顺，

---

① 试举一例，赵少侯 1952 年 3 月在《翻译通报》上发表了《评穆木天译〈从兄蓬斯〉》一文。该文将穆木天翻译的《从兄蓬斯》与法文对读，举例指出了穆木天译文的四个缺点，诸如"佶屈聱牙，意义晦涩""把原文中的成语照字面译成中国字""意义与原文相反或不符的译文""自创新词"等，在同期《翻译通报》上发表的《穆木天同志的答复》的短文中，穆木天也同意赵少侯的批评，并说"在翻译这些书的时候，我自以为还是认真的。绝没有想到自己是粗制滥造的，但客观上形成了粗制滥造，是应当由我负责的"。参见王德胜《不该遗忘的角落——略论穆木天的翻译》，全国首届穆木天学术讨论会、吉林师范学院学报编辑部编《穆木天研究论文集》，时代文艺出版社，1990，第 326 页。由此可知，穆木天是抱着认真的态度进行翻译的，主观动机是好的且认真的，但是由于自身翻译素养的限制以及其他原因，出现了事与愿违的结果。

② 陈思航：《基于手稿资源的特色数据库建设》，《图书馆工作与研究》2017 年第 5 期，第 54 页。

用词也较为准确。

其次，郭家申翻译的《法国文学简史》译后记中有以下表述："本书在翻译过程中曾得到庄慧君同志的大力合作与具体帮助；金志平同志在繁忙中耐心阅读拙译，并为本书撰写代序；赵春润同志为本书润色加工，译者在此特表示真挚的谢意。"① 可见，郭家申翻译的《法国文学简史》经过多人的润色、加工与修改，呈现的是"译本风格"，其译本自然恰当、通顺；穆木天在当时只有自己一人翻译，翻译后做些校对，便交给教研室的青年老师们，手稿没有经过别人的润色加工，更多的是"译者风格"，出现上文所说的"不恰切"自然也可以理解。

再次，郭家申翻译的《法国文学简史》的目的在于出版、发行，穆木天翻译的资料仅供青年教师参考，而非为了出版，是纯粹的内部资料，所以，两种译本对于译文准确恰当的要求肯定有所差异。

除却上述原因，不恰切的翻译与译者穆木天自身的翻译惯习、翻译素养、翻译认知及翻译能力也有着密切的联系。在穆木天看来，译者并不能全面、充分面对及适应所有的译介对象（如不同风格的作家、不同的文本类型等等），穆木天在40年代末就曾感叹过自己翻译高尔基作品的感受，"我翻过译本高尔基短篇，始终觉得差得很，不过，以后我就绝不敢再译高尔基了"，以及对不同文体翻译的模糊感受，"当时还不晓得，译童话同译小说，文章应怎样不同"②。由此，穆木天自身的内在素质与能力也是手稿出现不恰切翻译问题的重要因素，如对某些词、句子、语法的理解与分析不到位，或者对某些语境情感色彩的把握不够，等等，都会导致译文不准确、不恰切。

3. 直译

直译，即逐字直译。"直译"与"意译"自20世纪初就出现了论争。③ 穆木天属于直译一派，因为他追求译文与原文相符，诚如他在《一边工作，一边学习》中的感慨，"翻译文艺作品，的确是一种很难的

---

① M. 雅洪托娃等：《法国文学简史》，郭家申译，辽宁教育出版社，1986，第591页。
② 穆木天：《一边工作，一边学习》，《文讯》第9卷第1期，1948年7月15日。
③ 具体参见王向远《王向远著作集》第8卷《翻译文学研究·中国文学翻译九大论争》第二章"直译与意译之争"，宁夏人民出版社，2007，第297~315页。

工作。要求尽善尽美，永远是不可能的；就是要求相当满意，也不见得
很容易。古今中外，文艺名著多得很，可是，有名的译本究竟有多少。
要想译文完全赶得上原作，可真是太难了，尤其是在翻译伟大的名作的
时候"①；在《关于〈从妹贝德〉》中，穆木天更是认为，"在执笔翻译
之际，译者永远地是感到像一个小孩子跟着巨人赛跑一样，永远地是感
到着那个巨人在牵曳着自己，而自己真是拼死命才可以赶得上一样，如
果译者能达到什一的效果，我也可以感到十分的喜悦了"②。由此，为了
贴近原文，为了最大限度地翻译出原文，穆木天推崇直译，认为"翻译
是把一篇作品，从一种语言文字，改变成为另外一种语言文字，在翻译
时，一个译者不能有丝毫的主观，他把人家的作品，尽可能弄得'不走
样'"③，所以，他基本上是采用直译的方法进行翻译实践的，诸如其翻
译的巴尔扎克的作品，罗新璋评价道，"穆木天基本上顺着原文译，字真
句确，认真的有点木讷"④，不知不觉陷入了"被动"的翻译之境。反映
在手稿中，除却前面提到的例子，直译之风频频呈现。如手稿《西班牙
的巴乐歌与卡尔代龙》，"在十六世纪后半已经很鲜明地显示出来的，西
班牙的深刻的经济的和政治的衰落，傍 17 世纪中叶，达到了它的无以复
加的程度"，完全按照俄语语序呈现，基本无变通，多个修饰语连用，主
次不分明，语义啰嗦；"在这类剧本的最出色的一组，就是那些所谓的
'Autos sacramentales'（照字面直译为'圣者行传'）。那些解说或者是歌
颂'神秘的圣餐'，在天主教节日'圣体节'的日子里，在露天，当众
表演的，独幕的戏剧"（第 6 页），完全照搬原文，生硬，不连贯。整体
而言，直译，对于穆木天来说，是一种经验，是一种习惯，是一种策略，
是一种追求，更是一种目的:忠实传递原文知识信息，以供教师研究、教
学参考。恰如赖斯的看法，"任何一种翻译类型（例如逐词翻译、照字

---

① 穆木天：《一边工作，一边学习》，《文讯》第 9 卷第 1 期，1948 年 7 月 15 日。
② 穆木天：《从妹贝德》，商务印书馆，1940。
③ 穆木天：《一边工作，一边学习》，《文讯》第 9 卷第 1 期，1948 年 7 月 15 日。
④ 罗新璋：《释〈译作〉》，《中国翻译》1995 年第 2 期，第 7～10 页。

面意思直译或教学翻译）都是在特定环境中为特定的翻译目的服务"①。

手稿《法国文学简史：法兰西 19 世纪末至 20 世纪初的颓废的和反动的文学方向》具备穆木天晚年翻译手稿乃至穆木天晚年翻译活动的"样本"意义，承载着穆木天翻译实践的风貌与特征：主观恪守忠实、认真、严肃的翻译态度，同时，由于客观条件和主观能力素质的限制，翻译中出现误译、漏译、用词不当等问题，当然也包含他一贯的翻译追求与翻译风格——直译。

穆木天晚年翻译手稿完整延续了他前期的翻译风格与翻译追求，是其翻译理念与翻译思想直接作用下的产物。穆木天在 40 年代末期提出了自我翻译的终极目标及目标的实现途径，"最后的目标，应当是'信而且达'。但是，必须一边工作，一边学习，才可以达到那个目标"②，但通过手稿与俄语文献、他者译本的比较分析、手稿涂抹增删修改类型的统计分析，以及整体手稿的阅读体验，我们可以说，穆木天晚年翻译手稿"信"有余，而"达"不足。

当然，我们对穆木天晚年翻译手稿作出的上述判断具有某种整体性、宏阔性或说笼统性，并没有囊括全部细节与所有对象。通过穆译小说与诗歌的比较，研究者指出穆木天的"诗人素质"强于"散文素质"，"穆木天压抑了自己更切合'诗'的素质和能力，这并不能形成他的'散文'素质和能力，相反带来他的'诗的'潜能与他在明确的观念意识上的'散文'写作要求之间的矛盾……在这种情况下，反倒显示出穆木天更切合自身素质的诗歌翻译和童话翻译较之他的小说翻译更胜一筹"③，信哉此言。较之于手稿中一般语句、段落的翻译，手稿中的诗歌作品翻译确实呈现出一番别样的景致：字通句顺，意境优美、深邃，极具艺术气息、艺术风范与艺术价值。

如穆木天翻译的尼拉利亚《晚上的美女》（Вечерняя красавица）一诗。

---

① 〔德〕Christiane Nord：《译有所为 功能翻译理论阐释》，张美芳、王克非等译，外语教学与研究出版社，2005，第 60 页。
② 陈惇、刘象愚编选《穆木天文学评论选集》，北京师范大学出版社，2000，第 410 页。
③ 陈方竞：《文学史上的失踪者：穆木天》，北京大学出版社，2007，第 292 页。

Время сумерек.

С неба, покрытого облачной мглою, медленно сходит

Она-вечерняя красавица, словно фея...

Медленно, медленно, медленно. ①

又到了昏黄的时候，

她走下了云雾遮着的天空，

她这个晚上的美女，就像是天仙一样……

慢慢地，慢慢地，慢慢地②

　　穆译显示出朦胧的体验、美妙的旋律。再如，穆木天翻译的"查亚瓦德"代表诗人潘特的《无人的山谷》（Безлюдная долина）一诗。

Там озаренная луной безлюдная долина,

Там свод ветвей задумчив и широк,

Там веет аромат ночной лимона и жасмина,

Пьянит, струясь, весенний ветерок. ③

那里是被月亮照耀着的无人的山谷，

那里树枝的拱盖在沉思而且很广阔，

那里飘着柠檬和素馨的夜香，

春风徐来，令人沉醉。④

　　意境典雅，辞藻丰富，完全是诗的语言、诗的意境、诗的格调，既

① Е. Челышев., Об основных течениях и путях развития современной литературы хинди, *Вопросы литературы*, 1958, No. 10. с. 198.
② 手稿《现代印地语文学的基本流派和发展道路》，第22页。
③ Е. Челышев., Об основных течениях и путях развития современной литературы хинди, *Вопросы литературы*, 1958, No. 10. с. 198.
④ 手稿《现代印地语文学的基本流派和发展道路》，第23页。

"信"也"达"且"雅"，颇有"诗人译诗"的优势与特质。

再如，穆木天翻译的万沙拉亚·巴强的《孤独的音乐》一诗。

Как одинок я сейчас,

В борьбе я разбит,

Судьбою забыт. . .

Жизнь погружается в вечный мрак. . .

Все надежды мои, что и были когда,

Сегодня рушатся навсегда. . .①

我此时此刻是多么孤独，

在斗争中我被打垮了，

我已被命运忘掉了……

生活沉落到永久的黑暗中了……

我曾经有过的一切希望，

现在永远被粉碎了……②

诗中的绝望感及哲思意蕴通过穆木天隽永的文字很好地表达出来。再如穆木天翻译的《蘑菇》一诗，强烈的信心、力量穿透诗歌扑面而来。

Везде моя форма,

Во всем проявляюсь я,

Везде и на всем печать лежит моя.

---

① E. Челышев. , Об основных течениях и путях развития современной литературы хинди, *Вопросы литературы*, 1958, No. 10. с. 201.

② 手稿《现代印地语文学的基本流派和发展道路》，第 28 页。

Не ты, а я вся вселенная, весь мир...　①

到处有我的形象，

我显现在一切之中，

到处，在一切上面都有我的烙印。

全宇宙，全世界，是我，不是你……②

　　不仅仅是译诗，与诗相关的文字（即使是评点文字）在穆木天笔下也是相当顺畅，没有一丝的拗口，如对"查亚瓦德"派诗人创作的评价："月夜的玄妙的阴影，木叶萧萧作响，妙舞迷人的透明的波浪，晓风的令人沉醉的芬芳和清新，鲜红的朝霞，和唤醒沉睡的自然的太阳的晨曦——这一切在苏米特拉南丹·潘特的作品中，得到了鲜明的美妙的艺术体现"③（Таинственные тени лунной ночи, волнующий шепот листвы, пляшущие волшебный танец прозрачные волны, пьянящий аромат и свежесть предутреннего ветерка, алое зарево зари и блеск первых лучей солнца, пробуждающий дремлющую природу, -все это нашло яркое и редкое по красоте художественное воплощение в творчестве Сумитранандава Панта④）。优美的意象、适切的组合、通畅的表达、如梦的境界等等，都赋予评点文字诗的气质。

第八节　手稿、俄语文献与手稿刊印本的
 对勘及差异比较

　　"那个最终的、读者期待很久的出版物并不仅仅是文学创作（翻译）

---

①　Е. Челышев. , Об основных течениях и путях развития современной литературы хинди, *Вопросы литературы*, 1958, No. 10. c. 201.

②　手稿《现代印地语文学的基本流派和发展道路》，第29页。

③　手稿《现代印地语文学的基本流派和发展道路》，第22～23页。

④　Е. Челышев. , Об основных течениях и путях развития современной литературы хинди, *Вопросы литературы*, 1958, No. 10. c. 198.

的唯一文本，它只是一系列文本中的一个版本而已"①，"散乱如麻的手稿其实是写作中绽放出的一串串智慧的花朵，蕴藏着作品前文本的多种可能性……对手稿本的研究还可以把它和作品发表本或初版本进行对校、比较，这样我们可以更完整地看到作品的前文本与出版本之间的渊源关系、内容差异、艺术得失等。"②《中国现代学术经典·穆木天卷》③ 一书在第三部分"外国文学评论译文选"选录、编辑、刊印了五种穆木天晚年翻译手稿，在此，我们以其中篇幅最大的《现代印地语文学的基本流派和发展道路》为个案，以俄语文献为参照，通过手稿底本与手稿刊印本的比对校勘，亦即"从作品转向作品的起源"④，探析两者的区别与差异，亦即探讨刊印文本在手稿的基础上如何发生，继而探究"编者"（编辑主体）对手稿的编辑及刊印方法，在此基础上，尝试为穆木天晚年翻译手稿的进一步整理、刊印提出意见。

一　编选目的、编选原则与编辑主体

韦勒克、沃伦特别强调编辑（主体与行为动作）在文学版本中的地位以及文学研究中的价值，"编辑往往是一连串极其复杂的工作，其中包括诠释和历史性的研究。有些版本的序言和注释之中就包含着重要的批评。的确，一个版本几乎包括了每一项文学研究工作。在文学研究的历史中，各种版本的编辑占了一个非常重要的地位：每一版本，都可算是一个满载学识的仓库，可作为一个作家的所有知识的手册"⑤。

《中国现代学术经典·穆木天卷》主编为北京师范大学文学院教授陈惇先生，他是穆木天的学生，为穆木天文学（翻译文学）遗产的保存、整理、出版及研究做出了重要贡献。

陈惇在该书编后记中交代了编选、出版该书的缘起与初衷，"一年多

---

① 转引自迟欣《个案研究：从〈兰舟—中国女诗人〉的翻译手稿看译者主体性》，《江西师范大学学报》（哲学社会科学版）2013 年第 1 期，第 140 页。
② 金宏宇：《新文学的版本批评》，武汉大学出版社，2007，第 43 页。
③ 陈惇编选《中国现代学术经典·穆木天卷》，北京师范大学出版社，2012。
④ 〔法〕德比亚齐：《文本发生学》，汪秀华译，天津人民出版社，2005，第 171 页。
⑤ 〔美〕韦勒克、沃伦：《文学理论》，刘象愚等译，江苏教育出版社，2005，第 56 页。

前，北师大文学院决定编辑出版中国现代学术经典，把其中《穆木天卷》的编选工作交给了我。我非常高兴地接受了这项任务，因为那是我早就有了的一个心愿。在纪念穆先生100周年诞辰的时候，我曾经编过他的文学评论选集，由北师大出版社2000年出版。那时由于篇幅所限，只选了他在文学评论方面的文章。这部《穆木天文学评论选集》与已经出版的《穆木天诗选》（人民文学出版社1987年出版）一起，共同体现了穆先生作为诗人和文学评论家的成就，至于他在学术研究和教学方面的成就则未能体现。本以为很难有机会再为穆先生做些什么了，心中总是感到遗憾。所以，当得知北师大文学院做出上述决定的时候，我立刻兴奋起来，觉得那正是一个难得的机会，于是，尽快结束手中其他工作，动手干了起来"①。

　　编选原则上，陈惇写道，"这次编选穆先生的文集，我想把有限的篇幅用在穆先生的学术研究和教学方面，既为避免与诗集、评论集重复，也为体现穆先生在北师大工作期间的主要贡献"，基于这样的编选原则，作为穆木天在北师大期间教学与学术研究主要代表成就的穆木天晚年翻译手稿自然而然进入编选者的视野，"1957年以后，穆先生离开了教学第一线，却为教研室翻译了大量资料。这些年，中文系几经搬迁，资料管理制度本来就不够健全，所以我曾很担心它们会流失。幸好，那些译稿几经周折居然绝大部分保存了下来"②。

　　陈惇在编后记中同时说明了穆木天译文由"手稿"到"刊印本"的基本过程以及编辑过程的参与人（编辑主体），"译稿不是正式的出版物……讲稿也是应急译出，只为青年教师参考，并不为发表。所以，这两份稿子在文字上都未经仔细推敲，为今在编入文集中需要在文字上下一番功夫。可是时过境迁，此项工作进行起来并不那么容易……现在，总算把这些工作都顺利地完成了"③，完成过程中离不开其他人的帮助，陈惇说道，"我还要感谢穆先生的女儿穆立立同志，我的每一个工作步骤都得到了她的支持，即使是病中和术后，她都尽力给我帮助，使我的工

---

①　陈惇编选《中国现代学术经典·穆木天卷》，北京师范大学出版社，2012，第370页。

②　陈惇编选《中国现代学术经典·穆木天卷》，北京师范大学出版社，2012，第370～371页。

③　陈惇编选《中国现代学术经典·穆木天卷》，北京师范大学出版社，2012，第371页。

作进展得很顺利。另外，我得到了张珂、于俊青、周冰心等几位研究生的帮助，是他们帮我找资料，做表格，打电子稿，做了许多我力所不及的工作"①。由此可知，该书（手稿）的编选（刊印）工作是在陈惇主导下、穆立立协助下、研究生们的具体参与下得以完成的。

二 手稿、俄语文献与手稿刊印本对勘比较

《现代印地语文学的基本流派和发展道路》（Об основных течениях и путях развития современной литературы хинди）译自苏联期刊《文学问题》（Вопросы литературы）1958 年第 10 期，作者署名"柴雷晓夫（Е. Челышев）"。手稿本计 46 页，以 40×15 字格稿纸、钢笔书写，计27000 余字；刊印本为 28 页（《穆木天卷》第 309～336 页）。

编辑指"编辑人员根据既定要求或客户需要修改文本，以满足完善信息、合理组织、形式美观等要求"。② 翻译与编辑均是对文本的干预表达，区别在于修改的程度。③ 经过对勘比较，我们发现"手稿本"与俄文（文法、结构）高度趋同一致，"刊印本"（编辑）与"手稿本"（译者）差异颇多，编辑基于现代汉语表达规范等方面的考量对译者译文进行了某种程度的能动修改，主要表现在以下几个方面。

1. 调整语序

俄文

　　В современной Индии литература на языке хинди является одной из наиболее развитых среди других национальных литератур. （c. 188）

手稿本

　　在现代印度，印地语文学，是在其他各种民族文学中间最为发达一种文学。（第 1 页）

---

① 陈惇编选《中国现代学术经典·穆木天卷》，北京师范大学出版社，2012，第 371 页。
② 转引自赵秋荣、曾朵《译者自我修改与编辑校订研究——以〈海上花列传〉的英译为例》，《语料库语言学》，2020 年第 2 期，第 2 页。
③ Lefevere，A.，*Translation*，*Rewriting*，*and the Manipulation of Literary Fame*，London：Routledge，p. 9.

刊印本

　　在现代印度各个民族文学中，印地语文学是其中最发达的一种文学。（第 309 页）

　　手稿是极为贴近俄文表达的，字词、语法一一对应，信息量与俄文相当；刊印本则为了表达更加简练，对手稿语序进行了明显的调整，乃至整合、改写以及省略介词等虚词。

俄文

　　Язык хинди……в силу специфических условий исторического развития Индии широко распространился по всей стране.（с. 188）

手稿本

　　印地语，由于印度历史发展的特殊条件，一直广泛地普及到全国各地。（第 1 页）

刊印本

　　由于印度历史发展的特殊条件，印地语一直广泛地普及到全国各地。（第 309 页）

　　刊印本调整语序，将主语"印地语"（Язык хинди）置后，删减标点与连接成分相结合。

俄文

　　Вах! О, придите, братья!／Жжет мое сердце рана!／Разве не видите, братья,／Бедствия Хиндустана?（с. 189）

手稿本

　　吧哈！来罢，兄弟们！／悲痛在我的心里燃烧，／印度斯坦的苦难，兄弟们，／难道你们还没有看到？（第 4 页）

刊印本

　　吧哈！来罢，兄弟们！／悲痛在我的心里燃烧，／难道你们还没有看到，兄弟们／印度斯坦正遭受苦难？（第 310 页）

　　刊印本颠倒了手稿本后两句语序；"Бедствия Хиндустана"，手稿按俄文语法直译，译为"印度斯坦的苦难"，刊印本改为"印度斯坦正在遭受苦难"。

俄文

В сатирических четверостишиях（мукри）Харишчандра зло высмеивал английских колонизаторов-виновников бедствий, постигших его родину.（с. 189）

手稿本

在讽刺的四行诗（木克立，Мукри）中，哈利什昌德拉毒辣地嘲笑着英国的植民者——使他的祖国遭受苦难的罪魁祸首。（第 4 页）

刊印本

在讽刺四行诗中，哈利什昌德拉辛辣地嘲笑使他的祖国遭受苦难的罪魁祸首——英国殖民者。（第 310 页）

手稿本语序按照俄文语序展开，刊印本调整、颠倒语序，更改宾语，将"嘲笑着英国的植民者"（английских колонизаторов）改为"嘲笑……罪魁祸首"（виновник），将"毒辣地"（зло）改为"辛辣地"；并更正笔误，将"植民者"改为"殖民者"，同时省略标识的俄文信息，删减"的"等虚词。

俄文

Большим шагом вперед в развитии драматургии хинди было то, что Харишчандра ввел в драму прозу вместо традиционных стихов.（с. 190）

手稿本

在印度戏剧的发展中，那是前进了一大步，——哈利什昌德拉在他的剧本中，用的是散文，而不是传统的诗体。（第 5 页）

刊印本

哈利什昌德拉在他的剧本中，用的是散文，而不是传统的诗体。这使印度戏剧前进了一大步。（第 311 页）

手稿本按照俄文语序展开，刊印本则调换顺序，加以强调；同时拆分句子，更改标点与句子结构，化长为短。

俄文

　　Шринивасдас отходит от классической исконно индийской традиции, предписывающей счастливый конец, и вводит в драму трагическую развязку. (с. 190)

手稿本

　　什林尼瓦斯达放弃开历来的印度的古典传统：古典传统照例是以幸福的结局收场，可是，在他的剧本里，却是以悲剧的收场作结束。（第 7 页）

刊印本

　　什林尼瓦斯达放弃印度古典作品照例以幸福结局收场的传统，在他的剧本里，都是以悲剧的结局收尾。（第 312 页）

刊印本调整手稿本语序，删减重复（"古典传统"出现两次）词语，并进行改写、浓缩、整合，简化表达。

俄文

　　Глубокая печаль и грусть Кришны, тоскующего вдали от всего, что он любил, являются характерными мотивами для всего довольно значительного по объему творчества Хариаудха. (с. 192)

手稿本

　　克里什那怀恋着他所爱的远方的一切，感到无限的伤心难过，就是哈利亚乌德这篇相当规模宏大的作品中的独特的主调。（第 10 页）

刊印本

　　哈利亚乌德这篇规模相当宏大的作品中的独特的主调是：克里什那怀恋他所爱的远方的一切，为此而感到无限的伤心难过。（第 314 页）

手稿本按照俄文语序展开，刊印本则颠倒语序进行强调。

俄文

　　С мифическими образами, поражающими в бою злые силы, сравнивает С. Чаухан свою героиню. (с. 197)

手稿本

用那些在战斗中打败邪恶势力的，神话的形象，苏·查乌罕比拟自己的女英雄。（第 20 页）

刊印本

苏·查乌罕用那些在战斗中打败邪恶势力的神话的形象，比拟自己的女英雄。（第 320 页）

手稿本按照俄文语序展开，标点、语序与俄文一一对应，丝毫不差。刊印本将主语提前，调整手稿本语序，使逻辑、表达明晰。

俄文

Стремление к свободному развитию человеческой личности, к гармоническому общественному устройству сочеталось в творчестве поэтов "чхаявада" с поисками новых идеалов, представлявшихся им еще весьма смутно и носивших утопический характер. (c. 198)

手稿本

人要求人的个性的自由发展，要求谐和的社会制度，在"查亚瓦德"派的诗人们的创作中，是同新的理想的探求相结合在一起的，可是，他的新理想还是极为模糊，具有着乌托邦性质的。（第 21 页）

刊印本

在"查亚瓦德"派的诗人们的创作中，对于人的个性的自由发展的要求，对于谐和的社会制度的要求，是同新的理想的探求结合在一起的，可是，他们的新理想极为模糊，具有乌托邦的性质。（第 321 页）

手稿本按照俄文语序展开，标点、语序与俄文一一对应，刊印本则调整了手稿本语序，将状语提前（в творчестве поэтов "чхаявада"），主语置后。同时，刊印本删除了"着""的"等助词及"还是"等副词。

俄文

Следует, однако, заметить, что некоторые писатели хинди, впоследствии прочно ставшие на платформу реалистической литературы, в те годы прибегают порой к символистским образам для развенчивания и низвержения старых закостеневших принципов и идеалов, которые тормозили развитие новой прогрессивной литературы.（с. 201）

手稿本

可是，必须注意的是，以后坚定地站在现实主义文学立场上的有一些印地语作家，在那几年，也有时求助于象征的形象，藉以贬斥和推翻那些阻碍新的进步文学的发展的，旧的僵硬的原则和理想。（第 28 页）

刊印本

可是，必须注意的是，在那几年，有一些后来仍然坚定地站在现实主义文学立场上的印地语作家，也有时求助于象征的形象，借以贬斥和推翻那些阻碍新的进步文学的发展的、旧的僵硬的原则和理想。（第 325 页）

手稿本按照俄文语序展开，刊印本调整语序，将时间状语"在那几年"（в те годы）提前；"以后坚定地站在现实主义文学立场上的有一些印地语作家"（некоторые писатели хинди），完全符合俄文语序，刊印本调整定语语序，改为"有一些后来仍然坚定地站在现实主义文学立场上的印地语作家"。

俄文

Человек создал все, ему ничего не страшно, он сильнее бога, пишет Н. Шарма в стихотворении "Утреннее шествие"（1939）.（с. 202）

手稿本

人创造了一切，人什么都不怕，人比神还强有力，涅·夏尔马在他的诗作《早晨的行列》（Утреннее шествие）（1939）里，这样写道。（第 31 页）

刊印本

涅·夏尔马在他的诗作《早晨的行列》（1939）里这样写道：

人创造了一切，人什么都不怕，人比神还强有力。（第 326 页）

手稿本按照俄文语序展开，刊印本颠倒了手稿本语序，并省略了手稿本中诗歌《早晨的行列》的俄语信息标记"Утреннее шествие"。

俄文

Ничто не может помешать человеку добиться своего счастья, если он свободен от предрассудков, -такова главная идея этого романа.（с. 205）

手稿本

任何东西都阻碍不住人去得到自己的幸福，只要他从成见中解放出来——这就是这篇长篇小说的主要思想。（第 36 页）

刊印本

这部小说的主要思想是：人只要能从成见中解放出来，那么，任何东西都阻碍不住他去争取自己的幸福。（第 329 页）

手稿本按照俄文语序展开，标点符号一一对应，刊印本则颠倒语序，并将"长篇小说"（роман）简化为"小说"，将"篇"改为"部"。

俄文

Главное внимание писатель обращает на раскрытие переживаний рассказчика и описание внутреннего мира людей, с которыми ему довелось столкнуться.（с. 206）

手稿本

作者的主要注意就是集中在讲述者的体验的揭示和那些跟他发生冲突的人物们的内心世界的描写上。（第 39 页）

刊印本

作者的注意集中在揭示讲述者的体验，描写那些跟他发生冲突的人物们的内心世界的描写。（第 331 页）

刊印本调整了手稿本语序，将"揭示""描写"等动作提前，核对原文，"揭示""描写"均是名词状态"раскрытие""описание"，手稿符合俄文表达。刊印本删减了形容词"主要的"（главное）以及连词"和"。

俄文

Однако до предела обнажив всю гнилость и никчемность такого социального явления Индии, как Бачпея, нарисовав полную драматизма картину, Джоши не осуждает своего героя, а лишь призывает к состраданию. （с. 206）

手稿本

可是，周西应有尽有地揭示出了像巴奇贝亚这样的印度的社会现象的一切的腐朽和无聊之处，描写了一个充满戏剧性的画面，但他并没有对于他这位主人公进行批判，而止于是唤起对于他的怜悯同情。（第 40 页）

刊印本

作家详尽地揭示了巴奇贝亚一类社会现象的一切的腐朽与无聊，描写了一个充满戏剧性的画面，但是，他只是唤起人们对这位主人公的怜悯和同情，而没有对其进行批判。（第 331 页）

手稿本符合俄文语序，刊印本调整、颠倒语序，并以"详尽地"替换"应有尽有地"，以"一类"替换"像"（как Бачпея），省略限定词"印度"（никчемность такого социального явления Индии）。

俄文

Непосредственно под влиянием западной литературы в литературе хинди в последние годы （с. 209）

手稿本

近几年来，直接地在西欧文学的影响之下……（第 45 页）

刊印本

近几年来，在西欧文学直接的影响之下……（第 334 页）

刊印本调整语序，删减助词"地"。

俄文

　　Такие схемы и термины могут лишь ввести в заблуждение исследователя, представить эту литературу в искаженном виде. (с. 210)

手稿本

　　那样的一些公式和名词，只能使研究者发生混乱，对于这种文学加以曲解。（第 47 页）

刊印本

　　那些公式和名词只能使研究者对于这种文学加以曲解，使研究工作发生混乱。（第 336 – 337 页）

手稿本按照俄文语序展开，刊印本颠倒了手稿本语序，并删减了"的"。

2. 改写改译

（1）更改笔误

俄文

　　В самый разгар прений в зале появляется одетое в полицейскую форму Вероломство и, обвинив собравшихся в антиправительственном заговоре, всех арестовывает и уводит в тюрьму. (с. 189)

手稿本

　　在争论达到极端热烈的时候，在大厅里就出现了一个身穿警查衣服的背叛者。他控告那些开会的人们是在进行着反政府的阴谋，把所有人都加以逮捕，送进监狱。（第 3 页）

刊印本

　　在争论达到极其热烈的时候，大厅里出现了一个穿警察衣服的背叛者。他控告与会者在进行反政府的阴谋，把所有人都逮捕，送进监狱。（第 310 页）

刊印本将手稿中的"警查"笔误改正为"警察"。Самый 在俄语中可以表示"最……"，手稿本译为"极端"，刊印本改为"极其"。同时刊印本删除了"在""着""身""加以"等词。

俄文

Баллада С. Чаухаи с ее выразительным музыкальным стихом проникнута высоким пафосом борьбы, страстным призывом пожертвовать всем ради спасения родины. （с. 197）

手稿本

苏·查乌罕的故事诗，以它的生动的、音乐性的诗句，贯澈着崇高的斗争激情，贯澈着牺牲一切拯救祖国的热烈的号召。（第19页）

刊印本

苏·查乌罕的故事诗，以它的生动的、音乐性的诗句，贯彻着崇高的斗争激情，贯彻着为拯救祖国而牺牲一切的热烈的号召。（第319页）

刊印本将手稿本中的笔误"贯澈"校改为"贯彻"，并调换语序。

俄文

обладающего огромной силой, тень которого отражается и проявляется во всей вселенной. Там не менее прекрасная индийская природа в стихах "чхаявада" словно оживает, в ее различных проявлениях как бы символически отражается жизнь человека и общества. （с. 198）

手稿本

永恒存在的事物是有巨大的力量，它的影子就反映在，显示在整个的大宇宙中……就像是象正地反映了人和社会的生活。（第22页）

刊印本

永恒存在的事物是有巨大的力量，它的影子就反映在，显示在整个大宇宙中……象征性地反映了人和社会的生活。（第321页）

刊印本校改笔误，将"象正"改为"象征"；删减助词"的"以及副词"就像是"（как бы）。

（2）整合压缩

俄文

　　В течение этого времени в литературе хинди начинают развиваться реалистические тенденции，литература приближается к действительности. （с. 191）

手稿本

　　在这个时期，在印地语文学里边，开始发展起来现实主义倾向，文学接近于现实。（第8页）

刊印本

　　在这个时期的印地语文学里，开始发展起来现实主义倾向，文学接近于现实。（第312页）

　　手稿本忠实于俄文文法结构，"在这个时期（В течение этого времени），在印地语文学里边（в литературе хинди）"，刊印本删减虚词，对手稿本进行整合、压缩，简化表达，改写为："在这个时期的印地语文学里。"

俄文

　　Одним из первых оригинальных социальных романов на языке хинди после далеко не совершенного в художественном отношении，неоконченного романа Харишчандры был роман Шринивасдаса "Учитель в испытаниях"（1882）. （с. 191）

手稿本

　　在哈利什昌德拉的那篇在艺术上很不成熟的，未完成的长篇小说之后，又出现了一些富有独创性的长篇小说，那些长篇小说中的一篇就是什林尼瓦斯达斯的《教师在考验中》（Учитель в испытаниях）。（第8页）

刊印本

　　在哈利什昌德拉的那篇在艺术上很不成熟的、未完成的长篇小说之后，又出现了一些富有独创性的长篇小说，其中之一，就是什林尼瓦斯达斯的《教师在考验中》。（第312页）

"长篇小说"（роман）在手稿本及俄文中重复出现三次，为避免表达过度重复，刊印本删减冗余，将"那些长篇小说中的一篇"压缩、修改为"其中之一"，表达相对简练；同时，刊印本省略了著作的俄文信息标记"Учитель в испытаниях"。

俄文

　　Но от произведения к произведению все острее и беспощаднее звучит у него критика существующего общественного строя и колониальных порядков в стране. （с. 195）

手稿本

　　可是，从这一篇作品到那一篇作品，他对于印度国内的现存的社会制度和殖民秩序的批判的声音，是越来越尖锐。（第 15 页）

刊印本

　　可是，在他的创作发展过程中，他对于印度国内的现存的社会制度和殖民秩序的批判的声音，越来越尖锐。（第 317 页）

"от произведения к произведению"，手稿对照字面意思译为"从这一篇作品到那一篇作品"，刊印本则整合、压缩，改译为"在他的创作发展过程中"。

俄文

　　Именно в этот период некоторые писатели хинди, в творчестве которых намечается, все больший разлад с действительностью, попадают под влияние различных идей и концепций западноевропейского модернизма, отказываясь от конкретного жизненного содержания, подменяя его эстетством, фантастикой и мистикой. （с. 201）

手稿本

　　也正在这个时期，有一些作家，在他们的创作中，已经显示出同现实有着极大的分歧，结果，陷入了西欧现代派的各种思想和主张的影响之下，他们拒绝具体的生活内容，而代之以唯美的、玄想的和神秘的玩艺儿。（第 28 页）

刊印本

　　也正在这个时期，有一些作家的创作中，已经显示出同现实有着极大的分歧，结果就接受了西欧现代派的各种思想和主张的影响，拒绝具体的生活内容，而代之以唯美的、玄想的和神秘的玩艺儿。（第 325 页）

　　手稿本按照俄文语序展开，"有一些作家，在他们的创作中" 与 "некоторые писатели хинди, в творчестве которых намечается" 一一对应，刊印本删减、整合、压缩，改为 "有一些作家的创作中"；"陷入……之下"，在刊印本中被改为 "接受……"；"эстетство, фантастика и мистика" 均为名词，"唯美、幻想和神秘主义"，手稿译介为形容词意，刊印本并无校改。

俄文

　　Префект полиции, долгое время преследовавший Джитена, пораженный величием его души, уходит в отставку.（с. 206）

手稿本

　　警查长官，对于吉丹进行过长期的迫害，对于他的灵魂的伟大大为惊异，就自动辞职。（第 39 页）

刊印本

　　对于吉丹进行长期迫害的警察，受吉丹的伟大灵魂的感动而自动辞职。（第 39 页）

　　手稿本按照俄文语序展开，刊印本进行整合、压缩，简化表达。

俄文

　　В отличие от исторических романов прошлого многие писатели в настоящее время стремятся правдиво раскрывать жизнь народа той или иной исторической эпохи. Вместо мифических героев на сцену выводятся реально существовавшие исторические личности.（с. 207）

手稿本

　　同过去的历史小说不同，许多作家在现在要求着真实地揭示这一个或那一个时代的历史时代的人民生活。代替这神话的人物，历史上的真人实事出现在午台上。（第 40 页）

刊印本

　　同过去的历史小说不同，许多作家追求真实地揭示这个或那个时代的历史时代的人民生活。历史上的真人实事代替了神话人物而出现在舞台上。（第 332 页）

刊印本对手稿本进行整合、压缩、替换，省略了时间状语“在现在”（в настоящее время），删减“着”等虚词，合并句子，追求简化表达。

俄文

　　В современной поэзии хинди развивается в настоящее время еще одно направление, имеющее многочисленных приверженцев.（c. 209）

手稿本

　　在现代印地语诗歌中，在目前，还有一种方向正在发展，也有不少的信徒。（第 45 页）

刊印本

　　目前，在现代印地语诗歌中还有一种方向正在发展，而且有不少的信徒。（第 334 页）

刊印本整合压缩，删减虚词、标点符号，调整语序，简化表达。

俄文

　　где в народе весьма сильны старые религиозные традиции.（c. 210）

手稿本

　　而且还是在旧的宗教传说在人民中间依然根深蒂固的一个国家里。（第 47 页）

刊印本

　　而且，印度还是一个旧的宗教传统依然根深蒂固的国家。（第335 页）

刊印本调整语序，删减虚词，整合压缩，明晰表达。

（3）改译书名（杂志名）

俄文

　　Наиболее значительное произведение Харишчандры-аллегорическая драма "Несчастье Индии". （с. 189）

手稿本

　　哈利什昌德拉的重要的作品——喻言的戏剧《印度的苦难》（Несчастье Индии）。（第 3 页）

刊印本

　　哈利什昌德拉的重要的作品——寓言剧《印度惨状》……（第310 页）

　　"Несчастье Индии"，"Несчастье" 词意为 "不幸" "苦难" "灾难"，翻译为《印度的苦难》并无不妥；在手稿的第 4 页，穆木天将第二次出现的《印度的苦难》改为《印度惨状》，但在手稿第 5 页又变为《印度的苦难》；刊印本根据穆木天的修改将书名统一修改为《印度惨状》，前后保持一致，并省略了手稿中书名的俄语信息标记 "Несчастье Индии"。"аллегорическая драма" 可以译为 "寓言戏剧" 或者 "讽喻戏剧"，刊印本对手稿进行了相关更改。

俄文

　　Так, например, в это время были переведены "Ромео и Джульетта" и "Макбет" Шекспира и другие произведения.（с. 190）

手稿本

　　在这个时期翻译过来莎士比亚的《柔密欧与朱丽叶》和《马克白斯》，还翻译过来了好些其他作品。（第 6 页）

刊印本

在这个时期翻译了莎士比亚的《罗密欧与朱丽叶》和《马克白斯》，还翻译了好些其他作品。（第 311 页）

"Ромео и Джульетта"，在手稿中初译为《罗密欧与朱丽叶》，后被涂改为《柔密欧与朱丽叶》，刊印本将其改为《罗密欧和朱丽叶》；"были переведены"，表示翻译行为的完成时状态，刊印本以助词"了"代替手稿本中的"过来"，两者均可以表示动作的完成。

俄文

П. Мишра создает значительный труд " Сто народных пословиц"，в котором был собран богатый материал из народной литературы на диалектах языка хинди.（c. 191）

手稿本

普·米什拉作了一本很出色的著作《一百个民谣》 （Сто народных пословиц），在其中收集了印地语各种方言的人民文学中的极丰富的材料。（第 7 页）

刊印本

普·米什拉出版了一本很出色的著作《民谣一百首》，其中收集了印地语各种方言的人民文学中的极丰富的材料。（第 312 页）

"Сто народных пословиц"，按字面直译，就是手稿的译名，《一百个民谣》，刊印本更改手稿本译名为《民谣一百首》；"создает"，原形为"создать"，意为"创作""创建""创立""造成"，刊印本将"作"改为"出版"，并删减介词"在"。

俄文

Первые его стихи начали печататься в журнале " Сарасвати" в 1907 году.（c. 192）

手稿本

他的最初的诗作，是在 1907 年，在《辩才天》杂志上开始发表的。（第 11 页）

刊印本

　　他的最初的诗作是 1907 年在《智慧之神》杂志上开始发表的。
（第 314 页）

　　"Сарасвати"，印度智慧女神"辩才天"，作为杂志名称，
"Сарасвати"在手稿上最初音译为"沙拉斯瓦蒂"，后被涂掉，改为
"辩才天"与"智慧之神"，刊印本根据手稿本选择了"智慧之神"的译
名，并删减标点及虚词，整合表达。

　　（4）改译作者名字

　　《现代印地语文学的基本流派和发展道路》的原作者，穆木天在封
面上署名"柴雷晓夫（E. Челышев）"，手稿第 30 页，原作者被译为
"柴雷契夫"，刊印本统一修改为"切雷索夫"。

　　（5）替换实词

俄文

　　Их глубоко волнуют страдания и горе народа, лишенного
элементарных человеческих трав, и разорение страны, стонущей
под властью иностранных поработителей. （с. 188）

手稿本

　　人民连初步的人权都被剥夺了，有说不尽的烦恼和苦痛，祖国
呻吟在外国的奴役者的统治之下，破落不堪，这种种情况，使他们
深深地感受到激动。（第 2 页）

刊印本

　　人民连初步的人权都被剥夺了，有说不尽的烦恼和苦痛，祖国
呻吟在外国的奴役者的统治之下，破落不堪，这种种情况，使他们
深深地感受到不安。（第 309 页）

　　"волнуют"原形为 волновать，可以译为"使激动"，也可以译为
"使不安"，刊印本将手稿本中的"使……激动"改为"使……不安"。

俄文

　　Оплодотворенная новыми идеями, бенгальская литература

оказывает большое влияние на развитие многих литератур народов Индии, в том числе и на литературу хинди. Постепенно освобождаясь от иллюзорного мира религиозных мифов и мистики, литература хинди все более приближается к действительности. (с. 188)

手稿本

　　被各种新思想给丰富起来的孟加拉文学，对于印度各族人民的多种文学，其中包括着印地语文学的发展，给出了很大的影响。逐渐地从宗教神话和神秘论的幻想世界解放出来，印地语文学就日益接近于现实。（第2页）

刊印本

　　被各种新思想给丰富起来的孟加拉文学，对于印度各族人民的多种文学，其中包括印地语文学的发展，有着很大的影响。印地语文学逐渐从宗教神话和神秘的幻想世界中解放出来，日益接近于现实。（第309页）

"оказывает большое влияние"，在手稿本中初译为"起了很大的影响"，后被修改为"给出了很大的影响"；刊印本将"给出了"改为"有着"，词语对应的俄文单词为"оказывает"，原形"оказывать"，词义为"予以""给以""表现出"，手稿本更为贴近俄文；"мистика"，词义为"神秘主义""神秘论""神秘"，在手稿中被译为"神秘论"（稍显拘泥、呆板），刊印本改为"神秘"；刊印本删减了手稿本中的"着""了""地""就"等虚词；同时，刊印本调整手稿本语序，将主语"印地语文学"（литература хинди）提前，手稿本完全按照俄文语序展开。

俄文

　　Так, например, в первом акте драмы мы видим аскета, вспоминающего былое величие и скорбящего о нищете и разорении современной Индии. В пятом акте в зале заседаний весьма уважаемые граждане, озабоченные тяжелым положением Индии, ведут долгие бесполезные дебаты, пытаясь найти выход и спасти страну от гибели.（c. 189）

手稿本

　　因之，例如，在剧的第一幕里，我们看见有一个出家人，他回忆着过去的伟大，悲叹着现代印度的贫穷和破落。在第五幕，在会议所里，几位极有声望的公民，忧虑着印度的艰苦的情况，进行了长久的、无益的论辩，企图找到出路，使祖国免于灭亡。（第 3 页）

刊印本

　　在剧的第一幕里，有一个出家人，他回忆着过去的伟大，感叹现代印度的贫穷和破落。在第五幕，在会议厅里，几位极有声望的公民，忧虑着印度的艰苦情况，进行了长时间的、无益的辩论，企图找到使祖国免于灭亡出路。（第 310 页）

　　"скорбящего"，为 "скорбеть" 现在时形动词的二格形式，词义为"哀悼""哀痛"，手稿本译为 "悲叹"，无论从词意还是从情感色彩上都符合俄文表达，刊印本则将其改为了 "感叹"，情感色彩明显弱于 "悲叹"，不符合原文表达；"долгий"，意为 "长久的""长时间的""长期的"，刊印本将手稿本的 "长久的" 改为 "长时间的"，将 "论辩" 改为"辩论"，将 "会议所" 改为 "会议厅"；手稿本中的 "企图找到出路，使祖国免于灭亡"（пытаясь найти выход и спасти страну от гибели）符合俄文句法顺序，刊印本删减逗号，整合短句为一句，"企图找到使祖国免于灭亡出路"。刊印本还删除了手稿本与俄文本均有的相关词语，如"因之""例如""我们看见" 等以及删除了 "的""着" 等虚词。

　　俄文

　　То новое направление в драматургии, которое было открыто драмой Харишчандры "Несчастье Индии", продолжают развивать многие его последователи.（c. 190）

手稿本

　　由哈利什昌德拉的戏曲《印度的苦难》所开辟出来的这个戏曲的新方向，被他的好多追随者又继续加以发展。（第 5 页）

刊印本

　　由哈利什昌德拉的戏曲《印度的苦难》开辟的这个戏曲的新方向，被他的好多承继者又继续加以发展。（第 311 页）

"последователь"，词义为"追随者""拥护者""继承者""信徒"，刊印本将手稿本中的"追随者"改为"承继者"；同时，刊印本删除了"所""出来"等字词。

俄文

　　Но ничего не осталось от былого величия……повсюду бродит "жадный, огромный голод". （с. 191）

手稿本

　　可是，过去的伟大一点都不存在了……"贪婪的，巨大的饥饿"，到处走来走去。（第 11 页）

刊印本

　　可是，过去的伟大荡然无存……"贪婪的，巨大的饥饿"，到处游曳。（第 314 页）

刊印本用"荡然无存"（Но ничего не осталось）、"游曳"（бродит）替换掉手稿中的同义表达。

俄文

　　Чтобы построить новую жизнь, нельзя вечно пребывать в атмосфере того, что уже когда-то создано. （с. 193）

手稿本

　　为的建设新生活，就不应当永远停留在那既成事物的空气中。（第 12 页）

刊印本

　　为的建设新生活，就不应当永远停留在那既成事物的老套中。（第 315 页）

"атмосфера"，词义为"空气""大气压""氛围""环境"，手稿本译介为"空气"明显是不当的，刊印本改为"老套"也并不恰切，且并未校出手稿中的错误。

俄文

　　Слава ручного труда уже канула в бездны веков. （с. 193）

手稿本

　　白手的劳动的光荣已在世纪的深渊里消失了。（第 12 页）

刊印本

　　徒手劳动的光荣已经在岁月的深渊里消失。（第 315 页）

"ручной труд"，译为"手工劳动"，刊印本将手稿本中的"白手的劳动"改为"徒手劳动"，更易于理解；"век"，可以译为"岁月"，也可以译为"世纪"，刊印本对手稿作了替换与更改。

俄文

　　Многие их произведения создают атмосферу глубокого мрака, трагической безнадежности и болезненности, безысходности и обреченности. В настоящее время это направление в литературе хинди имеет не много последователей. （с. 207）

手稿本

　　他们的好多作品创造出了极为阴暗的空气，悲剧的绝望和病态、毫无出路和听天由命的空气。在现在，印地语文学中的这一方向，并没有好多追随者。（第 40 页）

刊印本

　　他们的作品营造出极为阴暗的氛围，悲剧性的绝望的心态，毫无出路和听天由命的思绪。如今，印地语文学中的这一方向，并没有多少追随者。（第 331 页）

"создают"，原形为"создать"，意为"创建""创造""营造""建立"，刊印本以"营造"替换掉手稿本中的"创造"；"атмосфера"，词义为"空气""大气压""氛围""环境"，手稿翻译为"空气"，明显不当，刊印本替换为"氛围"；"трагической безнадежности и болезненности"，手稿的翻译是恰当的，"悲剧的绝望和病态"（并列关系），刊印本误改、误刊为"悲剧性的绝望的心态"（修饰关系）；"атмосферу безысходности и обреченности"，手稿译为"毫无出路和听天由命的空气"，再次把"атмосфера"理解成"空气"，刊印本替换为"思绪"，其实也是不恰当的：俄文中"атмосфера"只出现一次，后面的所有并列名词以二格形式修饰"атмосфера"，所以，"Многие их произведения　создают　атмосферу　глубокого　мрака，трагической безнадежности и болезненности，безысходности и обреченности"应该翻译成："他们的许多作品创造出了极为阴暗的、（充满）悲剧的绝望和病态、毫无出路和听天由命的氛围。"同时，刊印本以"如今"替换"在现在"（В настоящее время），以"并没有多少"代替"并没有好多"（не много）。

俄文

овеян романтикой и нарисован с большим художественным мастерством.（с. 207）

手稿本

这个传统的形象，是被浪漫主义空气所笼罩着，而且是以高度的艺术技巧描写出来的。（第 41 页）

刊印本

这个传统的形象，笼罩着浪漫主义氛围，而且是以高度的艺术技巧描写出来的。（第 332 页）

"романтика"，意为"浪漫主义精神""浪漫主义色彩"，刊印本将手稿本中的"浪漫主义空气"改为"浪漫主义氛围"，将被动句改为主动句。

俄文

Наряду с этим поэты хинди резко выступают против тяжелого наследия колониального рабства（с. 208）

手稿本

同时，印地语诗人们严厉地反对殖民地奴隶制的沉重的遗留……（第 43 页）

刊印本

　　同时，印地语诗人们严厉地反对殖民主义奴隶制的沉重的后果……
（第 333 页）

　　"наследие"，词义为"遗产""遗物""遗留""后果"，刊印本以
"后果"替换掉手稿本中的"遗留"；"колониальный"，词义为"殖民
地的""殖民主义的"，刊印本以"殖民主义"代替"殖民地"。

（6）误改、误刊

俄文

　　В 1950 году язык хинди наряду с английским был
провозглашен государственным языком Республики Индии, в
связи с чем значительно возросло его значение и интерес к нему как
в самой Индии, так и в других странах. (с. 188)

手稿本

　　在 1950 年，印地语和英语被宣布为印度共和国的国语，因之，
它的意义，以及在印度本国以及其他国对于它的关心，也就大大地
增长。（第 1 页）

刊印本

　　在 1950 年，印地语和英语被宣布为印度共和国的国语，因之，
在印度本国及其他各国，对于它的意义的关心，也就大大地增长。
（第 309 页）

　　手稿是相对准确、符合原文的译文，而刊印本对手稿的改写明显属
于误改，俄文原文中的表达为"его значение и интерес"，即"重要性"
（"意义"）和"兴趣"（"关心"），属于并列关系，而非刊印本中的修饰
关系，"意义的关心"。

俄文

　　В его многогранном творчестве (драматургии, поэзии,
публицистике, художественной прозе) чувство скорби и отчаяния
от сознания тяжелого положения своей родины перекликается с

протестом против иноземного угнетения, которое довело страну до страшной нищеты. (с. 189)

手稿本

　　他意识到自己祖国的艰苦情况，感到忧伤和失望；外国的压迫，使祖国陷入极为可怕的穷贫化，使他对之表示抗议；在他的多方面的作品（戏剧、诗歌、论文、艺术散文）中，他的忧伤和失望是同他的抗议相交织在一起的。（第3页）

刊印本

　　他意识到自己祖国的艰苦情况，感到忧伤的失望；他抗议使祖国陷入极为可怕的贫穷化的来自外国的压迫；在他的多方面的作品（戏剧、诗歌、论文、艺术散文）中，他的忧伤和失望是同他的抗议相交织在一起的。（第309～310页）

　　对照俄文，刊印本的改写是对手稿本的误改、误刊。"чувство скорби и отчаяния"，即"忧伤和失望的感觉"，"忧伤"和"失望"是并列关系（两种感觉），而非修饰关系"忧伤的失望"（一种感觉）。刊印本将手稿本中两个逗号隔开的语段整合为一个句子，删减实词与虚词，变更为"他抗议使祖国陷入极为可怕的贫穷化的来自外国的压迫"，虽然手稿的表达有些重复，但刊印本增添的"来自"二字也完全多余，俄文中根本没有体现。

　　穆木天的译文稍显重复，如"忧伤和失望"先后重复两次；"外国的压迫，使祖国陷入极为可怕的穷贫化，使他对之表示抗议"，两个"使"字句的重叠；等等。手稿中，关于该段的翻译存在两种情况，此处呈现的是穆木天修改后的译文，还有被穆木天用删除线画掉的初次译文，我们恢复如下：

　　在他的多方面的作品（戏剧、诗歌、论文、艺术散文）中，由于意识到自己祖国的艰苦情况所引起的忧伤和失望的感情，和对于使祖国陷入可怕的贫穷的外国的压迫的抗议（截止到此，其实后面补充上"相交织在一起的"就是一个完整的表达）。

　　被穆木天画掉的译文显然是与俄文句法相符的。其之所以被删除，则是穆木天妥协的结果。由于句子过长，穆木天选择拆分长句，将其化为几个短句，修改后的译文在语义与表达上便出现了重复与叠合。

俄文

　　Знаменателен этот период и в области зарождения и развития современных жанров в художественной прозе хинди. （с. 191）

手稿本

　　在印地语艺术散文中各种现代体裁的发生和发展方面，这个时代也是值得注意的。（第 7 页）

刊印本

　　当时的印地语艺术散文中各种现代体裁的发生和发展，也是值得注意的。（第 312 页）

　　手稿本是符合俄文语序及文意的，"值得注意的"或说"意义重大的"（знаменателен）主语是"这个时代"（этот период），刊印本的更改属于误改。

俄文

　　Многие писатели хинди в своем творчестве следуют основным принципам его учения, отражая его сильные и слабые стороны. （с. 195）

手稿本

　　好多印地语作家在自己的作品中，都遵循着甘地学说的基本原则，反映出了它的强的和弱的方面。（第 15 页）

刊印本

　　好多印地语作家在自己的作品中，都遵循着甘地学说的基本原创，反映出它的强的方面和弱的方面。（第 317 页）

　　"основной принцип"意为"基本原则"，手稿翻译正确，刊印本误录为"基本原创"；刊印本将手稿"强的和弱的方面"（сильные и слабые стороны）扩展为"强的方面和弱的方面"，手稿完全对应俄语单词、语序。

俄文

　　некоторые писатели хинди, начиная с конца 20 – x годов, в своих произведениях создавали мрачную атмосферу беспросветной тьмы.（с. 196）

手稿本

　　从二十年代末起，就在他们的作品中，创造出了没有光明的黑暗世界的极为阴森的空气。（第 18 页）

刊印本

　　从 20 年代起，就在他们的作品中，创造出了没有光明的黑暗世界的极为阴森的氛围。（第 18 页）

　　"с конца 20 – x годов"，应译为"从 20 年代末起"，刊印本省略了"末"（конец），属于对手稿的误录、误刊。"атмосфера"，词意为"空气""大气压""氛围""环境"，结合语境，手稿本中译介为"空气"明显是不当的，刊印本校改为"氛围"，比较恰切。

俄文

　　В конце стихотворения поэтесса пишет: Путь указала. / Уроку нас научила, которому следовать мы должны... / Жертва твоя пробудит в нас жажду свободы...（с. 197）

手稿本

　　在诗的结尾上，女诗人写道：你指示出了道路，/你给我们上了一课，我们应当继续行进……/你的牺牲在我们心里激起了对于自由的渴望……（第 20 页）

刊印本

　　最后，女诗人写道：你指示了道路，/你给我们上了一课，我们应当继续行进……/你的牺牲在我们心里激起了对于自由的渴望。（第 320 页）

　　根据俄文原文，最后为省略号，手稿本与俄文一致，刊印本将省略号改为了句号，为误刊、误录。同时，刊印本压缩表达，将"在诗的结尾上"（В конце стихотворения，穆木天恪守原文表达）改为"最后"；刊印本删除副词"出"，以"指示了"替换"指示出了"，助词"了"与副词"出"都可以表达完成、结果，手稿本似有重复。

俄文

отражают　специфические　особенности　исторической обстановки в Индии начала XX века.（с. 199）

手稿本

它们反映出了二十世纪初印度历史情况的独具的特征。（第 25 页）

刊印本

它们反映出了二十世纪的和印度历史情况的独具的特征。（第 323 页）

刊印本误录手稿本内容，省略了"初"（начала），但俄文中的表达就是手稿本所呈现的"二十世纪初"（начала XX века），"二十世纪"与"二十世纪初"存在根本的时间差别；且俄文中并无连接词"和"（и），"二十世纪初"用于限定印度历史的时间范围，是修饰与被修饰、限定与被限定的关系（Индии начала XX века），而非并列关系。

3. 省略、删减

（1）删减标点

俄文

Начало современного периода в развитии литературы хинди связано с пробуждением национального самосознания и подъемом национально-освободительного движения в Индии-непосредственным результатом великого народного восстания 1857 – 1859 годов.（с. 188）

手稿本

印地文学发展中的现代期的开始，是同印度的民族意识的觉醒和民族解放运动的高涨——1857 至 1859 年伟大的人民起义的间接的结果——相连系的。（第 1 页）

刊印本

　　印地文学发展的现代期的开始，是同印度的民族意识的觉醒和民族解放运动的高涨——1857 至 1859 年伟大的人民起义的间接的结果相连系的。（第 309 页）

　　刊印本删减了手稿本中的第二个破折号，删减似乎并不恰当，两个破折号更能使译文逻辑清晰、表达准确，根据俄文语序，应该翻译为"是同印度的民族意识的觉醒和民族解放运动的高涨相联系的——1857 至 1859 年伟大的人民起义的直接结果"，因而，刊印本删掉破折号容易造成语义混淆。刊印本删除了手稿本的"中"字（俄文中的前置词"в"）；"непосредственный результат"意为"直接的结果"，手稿翻译错误，译介为"间接的结果"（посредственный результат），刊印本并没有纠正过来。

俄文

　　Политическая и экономическая обстановка в Индии в конце XIX-начале XX века-растущее недовольство в стране колониальным режимом，создание первой политической партии в Индии-Индийский национальный конгресс，деятельность его левого крыла，возглавляемого Тилаком，движение за сварадж，развернувшееся в первые годы XX века，распространение прессы на индийских языках-все это создало новые предпосылки для дальнейшего развития реалистических тенденций в литературе хинди. （c. 191）

手稿本

　　十九世纪末至二十世纪初印度的政治、经济环境——在全国中日益增长的、对于植民制度的不满，印度的第一个大政党（印度国民大会党）的成立，以蒂拉克为首的他的左翼的活动，在二十世纪初开展起来的斯华拉齐运动，印度各种语言的报纸的推广——这一切，给印地语文学中的现实主义倾向的进一步发展创造了新的前提。（第 8 页）

刊印本

十九世纪末至二十世纪初印度的政治、经济环境，在全国中日益增长的、对于殖民制度的不满，印度的第一个大政党（印度国民大会党）的成立，以蒂拉克为首的他的左翼的活动，二十世纪初开展起来的斯华拉齐运动，以及印度各种语言的报纸的推广畅销，这一切，给印地语文学中的现实主义倾向的进一步发展创造了新的前提。（第 313 页）

手稿本符合俄文文法结构，刊印本删除了手稿本中的两个破折号，删减并不恰切，易造成语义混淆与逻辑混乱。此外，刊印本矫正"植民"为"殖民"，删减介词"在"，增添连词"以及"。"распространение"词义为"扩大""蔓延""传播""推广"等，手稿本对该词进行了多次翻译、校改：初译为"广泛推广"，被涂掉，代之以"普及推广"，再次被涂掉，改为"广泛畅销"，最后改定为"推广"，刊印本根据手稿本修改痕迹，将手稿本中的"推广"改为"推广畅销"。

"сварадж"，意为"自治"，是 20 世纪初至 1947 年在殖民地印度提出的民族解放运动的主要口号，穆木天音译为"斯华拉齐"，刊印本同手稿本一致。

（2）删减虚词

俄文

Вторая половина XIX века явилась переломным периодом в развитии литературы на многих языках народов Индии. Это были годы постепенного формирования и развития капиталистических отношений; в стране создается своя национальная интеллигенция, получающая европейское образование, из среды которой вышли первые политические и общественные деятели, писатели и ученые, которые все яснее начинают осознавать свой гражданский и патриотический долг перед родиной. (с. 188)

手稿本

十九世纪后半，是印度各族人民的多种语言的文学的发展中的转折期……从这个知识分子阶层里出现了最初的政治活动家和社会活动家，作家和学者，他们是越来越明确地意识到自己在祖国前面的公民的爱国者的义务。（第 2 页）

刊印本

　　十九世纪后半是印度各族人民的多种语言文学发展的转折期……从这个知识分子阶层里出现了最初的政治活动家、社会活动家、作家和学者，他们是越来越明确地意识到自己在祖国前面具有公民的爱国者的义务。（第 309 页）

手稿本按照原文的语法结构展开，字字硬译，呈现多个带"的"词语，刊印本为了表达通畅，删除"的""中"等虚词；刊印本删除了手稿本中的逗号"，"，并删除连词及修改标点符号，将"政治活动家和社会活动家，作家和学者"（первые политические и общественные деятели，писатели и ученые）改为"政治活动家、社会活动家、作家和学者"。

俄文

　　Все это прежде всего находит выражение в литературе Бенгалии，раньше других частей Индии вступившей на путь капиталистического развития.（с. 188）

手稿本

　　这一切首先反应在孟加拉文学中，因为孟加拉是比印度其他部分早走上资本主义道路的。（第 1 页）

刊印本

　　这一切首先反应在孟加拉文学中，因为孟加拉比印度其他部分较早走上资本主义道路。（第 309 页）

刊印本增添程度副词"较"，将"早"（раньше）改为"较早"；删除"是""的"。

俄文

　　Крупнейшим поэтом этого времени был Майтхилишаран Гупта

（род. в 1886 г.）, в творчестве которого наиболее полно отразились мечты и думы передовой интеллигенции той эпохи. （с. 192）

手稿本

当时最大的诗人是买提里沙兰·古普达（Майтхилишаран Гупта）（生于 1886 年），在他的创作里极充分地反映出当时的先进的知识分子的幻想和思索。（第 11 页）

刊印本

当时最大的诗人是买提里沙兰·古普达（生于 1886 年），他的创作极充分地反映出当时先进知识分子的幻想和思索。（第 314 页）

手稿本按照俄文文法展开，刊印本删减了"的""在""里"等虚词，简化表达，以及省略了诗人买提里沙兰·古普达名字的俄语信息标记"Майтхилишаран Гупта"。

俄文

революции в России, вызвавшая небывалый подъем освободительного движения в колониальных и зависимых странах. （с. 195）

手稿本

俄国十月革命的胜利在那些植民地和从属国家中，引起了解放运动的空前的高涨。（第 16 页）

刊印本

俄国十月革命的胜利在那些殖民地和从属国中，引起了解放运动的空前高涨。（第 318 页）

刊印本删减了助词"的"以及实词"国家"中的"家"，"从属国家"变为"从属国"。

俄文

В мировоззрении Премчанда постепенно происходит изменение, и он все острее и решительнее ставит в своих произведениях проблемы современности.（с. 195）

手稿本

　　在普列姆昌德的世界观中，逐渐发生了变化，他越来越尖锐地、越来越坚决地在他的作品中提出了现代的问题。（第 16 页）

刊印本

　　普列姆昌德的世界观逐渐发生了变化，他越来越尖锐地、越来越坚决地在他的作品中提出了现代的问题。（第 318 页）

手稿本按照俄文文法展开，与俄文基本对应，信息量相符，刊印本删减了"在""中"等虚词，俄文表达"В мировоззрении Премчанда"译介过来即"在（В）普列姆昌德的世界观中"。

俄文

　　Во многих произведениях главное внимание уделяется проблеме, положения трудового крестьянства Индии.（с. 196）

手稿本

　　在许多作品中，主要的注意是放在印度劳动人民的生活状况的问题上。（第 17 页）

刊印本

　　有许多作品都把主要的注意放在印度劳动人民的生活状况的问题上。（第 318 页）

手稿本按照俄文文法展开，与俄文基本对应，刊印本删减了"在""中"等虚词。俄文表达中，"Во многих произведениях"就是翻译为"在许多作品中"，且该句子的主语是"главное внимание"（主要的注意）而非"许多作品"，刊印本将状语变成了主语，把主语变成了宾语。

俄文

　　читая их произведения, кажется, что нет и не может быть просвета（с. 196）

手稿本

　　读起他们的作品来，就会令人感觉到，已毫无希望，也不可能

有希望。（第 18 页）

刊印本

　　读他们的作品，会令人感觉到，一切已毫无希望，也不可能有希望。（第 319 页）

刊印本删减了手稿本中的"起""来""就"等虚词，添加代词"一切"。

俄文

　　Многие из них принимают активное участие в национально-освободительной борьбе, подвергаются репрессиям, вместе с другими борцами за свободу родины томятся в тюрьмах.（с. 196）

手稿本

　　他们中间的许多人都积极地参加了民族解放斗争，受到迫害，同其他的争取祖国自由的战士在一起在监狱中受苦受难。（第 19 页）

刊印本

　　他们中间的许多人都积极参加了民族解放斗争，受到过迫害，同其他的争取祖国自由的战士一起在监狱中受苦受难。（第 319 页）

刊印本删减了手稿本中的"地""在"等虚词，添加副词"过"。

俄文

　　В балладе рассказывается о том, как английские колонизаторы вторглись на землю княжества Джханси, рассчитывая без труда завладеть им（с. 197）

手稿本

　　在故事诗里讲到，英国植民者怎样侵进了詹西公国的土地，他们认为可以毫不费力地就把詹西占领。（第 19 页）

刊印本

　　故事诗里讲到，英国殖民者怎样侵入了詹西公国的土地，自以为可以毫不费力地就把詹西占领。（第 319 页）

手稿本符合俄文语序，刊印本删减介词"在"（俄语前置词 B，"В балладе рассказывается о том"），以"侵入"替换"侵进"，以"自以为"代替"他们认为"。

俄文

так как им самим стали тесны рамки средневековой поэтической традиции，требующей слепого следования застывшим поэтическим канонам санскритской поэзии со всеми ее традиционными художественными средствами и стихотворными размерами.（с. 197）

手稿本

中世诗歌传统要求着盲目地遵循着梵文诗歌的僵硬的诗歌规则，以及它的一切的传统的艺术手法和诗的规律。（第21页）

刊印本

中世诗歌传统要求盲目地遵循梵文诗歌的僵硬的诗歌规则，以及它的一切传统的艺术手法和诗的规律。（第320页）

刊印本删减了手稿本中重复出现的"着"以及"的"。

俄文

индивидуалистические тенденции противопоставления личности обществу являются лейтмотивом творчества ряда поэтов позднего "чхаявада"（с. 201）

手稿本

他们还有着个人主义倾向，把个人和社会对立起来，他们的这种想法和倾向，也就成为了他们的创作的主导思想。（第28页）

刊印本

他们还有个人主义倾向，把个人与社会对立起来，他们的这种想法和倾向，也就成了他们创作的主导思想。（第325页）

刊印本删减了"着""的"等助词，把连词"和"改为"与"。

俄文

В стихах, вошедших в сборники "Конец эпохи" (1937), "Голос эпохи" (1939), "Женщина-крестьянка" (1940), Пант призывает, как старую грязную одежду, сбросить проклятье прошлого и строить новую жизнь. (с. 202)

手稿本

在收辑在诗集《时代末》（Конец эпохи）（1937）、《时代的声音》（Голос эпохи）（1939）、《农妇》（Женщина-крестьянка）（1940）中的那些诗里，潘特号召着，要把过去的诅咒当做破烂衣服甩掉，并且要建设新的生活。（第 30 页）

刊印本

收辑在诗集《时代末》（1937）、《时代的声音》（1939）、《农妇》（1940）中的那些诗里，潘特号召：把过去的诅咒当做破烂衣服甩掉，要建设新的生活。（第 326 页）

刊印本删减了"在""着""并且"等虚词，更改标点","为":"，并省略了三部作品《时代末》《时代的声音》《农妇》的俄语信息标记。

俄文

Большинство писателей приветствовало в своем творчестве наступление новой эры в жизни своего народа. (с. 203)

手稿本

大多数的作家都在自己的创作中欢迎着自己人民生活中的新时代的来临。（第 33 页）

刊印本

大多数的作家都在自己的创作中欢迎人民生活的新时代的来临。（第 328 页）

刊印本删减了"着""中"等虚词。

俄文

борьбе с чужеземцами феодалы защищают лишь свои богатства, в то время как простой народ ведет самоотверженную борьбу за свободу родной земли.（с. 207）

手稿本

在同外国人的斗争中，封建主止是保卫着自己的财富，而同时，普通的人民则为着争取祖国土地的自由，进行着忘我的斗争。(第41页)

刊印本

在同外国人的斗争中，封建主只为保卫自己的财富，而普通的人民则为争取祖国土地的自由进行忘我的斗争。(第332页)

刊印本删除了"保卫着""为着""进行着"中的助词"着"，删除标点，合并句子，简化表达。

俄文

После освобождения и образования Республики Индии в стране созданы благоприятные условия для развития и распространения литературы хинди.（с. 209）

手稿本

在印度解放和印度共和国成立之后，在国内创造出了对于印地语文学的发展和流传极为有利的条件。(第45页)

刊印本

印度的解放和印度共和国的成立，为印地语文学的发展和流传创造了极为有利的国内条件。(第335页)

手稿本完全按照俄文语序展开，刊印本删减"在""出"等虚词，简化表达。

（3）删减实词

俄文

Страдание своего народа, обнищание страны, порабощенной колонизаторами, находят отражение в творчестве одного из передовых писателей Индии того времени Бхаратенду Харишчандры (1850 – 1885) -глашатая наступления новой эры в литературе хинди. (с. 188)

手稿本

　　自己人民的苦难，在殖民者奴役之下的祖国的贫穷化，在当时的先进的印地语作家之一帕尔登都·哈利什昌德拉（Бхаратенду Харишчандра）（1880–1885）的作品里。哈利什昌德拉是印地语文学中的新时代的来临的报信人。（第2页）

刊印本

　　人民的苦难，在殖民地奴役之下的祖国的贫穷化，在当时的先进的印地语作家之一帕尔登都·哈利什昌德拉（1880–1885）的作品里，有了反映。哈利什昌德拉是印地语文学的新时代来临的报信人。（第309页）

比对俄文及手稿本，刊印本删减了代词"свой"，"自己人民的苦难"（Страдание своего народа）变成了"人民的苦难"（Страдание народа），"自己人民的苦难"的表达更加符合作者哈利什昌德拉的创作立场；同时，手稿本漏译了谓语"反映"（находят отражение），刊印本进行了有效补充，"有了反映"；刊印本删减了"中""的"等虚词，省略了手稿本中的作家姓名的俄语信息标记"Бхаратенду Харишчандра"。

俄文

　　Следуя выдающимся образцам прежде всего западноевропейской драматургии, некоторые драматурги этого периода создают оригинальные произведения на языке-хинди. (с. 190)

手稿本

　　这个时代的一些戏剧家，主要是取法着西欧戏剧的卓越的典范（初译为"范本"），创作了自己的富有独创性的印地语作品。（第6页）

刊印本

　　这个时代的一些戏剧家，主要是取法于西欧戏剧的范本，创作了自己的富有独创性的印地语作品。（第312页）

　　刊印本删减了手稿本中的形容词"卓越的"（выдающийся），将
"取法着"改为"取法于"。

　　俄文

　　　　Учение Ганди призывало к выполнению патриотического долга
перед родиной（с. 195）

　　手稿本

　　　　甘地的学说号召着人们去完成对于祖国的爱国任务。（第 15 页）

　　刊印本

　　　　甘地的学说号召着人们去完成自己的爱国任务。（第 317 页）

　　手稿本按照俄文的语序展开，与俄文基本对应，刊印本删减"对于
祖国的"（перед родиной），代以"自己的"。

　　俄文

　　　　В основу ее положена широко распространенная в Индии
народная песня "Стойко сражалась мужественная рани из
Джханси".（с. 196）

　　手稿本

　　　　在印度广泛流行的民歌《詹西的英雄的拉妮（即女王)① 坚强
地斗争到底》是成为这首诗的基础的。（第 19 页）

　　刊印本

　　　　在印度广泛流行的民歌《詹西的英雄的拉妮（即女王）坚强地
斗争到底》，是这首诗的基础。（第 319 页）

　　刊印本为表达简练，删减动词"成为"及第二个助词"的"。

　　俄文

　　　　Старая Индия вновь помолодела, ／Свободы утраченной цену
познали все, ／Освободиться от ненавистных британцев ／твердо
решили все.（с. 197）

---

　　①　"即女王"，是穆木天添加的译者注。

手稿本

古老的印度又年青了，/失去的自由的价值所有的人都认识到了/所有的人都坚定了决心，/要从极端可恶的不列颠人手里解放出来。（第19页）

刊印本

古老的印度重返青春，/人人都认识到自由的价值，/所有的人都坚定了决心，/要从万恶的不列颠人手里争得解放。（第319页）

手稿本按照俄文文法展开，"失去的自由的价值所有的人都认识到了"与"Свободы утраченной цену познали все"对应，"Свободы утраченной"，可译为"失去的自由"，刊印本删除了形容词"失去的"（"утраченный"）；同时，刊印本以"重返青春"代替"又年青了"，以"万恶的"代替"极端可恶的"，以"争得解放"代替"解放出来"。

俄文

На наш взгляд, прогрессивные тенденции, заложенные в литературе хинди еще Премчандом, продолжают и сейчас успешно развиваться во всех жанрах литературы. Но трудности, стоящие перед ней, как нам представляется, заключаются в следующем. （с.204）

手稿本

可是，照我们的看法，由普列姆昌德开始奠定基础的进步文学潮流，现在在各种文学体裁中还继续在胜利地发展着。可是，在我们看来，摆在他们面前的困难，可以归结如下。（第33页）

刊印本

可是在我们看来，由普列姆昌德奠定基础的进步文学潮流，现在在各种文学体裁中，还在继续胜利地发展着。摆在他们面前的困难，可以归结如下。（328页）

刊印本删减"开始"等动词以及"可是，在我们看来"（как нам представляется）等插入语。

俄文

которой не дороги интересы своего народа（с. 204）

手稿本

有一部分知识分子，他们并不重视自己人民的利益……（第 35 页）

刊印本

有一部分知识分子，他们并不重视人民的利益……（329 页）

刊印本删除了代词"自己（的）"（свой），своего 是 свой 的二格
形式。

俄文

О правах и положении женщины в новой Индии，о ее роли в
общественной жизни страны написал свой последний роман
"Зерно"（1954）Амритарая，младший сын Премчанда.（с. 205）

手稿本

普列姆昌德的小儿子阿姆立塔拉亚的最近写的一篇长篇小说叫作
《种子》（1954），其中写的是新印度的妇女的权利和生活情况……
（第 36 页）

刊印本

普列姆昌德的小儿子阿姆立塔拉亚最近的一部长篇小说叫作
《种子》（1954），写的是新印度的妇女的权利和生活情况……（第
329 页）

刊印本删减了动词"写"（написал）及代词"其中"，简化表达。

俄文

они вводят в поэзию новые формы и размеры стиха，
необычные，усложненные образы，что зачастую делает их
произведения совершенно непонятными.（с. 208）

手稿本

他们给诗歌中放进了新的诗的形式和诗的韵律，以及异常的复
杂的形象，因之，屡屡地使他们的作品完全成为令人莫名其妙的东

西。（第 44 页）

刊印本

　　他们在诗歌中放入新的形式和新的韵律，以及异常的复杂的形象，因此，经常使他们的作品完全成为令人莫名其妙的东西。（第 334 页）

刊印本省略、删减了手稿本及俄文中的限定词"诗的"，"стих"以二格形式限定"形式"和"韵律"，应翻译为"诗的形式和诗的韵律"；作为副词，"зачастую"意为"屡屡地""时常""经常"，刊印本以"经常"代替手稿中的"屡屡地"。

（4）删减注释

俄文

　　Лунную ночь Пант（стихотворение "Лунный свет"）видит в образе спящей на берегу реки прекрасной женщины，слабые порывы ветра-ее мерное дыхание，спокойное покачивание волн-колебание ее груди。（с. 198）

手稿本

　　潘特在睡在河边上的美女的形象中看见了月夜（诗歌《月光》），清风徐来，诗人认为那是她的匀整的呼吸，微波荡漾，诗人就认为那是她的胸怀的悸动。（第 22 页）

刊印本

　　潘特在睡在河边上的美女的形象中看见了月夜，那清风徐徐就是她的胸怀的悸动。（第 321 页）

刊印本删减了手稿与俄文中的内容引文注释——"诗歌《月光》"（стихотворение "Лунный свет"）；同时压缩、省略了重要信息，使语意表达不完整，语句衔接错误，乃至张冠李戴，"слабые порывы ветра-ее мерное дыхание，спокойное покачивание волн-колебание ее груди"，为两个句子，有两个主语，在刊印本中变成了一个句子、一个主语，手稿完全符合原文内容，刊印本的修改属于误改、误刊，极其不当。

（5）删减句子

俄文

Харишчандра был одним из передовых писателей литературы хинди，понявшим истинное назначение и задачи литературы-служить интересам народа，выражать его думы，чаяния.（с. 188）

手稿本

哈利什昌德拉是印地语文学的先进作家之一，他了解文学的真正的目的和任务——就是为人民的利益服务，表现人民的思想愿望。（第 3 页）

刊印本

哈利什昌德拉了解文学的真正的目的和任务——就是为人民的利益服务，表现人民的思想愿望。（第 310 页）

刊印本直接删除了对哈利什昌德拉的评价语——"是印地语文学的先进作家之一"（был одним из передовых писателей литературы хинди），实属不该。

俄文

эта поэма "... в свое время явилась сильнейшим стимулом развития в Индии движения за освобождение от иностранной зависимости".（с. 194）

手稿本

这个诗篇"在当时，是一种极强烈的刺激，促进了印度的从外国依赖下的解放运动的发展"。（第 13 页）

刊印本

这个诗篇"在当时，是一种极强烈的刺激，它促进了印度解放运动的发展"。（第 316 页）

手稿本是符合俄文文法及内容的，刊印本删除了限定语成分"从外国依赖下的"（от иностранной зависимости）。

（6）删除冗余

俄文

Отрицательно сказалось также на развитии "прагативада" сужение значения данного понятия, что наблюдается в работах некоторых индийских литературоведов этого периода. (с. 204)

手稿本

把"进步"的这个概念的意义了解得过于狭窄，对于"普拉加蒂瓦德"的发展也起了消极作用。在当时的某些印度文艺学家的著作中就可以看到对于"进步"这个概念了解得过于狭窄的情形。（第 34 页）

刊印本

把"进步"的这个概念的意义了解得过于狭窄，对于"普拉加蒂瓦德"的发展也起了消极作用。在当时的某些印度文艺学家的著作中，就可以看到这样的情形。（第 328 页）

我们说的冗余是指手稿中添加的、俄文中没有的，且对于句子理解无意义的甚至造成重复表达的情形，"'进步'这个概念了解得过于狭窄的情形"在手稿本中出现两次，重复，刊印本删减冗余，以"这样"替代。

俄文

Основной проблемой последнего-романа У. Ашка "Горячий пепел" (1955) являются поиски пути индийской интеллигенции в борьбе за национальное и социальное освобождение родины. (с. 204)

手稿本

阿什克的最近的一篇长篇小说叫作《火热的灰烬》（Горячий пепел）（1955），这篇长篇小说中的基本问题，就是印度知识分子在祖国的民族解放和社会解放的斗争中寻找道路的问题。（第 35 页）

刊印本

阿什克的最近的一篇长篇小说《火热的灰烬》（1955）的基本

问题，就是印度知识分子在祖国的民族解放和社会解放的斗争中寻找道路的问题。（第 329 页）

刊印本删减重复出现的"这篇长篇小说"（роман），俄文中并无重复出现的现象，手稿本将俄文进行拆分翻译，故多出"这篇长篇小说"的表达；同时，刊印本省略了手稿本中著作《火热的灰烬》的俄语信息标记（Горячий пепел）。

（7）省略俄语标记信息

俄文

　　Харишчандра создал и один из первых романов на языке хинди-"Пурнпракаш и Чандрапрабха"，основным содержанием которого был протест против угнетенного положения женщины，призыв к ее равноправию и критика пережитков средневековья，мешающих общественному развитию.（с. 190）

手稿本

　　哈利什昌德拉创作了印地语最初的长篇小说之一——《普伦普拉卡什和昌德拉普拉巴》（Пурнпракаш и Чандрапрабха）。这个长篇小说的基本内容……批评那些阻碍社会发展的，中世纪的遗留。（第 5 页）

刊印本

　　哈利什昌德拉创作了印地语最初的长篇小说之一——《普伦普拉卡什和昌德拉普拉巴》。这个长篇小说的基本内容……批评那些阻碍社会发展的中世纪的残余。（第 311 页）

刊印本省略了手稿本中著作《普伦普拉卡什和昌德拉普拉巴》的俄语信息标记（Пурнпракаш и Чандрапрабха）。手稿本完全按照俄文语序展开，标点、词语对应，刊印本则删除了逗号"，"以及将"遗留"（пережиток）改为"残余"。

手稿本中的著作类俄语信息标记在刊印本中全部被省略，例证颇多，不再一一举出。

俄文

Пант через одиннадцать лет в редакционной статье журнала "Рупабх" （1938, N 1） обратился с призывом ко всем поэтам отказаться от погружения в собственные чувства и переживания и повернуться лицом к действительности, к жизни народа. （с. 206）

手稿本

可是，很有意思的是，经过了十一年，潘特又在杂志《鲁巴卜》（Рупабх）（1938 年第一号）的社论里，向着一切诗人提出了号召，叫他们再不要沉溺于个人感情的体验之中，要转过来面向现实，面向人民生活。（第 30 页）

刊印本

可是，很有意思的是，经过了十一年，潘特又在杂志《鲁巴卜》（1938 年第一号）的社论里，向一切诗人提出号召，呼吁他们再不要沉溺于个人感情的体验之中，要转过来面向现实，面向人民生活。（第 326 页）

刊印本省略了手稿本中杂志《鲁巴卜》的俄语信息标记"Рупабх"（手稿本中为音译），删减了"着""了"等虚词，更改动词"叫"为"呼吁"。

手稿本中的杂志类俄语信息标记在刊印本中全部被省略，例证颇多，不再一一举出。

俄文

Поэт и драматург Бадринараян Чаудхари Премгхан （1855 – 1916） в драме "Счастье Индии" описывает некоторые события народного восстания 1857 года и пытается нарисовать картину пробуждения политического сознания народа Индии. （с. 190）

手稿本

诗人兼戏剧家巴德林那拉扬·查乌达利·普列姆甘（Бадринараян Чаудхари Премгхан）（1855 – 1916）在剧本《印度的幸运》（Счастье Индии）中，表现了 1857 年人民起义的一些事件，他极力描写印度人民

的政治意识的觉醒。（第 6 页）

刊印本

　　诗人兼戏剧家巴德林那拉扬·查乌达利·普列姆甘（1855 -
1916）在剧本印《印度的幸运》中，表现了 1857 年人民起义的一
些事件。他极力描写印度人民的政治意识的觉醒。（第 311 页）

　　刊印本省略了手稿本中诗人、戏剧家"巴德林那拉扬·查乌达利·
普列姆甘"名字的俄文信息标记"Бадринараян Чаудхари Премгхан"以
及作品《印度的幸运》的俄文信息标记"Счастье Индии"，并将手稿本
中的逗号改为句号。

　　手稿本中的诗人、作家、戏剧家名字类俄语信息标记在刊印本中全
部被省略，例证颇多，不再一一举出。

俄文

　　борьба крестьян за свои права и величие души нищего Сур
Даса в романе "Поле боя"（1932）.（с. 195）

手稿本

　　在长篇小说《战场》（Поле боя）（1932）中，写出了农民的争取
权利的斗争和穷苦人苏尔·达斯（Сур Дас）的灵魂的伟大。（第 16 页）

刊印本

　　在长篇小说《战场》中，写出了农民的争取权利的斗争和穷苦
人苏尔·达斯的灵魂的伟大。（第 317 页）

　　刊印本省略了手稿本中作品主人公"苏尔·达斯"名字的俄语信息
标记"Сур Дас"以及作品《战场》的俄语信息标记"Поле боя"。

　　手稿本中的作品主人公名字类俄语信息标记在刊印本中全部被省略，
例证颇多，不再一一举出。

俄文

　　Большое значение имело основание в 1893 году в Бенаресе
литературно-просветительного　　общества　　"Нагари　　прачарани
сабха", до сих пор играющего видную, роль в изучении языка и

литературы хинди.（с. 191）

手稿本

在 1893 年贝纳勒斯（Бенарес）成立的文学启蒙社"纳伽利·普拉恰拉尼·沙巴"（Нагари прачарани сабха）是具有重大意义的，直到现在，在印地语言和文学的研究上，它还是起着显著的作用。（第 9 页）

刊印本

在 1893 年贝纳勒斯成立的文学启蒙社"纳伽利·普拉恰拉尼·沙巴"具有重大意义，直到现在，它在印地语言和文学的研究上，还是起着显著的作用。（第 313 页）

刊印本省略了手稿本中地点"Бенарес"、社团"Нагари прачарани сабха"的俄语信息标记，删除"是""的"，调换主语语序。

手稿本中的地点、社团类俄语信息标记在刊印本中全部被省略，例证颇多，不再一一举出。

俄文

Большим вкладом в развитие патриотической поэзии хинди явилась баллада С. Чаухан, посвященная героине народного антианглийского восстания（1857 – 1859）Лакшми Баи.（с. 196）

手稿本

苏·查乌罕有一篇故事诗（баллада），写的是人民反英起义（1857 –59）的女英雄拉克西弥·巴伊（Лакшми Баи）的英雄事迹，这首诗，在印地语爱国诗歌的发展中是一个巨大的贡献。（第 19 页）

刊印本

苏·查乌罕有一篇故事诗，写的是人民反英起义（1857 – 59）的女英雄拉克西弥·巴伊的英雄事迹，这首诗在印地语爱国诗歌的发展中，是一个巨大的贡献。（第 319 页）

刊印本中省略了手稿本中关于文学体裁样式"故事诗"（叙事诗）的俄语信息标记"баллада"以及主人公名字"拉克西弥·巴伊"的俄语信息标记"Лакшми Баи"，并且调整标点符号顺序。

　　手稿本中的文学体裁、作品主人公名字类俄语信息标记在刊印本中全部被省略，例证颇多，不再一一举出。

俄文

　　Многие индийские литературоведы считают，что Харишчандра заложил основу современной реалистической литературы хинди，и связывают с его именем целый период развития этой литературы，называя его "Бхаратенду-юг"．（с. 190）

手稿本

　　印度的许多文艺学家都认为，哈利什昌德拉是给印地语现代现实主义文学奠定了基础，他们把这种文学的整个时代同他的名字连系在一起，称他为"南方的巴罗回杜"（Бхаратенду-юг）。（第 5 页）

刊印本

　　印度的许多文艺学家都认为，哈利什昌德拉为印地语现代现实主义文学奠定了基础，他们把这种文学的整个时代同他的名字连系在一起，称之为"南方的巴罗回杜"。（第 311 页）

　　刊印本省略了手稿本中的术语"南方的巴罗回杜"俄语信息标记"Бхаратенду-юг"，Бхаратенду 是哈利什昌德拉的名字，手稿第 2 页音译为"帕尔登都"，此处译为"巴罗回杜"，出现前后不一致的情况，刊印本并未校改过来；"его"根据俄文表达，应该指的是"文学的整个时代"而非作者本人，手稿译为"他"，似有歧义，刊印本以代词"之"代替。

　　手稿本中的相关术语、专指名称、文学流派类俄语信息标记在刊印本中全部被省略，例证颇多，不再一一举出。

　　4. 增添补充

俄文

　　Борьба индийского народа против завоевателей-гуннов заканчивается в драме "Скандагупта" победой и изгнанием поработителей со священной индийской земли．（с. 194）

手稿本

　　在剧本《斯干达笈多》中，印度人民反抗匈奴侵略者的斗争，

结果是胜利，并且把奴役者从神圣的印度土地上赶出去。（第14页）

刊印本

在剧本《斯干达笈多》中，印度人民反抗匈奴侵略者的斗争，结果是胜利，并且把奴役者从神圣的印度土地上赶了出去。（第316页）

刊印本在手稿本的基础上增添助词"了"，"赶出去"变为"赶了出去"，动作行为变为完成状态。

俄文

Критикуя общественную несправедливость, призывая к переустройству общества на началах справедливости и равенства. (с. 195)

手稿本

普列姆昌德批评社会上的不公平，号召以公正和平等为准则的社会改造。（第15页）

刊印本

普列姆昌德批评社会上的不公平，号召以公正和平等为准则原则进行社会改造。（第317页）

手稿本按照俄文语序展开，词语、标点对应，刊印本增添动词"进行"，删减助词"的"。

俄文

Значительным явлением в поэзии хинди в те годы было зарождение и развитие нового литературного течения, именуемого обычно термином "чхаявад". (с. 197)

手稿本

在这几年里，在印地语诗歌中，有一个值得注意的现象，那就是通常被称作"查亚瓦德"（意译映相派）的，新的文学流派的产生和发展。（第20页）

刊印本

在这几年的印地语诗歌中，有一个现象值得注意，那就是通常

被称作"查亚瓦德"（意识映象派，又译"阴影主义"）的新的文学流派的产生和发展。（第 320 页）

刊印本较之于手稿本额外增添了解释性质的信息，"阴影主义"（чхаявад，现在的通用译名；穆木天音译为"查亚瓦德"），但是编辑疏忽，将穆木天的注释"意译映相派"误录为"意识映象派"；刊印本删减标点，压缩、整合手稿语句，将"在这几年里，在印地语诗歌中"（в поэзии хинди в те годы）改译为"在这几年的印地语诗歌中"。

俄文

　　Начиная с середины 30-х годов литература хинди вступает в новый этап своего развития （с. 200）

手稿本

　　从三十年代中叶开始，印地语文学走上了它的发展的新的阶段。（第 25 页）

刊印本

　　从二十世纪 30 代中叶开始，印地语文学走上了它发展的新的阶段。（第 323 页）

刊印本增添了俄文与手稿本中没有的时间限定："二十世纪"，其实通篇讲的都是二十世纪，之前的时间表达中都没有添加"二十世纪"；刊印本删除了手稿本中多余的助词"的"。

三　差异原因探析及刊印策略探讨

从本节第二部分的分析中，我们可以看到，刊印本与手稿本存在较大的差异、差别，差异、差别的发现与阐释"要求我们首先摆脱对正式文本的崇拜思想"①。差异、差别主要集中在字、词、句子、语法结构方面，绝大部分是编辑主体（非译者穆木天）基于现代汉语表达规范或者

---

① 〔法〕让－伊夫·塔迪埃：《20 世纪的文学批评》，史忠义译，河南大学出版社，2009，第 241 页。

追求简练、明晰化表达的"故意而为""主动所为",当然,也有没有核对俄语原文的误改(手稿正确,刊印本错改)以及疏忽、粗心所致的误录、误刊。刊印本主要采取调整、改写、删减、增添四种策略对手稿本进行更改,体现了鲜明的编辑意志,其中,前三种修改手段使用频率最高,最后一种最低。

调整,主要面向手稿语句语序。在直译理念的指导下,手稿基本按照俄文语序展开,与俄文语序、标点符号一一对应,过于拘泥于俄文文法结构,往往造成汉语表达的拗口,基于此,刊印本调整手稿语句语序,追求更为简练、易懂的表达,呈现明显的"去直译"修改倾向,即手稿本较之于刊印本更接近于原文,异化程度高,刊印本更趋于归化,远离原文,直译程度较手稿本低。当然,穆木天在手稿的自我修改或说自我编辑中也存在着"去直译"的整体倾向,与刊印本对手稿本的校改、调整存在方向的一致性。

改写,主要包括改正笔误、整合压缩、改译书名以及杂志名、改译作者名字、替换实词、误改误刊等情况。在庞大的手稿体系中,笔误在所难免,刊印本矫正错字、笔误,完善表达。手稿一方面拘泥于原文;另一方面面对过长的段落,拆分翻译,化长为短,导致出现重复、啰嗦的现象。为追求简练的表达效果,刊印本往往整合、压缩、改写手稿,表达相对通畅。书名、杂志名、作者名字的改译有两种情况:一种是编者根据穆木天在手稿上的修改痕迹而改动;另外一种是为保持与现在通用译名一致,编者自主进行的改动。刊印本也时常改动、替换手稿中的实词(名词、动词、形容词、代词等),基本上属于同义词替换,有的改动属于校改、正误,如"атмосфера"一词的翻译,"атмосфера",词义为"空气""大气压""氛围""环境",手稿本不加区分地将该词统一译介为"空气",是不恰当的,刊印本校改为"氛围",比较合乎语境及表达。但有的改动并不恰当,效果不如手稿表达,如"скорбящего"一词的翻译,该词为"скорбеть"现在时形动词的二格形式,词义为"哀悼""哀痛",手稿本译为"悲叹",词意与情感色彩都符合俄文语境及表达,刊印本则将其改为"感叹",情感色彩明显弱于"悲叹",且不符合俄文语境。有的改动,就完全属于误改、误录、误刊。或者违背了俄文的语法结构（把并列关系改为修饰限定关系，句子成分错置），或者错录了手稿文字，或者省略了不应该省略的关键信息。如，"чувство скорби и отчаяния"，手稿本译为"忧伤和失望的感觉"，"忧伤"和"失望"是并列关系（两种感觉），刊印本则改为修饰关系"忧伤的失望"（一种感觉），属于误改；"слабые порывы ветра-ее мерное дыхание, спокойное покачивание волн-колебание ее груди"，手稿本按照俄文语序及内容译为"清风徐来，诗人认为那是她的匀整的呼吸，微波荡漾，诗人就认为那是她的胸怀的悸动"，而刊印本不顾文意，直接省略、压缩，甚至"张冠李戴"，改写为"那清风徐徐就是她的胸怀的悸动"，产生明显的不当或说错误。

　　删减，主要包括删减标点、删减虚词、删减实词、删减注释、删减句子、删减冗余、省略俄语标记信息等情况。其中，删减虚词及冗余占据较大的比例，编者应是立足于行文的简练与流畅。标点、实词的删减并不全部恰当，甚至相反，往往导致歧义乃至意义的不完整。手稿的某些注释以及手稿所保留的作者、著作、杂志、作品主人公、地点、文学体裁、流派、团体、术语、概念的俄语信息标记被刊印本全部删减、省略，译文更为简练流畅，但译文信息也严重缺失，造成一定的费解乃至误解。

　　增添，在手稿与刊印本的差异比例中占比不大，主要是增添注释信息以及实词虚词，一方面便于当下读者理解，另一方面完善语句表达。

　　由此，我们可以说，编辑整理、出版的刊印本赋予了穆木天晚年翻译手稿新的面貌、新的表达，在某种程度上，刊印本字通句顺，表达更为简练，逻辑也更为通畅、连续、连贯与完整，体现了鲜明的"译本风格"（刊印本风格），而非穆木天的"译者风格"，"从发生学角度看，文本又与印刷本一样，印刷本使作品从亲笔写的和隐秘的身份变成手写变体和公共的身份。作为手稿，甚至是'定稿'，当作者在世时，总是可以对作品做修改：追溯既往的，是作品印刷排版版本的变化把处于这种状况的作品确定为最后稿本，出版物以固定的方式把作品的这种状况固定下来"①；但是，刊印本也对穆木天晚年翻译手稿造成了一定的扭曲与

---

① 〔法〕德比亚齐：《文本发生学》，汪秀华译，天津人民出版社，2005，第27页。

伤害，如其中的误改、误刊、误录现象以及重要信息的压缩、删减、省略。基于此，为了保障穆木天晚年翻译手稿由手稿形态到刊印本的良好转化，以及实现手稿学术价值与文献价值的最大彰显，我们在上述经验的基础上尝试提出一些刊印策略。

其一，最大限度地忠实于手稿。编辑主体应保持手稿原貌，贯彻"精校、不改、慎注"原则①，尊重翻译家穆木天的表达习惯、书写习惯，能不调整，尽量不调整，能不省略，尽量不省略，能不增删，尽量不增删，从而避免编者的臆断和妄测，但对于明显的知识性错误，要加以矫正，韦勒克、沃伦谈到手抄本（手稿）的校勘、编辑时的论述对我们有一定的借鉴价值与启发意义，"我们不必要求作品的文本现代化，而只要求具有可读性：这种文本应该避免不必要的揣测和改订，只要提供合理的帮助，能使我们不被那些纯属抄写上的传统和习惯纠缠住，就可以了"②，"主张应该能够流畅地阅读文本的话，则未免有些离谱了"③，作为特殊的文本，手稿的文献价值是极其珍贵且不容忽视的。

其二，最大限度地规避错误。我们在此所说的"错误"，既指手稿的原生错误，如，拼写错误，穆木天将"Хусейн"误拼为"Гусейи"，将"бесплатно"误拼为"бесмлано"，将"покрывало"误拼为"порывало"，将"остров"误拼为"острво"，将"Лилия дна"拼写为"Лилия дня"，从而导致了意义的改变："谷底的百合花"变为"白昼的百合花"。再如，译名（作家、作品、作品主人公、地名）前后不一致，以及某些惯性翻译错误，如，"Жан"，音译为"让"，穆木天统一翻译为"约翰"；等等。更指编辑的后发错误，如，"основной принцип"，手稿本翻译为"基本原则"，刊印本误录为"基本原创"，等等。因而，要最大限度地校勘、纠正手稿错误，也要坚决避免对手稿的误改、误录、误刊。

其三，根据手稿的修改痕迹而改动。穆木天晚年翻译手稿中存在大量的涂抹增删修改痕迹，编者在刊印过程中应加以甄别，最大限度地根

---

① 解志熙：《刊海寻书记》，《中国现代文学研究丛刊》2004 年第 3 期，第 1～44 页。
② 〔美〕韦勒克、沃伦：《文学理论》，刘象愚等译，江苏教育出版社，2005，第 58 页。
③ 〔美〕韦勒克、沃伦：《文学理论》，刘象愚等译，江苏教育出版社，2005，第 58 页。

据穆木天的修改痕迹而改动，或说采用穆木天修改后的最终译文与表达，尊重译者本人的意愿与决定意志，或说"成熟意志"。

其四，根据原始俄文文献进行改动。迫不得已改动手稿时，务必根据手稿参照的俄文文献进行改动，以免误改；同时，在录入手稿文字时，也应该以俄文文献为参照，继而核对穆木天译文，纠正穆木天误译的地方，如上文中我们提到的"непосредственный результат"，应该译为"直接结果"，手稿本译为"间接结果"，刊印本并未校改过来，依然是"间接结果"。

一言以蔽之，我们既要对穆木天晚年翻译手稿加强校勘，纠正错误，又要尊重手稿，保持原貌，或者说，我们既要充分发挥穆木天晚年翻译手稿的学术意义，又要最大限度地保存它的文献价值，从而实现手稿学术价值与文献价值并存的刊印目标。

结　论

在导论部分，我们梳理了穆木天的翻译活动及翻译功绩，界定了穆木天"首先成为翻译家"的身份属性，考察了学界研究穆木天的基本情况，发现诗人穆木天已经得到相当程度的重视与关注，而翻译家穆木天长期处于被遗忘、被忽视的状态，我们认为原因有三。其一，穆木天翻译成果规模庞大、类型繁杂、范围广阔，宽泛、众多、庞杂的翻译成果无疑加剧了研究穆木天翻译文学的困难；其二，穆木天1957年之前的翻译成果如今不再畅销、流通；其三，穆木天1957年之后的翻译成果也即穆木天晚年翻译手稿不为学界所知。但是，"翻译家穆木天研究"这一课题也是极具诱惑力的：其一，有助于研究中国翻译文学史；其二，有助于研究诗人穆木天；其三，有助于研究中国现代文学的生成与发展及外国文学与中国现代文学之深层关系。故而，为了完善"翻译家穆木天"这一课题的研究，我们提出了"穆木天晚年翻译手稿研究"的论题。穆木天晚年翻译手稿对于穆木天研究、中国新文学（中国翻译文学）手稿（学）研究、北京师范大学校史研究、新中国教育史及外国文学学科（东方文学学科）史研究、苏联文学批评研究、外国文学研究、中国翻译文学史研究、中俄〔苏〕交流史研究等领域都有重要意义与独特价值——这为本书的写作提供了深刻的目标动力。随后我们论证了研究穆木天晚年翻译手稿的可能性与可行性，并提出了本书的四个目标，在此，我们进行总结与回答。

其一，依据史料及手稿信息，探讨手稿的生成机制，界定手稿的书写时间，厘清手稿的合译问题，评判手稿的书写价值与书写艺术，描述手稿的媒介质地，梳理手稿的保存与传承情况；同时，面向手稿，通过系统的清点、整理及科学的统计、归类，建立完整、规范的穆木天晚年翻译手稿档案及目录。

　　主体意识与外在规范相互作用，合力推动了穆木天晚年翻译手稿的生产与完成：穆木天良好的外语素养与丰富的外国文学翻译经验、外国文学认知与外国文学观念由象征主义到现实主义的转向、坚强的生命力度与崇高的精神向度以及特定的时代语境与翻译倾向，构成了穆木天晚年翻译手稿的生成机制。在意识形态的指导下，手稿以苏联为媒介广涉各国相关文学，契合当时的时代语境和主流诗学；生命力度与精神向度为穆木天翻译行为的实施、完成提供了基本保障；俄语（手稿源语）是穆木天采用的主要译介语言，英语、法语、日语等穆木天掌握的其他外语语种发挥辅助作用，作用于手稿关键信息的注释、标记；同时，外国文学认知与外国文学观念的转变强化了穆木天的现实主义文学观念，但在一定程度上也窄化了穆木天的文学视野，影响了手稿的译介择取以及评价标准。

　　1958 年是穆木天晚年翻译手稿产生的起点。教育改革中，中文系外国文学课程（东方文学）在原有的基础上又增添了很多新内容，为了帮助北京师范大学外国文学教研室青年教师完成新的教学任务与教学目标，穆木天开始了长达十年的翻译工作。十年间，穆木天共翻译了 19 类 94 种 3622 页 211 万字的外国文学研究资料（含外国文学作品），其中 85 种为穆木天独译，5 种为穆木天、彭慧合译，1 种为穆木天、彭慧、黄药眠三人合译，1 种为穆木天、陈秋帆合译，2 种为彭慧独译。穆木天与彭慧既是夫妻，也是同事，他们与陈秋帆（现代文学方向）、黄药眠（文艺理论方向）均为北京师范大学中文系同事。由此，无论从翻译目的说，还是从翻译主体看，穆木天晚年翻译手稿都具有强烈的北师大色彩与标识。穆木天主要采用钢笔、蘸水钢笔、毛笔三种书写工具以及 20×20、40×15、25×20 三种型号的纸张进行书写，手稿字体瘦小、工整、古朴、沉稳、雅正，展现出较高的书法艺术及欣赏价值。字如其人，手迹与穆木天冷静、克制、"无趣"的性格特征及其深厚的传统文化素养相契合。手稿的封面主要有稿纸、报纸、俄语文献材料、出版书目内页等四种封面，封面上一般都有穆木天写下的翻译题目、原著作者、文章出处等基本信息，信息充足、完善，可与标准出版物相媲美。手稿的印章有"外国文学组"和"1963 查"两种，主要出现在手稿的封面或者手稿的第一页，是当时北师大整理资料的标记，对于我们界定手稿的起始和完成时间有重要意义。

穆木天晚年翻译手稿自产生之初就保存在北师大外国文学教研室，后经历了"文革"、唐山地震、院系搬迁种种，但在几代北师大外国文学学人的细心保管下，这批手稿保存到了今天。2012年1月14日，应穆木天家人要求，北师大文学院举行了手稿交接仪式，手稿如数移交给穆木天女儿穆立立保管，北师大档案馆和文学院保存全部手稿复印件。《光明日报》等国家级媒体做了"穆木天晚年翻译手稿醒来"的报道，引起了学界对手稿的关注与重视。2012年10月，张健教授担任总主编的12卷丛书"励耘书库·中国现代学术经典"由北京师范大学出版社出版，《穆木天卷》是其中之一，该书第三部分收录、刊印了穆木天晚年翻译手稿五种，这是手稿产生以来第一次公开印刷出版。在此，我们期待能够整理、出版更多的穆木天晚年翻译手稿，以及影印手稿，以飨学界与读者。

其二，依据手稿与新中国教育文献档案，考察穆木天晚年翻译手稿在新中国高等师范院校外国文学学科与东方文学学科构建及发展过程中的作用及功能。

外国文学学科的体制化与规模性建设，是从新中国成立后开始的，关键期是50年代，穆木天及北师大外国文学学科在此过程中发挥了重要作用。穆木天创办北师大外国文学教研室，编写外国文学讲义，开设外国文学课程，翻译外国文学资料，招收外国文学研究生，主持苏联文学进修班与研究班，培养外国文学教师，受教育部委托起草制订外国文学大纲（成为当时全国通用的文件），辨析中文系与外语系"外国文学课程"的区别，确立影响至今的"外国文学史与作家作品并重的教学体系"等等，完成了新中国高等师范院校外国文学学科的创建。穆木天1957年后的翻译具有浓郁的学科使命与学科属性，穆木天晚年翻译手稿被赋予深切的学科史意义与厚重的学科价值功能。

手稿推动外国文学学科深化。穆木天是北师大或说高等师范院校外国文学学科的奠基人。穆木天晚年翻译手稿作为新中国外国文学学科建设进程中的特殊产物，作为北师大执行"教育革命"指示的结果，为北师大外国文学教研室教师提供了稀缺而又珍贵的世界文学研究资源，为外国文学师资培养、教材撰写、讲义编写提供了苏联模式、标准及资源，推动了北师大外国文学学科的发展及深化，并使之一跃成为当时全国培养外国文学教研人才的重要基地，培养出了王忠祥、周乐群、王明居、陈惇、何乃英、王思敏等一大批优秀的外国文学学者。

手稿促进东方文学学科初创。穆木天虽然没有直接参与东方文学学科的创建，但是他的50种1553页97万字的东方文学手稿（几乎占全部手稿的一半）却发挥了重要作用：直接解决了东方文学学科建设过程中资料匮乏以及课程设置、教学研究方面的难题。换句话说，正是得益于穆木天晚年翻译手稿，北师大东方文学学科才拥有作为学科基础的学术资料。同时，北师大与其他高校通力合作，共享资源，使东方文学课程在中文系落地生根。由此，完全可以说穆木天晚年翻译手稿是我国东方文学学科化的起点。

其三，依据手稿，梳理手稿的翻译媒介、构成类型，并以我国的外国文学研究历程与语境考察、评判穆木天手稿的价值与意义，同时总结、归纳手稿所体现出的俄苏文学批评特征，以及评判、反思手稿在俄苏文学批评中国传播进程中的作用。

穆木天晚年翻译手稿全部翻译自苏联，翻译媒介主要有三种：苏联期刊、苏联学者撰写的学术著作以及翻译的学术著作。作为翻译自苏联的外国文学研究资料，穆木天晚年翻译手稿主要由四部分内容构成。一是苏联的外国文学研究成果，二是苏联的本国文学研究成果，三是苏联学者翻译的外国文学研究成果，四是刊登在苏联期刊上的外国作家、学者的相关论文。

穆木天晚年翻译手稿，从时间上看，涉及从古希腊到20世纪50年代各个时期的文学，其中数量最多比重最大的是20世纪初至50年代的文学研究资料，数量最少比重最小的则是18世纪文学研究资料；从空间上看，涉及各大洲各国文学，其中数量最多比例最大的则是欧洲文学研究资料，数量最少比重最小的是外国文学总论和拉美文学研究资料。手稿几乎涵盖了整个东西方文学史，除却研究资料，手稿也包含外国文学作品。在手稿中，穆木天译介了大量的文学作品（即原文引用的作品），涉及史诗、诗歌（民歌、歌谣）、小说、戏剧、寓言、童话等多种文类，当时国内诸多译家的译文为穆木天的翻译提供了部分借鉴，但从手稿整体看来，大部分外国文学作品由穆木天从俄文版翻译过来，且在国内属于首次翻译，从此层面上讲，穆木天晚年翻译手稿具有一定的开创意义。

手稿有广泛的翻译史意义与文学史意义。穆木天晚年翻译手稿是中国翻译文学史上试图通过翻译途径构建、还原东西方文学史的一次尝试，这种尝试本身及结果都极富开创价值与重要意义。

手稿有巨大的时代意义，与20世纪五六十年代我国的外国文学研究"并驾齐驱"——既深化、体系化了我国已有的外国文学研究成果，又增补了我国学术界所缺乏的外国文学研究资料，拓展了我国外国文学研究的东西方视域。手稿不仅与我国的外国文学研究历程同步，与我国的外国文学学科建设、东方文学学科建设同步，也与新中国成立后的外国文学翻译事业同步：一方面手稿即是对我国译介过来的外国文学作品的解读与阐释，另一方面手稿中呈现的外国文学的苏联视域又深刻影响着我国当时的外国文学取舍与评判标准，成为此时期制约翻译行为的一个不容忽视的关键因素。

手稿也有一定的当下意义，很多珍贵的材料以及言说思路、分析范式和最终结论，如对古希腊史诗戏曲的批评与观照，对雨果政论作品的分析与阐释及对雨果政论家身份的聚焦与强调，对莎士比亚戏剧评价史、演出史、传播史的统计与梳理，对洛甫·德·维伽、卡尔代龙世界观及剧作的揭示与探析，对印度诗学、印度地方语文学的论说与研究，对他国文学（古典文学、现代文学）在俄苏翻译、研究、传播与接受情况的介绍与考察等等，仍具有非常重要的史料价值与学术价值，对于我们今天的外国文学研究仍有填补意义与启示意义。

手稿在一定程度上折射出了俄苏文学批评的基本特征。从发表/出版媒介、研究主体等表层看，俄苏文学批评拥有众多的学术刊物、出版机构、学术机构（研究所），庞大的外国文学研究队伍（特朗斯基、安德列夫、尼古拉耶夫、雅洪托娃、图拉耶夫、斯密尔诺夫等）及丰富的外国文学研究成果；从批评范式、操作路径等深层看，既有"以意识形态为主导的评判标准""社会主义现实主义的研究方法""以苏联为中心的

'世界进步文学观念'"等宏观理念与批评框架，也有"比较文学的方法与格局""社会历史批评""诗学审美分析""实证分析""辩证评价""对话意识"等具体的研究方法与批评精神。我们今天审视苏联文学批评，在扬弃、批判的同时，也应该注意到其蕴含的某些能够穿透时代窠臼、具有经典性与典型性的方法论、逻辑体系与学术精神，比如其中蕴藏的辩证唯物主义与历史唯物主义史观、略显"笨重"乃至"笨拙"的返回历史现场的实证分析方法、严谨系统的辩证精神与开放包容的对话意识、深切的诗学审美分析、比较文学的视野与格局等等，都值得我们反思与学习。另外，从手稿看来，苏联学者对"庸俗社会学"同样持有警惕、反思与批判的态度，我们不能简单地在"苏联文学批评"与"庸俗社会学"之间直接画等号。某种程度上可以说，苏联文学批评隐含着多层次的特点，其中政治、阶级、社会、人性、人道、诗学、审美等诸多复杂因素相互交织在一起。

手稿在某种程度上也反映了翻译家兼外国文学研究者穆木天的外国文学观念。翻译手稿的篇目择取、内容选择以及手稿的大量批注（侧批、眉批以及译者注）等"痕迹"体现了穆木天宏阔、自觉的外国文学史观、浓厚的比较文学意识、现实主义的美学诉求等外国文学观念，以及穆木天由热衷象征主义诗学到肯定批判现实主义文学、彻底否定现代主义文学的外国文学观念转向，同时反映出穆木天外国文学观念中一定的庸俗社会学痕迹。

手稿以一种非公开出版的"隐性的方式"参与、推动了俄苏文学批评的中国传播（进程），手稿是俄苏文学批评中国传播整体语义链条中的重要一环，对新中国的文学批评与文艺生产产生了多方面的影响。既为外国文学批评规范化与秩序化的建立提供了一定的范式标杆与样本资源，也在一定程度上以"苏联模式"遮蔽、制约了自我言说的空间与方式。同时，这种以手稿为媒介的隐性传播方式、影响路径为我们今天审视、考察、反思中外文学、文化交流（史）提供了新的视角、维度及面向。

其四，结合穆木天的翻译思想、翻译理念及翻译历程，依托手稿，从翻译学角度对手稿进行翻译梳理与翻译评价，并通过手稿的涂抹增删等修改痕迹，揭示与还原穆木天的翻译精神、心理过程及艺术追求；通过手稿、俄语文献、他者译本的比较，探讨穆木天翻译的特征、风格与策略；通过手稿、刊印本、俄语文献的对照比较，探析手稿与刊印本的差异表现、差异原因以及刊印策略。

穆木天晚年翻译手稿体现了穆木天翻译观念的转变。从"看不起翻译"到"翻译或者强过创作"、"我就是要做桥"，反映出其强烈的目的性与鲜明的体系性。出于高度的使命感与责任感（培育师资、建设学科），在"史"的意识支配下，手稿体系化特征明显。穆木天长期践行的翻译策略是：从原语言文本直接翻译（俄语），逐字逐句翻译，恪守原文文法结构、修辞、语词、语气，忠实原文（标点、正文、原文注释、原文引文、原文重点字词标记等等）。

手稿是忠实原作的译稿，虽然有一定的"不恰当"、"漏译"乃至"误译"（有些"误译"频频呈现，属于惯性误译），但整体上是符合原作结构修辞表达规范的，较之于穆木天自身"信而且达"的翻译目标与翻译追求，手稿整体上"信"有余，而"达"不足，异化程度高；但手稿中的诗歌译文呈现另外一种景象，或说诗人穆木天与翻译家穆木天在诗歌翻译领域"合二为一"，穆木天的"诗人素质"得到最大限度发挥：手稿中凡引用的诗歌（甚至诗歌的评点文字）在穆木天译笔之下既"信"且"达"，雅正诗歌的"雅"被很好地传递出来。手稿中穆木天的诗歌译文完全是诗的语言、诗的格调、诗的气派，活灵活现，毫不拘泥、呆板，体现出"诗人译诗"的优势与特质，且很多篇章属于国内首译，是穆木天晚年翻译手稿中一种特殊且珍贵的存在。

手稿凝聚着译者的心理态势与情感机制，手稿工整的字迹、详细的校对（穆木天撰写"译者校记"、打问号"？"及留白示疑等等）、大量的批注圈画与丰富的译者注和完善、充足的译文信息（篇名、作者、出版社、出版日期、具体章节、内容提要以及关键词、术语、概念的外语信息），体现了穆木天的深度翻译追求及深度翻译策略，契合并强化了手稿作为学术资料的学术气息、学术品质与学术底色，更好地激发了手稿的教学、研究用途与功能，充分彰显了译者的主体性、在场感，以及高度的责任感（尊重原文与服务读者）和深厚的文学素养，凸显了晚年穆木天对"翻译家"身份的坚守。

　　手稿的涂抹增删修改涉及字、词、句、段落、标点及译作、译名等各个方面、各个方向。众多的修改痕迹，一方面呈现了手稿的动态书写及发生过程，展现了穆木天校对修改的具体思路、途径、方式及程序，另一方面记录、见证了穆木天翻译中的考量、取舍、纠结、犹豫，乃至痛苦等心理特征，体现了穆木天细致认真、高度负责、精益求精的精神境界与艺术追求（穆木天的修改较之于初译整体提升了译文质量，但也有部分修改不如初译，以及还存在着大量的"删除－恢复"乃至"删除－恢复－删除－恢复"等反复行为）；涂抹修改一方面是穆木天直译理念或说直译习惯的实践、妥协与坚守（"直译"、"去直译"、"再直译"的修改倾向），尤其表现在句子结构的反复调整层面，当然另一方面也是面对颇具规模、具有相当难度的翻译对象时，穆木天身体素质及翻译能力不能完全适应、匹配，同时，反复的涂抹修改也与穆木天翻译理念中的绝对化、理想化倾向有着密切关联。此外，手稿中也存在着极为流畅、干净、整洁的书写页面，在一定程度上反映了穆木天的翻译准备及谋篇布局。

　　手稿中的篇目现在有不少他人翻译、公开发行的译本，展现出穆木天选译篇目的经典性、实用性。手稿中引用、借鉴或者改写的其他翻译家的作品译文某种程度上搭建了翻译家穆木天（无名状态）与其他翻译家（周作人、罗念生、徐迟、傅东华、袁水拍、亦潜、孙用、孙玮、叶君健、李圭海、适夷、严绍端、施竹筠等）之间的沟通之桥，"无名"的穆木天晚年翻译手稿与公开出版的译作及显在的译场之间由此也形成了一种巧妙的对话、明显的互文及共频的互动。

　　手稿本与刊印本之间存在较大的差异，刊印本（编辑）主要采取调整、改写、删减、增添四种策略对手稿本进行更改与变异（与穆木天在手稿上的自我修改、自我编辑存在整体方向上的一致性），从而赋予了穆木天晚年翻译手稿（"译者风格"）崭新的表达（"译本风格"或说"编辑风格"）；但是，刊印本也对穆木天晚年翻译手稿造成了一定的扭曲与伤害，如其中的误改、误录、误刊现象以及重要信息的压缩、删减、省略。基于此，本书提出如下刊印策略。应最大限度地忠实于手稿，应最大限度地规避错误（手稿的原生错误与编辑的后发错误），要根据手稿的原始修改痕迹而改动，要根据手稿依据的原始俄文文献进行校勘，从而达到既保持手稿原貌，又合乎当下表达的刊印效果，以及实现手稿学术价值与文献价值并存的刊印目标。

行文至此，我们完成了"穆木天晚年翻译手稿"初次、初步的感知、领悟、鉴赏、描述、研究与判断，期待更多史料的挖掘、发现以及更加丰富多元的理论进入，进一步推动、完善穆木天晚年翻译手稿以及翻译家穆木天研究。"翻译家穆木天"这一课题，挑战与意义并存，道重且远。我们再次诚恳呼吁：希望精通英语、法语、日语、俄语等语种的学界人士可以通力合作，希望出版界能够出版、影印穆木天的手稿或者建设手稿数据库，以及重印穆木天先前的译本，给研究人员、教学工作人员、普通读者触摸"翻译家穆木天"的机会，从而推动"翻译家穆木天"研究，让它不再是一个被遗忘的角落。

参考文献

一　中文参考文献

鲍国华：《鲁迅〈魏晋风度与药及酒之关系〉：从记录稿到改定稿》，《鲁迅研究月刊》2016 年第 7 期。

《北京师范大学校史纪事（1902—2011）》，北京师范大学出版社，2012。

《北京师范大学校史（1902—1982）》，北京师范大学出版社，1982。

北京师范大学中文系外国文学教研组编《外国文学参考资料 东方部分》，高等教育出版社，1959。

卞之琳：《十年来外国文学翻译和研究工作》，《文学评论》1959 年第 5 期。

蔡清富：《穆木天传略》，《社会科学战线》1983 年第 2 期。

蔡清富：《谈穆木天的东京帝大〈在学证书〉》，《吉林师范学院报》1988 年第 3、4 期合刊。

操乐鹏：《"十七年文学"翻译批评的场域、路径与进程》，《中国翻译》2021 年第 4 期。

陈惇、何乃英主编《外国文学史纲要》，北京师范大学出版社，1995。

陈惇、刘洪涛主编《窗砚华年——北京师范大学苏联文学进修班、研究班纪念文集》，中国社会科学出版社，2012。

陈惇、刘洪涛主编《西方文学史》第 1 卷，四川人民出版社，2003。

陈惇、刘象愚编选《穆木天文学评论选集》，北京师范大学出版社，1999。

陈惇编选《中国现代学术经典·穆木天卷》，北京师范大学出版社，2012。

陈方竞：《穆木天外国文学翻译与中国现代翻译文学》，《汕头大学学报》

（人文社会科学版）2006 年第 12 期。

陈方竞：《文学史上的失踪者：穆木天》，北京大学出版社，2007。

陈方竞：《需要研究"中国现代文学中的鲁迅"》，《淮北职业技术学院学报》2008 年第 4 期。

陈方竞：《中国现代文学中的鲁迅研究》，《学术研究》2008 年第 1 期。

陈福康：《中国译学理论史稿》，上海外语教育出版社，2000。

陈建华、沈喜阳：《俄苏"红色经典"在当代中国》，《俄罗斯研究》2007 年第 6 期。

陈建华：《二十世纪中俄文学关系》，高等教育出版社，2002。

陈建华主编《中国外国文学研究的学术历程》，重庆出版社，2016。

陈鸣：《操纵理论视角观照下当代中国的外国文学翻译研究》，山东大学博士学位论文，2009。

陈南先：《俄苏文学与"十七年中国文学"》，苏州大学博士学位论文，2004。

陈南先：《苏联文艺政策与中国的"社会主义现实主义"》，《韶关学院学报》2007 年第 10 期。

陈思航：《基于手稿资源的特色数据库建设》，《图书馆工作与研究》2017 年第 5 期。

陈玉刚：《中国翻译文学史稿》，中国对外翻译出版公司，1989。

陈正直：《一分为二的西方现代派文学》，《外国文学研究》1981 年第 7 期。

陈众议：《外国文学翻译与研究 60 年》，《中国翻译》2009 年第 6 期。

陈众议主编《当代中国外国文学研究》，中国社会科学出版社，2011。

迟欣：《个案研究：从〈兰舟—中国女诗人〉的翻译手稿看译者主体性》，《江西师范大学学报》（哲学社会科学版）2013 年第 1 期。

楚泽涵：《我所知道的穆木天》，《新文学史料》2019 年第 3 期。

戴言：《穆木天和创造社》，《东北现代文学研究》1989 年第 1 期。

戴言：《穆木天评传》，春风文艺出版社，1995。

丁欣：《中国文化视野中的外国文学——20 世纪中国"外国文学史"教材考察》，复旦大学博士学位论文，2004。

范嘉荣：《鲁迅是讲究修辞的榜样——学习〈鲁迅手稿选集〉札记》，《当代修辞学》1982 年第 1 期。

方长安：《1949—1966 中国对外文学关系特征》，《中山大学学报》（社会科学版）2005 年第 9 期。

方长安：《建国后 17 年译介外国文学的现代性特征》，《学术研究》2003 年第 1 期。

方长安：《冷战·民族·文学——新中国"十七年"中外文学关系研究》，中国社会科学出版社，2009。

方梦之、庄智象主编《中国翻译家研究》（当代卷），上海外语教育出版社，2017。

方梦之、庄智象主编《中国翻译家研究》（民国卷），上海外语教育出版社，2017。

方梦之主编《中国译学大辞典》，上海外语教育出版社，2011。

冯乃超：《忆木天》，《社会科学战线》1983 年第 2 期。

冯宪光：《论"苏联模式"的文艺学》，《文艺理论与批评》1999 年第 3 期。

符杰祥：《"写在边缘"——鲁迅及中国新文学手稿研究的理论与问题》，《社会科学辑刊》2017 年第 1 期。

高等教育部办公厅编《高等教育文献法令汇编（1949—1952）》，1958。

高旭东主编《中国现代文学史》，北京师范大学出版社，2017。

葛涛：《"异国情调"与"中国化"：鲁迅译三篇契诃夫小说手稿研究》，《鲁迅研究月刊》2014 年第 12 期。

葛涛：《〈文学者的一生〉鲁迅译文手稿研究》，《长江学术》2020 年第 3 期。

葛涛：《鲁迅翻译〈俄罗斯的童话〉的残余手稿研究》，《鲁迅研究月刊》2019 年第 1 期。

葛涛：《鲁迅翻译〈运用口语的填词〉的手稿研究》，《鲁迅研究月刊》2020 年第 8 期。

葛涛：《鲁迅翻译普列汉诺夫文论的手稿研究》，《鲁迅研究月刊》2017 年第 9 期。

谷兴云：《鲁迅语言的独创性——读〈藤野先生〉手稿札记》，《上海鲁迅研究》2017 年第 4 期。

顾钧：《鲁迅翻译研究》，福建教育出版社，2009。

国家玮：《从旅人到流亡者 穆木天的象征诗及其转变》，国际文化出版公司，2016。

郝田虎：《〈缪斯的花园〉：早期现代英国札记书研究》，北京大学出版社，2014。

郝田虎：《手稿媒介与英国文学研究》，《江西社会科学》2011 年第 7 期。

郝田虎：《英国文学札记书〈缪斯的花园〉手稿版本研究》，《外国文学》2012 年第 2 期。

何东昌主编《中华人民共和国重要教育文献》（1949—1975），海南出版社，1997。

何光伦：《名人手稿的典藏、保护与利用刍议》，《图书馆杂志》2018 年第 12 期。

何辉斌：《外国文学研究 60 年》，浙江大学出版社，2010。

何乃英：《东方文学学科之起步 以北京师范大学为中心 1958—1966》，中国社会科学出版社，2018。

何乃英：《何乃英自选集》，山东文艺出版社，2007。

何乃英编著《新编简明东方文学》，中国人民大学出版社，2007。

何乃英主编《东方文学概论》，中国人民大学出版社，1999。

何乃英主编《东方文学简史 亚非其它国家部分》，海南出版社，1993。

何与怀：《浅谈外国文学的评价问题》，《现代外语》1980 年第 4 期。

侯富芳：《手迹文献及其影印出版问题研究》，《图书馆建设》2014 年第 9 期。

胡经之、王岳主编《文艺学美学方法论》，北京大学出版社，1994。

黄晓丽：《〈静静的顿河〉在当代中国的接受研究（1949—2008）》，山东师范大学硕士学位论文，2010。

季景伟：《穆木天诗歌研究——一个象征主义的视角》，吉林大学硕士学位论文，2010。

季明明主编《中国教育行政全书》，经济日报出版社，1997。

江庆柏等：《稿本》，江苏古籍出版社，2002。

姜异新：《回归"书写中的鲁迅"——略论鲁迅手稿研究的学术生长点》，《现代中文学刊》2016年第3期。

蒋方：《巴尔扎克在中国》，中国社会科学出版社，2009。

蒋芳：《穆木天对巴尔扎克的接受与传播》，《东北师大学报》（哲学社会科学版）2006年第4期。

蒋芳：《新中国成立前巴尔扎克传播史述论》，《衡阳师范学院学报》2003年第5期。

蒋锡金：《故友三人行》，《东北师大学报》（哲学社会科学版）1989年第5期。

解志熙：《刊海寻书记——〈于赓虞诗文辑存〉编校纪历兼谈现代文学文献的辑轶与整理》，《中国现代文学研究丛刊》2004年第3期。

金鹤哲：《建国三十年朝鲜和韩国文学译介研究》，《东疆学刊》2017年第1期。

金宏宇：《新文学的版本批评》，武汉大学出版社，2007。

匡兴、陈惇、陶德臻主编《外国文学史讲义》，北京师范大学出版社，1986。

匡兴、陈惇主编《外国文学》，北京大学出版社，2001。

匡兴主编《欧美文学简史》，中央广播电视大学出版社，2006。

匡兴主编《外国文学》，中央广播电视大学出版社，1994。

匡兴主编《外国文学史 西方卷》，北京师范大学出版社，2010。

邝明艳：《所争非所论——三十年代文学翻译论争述评》，《社会科学论坛》（学术研究卷）2009年第7期。

蓝红军：《翻译史研究方法论四题》，《天津外国语学院学报》2010年第1期。

蓝红军：《译学方法论研究》，外语教学与研究出版社，2019。

李福亮、王清学：《20世纪50年代浩然小说的文化艺术传承》，《文艺评论》2009年第6期。

李继凯：《现代中国作家文人汉字书写手稿论略》，《广州大学学报》（社会科学版）2021年第1期。

李明彦：《真实性话语的建构与新时期文学》，东北师范大学博士论文，2012。

李小光：《名家手稿及其插图的审美价值》，《江苏社会科学》2010 年第 S1 期。

李秀卿：《楼穆翻译之争与鲁迅》，《兰州学刊》2011 年第 12 期。

李正荣：《从苏联文艺学言语体裁的深处——"狂欢化"理论的优胜记略》，《俄罗斯文艺》2018 年第 1 期。

梁立基、何乃英主编《外国文学简编 亚非部分》，中国人民大学出版社，2010。

廖七一：《翻译规范及其研究途径》，《外语教学》2009 年第 1 期。

廖七一：《翻译批评的历史语境（1949—1966）》，《外国语文》2017 年第 3 期。

林煌天编著《中国翻译词典》，湖北教育出版社，1997。

林煌天主编《中国翻译词典》，湖北教育出版社，1997。

刘彬：《勒菲弗尔操控论视野下的十七年文学翻译》，《解放军外国语学院学报》2010 年第 7 期。

刘洪涛：《世界文学观念在 20 世纪 50—60 年代中国的两次实践》，《中国比较文学》2010 年第 3 期。

刘英杰主编《中国教育大事典(1949—1990)》，浙江教育出版社，1993。

刘勇、邹红主编《中国现代文学史》北京师范大学，2006。

刘泽权：《大陆现当代女翻译家群像——基于〈中国翻译家辞典〉的扫描》，《中国翻译》2017 年第 6 期。

刘泽权：《两岸三地百年女性文学翻译史论构建的意义与方法》，《中国翻译》2016 年第 3 期。

刘增杰：《建立现代文学的史料学》，《中国现代文学研究丛刊》2004 年第 3 期。

刘志华：《"十七年文学批评"研究》，福建师范大学博士学位论文，2007。

卢玉玲：《翻译的周边文字——"十七年"英美文学翻译策略的改写功能分析》，《中国比较文学》2011 年第 7 期。

罗选民:《中华翻译文摘（2002—2003 卷）》,清华大学出版社,2006。

罗选民、屠国元:《阐释与解构: 翻译研究文集》,安徽文艺出版社,2003。

马祖毅主编《中国翻译简史》,中国对外翻译出版公司,1998。

马祖毅主编《中国翻译通史》,湖北教育出版社,2006。

孟昭毅、李载道主编《中国翻译文学史》,北京大学出版社,2005。

孟昭毅主编《中国东方文学翻译史》,昆仑出版社,2014。

穆雷、诗怡:《翻译主体的"发现"与研究》,《中国翻译》2003 年第 1 期。

穆立立:《不应忘却的记忆——女作家彭慧的生平与文学道路》,《湖南人文科技学院学报》2010 年第 5 期。

聂珍钊、杨建主编《外国文学课程国际化研究论文集》,华中师范大学出版社,2012。

聂珍钊主编《外国文学史》,华中师范大学出版社,2010。

聂珍钊主编《外国文学史》,华中科技大学出版社,2004。

钱理群:《重视史料的独立准备》,《中国现代文学研究丛刊》2004 年第 3 期。

钱理群、吴福辉、温儒敏、王超冰:《中国现代文学三十年》,上海文艺出版社,1987。

乔丽华:《重抄稿的意义——从手稿看鲁迅〈集外集〉各版本的编校》,《鲁迅研究月刊》2020 年第 5 期。

全国首届穆木天学术讨论会、吉林师范学院学报编辑部编《穆木天研究论文集》,时代文艺出版社,1990。

陕西省翻译工作者协会编《翻译家词典》,中国文艺联合出版公司,1989。

邵伯周主编《简明中国现代文学史》,天津人民出版社,1986。

申丹、王邦维:《新中国 60 年外国文学研究》,北京大学出版社,2015。

司马长风:《中国新文学史》,昭明出版社,1975。

宋炳辉:《弱小民族文学的译介与 20 世纪中国文学的民族意识》,复旦大学博士学位论文,2004。

宋炳辉：《文学史视野中的中国现代翻译文学 以作家翻译为中心》，复旦大学出版社，2013。

宋学智：《傅雷翻译研究中的几次论争及思考——纪念傅雷逝世五十周年》，《外国语》2016 年第 6 期。

宋学智、许钧：《傅雷翻译实践的成功路径及其意义》，《江苏社会科学》2009 年第 6 期。

孙凤城：《步履维难的行程 ——西方现代派文学在中国的情况介绍》，《国外文学》1994 年第 11 期。

孙会军：《新时期之初西方现代派文学在中国的接受》，《解放军外国语学院学报》2006 年第 5 期。

孙艺风：《视角·阐释·文化——文学翻译与翻译理论》，清华大学出版社，2004。

孙玉石：《中国象征派诗歌理论的奠基者——重读穆木天的早期诗论》，《吉林师范学院学报（哲学社会科学版）》1989 年第 3 期。

孙致礼：《1949—1966：我国英美文学翻译概论》，译林出版社，1966。

陶德臻、陈惇主编《外国文学上 亚非部分》，高等教育出版社，1988。

陶德臻主编《东方文学简史》，北京出版社，1985。

陶德臻主编《东方文学名著讲话》，宁夏人民出版社，1987。

陶德臻主编《外国文学史纲》，北京出版社，1990。

陶源：《溯源翻译研究：翻译过程研究的新范式》，《外语学刊》2019 年第 2 期。

汪春成：《20 世纪印度文学的汉译概况及其阶段特征》，《出版发行研究》2017 年第 11 期。

王邦维主编《东方文学经典 翻译与研究》，北岳文艺出版社，2008。

王邦维主编《东方文学学科：建设与发展》，北岳文艺出版社，1997。

王秉钦：《20 世纪中国翻译思想史》（第 2 版），南开大学出版社，2018。

王大智：《翻译与翻译伦理——基于中国传统翻译伦理思想的思考》，北京大学出版社，2012。

王东风：《论翻译过程中的文化介入》，《中国翻译》1998 年第 5 期。

王东风：《一只看不见的手》，《中国翻译》2003 年第 5 期。

王泉根：《新世纪中国儿童文学学科建设面临的机遇与挑战》，《昆明师范高等专科学校学报》2004 年第 2 期。

王淑芳、邵红英主编《师范之光 北京师范大学百杰人物》，北京师范大学出版社，2002。

王术军：《永远的北师大》，团结出版社，2012。

王锡荣：《鲁迅手稿的形态观察》，《现代中文学刊》2019 年第 6 期。

王向远：《二十世纪中国的日本翻译文学史》，北京师范大学出版社，2001。

王向远：《翻译文学研究·中国文学翻译九大论争》，宁夏人民出版社，2007。

王雪：《作家手稿档案征集研究——基于中国现代文学馆的考察》，《档案学研究》2019 年第 5 期。

王瑶：《中国新文学史稿》，上海文艺出版社，1982。

王影：《郭沫若翻译理论与实践研究》，河北大学硕士学位论文，2011。

王友贵：《20 世纪下半叶中国翻译文学史（1949—1977）》，人民出版社，2015。

王友贵：《翻译家鲁迅》，南开大学出版社，2016。

王友贵：《意识形态与 20 世纪中国翻译文学史》，《中国翻译》2003 年第 5 期。

王哲甫：《中国新文学运动史》，北平杰成印书局，1933。

王中忱：《日本中介与穆木天的早期文学观杂考》，《励耘学刊》（文学卷）2006 年第 1 期。

王忠祥：《外国文学史研究与编纂 60 年》，《华中学术》2011 年第 1 期。

王忠祥、宋寅展、彭端智主编《外国文学教程》（上、中、下三册），湖南教育出版社，1985。

王忠祥主编《外国文学史》，华中师范大学出版社，1963。

王忠祥主编《外国文学专题选讲》，北京大学出版社，1987。

温华：《论外国文学话语转型》，华东师范大学博士学位论文，2013。

文军主编《中国翻译批评百年回眸 1900—2004 翻译批评论文、论著索引》，北京航空航天大学出版社，2006。

吴川淮：《绝去形容 独标真素——鲁迅手稿书法的艺术价值》，《荣宝斋》2018 年第 9 期。

吴春兰：《论中国当代文学生成中的"苏联影响"》，福建师范大学硕士学位论文，2009。

吴钧：《鲁迅翻译文学研究》，齐鲁书社，2009。

吴元迈：《"把历史还给历史"——苏联文论在新中国的历史命运》，《文艺研究》2000 年第 4 期。

吴元迈：《北方吹来的风 俄罗斯、苏联文学与中国》，海南出版社，1993。

吴元迈：《回顾与思考——新中国外国文学研究 50 年》，《外国文学研究》2000 年第 1 期。

吴元迈等主编《外国文学史话》，吉林人民出版社，2001。

吴岳添：《百年回顾——法国小说在我国的译介和研究》，《北京化工大学学报》（社会科学版）2005 年第 1 期。

吴赟：《文学操纵与时代阐释——英美诗歌的译介研究（1949—1966）》，复旦大学出版社，2012。

吴泽霖、邹红主编《彭慧先生：百年诞辰纪念文集》，北京师范大学出版社，2009。

奚念：《翻译在外国文学经典构建中的作用》，上海外国语大学博士学位论文，2009。

习丽娟：《"穆木天现象"及穆木天诗学观研究——兼论文学生态与文学功能的复杂关系》，福建师范大学硕士学位论文，2012。

谢天振：《译介学》，上海外语教育出版社，2003。

谢天振、查明建：《中国现代翻译文学史》（1898—1949），上海外语教育出版社，2004。

新华书店总店编辑《全国总书目 1949—1954》，新华书店总店，1955。

修文乔：《从傅译副文本看傅雷的翻译观和读者观》，《广东外语外贸大学学报》2008 年第 6 期。

徐强：《手稿文献研究：新文学史料研究的新增长点》，《南京师范大学文学院学报》2020 年第 2 期。

徐亚强、吴亚丹：《摩挲手迹，揣度文心——新文学作家手稿文献论坛会议综述》，《北方工业大学学报》2020 年第 6 期。

徐莹：《签名本：文学档案的另一个视角》，《中国档案》2018 年第 6 期。

许钧：《当下翻译研究的困惑与思考》，《东北师大学报》2019 年第 3 期。

许钧：《二十世纪法国文学在中国的译介特点》，《当代外国文学》2001
    年第 2 期。

许钧：《翻译动机、翻译观念与翻译活动》，《外语研究》2004 年第 1 期。

许钧：《翻译价值论》，《外语教学与研究》2004 年第 1 期。

许钧：《翻译论》（修订本），译林出版社，2014。

许钧：《关于文学翻译的语言问题》，《外国语》（上海外国语大学学报）
    2021 年第 1 期。

许钧：《简论理解和阐释的空间与限度》，《外国语》（上海外国语大学学
    报）2004 年第 1 期。

许钧：《谈译论学录》，浙江大学出版社，2019。

许钧：《译者、读者与阅读空间》，《外国语》（上海外国语大学学报）
    1996 年第 1 期。

许钧、穆雷：《探索、建设与发展——新中国翻译研究 60 年》，《中国翻
    译》2009 年第 6 期。

许钧、穆雷主编《中国翻译研究：1949—2009》，上海外语教育出版
    社，2009。

许钧、宋学智：《傅雷文学翻译的精神与艺术追求——以〈都尔的本堂
    神甫〉翻译手稿为例》，《外语教学与研究》2013 年第 5 期。

许诗焱、张杰：《21 世纪文学翻译研究的三大转向：认知·过程·方
    法》，《江苏社会科学》2020 年第 3 期。

严家炎：《二十世纪中国文学史》，高等教育出版社，2010。

杨丽华：《林纾翻译研究》，湖南师范大学博士学位论文，2012。

杨利景：《苏联文学对中国 20 世纪 50 年代文学思潮的影响》，《沈阳师
    范大学学报（社会科学版）》2005 年第 2 期。

杨义主编《二十世纪中国翻译文学史》，百花洲文艺出版社，2009。

杨振、许钧：《从傅雷译作中的注释看译者直接阐释的必要性——以
    〈傅雷文集〉第三卷为例》，《外语教学》2009 年第 3 期。

余抗生：《值得凭吊的墓地——透视五十年代"苏联文学热"》，《涪陵师范学院学报》2003 年第 5 期。

余立主编《中国高等教育史》，华东师范大学出版社，1994。

张丛皞：《党的文艺观的源头之一：东北解放区的苏联文论译介》，《学习与探索》2021 年第 7 期。

张峰、佘协斌：《1898—1998：法国文学汉译百年回顾》，《北京第二外国语学院学报》2001 年第 4 期。

查明建：《文化操纵与利用：意识形态与翻译文学经典的建构——以 20世纪五六十年代的翻译文学为研究中心》，《中国比较文学》2004 年第 2 期。

查明建：《一苇杭之》，中央编译出版社，2014。

查明建、谢天振：《中国 20 世纪外国文学翻译史》，湖北教育出版社，2007。

张曼：《老舍翻译文学研究》，上海交通大学出版社，2016。

张曼：《时代文学语境与穆旦译介择取的特点》，《中国比较文学》2001年第 10 期。

张汨：《翻译手稿研究：问题与方法》，《外语教育研究》2018 年第 2 期。

张汨：《注重翻译手稿推动翻译家研究——Jeremy Munday 教授访谈录》《上海翻译》2018 年第 2 期。

张汨、文军：《朱生豪翻译手稿描写性研究——以〈仲夏夜之梦〉为例》，《外语教学与研究》2016 年第 2 期。

张勉、刘欣尚编《学府新貌 北京师范大学文科教学与科研》，北京师范大学出版社，1992。

赵景深：《新文学过眼录》，广西师范大学出版社，2004。

赵秋荣、曾朵：《译者自我修改与编辑校订研究——以〈海上花列传〉的英译为例》，《语料库语言学》2020 年第 2 期。

赵献涛：《民国文学研究 翻译学、手稿学、鲁迅学》，中国广播电视出版社，2015。

赵英：《鲁迅手稿书法艺术雏议》，《鲁迅研究月刊》1996 年第 10 期。

郑锦怀、岳峰：《翻译史料问题研究》，《外语教学与研究》2011 年第

3 期。

郑克鲁主编《外国文学史》修订版，高等教育出版社，2006。

郑克鲁主编《外国文学史》，高等教育出版社，1999。

郑体武编《新中国成立以来的外国文学教学与研究》，上海外语教育出版社，2011。

《中国翻译家辞典》编写组编《中国翻译家辞典》，中国对外翻译出版公司，1988。

中国版本图书馆编《1949—1979 翻译出版外国文学著作目录和提要》，江苏人民出版社，1986。

中国出版工作者协会、中国出版发行科学研究所编《中国出版年鉴1988》，中国书籍出版社，1989。

周作人：《自己的园地》，人民文学出版社，1998。

朱栋霖主编《中国现代文学史》，高等教育出版社，2012。

朱金顺：《新文学资料引论》，北京语言学院出版社，1986。

邹振环：《20 世纪中国翻译史学史》，中西书局，2017。

〔德〕Christiane Nord：《译有所为——功能翻译理论阐释》，张美芳、王克非等译，外语教学与研究出版社，2005。

〔法〕德比亚齐：《文本发生学》，汪秀华译，天津人民出版社，2005。

〔法〕让－伊夫·塔迪埃：《20 世纪的文学批评》，史忠义译，河南大学出版社，2009。

〔美〕韦勒克、沃伦：《文学理论》，刘象愚等译，江苏教育出版社，2005。

〔苏〕M. 雅洪托娃等：《法国文学简史》，郭家申译，辽宁教育出版社，1986。

〔英〕杰里米·芒迪：《翻译学导论——理论与实践》，李德凤等译，商务印书馆，2007。

二　外文参考文献

Александр Смирнов. , История зарубежной литературы. Раннее средневековье и Возрождение. , Государственное учебно-педагогическое издательство , Москва, 1959 .

Андреев Л. Г. , Французская литература. 1917 – 1956 гг. М. Изд-во Московского университета, 1959.

Елистратова А. А. , Пузиков А. И. (сост.) Прогрессивная литература стран капитализма в борьбе за мир. М. : АН СССР, 1952.

Литературы Индии: сборник статей / Акад. наук СССР ; ред. : И. С. Рабинович, Е. П. Челышев. -Москва: Издательство восточной литературы, 1958.

М. А. Яхонтова М. Н. Черневич А. Л. Штеи ˇ н. , Очерки: по истории французскои ˇ литературы. Государственное учебно-педагогическое иэдательство министерства пгосвещения рсфср . Москва, 1958.

Уильям Шекспир. , Полное собрание сочинений в 8 томах. Государственное издательство “Искусство” Москва, 1957.

Е. Челышев. Об основных течениях и путях развития современной литературы хинди. Вопросы литературы, 1958, No. 10.

Bisaillon, J. , Professional Editing Strategies Used by Six Editors, *Written Communication* , 2007, 24 （4）.

Christiane Nord, *Translating As a Purposeful Activity*: *Functionalist Approaches Explained*, St Jerome Publishing, 1994.

Dirk Van Hulle, *Manuscript Genetics*, *Joyce's Knowhow*, *Beckett's Noho*, Gainsville: University Press of Florida, 2008.

Lefevere, A. , *Translation*, *Rewriting*, *and the Manipulation of Literary Fame*, London: Routledge, 1992.

Toury, G. , *Descriptive Translation Studies and Beyond*, Amsterdam & Philadelphia: John Benjamins, 1995.

附录　穆木天女儿穆立立访谈实录

一　访谈背景

2011 年 11 月，穆木天晚年翻译手稿交接仪式前两个月，笔者被安排负责手稿的清点、整理与记录工作。

2012 年 1 月，穆木天晚年翻译手稿在北京师范大学励耘报告厅举行交接仪式，手稿由北师大文学院如数移交给穆木天女儿穆立立保管，北师大文学院、档案馆、图书馆及笔者分别获赠一套手稿复印件。

2013 年 8 月 14 日，笔者于北京亦庄采访了穆立立老师，根据录音整理成文字并经过穆立立老师审定，即《穆木天女儿穆立立访谈实录》。

二　穆立立简介

穆立立，穆木天和彭慧的女儿，1934 年生于上海，1955 年毕业于北京俄语学院。中国社会科学院民族学与人类学研究所研究员。1993 年开始享受国务院颁发的政府特殊津贴。曾任中国民族理论学会理事和中国世界民族学会秘书长、副会长，现任该会顾问和中国发展战略学研究会文化战略专业委员会理事。长期从事苏联东欧民族问题研究和欧洲民族过程研究。写有《得失兴衰七十年》《苏联民族危机根源》《东欧剧变的民族因素》等论文和《苏联演变的历史思考》《苏联民族问题的历史与现状》等论著中的有关篇章。代表作为专著《欧洲民族概论》。

穆木天女儿穆立立访谈实录

问：穆老师，您好，2012 年 1 月份，穆木天先生的手稿由北京师范大学文学院转交给了您，您对这批手稿有什么计划吗？

穆立立（以下简称穆）：如果有合适的机会，当然希望能够出版。

只是手稿量太大，现在还没有能力。

问：去年 10 月，张健教授担任总主编的丛书"励耘书库·中国现代学术经典"由北京师范大学出版社出版。陈惇先生编选的《穆木天卷》是其中之一，收录了穆木天先生 30 年代的专著《法国文学史》（节选），穆先生在北师大讲授外国文学时的讲义《世界文学基本讲义》（选）以及穆先生的五种手稿，这本书中的很多文字都是第一次公开出版，您怎么评价这本书？

穆：这本书设计、封面都挺好，就是字体太小（笑）。书中选的五种手稿，分别是古典的、中世纪的、文艺复兴时期的文学，选的东西比较少，比较单薄。作为一个中国资深的外国文学工作者的文集，选的内容是不多的。但结合中国的外国文学研究史来说，结合世界的外国文学研究来说，是有它的特殊的地方的。一个资深的外国文学工作者，在极其困难的情况下，始终没有放弃为祖国开创一个通向世界文学的窗口的努力，我看，这在世界各国的文学工作中都是很少有人做到的。我们中国人就是有一种要把外国的东西取回来然后为中国服务的渴望，这种渴望，极其的强烈。所以我说这本书，不算是很丰富，也不算是很理想，但是从中国和世界的范围来说，都有它特殊的意义。

问：穆木天先生 1957 年以后为北师大外国文学教研室翻译了大量的外国文学研究资料，也就是我们现在看到的穆先生手稿，您能谈一下穆先生当年翻译这批资料时的具体情况吗？

穆：穆木天通过各种手段，通过自己长期积累的书，并定期到外文书店去找，去翻找一切他能翻找到的东西，进行翻译，是非常不容易的。而且，穆木天的身体状况是很不好的，他眼睛高度近视，我开玩笑说他不是看书，是闻书——他拿书靠在鼻尖上，鼻尖上的油全都沾到了书上了。他的学生也这么笑话他，说穆老师是闻书。穆木天给学生改稿子，或者写讲义，都是用鼻尖贴着稿子在那里工作的。中医说思伤脾，就是思考多了，脾胃就不好。穆木天的胃病就很严重，因此他早上从不吃饭，吃了早饭，就没法弯腰坐到书桌前工作。起床洗漱后就开始工作——他从年轻时就养成了这个习惯，所以能保持很大的工作量。

问：您说了穆木天先生翻译这些研究资料时的艰苦条件，那么也存在对穆先生翻译活动利好的条件吧？您能具体谈下吗？

穆：穆木天留下这么大一批文稿，之所以能显现，当然也是有他的有利的条件的。一是有他的人生观和世界观的支撑，另一点则是他扎实的外文功底、文学功底、语言功底。穆木天是 1900 年出生的，1894 年是甲午海战，1900 年是义和团，1901 年是庚子赔款，1905 年是日俄战争。日俄战争就是在东北的土地上打的，杀害了无数的中国人。那个时候，不要说有识之士，就是一般的老百姓，老农民，都感到一种亡国灭种的危机——中国要亡了，中国要国不将国了。国家兴亡，匹夫有责，所以说几乎所有人都有一种为国家前途奋争的不可磨灭的、不可压抑的愿望。穆木天从小就有通过读书吸取知识，以救国家的愿望。他的家里不是什么官宦人家，但是，还是有中国传统的学而优则仕观念，让儿女通过读书去改变命运，是鼓励他读书的。但是也有家人不鼓励他多读，认为识字，能够算账、赚钱就可以了。穆木天在吉林上学以后，要到转南开去读书，但他妈妈不同意。穆木天不善言辞，妈妈不同意，他就坚持跪在地上不动，不起来了。所以他家里后来还是让他到南开上学。

南开中学毕业后，穆木天又到了日本留学，《旅心》这部诗集就是他在日本留学期间写的。人们说他是象征派的，而我父亲却认为他不同于西方象征派，他不是寄希望于世界的彼岸，而是想着现世的祖国，是含着亡国之泪在写诗的。他一个东北的流亡者，哪里有工作他就工作两天，没有工作就写两天稿子，生活并不富裕。但是无论在多么困难的情况下，他都执着地去做自己的工作，一心想着要从外国文学取得解决中国新文学的问题的借鉴。他的《谭诗》，之所以被作为中国文论的经典之作，就是因为它打破了在新诗发生初期胡适的误导。穆木天认为，每个事物之所以是这个事物而不是那个事物都是有它内在的特质的。新诗就应有新诗的特质。所以在《谭诗》中，他谈新诗的韵律、节奏等等。新诗歌是新文艺的一个特有的形式，有它自己的特质，当它失去了自己的特质，它就不是新诗了。这是穆木天非常重要的思想，反映了他哲学思维的能力。

　　穆木天之所以能在极其困难的条件下留下如此丰厚的手稿，另一个有利的条件是他深厚的文化功底，和他有着很严谨的治学态度。另外穆木天当时还有有利的条件，那就是他在56年之前培养了部分学生，包括陈惇老师在内，他们基本都是在56年之前毕业了。保留穆木天的手稿，是陈惇老师们的功劳。陈惇是穆木天教过的学生中比较好的学生。他能够理解手稿的价值，手稿的意义，因此能把它保存下来，这个功劳不小。

　　问：穆先生的这批手稿距今也有50多年了，虽然经历了"文革"、院系搬迁、教研室的人事变迁等很多事情，但是这批手稿并没有遗失，而且保存的相当好，您能谈下手稿的保管状况吗？

　　穆：就像刚才说的，作为穆木天的学生，陈惇老师对这批手稿的保存是有功劳的，他能看到这批手稿的价值，就是一个很大的功劳。"文革"结束了，改革开放后，"四人帮"被粉碎，北师大文学院的领导，像张健老师，还有你们的李正荣老师，决定将手稿归还给我，我是十分感激的。

　　问：穆先生是在什么样的机缘下开始决定翻译这批外国文学资料的？这批资料在当时是怎么发挥它的作用的呢？

　　穆：当时，年轻的老师们匆忙上阵，经验不足，缺少资料，穆木天就翻译外国的东西供他们参考。他每翻译一份，就交给教研室的老师们，老师们就参考这些资料，进行教学。

　　问：您还记得穆先生的翻译具体是从哪一年开始的呢？持续到什么时候？

　　穆：从1957年开始，到1966年，也就是从他58岁到67岁，翻译了十年。

　　问：现在翻看穆先生的手稿，近百种达两百余万字，这么大的工作量，再加上当时那么差的生活、工作条件，您觉得穆先生是靠什么支撑着来完成这么艰巨的工作的?

穆:"我还对祖国的外国文学教学还有用,我要活着继续发挥我的作用。"这就是支持他翻译工作的力量。不管能不能发表,只要翻译的东西还有人需要用,对他们还能有所帮助,就证明了自身存在的价值。这对穆木天来说就是一种慰藉。此外他还喜欢钻研各种问题,喜欢讲死理,并且自得其乐,乐在其中。钟敬文老师的大公子钟少华说,他在书店碰见了穆伯伯,穆伯伯认真地看了一本书,说这里面的某句话翻译错了。钟少华说:"那个老头子一直跟我说个没完,说哪儿哪儿错了,我都不敢听了,吓得赶快跑了。"他就是这样,是不看别人的脸色的,是不看领导脸色的,而是完全抱着做学问的态度,怀着做学问的乐趣。他就是这样的。

问:穆先生翻译的这批资料,涉及面非常广泛,那么多的材料穆先生当时是怎么找到的?

穆:有的是他自己长期积累的,他还经常到外文书店翻啊,找啊,找到有用的,他就买回去翻译。

问:穆先生的这批资料基本上都来自苏联,穆先生也精通俄语,他从30年代就已经开始俄苏文学的翻译了,您能谈下穆先生的俄语学习情况吗?

穆:我父亲的俄语好像是在30年代开始学的,那时学俄语是没有俄汉词典的,只有《露和辞典》,中国人学俄语,包括鲁迅、曹靖华在内,翻译时都借助《露和辞典》。当时如果懂日语,能用《露和辞典》,就是学俄语的有利条件。

问:穆先生通晓多国外语,除了俄语,还有英语、法语、日语,您能谈下他外语的学习过程吗?

穆:我父亲在吉林上学的时候就开始学英语了,后来到南开中学后就继续学习英语。他的英语基础是在这个时期打下的。南开中学毕业后,他到日本留学,原来他是打算学理科的,后来由于视力不好,转到文科了。日语是他在日本期间学的。他在京都第三高等学校毕业后，到了东京帝国大学文学部法国文学专业学习。那个时候正是东京帝大学法国文学专业的黄金时代，我父亲是那个黄金时代的佼佼者。他的毕业论文《阿尔贝·萨曼》受到了老师的赞扬，是用法文写的。陈惇老师他们编的《穆木天文学评论选集》就收录了这篇论文。穆木天很重视学外文，但是他不是个外语工作者，是外国文学翻译和研究工作者。外语对于他来说永远只是他从事文学的工具。仅认识外国字而没学识是不行的。穆木天学外文，是把学习语言和研究一个民族的历史文化结合在一起的。郭沫若当年去看他，说他是童话中人，他喜欢看童话和神话，包括希腊神话、北欧神话等等。当然，这里有他的童趣，但更重要的是这些东西都是欧洲许多国家文化的源头，他是在学习语言的过程中阅读作品了解文化，在阅读作品的过程中了解民族的文化，熟悉语言，而不是为了学外语而孤立地去背生词。

问：看您编写的《彭慧著译编目》可知，彭慧先生一生翻译了大约有20多部的俄苏文学作品，您能谈一下彭慧先生的俄语学习情况吗？彭慧先生1927年被送往苏联中山大学学习，1930年回国，她的俄语是在此期间学习的吗？

穆：彭慧的俄语有一部分是在女师大的时候学的，当时在北京有俄语专科学校，在那儿学了一点俄语。1927年底的时候，彭慧被送到了莫斯科以孙中山命名的共产主义劳动大学，当时学校的负责人是王明，学生在学校既不好好学习文化知识，也不认真学习革命理论，而是把许多时间花在革命内部打派仗上。回国后不久，她便申请到"左联"搞文艺工作，开始搞翻译。凭借穆木天的《露和辞典》重新开始学习俄语，看不懂的日语，就问穆木天。

问：1950年彭慧先生从东北师大调到北师大任教，1952年穆木天先生也调了过来，后来在创建外国文学教研室时，穆木天先生和彭慧先生分别担任外国文学教研室一、二的主任，您能谈下穆木天先生在北师大时候的工作情况吗？

穆： 新中国成立以后，穆木天便有在中文系开创外国文学学科的想法，到北师大后他便创建了北师大外国文学教研室，这是他首创的。过去中文系是没有外国文学课的。而现在包括当年搞外国文学的，也并没有都理解到中文系的外国文学课和外文系的外国文学课有什么不同。外文系的外国文学主要是从语言角度考虑的，而不是从文学角度考虑的，而穆木天在 1956 年为全国的师范院校制定教学大纲时，就特别提出了这个问题，认为中文系的外国文学课和外文系的外国文学课是不同的，他为中文系的外国文学课提出了作家、作品、文学史三结合的教学体系。而外文系的外国文学课是以语言为主的，他们关注的重点在于语言。穆木天在 1956 年制定的外国文学教学大纲在全国得到执行，所以他的翻译文稿，老师们之所以能用，都是和他已经制定的教学大纲是有关的。他已经制定了个根本法，他已经为中文系的外国文学课制定了根本法，这是穆木天的功绩。中文系的外国文学课和外文系的外国文学课是不一样的东西，是两回事。我在《窗砚年华——北京师范大学苏联文学进修班、研究班纪念文集》这本书中的《不曾忘却的记忆——彭慧教授与北师大苏联文学进修班、研究班》这篇文章中也提到了这个问题。

问： 穆木天先生在北师大不仅开创了外国文学教研室，也创建了儿童文学教研室。

穆： 是，中文系的儿童文学学科也是穆木天首创的。

问： 作为北师大外国文学教研室和儿童文学教研室的首创者，穆木天先生为这两个教研室的发展做出了很多的努力，留下了很多宝贵的财富。

穆： 是啊，所以我特别觉得，你们的比较文学与世界文学研究所研究穆木天是非常有必要的，因为他了解到世界各国文学的发展情况，像他这样从事文学比较的翻译家，中国还是很少的。他的视野是非常广阔的，你看他的手稿，几乎涉及欧美亚非拉各洲文学，涉及朝鲜、缅甸、印度、阿尔及利亚、古巴各国文学。无论条件是多么艰难，他都在努力地工作着，尽一己之力，尽可能地把关于世界各国文学的研究资料都介绍到中国来，这是他非常大的功绩。

问：虽然穆先生不懂梵语，不懂西班牙语，不懂朝鲜语，但他利用自己的俄语功底，从苏联翻译了许多关于世界各国文学的研究资料，这是非常了不起的。

穆：是啊。虽然苏维埃文学有很多荒谬之处，但是多年来苏联学界在研究古希腊、罗马、欧洲中世纪、文艺复兴等时期的历史和文学等方面功底是很深的，很有水平，很有成果，是不容忽视的。这也是穆木天收集这些材料之所以比较扎实的有利条件。

问：不得不说，穆先生的学术视野确实很开阔。

穆：所以说搞学问，不是立竿见影，而是要有一个大的金字塔，有很宽厚的基础，逐渐越建越高。北师大文学院的比较文学与世界文学研究所还是很不错的，从世界各国来说，能够有这么雄厚的基础和人力在那里从事世界文学的比较研究，还是有比较好的条件的，应该走到前面去的。我父亲是在非常艰难的条件下，坚守着他的岗位，一直没有松开推开这个窗户的手。望这个窗户能继续被你们打得更开。

问：我们会在穆先生构建的这个基础上努力的。穆老师，我带了些穆先生的手稿，发现有两种不同的字迹，您能帮忙鉴定下嘛？

穆：好的。左边文稿的字迹是我父亲的，右边文稿的字迹是我母亲彭慧的。可见有一小部分手稿是他们合译的，只是很小的一部分。彭慧大部分时间都在搞创作。

穆立立发表、出版的涉及穆木天的文章、著作

1. 穆立立：《彭慧的一生》，《新文学史料》1981 年第 2 期。

2. 穆立立：《冬夜的回忆——记我的父亲穆木天》，《社会科学战线》1983 年第 2 期。

3. 穆立立：《关于我的父亲穆木天和鲁迅先生》，《新文学史料》1985 年第 1 期。

4. 穆立立：《致黄湛的一封信》，《吉林师范学院学报》1994 年第 3 期。

5. 穆立立：《东北大野诗人穆木天》，《炎黄春秋》2002 年第 12 期。

6. 穆立立：《彭慧的文学生涯——为纪念母亲的 95 诞辰而作》，《新文学史料》2002 年第 2 期。

7. 穆立立：《从不停息的脚步——诗人、诗歌评论家、翻译家穆木天的一生》，《新文学史料》2004 年第 3 期。

8. 穆立立：《关于穆木天冤案以及鲁迅与穆木天的和解》，《鲁迅研究月刊》2006 年第 6 期。

9. 穆立立：《不应忘却的记忆——女作家彭慧的生平与文学道路》，《湖南人文科技学院学报》2010 年第 5 期。

10. 穆立立：《左联时期的穆木天、彭慧》，《鲁迅研究月刊》2010 年第 8 期。

11. 穆立立：《穆木天：原做译桥渡青年》，《文艺报》2012 年第 2 期。

12. 穆立立：《穆木天传略》，《中国现代作家传略》，四川人民出版社，1983。

13. 穆立立、蔡清富编选《穆木天诗文集》，时代文艺出版社，1985。

14. 穆立立编选《穆木天诗选》，人民文学出版社，1987。

后　记

　　书稿出版之际，惊悉穆木天、彭慧的女儿穆立立女士已经逝世。时间停滞，笔尖凝固。

　　2011 年 11 月 10 日，我第一次接触穆木天晚年翻译手稿，是在导师李正荣教授的指导下整理手稿，因为年底的时候要把这批手稿交给穆立立。至今犹记得当时整理手稿的情景：李老师、同门杨艳平、我，三人待在北师大比较文学与世界文学研究所，一箱一箱地抬着，一摞一摞地抱着，一类一类地分着，一页一页地翻着……

　　2012 年 1 月 14 日，手稿交接仪式在北师大文学院励耘报告厅举行，手稿原件由时任北师大文学院院长的张健教授如数交给穆立立，手稿复印件留存北师大档案馆、图书馆以及文学院。

　　2012 年 3 月，在李正荣教授的建议与指导下，"穆木天晚年翻译手稿研究"成为我的硕士学位论文选题。此后，北师大比较文学与世界文学研究所、教室、教工食堂、校园、京师园家中、首都机场都留有老师指导我撰写论文的身影。论文从选题到写作，从初稿到定稿，无不凝聚着老师的心血。

　　2014 年 5 月，历时两年，论文完稿，并顺利通过答辩。论文撰写期间我得到了穆立立的极大帮助：提供资料、接受访谈、电话鼓励、邮件往来……虽是近十年前的画面，但今天依然让我感动。

　　2019 年 9 月，以学位论文《穆木天晚年翻译手稿研究》为底稿申报并获当年国家社科基金后期资助项目立项。

　　2022 年 8 月，完成《穆木天晚年翻译手稿研究》书稿的撰写以及结项工作。

　　感谢北师大俄语系、首师大俄语系、俄罗斯国立人文大学的诸位老师，通过听他们的俄语课程，向他们请教俄语翻译等等，我这个彻底的俄语门外汉，对俄语渐渐熟悉、了解。

感谢浙江大学许钧教授、中国社会科学杂志社范利伟博士及答辩小组北京师范大学吴泽霖教授、夏忠宪教授、张冰教授给予论文写作的指导与批评。

感谢社会科学文献出版社高雁女士对书稿编辑、校对及出版工作付出的心血与精力。

感谢洛阳师范学院文学院院长王建国教授等领导、同事以及中国语言文学重点学科的支持。

恰十年。是结束，更是开始。

2022 年 11 月 22 日于洛阳

图书在版编目（CIP）数据

　　穆木天晚年翻译手稿研究／孙晓博著. -- 北京：
社会科学文献出版社，2023.2
　　国家社科基金后期资助项目
　　ISBN 978 - 7 - 5228 - 0998 - 4

　　Ⅰ.①穆…　Ⅱ.①孙…　Ⅲ.穆木天（1900 - 1971）
- 文学翻译 - 手稿 - 研究　Ⅳ.①I046

　　中国版本图书馆 CIP 数据核字（2022）第 203676 号

国家社科基金后期资助项目
穆木天晚年翻译手稿研究

著　　者／孙晓博

出 版 人／王利民
责任编辑／高　雁
文稿编辑／王　倩
责任印制／王京美

出　　版／社会科学文献出版社（010）59367226
　　　　　　地址：北京市北三环中路甲 29 号院华龙大厦　邮编：100029
　　　　　　网址：www.ssap.com.cn
发　　行／社会科学文献出版社（010）59367028
印　　装／三河市龙林印务有限公司

规　　格／开　本：787mm × 1092mm　1/16
　　　　　　印　张：34.75　字　数：531 千字
版　　次／2023 年 2 月第 1 版　2023 年 2 月第 1 次印刷
书　　号／ISBN 978 - 7 - 5228 - 0998 - 4
定　　价／168.00 元

读者服务电话：4008918866